KB235462

송기숙의 삶과 문학

송기숙의 삶과 문학

조 은 숙

도서출판 역락

서문

네가 부딪쳐 이겨야 할 것은 네 마음 하나뿐이다.
—『녹두장군』

　분명 실체는 있는데 제각각 흩트려져 있는 퍼즐이 생각났다. 나에게 송기숙의 삶과 문학에 대한 연구는 마치 커다란 퍼즐을 맞추어 가는 과정과 같았다. 방법은 간단했다. 한 방울 한 방울의 낙숫물이 바위를 뚫는다는 마음으로 날마다 쉬지 않고 송기숙에게 조금씩 다가가는 것이었다. 퍼즐이 조금씩 완성되어 가면서 나의 내면의 질서가 심하게 흔들리기 시작했다. 특히 그가 5·18광주민주화운동 당시 살아 숨 쉬는 것이 부끄러워, 서울에서 '死地의 땅' 광주로 돌아오는 부분에서 그 흔들림은 극에 달했다. 오직 나 중심의 사고에 익숙해져 우리를 잊고 지내온 부끄러움에 며칠을 방황하기도 했다. 그 방황의 끝에서 그가 순진한 웃음을 짓고 있었다. 함께 퍼즐을 맞추자고.

　송기숙은 천상 이야기꾼이다. 술이라도 한잔 들어가면 정말 '송구라'다. 자신의 이야기를 하면서도 남의 이야기처럼 재미있게 술술 풀어내는 사람. 마음에 없는 말이라도 하면 금방 얼굴이 빨개지는 정말 맑고 깨끗한 이 시대의 인간 천연기념물이다. 그와 대담을 진행하는 내내 그의 청정한 물에서 노닐고 나니, 덕분에 나도 세상을 어떻게 살아야 하는지 조금은 알 것 같다. 이제 생각하면 나의 사십대 초반은 청정인간 송기숙과 그의 작품이 함께했기에 흔들리거나 외롭지 않았고 행복했다. 바라건대 그가 내 곁에 오래오래 있었으면 좋겠다.

　이 책은 작가 송기숙의 삶과 문학을 당대의 사회구조와 서로 연관 지어 살펴보고 그것이 그의 작품에서 어떻게 투영되고 있는가를 고찰한 연구서이다. 2부로 구성되어 있으며, 제1부는 필자의 박사학위논문이다. 여기서는 먼저 송기숙의 생애를 문예적 시각에서 정리하여 그의 문학적 실천이 당대 사회의 변화 과정과 맞물려 어떻게 변모해 갔는지를 고찰했다. 아울러 그의 문학작품을 대상으로 작품과 당대 현실과의 관계를 조명하여 작품 속에 내재된 작가 의식의 변모 과정을 추적했다. 마지막으로 송기숙의 삶과 문학적 실천이 지니는 의미를 찾았다. 그것은 한국 사회의 모순과 역사의 진실을 문학이라는 틀을 이용하여 민중과 공유하였다는 점이다. 그는 민중의 수난과 이에 대한 저항을 온전히 자신의 것으로 받아들였고, 先作後行과 先行後作을 반복하며 삶과 문학이 일치한 행동하는 지식인의 면모를 보여주었다.

제2부는 필자와 작가의 대담을 작가의 생애에 맞게 재구성했다. 내용은 송기숙 고유의 말버릇 등 원래의 음가나 당시의 분위기와 상황을 가장 가깝게 반영할 수 있도록 음성자료들을 문자로 풀어낸 채록문의 형식을 취했다. 따라서 혹자는 다소 정돈되지 않은 표현과 사투리 등에 거부감을 느낄 수도 있을 것이다. 그러나 이것은 작가의 증언을 보존하고, 향후 이를 연구에 활용할 수 있도록 하기 위한 취지이므로 너그럽게 이해해주실 것으로 믿는다. 그리고 자료 접근성을 높이기 위해 내용에 따라 각 장의 제목을 달고, 대화의 세부 내용에 따라 소제목을 붙였다. 10회에 걸쳐 이루어진 대담은 작가의 삶과 문학의 흔적을 엿볼 수 있는 소중한 자료로 필자가 발로 쓴 기록이기도 하다.

이 책은 실증적인 자료를 수집하고 분석하여 송기숙의 생애를 복원하고, 그의 전 작품을 대상으로 문학의식의 궤적을 탐사하고, 아울러 그 의미를 규명하여 송기숙 연구의 토대를 마련했다는 데에 그 의의를 둔다. 그리고 송기숙의 생애에 대한 첫 연구이다 보니 잘못 알고 있거나 오류가 있을 수도 있다. 이에 대해서 많은 질정을 바란다.

이 책이 나오기까지 여러 분의 도움이 있었다. 대담 당시 편찮으셨음에도 불구하고(물론 지금은 아주 건강하시지만) 시종 밝고 활기차게 인터뷰에 응해주시고, 지금은 마치 딸처럼 아껴주시는 송기숙 선생님께 먼저 감사를 드린다. 또한 비틀거리고 두리번거릴 때마다 끝까지 믿어주신 이미란 지도교수님, 부족한 제자를 한없는 사랑으로 품어 인성과 학문의 길로 이끌어 주신 김춘섭 교수님, 논문의 출발부터 마무리까지 격려와 아낌없는 충고를 해 주신 임환모 교수님, 학위 심사 과정에서 많은 도움과 지도를 아끼지 않으신 광주대학교 신덕룡 교수님, 충남대학교 송기섭 교수님, 전남대학교 박양호 교수님, 김동근 교수님, 백현미 교수님, 노철 교수님, 장일구 교수님께 진심으로 감사의 인사를 드린다. 그리고 인터뷰에 응해 주신 송기숙 선생님 가족, 한승원·고은·위선환·김석중 선생님, 송기숙 고향 사람들께도 감사드린다.

논문을 쓰는 내내 함께했던 '창우' 회원들에게도 고마운 마음을 전하고 싶다. 며느리가 하는 일이면 무엇이든 옳다고 믿어주시는 시어머님, 공부하면서 또 한편으로는 가르치는 딸을 자랑스러워 하시면서도 늘 안타까운 마음으로 지켜보고 계시는 부모님, 어려울 때마다 용기를 주었던 모든 가족에게 사랑한다고 전하고 싶다. 여러모로 부족한 책을 펴내 준 도서출판 역락 이대현 사장님과 편집의 세세한 부분까지 신경을 써 주신 권분옥 편집장님께도 깊은 감사를 드린다.

힘들고 지칠 때마다 용기를 주며 위로해 준 남편께 이 책을 바친다.

2009. 11. 저자

차례

제2부 송기숙 삶과 문학의 흔적

부록

제1부
송기숙 문학과 그의 시대

등받이에 몸을 기댄 성호의 눈앞에는 김길동이 이길동이들이 형님 동생 너털웃음을
터뜨리며 잔칫상 앞에 도깨비들처럼 모여들고 있는 광경이 아른거리고 있었다.
그 요란스런 도깨비들의 잔치판에서 꼭둑각시 노릇을 하고 있었을
자기 꼴을 상상해 봤다. 그 영상 위에 엉뚱한 영상이 떠올랐다. 동곡할아버지였다.
이육사의 〈청포도〉 나그네처럼 전설적인 분위기를 거느리고, 갈매나무같이 고고하고
정갈하던 동곡할아버지, 성호는 울컥 몰려드는 정감에 조용히 옷깃을 여몄다.
― 「도깨비 잔치」 中

▲ 사진설명　① 『녹두장군』을 집필하였던 승주 선암사 해천당 앞에서
　　　　　　② 재일교포 소설가 김석범과 광주 망월동 구묘지에서
　　　　　　③ 장흥 동학농민전쟁기념탑 앞에서
　　　　　　④ 『자랏골의 비가』, 『은내골 기행』, 「재수없는 금의환향」 등 수많은 작품의 공간적 배경이 된 작가 고향 집 앞 정자나무

제1장

인간 천연기념물, 역사로서 현실 보기

　송기숙은 한국 사회의 모순과 진실을 문학을 통해서 민중과 공유하기 위해 평생을 바쳤을 뿐만 아니라, 현실을 개선하기 위해 온몸으로 싸워온 행동하는 지식인이자 작가였다. 이런 의미에서 그의 소설은 그가 체험한 당대의 현실 세계와 일치한다. 따라서 그의 문학은 당대 사회와 작품, 그리고 그의 실천적 삶의 맥락에서 읽을 때 그 본령에 대한 이해가 가능할 것이다.

　그럼에도 불구하고 기존의 연구는 이러한 전체적인 맥락이 아닌 형식주의의 제한적인 관점으로 텍스트만을 읽어온 경향이 많았다. 송기숙처럼 삶과 문학이 일치한 작가에 대해 생애를 배제하고 텍스트 중심으로만 연구하는 것은 이론에 매몰되어 본질에서 벗어날 우려가 있다고 본다. 따라서 이 글에서는 기존의 연구에서 탈피하여 당대 사회와 생애, 그리고 텍스트를 아울러 작가가 삶과 문학에서 추구하고자 했던 가치를 찾는 연구를 하고자 한다.

　송기숙은 일제강점기에 태어나 해방과 함께 6·25전쟁, 유신체제, 5·18광주민주화운동 등을 온몸으로 겪으며 살아온 시대의 산증인으로 당대의 사회 모순과 이와 결부된 그의 삶 자체가 작품의 소재이자 배경이 되었다. 송기숙 소설 연구에서 작가에 대한 세밀한 자료의 수집과 이에 대한 고찰이 작품을 바로 보기 위한 해설서가 된다고 할 수 있는 것은 이런 까닭에서다.

그는 반독재, 민주화 운동에 앞장서면서 선행후작(先行後作)과 선작후행 (先作後行)을 반복하며, 삶과 문학을 통해 당대 사회의 모순을 비판하고 개선하려는 일관된 자세를 유지했다. 개인적으로는 강직하고 양심적 지식인이었으며, 작가로서는 지배계급의 탄압과 억압에 신음하는 민중의 구체적인 모습을 작품으로 승화시켰던 그의 삶과 문학적 실천은 문학의 사회적 책임을 환기하는 데 중요한 역할을 하였다.

송기숙의 문학에서 처음부터 끝까지 한결같은 주제는 지배계급에 의해 억압받고 소외된 민중이라는 개념이다. 그의 작품에서 민중은 정치·경제·사회적으로 소외받는 계층이지만, 이 같은 소외 현상을 비판하며 개선하려는 낙관적인 사관을 지닌 인물들로 묘사된다. 그는 동학농민운동에서 민중의 주체성을 자각하는 민중의식이 발현되었고, 그것이 실현되는 지점을 5·18광주민주화운동으로 보고 있다. 또한 문학 전반을 통해 역사의 주체는 민중이며, 그 민중의 궁극적 염원인 보다 나은 자기 생활에 대한 욕구의 충족을 위해서는 정치적 민주화가 우선임을 일관되게 주장하며 반민중적 지배 이데올로기를 비판하고 개선하려는 노력을 작품으로, 때로는 직접 행동으로 실천하였다.

이처럼 역사적 정의나 진실이 지배계급에 의해 만들어진 이데올로기에 은폐되어지고 오히려 탄압과 억압의 수단으로 이용되던 시대에, 그로 하여금 문학적 지향점을 형성하고 실천하게 하는 원천은 사회의 모순을 직시하는 작가 의식과 이를 개선하고자하는 신념에 있었다. 따라서 송기숙의 작품 세계를 온전히 이해하기 위해서는 사회현실에 대응해 온 작가의 실제 삶과 문학이 지향했던 작품과의 유기적 연관을 구체적으로 규명

함으로써 가능하다 할 것이다.

이에 본 연구의 목적은 송기숙의 전 생애를 문예적 시각으로 정리하여 그의 문학적 실천이 어떤 양상으로 전개되었는지 살펴보고, 그의 전 작품을 대상으로 작품과 당대 사회현실과의 관계를 유기적 연관 속에서 조명하여 그의 문학적 특징과 작가 의식의 변모 과정을 고찰하며, 아울러 이러한 문학적 실천의 의미를 규명하는 데에 있다.

지금까지 송기숙에 대한 논의는 크게 네 가지 측면에서 이루어지고 있다. 첫 번째는 작가와 관련된 개인적인 회고담이나 단편적인 서평이다. 두 번째는 사회·문화적 관점에서 소설의 주제에 관한 연구이다. 세 번째는 언어 형식과 작품 구조를 포괄하는 기법에 관한 연구이다. 네 번째는 송기숙 소설에 대한 본격적 고찰을 표방하며 축적된 학위 논문이다.

첫 번째는 작가와 관련된 개인적인 회고담[1]이나 단편적인 서평[2]인데,

---

1) 공광규, 「참으로 거대하게 아름다운 불꽃자리에 서다, 송기숙과 『녹두장군』」, 『한길문학』, 1990. 10.

김영기, 「우리 시대의 소금」, 『우리시대의 한국문학(송기숙 편)』, 계몽사, 1986.

김춘섭, 「소설가 송기숙, 그 '영혼과 형식'-내가 본 송기숙 교수의 옆모습」, 임환모 엮음, 『송기숙의 소설 세계』, 태학사, 2001.

박혜강, 「청송녹죽의 꿈, 황토의 땅-송기숙의 '자랏골의 비가'와 장흥」, 『금호문화』(제66호), 1990. 12.

이미란, 「무심필(無心筆)의 산실을 찾아」, 『소설시대』(통권4호), 평민사, 2002. 9.

이문구, 「송기숙-그는 어떤 사람인가」, 『재수없는 錦衣還鄕』, 시인사, 1979.

_____, 「보리숭늉」, 『현대의 한국문학 19(송기숙 편)』, 범한출판사, 1984.

_____, 「인간천연기념물」, 『이문구의 문인기행』, 열린세상, 1994.

염무웅, 「민중적 인간상의 작가 송기숙」, 『도깨비 잔치』, 백제, 1978.

임규찬, 「시간의 태풍 너머, 기억의 깊은 항구-송기숙론」, 『문학들』(제1권), 2005.

전영태, 「좌절하지 않는 불패자의 의지」, 『현대한국단편문학』 65, 금성출판사, 1984.

정경운·정명중·박찬모, 「송기숙의 삶, 그리고 문학」, 임환모 엮음, 위의 책.

조광현, 「문학지를 통해 본 문단 비사」, 『중앙일보』, 1978. 7. 26.

채광석, 「삶의 중심에 살아 있는 총체성을」, 『어머니의 깃발』, 도서출판 심지, 1988.

한승원, 「'자랏골'을 찾아서」, 『우리시대의 한국문학(송기숙 편)』, 계몽사, 1986.

2) 구중서, 「이달의 소설-송기숙의 '제7공화국'」, 『동아일보』, 1988. 12. 14.

김도연, 「진실을 밝히는 힘」, 『테러리스트』, 도서출판 혼겨레, 1986.

김병걸, 「『자랏골의 비가』해설」, 『현대문학』(통권247호), 1975. 7.

이는 작가의 인간성이나 주위와의 교류 관계를 알 수 있어 작가 생애를 기술하는 데 도움이 되고 있다.

두 번째는 사회·문화적 관점에서 소설의 주제에 관한 연구이다. 백낙청은 송기숙이 분단문학이 금기시되었던 7·4성명 이전에 분단을 소재로 작품을 썼음을 높이 평가하며, 80년대에 쓴 통일지향 문학이 장편이 아닌 중편으로 그친 것에 아쉬움을 표명했다.[3] 백낙청이 제기한 분단문학으로서의 가치는 공종구에 의해 다시 제기된다. 공종구는 송기숙의 소설에 나타나는 분단의식의 실체와 의미를 두 편의 논문을 통해 밝히고 있는데, 초기 소설에서는 반공규율 권력의 무차별적인 횡포와 폭력에 의한 사회 구성원들의 고통이나 피해의식 그리고 저항의식이 서사의 초점을 이룬다면, 후기 소설에서는 적극적인 화해 의지를 모색하는 방향으로 서사의 초점이 이동하고 있다고 평가했다.[4] 이 논의는 송기숙 소설 중

_____, 「農民과 現場小說」, 『한국문학의 현단계 Ⅰ』, 창작과비평사, 1988.
_____, 「反日的 政治小說」, 『실천시대의 문학』, 실천문학사, 1988.
김윤규, 「일어난 일과 쓰고 싶은 일들」, 『한국소설의 풍경』, 새미, 2005.
김인환, 「解放의 言語」, 『창작과비평』(통권50호), 1978 겨울.
김윤식·권영민, 「송기숙씨의 「당제」」, 『중앙일보』, 1983. 7. 20.
김종철, 「통일과 문학」, 『오늘의 책』, 1984. 9.
김종출, 「7월의 작단-주목할 만한 신작품 2편(오인문 <진공계>, 송기숙 <백의민족·1968년>)」, 『국제신문』, 1969. 7. 17.
박태순, 「동학 100, 분단50년의 사회사」, 『사회평론』, 1992.
송재영, 「小說의 두 次元」, 『현대문학의 擁護』, 문학과 지성사, 1979.
서경석, 「투철한 역사의식과 농민적 언어의 가능성」, 『한국소설문학대계』 56, 동아출판사, 1995.
이명재, 「농촌소설의 맛」, 『어머니의 깃발』, 도서출판 심지, 1988.
전영태, 「평범한 형식, 비범한 내용」, 『어머니의 깃발』, 도서출판 심지, 1988.
정창범, 「이달의 소설-「영감님 빠이빠이」」, 『중앙일보』, 1971. 4. 19.
채호석, 「역사와 소설이 만나는 네 가지 방식」, 『문학동네』(창간호), 1994 겨울.
최원식, 「토지와 평화와 빵」, 『민족문학의 논리』, 창작과비평사, 1982.
_____, 「民衆性의 恢復」, 『현대의 한국문학 19(송기숙 편)』, 범한출판사, 1984.
홍정선, 「삶과 역사를 향해 열린 공간」, 『어머니의 깃발』, 도서출판 심지, 1988.
3) 백낙청, 「80년대 소설의 분단극복의식-송기숙 소설집 『개는 왜 짖는가』를 중심으로」, 『분단시대와 한국사회』, 까치, 1985.

다수를 차지하는 분단문학 중 초기소설과 후기소설을 아울러 분석하였다는 데에 의의가 있다. 이 책에서는 공종구의 논의에서 빠진 중기소설을 함께 조망하여 분단소설을 전체적으로 고찰할 것이다.

송지현과 최현주는 송기숙을 '30여 년간 꾸준히 반제 반봉건의 역사적 과제에 문학적으로 대응해 온 대표적 민중작가'로 그의 작품 세계가 단순히 '농민문학'으로만 한정되어 인식되는 경향에 대해 우려를 표명했다. 그리고 '70년대 '농민문학'으로 제한 평가되었던 송기숙 작품 세계가 70년대 중반에 발표된 「추적」으로부터 일정 정도 선회했다고 보고, 작가가 추구해 온 건강한 민중성이 참된 방향성을 갖게 된 것은 80년 광주항쟁 이후5)라고 보았다. 그래서 송지현과 최현주는 80년대 이후에 창작된 작품들을 통하여 작가의 실천적 삶과 지향에 부합하는 문학적 형상화가 이루어졌음을 밝혔다.

송현호는 주제의식을 중심으로 송기숙 문학을 분단의 비극과 분단 극복의 시도, 농촌의 현실과 민중의 삶, 인간성의 회복과 정의 사회의 구현 등 세 갈래로 나누어서 살피면서 어느 갈래에 속하는지 판별하기 곤란한 작품도 적지 않다고 밝히고 있다.6) 이 논의는 2000년까지 쓰인 송기숙 소설에 대해 주제의식을 토대로 분류를 시도했다는 데에 중요한 의미를 가진다.

진정석은 송기숙을 우리 문학의 든든한 좌표요 길잡이로 보고 있다. 또한 민중설화의 수용과 설화적 상상력은 민중문학이 과거의 복원만큼이나 미래적 형성을 향해 열려진 것임을 말해준다고 평가했다. 그는 송

---

4) 공종구, 「송기숙의 소설에 나타난 분단의식의 실체와 그 의미」, 『현대문학이론연구』(제16집), 2001.
_____, 「송기숙의 분단소설에 나타난 화해」, 『한국문학이론과 비평』(제30집), 2006.
5) 송지현·최현주, 「'5월 정신'의 문학적 형상화 과정 연구—송기숙의 1980년대 이후 소설을 중심으로」, 임환모 엮음, 앞의 책.
6) 송현호, 「송기숙 문학의 세 갈래와 저항문학적 성격」, 같은 책.

기숙 소설의 리얼리즘은 인간의 자기 소외를 개인적 원체험에 두지 않고 민중적 주체의 범위로 확장시키고 있다고 보았다.[7]

　홍정선은 송기숙 소설이 당대 사회의 삶을 깊이 있게 통찰하고 당대 모순의 해결과 관계된 정치적 경향성을 소설 속에 함축하고 있다고 보았다. 또한 송기숙의 소설 세계는 불화와 적대감으로 가득 찬 세계가 아니라 이해와 인정이 깔려 있는 세계라고 평가했다.[8]

　세 번째는 언어 형식과 작품 구조를 포괄하는 기법에 관한 연구이다. 아직까지 미학적 기법으로 전체 작품을 분석한 예가 없기 때문에 이 연구는 대부분 송기숙의 장편소설에 국한되어 있다. 여기에는 각각의 작품을 분석한 경우도 있고, 두세 작품을 아울러서 분석한 경우도 있으나, 개별 작품론이 많지 않아서 함께 언급하기로 한다.

　『자랏골의 비가』에 대한 논의는 대부분 언어를 중심으로 긍정적인 평가를 하고 있다. 김병욱은 송기숙의 『자랏골의 비가』를 바흐찐의 '크로노토프' 이론으로 분석한 결과 문체적 특성과 사회성이 어우러져 민중의 삶을 형상화한 문제작으로 규명했다. 또한 서술자의 담론에 민중 어법 (folk rhetoric)을 대담하게 시도한 것은 미하일 바흐찐의 '이질언어성' (heteroglossia)과 '대화주의'(dialogism)에 걸맞은 소설의 기법이다.[9]고 평가했다. 정호웅도 송기숙의 『자랏골의 비가』가 속담과 격언의 능란한 구사를 통해 전라도어의 탄력성을 한껏 살린 점이 돋보이며, 『임꺽정』, 『토지』, 『장길산』 등과 같이 모국어 보고의 반열에 오를 수 있는 작품으로 문체적 특징을 높이 평가했다. 그러나 농민들을 억압하고 수탈하는 신분

---

7) 진정석, 「민중적 주체로서의 복원을 위한 도정－송기숙론」, 『창작과 비평』(통권89호), 1995 가을.
　　　　, 「민중 문학의 새로운 전개를 위하여－송기숙론」, 임환모 엮음, 앞의 책.
8) 홍정선, 「삶과 역사를 향해 열린 공간－송기숙의 소설 세계」, 『어머니의 깃발』, 도서출판 심지, 1988.
9) 김병욱, 「『자랏골의 悲歌』의 크로노토프와 담론」, 『한국문학이론과 비평』(제11권), 2001.

적·경제적·정치적 폭력 중 정치적 폭력에 지나치게 무게 중심을 두어, 신분적·경제적 폭력의 구체적 양상을 드러내는 데 미흡했다고 지적하고 있다.10)

염무웅은 송기숙 문학의 진정한 출발은 『자랏골의 비가』부터이며, 토속 언어의 자유자재한 구사를 통해 소설언어의 획기적 확장을 실현했으며, 강인한 민중적 인간상을 조형하면서 풍부하고 다채로운 농민적 생활상을 펼쳐 보인다고 평가했다.11)

이봉범도 송기숙의 문체적 특징을 긍정적으로 평가하고 있다. 그는 다양한 속담 구사, 해학, 익살이 담긴 소설 언어가 농민들 특유의 삶과 정서를 절실하게 드러내 주는 효과를 지니고 있다고 보며, 송기숙의 전라도 사투리 구사는 충청도 사투리의 이문구와 방영웅, 경상도 사투리의 김정한과 더불어 1970년대 농민문학의 큰 수확으로 보고 있다.12)

『암태도』에 대한 대표적인 논의로는 송기섭의 견해가 주목된다. 송기섭은 『암태도』가 리얼리즘 소설 양식의 가용할 모든 수단을 이용하여 독특한 형식의 고유한 작품 모형을 구성했다고 평가하며, 리얼리즘 소설의 진정성과 전망을 제시하고 있다고 보았다. 이는 기존의 비평가들이 신문 기사나 사설을 그대로 인용하여 작품성을 떨어뜨렸다는 평가에 대한 반론으로 오히려 사건에 대한 객관성을 확보하여 리얼리즘 문학이 갖는 진실성에 부합하다고 주장했다.13)

『녹두장군』에 대한 논의는 북한에서 발표된 박태원의 소설 『갑오농민전쟁』과 비교·대조하는 논의이다. 김승종은 두 작품이 모두 실증적인

---

10) 정호웅, 「송기숙론−70년대 농민문학의 한 수준」, 『한국의 역사소설』, 역락, 2006.
11) 염무웅, 「농민소설의 민중문학적 맥락−김정한과 송기숙의 소설사적 위치에 관한 메모」, 『문예미학』(제9호), 2002.
12) 이봉범, 「1970년대 농민소설의 한 수준−송기숙의 『자랏골의 悲歌』론」, 『반교어문학회지』, 2000.
13) 송기섭, 「재현의 진실과 미적 성실성−『암태도』론」, 임환모 엮음, 앞의 책.

사료가 비교적 충실히 반영되어 있으며, 역사적 대사건을 꿰뚫는 확고한 세계관이나 역사의식이 작품 이면에 분명히 자리 잡고 있다고 보았다. 이를 바탕으로 역사적 사실의 채용과 해석상의 문제, 인물의 형상화 원리와 풍속 및 세태의 재구 문제, 담론의 차원에서 두 작품의 차이점을 살펴봤다. 『갑오농민전쟁』은 '동학농민전쟁'이 지니는 역사적 성격을 규명하는 데는 실패했다고 보고, 이는 역사적 실체를 드러내기보다 작가의 계급사상이나 주제의식을 드러내기 위한 수단으로 작품이 이용되었기 때문으로 보고 있다. 그리고 『녹두장군』은 '집강소'를 통하여 '아래로부터의 변혁 운동'을 추진하였으며, 호남 지역의 풍속과 방언, 속담, 육담 등을 훌륭히 재현하는 등 문학사적으로 높이 평가할 만한 성과를 거두었다고 보고 있다. 그러나 작품이 역사적 사실에 충실해야 된다는 부담감으로 문학적 상상력을 발휘하지 못해 후반부로 갈수록 긴장도를 유지하지 못했다고 지적했다.[14]

박상준은 『녹두장군』과 『갑오농민전쟁』의 서사 구성이 보이는 선택과 집중의 양상을 고찰한 결과, 『갑오농민전쟁』은 실패한 역사에 대비되는 인민 영웅의 모습을 통하여 민중 주체의 역사관을 강조하고 있는 반면, 『녹두장군』은 민중사관을 바탕에 깔지만 그것을 직접적으로 내세우기보다는 역사의 실상을 총체적으로 재구성하고 있다고 규명하고 있다. 또한 주제 효과 구현의 집중성은 『갑오농민전쟁』이 높다고 볼 수 있으며, 역사의 재구성, 역사 구현의 문학적 성취 면에서는 『녹두장군』이 더 낫다고 평가했다.[15]

이영호는 『갑오농민전쟁』과 『녹두장군』을 동학과의 관계, 사회경제적

---

14) 김승종, 「『녹두장군』과 『갑오농민전쟁』의 비교 연구」, 『현대소설연구』(제2호), 1995.
  _____, 「소설의 리얼리티와 방언의 효과」, 『현대소설연구』(제8호), 1997.
15) 박상준, 「이념의 구현과 역사 구성의 변주」, 민형기 엮음, 『남북한 역사소설 비교 연구』, 계명대학교출판부, 2006.

배경과 그 지향, 조직적 기반과 주체세력을 기준으로 비교 분석하였다. 『갑오농민전쟁』은 농민전쟁론의 입장에서 동학의 영향을 배제하여 조직적 기반이 제시되지 못한 반면에, 『녹두장군』은 동학의 구성원과 조직 그리고 사상이 농민전쟁을 설명하는데 중요한 매개 고리로 작용하고 있다고 보았다. 또한 『갑오농민전쟁』은 농민 전쟁의 사회 경제적 배경을 지주전호제에 기반하고 있으나, 『녹두장군』은 봉건 사회의 기본적인 모순이 지주전호제에 놓여 있음을 간과하고 있다고 평가했다.[16]

『은내골 기행』은 작품 구조에 대한 논의가 많다. 안혜련은 페미니즘 관점에서 여성 민중공동체에 의한 대안적 양성성의 구현으로 파악[17]했으며, 송명희는 영남과 호남의 대표적 작가인 김정한의 「지옥변」과 송기숙의 『은내골 기행』을 탈식민주의 비평론으로 분석하였다. 그는 송기숙의 작품이 해방 30년이 지나도록 청산되지 않은 일제잔재의 모순을 박정희의 유신독재정치와 연관지어 조명하여, 탈식민화 실패에 대한 비판뿐만 아니라 탈식민의 대안을 제시하였다고 평가했다.[18]

한명환은 구성과 문체의 두 차원을 통해서 『은내골 기행』은 표면상으로는 한 해직기자의 우연한 은내골 방문담으로 박정희시대의 파시즘적 환상을 비판한 것이 되지만, 심층적으로는 분단의 고통과 이념 갈등이 낳은 많은 비극의 상처와 갈등에 대한 치유에 대해 고민한 작품으로 평가했다.[19] 그리고 황광수는 『은내골 기행』에서 작가가 개인 또는 집단의 삶에 가해적으로 작용하는 분단체제의 실상을 뼈아프게 드러내면서도 전통사회에 보전되고 있는 공유적 삶의 양식과 건강한 민중적 생명력을

16) 이영호, 「1894년 농민전쟁의 역사적 성격과 역사소설-『갑오농민전쟁』과 『녹두장군』을 중심으로」, 『창작과 비평』(통권69호), 1990.
17) 안혜련, 「여성 민중공동체에 의한 대안적 양성성의 구현」, 임환모 엮음, 앞의 책.
18) 송명희, 「탈식민주의와 지역문화 연구-김정한·송기숙을 중심으로」, 『현대소설연구』(제19호), 2003.
19) 한명환, 「분단 비극과 이념 갈등의 해소와 전망-송기숙의 『은내골 기행』의 구성과 문체를 중심으로」, 임환모 엮음, 위의 책.

그려내는 데 특별한 관심을 가지고 있다고 평가했다.[20]

『오월의 미소』에 대한 대표적인 논의로는 나경수, 임규찬 등의 견해가 있다. 나경수는 문화민속학 비평 방법으로『오월의 미소』가 우리 민족의 문화적 텍스트로서의 자질을 공유하고 있다고 본다. 그 예로 한국 무속의 한 양식인 저승혼사굿을 빌어 김성보와 김영선의 사후혼을 신성혼으로 전이시키고 있다고 보았다. 이는 역사적인 5·18광주민주화운동을 서사로 옮기면서 현전성의 생동감을 더했을 뿐만 아니라, 저 멀리 건국신화로까지 소급될 수 있는 한민족의 생성원리를 다시 불러일으키는 원형적 복귀를 통해 강한 문화적 설득력을 얻고 있다고 평가했다.[21]

임규찬은『오월의 미소』가 이전의 5·18광주민주화운동에 관한 작품에 비해 조용하게, 그러나 의미심장하게 변형되면서 현실의 새로운 깊이를 내보이고 있다고 규명하면서, '화해와 용서'의 축과 '응징'의 축으로 구성되어 있다고 보았다. '화해와 용서'의 축은 민중성의 덕목을 살리면서, '응징'의 축은 '민중 폭력'의 문제 해결과 청산을 촉구하여『오월의 미소』가 '전투적 민중성'까지 포괄한 민중성의 다층적 측면을 담고 있다고 평가했다.[22]

지금까지 장편소설을 중심으로 언어 형식과 작품 구조를 포괄하는 기법에 관한 연구를 살펴보았다면, 극적 담론의 소설화 전략으로 서사전략을 평가한 임환모의 논의와 민중문학적 상상력을 매개로 역사와 민중이라는 거대한 스펙트럼을 연결시킨다고 보는 한순미의 논의는 중·단편소설을 중심으로 고찰한 예로 중요한 시사점을 준다. 임환모는 송기숙을 '소설이라는 양식을 가지고 한국의 모순된 현실 속에서 문학적 실천의

---

20) 황광수, 「공유적 삶의 세계와 분단시대」, 송기숙, 『은내골 기행』, 창작과 비평사, 1996.
21) 나경수, 「문학민속학적 비평방법을 통한 송기숙 소설 읽기-『오월의 미소』를 중심으로」, 임환모 엮음, 앞의 책.
22) 임규찬, 「전투적 민중성과 '오월'의 정치학-『오월의 미소』론」, 같은 책.

가능성을 성실하게 보여주려고 끊임없이 노력해 온 작가'로 평가했다. 또한 극적 담론의 소설화 전략이 서사적 권력을 독자의 거부감 없이 구체화할 수 있고, 민중적 결기인 자폭적 광기를 드러내는 데는 효과적이라고 보았다.[23) 한순미는 미륵신앙, 우투리 설화, 진도 도깨비굿, 당제 등과 같은 민중 문화는 송기숙 소설적 세계를 표현하고 완성하는 상상력이자 궁극적인 힘이라고 평가했다.[24)

네 번째는 송기숙 소설에 대한 본격적 고찰을 표방하며 축적된 학위논문이다. 송기숙의 『녹두장군』과 박태원의 『갑오농민전쟁』을 비교하여 고찰한 연구로 박병오와 이의로가 있다. 박병오가 두 작품 속에 동학농민운동이 어떤 양상으로 반영되고 있는지를 역사적 환경과 작중 인물의 분석을 통하여 고찰하였다면, 이의로는 리얼리즘과 민중성을 살펴보았다.

박병오는 서민문화에 대한 서술 양상은 두 작품이 비슷하나, 『녹두장군』은 제국주의에 의한 정치적 침략보다는 경제적 침략에 대한 묘사가 훨씬 빈번한 반면에, 『갑오농민전쟁』은 정치적 침략 야욕에 대한 규탄의 강도가 강하게 서술되어 있다고 평가하고 있다. 작중 인물의 분석은 민중계급과 지배계급으로 나누어서 두 작품을 비교한 결과, 두 작품 모두 어느 인물이든지 반드시 한 쪽에 속하도록 하는 이원론적 분류방법을 쓰고 있다. 그러나 인물묘사 방법에서는 『녹두장군』은 보여주기(showing)수법을 주로 이용하고 있는 반면에, 『갑오농민전쟁』은 말해주기(telling)수법을 이용하고 있다고 평가하고 있다.[25)

이의로는 『녹두장군』이 민중의 소재화와 민중적 진실 반영, 치열한 리

---

23) 임환모, 「송기숙 소설의 서사 전략」, 같은 책.
24) 한순미, 「송기숙 소설의 민중 문화적 상상력―작가의 시선과 인물의 변증법」, 같은 책.
25) 박병오, 「『갑오농민전쟁』과 『녹두장군』의 비교 연구―역사적 환경과 작중 인물의 분석을 통하여」, 공주대학교 석사학위논문, 1997.

얼리즘 창작 정신, 풍속·문화·경제 등을 포괄하는 총체적 인간 삶의 재현 등 한국역사소설의 수준을 진일보시켰다면, 『갑오농민전쟁』은 기막힌 세태 묘사, 역사변혁 주체로서의 민중의 힘, 당대의 총체적 모순 현실 포착 등 사회주의 사실주의가 요구하는 문학 형상화에 충실한 작품으로 평가했다. 하지만 『녹두장군』에서 지배계층의 동향에 대한 묘사가 부족한 점과 『갑오농민전쟁』에서 중심인물을 영웅화한 점을 아쉬운 면으로 지적했다.26) 이들의 논의는 동학농민운동이라는 같은 소재를 가지고 남쪽과 북쪽 작가의 작품 속에 투영된 작가 의식을 통해 남북문학의 연속성을 찾고자 한 점에 의의가 있다고 하겠다.

오충건은 『암태도』를 이야기 구조와 서술방식에 따라 실재적 사실을 어떻게 문학적으로 형상화하는지 파악한 후, 전형적 인물의 형상화와 낙관적 전망의 획득을 문학사적 의의로 규정했다. 하지만 암태도 사람들이 생활 언어가 아닌 표준어를 사용한 점과 지식인과 민중의 구현에 있어 이상적이고 도식적으로 형상화한 점을 지적했다.27)

최종우는 『자랏골의 비가』가 인물과 인물의 관계를 통하여 현실의 총체성을 확보하고, 당대 농촌 현실의 황폐성과 농민 계층의 생명력을 형상화하고 있다고 보았다. 또한 이념을 개진하기 위해 창조된 추상적인 인물보다는 경험의 직접성에 의해 창조된 인물을 등장시켜, 보다 객관적이고 현실 반영을 할 수 있는 리얼리티를 살려내고 있다고 평가했다. 하지만 가진 자의 횡포에 맞선 주체적 농민상의 재현에 서사 목표가 집중되어, 경제적 토대와 생산관계에 대한 분석이 다소 미흡하다고 지적하고 있다.28)

---

26) 이의로, 「남·북한 역사소설의 리얼리즘과 민중성 비교 연구―『녹두장군』과 『갑오농민전쟁』을 통하여」, 경북대학교 석사학위논문, 2001.
27) 오충건, 「송기숙 소설 『암태도』연구」, 순천대학교 석사학위논문, 2007.
28) 최종우, 「1970년대 농민소설에 나타난 현실인식―송기숙의 『자랏골의 悲歌』를 중심으로」, 중앙대학교 석사학위논문, 2006.

이상에서 살펴본 바와 같이 작가와 관련된 개인적인 회고담이나 단편적인 서평은 송기숙의 작품을 생애와 관련하여 살펴볼 수 있게 해 준다. 하지만 회고담이나 서평은 단편적인 수준에 머물고 있기 때문에 작가의 전체적인 생애를 조망하기에는 무리가 따른다고 하겠다. 특히 작가의 원체험기나 문학적 생성기에 대한 논의는 거의 없는 실정이므로 작가 의식의 변모 과정을 살피기에는 그 배경 연구가 매우 미흡한 것이 사실이다. 송기숙 소설을 사회·문화적 관점에서 분석한 주제에 관한 논의도 단편적인 연구가 대부분이다. 이는 몇몇 작품에 대한 연구 또한 작가의 대표적인 작품에 한정되어 있으므로 작가의 현실 인식이나 작가 의식을 고찰하기에는 부족한 점이 많다. 또한 언어 형식과 작품 구조를 포괄하는 기법에 관한 연구도 몇몇 작품을 작가의 생애와 무관하게 분석하였기 때문에 그의 삶과 문학을 총체적으로 접근하는 데 한계를 노정하고 있다고 할 것이다. 학위 논문 역시 『자랏골의 비가』, 『암태도』, 『녹두장군』 등 몇몇 장편을 중심으로 한 개별 작품론이 주를 이루며, 송기숙의 전체적인 작품론이나 작가론이 없는 실정이다.

이에 이 글에서는 지금까지의 연구 성과들을 적극적으로 수용하면서, 송기숙의 생애와 전체 소설들을 대상으로 소설 세계의 지속성과 변화 양상을 검토한 후 송기숙 소설의 문학적 실천과 그 의미를 규명하고자 한다. 이것은 기본적으로 송기숙 소설 연구를 위한 종합적이고 전반적인 토대 구성의 의의를 지니게 될 것이다.

문학작품은 작가의 문학정신의 육화(肉化)이자 형상화[29]로서 전기 작가의 작업은 대상 인물의 작품을 읽고 평가하는 데서 시작된다. 이러한 작업은 또 하나의 다른 형태의 비평, 즉 증거물에 대한 저울질과 평가에로 확산된다.[30] 작가는 작품 밖에서나 작품 안에서나 어떤 형태로든 존재하

---

29) 김붕구, 『작가와 사회』, 일조각, 1982, 427면.
30) 레온 에델, 김윤식 옮김, 『작가론의 방법』, 삼영사, 1983, 88면.

면서 작품에 끊임없이 영향 관계를 맺고 있기 때문에 작가의 생애와 문학 세계를 함께 살펴보는 것은 의미가 크다고 할 것이다. 작품을 고려하지 않은 작가론이 한 작가의 일반적 전기로 그치고 마는 것처럼, 작가에 대한 고려 없는 작품론은 구조에 대한 메마른 분석에 치우쳐 '문학의 비인간화'로 치닫게 될 것이다.[31] 따라서 한 작가의 총체적인 문학 세계를 규명하기 위해서는 작품론과 작가론을 함께 아우르는 연구가 필요하다고 본다.

특히 송기숙 문학의 공간은 그가 살아온 현실 세계에 있기 때문에 작가 생애에 대한 자료의 수집과 목록의 작성은 작품 해석의 완전성과 정확성을 얻기 위한 중요한 단서가 된다. 그에게 있어서 삶과 문학은 상호 일치관계를 형성하고 있어, 그것을 분리하여 어느 한 쪽만을 기술한다는 것은 본질을 비켜가는 행위라 생각되는 만큼, 당연히 삶과 문학의 상호 관계에 초점을 맞추어 작가 의식의 변모 과정을 밝히는 것이 옳다고 할 것이다. 이는 작가의 일대기를 중심으로 당대의 상황과 그에 대한 작가 의식이 투영된 작품을 고찰하여 작가 의식의 변모 과정을 종합적으로 밝히는 연구가 될 것이다.

본 글에서는 서지 및 전기 자료를 철저하게 실증적으로 조사하여 기존의 오류와 왜곡을 바로 잡는 것이 작가 연구의 일차적인 과제이고, 문학 연구의 출발점이라고 생각한다. 따라서 작가의 출생에서 현재에 이르기까지 고향, 이사, 혈연관계 및 교우관계, 학력, 체질, 건강 상태, 결혼, 병력, 여행, 취미, 삶에 영향을 준 책, 인간관계, 기타 경력 사항 등을 고루 실증적으로 조사하여 작가 연보를 작성할 것이다. 그리고 시대 상황을 국내, 국제로 나누어 작가의 생애와 연관해서 중요한 사건을 면밀히 기록할 것이며, 작가의 작품 목록을 시기별로 분류하여 한 눈에 볼 수 있

---

31) 우한용, 「작가론의 방법」, 『한국근대작가연구』, 삼지원, 1985, 16면.

도록 작가 생애와 함께 도표화하여, 송기숙 소설의 배경과 작가정신을 이해하는 데 도움이 되고자 한다.32)

아울러 송기숙은 소설을 집필한 후, 여러 번 수정하여 개작하곤 했는데 개작 여부를 확인하기 위하여 소설 작품만 따로 시기별로 도표화하고 개작 여부와 정도, 작품명이 바뀐 경우 등을 정리할 것이다.33) 이는 처음 연재하였던 초간본과 작품집에 실렸을 때의 작가 의식의 변화를 확인하기 위한 과정이기도 하다. 또한 작가가 쓴 산문이나 시평, 좌담 등을 시기별로 도표화하여34) 당시의 작가 의식과 현실 참여 방식을 실증적으로 고찰하고자 한다.

먼저 작가 연보, 작품 연보, 시대 상황, 구술에 의한 생애사 조사 그리고 작가 서지 등 실증적 자료를 중심으로 역사전기비평의 틀을 이용하여 작가의 문학적 실천이 어떤 양상으로 전개되는지 살펴보고자 한다. 이를 통해 작가의 생애와 작품에 투사된 작가정신을 대비해 봄으로써 그의 체험적 요소들이 어떻게 작품에 내재하게 되었는지를 짐작해 볼 수 있으며, 이러한 작업은 작가의 문학적 상상력의 형성 과정과 그 변모 양상을 고찰할 수 있을 것이다. 작가의 문학적 연대기는 시대 상황의 변화에 따라 작가 의식의 변모 과정과 맥을 같이 한다. 따라서 단순한 연대기적 사실만을 나열하는 것이 아니라 송기숙의 사회의식과 역사의식에 영향을 주었던 사건이나 소설의 모티프가 되는 원체험을 중심으로 생애를 네 개의 시기로 나누어서 작가 의식의 형성 과정을 살필 것이다.

이어서 송기숙의 소설 작품을 대상으로 분단 이데올로기의 비판과 극복, 근대화 이데올로기의 비판, 민중 주체성의 확립 등이 작품 속에서 어떻게 형상화되고 있는가를 분석하여 작가 의식의 변모 양상을 고찰하고

---

32) 작가 연표는 [부록 1]로 첨부한다.
33) 소설 목록은 [부록 2]로 첨부한다.
34) 산문 목록은 [부록 3]으로 첨부한다.

자 한다.

송기숙은 소설이 거울처럼 세상의 모습을 비추는 기능을 해야 한다고 보고 있다. 이때 그 기능은 단지 객관적 현실을 있는 그대로 복사해야 한다거나, 단순히 반영한다는 의미보다는 작가의 사회의식과 역사의식에 의해 설명되고 재해석된 현실을 의미한다. 즉 작품 속에서 묘사되는 사회현실은 작가의 역사관의 반영이며, 소설 속의 인물은 작가의 비전을 대신해서 구현하는 인물인 것이다. 이에 이글에서는 이와 같은 작가 의식의 반영과 변모 과정을 작품의 해석을 통해 고찰함에 있어서 문학사회학[35]과 이데올로기 이론[36]을 그 해석의 틀로 삼고자 한다.

이 글의 연구 범위는 송기숙 소설 전체를 대상으로 하며 텍스트는 작품집에 실린 작품을 중심으로 하되, 작품집에 실리지 않은 작품은 초간본을 기준으로 한다. 이에 따라 단편소설집 『백의민족』(1972), 『도깨비

---

[35] 문학사회학은 문학을 사회와의 연관 하에서 조명하는 작업으로서 집단적 현상이 어떻게 미학적 산출물로 이행되었는가, 사회적 사실이 작가에 의해 어떻게 언어와 상상력의 작품으로 표출되었는가를 밝히는 것을 임무로 한다. 골드만은 어떤 역사적 시기에 작품을 결정짓게 하는 사회적 그룹의 구조와 작품의 구조의 상관관계를 밝히는 데 주안점을 두고 있다. 그는 어떤 작품이 출현한 시기에 그 작품이 산출되도록 허용해 준 요인을 알아내고자 한다. 그것을 위해서 먼저 작품을 이해하고 난 다음, 작품의 구조를 먼저 추출한 다음에 그 구조를 한 사회적 그룹의 구조와 연결시키는 것이다. 결국 문학 사회학이 다루어야 할 것은 하나의 작품이 어떻게 구조화되고, 그리고 구조화된 구성 요소들이 해체구조화의 과정을 거쳐 그 작품을 감싸는 구조와 동질화를 이룩하는지 알아보는 것이 된다. 이와 같은 과정을 거치게 되면 발생구조론에 의한 분석은 필연적으로 변증법적인 성질을 띠게 되는 것이다.
이동렬, 『문학의 사회묘사』, 민음사, 1988, 187~188면 ; 홍성호, 『문학사회학, 골드만과 그 이후』, 문학과지성사, 42~56면 참조.
[36] 올리비에 르불은 이데올로기를 "표면적인 합리성 아래 그 기능을 감추는 권력에 봉사하는 사고로, 소유물을 소유권으로 변화시키고, 현상적인 지배를 물리적 억압에 의지하지 않고서도 항구적으로 복종 받을 수 있게 만들어주는 권력의 담화"라고 본다. 그리고 이데올로기의 다섯 가지 특징을 당파적 생각, 집단적 생각, 은폐적 생각, 합리적 생각, 권력에 봉사하는 생각으로 규명한다.
올리비에 르불, 홍재성·권오룡 옮김, 『언어와 이데올로기』, 역사비평사, 21~26면, 280면.

잔치』(1978), 『재수없는 금의환향』(1979), 『개는 왜 짖는가』(1984), 『테러리스트』(1986), 『어머니의 깃발』(1988), 『파랑새』(1988), 『들국화 송이송이』(2003), 장편소설 『자랏골의 비가』(상, 하)(1977), 『암태도』(1981), 『녹두장군』(전12권, 1994), 『은내골 기행』(1996), 『오월의 미소』(2000) 등이 이 글의 연구 대상이 될 것이다.37)

---

37) 작품명은 게재했을 당시의 제목으로 작가 연표에 기재하여 [부록]으로 첨부했기 때문에 본문에서는 한글로 통일하기로 한다.

제 2 장

송기숙의 생애와 그의 소설 세계

송기숙의 생애는 그의 문학 세계와 결부하여 네 단계로 시기별 구분을
할 수 있다. 첫 번째 시기는 문학적 원체험기로 태어나서부터 6·25전쟁
을 겪었던 중학교까지이다. 작가에게 원체험은 문학의 모태가 되는 중요
한 요소로 이 시기의 체험이 그의 소설에 어떻게 투영되고 있는지 전 작
품을 대상으로 살펴보기로 한다. 두 번째 시기는 문학적 생성기로 장흥
고등학교 재학시절 교지 『억불』을 발간하면서부터 분단 이데올로기의
허위성을 비판했던 1970년 초반까지이다. 이때는 소설가로서의 작가 의
식이 형성되었던 시기로, 문학의 기교와 문장에 신경을 썼던 초기 소설
의 특징을 보여주고 있다. 세 번째 시기는 문학적 성장기로 1970년 중
반부터 자본주의 병리현상과 근대화 이데올로기의 폭력성을 비판했던
1980년 초반까지이다. 이 시기에 그는 작가 의식의 첫 번째 굴절과정을
겪게 되며, 그것은 문학의 사회적 기능을 강조하는 중기 소설의 특징으
로 나타난다. 네 번째 시기는 문학적 심화기로 1981년 형집행면제처분을
받아 출감하면서부터 현재까지를 말한다. 이때부터 그는 작품에서 민중
이데올로기의 주체성을 구현하고자 하는 작가 의식의 두 번째 굴절과정

을 보여주며, 문학을 반독재 투쟁의 도구로 삼아 실천적 지식인의 면모
와 함께 민중문학의 역할을 강조하는 후기 소설의 특징을 보여준다.

1. 문학적 원체험기

송기숙은 1935년 7월 4일 전라남도 완도군 금일면 육산리 산9번지[1]
에서 아버지 송복도와 어머니 박본단 사이에서 형제 중 장남으로 태어났
다. 송기숙이 「사모곡 A단조」(1971)에서 "그는 어느 외딴 섬에서 태어났
던 모양"이라고 하였듯이, 그가 태어난 곳은 여산 송씨의 집성촌으로, 그
의 선조이자 단종의 장인이었던 송현수가 단종복위운동에 연루된 혐의
로 주살된 후 그의 아들이 강진으로 피신하게 되었고, 이후 그 후손이
임진왜란 때 다시 이곳으로 '입도조(入島祖)'하여 형성되었다.

> 내가 거기 처음 가서 느꼈던 어긋난 눈길, 섬사람들의 강기(剛氣)랄까
> 그들의 성격이었다. 처음에는 거친 바다와 싸우며 살아 그렇지 않은가
> 했으나, 그보다 깊은 뿌리가 있는 것 같았다. 좀 엉뚱한 소리 같지만 그
> 건 그들 선조가 그 험한 섬에까지 들어와 살게 된 경위와 관련이 있는
> 것 같았다.
> 전에 진도 같은 데서 민담을 조사할 때 "우리 입도조(入島祖), 입도
> 조"하여 처음에는 무슨 말인가 했다가 알고 보니 그 섬에 맨 처음 들어
> 와 자리를 잡은 선조를 일컫는 말이었다. 대개 12대나 13대조였는데 무
> 슨 대단한 관직에 있던 인물인가 물어보면 입도조의 출신이나 입도 경
> 위를 시원하게 말하는 사람은 거의 없었다.

---

1) 이 책에서는 그 동안 전라남도 장흥군 용산면 포곡리로 알려진 송기숙의 출생지를
   전라남도 완도군 금일면 육산리 산9번지로 바로잡고자 한다.

한국전쟁 때 산골사람들을 강제로 소개했듯이 임진왜란 때도 섬사람들을 모두 섬 밖으로 소개해 섬이 거의 비었었다는 사실에 생각이 미쳤다. 그러니까 입도조들은 시기적으로 임진왜란 이후에 들어온 사람들이었고, 그런 깊은 섬에까지 들어왔다면 전쟁 뒤의 그 핏발선 싸개통에서 갖가지 허물로 고향에서 볕바르게 살 수 없는 사람들이었을 법했다. 조선왕조 후기 민란 때나 동학농민전쟁 뒤에도 웬만한 사람들은 지리산 깊은 산골로 숨고 수괴급들은 섬으로 도망쳤으며, 잡힌 사람들도 감사도배(減死島配). 곧 사형에서 일등 감하여 섬으로 유배되었다.[2]

송기숙이 태어난 시기는 일제가 만주를 침공하여 본격적인 중·일 전쟁이 발발하기 전이었고, 한국독립당 등 독립 운동단이 조직된 해이기도 했다. 이 시기 일제는 조선사상범 보호관찰령을 공포하고, 홍업구락부 사건으로 YMCA를 중심으로 활동하였던 민족주의자들을 다수 체포하였다. 나아가 국어사용을 전면 금지하고 창씨개명 및 신사참배를 강요했다. 이후 송기숙이 다섯 살이 되던 해인 1939년에는 제2차 세계대전이 발발하여 국민징용이 실시되었다. 이처럼 일제의 탄압이 강화될수록 입도조한 사람들은 자신의 신분을 숨겨야 했고, 자식들에게조차도 동학농민운동에 참가했다는 사실을 말할 수 없었다. 이에 송기숙도 어린 시절 할아버지와 외할아버지가 그들의 과거에 대해 언급이 없었기에 항상 궁금증이 많았다.

송기숙 문학의 원천은 외할아버지에 대한 기억에서 시작된다. 그는 1939년 다섯 살 때 외할아버지가 동학농민운동에 참가했다는 이야기를 듣게 된다. 아직 어린 나이였지만 이모들과 이야기를 나누고 있던 외할아버지의 모습은 '징게맹게들'에 '허옇게 널려 있는 시체'와 '가마귀가 수만 마리 나르고 있'는 장면[3]과 함께 떠오른다. 당시 외할아버지는 완

---

2) 송기숙, 「작품 쓰기와 현장 답사」, 『민족의 길, 예술의 길』, 창작과비평사, 2001, 269 ~270면.

도에서 7백 리 길이었던 호남평야까지 쌀을 팔러 가셨다고 했지만, 공주 전투와 전봉준 장군의 최후전투였던 태인 전투에 참가하셨던 것이다. 그는 그때의 광경을 이렇게 묘사하고 있다.

> 「뿌리가 있다는 건 물론 핏줄을 이야기한 것입니다마는 그런 것도 유전인지 어쩐지는 모르겠는데 가풍에는 그런 정신이 배어 있잖겠어요?」
> 「글쎄요, 아버님한테나 숙부님한테 할아버님 이야기는 많이 들었고 그때마다 감동했지요. 자부심도 느꼈고……」
>
> ―「어느 여름날」, 『재수없는 금의환향』, 167~168면

> 어렸을 때 어머니가 귓속말로 속삭여 주던 할아버지의 행적은 지금도 어머니의 숨결과 함께 귓가에 쟁쟁하게 남아 있었고 얼굴 한 번 본 적 없는 할아버지가 순자의 마음속에 뚜렷한 영상으로 자리잡혀 있었다.
>
> ―「몽기미 풍경」, 『재수없는 금의환향』, 50면

송기숙의 무의식 속에 잠재해 있던 외할아버지에 대한 기억은 이후에 저술된 많은 작품에서 '동학의 후예'와 '의병'으로 그리고 '불패자 영감'과 '황소처럼 고집이 세고 타협할 줄 모르는 영감'으로 그려지고 있다. 이들은 어린 시절 부드럽고 따스했던 보통의 할아버지 모습에서, 점차로 그 치열했던 역사의 한복판에서 살아남기 위해서 겪었을 수많은 시련을 이겨낸 강인한 민중의 표상으로 자리 잡는다. 이로써 송기숙 문학의 출발점은 외할아버지로부터 비롯되었다고 짐작할 수 있다. 따라서 초기 단편부터 장편까지 외할아버지를 어떻게 형상화하고 있는지 살펴보는 것은 그의 작품을 이해하는 열쇠가 될 것이다.

---

3) 송기숙·박양호 대담, 「나의 文學, 나의 小說作法」, 『현대문학』(통권348호), 1983, 349면.

영감은 다른 사람들처럼 발을 구르며 악을 쓰는 것도 아니고, 저만치 꼼짝 않고 서서 집이 부서지는 꼴을 지켜 볼 뿐이었다. 비통한 얼굴도 성난 얼굴도 아닌 것 같았다. 그냥 망연히 그렇게 보고만 있었다. 턱밑에 한 움큼 달라 붙은 염소 수염이 먼발치로 조금 떠는것 같았을 뿐이다.

— 「영감은 불 속으로」, 『백의민족』, 125면

파출소에서 운동모가 쥐어박을 때, 넋나간 사람처럼 펑펑 맞고만 있더라는 모습과 함께 나에게는 문득 어렸을 때 외할아버지 영상이 떠올랐다. 흰 두루마기의 허허한 뒷모습을 보이며 적막한 산굽이를 혼자 돌아가던 그 외할아버지의 영상이……

— 「백의민족·1968년」, 『백의민족』, 189면

등받이에 몸을 기댄 성호의 눈앞에는 김길동이 이길동이들이 형님 동생 너털웃음을 터뜨리며 잔칫상 앞에 도깨비들처럼 모여들고 있는 광경이 아른거리고 있었다. 그 요란스런 도깨비들의 잔치판에서 꼭둑각시 노릇을 하고 있었을 자기 꼴을 상상해 봤다. 그 영상 위에 엉뚱한 영상이 떠올랐다. 동곡할아버지였다. 이육사의 〈청포도〉 나그네처럼 전설적인 분위기를 거느리고, 갈매나무같이 고고하고 정갈하던 동곡할아버지, 성호는 울컥 몰려드는 정감에 조용히 옷깃을 여몄다.

— 「도깨비 잔치」, 『도깨비 잔치』, 63~64면

송기숙은 어린 시절 외할아버지 무릎에서 자랐다. 외할아버지에 대한 마지막 기억은 그가 집에 왔다가 외가로 돌아가면서 보인 '흰 두루마기의 허허한 뒷모습'이었다. 외할아버지는 그가 8살 때 돌아가셨지만, 그의 많은 작품에서 민중의 전형으로 형상화되고 있다. 즉 「추적」(1975)에서 정년퇴직한 고등학교 교장으로, 「불패자」(1976)에서 악발 영감으로, 「가남약전」(1977)에서 가남 영감으로, 「도깨비 잔치」(1978)에서 성호 할아버지로, 「개는 왜 짖는가」(1983)에서 털보 영감・좁쌀 영감・민 영감・굴때장군으로 묘사되고 있는 것이다. 이들은 모두 세상을 향해 감시하듯 무서운 눈초리를 지니고 있으며, '되바라진' 일에는 참지 못한다.

이러한 영감들이 구체적인 역사 공간 속에서 동학농민운동과 함께 언급되는 작품은 1974년에 『현대문학』에 연재한 『자랏골의 비가』에서부터 『암태도』(1981), 『녹두장군』(1994), 『은내골 기행』(1996), 『오월의 미소』(2000)까지 장편으로 이어진다. 이는 송기숙이 구체적인 역사적 사건을 소설로 형상화하면서 오늘날 민중들이 지니고 있는 민중 주체에 대한 낙관적 의식의 뿌리를 동학농민운동의 정신에 두고 있음을 짐작할 수 있다.

송기숙은 『자랏골의 비가』의 곰 영감[4]에게서 외할아버지의 모습을 추정하고 있다고 볼 수 있다.

> 그때 곰 영감이 기침을 하고 나섰다. 좌중이 조용해졌다.
> 「여러 소리 할 것 없이 등급으로 해!」
> 동네 사람들은 잠시 질천이한테로 눈이 갔다. 질천이는 말이 없었다.
> 「등급으로 하는 데 이의 없소?」
> 종수가 좌중을 둘러봤다.
> 「그러면 등급으로 하겠소.」
> 곰 영감은 저만치 뒷자리에 앉아 무슨 일에나 별로 말이 없었지만,

---

4) "내 작품 곳곳에 곰 영감같이 고집이 세면서도 인자한 영감이 자주 등장하는데, 이런 인물은 내 친척 중에서 나에게 가장 큰 영향을 준 내 외할아버지가 그 모델입니다. 우리 역사에서 가장 긍정적인 인물이 바로 이런 인물이 아닌가 하는 생각을 하고 있습니다. 그분은 내가 8살 때 세상을 뜨셨는데, 어렸을 때의 몇 가지 희미한 기억과 그분의 풍모가 나에게 결정적인 영향을 준 것 같습니다. 나중에 알고 보니까 그분은 동학농민전쟁에도 적극적으로 참여하여 전봉준장군의 최후 전투였던 태인전투에까지 참여하신 것 같은데, 동학농민전쟁에 대한 내 집념은 이런 개인적 사정이 크게 작용한 것이 아닌가 스스로 생각을 합니다. 그러니까, 동학군의 무릎에서 자란 나로서는 그 현장을 돌아다니며 그때의 광경을 상상해 본다는 것만으로도 감회가 유다르지요."
같은 글, 349면.

동네 사람들 마음은 언제나 한자락이 곰 영감한테 눌러 있었기 때문에 그가 맨 뒷자리에 앉아 아무 말을 하고 있지 않아도, 그가 맨 앞에 덩실하게 버티고 있는 것 같았다. 그래서 그가 만약 자리를 비거나 하면, 너무 크게 자리가 나서 어디가 한군데 구멍이라도 뚫린 것 같은 허전함을 느꼈다. 그래서 이런 회의 때도 모두가 제 의견 좇아 제 말을 하면서도 곰 영감 눈치 보아가면서 말길이 돌아가기 십상이었다.

—『자랏골의 비가』 상, 41면

곰 영감은 "저만치 뒷자리에 앉아 무슨 일에나 별로 말이 없지만", 경우에 바르지 않은 행동을 하는 사람에 대해서는 응징을 한다. 그래놓고는 "말없이 자기 집을 향해서 곰같이" 간다. 동네 사람들은 "마음 한자락이 곰 영감한테 눌러" 있었지만, 그가 자리를 비우면 "어디가 한군데 구멍이라도 뚫린" 것처럼 허전함을 느꼈다. 『자랏골의 비가』에서와는 달리 송기숙은 『암태도』에서 섬에 들어와 살 수밖에 없는 인물을 춘보와 만석을 통해 외할아버지의 모습을 구체화시키고 있다. 춘보는 동학농민운동에 참가했다가 '왜놈들의 무지한 토벌작전'에 의해 제주도로 피신하던 중 바람에 밀려 암태도로 오게 되었다. 만석은 남사당패 소리꾼 출신으로 의병 봉기에 나섰다가 "일인들의 토벌작전에 밀려 의병부대가 해산하는 바람에" 그곳에서 만난 춘만을 따라 암태도로 들어오게 되었다.

"그래서 이 섬구석으로 숨어들어 왔었나? 그러고 보니 지난번 재판소에서 그렇게 대차게 대들던 것이 다 뿌리가 있는 것이었그만."
"내 이렇게 늙었네마는 지금이라도 어디서 그런 싸움이 붙는다면 천리만리라도 쫓아가서 싸울 참이네. 그런 판에 뛰어들어 싸우다가 죽는다면 논두렁에 고개를 처박고 까마귀밥이 된대도 한이 없겠어. 지금까지 구차스럽게 살아온 것을 생각하면 구역질이 나."

—『암태도』, 238면

만석과 춘보는 신분을 숨기면서 살아가지만, 마음 속에는 "그런 싸움이 붙는다면 천리만리라도 쫓아가서 싸울" 만큼 역사의식을 지닌 인물이다. 이러한 경력을 바탕으로 그들은 소작쟁의의 중심에 서서 암태도 사람들을 하나로 묶는 역할을 한다. 『녹두장군』에서 전봉준도 농민군의 해산을 명령한 후 달주를 불러 "몇 사람만 데리고 앞으로 섬으로 들어가서 은신"할 것을 당부한다. 그는 "은신하기에는 섬이 제일 안전하다.5)"며 후일의 거사와 역사적 계승을 위해 달주를 섬으로 보낸다.

『은내골 기행』에서는 할아버지의 회상을 통해 동학농민운동의 역사적 현장이었던 장흥읍 석대들6)로 옮겨 온다.

"옛날 동학난리 때도 사람들을 싹 쓸었더라면요?"
형님이 물었다.
"말도 말게. 일본 군대 회선포에 갈대 넘어지듯 했네. 전쟁터에서도 그랬지만 전쟁이 끝난 담에 붙잡힌 사람들은 더 험하게 죽었어. 여기 읍내 장터 쇠전에서 죽였다는 소리 못 들었는가?"
할아버지는 거듭 한숨을 쉬었다. 읍내 쇠전에서 농민군 죽인 이야기는 명호도 여러번 들었다. 뒷결박진 농민군들을 수십 명씩 쇠전으로 끌고 가서 쇠말뚝 밑동에다 결박진 손목을 밭게 묶은 다음 짚뭇을 풀어

---

5) 송기숙, 『녹두장군』 12권, 창작과비평사, 1994, 245면.
6) 장흥의 민중들은 1894년의 동학농민운동에 적극적으로 참여했다. 용산면(당시는 남면) 어산리(묵촌) 출신 이방언과 부산면(당시는 용계면) 용반리(지와몰) 이사경 접주 등이 이끈 5천여 농민군은 전봉준이 체포된 이후에도 장흥읍성을 함락하고 강진성과 병영성을 함락하는 성과를 보였다. 12월 3일부터 15일 사이의 일이었다. 그러나 관군(경군)과 일본군 그리고 민보군이 연합하여 12월 15일 장흥읍의 석대들과 12월 17일 고읍(현 관산읍) 옥산리 전투에서 혈전을 벌여 수많은 사상자를 내고 이방언 등 주요 지도자들이 체포 처형되었다. 그러나 이곳에서 밀려난 동학농민군은 산간으로 섬지방으로 들어가 활동을 계속했으며 뒷날 의병활동이나 3·1운동의 밑바탕이 되기도 한다. 장흥군은 1992년에 석대들이 바라다 보이는 곳에 '동학농민혁명 기념탑'을 세웠고, 비문은 송기숙과 고은이 썼다.
강수의 편저, 『사진으로 보는 장흥 100년사』, 장흥군·장흥문화원, 1995, 13면.

목까지 쌓아놓고 거기다 불을 질렀다는 것이다.

—『은내골 기행』, 39~40면

송기숙은 할아버지의 입을 통해 민중의 수난[7]을 이야기하고 있다. 이는 동학농민운동으로 말미암아 무고한 민중이 '불에 타 죽었듯이', 6·25전쟁으로 인하여 '은내골' 전체가 화염 속에 사그라지는 아픔을 예고하고 있는 것이다. 전쟁은 그토록 아름다웠던 '은내골'을, 그리고 그 속에 살고 있었던 순박한 민중을 모두 죽이는 폭력이었다. 송기숙은 역사적인 투쟁의 현장이었던 '석대들'을 바라보며 자신이 문학을 통해 해야 할 일이 무엇인가를 깨닫게 된다. 그는 '역사적인 사실을 제대로 쓰지 못할 때 그 자체가 역사의 왜곡이며, 그것은 또 다른 범죄'라고 생각했던 것이다. 그래서 2000년에 발표된 『오월의 미소』에서도 '동학의 후예'라는 끈을 놓지 않고 있으며, 여기서 그는 자신이 평생 동안 추구하고 닮고자 했던 외할아버지를 바람 따라 여기저기 자유롭게 떠돌며 판소리를 하는 백동 영감으로 묘사하고 있다. 송기숙이 '무등산도 알고 있는데' 라고 말했듯이 백동 영감도 무등산을 바라보며, 5·18광주민주화운동에 대한 책임자가 처벌되지 않는 현실에 대해 비감을 토로하고 있다.

송기숙에게 외할아버지가 문학의 자양분이라면 아버지와 어머니는 삶의 중심이었다. 아버지 송복도는 정규 교육을 받지 않았으나 한글을 독학으로 배웠고, 완도에서 여수, 진도 등으로 곳배를 타고 다니며 장사를

---

7) "저는 용반접(지와몰) 출신인데, 항상 12월 동짓달이면 동학귀신 제사를 지내서 떡을 먹었습니다. 내가 살던 마을에 이사경 접주라고 대물림 접주가 있었어요. 일본 놈들이 전투를 했던 석대들에서 잡은 농민들을 서초등학교하고, 벽사역 기둥에다 묶어놓고 짚으로 만든 짚못을 씌우고, 들기름을 부은 후 불을 질러 죽였어요. 그리고 시체를 못 가져가게 해서 농민들과 정반대였던 유생들이 몰려가서 시체를 내놓으라고 해서 며느리하고 시어머니 둘이서 꽁꽁 언 시체를 한 명은 다리 들고, 한 명은 머리 들고 왔다는 이야기를 들었어요."
김석중, 인터뷰, 2008. 5. 25.

했다고 한다. 어머니 박본단은 입담이 좋은데다가 불의를 보면 참지 못
하는 강인한 성격의 소유자로 생활력이 강했다.[8] 그녀는 생활이 어려운
동네 아주머니가 저녁 식사 무렵에 농기구 등을 빌리러 오면 그 가족이
굶고 있음을 알고 끼니도 함께 챙겨주었고, 또한 이웃집 아주머니가 실
수로 뜨거운 물을 엎질러 송기숙이 목에 화상을 입자 치료를 위해 동분
서주하면서도 치료비조차 받지 않았을 만큼 인정이 많았다고 한다. 이와
같이 송기숙은 아버지의 성실함을 보고 자랐고, 어머니를 통해서는 불의
에 대한 강직함과 타인을 배려할 줄 아는 이타심을 갖게 되었다.

어린 시절 송기숙은 이사를 자주 다녔다. 위에서 언급한 바와 같이 아
버지 송복도는 일본에 해초를 수출하기 위해 완도에서 여수, 진도 등으
로 곳배를 타고 다니며 장사를 했다. 그는 송기숙이 돌이 될 무렵 완도
에서 진도로 이사한 후에는 어장을 했으나, 자식들을 '섬놈'으로 키우지
않기 위해 다시 전주로 이사를 한다.

> 섬이라면 아주 사람 못 살 곳으로만 여기고 있던 다음이라 전에도
> 피할 곳으로 섬을 생각해 보지는 않았었다.
>
> ―『암태도』, 88면

> '촌놈들이 뭘 알겠소'. 촌놈이라는 비하 속에서 퉁겨나온 빠듯한 저
> 항은 주먹보다 얼얼했다. '섬놈'이라는 소리는 더 지독했다.
>
> ―『오월의 미소』, 56면

---

8) 송기숙은 "어머니가 선거 때 선거위원이 기표 용지를 엿보자 기표소 포장을 벗겨버
   렸던 일화가 있으며, 남새밭에 꽃이 자라면 채소가 자라지 못할까봐서 모두 뽑아버
   렸다."고 회고했다. 따라서 송기숙 소설에 등장하는 강인한 모성을 가진 인물들은 어
   머니에게서 기인했다고 볼 수 있을 것이다. 송기숙은 이러한 어머니의 모습을 「성묘」
   (『문학과 경계』(통권5호), 2002, 131면)에서 신흥댁을 통해 묘사하고 있다. 그러나 작
   품집 『들국화 송이송이』(2002)에서는 이 부분이 빠졌다.
   송기숙, 인터뷰, 2008. 4. 2.

송기숙의 아버지는 전주에서 집과 논을 사서 농사를 짓는다. 하지만 이에 만족하지 않고 다시 곳배를 타며 해초 장사를 계속했고, 8·15해방과 함께 장사를 더 이상 할 수 없게 되자 전라남도 장흥군 용산면 포곡리로 이사9)한다. 송기숙의 아버지가 완도로 돌아가지 않고 고향이 가까운 장흥으로 이사를 한 까닭은 농번기에는 농사를 짓고 농한기에는 가까운 섬에 가서 당시 어장에 필수였던 대나무 장사를 할 수 있기 때문이었다. 그는 어렸을 때부터 아버지가 모내기를 한 후 농한기에는 섬으로 대나무를 팔러 다니고, 추수 후에는 쌀을 팔러 다니는 부지런한 모습을 보고 자랐다.

송기숙은 1942년 8살의 나이에 국민학교에 입학10)한다. 그에게 일본 순사는 '청결 검사'와 '술 뒤짐'과 '삼림 감독'과 '유기 공출'을 하는 모습으로 남아 있다. 식구들은 청결 검사하는 날이 되면 새벽부터 전부 나서서 집안 구석구석을 청소하느라 법석을 떨었지만, 흰 수건에 침을 묻혀 마룻장을 문질러 보는 검사법 앞에 걸리지 않는 집이 없었다. 이처럼 그들은 시퍼런 칼을 철떡거리며 집집마다 쏠고 다녔고, '조선놈들은 짐승처럼 더럽게 사는 미개인'들이라는 식으로 닦달을 했다. 어린 송기숙에게 '청결 검사'와 '술 뒤짐' 등으로 마을 사람들을 탄압했던 사건은 '우리는 할 수 없는' 못난 민족이라는 열등감을 느끼게 했다.11)

---

9) 송기숙이 전남 장흥군 용산면 포곡리로 이사를 한 시기는 정확하지 않다. '해방 이후 돈줄이 끊겨 더 이상 장사를 할 수 없어서 포곡으로 이사했다.'는 작가와의 인터뷰에 근거할 경우 1945~1947년으로 추정되며, 고향 친구인 방송정과의 인터뷰 결과 송기숙이 국민학교 3, 4학년 쯤 이사한 것으로 기억하고 있으므로 1946~1947년으로 생각할 수 있다. 송기숙이 졸업한 계산국민학교 졸업 대장을 확인한 결과 1회부터 15회까지 자료의 사본이 소실되어 입학과 인적사항 확인이 어려웠고 졸업 관계만 확인할 수 있었다. 송기숙은 잦은 이사 때문에 전학을 다니면서 2년을 쉬게 되어 친구들보다 늦은 1950년 5월 4일 계산국민학교(10회)를 졸업했다.

10) 송기숙은 국민학교 입학 당시 이름이 송귀식(宋貴植)이었으나 중학교 때에 송기숙(宋基琡)으로, 다시 47세에 기숙(基琡)에서 기숙(基淑)으로 개명했다.

11) 송기숙, 「농민군, 우리 민족의 표상—장편 역사소설 『녹두장군』」, 『민족예술』(통권2

국민학교 2학년 때 해방을 맞이한 송기숙은 일본말 교과서가 우리말 교과서로 바뀌자 기뻐하며 마치 미국을 해방의 은인처럼 생각하기도 하였다. 하지만 표지에 '군정청 문교부'라는 발행처가 찍힌 교과서에는 우리 조상들의 이야기가 아닌 '워싱톤'은 정직의 표상이며, '에디슨'은 탐구정신의 표상이라는 미국의 선조 이야기만 여러 다른 양상으로 바뀌어 실려 있어서 실망했다. 당시 미군정은 신식민지적 지배와 종속 관계를 효율적으로 중개하기 위해 교육을 중심으로 식민사관과 자민족 비하를 정당화하였고, 새로운 사대주의적 이데올로기들을 인위적으로 창출하고 있었다. 그럼에도 불구하고 송기숙은 당시 시골에서 읽을거리라고는 교과서밖에 없었기 때문에 그 내용을 수십 번 읽고 쓰고 외우면서 성장했다.12) 이러한 체험은 『자랏골의 비가』 등 그의 작품에서 해방을 부정적 시각으로 묘사하고 있음을 통해서 어느 정도 짐작할 수 있다.

송기숙의 출생지는 완도군 금일면 육산리였지만, 그의 문학적 고향은 그가 국민학교부터 고등학교를 다녔던 곳으로 학창시절 친구들과의 추억이 있는 장흥군 용산면 포곡리로 볼 수 있다. 송기숙이 『자랏골의 비가』를 쓰게 된 동기가 '고향에 지고 있는 빚을 갚기 위해서'13)라고 하였듯이, 그의 대부분 작품 속에 공간적 배경은 실제 고향인 포곡으로 볼 수 있다. 이런 이유로 '포곡'은 송기숙 문학에 있어서 원체험의 공간이자, 토포필리아로서의 고향14)이라고 해도 무방할 것이다.

호), 1994, 172면.
12) 같은 글, 174면.
13) 송기숙, 「달음질쳐 간 고향의 세월」, 『교수와 죄수사이』, 심지, 1988, 15~16면.
14) 토포필리아는 현상학적 인문지리학자인 이-푸 투안(Yi-Fu Tuan)의 용어로 인간 존재가 모든 물질적 환경과 맺는 정서적 유대를 의미한다. 투안이 토포필리아를 공간현상학적 차원에서 본격적으로 검토한 최초의 연구가이기는 하지만, 토포필리아라는 용어는 이미 가스통 바슐라르(Gaston Bachelard)의 『공간의 시학』에서 사용된 바 있다. 바슐라르는 『공간의 시학』에서 자신의 연구가 "행복한 공간의 이미지들을 검토"하고자 하는 것이며, 그것은 장소애호(Topophilia)라는 명칭을 가질 만한 것이라고 말하고 있다.

송기숙이 고향으로 들어가는 문은 그의 집 앞에 있는 커다란 당산나무 아래 정자이다. 투안이 말하는 토포필리아는 인간이 생존하기 위해, 자신을 둘러싼 주변 세계를 친숙한 장소로 만들고자 하는 본능적 성향으로부터 출발한다. 여기서 투안이 말하는 토포필리아는 인간의 구체적 경험의 영역에 속하는 것으로, 장소에 대한 애착이 절대적인 상상력에 의해서가 아니라 개인의 기억과 학습에 의해 형성되고 획득된다. 이는 유아가 행동의 반경을 넓혀가면서 주변의 환경을 탐색하여 낯설고 위협적인 공간(space)을 익숙하고 안전한 장소(place)로 만들어가는 과정에서 장소에 대한 애착이 최초로 발생하는 것과 같다. 이 장소 사랑의 본능적인 뿌리내림은 자기가 속한 장소에 대한 가치 부여를 통해 토포필리아로 완성된다.[15] 이것은 곧 송기숙의 장소 사랑[16]이 바로 당산나무의 존재를 기억하는 것으로부터 시작된다는 의미로 볼 수 있다. 작가의 집에서 바라다보이는 당산나무는 본래 두 그루였으나, 위쪽에 있는 나무는 태풍에 넘어져 고목만 남아 있고, 현재 남아 있는 아래쪽의 당산나무는 숲처럼 무성했다. 송기숙에게 당산나무 아래 정자는 이미 사라져버린 유년 시절의 공동체적 삶의 그리움이요, 고향의 메타포이다. 그래서 송기숙은 『자랏골의 비가』[17]를 쓴 이후 많은 작품에서 당산나무와 당산나무 아래 정자에 대해 묘사하고 있는 것이다.

가스통 바슐라르, 곽광수 옮김, 『공간의 시학』, 민음사, 1990, 69면 ; 이-푸 투안, 구동희 · 심승희 옮김, 『공간과 장소』, 대윤, 1999, 20면.

15) 졸고, 「이문구 소설의 토포필리아 연구―연작소설을 중심으로」, 전남대학교 석사학위논문, 2005, 11~12면.

16) 이 글에서는 토포필리아를 물질적 환경과 맺는 정서적 유대로서 '장소 사랑'으로 해석하고자 한다. 이는 송기숙의 문학적 원천은 태생적 고향보다는 성장기의 고향에 지대한 비중을 두고 있기 때문에 '포곡'은 토포필리아로서의 의미를 지닌다고 볼 수 있다.

17) 이 작품은 1974년 2월부터 1975년 6월까지 『현대문학』에 발표된 연재소설로 작가가 일곱 번 정도 고친 후에 1977년 창작과 비평사에서 상, 하 두 권으로 묶어 출간했다.

저녁을 먹은 자랏골 사람들은 한 사람씩 정자나무 밑으로 모여들었다. 아침 저녁으로 찬바람이 살랑거리면서부터 좀 한산했던 정자나무 밑이 오늘 저녁은 장터처럼 술렁거렸다. 양문이 묏등에서 한쪽으로 조금 비껴 동각(洞閣)이 앉았고, 그 동각 마당의 축대 밑으로 예삿집 마당 서너 개 넓이에 아름드리 정자나무가 여러 그루 솟아 있었다. 그 고목들이 빽빽하게 가지를 얼싸안아 지붕처럼 두껍게 하늘을 가리고 있어 비라도 오는 날이면 대낮에도 컴컴할 지경으로 녹음이 짙어, 오늘은 추석을 이틀 앞둔 열사흘 달이 중천에 밝았으나 정자나무 밑은 불꺼진 방처럼 어두웠다. 좀팽나무 등걸에 호롱불이 하나 걸려 사방을 어슴푸레 비춰주고 있었다. 그러나 굴 속에서 사는 너구리들처럼 어둠에는 익숙한 사람들이라 초가을 저녁 개운한 맛이면, 굳이 달빛 아래가 아니더라도 답답한 줄을 몰랐다.

―『자랏골의 비가』 상, 32~33면

자기가 어렸을 때 자라난 고향 마을의 풍경이었다. 대밭과 감나무 등 풍성한 오월의 녹음 속에 쌓여 있는 아늑한 고향 풍경이 어머니의 젖가슴같이 아늑한 정감으로 눈앞에 아른거리고 있었다.

고향 마을이 한눈에 들어왔다. 유난히 크고 풍성한 정자나무가 예나 다름없이 크게 가지를 벌리고 짙게 녹음을 드리우고 있었다. 차가 천천히 들길을 가로질러 저쪽 강둑으로 가는 사이 달수는 고개를 돌려 동네를 건너다봤다. 지붕이 빨갛고 파란 색깔로 바뀌고 동네 앞에 새마을 창고가 지어진 것이 다를뿐 예나 별반 다름없는 모습이었다. 어렸을 때의 꾀벅쟁이 친구들이 뛰어 나올 것 같은 착각이 들고 했다.

―「고향 풍경」(콩트)

명호는 은내골 동네에 들어서는 순간 이상하리만큼 마음이 푹 놓였다. 이 동네는 전쟁 같은 것과는 전혀 무관하게 느껴졌다. 교과서에서 배운 평화라는 말의 실상을 보는 느낌이었다. 뒤에 치솟은 산봉우리에서 양쪽으로 뻗어내려 푸근하게 동네를 싸안고 있는 산줄기가 외지에서 오는 자기들까지도 대번에 안아주는 것 같았다. 동네 앞에는 당산나무가 풍성하게 가지를 늘어뜨리고 있었고 당산나무 아래 정자에는 동네 사람들이 허옇게 앉아 있었다.

— 『은내골 기행』, 22~23면

딱 하나 변하지 않은 게 있었다. 동네 앞에 서 있는 정자나무였다. 쥘부채를 펴놓은 것처럼 위쪽이 둥그런 정자나무는 풍성한 수세가 옛날 모습 그대로였다. 그 아래 들돌도 남아 있을까? 정자나무 아래는 크고 작은 들돌 두 개가 형제처럼 항상 나란히 앉아 있었다.

— 「꿈의 궁전」, 『들국화 송이송이』, 146면

이와 같이 많은 작품의 배경이 되는 당산나무 아래 정자는 "공통된 믿음과 가치의 표출이자, 개인 상호간의 관계맺음의 표현"[18]이기도 하다. 당산나무 아래 정자는 숱한 비바람에 흔들리지 않으며, 온몸으로 마을 사람들을 감싸주는 가장 원초적인 장소이면서, 어머니의 품처럼 따스하고 포근한 터전이다. 당산나무 아래 정자는 한 개인의 영역에 속하지 않고 애초부터 공동체의 장소로 동네 사람들이 모두 참여하여 동네 대소사를 의논하는 장소였다. 송기숙이 『자랏골의 비가』를 쓰기 이전에는 "자신과는 거리가 먼 추상적인 문제를 잡고 있지 않았나 하는 것"을 느꼈는데, 자신이 자랐던 동네를 모델로 하고 "어렸을 때의 경험을 토대로 해서 쓰니까 제대로 목소리가 나오고 핍진하게 이야기들이 꾸며"[19]졌다고 한 바와 같이, 송기숙의 귀향의식은 '당산나무 아래 정자'에서 비롯된다.

포곡은 30여 가구가 살고 있는 산골 마을로 기껏해야 다섯 가구 정도만 보릿고개에 끼니를 해결할 수 있을 정도로 가난한 마을이었다. 그리고 송기숙이 다녔던 "국민학교는 동네서 산골길로 십 리쯤 됐고 중학교는 커다란 재를 하나 넘어 십오 리가 넘는" 거리에 있었다. 그가 작품을

---

18) 에드워드 렐프, 김덕현·김현주·심승희 옮김, 『장소와 장소상실』, 논형, 2003, 86면.
19) 송기숙·박양호 대담, 앞의 글, 346면.

통해 말하고 있는 것처럼, 그의 고향은 "험한 산골인데 학교 다닐 때 제일 부러운 게 학교 가까운 동네서 사는 아이들"이었다. 당시 그는 재를 넘나들면서도 "꽤나 열심히 공부를 했는데 그것은 이런 험한 동네서 살지 않으려면 공부를 잘해서 출세하는 길밖에 없다고 생각했기 때문"[20]이다. 그는 당시의 그 같은 심정과 농촌 탈출의 욕구를 '신발'이라는 매개를 이용하여 상징적으로 드러내기도 한다.

> 어머니가 새로 사다준 고무신을 바다에 빠뜨리고 나서 엉엉 울고 있을 때 물속으로 첨벙 뛰어 들어가 서너번이나 자맥질을 하여 그것을 건져 주었던 닷줄이는 지금 어린애가 두엇 되었을 것이다.
>
> ─「몽기미 풍경」, 『재수없는 금의환향』, 53면

> 그들은 날이 어두워질때까지 고무신을 찾다가 할 수 없이 그대로 돌아갈 양으로 책보를 챙길 때였다. 이게 뭔가 뜻밖에도 고무신짝이 선구 도시락 밑에 숨어 있는 게 아닌가? 그들은 서로 한참 보고 있었다. 그러다가 복만이가 고무신짝을 움켜 들었다. 그러면서 엉뚱하게 그때야 엉 하고 울음보를 터뜨리는 것이었다.
> 그것이 본인인 복만이에게는 어쨌는지 모르지만 선구에게는 너무나 가혹한 경험이었고, 무슨 깊은 상처처럼 잊혀지지 않는 기억이었다. 그때 선구는 차라리 자기가 신을 잃었으면 하는 생각을 몇 번이나 했었는지 모르는데 그 바직바직 애가 닳았던 기억은 꿈속에서 가위 눌리는 장면으로까지 오랫동안 선구를 괴롭혔다.
>
> ─「재수없는 금의환향」, 『재수없는 금의환향』, 76면

> 그 아주머니는 복금을 타 가지고 당장 변두리로 집을 사서 나가고 달순이는 그것을 타 주고 오천원인가 얻어서 신 한켤레 사 신었다고 했다.
>
> ─「똥바우 영감」, 『재수없는 금의환향』, 125면

---

20) 송기숙, 『은내골 기행』, 창작과비평사, 1996, 170면.

송기숙의 작품에는 신발이 자주 등장한다. 또한 작품 속의 인물은 신발을 잃어버리는 꿈을 꾸거나, 신발을 잃어버려서 혼났던 기억을 가지고 있다. 「몽기미 풍경」에서 순자나 「재수없는 금의환향」의 선구도 귀향하면서 어린 시절 고무신을 잃고 울었던 일을 회상한다. 또한 「뚱바우 영감」에서 달순이는 돈이 생기자 신발부터 산다. 이외에도 『은내골 기행』이나 산문 「입 벌린 운동화」 등 그의 작품에는 신발에 대한 이야기가 많다. 송기숙이 이토록 그의 작품에서 신발에 대한 묘사가 많은 것은 그가 다녔던 계산국민학교가 포곡에서 십 리, 장흥중·고등학교는 자포지재를 넘어서 십오 리가 넘는 거리에 위치하고 있었기 때문으로 생각된다. 즉 신발은 그와 학교를 연결해 주는 매개체였고, 배움에 대한 욕구와 출세의 욕구를 동시에 채워줄 수 있는 유일한 통로 역할을 했던 도구였던 것이다.

그는 1950년 5월 4일에 장흥군 용산면 계산국민학교(10회)를 졸업[21]한 뒤, 1950년 6월 3일 장흥중학교에 입학하며, 바로 6·25전쟁이 발발한다. 앞에서 언급했듯이 포곡은 깊은 산골이었고 30여 호 정도밖에 살지 않는 작은 동네였기 때문에 특별하게 잘난 사람도 못난 사람도 없었으며, 6·25전쟁 동안 개인적인 원한을 가질 만큼 특별한 사건도 없었다. 그래서 송기숙에게 6·25전쟁은 피의 냄새보다는 '군고구마'와 '야경'의 경험[22]으로 기억된다.

6·25때, 공산군이 몰려 올라가고 나서였다. 지서에 야경을 나갔더니

---

21) 송기숙은 전남대학교 농과대학교수 김용재와 함께 계산국민학교를 졸업했다. 실제로 김용재는 송기숙보다 두 살 어렸지만, 송기숙이 학교를 늦게 입학했기 때문에 같이 졸업했다.

22) 송기숙은 "아버지 대신 야경을 나갔다가 군고구마를 발견하고 너무 추워서 혼자 다 먹었는데, 나중에 고구마 주인이 노인임을 알고 많이 미안했다."고 회고했다. 송기숙, 인터뷰, 2008. 5. 15.

이 영감도 와 있었다. 환갑이 한 두살 우아래인듯한 연세였으나 한 집
에 한 몫씩이었던지 영감도 그날따라 몹시도 초췌한 모습으로 야경을
나와 있었다. 중학교 이학년이었던 나는 학도대(學徒隊)열에 끼어 있었
고, 영감은 자기 마을 사람들의 맨 꽁무니에 서서 점검을 받고있었다.

— 「영감은 불속으로」, 『백의민족』, 125~126면

고구마였다. 환하게 숯불이 발그라진 속에 고구마가 덜렁 솟아 올랐
다. 아닌 밤중에 웬 떡이냐? 괭이 대가리만한 고구마가 두 개나 튀어
나오지 않는가? 속으로 환성을 올리며 끌어냈다. 주위를 한번 돌아봤다.
어둠 속에 누가 있을 리 없다. 방에서는 코고는 소리 뿐이었다. 잠간 망
설이다가 덜렁 집어 들고 발길을 뛰었다. 불속에서 금방 꺼낸 것을 뜨
거운 줄도 모르고 옷섶에 은어 안고 초소를 향해 마구 뛰었다. 나중에
와서 보고 낭패할 고구마 임자의 얼굴을 생각하면 절로 웃음이 나왔다.
껍질을 벗기고 크게 한 입 베 물었다.

「어쿠!」

뜨거워서 뱉아냈다. 이빨에 물고 호호 한참 헛바람을 넣어 식혔다.

— 「영감은 불속으로」, 『백의민족』, 128면

당시 중학교 2학년 학생이었던 송기숙은 아버지를 대신하여 야경을
서게 된다. 학생들은 주로 주경을 섰으나 그날 송기숙의 아버지가 몸이
아파 나갈 수 없게 되자 그가 대신 야경을 서게 된 것이다. 야경은 지서
를 중심으로 대울타리를 친 후 열여덟 명이 한 조가 되어 보초를 서는데,
오늘날 초소처럼 불온한 사람들을 검문 검색하는 역할을 하였다. 송기숙
이 야경을 서면서 가장 힘든 건 추위를 견디는 것과 잠을 자지 못하는
일이었다. 「영감은 불속으로」에서 묘사한 것처럼 그는 날씨가 너무 추워
제자리 뜀뛰기를 하다가, "깨진 옹기 쪼가리에 불이 묻혀 있는 것"을 보
고 야경꾼이 자는 숙사 아궁이로 뛰어가서 '괭이 대가리만한 고구마 두
개'를 발견한다. 이때 어린 송기숙은 "나중에 와서 보고 낭패할 고구마

임자의 얼굴을 생각하며 웃음도 나왔"지만, 이빨 사이로 헛바람까지 넣으며 고구마를 먹느라 행복에 젖어 있었다. 여기서 송기숙이 고구마에 대한 기억을 후각이 아닌 시각과 촉각에 의존하고 있음에 주의할 필요가 있다. 송기숙의 작품에는 문장을 묘사할 때 후각적 이미지가 거의 드러나지 않는다.23) 아마 그 원인 중 하나는 그가 중·고등학교 때 심하게 앓은 축농증 때문으로 볼 수 있을 것이다.24)

송기숙에게 6·25전쟁의 또 다른 체험은 '열여덟 마리의 개'와 '멧돼지 사냥'25)이다. 그는 『자랏골의 비가』에서 이때의 체험을 다음과 같이 서사화한다.

촉기가 팔팔한 열여덟 마리의 개를 앞뒤로 거느리고, 창을 메고 나서는 그의 모습은 수천 군사를 거느리고 출전하는 장수의 위풍에 비겨 조금도 손색이 없었다.

그러니까 그의 사냥은 꼭 짐승을 잡아 돈을 벌자는 것이 목적이라기보다도, 그렇게 개를 거느리고 산에 묻혀 개와 얼려 살아가는 것이 목적이었는지도 모를 일이었다. 짐승을 만나면 개와 사람이 한 덩어리가 되어 잡아 나누어 먹고 날이 저물면 또 개와 사람이 한 덩어리가 되어

---

23) 전체 작품 중 「진공지대」, 「대리복무」, 『은내골 기행』, 『오월의 미소』, 「길 아래서」 등에서 일부 나타나는 정도이다.

24) 방송정은 현재 장흥군 용산면 포곡리에서 농사를 짓고 있으며, 송기숙 보다 나이가 4살 아래로 함께 자포지재를 넘어다니며 학교를 다녔다. 방송정은 "송기숙은 시골에서 없이 살다보니 뒤축 떨어진 운동화와 까맣게 물들였던 군복 바지를 입고 자포지재를 넘어 다니며 항상 한 손에는 영어 단어가 가득 써진 쪽지가 들려 있었다. 또한 그는 조용한 성질로 노력파였으며, 밤늦게까지 촛불 켜 놓고 공부를 해서 축농증이 있었다."고 회고했다. 방송정, 인터뷰, 2008. 5. 25.

25) 송기숙은 "일본 사람들이 자기 나라로 가면서 사냥꾼이었던 해룡이 아버지한테 공짜나 다름없이 사냥개를 주고 갔다. 해룡이 아버지는 열여덟 마리의 개를 끌고 사냥을 다녔는데 6·25전쟁이 일어나서 입산이 금지되어 사냥을 할 수 없었다. 그런데 우리 마을(포곡)에 멧돼지가 나타나서 해룡이 아버지는 동네 사람들이 다 구경하는 가운데 '멧돼지 사냥'을 했고, 동네 사람들이 멧돼지로 포식을 했다."고 회고했다. 송기숙, 인터뷰, 2008. 6. 11.

바위 밑에서 잠을 자고, 그렇게 살아가는 것이 그대로 그의 생활이었다.

그러나, 그런 생활도 해방이 되고 나서 얼마후 사실상 막이 내리고 말았다. 세상이 좌우로 갈려 어수선하더니, 빨치산들이 산을 차지해버리자, 보금자리를 빼앗긴 그는 물밖에 난 고기처럼 집에 틀어박히고 말았다.

···(중략)···

열여덟 마리의 개식구만으로도 살림에 멍이 들기 시작했다. 이렇게 다리 부러진 장수처럼 개를 놓아먹이고 있던 그가, 마지막 기막힌 사냥 솜씨를 동네 앞산에서 보인 적이 있었다. 그 한번의 기막힌 사냥으로 그의 화려했던 사냥꾼 생활도 영영 막이 내리고 말았는데, 6·25가 나던 해 여름, 전쟁이 한창 밀려오고 있을 때였다. 자랏골 사람들 과장으로는 집채만한 멧돼지 한 마리를 앞산에서 눕혔는데, 그 자리에서 각을 내어 다리 하나씩에 장정이 두 사람씩이나 달려붙어서도 땀을 뻘뻘흘리며 떠메고 내려왔으니까, 집채만하다는 과장이 그렇게 심한 것은 아니었다. 촘촘히 달아보면 육백근은 되었을 놈이었다.

— 『자랏골의 비가』 하, 65~66면

일제가 패망하자 일본 사냥꾼들은 자신들이 가지고 있던 개를 싼 값에 팔거나 그냥 주고 갔다. 그래서 거의 일생을 사냥으로 보낸 해룡이 아버지는 마치 자신의 세상을 만난 듯 기뻐했지만, 해방이 되고 나서 얼마 뒤 세상이 좌우로 갈려 어수선하다가 빨치산들이 산을 차지해 버리자 물 밖에 난 물고기처럼 보금자리를 빼앗기게 된다. 그런데 6·25전쟁으로 '집채만한 멧돼지' 한 마리가 북쪽에서 도망치다가 포곡에서 해룡이 아버지에게 걸린 것이다. 6·25전쟁 중에 고향에서 있었던 '멧돼지 사냥' 장면은 『은내골 기행』에서 혜선이 할아버지가 혜선과 명호에게 들려주는 이야기 속에서 더욱 구체화되듯, 그의 작품 곳곳에 다양하게 변이되어 묘사되고 있다. 그는 해룡이 아버지가 '포곡'에서 마지막 사냥 후 '열여덟 마리' 개를 먹일 식량이 없어 한두 마리씩 팔아야 했던 이유를 6·25전쟁으로 말미암아 입산할 수 없었기 때문이었다고 기억하고 있다. 특히 그의 작품에는 개가 등장하는 장면이 많은데, 6·25전쟁 때 보았던 '열여덟 마리의 개'의 영향이 크다고 볼 수 있을 것이다.[26] 송기숙의 작품에서 개는 서양개와 진돗개의 상징성, 정의롭지 못한 사람을 향한 날카로운 눈, 주인을 지키고자 강인하게 짖는 소리 등으로 형상화되고 있다.

송기숙은 6·25전쟁 발발 바로 직전 장흥중학교에 입학하여, 휴전협정이 체결되기 전인 1953년 3월 31일 졸업하게 된다. 그는 "그 엄청난 난리를 시체 하나 구경 않고" 넘겼고, 인민재판에 대해서도 『은내골 기행』에서 신발을 사러가면서 명호가 구경하듯 '그들이 서둘렀다'는 정도로 기억하고 있다. 또한 6·25전쟁은 새로운 선생과의 만남을 통해 공부의 재미와 함께 '농촌 탈출'의 동기를 부여한 계기가 되었다.[27] 즉 당시 송기숙은 자신이 농촌에서 살고 있었기 때문에 농촌 소설은 "뭔가 뒤떨어진 문학 같아서 이광수의 『흙』을 통독한 것 말고는 모두 읽다가 말"[28] 정도였다. 또한 김소월의 시에 나타나는 시골 정서가 싫을 만큼 농촌은 '탈출'하고 싶은 곳이었다.

26) 송기숙 작품에서 '개'를 모티프로 하여 주제를 부각시키는데 중요한 역할을 하고 있는 작품으로는 「개는 왜 짖는가」, 「가라앉은 땅」, 「신농가월령가」, 『은내골 기행』 등이 있다.
27) 이 시기에 송기숙이 살고 있었던 장흥에는 서울 등지에서 남쪽으로 피난 온 유능한 선생이 많았다. 특히 송기숙은 수학 선생과의 만남이 계기가 되어 공부에 흥미를 느끼게 되었다. 그는 수학 선생을 통해서 가난한 무지렁이들도 공부를 하면 '밥'을 굶지 않고 '출세'할 수 있다는 생각을 갖게 되었고, 이를 계기로 밤늦게 까지 촛불을 켜 놓고 공부했다. 송기숙은 이때부터 앓게 된 축농증으로 고생하다가 1961년 전남대학교 병원에서 수술을 했다.
28) "내가 이 산굽이를 돌아설 때, 더구나 그것이 이렇게 들판이 푸르러 오르는 오월이며, 나에게는 봄의 전원을 노래한 싯귀(詩句)들이 떠오르고 나는 그 시흥에서가 아니라, 저기 웅크린 초가집들에 찾아들었을 보릿고개가 코허리를 때려, 그 싯귀들이 알큰하게 역설로 씹혔던 청년 시절이 있었다."
송기숙, 「어느 해 봄」, 『백의민족』, 형설출판사, 1972, 8~9면.

2. 문학적 생성기와 분단의식

송기숙에게 문학적 근원이 외할아버지였다면, 그에게 문학의 역할이
무엇인지 깨닫게 해 준 사람은 장흥 고등학교 재학시절 은사였던 김용술
선생일 것이다. 만학생이었던 송기숙은 1953년 19세의 나이에 장흥 고
등학교에 입학한다. 다른 학생들보다 나이가 많았던 탓에 한때 빨치산으
로 활동했던 김용술이 들려주었던 이야기는 송기숙이 역사를 보는 시각
에 지대한 영향을 주게 된다. 김용술은 좌익과 우익의 구분은 '배부른
자'들의 관념적인 이념이요, '정치인들이 만들어 놓은 이데올로기'일 뿐
자신이 빨치산 활동을 했던 것은 '밥'의 문제로 양심적인 행위였다고 말
한다. 즉 당시 대부분이 농민이었던 실정에 김용술은 '빨갱이'도 '흰둥
이'도 아닌 농민들이 잘 먹고 잘 사는 사회를 꿈꾸었던 것이다. 그는 김
용술을 통해서 시골 사람들의 가난이 사회의 구조적 모순에서 기인함을
자각하게 되었고, 날마다 자포지재를 넘나들면서 바라보았던 석대들이
동학농민운동의 항전지였음을 알게 된다. 이로써 순박한 시골 청년이었
던 송기숙은 동학농민운동과 6·25전쟁을 연장선에서 생각하게 되었고,
동학도였던 외할아버지와 빨치산이었던 김용술로 말미암아 민중의 고통
을 인식하게 된다. 이 시절의 기억은 「백의민족·1968년」에서 빨치산이
었던 양 선생의 모습으로, 『은내골 기행』에서는 시골고등학교 장 선생의
모습으로 김용술을 형상화하고 있다.

그는 고등학교 3학년 때 김용술의 영향으로 학교 교지 『억불』을 발
간[29]했으며, 「야경」이라는 소설을 『학생』지에 발표[30]하는 등 활발하게

문학 활동을 했다.

> 나는 여태까지 숨도 크게 쉬지 못하고 우리 땅 맨 위쪽 두만강 근처
> 에서 우리 땅 맨 아래쪽까지 흘러다니며 조심조심 목숨 하나만 유지해
> 온 사람입니다. 그러던 내가 비록 이런 자리에서나마 이런 소리를 제대
> 로 하고 나니 비로소 사람 구실을 좀 한 것 같다는 생각이 듭니다. 내
> 가 이 땅에 태어나서 이런 험한 역사를 살면서 그래도 나름대로 고민하
> 며 살았다는 사실을 이런 범죄의 기록으로나마 남기게 된 것을 다행으
> 로 생각합니다.
>
> —『은내골 기행』, 197~198면

또한 송기숙은 김용술로 말미암아 그의 평생의 화두인 '올바른 교육
자'의 모습과 '참여하는 문학인'의 자세에 대해서 깨닫게 된다. 김용술은
교육과 문학을 통해 '올바른 역사'에 대해 끊임없이 고민했던 것이다. 이
에 대해 송기숙은『은내골 기행』에서 '이 땅에 태어나서 이런 험한 역사
를 살면서 그래도 나름대로 고민하며 살았다는 사실'을 언급하며, 장 선
생이 '사람 구실'을 했다고 평가한다. 이 작품을 통해 송기숙은 제대로
'사람 구실'을 하기 위해서는 올바른 역사 인식이 중요함을 강조한다. 이
와 같이 김용술은 송기숙의 시선이 현실의 구조적인 모순을 역사적인 맥
락에서 통찰하고 서사화하는 역사의식과, 아울러 지배계급의 이데올로기
에 의해 일상의 삶이 왜곡되고 있는 모습을 형상화하는 사회의식의 형성
에 지대한 영향을 주었다고 볼 수 있다.

그는 1956년 4월 8일 전남대학교 문리대학 국문학과에 입학한다.[31]

편소설「물쌈」을 실었다.「물쌈」은 가뭄으로 인한 농민들의 애환을 그리고 있다. 이렇
듯 송기숙은 고등학교 시절부터 풀뿌리 민중의 삶을 구체적으로 형상화했던 것이다.
30) 심사는 최정희가 했으며, 송기숙을 여자로 오인하여 송기숙 양이라고 했던 에피소
드가 있다.
31) 송기숙·박양호 대담, 앞의 글, 344면.

하지만 서울대학교 입학원서가 본인에게 전달되지 않아 자신이 가고자 하는 길을 가지 못했다는 피해의식[32]과 함께 아버지의 반대로 문학 공부를 접고 법과대학으로 전과까지 고려하는 등 극심한 방황을 겪게 된다. 이는 송기숙이 고시 공부를 하겠다고 하자 아버지가 많은 돈을 보내주었던 것을 통해서도 어느 정도 짐작할 수 있다.[33] 그는 당시 아버지의 모습을 다음과 같이 형상화하고 있다.

> 「집안에 사람이 하나 나야 한다. 사람이 나야 우리가 사람구실을 한다. 나도 그렇고 너도 그렇고, 네가 새끼를 낳아도, 그 새끼들까지 사람구실을 하자면 집안에 사람이 나야 해, 사람이!」
>
> …(중략)…
>
> 형의 고등고시 합격에 생애적인 의미를 걸고 있는 아버지의 무서운 집념을 모른바 아니다. 동전짝을 쪼개 쓴다는 소문인 아버지가 꼬박 칠년 동안 형의 뒷바라지에는 논밭이 아깝지 않았다.
>
> 식구들에게는 멸치꼬리 하나 구경시키는 법이 없으면서, 형의 책상 밑에는 꿀이며 인삼 따위의 보약이 떨어지는 날이 없었고, 사흘 걸러 통닭을 고아 갔다.
>
> ─「대리복무」, 『백의민족』, 225~226면

송기숙이 등단한 후 처음으로 쓴 소설인 「대리복무」는 자전적인 요소가 많다. 아버지의 꿈은 자식을 출세시키는 데 있었고 돈을 버는 이유도 오직 거기에 있었다. 때문에 "집안에 사람이 하나 나야 한다."는 집착은

---

32) "당시 우편으로 원서를 구입했는데 서울대학교 원서를 서무과장이 자신의 집 서랍에 두고 온 바람에 원서를 마감 전에 내지 못했지요. 마침 친구 안종두가 전남대학교 원서를 한 장 더 가지고 있어서 전남대학교에 지원할 수 있었어요. 그때 성적이 좋아서 전체에서 차석이고 인문대에서 수석으로 입학했지요."
송기숙, 인터뷰, 2008. 4. 2.
33) 송기숙, 「민주화에 교수들도 큰 역할을 했지」, 『5·18의 기억과 역사 1』, 5·18기념재단, 2006.

'무서운 집념'이었다. 평소에는 동전을 쪼개 쓴다고 할 정도로 아껴 쓰지만, 자식의 뒷바라지에는 논밭이 아깝지 않았고 식구들에게는 멸치꼬리 하나 구경시키는 법이 없으면서도, 형의 책상 밑에는 꿀이며 인삼 따위의 보약이 떨어지는 날이 없었다. 또한 "사흘 걸러 통닭을 고아간" 정황을 보면 송기숙이 고시 공부에 뜻을 둔 것은 아버지의 영향이 컸다고 볼 수 있다.

또한 「대리복무」에서 동생이 "아버지의 매운 눈길에 차여 밥덩이가 제대로 목구멍을 넘어가지 못할 것" 같아서 "별 수 없다는 자포의 감정"으로 '비명'을 지르며 '대리복무'를 하고 있듯이, 부모뿐 아니라 하나밖에 없는 남동생도 형의 출세를 위해 많은 것을 양보하고 있었을 것으로 짐작할 수 있다. 이러한 동생에 대한 부채의식은 「어느 해 봄」의 '나'의 동생과 「재수없는 금의환향」의 선구의 동생으로 형상화되고 있다. 그는 고등학교까지 농번기에는 직접 부모님의 일손을 도우며 학교에 다녔기 때문에 부모님과 동생이 자신의 등록금과 고시 공부를 위해 얼마나 많은 희생을 감내하고 있는지 알고 있었다. 그래서 학교 가까운 동네에 방을 얻어 법대 강의를 도강할 정도로 열심히 고시 공부를 했다. 그러나 고시 합격의 꿈이 '하늘에 별따기'라는 주위의 만류로 1957년 8월 학보병(학적보유병)으로 군에 입대한다. 그의 군대 생활은 단편소설 「진공지대」와 「대리복무」, 「사모곡 A단조」, 「전우」 등의 소재가 되었다.

그가 제대하자마자 「진공지대」를 쓰게 된 이유는 군대의 부조리를 문학의 힘을 빌려 고발하고자 함이었다. 이때부터 송기숙은 본격적으로 소설을 쓰기 위해 공부를 시작했고, 카뮈의 『페스트』와 앙드레 말로의 『인간의 조건』에 심취해 있었다. 또한 국내 작가로는 손창섭과 황순원의 문장에 매료되어 "그들의 작품을 읽으면 흥분할 정도였다."[34]고 한다. 그

---

34) 송기숙은 국내 작가로는 손창섭과 황순원을 좋아했으며, 국외 작가로는 앙드레 말로와 카뮈를 좋아했다.

러다가 유종호가 쓴 「손창섭론」을 읽고 그와 다른 의견이 있어 리포트로 작성했는데 그것이 대학 학보지에 실린다.[35] 이 평론은 나중에 송기숙이 문단에 등단하게 된 계기가 된다. 그는 1961년 5월 10일 대학신문사 전임기자로 입사한다. 여기서 서동익, 양병우, 김진모의 영향을 받아 대학원 진학에 뜻을 둔다. 특히 소설을 쓰면서 김진모의 『농업 경제학 서설』의 도움을 받는다.

송기숙은 1962년 대학원 진학(현대문학 전공)과 함께 3월 3일 전라남도 장흥읍 평화리 출신인 김영애와 결혼을 한다. 김영애와의 만남은 송기숙이 전남대학교 병원에서 문학 강의를 하게 된 것이 계기가 된다. 당시 그 병원에 재직하고 있던 의사의 주선으로 두 사람의 인연은 시작된다. 김영애는 전남대학교 병원에서 간호사로 근무하고 있었고, 송기숙과 동향임을 알고 의사가 매개 역할을 했던 것이다. 김영애는 결혼 당시 장흥군 용산면 용산국민학교 양호교사로 재직하고 있었고, 결혼 후 6개월 정도 주말부부로 지내다가 퇴직을 하고 광주에서 신혼 생활을 시작한다.[36]

또한 송기숙은 1964년 대학원 졸업과 함께 전남대학교 문리대학 국문학과에서 시간강사로 소설론을 강의했다. 이때 대학 재학시절에 썼던 「손창섭론」의 내용을 수정하여 「창작과정을 통해 본 손창섭」으로 1964년 『현대문학』 9월호에 투고하여 조연현의 추천을 받는다. 이로써 조연현과 인연이 시작된다.[37] 당시 그는 손창섭의 소설을 심리학적 방법으

송기숙, 인터뷰, 2008. 6. 11.
35) 송기숙·박양호 대담, 앞의 글, 344면.
36) 김영애, 인터뷰, 2008. 4. 2.
37) "나는 처음부터 소설 공부를 하고 있었는데, 신춘문예에 한두 번 떨어진 다음이라 허탈한 기분이기도 하고 대학원에 진학할까 고민하던 시기에 대학 때 리포트로 냈던 「손창섭론」을 손을 봐서 『자유문학』에 보냈는데, 『자유문학』이 결호가 나기 시작하더니 결국 문을 닫았다. 그래서 다시 수정하여 『현대문학』에 보냈는데 조연현의 추천이 되었다."
송기숙, 「破紙와 담배꽁초 속에서」, 『월간문학』(통권129호), 1969, 48면.

로 분석했으며, 작가 자신의 극히 개인적인 긴장에서 출발하여 자아라
는 하나의 구심점을 향해서 문학적인 모든 의장이 회귀하고 있다[38]고
평가하고 있다.

그는 1965년 4월 9일자로 목포교육대학 전임강사로 발령이 나자, 제
대로 된 글을 쓸 수 있는 **기회**라 여기고 같은 해 3월 미리 목포로 이사
를 한다. 그리고 이때 대학원 석사 논문인 「이상론서설」을 「이상서설」[39]
로 고쳐서 『현대문학』에 **투고**하여 조연현의 추천완료를 받아 평론가의
길을 걷게 된다. 그가 이상을 석사 논문으로 선택한 이유는 "'이상'을 좋
아해서가 아니라 문학을 하는 사람이면 '이상' 같은 시인을 뛰어넘어야
할 산맥이라고 생각해서 한번 맞닥뜨려 본 것"[40]이었다. 그는 이상의 문
학을 형성하는 사유의 바탕에 숫자(數字)와 수식(數式)이 있다고 보고, 이
미 그 시대에 이상이 추상수학을 했다고 평가하고 있다. 이후에도 송기
숙은 1970년 6월 당시 대학 교재에 실린 이상의 작품 오감도를 강의하
면서 느꼈던 부분을 나름대로 해석하여 『월간문학』에 평론 「이상(오감
도)」를 발표한다.

> 「家」가 하나는 붙여야 행세할 수 있겠다는 생각과 자신의 위치가 어
> 디쯤인가 확인하고 난 다음에 좀 가닥을 추려서 공부해보자는 생각에
> 평론으로 등단했는데, 연착하고 보니 손해를 본 것 같다.[41]

송기숙에게 평론에 대한 기억은 '천료 소감'[42]에서 언급한 바와 같이,
평론가로서의 등단은 그가 가고자 했던 길에서 벗어난 일종의 '손해'를 본

---

38) 송기숙, 「창작과정을 통해 본 손창섭」, 『현대문학』(통권117호), 1964.
39) 송기숙, 「이상서설」, 『현대문학』(통권129호), 1965.
40) 송기숙, 「하나의 제의」, 『현대문학』(통권129호), 1965, 244면.
41) 같은 글, 244면.
42) 같은 글, 244면.

듯한 느낌을 갖는다. 그래서 평론은 그에게 '하나의 제의로서의 효과'만 남긴 채 자신이 그토록 쓰고 싶었던 소설로 방향을 전환한다. 평론가가 아닌 소설가의 길을 선택하게 된 까닭을 그는 다음과 같이 말하고 있다.

> 처음부터 새로 공부해야겠다고 생각했다. 사실 문학이라는 것에, 또 그 방법에 어슴프레 가슴이 잡힌 것은 이렇게 추천을 끝내고나서였으며, 허허망망한 학문의 대해에 공포를 느낀 것도 그때였다.
> 그런데, 그 두려움이 평론에 대한 구체적인 회의로 바뀐 것은 다음과 같은 이유에서였다.
> 어느 분야나 그렇긴 하겠지만 문학이론의 경우 유독 골치아픈 것은 다른 학문의 빈번한 접근이다. 이 접근을 어느 선에서 어느만큼 처리하느냐가 방법적으로 대단히 중요한 문제가 아닐 수 없다. 나의 경우 학문적인 양심이니 성실성이니 하는 문제에 가장 뼈저린 고통을 겪은 것은 바로 이 점에서였다. 지엽적인 이해가 아니라 그 분야 전 체계의 이해가 요구되는 경우가 허다하다. …(중략)… 객관적으로 명백한 결론을 내놓지 못하고는 항상 미흡의 떱떨한 뒷맛이 남을 수밖에 없고 또 그것이 언제 어떤 방식으로 뒤엎힐지 불안할 수밖에 없는 일이다. 결론 없는 학문에의 불안과 회의는 생리적으로 나에게 맞지 않았다.
> 당분간 소설을 쓸 작정이다. 비평의 출발이 문학에 대한 보다 깊은 이해와 소설 공부의 한 방편이기도 했었고보면 이것은 되려 자연스런 전환이다.[43]

그는 평론가로서의 출발이 "문학에 대한 보다 깊은 이해와 소설 공부의 한 방편"이었기에, 오히려 「대리복무」(1966)를 통해 소설로 방향 전환한 것을 자연스럽게 여겼다. 「대리복무」는 그가 대학교 3학년 때 전남대학교 『국문학보』(1959)에 발표했던 「진공지대」와 내용과 구성이 유사하며, 이것으로 송기숙이 「진공지대」를 개작하여 신춘문예에 응모했음을

---

43) 송기숙, 「득의보다는 두려움이」, 『현대문학』(통권181호), 1970, 51~52면.

짐작할 수 있다.[44]

　　통나무를 잇대어 놓은 것처럼 빼곡이 누어 있는 몸둥이들 사이에 끼
어서 선우(旋宇)는 돼지고기의 환각(幻覺)에 쌓여 있었다. 이것은 정말
어처구니 없는 일이었다. 이 환각을 지워버리려고 무던 애를 썼지만 벌
써 열흘이 넘도록 그것에서 벗어 나지 못했다. 조금만 여가가 있어도
잡신처럼 달라 붙어 왔다. 돼지고기의 보드라운 살점을 달게 씹어서 그
감미로운 육즙(肉汁)을 꼴깍 삼키는 그런 것이었다. 지금 삼키기라도 하
는 것처럼 입안에 흥건히 고여있는 군침을 소리가 나도록 삼키고는 또
그런 생각에 잠겨 있는 자기를 발견 하는 것이었다. 이제 와서는 그런
하찮은 생각에서 헤어 나지를 못하는 자신을 자조하기에 이르렀다.

　　　　　　　　　　　　　　　　— 「진공지대」, 『국문학보』, 81면

　　곁에 누운 보충병 梁德洙가 으응 앓는 소리를 하며 몸뚱이를 뒤쳤다.
梁玄鎬는 德洙의 엉덩이가 아랫배에 가해오는 뿌듯한 압박감을 느꼈다.
아랫배뿐만 아니라 가슴팍도 답답했다. 통나무를 재어놓은 것처럼 빼곡
히 누워있는 몸뚱이 사이에 끼어있는 것이다. 누워있다기보다 차라리
쌀가마나 통나무처럼 재어있었다.

　　　　　　　　　　　　　　…(중략)…

　　보충병 德洙의 발바닥은 바로 玄鎬의 코앞에 와서 멈춰 있었다. 발고
린내가 콧속으로 솔솔 스며들어 왔다. 방한화 속에서 땀에 절었던 양말
이 말라지면서 나는 이 냄새는 처음 맡으면 콧속이 아른할 만큼 독했
다. 머리를 옆으로 젖힐수도 없고, 위로 추어 올라갈 수도 없다. 머리

---

44) 송기숙은 국민학교 4학년 때부터 글쓰기에 두각을 나타냈다. 중학교 때는 생활기록
부에 소설 쓰기가 취미로 기록될 정도로 소설 습작을 좋아했다. 또한 고등학교 때
는 『학생』지에 「야경」이라는 단편소설이 당선되기도 했다. 그가 군대 제대 후 대학
교 3학년 때 전남대학교 『국문학보』에 발표한 단편소설 「진공지대」를 발굴함으로써
평론가로 등단하기 전에 이미 소설을 쓰고 있었다는 것도 확인하였다. 그리고 「진공
지대」와 「대리복무」를 비교한 결과 두 작품의 내용과 구성이 서로 유사한 관계를 비
추어 그가 신춘문예에 응모했던 작품은 「진공지대」를 고친 것으로 짐작할 수 있다.

위는 바로 통로의 난간이었다. 玄鎬는 그냥 그 고린내를 들어마시기로 했다. 붕어가 어항바닥에 깔린 오물을 마시듯이 그대로 들어마시기로 한 것이다. 자기의 말간 의식을 이런 냄새로 가만히 한번 휘저어보고 싶었다. 물거품처럼 하잘것없는 사념들만 명멸하는 닉닉한 의식은 그냥 휘저어버리고 싶은 것이었다.

— 「대리복무」, 『백의민족』, 220~221면

두 단편의 모두(冒頭)를 비교해보면 「진공지대」는 "돼지고기의 보드라운 살점을 달게 씹어서 그 감미로운 육즙(肉汁)"을 삼키고 싶은 미각 이미지로, 「대리복무」는 아버지와 이름이 똑같은 보충병의 발에서 나는 '발고린내'라는 후각 이미지로 시작한다. 두 작품의 '대리복무'라는 소재는 동일하지만 주제에는 차이점이 있다. 「진공지대」에서는 보충병에 대한 자세한 소개가 없다. 「진공지대」에서 모포를 내리다 상처를 입은 인물은 자기에게 먹을 것을 가져다주었던 만덕이다. 하지만 「대리복무」에서 상처를 입는 인물이 아버지의 이름과 같은 보충병으로 바뀐다. 또한 「진공지대」는 대리복무를 하게 된 상황이 구체적으로 드러나지 않고, 아버지 이야기가 나오지 않는다. 이에 비해 「대리복무」에서는 자신이 대리복무를 하게 된 원인이 아버지와 형에게 있음이 구체적으로 드러난다. 「진공지대」의 중심 서사는 군대에서 자행되고 있는 비리에 초점이 맞춰져 있고, 「대리복무」는 유령처럼 억압하는 절대적인 힘이 아버지로 상징되어 있다.

이 같은 이유는 사회 구조의 변화에 기인한다. 송기숙에게 있어서 문학의 원천인 사회의 변화는 인물의 형상화에 영향을 미칠 수 있으며 중심인물도 변화시킬 수 있다. 즉 송기숙이 「진공지대」를 썼던 시기는 4·19혁명과 5·16쿠데타 이전이었고, 「대리복무」로 신춘문예에 응모할 때는 5·16쿠데타의 주역인 박정희가 대통령이었고 남정현이 반공법 위반으로 구속되었으며, 군사독재정권이 미국의 환심을 사기 위해 월남 파병을 결정한 시기였다. 이러한 시대적인 배경으로 말미암아 송기숙은 소설을 통해 분단이라는 민족사적 불행이 우리의 일상 속에 파고든 양상을 고발하고자 했었다. 이와 같이 송기숙은 첫 작품인 「대리복무」에서부터 민중을 억압하는 절대적 권력에 대한 비판과 저항에 초점을 두고 있었다.

송기숙은 "작품의 산실이 파지와 담배꽁초로 지저분했다."고 할 정도로 개작을 많이 했다. 첫 번째 작품집 『백의민족』을 낼 때도 새로 고친 것이 많아 "처음 발표했던 곳을 밝혀야 할 필요를 느끼며, 정리를 해 보았더니 삼분지 이 정도"45)되었다고 한다. 또한 『현대문학』에 연재했던 『자랏골의 비가』를 일곱 번 손질한 후 책으로 내놓았다고 밝히고 있다. 그는 초고를 언제나 대학노트에 연필로 쓰고 다시 수정을 한 뒤 마지막에 타자기로 쳐서 정리했다.46)

> 나는 지금도 작품을 쓰면 여러 번 고쳐 써야 제대로 글이 되는데, 그것은 내 역량 탓도 있겠지만, 처음부터 버릇이 잘못 들어 그런 것 같다. 문학사적으로는 도스또예프스키가 대화 하나까지 머리에서 구상을 해 가지고 쓰는 형이고, 톨스토이는 죽어라고 고치는 형이었으며, 우리나라 김동인도 도스또예프스키처럼 대번에 쓰는 사람이었던 모양이다.
> 그러나, 어느 형이든, 자기가 보아서 더 고칠 데가 없다 할 때까지는 고쳐야 할 것이다.
> 헤밍웨이 같은 사람도 서른 번 이상을 고친 데가 있는 작품이 있다던가. 하여간, 내 작품의 산실은 처녀작부터 파지와 담배꽁초로 지저분했다.47)

그는 "자기가 보아서 더 고칠 데가 없다 할 때까지는 고쳐야" 할 정도로 작품에 대한 열정과 욕심이 많은 작가였다. "「어떤 완충지대」는 뒷부

---

45) 송기숙, 「弊가 될까봐서」, 『현대문학』(통권241호), 1975, 36면.
46) 이홍재, 「宋基淑교수 어떻게 지냈소」, 『(월간)예향』(통권1호), 1984, 160면.
47) 송기숙, 「破紙와 담배꽁초 속에서」, 앞의 책, 48~49면.

분의 構成을 바꿔 봤고, 좀 개운할 줄 알았더니 어떤 것은 처음부터 심한 거리감이 느껴진다. 文章이 뜨고, 토온이 거칠고, 더러는 主題가 無理했던 것 같다."[48]고 하면서 그는 끊임없이 시대의 흐름에 맞게 사회성을 담고 있는 내용으로 개작[49]했다. 송기숙은 글을 쓸 때 단어 하나를 고르는 데도 심혈을 기울일 정도로 당시 시대상을 제대로 반영하려는 자세를 견지했다. 이것은 그가 창작에 필요한 속담들을 수집하거나 때로는 스스로 만들어서 정리한 「속담 사전」을 통해서도, 또한 취재 기록이나 자료들을 시대별로 또는 날짜별로 책꽂이에 정리하여 한 눈에 찾을 수 있도록 한데서도 알 수 있다. 작가의 이러한 창작 습관은 문학이 변해 가는 시대에 알맞게 새로워져야 한다는 '투철한 산문정신'이며, 언제나 현실 속에 시선을 두고 있다는 사회의식의 소산이기도 하다.

송기숙이 목포에서 교류했던 대표적 인물은 시인 권일송과 소설가 이문구이다. 권일송 시인은 송기숙과 술을 마시며 몇 차례 '타시락'거릴 정도로 가까이 지내며 목포에서의 외로움을 달랠 수 있는 벗이었다. 그는 송기숙이 '딸부자 타령[50]'을 이따금 늘어놓기도 했으며, 기분 좋을 때는 <꽃 피는 유달산아…>로 좌중을 제압했던 '원색의 사나이'[51]라고 표현

---

48) 송기숙, 『백의민족』, 형성출판사, 1972, 작가 후기.
49) 송기숙의 전체 작품에 대한 개작 여부를 표로 작성하여 [부록 2]에 첨부한다. 대강 정리하면 전체 단편 43편과 중편 8편, 장편 6편, 연작소설 1편중에서 제목이 바뀐 경우는 3편이고, 전체 내용에 변화가 있는 경우(상) 10편, 전체 내용에는 변화가 없으나 문단이 생략되거나 첨가 되는 등 구성에 변화가 있는 경우(중) 7편이고, 전체 내용에 변화가 없으며 띄어쓰기나 문장을 수정한 경우(하) 32편이었다. 개작 여부에 포함되지 않는 작품 9편은 잡지에 발표했으나 작품집에 수록되지 않은 경우와 처음부터 작품집으로 발표한 경우이다. 그리고 전체 내용에 변화가 있는 경우에 포함된 『자랏골의 비가』와 『암태도』, 『녹두장군』 등 장편은 잡지에 연재한 내용을 대폭 수정해서 작품집으로 엮었다. 이와 같이 작가는 대부분의 작품을 수정하였으며, 초간본에서는 작가의 개인적인 체험을 형상화했지만, 개작하는 빈도수가 많아질수록 점차로 사회성이 짙은 소재로 바뀌었다.
50) 송기숙은 2남 4녀의 자녀를 두었다. 자녀 관계는 '작가 연표'에 정리하였다.
51) 권일송, 「원색의 사나이와 그 멋」, 『현대문학』(통권222호), 1973, 75면.

한다. 또한 '울뚝불뚝한 테러리스트로 주사가 조금은 요란한 편'이었으나, '맨살과 같은 소박성'과 '곰살스런 촌티'가 나는 이웃이었다고 평가한다. 그리고 '최후의 따스한 인간성과 조화된 비애와 추진력을 갖고 있다는 점'이 옆에 사람들로 하여금 그에게 매료되게 한 요인이 되었다고 본다. 송기숙의 이러한 면모는 그가 쓴 「칠일야화」에서 살펴볼 수 있다.

> 김진수가 그 학교에 있을 때, 학생들이 학교 내부 일로 스트라이크를 벌인 일이 있었는데, 그 주모자였던 이 제자는 그때 학생과장이었던 김진수에게 그때 일을 되새기면서, 요새 사제 관계에서는 허황하게까지 들리는 「존경」이라는 말을 써가며, 스트라이크 주모자다운 호기와 열정으로 술판을 익혀가고 있었다.
>
> — 「칠일야화」, 『재수없는 금의환향』, 175∼176면

송기숙은 1967년 목포교육대학 학생과장으로 재직할 당시 교내 분규가 발생하여 학생 두 명을 징계하게 된다. 하지만 그는 학생들의 분규가 학생 개인의 이익을 위한 투쟁이 아닌, 학생 전체의 권익을 위한 투쟁이었기 때문[52]에 다음 해에 바로 복교 조치를 한다. 소설가로서의 송기숙이 '참다운 삶'에 대해 고뇌했다면, 그가 기고한 '교수 수필'[53]에서 볼 수 있듯, 교수로서의 송기숙은 '참다운 스승의 역할'에 대해 고민했다.

이문구와 송기숙은 1965년 『현대문학』 9월호에 글이 함께 게재되면서 교류하게 되었고, 첫 만남은 1969년 7월 목포에서 이루어졌다. 이문구는 목포에 내려와서 2박 3일 동안 송기숙을 따라다니며 "먹는 일에서부터 그의 갯바람 같은 체취에 깊이 젖어들"고 말았다. 그는 송기숙을 "갯가

---

52) 이홍재, 앞의 글, 160면.
53) 송기숙은 "나는 선생으로서 제자에게 어느 만큼의 애정을 가지고 대했느냐, 경탄할 만큼의 열의와 애정을 베푼 일이 있었는가?" 하는 교육자로서의 비판 의식을 지니고 있었다.
   송기숙, 「스승과 제자」, 『송림』(통권3호), 1972, 80면.

에서 얼씬거리면 날씨와 갯것만 바라고 사는 어부로 보이고, 산길을 걸으면 탄광에서 막장일을 하다 하루 쉬는 광부의 나들이에 진배없으며, 보리 영글은 들판에 들어서면 다 그만 두고 싶은 마음이 보름달 같아도 새끼들이 가여워 땅 하나 쳐다보고 사는, 하잘것없는 농투산이와 얼른 가려지지 않아서 평민들과 한틀로 된 사람"이라고 표현한다. 또한 이문구는 송기숙을 "타고난 생리가 질박하여 백수(白水)에 가까웠고, 사단(四端)이 분명하니 고전적인 군자(君子)와 더불기에 충분하였으며, 평실한 문장은 시경(詩境)을 넘었으되 교만스레 문형(文衡)을 자처하거나 혹은 활계(活計)를 도모하지 않았고, 소인을 멀리하고 때맞추어 발언하기를 주저하지 않아 필요한 주민(住民)으로서의 도리에 어긋남이 없"으므로 '선생'이라고 부른다. 그에게 송기숙은 "정의(正義)로 기준을 삼아 세상을 살펴 온 어질고 바른 대인(大人)"이며, "사계가 한 몸에 공존하는 전천후인간"으로서 나라에서 보호해야 할 '천연인간'54)이다. 무명작가로 목포에서 생활하였던 송기숙에게 이문구는 평생의 벗이요, 동반자55)였다.

  그는 목포교육대학에 재직하면서 방학이면 낙도를 돌며 취재를 하거나, 해남 대흥사 진불암에서 창작활동에 전념했다. 이 시기 소설의 특징은 군부독재 정권이 권력의 지배구조를 유지하기 위한 수단으로 이용한 '반공' 이데올로기에 대해 비판하는 작품이 주를 이룬다. 이로 말미암아 「지리산의 총각샘」을 쓴 이후부터 형사의 감시를 받게 된다.

  송기숙은 전남대학교로 옮기기 전인 1973년 3월 16일 단편집 『백의민족』으로 제18회 『현대문학』 소설부문 신인문학상을 수상한다.

---

54) 이문구, 「宋基淑, 그는 어떤 사람인가」, 『재수없는 錦衣還鄕』, 시인사, 1979, 267~274면 참조.
55) 송기숙은 이문구를 "참 맑은 사람으로 자신의 체험을 소설화하면서 삶이나 문장에 자신 있었던 작가"로 평가했다. 또한 "우리는 서로 작품으로 공감했고, 사투리를 쓰는 공통점이 있었다."고 회고했다. 목포에서 만난 이후 두 사람의 교류는 이문구가 2003년 2월 25일 작고하기 전까지 계속되었다.
송기숙, 인터뷰, 2008. 4. 2.

"소설을 쓰다가 아직 끝장을 못보았다. 역시 속된 관념이지만 여기에
이르러서는 좀 조급하다. 나이가 서른을 넘어버렸으니 말이다. 어이없
는 일이다. 사실 어이없기로 하면 이것뿐이 아니지만ㅡ. 모진 물난리도
지났으니 이제 하늘이나 좀 걷혀라."56)

앞서 언급한 바와 같이 송기숙은 목포로 발령이 나자 소설을 쓸 수 있
는 기회로 생각하며 기뻐했다. 하지만 목포사범대학이 없어지고 2년제
교육대학으로 바뀌면서 업무량이 많아지자 그는 창작에 대해 조급해지
기 시작했고,57) '모진 물난리도 지났으니 이제 하늘이나 좀 걷히라'던
그의 희망은 마침내 이루어져, 드디어 그는 1973년 '또 다른 고독'58)을
안고 전남대학교로 향한다.

3. 문학적 성장기와 근대의 폭력성

송기숙은 작품집 『백의민족』(1972)에서와 다르게 「전설의 시대」(1973)와
「어느 여름날」(1973)에서 작가 의식의 변모를 가져온다. 즉, 작품집 『백의
민족』까지는 문학의 기교와 문장에 신경을 쓰며 실존적 개인의 일상과
정서를 다루는 미시 서사에 치중했다면, 「전설의 시대」에서는 "창녀의
값싼 화장 같은 분식적인 불안이 아니고 우리는 이 정치적 현실에 분노
를 느끼고 나서야 할 때"59)라고 하면서 문학의 사회적 기능을 강조한 것

---

56) 송기숙, 「하나의 제의」, 앞의 책, 1965.
57) 김영애, 인터뷰, 2008. 4. 2.
58) 송기숙은 소설가의 길을 '명확한 승부가 없는' '또 다른 孤獨'의 길로 상정한다.
　　송기숙, 「또다른 孤獨」, 『현대문학』(통권220호), 1973, 13면, 현대문학상 신인문학상
　　수상소감.
59) 송기숙, 「전설의 시대」, 『도깨비 잔치』, 백제출판사, 1978, 185면.

이다. 이때부터 문학이 사회나 역사의 발전에 참여해야 한다는 참여적
태도가 나타나기 시작한다. 이는 송기숙이 『도깨비 잔치』의 작가 후기에
서 "우리가 제정신을 가지고 살아간다는 것은 우리가 처한 역사적 현실
속에서 자기 존재를 확인하고 그것을 성실하게 실현하는 것이겠고, 글을
쓴다는 것은 그러한 존재의 가장 적극적인 발현"60)이라고 한 말과 일치
한다.

　단편 작품에서 역사 속의 민중으로 시선을 돌린 첫 작품은 「어느 여름
날」이다. 그는 '민족의 절박한 역사적 요구'가 있을 때에 앞장서서 싸웠
던 '외할아버지'를 통해서 민중의 전형을 윤리의식이 투철하고 해학성을
잃지 않는 인물로 형상화한다. 이후 송기숙 문학에서 '동학'과 '의병'61)
모티프는 중심 모티프로 차용되어 소설의 깊이를 더해주고 있다. 또한
송기숙이 전남대학교로 옮긴 후 동료 교수들과 진도에서 채록한 민요와
민담은 그의 문학의 자양분이 되어 이후에 쓴 장편소설에 많은 도움을
준다. 이때의 체험은 「어느 여름날」, 「칠일야화」, 「어머니의 깃발」 등에
나타나 있다.

　송기숙을 소설가로 우뚝 서게 해 준 『자랏골의 비가』(1977)에는 그의
자전적인 요소가 많다. 송기숙이 밝히고 있듯이 작품의 배경은 그의 고
향이며 작품 속의 인물도 실제 모델62)이 많다. 김태율이 『자랏골의 비가』

---

60) 같은 책, 작가 후기.
61) "전라도 사람들이 전라도지역 단위로 투쟁했던 민족사적 사건만 하더라도 동학농민
　　전쟁을 비롯해서 한말의병투쟁·소작쟁의·광주학생운동이 있고, 가까운 사례로는
　　5·18민중항쟁을 포함한 갖가지 구국·민주화투쟁이 있다. 그러나 전라도지역만의
　　이익을 위해서 싸운 적은 한번도 없다. 모두가 민족 단위의 절박한 역사적 요구에
　　서 나온 것이었다."
　　송기숙, 「지역감정을 넘어 정치개혁으로」, 『창작과비평』(통권107호), 2000, 347면.
62) 송기숙은 "동네 아래 저수지를 막을 때 떠들어왔다가 해방과 함께 저수지 일이 그
　　쳐버리자 그대로 동네서 눌러 살았던, 이 폰돌이의 모델이 되었던 판석이란 사람도
　　진작 마을을 떠나 버렸고, 그때 이 다리를 놨던 사람들은 대부분 고인이 되고 말았
　　다."고 말하고 있듯이, 『자랏골의 비가』에서 해룡, 해룡이 아버지, 끝심이, 폰돌 등

에서 이 마을의 유일한 대학생인 것처럼 송기숙도 자신의 고향에서 유일한 대학생이었다. 또한 김태율의 아버지인 고당 영감이 큰아들에게 '독립자금'을 마련해 주기 위해 양문에게 자신의 혼이 담긴 터전을 팔았던 것처럼, 송기숙의 아버지도 그의 학비를 벌기 위해 농사가 끝난 농한기에는 완도까지 대나무를 팔러 다닐 정도로 고생을 마다하지 않았던 것이다. 그리고 동학 농민군에 가담하여 크게 활약하다가 자랏골에 숨어 들어와 살고 있는 고당 영감의 장남으로 김태율을 묘사한 것은 송기숙 자신이 동학의 후손임을 은연중에 암시하는 행위이기도 하다. 이것은 송기숙이 고당 영감이나 용골 영감의 모델을 자신의 외할아버지에게서 찾았다고 진술하고 있기 때문이다. 따라서 『자랏골의 비가』는 송기숙이 자신의 고향을 문학적으로 형상화함으로써 비로소 자기정체성을 발견했던 작품이라고 할 수 있다.

　작가의 고향은 그의 문학적 바탕이 되는 정서나 환경 그리고 그에게 영향을 주었던 인물을 파악할 수 있는 곳이기에 문학 연구에서 간과할 수 없는 부분이다. 특히 송기숙이 『자랏골의 비가』를 통해서 고향에 돌아올 수 있었던 것은 그의 부모와 동생이 고향을 떠나 부재했던 것에 기인한다. 즉 이들이 고향을 떠나 이사한 시기와 이 작품을 쓸 무렵이 앞뒤로 어느 정도 일치하는 것으로 보아,[63] 이들의 부재로 그는 고향에 대해 가지고 있었던 현실적 부담감을 어느 정도 덜어 낼 수 있었던 것이다. 이것은 고향과 관련해서 작가의 기억이 너무나 개인적인 경우에는 그 안에 잠재되어 있는 본질을 제대로 파악하기 어렵기 때문이기도 하다. 이

은 실존 인물이다.
　송기숙, 「달음질쳐 간 고향의 세월」, 『(작가가 쓴)作家의 고향』, 조선일보사, 1987, 39면.

63) "아버지와 동생 근수가 송기숙이 뒷바라지하느라고 고생했다. 여기서 가족 모두 장흥읍으로 이사를 갔는데 또 얼마 있다가 광주로 이사를 갔다."
　방송정, 인터뷰, 2008. 5. 25.

같은 이유로 송기숙에게 부모와 동생이 삶의 뿌리를 두고 있는 고향은 '삶의 현장'이기 때문에 소설적 형상화에 어려움이 있었으나, 그들이 떠난 고향64)은 더 이상 부채의식이 없는 유년의 풍경으로 다가와 마음의 귀향이 이루어졌던 것이다. 이는 이후에 쓴 「재수없는 금의환향」(1976), 「가남약전」(1977. 9~11), 「만복이」(1978) 등의 배경이 대부분 자신의 고향임을 통해서도 짐작할 수 있는 대목이다.

송기숙 문체의 특징인 "전라도 방언의 능란한 사용, 속담과 격언의 다채로운 인용, 호흡이 긴 만연체 문장, 대화체의 다양한 구사"65) 등은 바로 그의 고향 사람들이 쓰는 삶의 때가 묻어 있는 정감 있는 언어이다. 이러한 언어는 송기숙이 성장하면서 사용했던 구수한 사투리로, 그가 떨어져 나왔던 고향과 이어주는 도구로서의 역할을 했다. 송기숙이 『자랏골의 비가』에서 속담을 많이 사용하게 된 이유는 세르반테스의 『돈키호테』에서 산초 판사가 절묘한 입담으로 제 주인을 꼼짝 못하게 하는 것을 보고, 일반 민중의 삶에서 과불급(過不及)이 없는 생활의 지혜를 배우고 의식을 형성하는 데 가장 유익한 수단이 속담66)이라고 생각했기 때문이다. 송기숙이 『자랏골의 비가』에서부터 표준어보다는 전라도 방언을 많이 이용하는 것은 민중적 가치관을 표현할 때 가장 적합한 것이 민중이 사용하는 생활의 언어임을 자각했기 때문이다. 그는 여기서 그치지 않고 『녹두장군』에서는 민중들의 문화인 민담이나 민요와 참언들을 통해 민중들의 변혁 이데올로기를 드러내고자 했다. 이것은 중심부 중심주의에 의해 철저하게 지배되고 있는 한국사회의 단성성과 그 속에 깃들인 폭력성에 대한 근본 비판이며 실천적 해체였던 것이다.67)

---

64) "시부모님이 70년인가, 71년에 장흥읍 3구 천변 평화들 건너편에 섬진강 둑이 있는 곳에 집을 지어 이사를 했어요."
   김영애, 인터뷰, 2009. 5. 15.
65) 최종우, 앞의 글, 51면.
66) 송기숙·박양호 대담, 앞의 글, 347면.

　그는 『자랏골의 비가』를 쓴 이후 농촌과 어촌을 탐방하며 새마을 운동의 문제점을 파악하기 시작했다. 작가나 시인은 자기가 가장 긴장을 느끼는 것에 자연히 관심을 갖는 것처럼, 그는 단편 「재수없는 금의환향」, 「귀향하는 여인들」, 「칠일야화」 등을 통해서 농민들이 가난해질 수밖에 없는 원인을 정치적인 차원에서 문제 제기하고 있다. 이처럼 송기숙의 문학적 상상력은 자신의 삶 속에서 경험한 것을 사회의식과 역사의식의 토대 위에서 집요하게 탐색하는데 있었고, 이런 이유로 그의 작품들은 철저하게 현실적이며 역사적이고 또한 정치 지향적이다. 그는 농어촌에 만연하고 있는 농·수협의 비리를 폭로하여 유신 체제의 근대화 이데올로기를 비판하고, 또한 단편 「칠일야화」, 「가남약전」, 「도깨비 잔치」 등을 통해서는 잘못된 교육의 문제점을 지적하여 교육자로서 고뇌를 표출하고 있다.

　송기숙의 구속과 투옥을 야기했던 교육지표사건의 발단은 1975년 5월 긴급조치 9호 선포 이후 유신정권에 의해 교수들에게 학생시위를 막는 임무, 학생들을 지도한 결과를 담은 보고서를 써야 하는 의무, 문제를 일으킬 소지가 있는 학생들을 따로 만나 술을 사며 회유하는 등의 '도깨비' 같은 세상에서 '도깨비'로 살지 않기 위한 몸부림이었다.[68] 유신체제의 긴급조치 9호 선포 이후 전국의 고교와 대학은 학도호국단으로 편성되어 학내 군사교육 체제를 갖추게 되었으며, 교육관계법 등 소위 4대 전시입법의 국회 통과와 함께 교수 재임용제가 신설되었다. 이를 평계로 1976년 새 학기에는 전국 98개 대학에서 416명의 교수가 재임용 심사에서 탈락되었으며, 유신통치에 조금이라도 비판적인 교수들은 강제 해직되었다.

　그는 「가남약전」[69]에서 '광산'의 노조 문제를 긴급조치 9호와 연관시

---

67) 정호웅, 「혁명성의 서사」, 임환모 엮음, 앞의 책, 255면.
68) 홍성식, 「작가 송기숙이 기억하는 국민교육헌장과 박정희」, 『오마이뉴스』, 2005. 3. 6.

켜서 교수들이 학생들을 감시해야 하는 어려움을 말70)하고 있다. 1978
년 8월 23일 광주지방법원 공판에서 송기숙은 "교수들이 마치 강의 시
간표 짜듯이 누구는 도서관 앞에서 몇 시부터 몇 시, 누구는 사범대학
벤치 옆에서 몇 시부터 몇 시, 이런 식으로 보초를 서서 학생들을 감시
해야만 했다."71)고 최후진술을 한다. 이와 같이 유신체제는 학생들을 감
시하는 교육법을 제정하여 "만약에 그 보고를 제대로 하지 않을 때는 여
기서 곱게 내보내 주는 것이 아니라 귀신도 모르게 없애버릴 것이고, 또
혹시 그놈들 수작에 말려들어 그놈들과 한 통속이 되는 날에는 그대로
껍데기를 벗겨 버리겠다고 으름장"을 놓아 교수들이 진퇴양난에 놓이게
된 것이다.

그런데, 그거야 어떻든, 지금 자기들 입장이 이건 도대체 말이 아니
었다. 한쪽에서는 일일이 꼬아바치지 않으면 귀신도 모르게 없애버린다
고 으름장이고 또 한쪽에서는 곡괭이로 생골통을 찍는다고 으르렁거리
고 있으니, 그냥 어떻게 어정쩡하고 있다가는 어느 귀신한테 어긋날지

---

69) 이 작품은 『월간문학』(1977. 9~11)에 3회로 나누어서 연재한 중편 소설인데, 처음
   연재한 9월호에는 「江<가남 略傳>」, 10월호에는 「逃走<가남 略傳·中>」, 11월호
   에는 「다리<가남 略傳·下>」로 되었으나, 『도깨비 잔치』(1978) 작품집에서는 1~7
   로 구성되었다.
70) "그런데, 여기 들어 주기는 주되, 조건이 하나 있다고 괴상스런 꼬리를 달았다. 지
   금 이 광산에는 아주 못되 먹은 놈들이 몇놈 숨어들어 가지고 이 광산을 망해먹자
   는 수작을 꾸미고 있으니, 그놈들이 무슨 짓을 하는가 그 동태를 일일이 보고를 하
   라는 것이었다. 이미 사람을 집어넣어 놈들의 동태를 손바닥에다 놓고 보듯 하고
   있기는 하지마는, 그 덩어리를 몽땅 들어내자 해서 더 정확히 알려고 그러는 것이
   니 놈들의 동태를 하나도 빼놓지 말고, 일테면, 어느 놈이 어느 놈하고 대거리를 바
   꾸는가 또 어느 놈과 어느 놈이 귓속말을 속댁이는가 그런 것까지 일일이 보고를
   하라는 것이다.
   만약에 그 보고를 제대로 하지 않을 때는 여기서 곱게 내보내 주는 것이 아니라 귀
   신도 모르게 없애버릴 것이고, 또 혹시 그놈들 수작에 말려들어 그놈들과 한통속이
   되는 날에는 그대로 껍데기를 벗겨 버리겠다고 으름장이었다."
   송기숙, 「가남약전」, 『도깨비 잔치』, 백제출판사, 127~128면.
71) 송기숙, 「우리의 교육지표」, 『녹두꽃이 떨어지면』, 한길사, 1985, 179면.

모를 일이었다. 그러나 당장 어쩔 수 있는 길이 있는 것도 아니다 보니,
껍질에서 뽑혀나온 알달팽이처럼 늘 썰렁한 기분으로 놀란 눈알만 굴
리고 있을 뿐이었다.

— 「가남약전」, 『도깨비 잔치』, 130면

송기숙은 교육을 하는 교수가 YMCA 앞에서 학생들을 감시하기 위해
서 보초를 서야 하는 현실과 진실을 가르칠 수 없는 상황을 더 이상 견
딜 수 없어서 해직교수협의회의 부회장이었던 백낙청과 『창작과비평』사
에서 만나 교육지표사건에 대한 의견을 나누었고, 서울대 교수 안병직을
소개받았다. 그들은 전국 대학의 교수 50여 명의 서명을 받아 성명서를
발표하여 국제적인 여론의 힘을 빌기로 하고, 송기숙은 광주로 내려와
명노근 교수와 이홍길 교수에게 뜻을 전달한다. 그 당시는 교수직을 떠
날 각오를 하고 서명을 해야 하는 상황이고, 또한 정보 누설을 방지할
목적으로 안병직과는 서명한 교수들을 언급하지 않고 숫자만 파악하기
로 했다. 전남대학교 교수들은 11명이 서명을 했고, 서울에 위치한 대학
교 교수들도 40여 명이 넘게 서명을 했음에도 불구하고 서로 대표를 하
지 않겠다고 고사하는 과정에서 시간이 지연[72]되었다. 송기숙은 대표 문
제로 이견이 생겨 성명서 발표가 늦어지자 실망한 채 광주로 내려온다.
그는 처음 시작할 때는 모두 동참할 것처럼 나섰던 교수들이 '스적부적
뒤로 물러서서 엉거주춤 구경'하는 행동에 자괴감을 느꼈고, 전남대학교
교수들에게 동참하자고 서명까지 받은 상황에서 포기하자니 자신이 '배
신자'가 된 기분이었다. 그런데 송기숙은 갑자기 서울에서 내려온 성내
운 교수로부터 이미 선언문이 『아사히신문』과 『AP통신』의 전파를 타고

---

72) 송기숙은 "당시 제일 무서운 것이 반공법이었는데 반공법으로 몰아버리면 자식들이
모두 빨갱이 자식으로 낙인이 찍혀 학교를 다닐 수가 없었기 때문에 교수들이 대부
분 대표를 고사했다."고 회고했다. 송기숙, 인터뷰, 2008. 4. 2.

있다는 소식을 듣는다.

> 뚝심으로 무슨 일을 하란다면 누구한테 왈칵 뒤질 것 같지 않은 자
> 신이 있었으나, 남 앞에 대표라니, 이건 벙어리한테 글강 닥달보다 더
> 애먼 일인데, 사판이 어떻게 되어 있는 사판인지 앞뒤 내막도 제대로
> 가릴 수 없는 일이다 보니, 도무지 어떻게 처신을 해야 하는 것인지 아
> 뜩하기만 했다. 더구나 이게 사람을 밀대로 몰아 몽둥이로 소몰듯 하는
> 일이라 더 기가 막혔으나, 이 핏발 선 서슬 앞에서 그것 발명하고 나설
> 수도 없어 더 중치가 막혀왔다.
>
> ―「가남약전」, 『도깨비 잔치』, 134면

그는 "뚝심으로 무슨 일을 하란다면 남한테 뒤지지 않은 자신"이 있었
으나, 앞뒤 내막도 제대로 가릴 수 없이 전남대 교수 11명의 명단만 외
신에 넘겼다는 소식에 "도무지 어떻게 처신을 해야 하는 것"인지 아뜩했
다. 그건 서울 쪽 교수들에 대한 서운함과 전남대 교수들에 대한 책임감
이 함께 한 '아뜩함'이었다. 하지만 송기숙은 모든 책임을 혼자 감당하기
로 한다. 성내운이 체포되면 서울에서 서명한 명단이 모두 알려질 것이
고, 아직 집행유예 기간이었던 백낙청이 성명서의 초안을 작성한 사실이
알려지면 무사할 수 없기 때문이었다. 그리고 전남대 교수들도 감싸주어
야 했기 때문에 마치 평일도 섬에서 '짚신 몇 세기' 삼아서 죽창 들고 고
부로 향했던 외할아버지의 모습처럼, 그도 당당하게 '투사'의 길을 선택
했다.[73]

그가 「도깨비 잔치」(1978)에서 성호 할아버지를 통해 "혼백을 심어주

---

[73] 송기숙이 이때 모든 책임을 졌던 것은 더 많은 사람이 다치지 않게 하기 위한 배려
였다.
　백낙청, 「'우리의 교육지표' 사건을 말한다」, 『백낙청 회화록 5』, 창작과비평사,
2007, 286면.

지 못하는 교육이라면 그런 교육은 말짱 등신을 가르치는 것"74)이라고 했듯, 송기숙은 법정에서 '쟁쟁'한 목소리로 "이 나라의 대학 교수들은 학생들에게 돌팔매질을 당해도 할 말이 없다. 그러니까 대학 교수들에게 학생들을 감시하게 한 너희들도 학생들에게 돌팔매질을 당해야 한다."75) 고 최후진술을 한다. 또한 재판에서 7년 구형을 받자, "나는 이런 정도의 사건에 7년 구형이 내린 것에 대하여 나 개인적인 차원을 떠나 민족적인 차원에서 수치스럽고 서글플 뿐"76)이라고 진술한다. 그는 3·1운동 때 의 기록을 거론하며 유신체제가 일제강점기보다 더 악랄한 사회체제임을 폭로하고 있다. 이때의 기억과 체험은 『암태도』와 『은내골 기행』에 나타나 있다.

송기숙은 그의 말처럼 교육지표사건으로 '화려한 재판'을 받고 징역 4년, 자격정지 4년을 선고받아 1년 1개월간 복역한다. 이를 계기로 그는 광주에서 민주화운동을 했던 사람들을 하나로 묶는 역할을 했으며, 민청학련사건과 동아투위사건 관련자들도 함께 묶는 고리 역할을 하였다. 그는 "우리의 교육이 악덕 재벌이 탈세를 연구하라면 탈세를 연구하고, 밀수를 연구하라고 하면 고분고분 밀수를 연구하는 인간을 길러 낸다면, 교육 그 자체가 반민족적이고 반역사적인 행위가 된다."고 주장한다. 따라서 진정한 교육자는 "이런 행동이 반사회적인 행위이므로 나는 하지 않겠다고 행동할 수 있는 인간, 즉 주체적인 신념과 그것을 실천할 수 있는 용기를 가진 민주 시민을 길러내는 교육을 해야 한다."77)고 강조한다. 그는 청주 교도소에 수감되어 집필한 『암태도』의 서태석을 통해서 지식인이란 '언제든지 어디 가서든지 기생하는 존재'가 아니라, '부조리에

---

74) 송기숙, 「도깨비 잔치」,『도깨비 잔치』, 백제출판사, 1978, 22면.
75) 송기숙, 「역사가 지워준 짐」,『녹두꽃이 떨어지면』, 한길사, 1985.
76) 송기숙, 「우리의 교육지표」, 위의 책, 185면.
77) 송기숙, 「優等生들의 族譜」,『전남일보』, 1978. 6. 10, 5면.(콩트)

대해서 대항할 수 있는 존재'가 되어야 한다는 자신의 신념을 제시하고 있다. 그의 감옥에서의 체험은 「낙화」, 「사형장 부근」의 소재가 되었다.

그는 1979년 7월 17일 제헌절 특별사면으로 청주 교도소에서 나오게 된다. 출감 후 그는 지리산 화엄사에서 『암태도』를 집필하며 시간을 보낸다. 그리고 교육지표사건 때 변호를 해 주었던 다섯 분의 변호사에게 감사의 편지를 보내며, 복직의 꿈을 꾼다. 그와 함께 교육지표사건으로 파면되었던 교수들은 모두 복직이 되었지만, 당시 송기숙은 아직 복직이 되지 않은 상태에서 문과대학이 아닌 농과대학에서 시간강사로 교양국어 수업을 하고 있었다.

> 우리가 대학에 들어가서 할 일은 시민들의 이러한 지지를 받았던 그 사건을 全南大 전체 사건으로 서로 확인하고 그 정신을 대학의 주체적 역량으로 정착시키는 것이라 생각하고 있읍니다. 다시는 정치에 대학이 침해를 받지 않게 하기 위해서는 어떤 법령이나 제도보다 바로 그런 대학의 민주역량을 기르는 것이 가장 중요한 일이라 생각합니다.
> …(중략)…
> 겨울이 가고 봄이 와서 산에 숲이 우거지면 소나무의 푸르름은 잡목의 푸르름 속에 섞여버리겠지요. 변호사님들의 그 정신도 그렇게 가려져버릴 것입니다. 그러나, 겨울이 다시 오면 소나무가 다시 나타나듯 또 그런 험한 세상이 온다면 변호사님들의 그 정신은 다시 살아나리라 믿습니다. 물론 그런 세상은 다시 오지 말아야겠지요. 그런 세상이 다시 오지 말기를 빌고 변호사님들의 행운을 빌며 그칩니다.[78]

송기숙은 대학이란 '민주역량을 기르는 곳'이며, '정치'가 대학을 침해하지 않는 곳이어야 한다고 말한다. 그리고 다시는 정치가 민중을 짓밟는 그런 세상이 오지 않기를 빌었다. 그러나 채 봄이 가기도 전에 송기

---

78) 송기숙, 「초봄에 쓰는 편지」, 『신동아』(통권188호), 1980, 124면.

숙의 꿈은 무너지고 세상은 다시 그의 소설 제목처럼 '도깨비들의 잔치'
가 되어 버렸다. 12·12쿠데타로 정권을 잡은 신군부세력은 1980년 5월
17일 전국으로 비상계엄령을 확대했고, 대학생들은 어용교수 퇴진문제와
계엄령 해제를 요구하며 운동의 방향을 정치적 차원으로 확산시켰다. 교
내 문제에 얽매여 있던 학생들이 5월에 접어들면서 보다 높은 차원의 정
치적 구호를 외치며 가두시위를 시도했던 것이다.

하지만 송기숙은 당시 신분상 애매한 상태79)였고 밀린 공부와 글을
쓰기 위해서 교수들의 평의회 활동 등 학원 민주화 운동에는 직접 참여
하지 않고 비공식적인 논의에 응해 주는 정도로 관망하는 편이었다. 그
런데 산발적인 가두시위를 시도하던 학생들이 5월 14일 교문에서 전투
경찰과 충돌하여 그 저지선을 돌파하고 시내 진출에 성공하자, 법과대학
앞에 서 있었던 송기숙도 다른 교수들과 함께 시내로 나와 교수 대열에
서 행진을 했다.

또한 송기숙은 항쟁기간 중 시민수습위원회의 활동을 함과 동시에 학
생수습위원회를 조직했는데, 공교롭게도 교육지표사건과 같은 날인 1980
년 6월 27일에 '수습을 빙자한 폭동지휘자'라는 누명으로 구속되었고,
형법 87조 '내란중요임무종사 위반'이라는 죄명으로 2심에서 징역 10년
구형에 5년형을 받고 광주 교도소에서 복역하게 된다. 그는 광주교도소
에서 홍남순 변호사, 조비오 신부와 같은 방을 사용했으며, 『녹두장군』
집필 계획을 세워 1981년 8월 『현대문학』(통권322호)에 연재를 시작한다.
이후 1981년 4월 3일 대법원 확정판결이 난 뒤 관할관 확인과정에서 형

---

79) 송기숙과 같이 해직 상태에 있던 고려대학교 이문영 교수가 복직을 했는데, 이문영
교수와 당시 교육부 장관인 김옥길은 가까운 사이로 더 이상 학내에서 복직 문제로
학생들의 이슈가 되는 것을 막기 위해 이미 송기숙을 복직시키기로 약속이 된 상태
였다.
송기숙, 「민주화에 교수들도 큰 역할을 했지」, 『구술생애사를 통해 본 5·18의 기억
과 역사1』, 5·18기념재단, 2006, 111면.

집행 면제처분을 받아 출감하게 된다. 송기숙에게 교육지표사건과 5·18 광주민주화운동으로 겪은 두 번의 투옥 경험은 문학의 방향을 전환하는 일대 분수령이 되었다.

4. 문학적 심화기와 민주주의

송기숙은 출감 후 박석무,[80] 고은,[81] 황석영, 박현채, 김지하[82] 등과 어울리게 된다. 그는 1982년 12월부터 1983년 8월까지 『녹두장군』을 쓰기 위해 피아골에 칩거했다. 송기숙이 『녹두장군』을 쓰게 된 동기는 문학적 원체험기에 외할아버지로부터 들었던 동학농민운동의 일화가 계기

---

[80] 박석무는 80년대 중반 우리 시대의 '5대 기인'으로 '고은, 박현채, 송기숙, 김지하, 황석영'을 꼽고 있다.
   박석무, 「아름다운 기인이 쓴 마을 이야기」, 『창작과비평』(통권128호), 2005.
[81] 고은은 그의 시집 『만인보』에서 송기숙을 다음과 같이 형상화하고 있다.
   소설가 이문구가 이르기를 / 천연기념물 송기숙 / 광주는 그가 있어 광주였다 / 아무리 바람 찬 세월일지나 / 그가 있어 광주의 밤이었다 / 70년대 후반에야 떨쳐일어나 / 세칭 교육헌장 사건 이래 / 그의 행로는 위태위태했다 // 광주 / 그곳의 가능성과 허구성 다 부여안아 / 방금 매운 것 먹고 난 듯 / 얼얼한 / 얼얼한 그의 얼굴이 있다 // 홀로 고상하지 않다 / 홀로 저속하지 않다 / 홀로 고상과 저속 파묻어 / 차라리 어리석다 // 그에게 가거라 / 원시를 짐작하려거든 / 그에게 가거라 / 원시의 음덕을 배우려거든 // 그는 손으로 쓰다가 발로 쓴다 / 차라리 정신 따위는 / 자칫 관념을 낳아버려서 / 그는 몸으로 쓴다 / 소설 『암태도』를 소설「재수 없는 금의환향」을 // 옛날 소씨(昭氏)가 거문고를 뜯을 때 / 한 소리만 나고 / 다른 소리는 나지 않았다 / 과연 그의 벗 사광(師曠)이 / 지팡이로 땅을 쳐 반주한 까닭이 어디 있을까 / 거기 송기숙이 히힝히힝 말처럼 웃으며 일어난다 //
   고은, 『만인보』 12, 창작과비평사, 1996, 91~92면.
[82] 송기숙은 김지하와 동학농민운동의 배경지를 찾아다니며 숙식을 함께하였으며, 김지하의 고준담론이 『녹두장군』을 쓰는데 많은 도움이 되었다고 한다.
   송기숙, 「농민군, 우리 민족의 표상—장편 역사소설 『녹두장군』」, 『민족예술』(통권2호), 1994.

가 되었다. 그는 "이 이야기는 내 생애에서 가장 강렬하게 내 머리에 형성된 영상으로 남게 되었다."고 말하며, "소설을 쓰는 나로서는 이 주제 하나만은 한번 제대로 다루고 싶은 강한 충동을 받게 되었다."[83]고 밝힌다. 그가 동학도였던 외할아버지의 기억을 구체화할 수 있었던 계기는 문학적 생성기인 장흥 고등학교 시절 등하교하며 날마다 바라보았던 장흥 석대들이 동학농민운동의 치열하고 처절했던 역사적 전투의 현장이었음을 인식하였기 때문이다.

그는 태생지인 '섬'이나 자신이 성장했던 깊은 산골 마을인 '포곡'에 사는 사람들이 동학의 후예일 수 있다는 사실을 접하면서 '섬놈'이나 '촌놈'에 대한 강박 관념에서 벗어났다. 이는 자신이 자라났던 '포곡'마을 사람들의 성씨가 각기 다른 것을 통해 동학농민운동으로 숨어들어 온 사람들일 수 있음을 『자랏골의 비가』에서 용골 영감과 고당 영감으로 형상화했다는 데서도 알 수 있다. 또한 그가 출감한 후 『녹두장군』을 피아골 평도리에서 집필한 것도 제2의 '자랏골'이라는 의미를 피아골에 부여했다고 볼 수 있다. 피아골 사람들도 '자랏골'에 사는 사람들처럼 가렴주구를 피해 숨어 들어온 사람들이었다. 그들은 비록 '공중 베미'나 '삿갓 베미'에 의존해 살아갈지라도 '불의와 맞서' 저항하려는 대결 의지를 지닌 '동학의 후예'들이었다.

송기숙은 『자랏골의 비가』를 쓴 이후 민중들의 집단적인 저항에 대한 소재를 찾던 중 박순동의 논픽션 「암태도 소작쟁의」를 읽고 『암태도』 집필을 계획한다. 그는 현장답사를 통해 섬사람들의 강기 있는 행동이 그들의 선조가 암태도에 입도조한 경위와 관련 있을 것으로 판단했고, 자료를 조사한 결과 거의 임진왜란 이후 들어오거나 조선 후기 민란이나 동학농민운동과 연관되었음을 알게 되었다. 이후 그는 교육지표사건으로

---

83) 송기숙, 「공동체적 존재로서의 민중 : 작가가 본 전봉준과 동학」, 『신인간』(통권423호), 1984, 54~55면.

수감되었고, 청주교도소에서 집필 허가를 받아『암태도』를 3분의 1 정도 쓴 후 출감하게 된다. 청주교도소에서『암태도』를 저술하면서부터 이미 『녹두장군』에 대해 구상을 하고 있었던 그는 감옥에서 동학과 근세사에 관한 책들을 탐독했다. 출옥 후에는 동학농민운동의 현장을 두루 답사하면서 때로 외할아버지의 말이 생각나 노을이 지는 황혼 속에서 막걸리 잔을 기울이며 눈물을 짓기도 했다.[84] 얼마 후 그가 5·18광주민주화운동으로 다시 수감되었을 때『녹두장군』을 바로 집필할 수 있었던 이유도 여기에 기인한다.

또한 송기숙은『녹두장군』을『정경문화』(1984. 3~1987. 1)에 연재하던 중 관변기록만으로는 주요 정황에 대한 신빙성이 부족하다고 생각하여 자료정리와 현지조사를 위해 연재를 잠시 중단하게 된다. 그는 이때 동학농민운동이라는 역사적 투쟁사를 소설로 형상화하면서 네 가지의 고민[85]을 하게 된다. 첫째는 김개남이 금산에서 17일 동안 전투에 참전하지 않고 있었던 행동에 대해 어떻게 정당성을 부여할 것인가이다. 이에 대해 그는 다음과 같이 전봉준의 입을 빌어 묘사하여 그 부분을 해소하고 있다.

"김개남 장군은 금산에 가만 있었지만 실은 나가서 싸운 것보다 훨씬 더 큰 구실을 했습니다. 농민군은 김개남 장군이라는 엄청난 부대 하나가 금산에 든든하게 버티고 있으니까 그것을 믿고 여러 고을에서 그만큼 거세게 움직였던 것이고, 관군은 관군대로 김개남 부대가 움직일 것에 대비해서 그쪽에 그만큼 군대를 파견하고 있습니다. 생각해 보십시오. 우리가 오늘도 관군하고 싸워보니 어쨌습니까? 우리가 힘을 쓴 것은 겨우 양총이었습니다. 김개남 장군은 화승총이 8천 정이라지만 양총과 회선포 앞에 화승총은 8천 정이 아니라 8만 정인들 어떻게 맥을

84) 같은 글, 55면.
85) 송기숙,「역사적 사실과 소설적 형상화」,『민족문학사연구』, 1994, 347~349면 참조.

추겠습니까? 우리가 여기서 싸울 때 김개남 장군은 관군을 그쪽에다 그
만큼 묶어논 것만으로도 자기 구실을 한 것입니다. 여기 장기 둘 줄 모
르는 분 안 계실 것입니다. 장기 이치를 생각해 보십시오. 한쪽에 가만
히 있는 말은 아무 구실도 않고 그냥 죽어 있는 것입니까?"

—『녹두장군』 12권, 187면

둘째는 관군과 농민군의 화력의 차이를 어떻게 묘사할 것인가이다. 그
는 이 부분을 『녹두장군』에서 가장 어렵게 썼다고 말한다. 농민전쟁은
전쟁이므로 가장 중요한 것이 양쪽의 전투력인데 학계의 연구 자료가 전
혀 없어, 농민군들이 양총과 실탄을 일본군 및 관군과 방불하게 가지고
싸웠다고 묘사할 수밖에 없었다고 고백하고 있다.

셋째는 자료에 잘못 쓰인 땅 이름을 어떻게 표기할 것인가이다. 그는
순 한자로 기록되었던 당시 상황을 재고하지 않고, 한자음을 그대로 한
글로 옮기면서 땅 이름이 잘못 표기되었다고 판단했다. 따라서 '황토현'
을 '황토재'로 '우금치'를 '우금고개'로 쓰기를 주장했다. 이에 대해 그는
민족과 민중을 말하는 식자들이 그들의 생활언어이자 민족문화의 기초
인 민중의 언어를 무시하는 행위는 자가당착으로, 이것은 문자로 민중을
억압하는 권위의식의 발로라고 생각했다.

넷째는 백산농민군대회에 모인 농민의 수는 9천여 명이었는데, 한 달
정도 뒤인 황룡강전투 때는 5천여 명으로 줄어든 이유가 무엇인가이다.
이에 대한 답을 현장 답사에서 찾았다. 그는 현장 답사를 할 때 모든 정
황과 사실을 철저하게 당시의 현실과 상황의 시각으로 보았고, 당시 민
중의 의식수준 곧 그들의 눈높이에서 판단하려고 노력했다. 그래서 현장
답사를 할 때면 전쟁 당시의 날짜에 맞추어 갔다. 여기서 백산농민군대
회가 양력으로 4월 25일 경에 있었고, 정황으로 보면 그 시기는 보릿고
개였다. 이에 비해 황룡강전투는 5월 26일 경으로 보릿고개를 넘기고 제

대로 끼니를 해결할 수 있는 시기였음을 알 수 있다. 즉 백산농민군대회
에서 농민군의 수가 많았던 이유는 '보릿고개'로 인한 배고픔을 해결할
수 있었기 때문에 많이 모였지만, 반면 황룡강전투 때는 시기적으로 먹
을 보리가 있었고, 또한 한창 농사를 지어야 하는 농번기였기 때문에 농
민군의 수가 줄어들었다는 것이다. 그는 전주화약의 원인도 벼농사와 연
관 짓는다. 즉 농사를 지은 경험이 있는 전봉준이기에 2차 봉기를 가을
걷이가 끝난 시점으로 잡았다는 것이다. 이는 작가 송기숙이 농민의 아
들로서, 학창시절에 직접 농사를 지어본 경험에서 유추가 가능했을 것으
로 생각된다.

이와 같이 송기숙은 역사적 사실을 소설로 형상화하기 위해서 발로 뛰
며 철저하게 고증의 과정을 거쳤다. 그는 녹두장군을 쓰기 위해 장흥, 강
진 일대를 집집마다 돌아다니며 인터뷰를 요청했으나 거절당하기 일쑤
였다. 그들은 이 사건이 일어난 지 꽤 많은 세월이 흘렀음에도 불구하고
있었던 사실을 거론조차 거부했다. 이것은 일제의 초토화 작업 때 동짓
달에 제사가 있는 가족은 무조건 잡아다가 삼족을 멸할 정도로 탄압이
심했던 것이 그 이유였고, 때문에 수십 년이 지난 당시까지도 모두 쉬쉬
했던 것이다. 이 같은 현장답사를 통해서 그는 외할아버지가 동학군이었
던 자신의 신분을 숨길 수밖에 없었던 이유를 알게 된다. 따라서 『녹두
장군』은 그의 "개인적인 감격이 역사적인 긴장과 결합"[86]되어 잉태된
작품이었다.

송기숙은 『마당』에 '오늘의 시각으로 고쳐 쓴 옛 이야기'라는 제목으
로 1983년 1월부터 1984년 7월까지 민담을 한 편씩 게재한다. 그리고
같은 해에 이만열, 한완상, 변형윤, 안병직 등과 함께 '해직교수아카데미'
를 조직하여 12월 20일부터 전국순회강연을 하게 된다. 이때부터 송기숙

---

86) 송기숙, 「공동체적 존재로서의 민중 : 작가가 본 전봉준과 동학」, 앞의 책, 55면.

은 민주화 운동에 적극적으로 동참하게 되어 '저항문학의 기수', '행동하는 지식인' 등으로 불리게 된다. 이때 그는 사회현실에 대해 침묵하고 있는 언론과 대학을 대신해서 문학이 그 기능을 맡아야 하며, 작가들은 사회현실에 관심을 가져야 한다며 '민중문학'의 역할을 강조한다.

그는 1983년 8월 15일 내란중요임무종사 위반 등의 선고 효과에 대해 복권이 되었으나, 교수직에 대한 복권 없이 1984년 8월 17일 해직 7년 만에 특별 신규임용으로 채용된다. 하지만 7년 만에 돌아온 대학은 교육지표사건 이전과 큰 차이가 없었다. 정치권력은 공포의 분위기로 교수들을 '당근과 채찍'으로 다스리고 있었고, 학생들은 그런 교수들의 나약성에 사제 간의 인간관계는 파괴되고 있었다. 교육이란 교수와 학생 사이의 존경과 사랑이라는 인간관계를 매개로 성립하는 것인데, 대학의 일그러진 모습에 그는 '교수와 죄수 사이'에서 고민하게 된다. 그래서 '학원안정법 제정 반대', '창작과 비평사 구제 서명', '구속자 협의회 참여', '교수단 시국선언' 같은 일은 교수로서 당연히 해야 할 일로 생각하고 적극적으로 앞장선다. 그는 "당연한 일을 하지 않으면 보통 이하의 사람이 되고 만다."고 보고 "별난 일을 하여 투사가 되고 싶지도 않지만 당연한 일을 하지 않는 보통 이하의 사람이 되고 싶지도 않다."[87]며 실천하는 지식인의 면모를 보인다.

또한 송기숙은 80년 이후 그 험악한 기운이 채 가시기도 전인 1987년 5월 23일 '한국현대사사료연구소'를 설립[88]하여 소장직을 맡아 5·18광주민주화운동에 관한 자료를 수집했다. 그는 5·18광주민주화운동에 대해 보도한 신문기사를 보면서 동학농민운동에 대한 관변자료와 다를 것

---

87) 송기숙, 「호랑이 등에 올라탄 사람」, 『교수와 죄수사이』, 심지, 1988, 132면.
88) 송기숙은 '한국현대사사료연구소' 설립 당시 금호실업 회장이 3천만 원을 기부했다고 증언했다. 그는 당시에는 밝힐 수 없는 상황이었기 때문에 '어떤 독지가'라고 할 수밖에 없었다고 회고했다.
   송기숙, 인터뷰, 2008. 6. 11.

이 없다고 생각했다. 동학농민운동에 대한 기록이 '관' 중심이다 보니 민중들에 대한 언급이 없어 제대로 민중성을 복원하는데 어려움을 겪었듯이, 5·18광주민주화운동도 시간이 흐른 후에는 생생하게 기억할 수 없을뿐더러 '관' 중심의 왜곡된 역사로 점철될 것을 우려했던 것이다. 이러한 행위는 역사적 현실 앞에서 불의에 항거하고 정의를 실현하고자 하는 실천적 지식인으로서의 삶의 모습이었고, 5·18광주민주화운동이 역사적 맥락에서 제대로 자리매김하기를 바라는 소망의 표출이었다.

그는 5·18광주민주화운동을 소재로 「우투리─산자여 따르라1」(1988 여름), 「제7공화국」(1988. 12), 『오월의 미소』(2000), 「북소리 둥둥」(2002 봄) 등 4편의 소설을 발표했다. 그의 소설에 영향을 준 인물은 도청에서 학생수습위원회 결성에 반대하며 수류탄을 들이대고 위협했던 재수생과 M16 소총을 자신의 목에 겨누었던 눈이 충혈 된 젊은이, 그리고 계림극장 앞에서 담배 두 개비를 주었던 어떤 사내이다. 송기숙은 자신에게 그렇게 거세게 덤비었던 이들이야말로 "평소에는 모르지만 겨울이 되어야 솔이 푸른 줄을 알 듯 이럴 때 비로소 제 모습을 드러내는 정말 사람다운 사람들"이라고 말한다. 왜냐하면 "남의 슬픈 사랑이란 당사자들은 피가 마르는 일이지만 곁에서 보기는 아름답듯이 이럴 때의 죽음도 구경하는 눈에는 비장하고 화려하지만 당사자는 하나뿐인 목숨을 내놓는 것이며 더구나 그들은 남다른 정의감을 가진 귀한 인재들"89)이기 때문이다.

---

89) 송기숙은 작품의 모델을 다음과 같이 밝히고 있다.
"「우투리」의 부분적인 모델이 있는 셈인데 그것은 항쟁 수습에 대한 이견으로 내 목에다 총을 들이댔던 젊은이와의 충돌 같은 것이 그것이다. 나이는 30여 세쯤이었고 조금 호리호리한 몸매의 보통 키에 노동자 같은 인상이었다. 부상을 당했던지 왼쪽 팔굽 위 전부를 붕대로 두껍게 감고 있었으며 처음 들어올 때부터 노리쇠 부분의 총목을 잡아 총을 공중으로 받쳐들고 있었다. 상당히 격렬하게 싸웠던지 그때까지도 눈이 새빨갛게 충혈되어 있었으며 기가 팔팔했다. 27일 도청 탈환작전 때 죽은 것이 아닌가 싶다. …(중략)… 그들의 존재는 날마다 내 삶에 간섭을 하고 있는 셈이다. 나는 광주항쟁을 생각하면 지금도 M16 젊은이에게 총구로 고개를 쳐들린 것 같은 기분일 때가 있다. 나는 그 죽음을 뛰어넘은 젊은이들, 그 살아 있는 정의

그래서 송기숙은 자신에게 M16소총을 겨누었던 눈이 충혈 된 젊은이
를 「우투리-산자여 따르라1」에서 우투리, 「제7공화국」에서 윤만, 『오월
의 미소』에서 세모눈으로 형상화하고 있다. 또한 도청에서 학생수습위원
회 결성에 반대하며 수류탄을 들이대고 위협했던 재수생은 『오월의 미
소』에서 항쟁과 젊은이로, 그리고 계림극장 앞에서 담배 두 개비를 주었
던 어떤 사내는 「북소리 둥둥」에서 낙관적인 민중의식을 보여주었던 유
기수의 모습으로 묘사하고 있다.

송기숙이 5·18광주민주화운동을 소재로 형상화한 첫 작품은 「우투리
-산자여 따르라1」이다. 이에 대해 그는 "본래 연작으로 쓰려고 구상했
는데 당시 현장의 충격이 너무 커서 도무지 작품에 실감이 느껴지지 않
는다."고 말한다. 또한 "전쟁소설은 대부분 전쟁이 끝난 지 10년 쯤 뒤에
나왔다는데 그것은 현장의 구체적 충격이 정리되려면 그만한 시간이 걸
린다는 이야기가 되는 것 같다."며 "광주항쟁이라면 아뜩하고 막막하다."
고 피력90)한다. 작가가 어떤 경험을 소설로 재구성하는 데는 일정한 거
리와 시제의 차이가 불가피하다. 소설은 작가 자신을 포함한 여러 인물
의 그럴듯한 이야기여야 하고, 있는 사실을 그대로 재현하기보다는 있을
법한 이야기를 직조하여야 하기 때문이다. 하지만 작가에게 고통스러운
과거와 직면하여 억압된 기억을 복원하는 것은 시간과 역사로부터 스스
로 자폐시켰던 절망의 정체를 드러내는 것이며 또 다른 폭력을 동반한
다. 그는 이 같은 고통스러운 기억을 서사화하는 방식으로 '아기장수 우
투리설화'를 차용한다. 이것은 5·18광주민주화운동이 일어난 지 8년 만
의 일이다. 아직은 역사적 사건을 조명하고, 그 의미를 조망하기에 시기
적인 어려움도 있었지만, 어떻게든 그는 문학을 통해 민중의 역사를 재

의 실체 앞에 압도되어 있다."
송기숙, 「아직도 문학작품은 엄두가 안나」, 『실천문학』(통권18호), 1990. 6, 282~287면.
90) 같은 글, 283면.

조명하는 작가로서의 소임을 다하고자 했다.

그는 5·18광주민주화운동의 피해 당사자이면서도 '언어'로 표현하지 못했던 그날의 '사건'을 2000년에 와서야 『오월의 미소』를 통해서 총체적으로 형상화하고 있다. 송기숙은 "백범의 암살범인 안두희씨를 처단한 평범한 박기서씨를 보고 소설의 모티브를 얻었"고, "한국정치의 모순을 집약적으로 보여주는 학살자들에 대한 사면은 현대사에서 또 하나의 질곡으로 남아 있다."고 말한다. 또한 불행한 과거를 지닌 사람은 그 과거를 현재로 살고 있을 때 더 불행하다며 결말 부분에서 "학살자를 때려죽여야 한다는 것을 암시하는 것은 응징이었지 결코 화해의 시도가 아니었다."[91]고 주장한다.

송기숙은 1987년 7월 23일에 '민주화를 위한 전국교수협의회'를 창립해서 초대 공동의장을 2년 동안 역임하고, 동시에 『녹두장군』을 쓰기 위해서 전남 승주군 선암사 해천당에서 매주 4일간 7년을 보내게 된다. 그는 1987년 6·29민주화선언 이후에는 현실 사회운동 대열에서 스스로 제대한다는 기분으로 멀리 선암사에 집필실을 마련해 놓고 연구실과 절 사이를 오가며 주로 새벽 네 시 정도까지 작업을 하고 강의 시간에 맞춰 강의만 한 후 곧바로 선암사로 향했다. 『녹두장군』은 1994년 '동학농민운동' 100주기에 맞춰 13년 만에 5부 12권으로 완성되었다.

또한 송기숙은 1988년 독일 학술 재단(DAAD)의 초청으로 3개월간 유럽에서 체류하였고, 1989년 4월 30일에는 전남대학교에서 한국현대사사료연구소, 4월혁명연구소, 전남사회문제연구소가 공동 주관한 '5·18민중항쟁 9주년 학술토론회'를 개최했다. 이어 1990년에는 '5월 민중항쟁 10주년 기념 전국학술대회'를 개최했으며, 그가 소장으로 있는 한국현대사사료연구소에서 2년 동안 5·18광주민주화운동에 참여한 사람 중 5백

---

91) 임형도, 「현 정권 재야적 아마추어리즘 큰 문제」, 『뉴스메이커』(통권528호), 2004. 10. 14. 인터뷰 내용.

여 명의 증언을 채록하여 원고지 2만5천매 분량으로 작성한 『광주오월 민중항쟁 사료전집』(풀빛출판사)을 출간했다. 또한 『광주오월 민중항쟁 사료전집』 중에서 분야별로 내용을 선별하여 4부로 재구성한 『광주여 말하라 : 광주민중항쟁 증언록』(실천문학사)을 단행본으로 출간했다. 그는 여기서 이들의 증언이 '죽음을 넘어선 피의 기록'으로, 신군부독재정권에 의해 왜곡되어 있는 5 · 18광주민주화운동의 진상이 바르게 알려지고, 또 이런 증언들이 여러 가지로 연구와 창작의 자료가 되기[92]를 소망했다.

그는 『암태도』와 『녹두장군』을 쓰기 위해 취재를 다니던 것이 계기가 되어 1990년 6월에 완도군 소안도에 가서 '항일 독립 운동 기념탑'을 세우는데 참석한다. 취재 도중 소안도에서 항일 운동을 했던 인물 중 송내호에 관한 증언을 듣게 되었고, 이것은 『오월의 미소』의 모티프가 되었다. 또한 1993년 6월 12일 '균형사회를 여는 모임'의 공동대표를 맡았고, 1994년 3월 12일부터 1996년까지 '민족문학작가회의'의 회장을 역임했다. 그리고 1994년 10월 25일 『녹두장군』(12권)으로 제9회 만해문학상, 1995년에는 제12회 금호예술상, 1996년에는 제13회 요산문학상을 수상했다.

송기숙은 1996년 문학의 해 조직위원회 위원으로 활동했으며, 거의 10여 년을 몸담아 온 '한국현대사사료연구소'를 1996년에 해체하고, 전남대학교에 5 · 18연구소 설립을 주도하여 모든 자료와 재산을 이양했다. 1997년 4월 이수성 전 국무총리와 제15대 대통령 선거를 앞두고 특별대담을 하고, 같은 해 12월 22일 전 · 노씨 사면은 역사의 후퇴라고 생각하여 한겨레신문에 특별 기고를 하는 등 부당한 현실에 대해서 끊임없이 문제를 제기하고 해결 방법을 강구했다. 그리고 1998년 5월 31일에 이

---

92) 한국현대사료연구소, 『광주여 말하라 : 광주민중항쟁 증언록』, 실천문학사, 1990, 간행사.

제는 현실과 정치 등 무거운 문제에서 훌훌 벗어나고 싶다는 소망으로 고향 가는 길이 내려다보이는 전남 화순군 대리3구 산18-2번지로 이사한다.

그는 번잡한 도시를 벗어나듯 복잡한 현실과 정치 문제에서 벗어나고자 했지만 시대의 굴곡이 있을 때마다 힘없는 민중의 편에 서서 실천적 지식인의 면모를 잃지 않는다. 즉 1999년 5월 8일 민자해체·공개념 촉구를 위한 시국선언에 교수 41명과 함께 참여했고, 2000년에는 총선연대 공동대표 겸 광주지역 상임대표를 맡아 부패 정치인 낙천·낙선 운동을 이끌었으며, 2004년 2월에 문화중심도시조성위원회 위원장직을 맡아 활동했다. 진정한 교육자란 반사회적이고 반역사적인 행위에 당당히 맞설 수 있어야 하며, 학생들에게 '혼백을 심어주는 교육'을 할 수 있는 사람이어야 함을 강조했던 그는 2007년 6월에 용봉인 명예대상을 수상했다. 또한 소설을 통해 분단 극복의 방법을 제시했듯, 8월에는 남북 정상회담 자문위원단으로 활동했다. 그리고 9월에는 설화를 6권(창작과비평사, 2007)의 책으로 정리했다. 그에게 설화 정리는 민족의 동질성을 회복하고 민족의 정체성을 구현하는 행위였다. 이것은 작가로서의 사명이자 마무리 작업이라고 강조한 바와 같이, 화해와 상생의 의미를 구체화한 것으로 남북통일에 대한 또 다른 염원의 표현이었다.

송기숙은 '나의 소설은 인간이 지켜야 할 윤리의식'[93]이 중심이었으며 '내가 소설에서 현실을 보는 눈은 기본적으로 역사적인 시각인 것 같다.'면서 '하늘을 우러러 한 점 부끄러움 없이 살기'[94]를 소망했다. 또한 요산 김정한을 "소설가로서 문학적 성취로나, 일본에 저항해 온 투철한 민족의식으로나, 군사정권 때 부산에 앉아서 전국의 작가들에게 말없이 발

---

93) 송기숙, 「나의 소설, 나의 소설론」, 『정신과 표현』(통권33호), 2002, 11~12월호.
94) 송기숙은 서재에서 가장 아끼는 책으로 윤동주 시집 『하늘과 바람과 별과 시』의 초간본을 들었다.

휘해 온 지도력으로나, 어느 모로 보더라도 우리나라 문학인으로서는 일 제시대 이래 그이만한 분을 찾을 수가 없는 인물.*[95]로 보고 "누구보다 존경하고 있는 분"으로 평가한다. 앞서 언급한 김정한이 '낙동강'을 중심 으로 민중의 삶을 묘사하여 보편적인 민중의 '애환'을 드러냈다면, 송기 숙은 호남 지방을 중심으로 일어난 '동학농민운동과 의병투쟁'에서 발현 된 민중의식이 '5·18광주민주화운동'을 통해서 확산되었음을 작품으로 형상화하고 있다. 이는 민중의 문제를 역사적인 맥락에서 파악하고 그 의미와 가치를 재조명했다는데 의의가 있다. 또한 이것은 '중심주의'를 강요하는 지배 이데올로기에 대한 저항으로, 작가가 평생 동안 추구했던 민중의 보다 나은 삶에 대한 욕구를 충족할 수 있는 참된 정치를 위한 행보로 볼 수 있다. 그는 지금도 변함없이 그가 추구했던 올바른 교육자 로서 그리고 실천적 지식인으로서의 길을 걸어가고 있음을 삶과 작품으 로 대변하고 있다.

---

95) 송기숙, 「문화발전과 지역문화 진작을 중심으로」, 『지역사회연구』(통권9권제1호), 한 국지역사회학회, 2001, 29면.

제 3 장

분단 이데올로기의 허위성

1. 분단 이데올로기의 인식 양상[1]

　송기숙은 분단된 민족의 현실과 이로 말미암아 민중의 삶을 억압하는 사회 구조가 분단 이데올로기의 허위성에 기인하고 있음을 직시하고 이를 작품으로 형상화하고 있다. 따라서 그의 소설을 해석하고 이해하는 데 있어 한국 사회에서의 분단 이데올로기의 형성 과정과 그것의 내면화 과정을 살펴보는 것은 중요한 의미가 있다.

　해방 이후 한국 사회의 정치 지형은 친일 보수 세력과 좌파 민족운동 세력 간의 치열한 대립의 양상을 띠고 있었다. 전자는 토지 이익을 중심

---

[1] 본 절은 아래의 글을 참고하였다.
　김진균·조희연, 「분단과 사회상황의 상관관계에 관하여」, 변형윤 외, 『분단시대와 한국사회』, 까치, 1985, 397~436면 참조.
　임영일, 「한국사회의 지배이데올로기」, 한국산업사회연구회 편, 『한국사회와 지배이데올로기』, 녹두, 1991, 67~87면 참조.
　한지수, 「지배이데올로기의 형성과 변화과정」, 강만길 엮음, 『한국사 이야기 : 자주·민주·통일을 향하여1』 20, 한길사, 1995, 331~380면 참조.

으로 자본제적 틀 안에서 기득권을 놓지 않으려 했고, 반면 후자는 식민 잔재의 해체와 사회경제적 개혁을 통해 민중들의 이익을 대변할 수 있는 인민권력을 수립하고자 했다. 당시 좌파 민족운동세력은 토지개혁, 친일 민족반역자 처벌, 매판자본 국유화, 식민지 권력기구 해체 등을 요구하는 공통점이 있었다. 이런 이유로 개혁적 좌파 주도의 민족해방운동은 친일 보수 세력에 비해 대중적 지지를 얻어 사회의 제 영역에서 우위를 점하고 있었다. 이에 미군정은 좌파에 대항하여 일제하 한국인 경찰 8천여 명 중 5천여 명을 재 등용하고 관료 충원에서도 일제하 관료와 우파 계열의 한민당 인사를 우대하였다. 이것은 미군정이 한반도에서 확보하려 했던 정치·군사적인 이해와 일제하에서의 기득권을 유지하려던 친일 우익세력의 이해관계가 자연적으로 일치한 결과였다. 다시 말하면 이들은 공통적으로 서로의 이해관계에 심각한 위협이 되고 있는 민족해방 운동세력을 탄압해야 할 필요를 공유하게 되었고 이러한 이해가 '반공주의'로 표출되었던 것이다.

이후 5·10단선을 거쳐 남한만의 단독정부가 수립되었고, 이 과정에서 군, 경찰, 관료들은 과거의 친일경력을 상쇄하고 좌익과의 대결을 통해 애국자로 변신해야 할 필요에 의해 반공적 성향을 띠어갔다. 또한 1948년 12월 국가보안법의 제정과 미군정, 군, 경찰, 청년우익단체 등 분단국가의 반공이념을 뒷받침하는 물리적 기반을 마련하여 김구, 김규식 등 중도민족주의 세력까지 완전히 배제한 채 이승만과 친일 보수 세력만이 참여하는 분단 정권이 성립되었다.

해방 이후 6·25전쟁 직전까지만 해도 10만여 명이라는 엄청난 숫자가 좌·우익의 대립과 투쟁과정에서 희생되었다.[2] 이것이 전쟁이라는 형태로 왜곡되고 뒤틀려져, 이데올로기적 대립을 매개로 한 학살과 보복

---

2) 박원순, 『국가보안법 연구』, 역사비평사, 1989, 106면.

은 친인척 사이에서도 일어났으며 피해당사자는 물론 간신히 살아남은 사람들의 기억 속에 여전히 증오와 복수심이 뒤얽힌 감정적 앙금을 남겼다. 6·25전쟁 결과 한민당과 이승만의 일방적 우위가 보장되는 체제가 정착되었고, 미국 또한 6·25전쟁에 전면적으로 참여하여 확실한 주도권을 행사하게 되는 계기가 되었다. 미국과 함께 6·25전쟁으로 인해 비대화된 군은 반공 이데올로기를 담보하는 또 하나의 실질적인 지주였다. 이후 군은 국가안보 이데올로기를 결합한 반공 이데올로기를 재생산하여 일체의 반대세력을 억압하고 정치적 정당성을 획득하고자 하였다.

이승만 정권은 6·25전쟁을 계기로 반공이라는 가치가 지배적 이데올로기로 자리 잡을 수 있는 조건을 마련한 것은 사실이지만, 이 같은 이데올로기는 민중들로부터의 동의와 정당성에 기반을 둔 것이 아니었기에 전사회적으로 재생산되지 못하는 한계점이 있었다. 즉 애초부터 자유민주주의의 물적 토대를 가진 현실적 주체세력도 없었고, 사회적 기초 역시 결여되어 통치 이데올로기로 수입된 자유민주주의는 형식적인 이념으로 기능했을 뿐, 현실과의 괴리로 인해 이승만 정권의 지배를 뒷받침해 줄 수 있는 이데올로기는 될 수 없었다. 이 같은 괴리와 간극이 현실로 드러나게 됨으로써 이승만 정권이 독재체제를 강화하기 위해 내세운 반공 이데올로기와 미국식 자유민주주의라는 지배적 이데올로기로는 더 이상 독재를 정당화할 수 없었고, 결국 4·19혁명으로 하야(下野)하는 결과를 가져왔다.

군부독재 정권은 5·16쿠데타로 성립되었으며, 미국에 이어 일본과의 국교정상화를 이룬 후 차관 형태의 외국자본에 의존하는 수출 지향적 자본 축적을 주도하였다. 이 같은 자본의 지배는 공공연한 폭력 행사와 민중의 억압을 통해 보장되었다. 즉 5·16쿠데타 직후 모든 정당 및 사회단체에 대한 활동을 금지시켜 15개 정당 및 238개의 여타 단체를 해산시켰다. 이러한 폭력과 언론통제 속에서 오로지 최우선의 국시로 제시된

'반공'에 일치된 내용만을 강조하였다.

1960, 70년대는 군부독재 정권에 의해 지배세력의 이데올로기가 전 사회에 일방적으로 강요되고 주입된 시기였으며, 군부집단의 강력한 반공주의가 제일의 특징이었다. 그리고 이것은 유신체제의 등장과 함께 각계의 저항이 고조되자 전쟁 위기가 극도로 강조된 국가안보 이데올로기와 반공 이데올로기가 강화되었다.

이에 송기숙은 평론에서 소설로 방향을 전환한 1960년대 후반부터 지금까지 분단 이데올로기의 허위성을 고발하고 비판하면서 분단 극복 의지를 다수의 작품에서 형상화했다. 이에 대해 그가 "군사정권 밑에서 이런 주제를 다룬다는 게 이만저만 까다로운 일이 아니었지만, 그래도 그런 주제 말고는 성이 차지 않았다."[3]고 언급한 것처럼, 60년대 후반에서 70년대 초기의 그의 작품은 대부분 분단 이데올로기의 허위성을 비판하고 있다.

특히 반공 이데올로기가 사회 전반의 무소불위의 힘을 행사하던 시대에 분단의 현실을 소재로 삼았다는 것은 스스로 불구덩이에 뛰어드는 행위[4]이었으나, 그럼에도 불구하고 그의 작품 속에 동시대적 삶의 진실과 고뇌가 짙게 배어 있는 이유는 당대의 문제를 그냥 지나치지 않는 날카로운 작가정신에서 찾을 수 있다. 따라서 "60년대 말과 70년대 초에 씌어져 분단문학이 유행하기는커녕 금기에 가까웠던 7·4성명 이전의 상황에서 이런 작품들이 씌어졌다."[5]는 것만으로도 그의 소설은 큰 의의를 지닌다.

송기숙이 등단 초기부터 최근까지 분단을 소재로 쓴 작품은 장편 1편,

---

3) 송기숙, 『파랑새』, 전예원, 1988, 339면.
4) 공종구, 「송기숙의 소설에 나타난 분단의식의 실체와 그 의미」, 『현대문학이론연구』 (제16집), 2001, 129면.
5) 백낙청, 「80년대 소설의 분단극복의식」, 『파랑새』, 전예원, 1988, 326~327면.

중편 2편, 단편 15편이다. 이를 작품이 발표된 시대 순으로 살펴보면 「어떤 완충지대」(1968), 「백의민족·1968년」(1969), 「휴전선 소식」(1971), 「지리산의 총각샘」(1973), 「갈머리 방울새」(1973), 「전설의 시대」(1973), 「흰구름 저 멀리」(1973), 「살구꽃이 필 때까지」(1980), 「당제」(1983), 「어머니의 깃발」(1984), 「백포동자」(1984), 「파랑새」(1987), 『은내골 기행』(1996), 「보리피리」(1996), 「길 아래서」(2001), 「들국화 송이송이」(2001), 「북소리 둥둥」(2002), 「성묘」(2002)로 이어진다. 또한 직접적인 분단을 소재로 하지 않았을지라도 6·25전쟁의 유년기 체험세대[6]로서, 이에 대해 간접적으로 묘사한 작품이 다수 있다. 즉 당시 중학교 2학년 학생으로 야경을 서면서 이웃 동네 영감과 관련된 자신의 경험을 형상화한 「영감은 불속으로」(1971)와 전쟁으로 북쪽에서 쫓기어 자신의 고향인 '포곡'까지 내려온 멧돼지를 잡았던 실존인물인 해룡이 아버지의 일화를 묘사한 『자랏골의 비가』(상, 하)(1977), 빨치산 소탕 작전의 일환으로 마을을 소개하는 과정에서 집을 잃게 되었던 「만복이」(1978) 등을 합한다면 거의 절반에 가까운 작품이 분단과 관련되어 있다.

　송기숙은 분단 이데올로기의 허위성을 고발하고 분단 극복의 의지를 드러내는 서사화 전략으로 주로 사회적 약자인 어린이나 여성을 주인공으로 하고 있다. 또한 그는 분단으로 인한 시간의 흐름을 서사화하기 위하여 모성의 전형을 시대별로 다르게 형상화했다. 1960년대와 1970년대 초기에 발표된 작품에서 모성의 전형은 젊은 여인이지만, 1980년대와 1990년대 펴낸 작품에서는 중년 여인으로, 2000년대에 쓰인 작품에서는 할머니로 묘사했다. 그리고 소설의 소재에 있어서는 1960년대 후반과

---

[6] 김윤식은 창작 주체인 작가의 6·25전쟁에 대한 체험 여부에 따라 "세대별로, 체험세대, 유년기 체험세대, 미 체험세대"로 구분하고 있다. 송기숙은 6·25전쟁을 16세에 장흥중학교 입학과 함께 체험하게 된다.
　김윤식, 「우리 문학의 분단비극의 극복의식」, 『문학 사상』(통권166호), 1986. 8.

1970년대 초기에 저술된 작품에서는 '간첩'이나 '빨치산'의 문제, 1980
년대의 「어머니의 깃발」에서는 이산가족 문제, 2000년대에 씌어진 「성
묘」에서는 남북정상회담을 차용했다. 이처럼 작가는 6·25전쟁 당시의
참상을 자세히 묘사하기보다는 분단 이데올로기로 말미암아 일상적 삶
에서 야기될 수 있는 문제들을 소재로 하여 당대의 부조리한 현실을 고
발하고 있다.

　　송기숙이 분단 이데올로기를 인식하는 양상은 크게 두 가지로 나타난
다. 첫째는 분단의 지속적 현재화로 일상적 삶이 왜곡되는 현상이다. 이
러한 현상을 문학적으로 형상화한 작품으로는 「어떤 완충지대」, 「백의민
족·1968년」, 「휴전선 소식」, 「갈머리 방울새」, 「전설의 시대」 등이 있
다. 둘째는 분단으로 인한 아픔을 치유하고 분단 극복의 방법으로써 모
성성을 형상화하고 있다. 여기에 해당되는 작품으로 「어머니의 깃발」,
「백포동자」, 『은내골 기행』, 「보리피리」, 「성묘」 등이 있다.

2. 분단의 지속적 현재화

1) 분단의식의 고착화

　　분단 이데올로기는 "분단체제를 온존, 유지, 강화하는 이데올로기들"[7]
이라고 할 수 있다. 그 중 대표적인 '반공 이데올로기'는 주로 자본주의
체제의 문제점과 이것을 해결하고자 하는 체제변혁운동 및 사회적 갈등
의 실상을 은폐, 왜곡시키면서 자본주의 체제를 정당화시키는 효과를 낳

---

7) 김재현, 「모순, 이데올로기, 과학」, 학술단체연합심포지움, 『80년대 한국인문사회과학
　의 현단계와 전망』, 역사비평사, 1988, 364면.

는 이데올로기를 가리킨다. 여기서 이데올로기는 '현실과 지배 관계를 은폐시키고 관심을 다른 곳으로 돌리게 만드는 의식체계'[8]로 지배계급과 지배세력에 의해 의도적으로 확대, 발전되며 특정한 방향으로 가공되는 특성을 가진다. 이렇게 가공된 이데올로기는 지배 관계를 은폐시키고 정당화시키는 데에 보다 효과적으로 작용하는 역할을 한다. 송기숙은 이러한 분단 이데올로기의 허위성으로 분단의식이 고착화되는 현상을 「어떤 완충지대」의 여인, 「백의민족·1968년」의 운동모를 통해서 고발하고 있다.

「어떤 완충지대」는 강 대위와 여인이 동굴에서 북쪽으로 가는 호송선을 기다리는 극한 상황으로 시작한다. 여인은 대학을 중퇴한 인텔리로 6·25전쟁 때 아이를 임신한 상태에서 남편과 헤어진다. 남편은 남쪽의 군 요직에 있다가 전역했으며, 여인은 북쪽에서 아들과 살다가 '남편을 포섭해서 월북하는 일'을 공작 임무로 하여 남파된 간첩이다. 그러나 여인은 '이쪽이나 저쪽'의 사상에는 관심이 없었으며, 아들을 지키기 위해 강요된 명령에 따를 수밖에 없는 상황이다.

강 대위가 북파간첩으로 공작 임무를 맡게 된 이유는 단지 여인의 남편과 용모와 나이가 비슷하고, 대학의 전공과 중학교 교사였다는 점이 같았기 때문이다. 강 대위의 상관인 K소령은 여인에 대해 '과학적'으로 분석한 결과 "여인이 적극적으로 협력"할 것이므로 '멋있는 여행'이 될 것이라고 강조한다. 이는 이데올로기가 상관을 통해 드러나는 방식으로 죽음을 담보로 하는 공작 임무를 '멋있는 여행'이라는 언어로 합리화하고 있다. 이렇게 이데올로기는 스스로 합리적이고자 하며, 그것의 모든 담화들은 그 합리성을 증명하기 위해 존재한다.[9] 하지만 "어떠한 경우나

---

8) 유팔무, 「이데올로기 분석과 비판의 방법론」, 한국산업사회연구회 편, 『한국사회와 지배이데올로기』, 녹두, 1991, 19~33면.
9) 올리비에 르불, 앞의 책, 31면.

입장에 처하더라도 최후까지 되새겨야 할 것은 <조국>과 <반공>"으로 "결코 사사로운 감정에 빠져서는 안 된다"[10]는 '국민-되기'를 국가는 요구한다. 즉 강 대위에게는 아무런 선택권이 주어지지 않으며, 국가권력은 신성불가침한 것으로 그것을 거부하는 사람들에게는 폭력의 위협을 교묘하게 숨기고 있다. 이렇게 K소령으로 표상되고 있는 국가권력이 분단 상황을 이용하여 개인으로서 누릴 수 있는 일상의 삶마저 허락하지 않고 있는 것이다.

여인은 초지일관 냉정을 잃지 않고 담담하게 행동하는 반면, 강 대위는 무슨 사건이 생겨서 계획이 취소되기를 바라며 '엉뚱한 요행수'에 엉거주춤 기대고 있다. 하지만 일은 계획대로 진행되어 동굴까지 와버렸고, 호송선 도착 시간은 감당할 수 없이 큰 힘으로 육박해 오고 있다. 시간이 흘러갈수록 강 대위가 느끼는 불안은 파도소리나 뱃소리의 환청 등 청각적인 심상으로 묘사되며, 그 소리는 "모든 것을 깡그리 쓸어가 버리는 악마의 발자국 소리"였다. 또한 "가슴 저 밑바닥에서 무엇이 폭삭 으깨지는 절망"으로 "설마 했던 적의 총부리가 뻥하고 불을 토해버릴 때 느끼는 혼겁"[11]이었다. 그래서 기도하는 심정으로 여인에게 "신을 믿느냐"고 물었지만, 여인은 신을 믿지 않는다고 대답하며, "신이 관할하는 영토에서 버림을 받았다."고 말함으로써 강 대위에게 구체적인 현실을 직시하게 한다.

　「하루쯤 우리 둘이만의 시간을 가져 본대서 크게 죄될 것은 없지 않습니까?」
　여인의 침착한 목소리는 아무리 안달을 해도 움직이지 않을 것 같은 확고한 결의에 차 있었다.
　<우리둘이만의>, 이제야 마음의 문을 열고 얼싸안아주는, 한 아름의

---

10) 송기숙, 「어떤 완충지대」, 『백의민족』, 형설출판사, 1972, 259면.
11) 같은 소설, 258면.

뜨끈한 감동이 안겨오는 소리였다.

「염려할 것 없습니다. 이것은 이쪽의 시간도, 저쪽의 시간도 아닌 우
리들 두 사람의 시간입니다. 이 때문에 혹 다른 일이 생긴다 하더라도
그 책임은 모두 저한테 있으니 염려할 것 없습니다.」

— 「어떤 완충지대」, 『백의민족』, 262면

여인은 남한이나 북한 모두 국가 폭력으로 개인의 자유로운 의사가 용
납되지 않는 시대적 상황 속에서 "이쪽의 시간도, 저쪽의 시간도 아닌
우리들 두 사람의 시간"을 요구하며, 플레시에서 전구를 빼 버린다. 이로
써 여인은 타인에 의해 주어진 운명을 거부하고, 주체적인 행동의 의지
를 보여준다. 비록 타의에 의해 분단되었다 하더라도, 분단의 문제를 내
부에서 찾고 해결 방법을 모색하여야 한다는 의미이다. 따라서 여인이
요구하는 '우리 둘이만의 시간'은 표층적으로는 둘의 상황을 객관적으로
판단하여 현명한 선택을 해야 함을 의미하며, 심층적으로는 분단이 강대
국의 냉전 이데올로기에 의하여 규정되고 현실화되었지만, 그들의 논리
로 해석하는 것이 아닌 '남한과 북한 둘이서' 해결해야 한다는 당위성을
내포하고 있는 것이다.

여인은 침착한 목소리로 강 대위와 자신이 완충지대에 설 수밖에 없는
상황을 '운명'으로 받아들이고 있다. 여인과 강 대위의 운명은 곧 우리
민족의 운명으로, 일제가 패망하여 한반도에서 물러갔음에도 불구하고
미국과 소련의 진주에 의하여 한국민족에게는 남북분단과 세계적 냉전
체제가 운명처럼 주어졌음을 의미한다. 해방과 더불어 스스로 민족이 나
아가야 할 방향을 주체적으로 확립하거나 과거를 청산하는 계기도 주어
지지 않은 채 미군정과 6·25전쟁으로 이어진 비극은 분단의식을 내면
화시켰다. 1953년 휴전은 냉전체제의 비호 아래 정치권력의 장악을 목표
로 하는 극우 보수 세력에 의하여 분단은 기정사실화되었고, 오히려 분

단의 고착화는 심화되었던 것이다.

여인은 냉정하게 강 대위와 자신의 현 상황을 직시한다. 그녀는 자신 있고 여유가 있었으며, 모든 사태를 위에서 '내려다보듯이 자유자재로 조정'하는 것처럼 행동한다.

> 「저쪽으로 가더라도 좀 차근히 정리하고 가야 할 것이 있습니다. 강 대위님은 아내와 세 살난 딸이 하나 있다죠? 양친도 계시고……. 국가 는 국가대로 우리에게 요구가 있지만, 우리 개개인은 그에 앞서 그 보 다 더 소중한 개인의 사정과 감정이 있습니다. 더구나 이 쪽 체제에서 는 그것이 바탕이 되어 있지 않습니까?」
>
> 여인의 잔잔한 목소리는 바위 속까지 파동쳐 들어 갈듯 낭낭했다. 벌 써 여인은 강 대위를 손아귀에 넣고 꼼짝 못하게 압도하고 있었다. 더 구나 이런 이야기는 강 대위의 약한 감정을 격발시키기에 충분해서, 저 말 속에 무슨 음모가 도사리고 있는가 하는 생각이나, 아까 그 적개심 은 이미 맥을 추지 못했다. 여우한테 홀려가는 사람은 홀려간다는 것을 의식하면서도 따라 간다는데 그 꼴이었다.
>
> 굴 밖의 동정에 잠시 신경이 쏠렸다. 그들은 지금도 사태의 진전을 숨가쁘게 지켜보고 있을 것이다.
>
> 「지금 내 처지에 강 대위님 가족의 눈물을 생각하는 것은 격에 어울 리지 않게 느껴질 것입니다만, 따지고 보면 격에 안 어울리는 쪽은 되 려 간첩이라는 이 답답한 처지입니다. 세상을 위해서 생명을 던지는 투 사들의 행동에 누구인들 존경을 않겠읍니까마는, 여자란 더구나 가정을 갖게 되면 그런 일은 남자들이나 하는 걸로 미뤄 두고 자식과 남편을 생각하는 법입니다. 나도 강 대위님의 부인처럼 그런 평범한 가정주부 인데 어째서 이런 처지에 놓였는가는 여기서 따질 바가 아닙니다.」
>
> 여인은 잠시 말을 끊었다. 낭랑한 목소리는 이쪽의 가슴 속을 파고 들어 알알이 어떤 미립자로 폐부에 박혀지고 있었고, 그 때마다 피 속 에 찬 물방울이 떨어지는 신선한 감동으로 전신이 얼얼했다.

— 「어떤 완충지대」, 『백의민족』, 264~265면

여인은 강 대위가 아내와 세 살짜리 딸이 있고, 자신도 남쪽의 남편과 북쪽의 아들이 있다는 것을 상기시킨다. 그리고 그녀는 강 대위와 자신이 '간첩이라는 이 답답한 처지'에 있는 공동의 운명이며, 스스로 선택한 행동이 아니라 국가권력에 의해 강요된 행위였으므로, 간첩은 투사가 아니라 권력의 희생양임을 밝히고 있다. 여인은 "어째서 이런 처지에 놓였는가는 여기서 따질 바"가 아니라고 말하며 분단의 문제를 외부에서 내부로 이행하고 있다. 즉 지금은 분단의 원인을 따지기보다는 분단 고착화로 인한 이데올로기의 피해자 양산을 막는 것이 더 큰 문제라는 것이다. 이와 같이 송기숙은 1960~70년대 군부독재 정권이 반대세력을 탄압하는 정당성을 국가안보에서 찾고, 탄압의 수단과 방법으로 '반공 이데올로기'라는 올가미를 이용하고 있는 현실을 비판하고 있다.

  여자가 가정을 지키기 위해서 나타내는 지혜는 뱀보다 더한 것이라고 했다.
  「결국, 세 길 중에 하나도 택할 수가 없습니다. 제 생명만이라면 모르겠는데 모두가 다른 사람의 생명이 줄래줄래 매달려 있습니다. 하나는 강 대위님과 제가 희생될 위험에 제 자식의 장래가 걸려 있고, 두 번째는 강 대위님은 두 말할 것도 없이 희생되고 저는 같은 운명에 빠지며, 세 번째는 저와 저를 데리러 오는 호송선의 선원들까지 희생이 됩니다. 호송선의 선원에까지 관심을 갖는 것은 이쪽의 입장에서 보면 용서할 수 없는 일이겠지만, 저는 이쪽 저쪽의 입장을 떠나서 저를 어떤 사상의 깃발 밑에 끌어 넣지 말고, 한 사람의 평범한 주부로 봐달라는 간절한 소망의 반사적인 표현이 그렇게 되는지 모르겠습니다. 하여간 지금 제 솔직한 심경은 어느 쪽에도 협조하고 싶지가 않습니다. 아니, 모든 것을 거부하고 그것을 소리높이 어디다 외치고라도 싶습니다.」
  아까도 여인은 이런 감정의 혼란에 빠져 있었다. 그러다가 강 대위가 플래시를 점검하는 불빛을 보자 다시 고문처럼 괴로운 현실감이 안겨왔다. 처음에는 별로 이렇다 할 생각없이 강 대위가 봐둔 플래시로 손

이 갔다. 소리 나지 않게 주둥이를 틀었다. 전구를 뺐다. 이 커다란 일
의 결정적인 순간이, 이 조그만한 전구알 하나에 집약되어 있다는데에
생각이 미치자 야릇한 흥분을 느꼈다. 자신의 운명뿐 아니라, 이 우주
를 손안에 넣은 것 같은 위태로운 절박감에 흥분이 고조되고 있었다.
손끝에 만지작거려지는 전구의 부피로 이 세계가 축소되면서 뭔가 허
망하다는 감정 속에 싸였다. 발밑에 세워 넣고 힘을 주었다. 깨지지 않
았다. 더 힘을 주었다. 파삭, 가벼운 파열음을 내며 깨졌다. 한 동안 멍
했다. 그러나 그것으로 모든 것은 끝장이 나 있었다.
　「마지막 남은 길이 하나 있습니다. 자살입니다. 사실 나는 저쪽에서
준 자살용 특수 제품의 머리핀을 지금도 그대로 간직하고 있습니다. 그
런데 성경에는 자살이 금지되어 있습니다. 자살을 한다면, 살아서 발
붙일 땅을 잃은 저는 죽어서 영혼을 안주시킬 마지막 거점마저 상실하
는 것입니다.」

— 「어떤 완충지대」, 『백의민족』, 269~270면

　여인이 남파 간첩의 임무를 거부하지 않은 것은 개인적인 차원에서
'가정'을 지키기 위해서였다. 하지만 북파 간첩의 임무는 강 대위와 함께
하여 개인적인 차원을 넘어서 집단의 문제로 확대된다. 따라서 여인의
선택에 따라 "다른 사람의 생명이 줄래줄래 매달려" 있는 상황이다. 여
인은 강 대위와 그의 가족, 북에 두고 온 자식, 그리고 호송선의 선원들
의 목숨이 자신의 선택에 달려있음을 알고 있기에 스스로 플래시에서 전
구를 빼내 파열시킨다.
　여인은 자신이 선택할 수 있는 길을 세 갈래로 상정한 후 강 대위에게
자신의 심경을 밝힌다. 첫째는 각본대로 강 대위와 부부 행세를 하며 북
파 간첩으로의 임무를 완수하는 것이다. 하지만 아직 아빠 얼굴도 모르
는 순진한 아이의 약점을 이용하여 '가짜 아빠' 노릇을 할 경우 자신의
양심이 허락하지 않는 점과 북쪽의 첩보기관이 가짜 남편을 못 가려낼

만큼 어수룩하지 않다는 점 때문에 선택할 수 없다. 둘째는 자신이 선택할 수 있는 가장 손쉬운 방법으로 북쪽에 가서 강 대위의 정체를 폭로하는 것이다. 그러면 자신의 안전과 북쪽에 있는 자식의 미래는 보장 받을 수 있다. 하지만 결국 자신은 다른 임무를 띠고 남파되어 평생 간첩으로 어두운 생활을 하다가 비참한 최후를 마칠 것으로 보기 때문에 역시 선택할 수 없다. 셋째는 북파 간첩의 임무를 거절하고 남쪽에서 버텨 보는 것이다. 그러면 강 대위의 안전과 그의 가족의 안위를 지킬 수 있을 것이다. 하지만 그녀가 지금 못 가겠다고 하면 북쪽의 작전에 유리하게 하기 위해서 시간을 얻으려는 앙큼한 수작으로 오해받을 수 있어 사형을 면하기 어렵기 때문에 이것 역시 선택할 수 없다.

여인은 '사상의 깃발'이 아닌 생명을 소중하게 여기는 '어머니의 깃발'로서 '평범한 주부'로서 살아가기를 소망한다. 그리고 통일이 되어 사랑하는 남편과 '가정'을 지키며 아들에게 부끄럽지 않은 '모성'으로 존재하기를 원한다. 하지만 세 갈래의 길 중 그 어떤 길도 자신이 바라는 삶을 살 수 없음을 알기에 여인은 자살을 선택한다. 그녀가 자살하기 전 강 대위에게 말한 것처럼 자살은 성경에도 금지되어 있으며, 자살을 할 경우 "살아서 발 붙일 땅을 잃은 저는 죽어서 영혼을 안주시킬 마지막 거점마저 상실하는 것"이 된다. 그럼에도 불구하고 그녀가 자살을 선택한 행위는 더 이상 국가권력에 의해 양산되는 '간첩'이 존재하지 않기를 바라는 소망이다. 여인이 '간첩'으로서의 운명을 스스로 거부하고 죽음을 선택한 행위는 이 땅에서 분단으로 양산되었던 '이념의 깃발'이 사라지기를 염원하는 의미이며, 더 이상 분단 이데올로기가 고착화되는 행위를 막고자 하는 의미가 담겨있다.

「어떤 완충지대」가 '간첩'을 소재로 분단 이데올로기의 허위성이 내면화되는 양상을 다루고 있다면, 「백의민족·1968년」[12)]에서는 '빨치산과 간첩'을 소재로 그것이 고착화되는 양상을 그려내고 있다. 서술자인 나

는 호남행 기차를 타고 가는 도중에 지리산 공비토벌에 참전한 '운동모'
를 알게 된다. 운동모는 일생 동안 직접 체험한 일이나, 타인에게 들은
이야기 가운데서 가장 우스웠던 이야기의 소재로 지리산 공비토벌작전
에서 '빨갱이 열 놈을 생포하고 두 놈을 사살한 이야기'를 들려준다. 운
동모에게 '빨갱이'는 히틀러주의에 있어 '유태인'과 같이 "어떤 남자, 어
떤 여자, 어떤 아이가 아니라 보편적 악과 타락, 더러움이 육화된 존
재"13)이다. 운동모는 남북 분단으로 고착화된 반공 이데올로기에 충실한
인물이며, 그에게 좌익에 가담한 사람들은 인간이기 전에 포상금을 탈
수 있는 '오십만 원짜리' 물건일 뿐이다.

> 처음에는 깜짝 놀랐으나 번득 이런 생각이 들더라는 것이다. 저새
> 끼가 그때 튀어가지고 월북했다가 간첩으로 내려온 것이 아닐까? 그렇
> 다. 틀림없다. 저 새끼도 나를 알아보고 놀라는 것을 봐라. 오냐, 너는
> 죽었다.
> 「오십만원짜리다 생각한께 워매 두 다리가 달달달 떨립디다. 솔직히
> 오십만원이면 얼마요, 응? 한밑천 아니요, 잣것. 정말 눈에 뵈는 것이
> 없읍디다.」
> 신고할 것도 없이 혼자 때려 잡기로 작정을 했다.
>
> — 「백의민족·1968년」, 『백의민족』, 182면

　운동모는 길을 가다가 우연히 지리산 공비토벌작전 때 자신이 잡아서
파출소에 넘겼던 '붉은 점'이 있는 양 선생을 발견한다. 운동모는 국가로
부터 훈장까지 받을 정도로 '반공정신이 투철한' 인물로, 양 선생14)이

---

12) 현대문학에 처음 발표했을 때와 다르게 작품집에서는 (1)과 (2)로 구분해서 수록하
　　였다. (1)에서는 운동모를 처음 호남행 기차에서 만난 이야기, (2)에서는 운동모를
　　시내에서 다시 만나 양 선생이 빨치산 출신임을 알게 된 이야기로 구분하였다.
13) 올리비에 르불, 앞의 책, 69면.
14) 「백의민족·1968년」에서 '양 선생'은 송기숙이 장흥 고등학교 재학시절 국어 선생

월북했다가 남파 간첩으로 내려왔다고 판단하여 파출소로 끌고 간다. 그가 양 선생을 신고하는 행위는 개인적으로는 '한 밑천'을 잡을 수 있는 절호의 기회를 상징하며, 전체적으로는 분단 이데올로기가 일상생활 속에 고착화되어 도처에 상호 감시와 밀고의 풍토를 조성해 놓고 서로를 믿지 못하게 하고 있음을 의미한다. 이데올로기는 "대중들의 무의식적인 표상체계"[15]로 남한에서 '붉은 점'은 '빨갱이'의 상징으로, '인간'으로 존재하기보다는 '값'이 매겨져 있는 물건으로 존재한다. 사람들은 간첩이라는 표상체계에 의식적으로 행동하기보다는 무의식에서 자연스럽게 작동한다. 이와 같이 군부독재 정권은 지배 관계와 사회 문제들을 은폐시키기 위해 반공 이데올로기를 강화했고, 그 정책의 일환으로 포상금 제도를 두었던 것이다.

운동모는 양 선생이 그 당시 도망 간 다음 바로 자수를 했고, 현재 중학교 선생으로 재직하고 있음을 알고 흥분하게 된다. 그가 흥분한 이유는 양 선생에 대한 개인적인 원한이나 남과 북의 사상적 대립 보다는 '자수'했을 경우에는 포상금을 받을 수 없기 때문이었다. 운동모가 양 선생을 신고하는 행위도 그가 무슨 잘못을 했기 때문이기 보다는 '간첩 신고'가 곧바로 '오십만 원'이라는 포상금으로 연결되었기 때문이다. 이렇듯 군부독재 정권은 우리 사회구조를 왜곡된 형태로 변형시켰고, 그것이 민중들의 생활의식에 일정한 형태로 표출되고 있음을 운동모를 통해서

으로 교지를 발간하고 문학적 소양을 갖추게 해 주었던 김용술이 모델이다. 김용술은 빨치산으로 활동하였고, 이후 호국단(우익단체) 학생들에게 붙잡혔으나 평소에 그 학생들의 존경을 받았던 인물로 다시 복직하여 학생들을 가르칠 수 있었다. 그는 송기숙뿐만 아니라 당시의 장흥 중·고등학교 학생들에게 많은 영향을 주었던 인물이었지만, 그에게는 언제나 '좌익'이라는 이데올로기적 멍에가 따라다녔다. 이런 이유로 송기숙은 김용술을 자주 만날 수 없었다. 그는 '화려한 훈장'이었던 빨치산의 전적이 있어 언제나 반공의 올가미에 걸릴 수 있는 인물이었기 때문이다.
송기숙, 인터뷰, 2008. 4. 2.

15) 루이 알튀세르, 김웅권 옮김, 『재생산에 대하여』, 동문선, 2007, 277면.

알 수 있다. 민중들은 지배 이데올로기에 의해 자신들이 포섭당하고 있음을 인지하지 못한 채, 이처럼 분단 이데올로기를 무의식적으로 실천하고 있었다.

　　나는 여태까지, 돈을 가지고 벌여온 관념의 조작에 제법 만인을 구하는 것같은 비장한 감개를 느껴왔던 것인데 양 선생은 그런 나를 웃고 있는 것같았다. 남의 불행에 지레 눈물을 흘리다가 왜 이러느냐고 저편에서 되려 위안을 하며 껄껄 웃고 나올 때, 느낌직한 무안을 느꼈다.
　　양 선생과 나는 돌아가는 길이 잠깐 같은 방향이었다. 서넛이 떠들며 걷는 속에서 나는 야릇한 낭패감과 고독감을 느끼고 있었다.
　　「양 선생, 어디서 그런 훈장을 달았소. 그 이마에?」
　　술이 곤드레가 된 친구가 농쪼로 물었다.
　　「하하 맞았어! 훈장이야, 훈장! 하하.」
　　그는 한참 크게 웃었다. 티없이 유쾌한 것같기도 하고, 공허한 적막이 서린 것같기도 했다. 그는 우리와 길이 갈려 혼자가 되었다. 희뜩희뜩 눈발이 날리는 거리에는 <이웃에 오신 손님 간첩인가 다시 보자>는 플래카아드가 바람에 나부끼고 그 밑을 조그맣게 웅크리고 가는 그의 뒷모습이 자동차의 헤드라이트에 유난히 초라하게 비쳤다. 아까 그의 담담한 표정에는 어찌보면, 사뭇 달관의 위풍까지도 풍기는 것같았는데, 눈을 맞으며 플래카아드 밑에 웅크리고 가는 그의 모습은 웬지, 그지없이 나약하고 초라하게만 보였다.
　　파출소에서 운동모가 쥐어박을 때, 넋나간 사람처럼 펑펑 맞고만 있더라는 모습과 함께 나에게는 문득 어렸을 때 외할아버지 영상이 떠올랐다. 흰 두루마기의 허허한 뒷모습을 보이며 적막한 산굽이를 혼자 돌아가던 그 외할아버지의 영상이……

— 「백의민족·1968년」, 『백의민족』, 188~189면

　　운동모가 야간열차에서 '한국인의 해학적 발상'이라는 주제로 논문을 준비하는 대학생들에게 '간첩을 잡아서 무공훈장을 받은' 이야기를 했다

면, 나는 '사람값'을 매기는 몽상과 습관을 이야기한다. 그 동안 나에게 사람값이란 "저 사람이 지금 무슨 억울한 일로 죽게 되는데, 내가 아무도 모르게 돈 얼마만 치러주면 살아난다고 할 때, 내가 선뜻 치를 수 있는 금액"16)이었다. 나는 운동모를 다시 만난 후 들었던 그 '가짜 간첩'의 주인공이 같은 학교에 재직 중인 양 선생일 수 있다고 짐작한다. 왜냐하면 양 선생의 얼굴에 '붉은 점'이 있기 때문이다. 하지만 평소 얼굴에 그늘이 없는 양 선생이었기 때문에 나의 버릇처럼 그가 아닐 것이라는 데에 거금 삼천 원을 걸었다.

나는 전직하는 어떤 선생의 송별회장에서 양 선생을 기다렸는데, 양 선생은 이마에 큼직한 반창고를 붙이고 나타난다. 운동모에게 닷새 전에 당한 봉변의 흔적은 얼굴에 그대로 나타나 있지만, 그가 과거에 빨치산으로 활동했다는 흔적은 찾을 수 없다. 나는 "그의 구겨졌을 마음의 어느 가닥에선가 한번쯤 휘뜩일 감정의 음예(陰翳)"를 찾으려 했지만 허사였고, "그의 불행을 가로 맡아, 돈을 치르려고 했던"17) 사람값 매기는 습관이 관념적 조작임을 인식하게 된다. 운동모가 '오십만 원의 화려한 꿈'이 깨졌음에 분개하는 행위나 내가 양 선생이 빨치산이 아니었기를 바라며 매겼던 사람값은 분단 이데올로기의 고착화라는 지점에서 동일시된다. 즉 운동모와 나는 양 선생을 인격체로 대하기보다는 이미 이데올로기화하고 있었던 것이다.

양 선생은 파출소에서 운동모에게 봉변을 당했던 이마의 흔적을 '훈장'이라고 표현하며 웃는다. 양 선생은 분단 이데올로기가 종식되지 않은 한 또 다시 간첩으로 오인 받을 수 있으며 봉변당할 수 있음을 안다. 그에게 양 선생의 '붉은 점'은 과거의 기록으로 지울 수 없는 흔적이며, 분단 이데올로기가 존재하는 한 "우리와 길이 갈려 혼자" 가야 하는 길

---

16) 송기숙, 「백의민족·1968년」, 『백의민족』, 형설출판사, 1972, 153면.
17) 같은 소설, 187면.

과 같은 의미이기 때문이다. 그가 걸어가는 길 위에 <이웃에 오신 손님 간첩인가 다시 보자>라는 표어는 왜곡된 이념이 개인의 삶과 정상적인 인간관계를 해치고 있음을 상징적으로 보여주고 있다.

이상에서 살펴 본 바와 같이 「어떤 완충지대」에서는 간첩의 문제를 군대라는 특수한 상황 속에서 서사화했다면, 「백의민족·1968년」에서는 '포상금' 제도를 통해서 훨씬 다양한 시각에서 분단 이데올로기가 고착화되고 있는 사회현실을 보여주고 있다. 송기숙은 「어떤 완충지대」에서 여인과 강 대위가 밀봉교육을 받고 간첩으로 북파 되는 상황을 통해 남과 북에서 자신들의 권력을 위해 자행되고 있는 상황을 동시에 비판하고 있다. 여기서 그는 여인을 개별화하지 않고 분단으로 인한 이산의 고통을 겪고 있는 모든 모성을 대표하는 익명적인 존재로 형상화하고 있다. 이렇듯 "분단 문제를 일찌감치 소설로 ― 그것도 장편소설 ― 다룬 공로는 의당 『광장』의 저자에게 돌아가야겠지만, 분단 극복 의식이라는 점에서는 60년대 말의 이 단편이 전혀 다른 차원에 올라 있었던 것"[18]이라는 백낙청의 견해처럼, 『광장』(1960)에서의 이명준의 자살은 이데올로기에 대한 환멸에서 비롯된 일종의 도피적 초월이라면, 「어떤 완충지대」에서의 여인의 자살은 '줄래줄래 매달려 있는' 다른 생명들에 대한 연대의식의 표현[19]이자, 가족의 생존을 위한 적극적 자기희생[20]이었다.

송기숙은 「어떤 완충지대」에서의 여인과 마찬가지로 「백의민족·1968년」에서도 인물을 구체적으로 드러내지 않고 운동모나 양 선생으로 보편화하여 모든 사람들이 가해자와 피해자가 될 수 있는 상황을 그려내고 있다. 그는 「백의민족·1968년」에서 주변의 현실로 눈을 돌려 훨씬 사실적이면서 다양한 각도에서 분단으로 말미암은 인간성 및 인간관계

---

18) 백낙청, 「80년대 소설의 분단극복의식」, 임환모 엮음, 앞의 책, 188~189면.
19) 같은 글, 188면.
20) 진정석, 앞의 글, 임환모 엮음, 위의 책, 50~51면.

의 왜곡과 타락한 사회현실을 비판하고 있다. 또한 결말 부분에서 운동
모에게 폭행당하는 양 선생의 모습과 흰 두루마기를 입은 외할아버지의
영상을 오버랩하면서, 분단 이데올로기의 실체를 파악하는 것이야 말로
'백의민족'의 현 과제이며, 우리가 처한 역사적 현실을 직시하는 길임을
제시하고 있다.

2) 일상적 삶의 왜곡화

송기숙은 1960년대 후반 분단 이데올로기의 허위성으로 말미암아 분
단의식이 고착화되는 양상을 비판했다면, 1970년대 초에는 분단 이데올
로기의 허위성으로 일상적 삶이 왜곡되는 현상을 「휴전선 소식」의 평식,
「갈머리 방울새」의 성준, 「전설의 시대」의 '나'를 통해서 고발하고 있다.

「휴전선 소식」[21]은 남해안 지방의 꽃섬에 살고 있는 순진한 어린이와
불고지죄를 짓지 않기 위해 교사가 제자의 가족을 고발하게 되는 상황을
묘사하여 분단 이데올로기가 일상적 삶을 왜곡시키고 있음을 보여준다.

> <오늘도 우리 학교에는 빨간기가 올라있읍니다. 벌써 한달이 넘도록
> 빨간기가 깃대 끝에 매달려 있읍니다.> 측후소의 경보기같은 삼각형의
> 빨간기다. 꽃섬(花島) 어린이들은 아침에 눈을 뜨기만 하면 버릇처럼 건
> 너편 섶섬(柴島)에 있는 학교마당의 깃대부터 건너다 보는 것이다.
>
> —「휴전선 소식」, 『백의민족』, 312면

평식이는 국민학교 4학년으로 꽃섬에 살고 있다. 꽃섬[22]과 섶섬은 둘

---

21) 작가는 "이 소설은 남해안지방 어느 외딴섬 어린이의 작문에 기초를 두고 있다."고
밝히고 있다.
22) 꽃섬은 완도군 금일면 금당도에는 있는 대화도를 의미한다고 볼 수 있다. 금당도에
는 세 개의 꽃섬이 딸려 있는데 대화도, 중화도, 소화도이다.

다 조그마한 섬으로 각각 세 가호씩 모두 여섯 가호가 있으며, 섶섬에는 선생님의 두 칸짜리 오두막집이 한 채 더 있다. 선생님은 두 칸짜리 방을 하나는 살림방으로 이용하고, 다른 하나는 분교실로 사용했다. 학생수는 모두 일곱으로 신입생을 한 해 걸러 뽑기 때문에 4학년이 넷이고, 2학년이 셋이다. 꽃섬에 사는 학생은 4학년인 평식이와 둘레, 2학년인 준식이와 삼석이다. 꽃섬 아이들의 등하교는 평식이 어머니나 둘레 할머니, 삼석이 누나가 배로 섶섬까지 시켜 주었다. 그런데 지금은 선생님이 섶섬을 떠난 지 한 달 넘도록 학교에 갈 수 없었기 때문에, 아이들은 목포에서 흑산도로 지나가는 배만 보이면 너리바위에 모여서 섶섬의 빨간기가 내려가기를 바란다. 아이들에게 빨간기는 학교에 올 수 없다는 '금지'의 표상으로 거역할 수 없는 작용을 하고 있다.

　　발동선에서 양복쟁이들이 내렸다. 우선 순경이 아닌 것이 조금은 안심이었지만 섬 아낙네들은 죄진 것 없이 죽은 상이 되어 가슴을 조였다.
　　양복쟁이들은 마을 사람들을 모아놓고 용건을 말했다. 여기다 학교를 세운다는 것이다. 그들은 뻥한 눈으로 서로의 얼굴을 보았다. 세 가호밖에 안사는 이 섬에다 학교를 세운다니 도무지 믿어지지가 않았다. 그들의 설명을 한참 듣고 나서야 섬 아낙네들은 정신이 좀 돌아왔다. 우선 무서운 일이 벌어지지 않는 것만 다행이었으나, 학교를 세운다는 것이 너무 엉뚱한 일이다 보니 되려 그뒤에 더 무서운 일이 숨겨 있는가 겁을 내기도 했다. 반신반의하면서도 그들이 묻는대로 아이들 이름과 나이를 알려 주었다.
　　그들이 돌아간 뒤, 마을 아낙네들은 암만해도 아이들의 이름과 나이를 곧이곧대로 알려준 것이 불안해서 가슴을 조이고 있는데, 며칠 후 정말 선생님이 하나 전마선을 타고 왔다. 스무살이 됐을까한 젊은 선생이었다.

— 「휴전선 소식」, 『백의민족』, 317면

평식이가 살고 있는 꽃섬에 발동선이 오자 어른들은 집안에 있는 생솔가지를 숨기고, 발동선을 처음 보는 아이들은 집으로 숨는다. 꽃섬 주민들에게 '발동선'과 '양복쟁이'는 무의식적으로 불안을 내포하는 표상이다. 그 동안 이 섬에 발동선이 온 것은 모두 네 번이다. 그런데 발동선이 올 때마다 섬에는 불길한 일이 생겼다. 일제 때는 평식이 할아버지가 순사한테 징용에 끌려가서 지금까지 소식이 없고, 6·25전쟁 때는 평식이 아버지와 삼석이 큰아버지가 징병으로 끌려갔다. 그 다음에는 삼석이 큰아버지가 하얀 보자기에 싸여 유골로 돌아올 때 싣고 왔으며, 이번에는 '양복쟁이'를 싣고 와서 꽃섬에 학교를 짓는다고 한다.

꽃섬 주민들은 '양복쟁이'들이 하는 일을 믿지 못한다. 하지만 양복쟁이들이 하는 일을 막을 수 있는 힘이 없기 때문에 그들이 시키는 대로 '아이들의 이름과 나이를 곧이곧대로 알려'줄 수밖에 없다. 그들은 세 가호밖에 살지 않는 꽃섬에 학교를 세운다는 것이 너무 엉뚱한 일이다 보니 오히려 그 뒤에 더 무서운 일이 숨겨있는가 겁을 냈다. 이미 꽃섬 주민들에게는 그들이 발동선을 타고 왔으며, '양복'[23]을 입고 왔다는 그것만으로도 거부할 수 없는 권력으로 작용하고 있다. 주민들은 '양복쟁이'들이 학교를 짓는 행위 속에 담겨진 실체를 파악할 수 없기 때문에 불안해하는 것이다.

양복쟁이 장학사들이 돌아간 며칠 후 젊은 남자 선생이 와서, 학교가 지어지기 전까지 평식이네 사랑방을 <장도국민학교 화도분교실>로 사용하기 위해 문설주에다 간판을 붙인다. 꽃섬 아이들은 더 이상 너럭바위에 앉아 선생님을 기다리지 않아도 되었고, 섶섬 아이들은 하루도 빠지지 않고 꽃섬으로 등교했다. 젊은 선생님은 학생들에게 필기도구를 선

---

23) 이데올로기는 의회, 행정부, 사법부, 경찰, 학교 제도 등과 같은 제도들과 문양, 의식(儀式), 예절, 의복 등과 같은 상징에 의하여 드러난다.
올리비에 르불, 앞의 책, 41면.

물로 주고, 섬사람들에게 왔던 편지도 읽어 주는 등 다정하게 대해 준다. 평식이 할머니도 징용에 끌려갔던 남편이 함경도 아오지에서 해방되기 서너 달 전에 보냈던 편지를 선생님에게 보여주며 할아버지의 생사를 묻는다. 선생님은 할머니의 궁금증에 답하기보다는 김일성이 단단히 버티고 있기 때문에 어찌할 도리가 없다는 말을 하고, 늘 간첩을 내려 보내 이쪽 물정을 염탐해 가니 우선 그 간첩부터 잡아야 한다고 말한다. 그리고 혹시 수상한 배가 보이거나 수상한 사람이 보이면 얼른 지서에 알려야 한다고 당부한다. 선생님은 '문맹'인 섬사람들에게 '문명'을 전달하며 동시에 그들의 일상을 모두 감시하여 고발하는 역할을 담당하고 있었던 것이다.

선생님이 가져온 라디오는 신통한 물건으로 서울이나 부산에서 불난 이야기며, 미국에서 일어난 사건까지 알려주어서 섬사람들은 저녁 식사 후면 라디오를 듣기 위해 모두 평식이네 집으로 모여들었다.

> <그런데, 하루는 라디오를 듣다가 무서운 소식에 깜짝 놀랐읍니다.>
> 라디오 소리가 어지간히 귀에 익어 그들의 입에서 고(高) 아무개, 구(具) 아무개, 따위 성우나 코메디언들의 이름이 오르내릴 무렵이었다. 백령도 근천가 어디서 조기잡이하는 우리 어선을 이북에서 끌어갔다는 뉴우스가 흘러나온 것이다. 네 척이나 끌어갔다고 했다. 모두 겁먹은 눈을 맞댔다. 평식이 할머니는 금방 울음을 터뜨렸다.
> 선생님은 설마 그 속에 평식이 아버지들이 탄 배가 끼었겠느냐고 웃으며 위로를 했으나 모두들 근심스런 낯을 얼른 펴지 않았다.
>
> ─「휴전선 소식」, 『백의민족』, 323~324면

꽃섬에 남아있는 사람들은 조기잡이 어선의 피랍 사건에 모두 놀란다. 평식이 아버지들이 보통 조기잡이를 나가는 곳이 서해 최북단에 위치한 연평도 근처였기 때문에 긴장을 늦출 수가 없었다. 선생님은 웃으며 위로를 했으나 그날부터 꽃섬 아이들은 너리바위에 모여앉아 배를 기다렸고, 어른들은 라디오에서 들려오는 소리에 촉각을 곤두세웠다. 그러던 중 라디오에서 작년에 끌려갔던 어부들이 여덟 달 만에 풀려나온다는 소식을 듣게 된다. 평식이 할머니는 평식이 아버지가 이북에 끌려가서 자신의 아버지를 만나 배 밑창에 숨겨서 데려올지 모른다고 말한다. 하지만 평식이 아버지가 석 달 만에 돌아와 섬사람들의 걱정이 기우였음이 밝혀진다.

　이후 선생님은 섶섬 근처에 간첩선이 출몰했다고 한밤중에 군함과 비행기가 총을 쏘고 폭탄을 던지던 일이 있고 나서부터 학생들에게 간첩 신고를 강조한다. 또한 진섬에 뿌리박고 있던 고정간첩단이 적발된 후에는 "조금이라도 수상한 일이 있으면 무엇이든지 선생님한테 알려야 한다."며 반공 교육을 중요시한다. 그러던 중 평식이 할머니가 꿈을 통해 할아버지의 죽음을 확인하고 장례 겸 제사를 지내게 된다. 평식이는 선생님께 제사떡을 가져다 드린다. 선생님은 평식이가 가져온 떡의 의미를 묻게 되고, 평식이는 할아버지의 제사 음식임을 밝힌다. 선생님이 이북에 있는 할아버지의 사망 소식을 어떻게 알았느냐고 추궁하자, 2학년에 다니는 삼석이가 고기잡이 나갔던 평식이 아버지가 돌아왔다고 말한다. 선생님은 평식이 아버지가 월북했다가 할아버지의 죽음을 확인하고 제사를 지낸 것으로 착각하고서, 고기잡이 나갔다 돌아온 마을 주민들을 간첩으로 신고한다.

　　「그 쌍놈의 새끼, 그놈의 새끼가 그때 앙심으로 모략을 했구마. 허허, 우리가 이북에 갔다왔다고? 개새끼 어디서 만나기만 해봐라. 잣것, 간을 내서 콱 씹고 말텐께.」
　　「그래 내가 뭐랬어? 그 새끼 쌍통 생긴 것이 어디 선생으로 생겼더라고? 그래 명색이 선생이란 새끼가 쌩사람을 간첩으로 몰아! 허허, 사람

환장할 일이시.」

　<그렇지만 우리 선생님이 그런 무서운 모략을 했을 것같지는 않습니
다. 아버지들이 오해를 하고 계시는 것 같습니다. 그러나 어른들 틈에
참견을 하고 나설 수도 없었읍니다.>

—「휴전선 소식」, 『백의민족』, 333면

　평식이는 순경이 와서 집을 뒤지고, 아버지를 잡아갔지만 그래도 선생
님이 그렇게 '무서운 모략'을 하지 않았다고 믿는다. 작가는 이런 순진한
평식이의 행동을 통해서 선생님이 그런 행동을 해서는 안 된다는 반어적
인 의미를 부각시키고 있으며, 군부독재정권이 자행하고 있는 파행된 학
교 교육의 문제점을 지적하고 있다. 군부독재정권은 교육을 매개로 섬에
있는 학생들에게마저 반공 이데올로기를 주입시키고 있으며, 공산화 방
지를 교육의 주된 이데올로기적 목표로 삼고 있었다. 또한 지배체제는
교사로 하여금 도서지방의 주민과 학생들을 감시하고 고발하게 하여 순
진한 학생의 언행까지도 의심하게 만들었던 것이다. 이와 같이 작가는
신빙성 없는 화자의 순진성과 불고지죄를 짓지 않기 위해 제자의 가족을
간첩으로 신고하는 선생의 모순된 행동을 통해 일상적 삶이 어떻게 왜곡
되고 있는지를 보여주고 있다.

　「갈머리 방울새」는 「휴전선 소식」과 마찬가지로 '섬'을 공간적 배경으
로 하고 있다. 앞서 고찰한 바와 같이 「휴전선 소식」은 '섬'의 분교실에
파견 나온 교사와 순진한 평식이를 통해 반공 이데올로기를 내면화하고
있는 학교 교육의 문제점을 지적한다. 그러나 「갈머리 방울새」는 천진한
윤심이와 고정간첩을 잡기 위해 '갈머리 섬'에 온 성준을 통해서 일상적
삶이 반공 이데올로기의 허위성에 의해 왜곡되고 있음을 비판한다는 차
이점이 있다.

　「갈머리 방울새」에서 성준은 이 년제 사범대학의 미술과를 졸업하고,

방첩대에서 팔 년째 근무하고 있으며 그 동안 간첩잡기에 미쳐있었다. 그는 지금 '심달모'라는 이름 석 자만 들고 대한민국 구석구석을 여덟 달 동안 찾아 헤매다가 마지막으로 갈머리섬까지 오게 된다. 반공 이데 올로기에 사로잡혀 정신적인 불구자나 매한가지였던 성준은 이 섬에서 때 묻지 않은 윤심이를 통해 악마적인 충동에 도착되어 있었던 자신의 과거를 되돌아보게 된다.

> "개새끼야! 이제 너도 마지막이고 나도 마지막이다. 이것이 무엇인 줄 아느냐? 네놈 입에서 말을 찝어 빼낼 뻰찌다. 손톱도 뽑고 발톱도 뽑고 낱낱이 뽑아 버리겠다. 이빨도 뽑아내고 혓바닥까지 뽑겠어. 겪어 봤으니 내 성질 알지?"
>
> —「갈머리 방울새」, 『어머니의 깃발』, 352면

> "우리는 이 시대를 가장 험하게 살아가는 놈들입니다. 누군가가 맡아 서 해야 할 중요한 일이기는 하지만 이 시대의 가장 비참한 희생자는 우리들일 것이요."
>
> —「갈머리 방울새」, 『어머니의 깃발』, 363면

성준은 간첩들에게는 인권이나 고상한 감정이 존재할 수 없으며, 다만 죽은 자만이 불쌍하고 억울할 뿐이라고 생각한다. 그는 이러한 점을 최대한 이용하여 간첩들을 고문했으며 상당한 성과를 얻어내기도 했다. 그런데 간첩 김민혁이 같이 온 동료를 밝히지 않고 끝까지 버티자, 성준은 철물점에 가서 뻰찌를 사 온다. 그리고 '간첩'이라는 이유만으로 "손톱도 뽑고, 발톱도 뽑고" 심지어 "이빨과 혓바닥까지 뽑겠다."고 김민혁을 협박하지만, 그는 몸을 부르르 떨뿐 말이 없다. 성준은 김민혁이 반항하면 죽여 버리겠다는 '악마적인 충동'을 느끼며 고문하려고 했지만 박 문관의 방해로 이루어지지 못한다.

성준은 김민혁이 죽어가면서 동료의 이름을 '심달모'라고 밝혔다는 소식을 듣고 박 문관에게 심한 패배감에 사로잡힌다. 박 문관은 "이 시대를 가장 험하게 살아가는 놈들이 방첩대에서 일하는 사람들"이며, "누군가가 맡아서 해야 할 중요한 일이기는 하지만 이 시대의 가장 비참한 희생자"가 바로 자신들이라고 말한다. 그리고 성준에게 '간첩 잡는 일'을 그만 둘 것을 권유한다. 하지만 성준이 거부하자 '심달모'를 잡지 못하면 옷을 벗는다는 조건을 제시한다. 그래서 성준은 심달모라는 간첩을 잡기 위해 심씨 종친이라고 속여 윤심이의 집에서 숙식을 하게 된 것이다.

성준은 갈머리 섬에서도 '심달모'를 찾지 못하자 괴로워하며 술을 마시던 중 순진한 윤심이를 겁탈하게 된다. 성준은 '맑은 순진성'을 지닌 윤심이로 말미암아 자신의 지나 온 삶을 되돌아보게 되고 각성하게 된다. 그는 윤심이에게 미안함을 느끼며 '윤심이 손에 앉아 있는 방울새' 그림을 그려주고 섬을 떠나게 된다.

성준은 남은 수첩을 빼들었다. 하나를 집어 자기 마음속에 조약돌을 던져 보듯 바닷물에 떨구었다. 아까처럼 미끄럽게 파도를 타고 넘어 멀어졌다. 또 하나를 떨구었다. 또 파도를 타고 넘었다.

…(중략)…

성준은 뱃전에 손을 짚고 윤심이를 망연히 바라보고 있다가 다른 쪽 포켓의 수첩을 모두 뽑아들었다. 거기에는 沈씨 족보가 아닌 다른 수사 자료의 수첩도 끼어 있었다. 이번에는 있는 힘을 다해서 공중으로 수첩을 쏘아올렸다. 수첩들은 하얀 책갈피를 파르락거리며 바람을 타오르는 새떼처럼 공중으로 높이 솟아올랐다가 어지럽게 바다로 쏟아져내렸다. 윤심이는 흔들던 손을 꼭 그림 속에서처럼 멈추고 있었다. 성준이가 쏘아올린 것이 무엇인가 싶은 모양이었다. 뱃전에 손을 짚고 윤심이를 보고 있던 성준의 눈은 윤심이 옆으로 옮겨가 있었다. 윤심이 마당가에서 쌓아가다 그친 석축이었다. 돌을 날라다 석축을 쌓고 있는 자기의 모습이 떠올랐다.

— 「갈머리 방울새」, 『어머니의 깃발』, 369~370면

성준은 천진한 섬 소녀 윤심이를 통해 '호겁과 고통'의 삶 속에서 탈출구를 찾는다. 그는 '심달모'라는 간첩을 박 문관이 조작했을 가능성을 생각하며 자신이 왜 간첩 잡기에 그토록 혈안이 되었었는지 반성하게 된다. 이것은 간첩이 지배체제에 의해 얼마든지 조작될 수 있음을 의미하며, 자신이 분단 이데올로기의 희생양임을 내포하고 있다. 성준은 '방첩대'라는 직업에 충실했고, 때문에 간첩에 대한 기록이 담긴 여덟 권의 수첩은 자신의 목숨처럼 소중한 것이었다. 하지만 윤심이로 인해 자신이 살아온 삶이 잘못되었음을 각성하게 되고 수첩을 모두 바다에 던진다. 그리고 그는 윤심이네 마당가에 있는 석축을 쌓고 있는 미래의 자기 모습을 떠올린다.

송기숙이 「갈머리 방울새」의 성준을 통해 방첩대의 폭력적인 분위기가 개인적 우연성에서 기인되는 것이 아니라, 분단 상황에 처한 역사적 현실과 체제의 자체 모순에서 연유되는 것임을 말해주고 있다. 반면 「전설의 시대」에서는 좀 더 일상적인 삶을 묘사하여 분단 이데올로기가 어떻게 우리의 삶을 왜곡시키는지 보여준다.

송기숙은 「전설의 시대」에서 '이야기꾼'의 시선으로 해방 후 분단의식이 내면화되는 과정을 그려낸다. 아울러 4·19혁명으로 민중들이 은폐된 민족적 모순을 자각하고 남북학생회담을 추진하는 등 통일에 대해 구체적인 논의가 시작되었음을 형상화한다. 하지만 그 같은 논의는 5·16쿠데타로 인해 통일문제가 정치적 무대에서 사라지고, 분단의식이 더욱 고착화되어 가는 과정을 6·25전쟁으로 불구가 된 형을 통해서 보여주고 있다.

나와 윤수는 국민학교부터 대학교까지 동기생으로 친구 사이다. 그들

의 고향은 두 성씨가 반쯤씩 섞여 한 마을을 이루고 있었고, 어른들은 서로 건듯하면 티격태격 싸움을 했다. 이는 오랜 경쟁 관계에서 쌓인 반목과 불화에서 촉발되었으며, 나와 윤수는 '어른들의 냉기가 학교 길의 병아리 싸움까지 패로 갈라놓는 상황'을 안타깝게 지켜본다. 그리고 양쪽 어린이들이 싸워도 서로 '적의가 없음'을 확인하고 오히려 우정을 두텁게 쌓아간다. 나와 윤수에게 어른들의 서로 다른 이념은 큰 문제가 되지 않았다.

> 「우리가 아까 차를 탈 때 저 차와 바꿔 탔더라면 우리는 지금 저 차 편이었을 게 아냐? 지난번 축구 시합 때 T고생들과 패싸움 벌인 것도 마찬가지야. 우리가 T고생이었더라면 우리는 우리 학교를 향해서 돌팔매질을 했을 거거든. 적과 동지가 이런 우연한 선택으로 결정된다는 것은 정말 넌센스란 말이야.」
>
> 윤수의 이 말은 그때 나에게 큰 감동을 주었다. 우리 동네의 두 성씨 사이에 낀 우리들의 관계는 물론 38선으로 갈린 남북 중에서 이쪽에 소속된 것이며, 또 6·25까지로 확대시킬 수 있는 논리이던 거여서 그만 나를 사로잡고 말았다. 유창한 논리보다는 한두 마디의 산뜻한 에피그램에 더 감동하던 소년적인 치기였는데 「피레네 산맥 저쪽에서의 진리가 이쪽에서는 오류」라는 단선적 회의에 감격할 때라, 「우연한 선택」이란 이 단순한 논리를 진리처럼 신봉하게 되어버렸다.
>
> — 「전설의 시대」, 『도깨비 잔치』, 180~181면

6·25전쟁으로 인하여 윤수의 형이 좌익에 가담하자 '나'의 형은 우익에 가담한다. 이들이 좌익과 우익을 선택한 것은 마을에 이념적인 이데올로기가 존재했기 때문이 아니라, 윤수의 말처럼 '우연한 선택'이었다. 윤수와 내가 여름방학을 맞아 고향에 가기 위해 탄 버스가 상대편 회사 버스와 경쟁을 하자 자신이 타고 있는 버스를 응원했듯이, '적과 동

지는 우연한 선택'으로 결정되며 동네의 분열이나 6·25전쟁도 나와 윤수에게는 '넌센스'다. 하지만 나의 형은 좌·우익의 싸움에서 한쪽 다리를 잃었고, 윤수의 형은 지리산에서 목숨을 잃어 나의 집안과 윤수의 집안은 남북 이데올로기 대립만큼이나 심한 반목 속에서 생활하게 된다.

작가는 윤수의 형과 나의 형이 6·25전쟁으로 인하여 서로 다른 이데올로기의 길을 향한 것이 '우연한 선택'에서 기인한 것처럼, 전쟁이 분단의식을 내면화하는 데 있어 하나의 매개적 역할을 한 사건이었음을 보여주고 있다. 6·25전쟁이 일어나기 전에는 동네에서 싸움을 해도 큰 원한이 없었기 때문에 쉽게 화해를 했듯, 당시 남한이나 북한 모두 내부적으로 분단 현실에 대한 저항의 논리와 세력이 존재하고 있었다. 하지만 6·25전쟁으로 말미암아 남북은 서로 다른 정통성을 주장하게 되었고, 그것이 지배 이데올로기로 내면화되면서 마을 주민들 간에 갈등이 심화되는 계기가 되었다.

형은 6·25전쟁으로 한쪽 다리와 함께 대정치가의 꿈을 빼앗긴 뒤부터 좌익에 가담했던 사람들을 만나면 광기어린 울분을 삭이지 못하고, 동네에서 살지 못하도록 목발을 집고 행패를 부린다. 형은 윤수의 형이 죽은 게 아니라 월북해서 저쪽의 요직에 있다고 소문을 내어 윤수의 도미를 방해하고, 그 일가들을 곤경에 빠뜨리려 했다. 또한 적십자 예비회담 대표로 윤수의 형이 올 것이라고 믿으며 괴로워한다. 형의 이러한 행동이 가능한 것은 남북 분단의 현실 때문이며, 냉전적 사고가 내면화되었기 때문이다. 나는 형이 허무맹랑한 망령에 붙잡혀 몸부림치는 모습을 보며 연민과 함께 혐오를 느낀다.

「지금 공산당 덕을 가장 많이 보고 있는 놈들이 누구야? 바로 자유당 놈들 아냐? 만약 공산당이 없었더라면 저 작자들은 이미 거꾸러지고 말았을 걸. 비위 상한 놈이 있으면 무작정 공산당으로 몰아붙여 버리니

정적을 때려잡는데 이렇게 편리한 올가미를 가진 정권이 세계 어느 역
사에 있었나 말이야?」

조만식(曺晩植) 선생의 호는 처음에는 지라(志羅)였는데 성하고 붙여
읽으면 고약한 뜻이 되어버리기 때문에 나중에 바꾸었다거니, 병(病)중
에서 걸리기만 하면 죽는 병은 숙환(宿患)이란 병이라거니, 이런 식으로
익살을 부리다가 또 정색을 하고 나서면 이런 날카로운 소리로 울분을
터뜨리던 거였다.

「요새 그 불안 초조 어쩌고 심각한 체하는 새끼들말이야, 나는 그런
놈들만 보면 구역질이 날 것 같아 지폐 뭉치 하나만 쥐어 주면 연기처
럼 사라져버릴 감각적인 기분을 무슨 키에르케고오르나 니이체적 고뇌
인 것처럼 분식하고 있는 거야. 창녀의 값싼 화장 같은 분식적인 불안
이 아니고 우리는 이 정치적 현실에 분노를 느끼고 나서야 할 때야. 발
등에 떨어진 불을 기분적인 불안으로만 느낀다면 그런 놈의 신경은 철
산가?」

— 「전설의 시대」, 『도깨비 잔치』, 184~185면

나는 윤수와 군대 복무를 막 마치고 나서 4·19혁명을 맞았다. 제대하
고 나서 윤수와 나는 자취방에 새 식구를 하나 맞이했는데, 군대에서 같
이 복무한 친구로 재기발랄한 익살꾼이었다. 그는 "비위 상한 놈이 있으
면 무작정 공산당으로 몰아붙여 버리는" 이승만 정권의 반공 이데올로기
의 폭력성을 '정적을 때려잡는 편리한 올가미'로 규정하며, 이런 정치적
현실에 분노하고 일어서야 한다고 주장한다. 그는 그런 배짱과 다혈질의
성격 때문에 4·19혁명 때 맨 앞장을 섰다가 아깝게 산화하고 말았다.
윤수는 나의 형님 장례식에 함께 참석한 후 그 친구가 있는 4·19 학생
묘지에 가서, "그 동안 변한 것은 아무것도 없다. 버스비만 좀 올랐더
라."[24]고 말하며 분단 이데올로기가 지속되고 있는 현실을 비판한다.

---

24) 송기숙, 「전설의 시대」, 앞의 책, 193면.

　이상에서와 같이 송기숙은 「휴전선 소식」에서 주민을 감시하고 통제하는 역할을 하는 선생님과 순진한 어린 아이를 주인공으로 하여 평범하고 일상적인 삶마저 왜곡되는 모습을 서사화했다. 또한 「갈머리 방울새」에서는 '방첩대'에서 근무하고 있는 성준의 '자폭적인 광기'를 형상화하여 유신체제가 권력을 유지하기 위해 분단 이데올로기를 어떻게 이용하고 있는지 그려내고 있다. 여기서 그는 「휴전선 소식」과 「갈머리 방울새」의 서사적 공간을 '휴전선'과는 상당한 거리에 있는 남해안의 외딴섬으로 설정하여 도서지역의 주민들까지도 피해를 당하고 있음을 강조한다. 이것은 분단 이데올로기로 말미암아 지극히 개인적이고 일상적인 삶마저도 향유할 수 없는 현실을 고발하는 효과를 극대화하고 있다. 또한 「전설의 시대」에서는 나의 형과 윤수의 형이 6·25전쟁을 계기로 우익·좌익으로 나뉘어 서로 적이 되었음을 형상화하여 전쟁이 분단 이데올로기를 내면화 하는 역할을 하였음을 보여주고 있다. 그리고 4·19혁명 때 산화한 친구를 통해서 위정자들이 정권을 유지하기 위해 분단의 지속적 현재화를 꾀하며 반공을 국민적 가치로 확대하고 있음을 묘사하고 있다. 그는 여기서 간첩의 문제에서 벗어나 분단 이데올로기가 지속되어 우리의 일상적 삶이 구체적으로 어떻게 왜곡되는지를 보여주고 신랄하게 비판하고 있다.

3. 분단 이데올로기의 치유 가능성

1) 모성성의 발견과 구체화 양상

　송기숙의 분단 소설은 전쟁이라는 극한 상황보다는 전쟁으로 상처 입은 사람들의 삶을 구체적으로 묘사하고 자아의 각성과 상처의 치유를 모색하고 있다. 그의 초기작 「어떤 완충지대」에서 분단 치유 가능성으로 제시된 '모성' 탐색의 행로가 「갈머리 방울새」에서는 '윤심'이라는 섬 소녀를 형상화하여 변형된 여성성으로 나타나고 있다. 또한 1980년대에 발표된 「어머니의 깃발」, 「백포동자」에서는 분단의 비극으로 자식과 헤어져야 하는 모성을 묘사하고 있다면, 1990년대에 씌어진 『은내골 기행』에서는 자식을 지키기 위해 미륵 신앙에 의지하고 선경 어머니와 한몰 댁을 형상화하고 있다. 여기서 송기숙은 모성성을 드러내는 방법으로 「어머니의 깃발」에서는 '도깨비 굿'과 '미륵', 「백포동자」에서는 '옥녀봉 전설', 『은내골 기행』에서는 '미륵' 등을 활용한다.

모성은 현대사의 격변에 해당하는 분단과 전쟁에 대응하는 유연하고도 강인한 집단적 주체이다. 즉 모성은 전통적 가치와 현대적 가치가 대체되는 근원적인 사회 변동을 경험하면서 그 고난을 감내하고 이를 의연하게 극복하는 강인함에 대한 상징적 주체 혹은 집단 심성인 것이다. 따라서 소설 장르에서 모성적 인물의 등장은 사회 변동을 반영한 것이라고 할 수 있다. 송기숙도 그의 초기 소설에서부터 6·25전쟁으로 말미암은 '부성 부재'를 묘사하여 이들 중심의 사회가 모성 중심으로 변화하였음을 형상화하고 있다. 즉 「어떤 완충지대」에서의 여인은 6·25전쟁으로 남편은 남쪽에 있고 자신은 아들과 함께 북쪽에 있었으며, 「휴전선 소식」, 『은내골 기행』, 「보리피리」, 「성묘」에서는 남편이 모두 북쪽에 있으나 생존 여부를 알 수 없어 안타까워한다. 이 외에도 「어머니의 깃발」, 「백포동자」에서는 '아버지의 부재'로 나타나며, 「당제」에서는 '아들의 부재'로 변이되기도 한다.

송기숙은 「어떤 완충지대」에서 화해를 주관하는 심성의 주체로서 여성을 부각시킨다. 여기서 그는 분단의 비극을 치유하는 힘의 근원을 모성에서 찾고 있다. 반면 「어머니의 깃발」에서는 개만의 친모인 '색안경'

을 쓴 여인을 한국 사회와 자본주의적 현실이 내포하고 있는 왜곡된 모성의 표상으로 묘사하여 진정한 모성성이 무엇인가를 생각하게 한다. 개만의 친모는 6·25전쟁 때 군인들에게 끌려가 강간을 당하고 어린 아들과 생이별을 하게 된다. 이후 그녀는 재벌의 부인이자 교육계 인사로 존경받는 등 사회적 성공에도 불구하고, 과거 성적 유린에 대한 치욕 등을 이유로 아들을 찾지 않았다.

　　변호사는 종이를 들어 다시 판사 쪽으로 향했다.
　　「피고인의 어머니에 대한 유일한 기억은 어머니를 어떤 군인들이 강제로 끌고 갔다는 것뿐입니다. 이것은 어머니에 대한 유일한 기억이자 피고인이 자기 전 생애 가운데서 기억할 수 있는 최초의 기억 중에 하나입니다. 여기서 중요한 것은 그 어머니가 젊은 남자들에게 강제로 끌려 갔다는 것인데, 법과 질서가 무법천지인 전쟁판에서 젊은 여자가 남자한테 강제로 끌려갔다면 그 뒤 무슨 일을 당했을 것인가는 너무도 뻔한 일입니다. 그 나이에는 어머니를 빼앗긴 것만도 하늘이 무너지는 일이었을 것인데, 또 나이를 먹어가면서 그 당시 어머니가 어떤 일을 당했을 것인가에 대한 자각이 생겼을 때 그 충격은 어떠했겠습니까? 따라서 이 사건은 피고를 천애고아로 만들어 인생을 망치게 한 사건임과 동시에 피고의 정신적 바탕에 치명적인 상처까지를 안겨준 사건입니다. 성적 충격과 결부된 이런 엄청난 사건이 피고의 인간 형성에 어떤 영향을 끼쳤을 것인가를 논리적으로 설명할 만한 정신분석학적 지식을 본 변호인은 가지고 있지 못합니다. 그러나 그것이 얼마나 큰 영향을 주었을 것인가는 굳이 정신분석학이 아니더라도 상식으로 충분히 추측할 수 있다고 생각합니다.」
　　　　　　　　　　—「어머니의 깃발」, 『개는 왜 짖는가』, 38~39면

　개만은 다섯 살 때 어느 나루터에서 군인들이 어머니를 강제로 끌고 가는 바람에 혼자되어 떠돌다가, 여덟 살 때 평화곡마단에 입단하게 되

고 이후로 줄곧 어머니를 찾기 위해 노력한다. 그는 어릴 때의 정신적 상처로 인해 성 폭력범에 대해서는 단호하며, 그로 말미암아 세 번이나 구속된다. 개만이 폭력을 행사하는 경우는 여자가 희롱을 당하고 있을 때로, 이것은 어머니에 대한 유년의 기억과 관련된다. 그가 가지고 있는 어머니에 대한 유일한 기억은 "어머니를 어떤 군인들이 강제로 끌고 갔다는 것"뿐이며, 이것 때문에 어머니가 자신 앞에 당당히 나서지 못할 것이라고 생각한다. 개만에게 6·25전쟁은 정신적으로 치명적인 상처를 준 사건이며, 그것은 아직도 치유되지 않은 채 현재 진행형인 것이다.

작가는 개만과 그의 주위 인물들로 하여금 6·25전쟁이 끝난 것이 아니라 우리의 삶 곳곳에 다른 모습으로 여전히 진행 중에 있음을 보여주고자 하였다. 그의 주위 인물들은 하나같이 '허름한 인생'들로, 인걸은 양친이 일찍 죽어 고아가 되었고, 호도장은 부모의 얼굴도 모르는 고아원 출신이며, 평화곡마단의 단장은 가족이 모두 북한에 있다. 하지만 이들은 평화고물상에서 '평화로운 세상'을 꿈꾸며 개만의 어머니를 찾기 위해 노력한다. 그 결과 재판정에 그의 생모와 함께 또 다른 어머니인 '대전 여인'이 나타난다. 개만은 '색안경'을 쓴 여인이 자신이 어머니임을 알아보지만 아이러니컬하게도 개만의 석방을 도운 것은 친모가 아닌 '대전 여인'이었다. 개만의 친모는 재판이 끝나자마자 서울로 떠나 버렸던 것이다.

개만은 집행유예로 석방된 후 어머니를 찾을 방법을 강구하고 있던 중, 그가 이산가족 찾기 광고에 낸 문구를 보고 전화를 걸어온 교수의 도움으로 자신의 고향이 진도임을 알게 된다. 그는 어린 시절 미륵보살 앞에서 누군가가 절을 하고 있던 기억과 여러 사람들이 양철통 같은 것을 요란스럽게 두들기고 다니자 공포에 질렸던 기억을 떠올리며 어머니와 대면을 기대하며 진도로 간다. 진도에서 우연히 어머니의 심부름을 하는 서울 사내를 만나게 된다. 서울 사내는 어머니의 심부름으로 미륵을 반출하기 위해 왔으나, 동네 여인들이 도깨비 굿을 하며 막아서는 바람에 가져가지 못한다.

> 「시방 이 소리가 먼 소린 중 아냐? 옛날부터 우리 동네서 도깨비 귀신 쫓아낸 소리다. 소작 농간 하던 마름 귀신, 징용 잡아가고 생과부 맨들던 징용 귀신, 공출 뜯어가고 배 곯리던 공출 귀신, 생사람 쏴 죽이던 총잡이 귀신, 촌가시네 홀려 가던 양공주 귀신, 장세 폴아묵은 장세 귀신, 이런 귀신·도깨비 다 몰아낸 소리여. 그런디 이번에는 미륵보살님을 파갈라고 잡귀가 달라들어? 어림없다. 이 못된 귀신아, 썩 물러가라. 만약에 관을 앞세우거나 달리 농간을 부린 날에는 우리 동네 여자들이 피솟곳 앞세우고 네년 집구석까지 쫓아 올라갈 것이다. 못된 귀신아, 썩 물러가라!」

— 「어머니의 깃발」, 『개는 왜 짖는가』, 71면

동네 여인들에 의해 행해지고 있는 도깨비 굿은 세 가지의 의미를 지닌다. 첫째는 6·25전쟁으로 어린 시절 어머니를 잃은 개만에게는 어린 시절을 기억할 수 있는 원체험과 같은 의미를 지닌다. 둘째는 미륵을 파가려는 사람들을 물리치는 단순한 기능뿐만 아니라 잘못된 분단의 현실을 가져온 폭력적인 남성의 역사에 대한 질책으로서 여성의 생식적인 힘이 주술적인 힘으로 바뀌어 마을 공동체의 운명과 분단 현실의 잘못된 역사를 징벌하는 의미이다.[25] 그리고 셋째는 혈연적 유대를 복원시키려는 민족 화해와 상생의 의미를 지닌다. 도깨비 굿이 남성들에 의해 연행(演行)되지 않고, 여성들이 자신들의 가장 치부라고 할 수 있는 피 묻은 속곳을 '얼룩덜룩한 깃발'로 만들어 들고 나온 것은 잔인한 탄압과 무지

---

[25] 한순미는 남성이 아닌 여성들이 주도가 되어 도깨비를 내쫓는 행위를 일종의 벽사 의식으로 보며 주강헌의 '달거리 피를 내보이는 성도착적 데몬스트레이션'을 인용하여 이를 '반란적 제의'로 규정될 만하다고 보고 있다.
한순미, 「송기숙 소설의 민중 문화적 상상력」, 임환모 엮음, 앞의 책, 166면.

막지한 살육의 주체인 남성적인 역사에 대한 저항이며, '총칼의 피'로 내세운 '이념의 깃발'이 아닌 '생명의 피'로 포옹하는 '어머니의 깃발'26)인 것이다.

개만은 도깨비 굿이 연행되는 장면을 보면서도 더 이상 공포감이 없다. 오히려 이곳이 '환상의 세계'로 느껴지며 '이상한 감동'으로 다가와 전쟁 이전의 고향을 찾게 된다. 도깨비 굿으로 말미암아 고향을 찾게 되는 행위는 이러한 주술적 세계가 분단 이데올로기와 제도적 갈등이 존재하지 않는 생명이 존중되는 세계였음을 의미한다. 그는 잃어버린 자신의 고향이면서 어머니가 억지로 잊어버리려고 애썼던 그녀의 고향이기도 한 진도에서 미륵보살과 도깨비 굿을 통해 자신의 정체성을 확인할 수 있었다.

그에게 미륵보살과 도깨비 굿은 자신의 과거와 대면하는 역할을 하면서 동시에 어머니와 해후를 할 수 있는 매개체가 되기도 한다. 이것은 그가 어머니를 대신해서 자신을 찾아온 이모와의 만남으로 구체화된다. 이모는 개만의 어머니가 미륵을 반출하려고 했던 이유가 자신의 집에 모셔놓고 개만의 복을 빌기 위함이었다고 말하며 모성을 강조한다. 이에 개만은 미륵은 어느 한 개인의 소유물이 될 수 없으며, 미륵보살이 바라

---

26) "「어머니의 깃발」은 이산가족 찾기 이후에 쓴 것으로 진도(珍島) 도깨비 굿을 빌어 온 것이다. 사내들은 얼씬도 못하게 방구석에다 몰아넣어 놓고, 어머니들이 피속곳을 간짓대에 매달아 깃발로 앞세우고 다니며 치는 이 도깨비 굿은 여러 가지 의미를 함축하고 있는 민속인 것 같다. 그 깃발로 내세운 피는 총칼의 피가 아니고 바로 생명의 피다. 그리고 그것은 여자들이 감추고 감추는 최후의 수치이기도 하다. 그런데, 그 최후의 수치를 뒤엎어 그것을 깃발로 내세우며 외치는 그 절박한 최후의 절규는 무엇일까? 사내놈들아, 네놈들이 이끌어온 역사란 게 뭐냐? 잔인한 탄압과 이가는 저항, 무지막지한 살육과 보복이 아니더냐! 네놈들은 이제 뒷전으로 물러서라. 그 깃발을 휘두르며 내 지른 어머니들의 절규는 이런 소리들이 아니었을까 싶다. 나는 이 깃발의 의미를 여러 가지로 되새겨보며 통일에 임하는 우리 민족 전부의 깃발은 바로 이 깃발이어야 하지 않을까 싶은 생각이었다." 송기숙, 『개는 왜 짖는가』, 한진출판사, 1984, 작가 후기.

는 것은 어머니가 고향에 내려와서 색안경을 벗고 절을 하는 것이라고
말하며 그것이 진정한 모성의 역할임을 제안한다.

작가는 『은내골 기행』27)에서도 분단 문제에 대한 해결 방법으로 모성
을 제시하고 있으며, 모성성을 드러내는 구체적 방식으로 다양한 민중
문화를 활용한다. 다시 말하면 「어머니의 깃발」에서 미륵보살을 지키기
위한 '도깨비 굿'으로 정서의 공유를 이루었다면, 『은내골 기행』에서는
선돌과 미륵에 대한 구체적인 전설과 함께 인민위원장의 아내인 한몰 댁
과 경찰간부의 아내인 들몰 댁의 사이좋은 모습으로 구체화된다. 인민위
원장의 아내인 한몰 댁과 경찰간부의 아내인 들몰 댁의 화해는 이 소설
이 추구하는 진정한 가치라고 할 수 있다. 이들이 화해라는 진정한 가치
를 이룰 수 있었던 것은 정서적 유대를 공유하고, 삶의 진실을 간직하고
있는 '은내골'의 민간 신앙과 설화 등이 뒷받침되고 거기에 건강한 민중
성이 살아있기 때문이었다. 특히 선돌에 대한 민간 신앙은 은내골 여인
들의 삶의 굴곡을 담고 있으며 아울러 모성성을 강화하는 기능을 하고
있다.

명호가 은내골을 다시 찾게 된 이유는 '당산제'와 '선돌' 사진 때문이
었다. 『은내골 기행』에서 선돌을 다시 세우는 것과 당산제를 지내는 행
위는 「어머니의 깃발」에서 사라졌던 미륵을 다시 찾은 것과 같은 의미이
다. 「어머니의 깃발」에서 미륵을 훔쳐가지 못하도록 '도깨비 굿'을 했듯,
'당산제', '선돌', '미륵'은 민중공동체를 복원하는 의미를 지닌다. 이때

---

27) 『은내골 기행』은 1987년에 쓰인 「파랑새」와 1988년에 쓰인 「은내골 기행」 연작으
로 구성되어 있다. 처음 『한국문학』(1987. 9)과 작품집 『어머니의 깃발』(1988. 5)에
는 「파랑새」라는 단편으로 명호와 혜선의 사랑만 묘사 되었고, 분단을 주제로 한
작품집인 『파랑새』(1988. 12)에서는 「파랑새」와 「은내골 기행」 두 편을 중편으로 묶
어 실었다. 이것을 『은내골 기행』(1996)에서는 「파랑새」와 「은내골 기행」에다 새마
을 운동의 허위성과 한몰 댁과 들몰 댁의 우애, 혜선의 출생과 관련된 차출만의 생
애를 보충하여 장편으로 꾸민 것이다. 이 글에서는 『은내골의 기행』을 중심 텍스트
로 한다.

군청 직원들이 '선돌' 세우는 행위를 '미신'으로 몰아붙이자 마을 노인들은 '선돌'과 '교회의 십자가'를 같은 층위에 놓음으로써 종교적인 기능을 하고 있음을 강조한다. 마을 사람들에게 '선돌'은 '미륵'과 같이 신성시하는 존재이다. 마을 사람들은 선돌이 6·25전쟁 바로 전 해에 땅속에 파묻혀서 동네에 불행이 잦았으며, 이제 장마로 인해 다시 땅 밖으로 나왔기 때문에 마을을 지켜줄 것이라고 믿는다. 은내골 사람들에게 '선돌'과 '미륵'은 그들의 생활과 정서에 무의식적으로 배어 있는 신앙적인 존재였다.

명호가 6·25전쟁이 한창이던 유년 시절 혜선을 만나 아름다운 사랑을 꿈꾸었던 낙원의 공간 진국사에서 20여 년이 지난 후, 미술학도인 윤선경을 만나 사랑을 느끼게 된 것은 미륵 때문이었다. 명호에게 있어 미륵은 여성을 만나는 매개체이자, 모성을 통해 세상과 소통하는 통로였다. 남성인 명호의 시각에서 바라보는 여인들은 모두 '미륵'에 초점이 모아지고 있다. 미륵은 수백 년 동안 은내골 여인들이 살아온 내력을 지켜보고 있었으므로 그녀들의 정체성이 보전되는 공간이었다.

미륵 그림은 명호에게 6·25전쟁 때 혜선과의 추억을 되새기는 동기가 되고, 선경의 출생에 대한 비밀이 밝혀지는 기능을 한다. 이는 그림의 대상이 미륵보다는 합장을 한 여인에 초점이 맞추어져 있음을 통해 알 수 있다. 이 여인은 선경의 어머니로 미륵에게 선경이 차출만의 자식이라는 출생의 비밀이 세상에 알려지지 않기를 한쪽 무릎을 꿇고 간절한 표정으로 간구하고 있다.

> 선경이는 지금 미륵에 그만큼 집착하고 있는 것 같았다. 고뇌에 찬 그림 속의 여인이 다시 떠올랐다. 고뇌를 견디다 못해 미륵 앞에 하소연을 하는 표정이었다.
>
> …(중략)…

"그런데, 그런 미륵의 코를 갈아 마시고 그 영험으로 아들을 낳았다면 그 아들은 뉘 아들이겠습니까? 미륵의 아들, 메시아의 아들, 바로 혁명아입니다. 코는 남자의 성기를 상징하기 때문에 그런 유감(類感)에서 빚어진 속설인데, 미륵 코를 갈아 마시고 태어난 아이는 현실적인 아버지가 있다 하더라도 정신적으로는 미륵의 자식이겠지요. 마리아한테 현실적인 남편이 있었지만 예수는 성령으로 태어났다는 것과 같은 구조입니다. 미륵에 대한 기구나 코를 간 물은 바로 성령하고 같은 의미를 갖는다고 하겠지요. 민중들이 빚어낸 속설은 언뜻 보면 터무니없는 것 같지만 이렇게 만만찮은 속뜻을 지니고 있습니다."

명호는 선경이가 줄곧 분위기를 치살리는 바람에 제법 아는 체를 했다.

"그럴듯하군요. 그럼 저도 메시아의 딸, 혁명아네요."

—『은내골 기행』, 117~118면

선경이 미륵을 그리는 행위는 옛날 머슴이 신분의 차별로 사랑하는 여인을 보내야 하는 비분을 삭이며 미륵을 깎았던 이야기와 같이, 자신의 정체성을 확인하려는 기구의 작업이다. 미륵은 은내골 여인들을 하나로 묶어주는 정신적인 지주였고 믿고 의탁할 수 있는 버팀목이었다. 선경이 미륵을 대면하는 것은 은내골 여인이었던 어머니의 불행한 과거와 만나는 행위이며, 자신의 뿌리에 대한 탐색이다. 하지만 그 탐색이 완료되지 않은 상황에서 나타난 차출만의 존재는 그녀에게 있어 치료는 더 이상 불가능하다는 것을 암시하고 있다. 그녀는 미륵이 점지해 준 딸로서 '미륵의 딸', '메시아의 딸', '혁명아'가 되고자 하지만, 미륵 그림을 완성하지 못한 상태에서 차출만이 자신의 아버지임을 알게 되어 정체성의 혼란은 가중된다. 선경의 정신병의 원인이었던 자기 출생에 대한 의혹은 역사적 심층 속에서 밝혀지고 그녀는 정체성의 혼란으로 다시 병원에 입원하게 된다. 그녀는 고등학교 때 정신병원에 입원한 적[28]이 있으며, 그 이후로 치유된 듯 했으나 차출만의 출현으로 다시 재발한 것이다.

　명호는 의사의 말을 인용하며 선경 어머니에게 선경이 제대로 치료되기 위해서는 과거를 숨기지 말고 곧이곧대로 알려주어야 한다고 강조한다. 이는 선경의 출생 비밀이 개인적인 차원에서 생성된 것이 아니라, 올바른 역사청산을 하지 못한 민족의 문제에서 기인함을 차출만의 왜곡된 삶을 묘사하여 보여줌으로써, 그 치료의 가능성을 보여주고 있다. 차출만은 일제강점기에 북한에서 일본경찰의 정보원 노릇을 했으며, 6·25전쟁 전후에는 반공투사로 변신하여 좌익 활동을 했던 사람들의 부인을 겁탈하고, 그들의 재산을 몰수하기도 하였다. 이때 선경의 어머니도 차출만에게 겁탈을 당해 선경을 갖게 된 후 고향을 떠나게 되었다.

　　"그런데 6·25전쟁은 이 친일파 문제를 뒤죽박죽으로 만들어버리고 말았습니다. 전쟁이 터지자 그들은 공산주의자들과 싸울 수 있는 기회를 얻어 그때부터 제대로 반공투사가 되어버린 겁니다. 더구나 인민재판 같은 무자비한 보복행위는 결과적으로 차출만이 같은 자들의 악발을 합리화하는 빌미까지 주고 말았지요. 이렇게 되자 우리 정치에서 민족문제는 아예 증발을 해버렸고 우리 현대사는 지금도 그런 상태가 진행형이며 그 진행은 아직도 끝이 보이지 않습니다."

　　　　　　　　　　　　　　　　　　　　— 『은내골 기행』, 185~186면

---

28) 송기숙의 작품에는 정신 병력이 있는 사람이 자주 묘사된다. 「추적」의 정년퇴직한 고등학교 교장은 항일운동을 하다 동지를 배반하고 거사 자금을 독식했던 박가에 의해 강제로 정신병원에 입원하게 된다. 그러나 퇴직 교장은 오히려 정신병자라는 점을 이용해서 박가를 응징하고 무사히 병원에서 나오게 된다. 『자랏골의 비가』에서 써운이는 도시에 나가 가정부를 하면서 씨받이를 한 후, 정신병으로 고향에 돌아와 낭떠러지에서 떨어져 죽게 되고, 「제7공화국」에서 윤만이는 5·18광주민주화운동의 트라우마로 도착 증세를 보인다. 그리고 『오월의 미소』에서 영선은 5·18광주민주화운동 때 공수대원에게 강간당한 후 아이를 낳고 정신병원에 입원했고 결국 고향 바다에 빠져 죽는다. 송기숙의 작품에서 정신병으로 고통을 받는 인물들은 모두 개인적인 상처보다는 역사적 상처를 안고 있는 것이 특징이다.

위의 인용에서 보는 바와 같이 해방 후 미군정이 친일파를 포용한 정책과 반미특위의 해체는 분단 이데올로기가 내면화되는 계기가 되었고, 6·25전쟁은 분단의식을 고착시키는 결과를 낳게 되었다. 이를 기회로 차출만과 같은 친일 행적을 지닌 사람들이 권력의 중심에 서서 자신의 과거를 합리화할 수 있는 기회가 되었던 것이다. 국민학교 6학년인 명호의 시선에서 바라 본 '인민재판'과 이후 20여 년이 흐른 유신체제에서 성인이 된 명호가 바라 본 '민청학련사건'의 대립되는 상황의 원인, 즉 그것의 역사적 뿌리는 청산하지 못한 친일세력과 은폐된 분단 이데올로기에 있었다. 해방 이후 민족이 어떻게 자립해 갈 것인지 고민할 시간도 없이 타의에 의해 강요된 정체성은 시간이 흐를수록 혼란만 가중시켰던 것이다.

또한 분단 이데올로기는 남북 독재정권 사이의 은밀한 공존관계를 유지시켜 주는 은폐된 권력이자 상호 의존적 이데올로기였다. 이러한 기회를 가장 잘 이용한 인물이 바로 차출만이다. 이후에도 차출만은 재산을 증식하는 방법으로 반공 이데올로기를 이용했으며, 한몰 댁이 낳은 아이를 구실로 하여 진국사 땅을 빼앗으려고 농간을 부리다 개에 물려 죽게 된다. 작가는 차출만의 왜곡된 생애를 통해 역사의 부정성을 드러낸 후, 차출만의 죽음을 통해서는 과거사 청산을 염원한다. 하지만 "차출만이 죽었지만 아직 세상에는 또 다른 차출만이 존재"[29]하고 있다고 함으로써 역사의 비극성을 토로한다. 그리고 선경의 정신병이 치료되지 않음을 통해서 역사의 비극과 상처가 세대를 이어가며 재생되고 있음을 묘사하고 있다.

작가는 혜선과 선경의 삶을 통해 반공 이데올로기의 발생론적 배경을 보여주고서, 과거 경찰 간부의 아내였던 들몰 댁과 인민위원장의 부인인

---

29) 송기숙, 『은내골 기행』, 앞의 책, 300면.

한몰 댁의 우애를 형상화하여 분단을 극복할 수 있는 방법을 제시하고
있다. 들몰 댁은 6·25전쟁이 끝난 후 종적을 감춰 충청도 어느 병원에
서 행려병자 취급을 받아 거의 죽게 된 한몰 댁을 데려다 치료해 준다.
그리고 남의 집에 식모처럼 맡겨놨던 한몰 댁의 딸도 데려와서 가족처럼
보살핀다. 그들에게 남과 북의 이념적 대립은 아무런 의미가 없었다.

> "이 동네는 그때 경찰 쪽으로도 꽤나 높은 분이 있었는데 그분 부인
> 도 그 무렵 과부가 되어 지금은 두 과부가 집도 서로 이웃집에서 친형
> 제처럼 살고 있지요. 경찰간부는 빨치산 토벌하다 죽고 인민위원장은
> 월북을 했다는데 그런 사람들이 친형제처럼 살아가는 모습은 곁에서
> 보기에도 모양이 좋더군요. 우리 이모님도 과부인데 그분들과 나이도
> 비슷하고 처지도 비슷해서 세 과부가 꼭 형제들처럼 친하게 살고 계시
> 지요. 우리 이모님도 그때 남편을 잃었거든요."
> "이모부도 사상 관계였습니까?"
> "사상 관계였지만 도뜨게 앞에 나서지는 않았던 모양인데 어수선할
> 때라 마구잡이로 휩쓸려 희생을 당했던 것 같아요."
> 작년에 여기 왔을 때 명호는 그 과부들 이야기를 대충 들어 알고 있
> 었다. 그때 교수들은 당산제를 다시 지내게 된 계기를 집중적으로 물었
> 는데 거기에는 동네 여인네들이 큰 몫을 했다며 중심적인 역할을 한 여
> 인네들 이야기를 하다가 6·25에까지 이야기가 미쳤던 것이다. 특히 경
> 찰간부 부인과 한몰 댁이 앞장을 섰다며 그 사람들은 평소에도 동네 어
> 른 노릇을 한다고 이장은 여간 대견스러워하지 않았다.
> "그럼 그 부인들 사이에서는 남북통일이 된 셈이네요."
>
> —『은내골 기행』, 112면

인용된 부분은 은내골 외부에 살고 있는 선경과 명호의 시선으로 '남
북통일'의 당위성을 부여하고 있다. 명호가 바라본 은내골은 "경찰간부
는 빨치산 토벌하다 죽고 인민위원장은 월북"하여 폭력의 주체였던 남성

들이 부재한 상황에서, 모진 세월을 견뎌오며 마을의 중심적 역할을 담당하고 있는 사람은 여성들이다. 명호는 은내골 여인들이 '금으로 화려하게 도금하고 단청이 요란스런 대웅전에 있는 부처님'보다 '논둑 밭둑에 있는 미륵'에게 억울한 사정을 호소하는 모습에서 당대 어머니들의 처지와 고통을 이해한다. 이것은 분단 이후 지금도 진행되고 있는 '가슴 졸이는 고통'이다. 그는 이러한 고통을 치유할 수 있는 대안으로 '한몰 댁과 들몰 댁'의 우애를 제시하고 있으며, 그러한 우애가 가능한 이유로 미륵이나 선돌, 당산제 등 정서적 동질성의 회복을 들고 있다.

한몰 댁과 들몰 댁은 은내골의 대모로서 당산제를 지내는데 앞장서며, 이데올로기의 대립으로 민족의 비극을 초래했던 6·25전쟁 이전의 민족의 동질성을 회복하는 역할을 하고 있다. 즉 은내골은 6·25전쟁 때 잿더미가 되어 공동의 정신적 외상이 존재하는 곳이다. 이 같은 상처는 선돌을 다시 세우거나 당산제를 부활시키는 등 집단무의식을 통한 공동체 정신을 회복함으로써 치유가 가능하다. 『은내골 기행』은 한몰 댁과 들몰 댁이 살아온 30년 세월을 형상화하여 '해방 30년' 동안 우리 역사의 겉과 속에 고착화된 분단 이데올로기의 허위성을 고발한다. 그녀들이 마음 속 깊숙이 안고 있는 고통과 회한은 분단으로 야기된 남·북 민중 모두의 '눈물'이고 '한숨'이고 '공포'였다. 이와 같이 작가는 정당성을 상실한 권력이 자행했던 폭력적 역사와, 이로 인해 희생당한 여성들이 겪게 되는 정체성의 혼란을 통해 분단된 역사 현실의 근본 원인을 규명하고자 했다. 또한 은내골 사람들의 생동하는 삶의 건강성과 공동체적 삶의 역동성을 나타내어 분단 극복의 방법을 이데올로기 이전의 민족의 동질성에서 찾고자 했다.

이상에서 살펴 본 바와 같이 송기숙은 분단 이데올로기의 치유 가능성을 「어머니의 깃발」과 『은내골 기행』에서 '모성성'을 통해 드러내고 있다. 그는 1960년대 후반에 발표된 「어떤 완충지대」에서부터 분단 극복

방법으로 '모성성'을 제시하고 있으며, 1980년대에 이산가족 찾기를 소
재로 하여 발표된 「어머니의 깃발」에서는 진도 '도깨비 굿'을 묘사하여
모성의 강인함을 구체화하고 있다. 그가 모성성을 드러내기 위한 방법으
로 '미륵보살'과 '도깨비 굿'을 활용했던 이유는 분단 이데올로기의 종식
가능성을 민족의 동질성을 포용하는 민중 문화에서 찾고자 했기 때문일
것이다. 그의 이 같은 서사화 방식은 「당제」에서 한몰 영감 내외가 이산
의 아픔과 분단 현실의 비극을 도깨비에게 하소연하는 것이나, 「백포동
자」에서 인민군의 자식이라고 놀림 당하자 탈향한 만호의 안전을 위해
그의 어머니가 '옥녀봉 전설'이 담겨있는 '옥녀봉 산신'에게 희원하는 것
도 같은 의미를 지닌다. 작가는 1990년대에 씌어진 『은내골 기행』에서
미륵, 당산제 지내기, 선돌 세우기 등을 통해 남과 북의 이념적 대립은
무의미하며 분단 이전과 같은 민족의 동질성이 공존하는 세상을 염원하
고 있다.

2) 모성성의 강화와 치유 가능성

송기숙은 1960년대 후반에 발표된 「어떤 완충지대」에서 1990년대에
펴낸 『은내골 기행』까지 분단 이데올로기로 말미암아 수난을 당하는 모
성의 모습과 그것을 극복하기 위해 노력하는 모습을 서사화했다면, 「보
리피리」와 「성묘」에 와서는 모성의 수난보다는 '모성성'이 강화되는 양
상과 치유 가능성을 제시하고 있다. 송기숙의 소설 중 분단을 모티프로
한 「어떤 완충지대」에서 모성의 전형은 젊은 여인이었지만, 분단으로 말
미암은 시간의 흐름을 서사화하기 위해 「어머니의 깃발」과 『은내골 기
행』에서는 중년 여인으로, 「보리피리」[30]와 「성묘」에서는 할머니로 형상

---

30) 「보리피리」는 『내일을 여는 작가』(1996. 9, 통권3호)에 「산새들의 합창」으로 발표했
다가 작품집 『들국화 송이송이』(2003)에 수록할 때는 결말 부분을 수정하여 제목을

화한다. 이러한 모성적 존재가 겪는 수난은 대부분 지아비의 좌익 활동
으로 가족 모두가 어려움을 겪거나 아버지가 부재하는 등 전쟁으로 인한
분단 현실과 연결되어 있다. 모성적 존재는 가정을 책임지는 가장의 역
할을 함께 해야 했기에 『은내골 기행』에서의 선경이 어머니처럼 포목점
을 운영하거나, 「보리피리」나 「성묘」에서의 할머니처럼 강한 여성으로
살아갈 수밖에 없다. 이처럼 역사적 불행은 그녀들로 하여금 가정 안과
밖을 동시에 책임지는 '대장부'가 되어야 하는 운명을 부여했던 것이다.

> "우리야 흉년은 모르고 살았지라."
> "흉년이면 어른들도 어른들이지만 어린것들 눈 초롱초롱 뜨고 손가
> 락 빨고 있는 꼴은 눈뜨고는 못 봐. 갓난애들은 젖이 발아 통통하던 젖
> 살이 두부살로 누렇게 물러지고, 에미들은 안팎으로 피가 말라."
> "테레비 보면 북한 사람들도 시방 그 꼴인 것 같던디 그 사람들은 이
> 쪽에서 식량을 보낸다고 해도 받니 안 받니 까탈을 부리는 모양입디다.
> 굶는 주제에 멋이 잘났다고 어깃장만 놓고 있는지……."
> "받니 안 받니 하는 것은 높은 사람들이제 아랫사람들이겠는가? 끙
> 끙 일이나 하는 사람들이야 당장 처자식들이 굶는 판에 그런 오기를 부
> 리겠어?"
> "하기야 그러겠소. 오기는 윗사람들이 부리고 굶기는 아랫사람들이
> 굶겠구만이라. 드나나나 항상 죽는 것은 불쌍한 백성들이지라."
> "휴전선만 안 막혔으면 친척들끼리라도 식량 싸가지고 달려가잖겠는
> 가? 여기서 서울이 자동차로 서너 시간인게 평양이든 어디든 아침에 일
> 찍 나서면 하룻길이겠던만."
> 예사롭게 말을 하던 할머니는 한숨을 내쉬었다. 말을 하다보니 정말
> 휴전선만 막히지 않았다면 자기 남편 식구들한테도 금방 싸가지고 달
> 려가겠다 싶은 모양이었다. 젊었을 때는 남편이 거기서 새장가를 들어
> 자식을 두었을 거라 생각하면 가슴속에서 불이 치솟았지만, 그런 불길

「보리피리」로 변경했다.

도 세월 속에 가라앉고 어느 때부턴가 거기서 낳았을 자식들도 모두 내 자식으로 여겨지고 그 여자도 친정 동생이나 시누이처럼 마음속에 자리를 잡기 시작했다.

— 「보리피리」, 『들국화 송이송이』, 135~136면

할머니는 한 동네에서 나고 자란 한걸 오빠와 연애결혼을 하여 꿈같은 시간을 보내던 중 6·25전쟁이 발발하여 한걸이 의용군에 지원 입대하는 바람에 헤어지게 된다. 시부모는 전쟁이 끝나도 돌아오지 않는 아들이 죽었을 것이라며 눈물로 지새운다. 반면 할머니는 북한군이 후퇴할 때 같이 북쪽으로 휩쓸려갔을 것이라고 낙관적으로 생각하며 언젠가는 만날 수 있으리라는 기대감에 눈물 한 방울 흘리지 않는다. 그녀는 "동구 앞에 낯선 그림자만 희뜩거려도 내다보고, 지나가는 바람에 허투루 삐걱이는 대문 소리에도 가슴"을 졸였지만, 남편을 기다리며 흘러간 세월은 "풍성하던 가슴을 말라붙은 개울바닥으로 졸아놨고, 알토란 같던 손가락을 갈큇발처럼 말려놨다."[31]

할머니는 분단의 시간이 길어지자 남편에 대한 그리움이 북에 있는 남편 가족의 굶주림에 대한 걱정으로 바뀐다. 그녀가 북한 주민들의 굶주림을 보는 관점은 젖이 나오지 않아 갓난아이에게 젖을 먹이지 못하는 '피가 마르는 에미'의 심정이다. 그것은 차마 눈뜨고 보지 못하는 고통으로 북한 주민들의 굶주림은 남편의 굶주림이며, 더 크게는 민족의 아픔이다. 할머니는 남북이 서로 대립관계에 있으면서도 그 대립 자체가 분단을 유지하고 생산하는 데 교묘하게 기여하고 있고, 양쪽 지배 세력들 간에는 상호 의존관계가 한반도 전역에 형성되어 있어 그 피해를 고스란히 주민들이 보고 있음을 비판한다. 또한 남편이 산짐승에게 콩을 뿌려주며 생명을 존중했던 과거를 떠올리며, 구체적인 남북 화해의 방법으로

---

31) 송기숙, 「보리피리」, 『들국화 송이송이』, 문학과 경계, 2003, 134면.

북한 주민에게 식량 보내기를 제안하고 있다.[32] 이는 80년대 말에서 90
년대 초에 동구의 몰락 및 소 연방의 해체, 이어 독일의 통일로 이어진
일련의 탈냉전구도와 그 이념적 쇠퇴 등과 맞물려서 분단 극복의 방법으
로 모성을 통한 인간의 근원성에 호소하고 있는 것으로 볼 수 있다. 모
성은 생명에 대한 경외심을 온전하게 지닌 이상적 존재로서 분단 문제를
이데올로기적 대립을 넘어선 휴머니즘에 기초한 보편성에 의지하고 있
기 때문이다.

「보리피리」가 분단 극복의 방법으로 모성을 통한 근본적인 생명 의식
에 대한 환기에 중점을 두었다면, 「성묘」는 모성적 인물을 형상화하여
민족 문제의 해결 방법을 합리적 차원이 아니라, 오랜 문화적 습속에 의
해 축적된 정서에 기반을 둔 공동체의식에서 찾고 있다.

「성묘」에서 잡지사에 다니는 윤주의 시선으로 바라 본 할머니는 수난
의 역사 속에 놓인 희생의 대행자이자, 시대를 인고하며 살아가는 민족
적 주체이다. 그녀는 열일곱의 어린 나이에 일제 강점기 순사였던 남편
과 억지 결혼을 하면서 기구한 생애가 시작된다. 또한 결혼하고 시댁에
서 유일하게 마음을 터놓을 수 있었던 시누이 김재원은 빨치산이 되어
행방을 알 수 없게 된다. 그녀의 삶은 일제강점기와 분단의 시기에 민족
의 고난을 함축하고 있다. 여기서 그녀가 문중 사람들과 대립하면서 지
켜내려고 하는 시누이의 묘는 이데올로기를 비판하는 기능을 한다. 윤주
할머니는 시누이의 묘 옆에 자신의 묘를 나란히 가묘함으로써 모든 제도

---

32) 송기숙은 『은내골 기행』 후기에서 다음과 같이 말하고 있다. "배고픈 고통은 뼈를
저미는 것이라 그때 맺힌 원한은 쉽사리 가시지 않는다. 동족 간에는 그게 더할 것
같은데 우리는 지금 그런 무서운 원한을 쌓고 있는 중이다. 정말 큰 정치는 없는 것
인지, 이런저런 것 다 접어두고 주린 동포들부터 살려놓고 보자고 일 년치 식량쯤
듬뿍 실어 보내는 그런 정치는 못하는 것인지, 기왕 역사를 말하고 있는 대통령은
분단 50년사의 대단원을 그렇게 극적으로 한번 전환해보려는 큰 욕심은 못 갖는 것
인지, 분단현실을 붙잡고 씨름을 하다 보니 이런 꿈 같은 생각까지 해보게 된다."
송기숙, 『은내골 기행』, 앞의 책, 작가 후기.

와 이데올로기를 거부하고 있다. 이는 문중에서 내세우는 처녀로 죽으면 제사를 지낼 수 없다는 가부장적 이데올로기와 '소녀 빨치산'으로 활동했던 전적을 이유로 묘를 세울 수 없다는 반공 이데올로기에 대항하는 행위이다.

윤주에게 있어 할머니는 긍정적인 가치관을 지녔던 인물로 집안의 대소사를 이끌어 온 대모였기에, 그녀는 할머니가 내린 결정을 따르는 편이다. 하지만 그녀는 멥쌀에 난 새 발자국을 보고서 빨치산이었던 고모할머니가 '새'[33]로 환생했음을 주장하는 할머니의 행위는 전근대적인 주술적 세계관에 입각하고 있어 이해하기 힘들었다.

> 그런 말을 하는 사이 할머니가 새로운 모습으로 윤주 앞에 다가오고 있었다. 멥쌀에 역력한 흔적을 보았으면서도 제사니 오구굿이니 그런 것은 긴가민가 실감이 가지 않았지만, 죽어서도 안정을 못 찾고 중천에 떠돈다는 외로운 영혼들에 대한 할머니의 정성은 살아 있는 사람에 대한 태도와는 달리 가슴을 울렸다. 오구굿 같은 그런 굿이 허황한 것인지는 모르지만 허황한지도 모르기 때문에 옛날 친구뿐만 아니라 외로운 여러 영혼들에 대한 할머니의 그런 정성이 더 가슴을 울렸고, 누구도 쉽게 흉내 낼 수 없는 그런 일을 하는 할머니가 조모와 손녀라는 관계를 넘어 덩실한 타자의 모습으로 우뚝하게 다가오고 있었다.
>
> ─「성묘」, 『들국화 송이송이』, 113~114면

인용된 부분은 윤주가 과학적이고 합리적인 세계의 너머를 인정하게 되는 장면이다. 즉 과학의 힘으로 풀 수 없는 "도대체 알 수 없는 일"을 눈으로 확인한 후 윤주는 할머니의 세계를 인정하게 된다. 할머니는 "우

---

33) 송기숙의 작품에서는 '새'이미지가 많이 등장한다. 특히 분단 소설인 「갈머리 방울새」에서 방울새, 『은내골 기행』에서 파랑새, 「보리피리」에서 장끼는 주제를 강화하는 역할을 하고 있다.

리 귀신인지 남의 귀신인지 모르지마는 오죽이나 한이 맺혔으면 그렇게 험한 꼴을 드러내겠냐?"며 6·25전쟁 때 빨치산들이 항전하다가 몰살당한 곳을 찾아다니며 혼백의 천도를 축원해 왔다. 이리한 할머니의 세계는 냉전적 사고와 현실의 이념을 초월한 화해의 공간이다. 올리비에 르불에 의하면 "이데올로기를 주의나 신화, 종교적이거나 전통적인 모든 신앙으로부터 구분해주는 것은 바로 이 합리적 성격 때문이다. 즉 이데올로기는 근대적인 실체이며 18세기 말부터 과학적 생물학에 힘입어 발전해 왔기 때문"[34]에 과학의 힘으로 해석되지 않는 망자의 육성을 빌린 주술적 화해의 공간은 이데올로기가 존재하지 않는 공간이다.

윤주는 현실의 논리로는 "오구굿 같은 그런 굿이 허황된 것인지는 모르지만" 현실의 이념을 초월한 화해 가능성의 세계에서는 허황하기 때문에 더욱 더 "외로운 여러 영혼들에 대한 할머니의 그런 정성이" 가슴을 울릴 수 있을 것으로 본다. 이때 할머니가 원혼들을 위로하는 행위는 윤흥길의 「장마」에서 외할머니가 구렁이에게 해 주는 천도의식과 같은 의미를 지닌다. 할머니는 속신적 세계를 통해 불구적인 현실을 치유하는 상징적인 수단으로 해원과 진혼의 고사를 지내고 있던 것이다.

> "진밭등 자네는 이런 제례에 뱀뱀이가 밝은 사람인게 말이네마는, 여자 팔자라는 것이 무엇인가? 설거지는 마누라 차지더라고 죄 없는 죄인으로 왼갖 궂은 일은 다 하고 살지마는 살아서 족보에 이름이 적히는가, 죽어 상석이나 비석에 이름을 새기는가? 더구나 처녀로 죽은 이런 이는 그 알량한 법도대로는 제사도 못 받아먹어."
> 진밭등은 넋 나간 꼴로 한 눈은 한참 저쪽 공중에 띄우고 한 눈으로 할머니를 보고 있었다.
> "하찮은 짐승들도 닭은 울고 개는 짖으면서 저마다 숨 타고 난 제 깜냥껏 살다가 가네. 그이도 짧게 살다 터도 없이 갔네마는 옳든 글튼 그

---

34) 올리비에 르불, 앞의 책, 24면.

이 나름대로 자기가 작정한 자기 길을 가다가 죽은 사람이여. 나도 등
걸음칠 날이 코앞에 닥쳐오자 마음이 바쁘던 차에 대통령까지 북한을
다녀오고 이산가족도 만나고 이만치라도 시국이 풀리길래 이 일부터
했네. 이제 나는 오늘 죽어도 여한이 없네.”

— 「성묘」, 『들국화 송이송이』, 120면

윤주 할머니와 문중 김천주의 갈등은 가치관의 대립이며, 이데올로기
의 충돌이다. 국회의원이 되려고 하는 김천주에게 이데올로기는 큰 문제
이나, 윤주 할머니에게는 “대통령까지 북한을 다녀오고 이산가족도 만
날”만큼 이제 반공 이데올로기는 색이 바랜 무가치한 것이다. 김천주가
고모할머니에게 성묘할 수 없는 이유로 ‘빨갱이’이기 때문이라고 하자,
오히려 윤주 할머니는 그에게 “빨갱이든 흰갱이든 그런 색깔이라도 온전
하게 지녀봤”는지 반문한다. 이는 잘못된 분단 현실을 불러일으킨 폭력
적인 남성의 역사에 대한 뼈아픈 질책이며, 분단 현실의 고착된 구조를
과감하게 넘어서기 위한 탈 이념적 행위이다.

윤주 할머니는 분단 이전의 친구였던 시누이와 묘를 나란히 하여 민족
의 화해를 추구하고 있다. 윤주와 동생이 할머니와 고모할머니께 성묘하
는 행위는 두 개로 분단된 민족을 결합하는 의미가 된다. 여기서 윤주
할머니는 분단의 문제를 혈육의 차원에 그치지 않고 사회 전반으로 확산
시켜 사회화로 이끄는 윤리적 존재의 역할을 한다. 작가는 분단 극복의
가능성을 지식이나 이념을 넘어서서 양심이라는 윤리적 문제를 통해 해
결하고자 했던 것이다.

이상에서 살펴 본 바와 같이 작가는 분단 이데올로기의 허위성을 제기
한 후 이것의 치유와 극복의 방법으로 모성을 제시했다. 그는 「어떤 완
충지대」에서 여인이 모성의 발현으로 ‘사상의 깃발’을 거부했음을 형상
화했으며, 「어머니의 깃발」에서는 ‘사상의 깃발’이 사라지고 피속곳으로

상징되는 새로운 '생명의 깃발'을 휘날리며 공동체를 복원하고 분단 이데올로기의 치유 가능성을 모색했다. 작가는 여기서 그치지 않고 『은내골 기행』에서 6·25전쟁을 전후로 좌익이나 우익에 가담하여 서로에게 상처를 주었던 이념적 주체로 존재했던 남성들의 사라짐을 암시하여 분단 이데올로기의 종식을 주장하며, 「성묘」에서는 역사의 질곡에서 희생된 아픔을 공유한 여인들의 자매애[35]를 통해서 화해와 상생의 의미를 되새기고 민족의 통합을 염원했다.

작가는 분단으로 인한 시간의 흐름을 서사화하기 위하여 1960년대 후반에 발표된 「어떤 완충지대」에서는 모성의 전형이 젊은 여인으로, 1980년대, 90년대 펴낸 작품에서는 중년 여인으로, 2000년대에 쓰인 작품에서는 할머니로 형상화하는 치밀함을 보인다. 또한 인물의 묘사와 함께 다루는 소재도 1960년대 후반과 70년대에는 '간첩'을 모티프로 일상적 삶이 어떻게 왜곡되고 있는지를 보여주었다면, 1980년대에는 이산가족 문제를 구체적으로 형상화한다. 즉 「어머니의 깃발」에서는 남한에 함께 살고 있으면서도 만나지 못하는 이산가족의 문제를 다루고 있고, 「당제」에서는 남과 북에 헤어져 있는 가족의 문제를 형상화하여 고향이 수몰지구가 되어 북에 있는 자식이 찾아올 수 없는 현실을 그리고 있다.

이후 1990년대에 저술된 작품에서는 6·25전후 잉태된 젊은이들의 생애를 통해 분단현실의 굴절된 모습을 보여준다. 송기숙은 1993년 3월 10일 미전향 장기수였던 이인모의 북송 결정을 지켜보고, 비전향 사상범이라는 이름으로 43년 동안이나 감옥에 가둬 놨던 현실을 비통해 한다. 그리고 이를 계기로 『은내골 기행』을 발표하며, 여기서 이 같은 현실을 분단 40여 년 동안 지배 이데올로기로 작동되고 있는 반공이 통치의 공포 속에서 다져진 '슬픈 습성'이었다.[36]고 비판한다. 2002년에 씌어진 「성

---

35) 안혜련은 이들을 자매애(sisterhood)로 표현하고 있다.
   안혜련, 앞의 글, 임환모 엮음, 앞의 책, 294면.

묘」는 2000년에 있었던 남북 정상회담과 남북 이산가족 상봉을 모티프로 하고 있다. 이와 같이 송기숙의 시선은 언제나 현실의 문제를 직시했고, 이러한 현실을 개선하고 변혁하고자 역사적인 맥락에서 작품으로 구체화했다.

---

36) 송기숙, 『은내골 기행』, 앞의 책, 작가 후기.

제 4 장
근대화 이데올로기의 폭력성

1. 근대화 이데올로기의 인식 양상[1]

　송기숙은 1970년대 초까지의 작품을 통해 주로 분단으로 말미암은 사회의 구조적인 문제에 관심을 두고 분단 이데올로기의 허위성을 고발하고 비판했다. 그러나『자랏골의 비가』를 쓴 1970년대 중반부터는 근대화 이데올로기로 인해 야기된 성장 이데올로기의 모순과 폭력성을 농촌과 어촌, 그리고 도시 변두리의 모습과 인물을 소재로 하여 구체적으로 형상화하기 시작한다.

　1961년 군사쿠데타에 성공한 군부독재정권은 무엇보다 절실하던 당시의 경제문제를 가시적으로 해결하기 위해 자본과 기술, 그리고 시장까지

---

1) 본 절은 아래의 글을 참고하였다.
　박준식, 「1970, 80년대의 노동운동」, 강만길 엮음, 『한국사 이야기 : 자주・민주・통일을 향하여1』 20, 한길사, 1995, 95~129면 참조.
　이호철, 「1960~80년대의 농민운동」, 강만길 엮음, 『한국사 이야기 : 자주・민주・통일을 향하여1』 20, 한길사, 1995, 131~174면 참조.

도 해외에 의존하는 급속한 공업화를 서두를 수밖에 없었다. 이를 위해 일본과의 국교정상화 및 대규모 차관을 도입하였고, 수출지향적인 공업화 전략으로 선진국에서 차관으로 핵심기계와 원료를 들여다가 가공하여 다시 파는 '가공무역'이 중심적인 무역 형태로 자리 잡게 되었다. 그 결과 군부독재정권은 제1·2차 경제개발5개년계획을 통해 한국사회를 농업 중심의 사회에서 공업 중심의 사회로 이행시켰다. 즉 1960년대 이후 한국은 세계시장을 지향하는 산업화 전략을 취하였다. 이 같은 한국자본주의 전개과정에서 나타난 특성은 국가가 계획에 의해서 자본주의화를 가속화하는 정책들을 통해 한국경제의 기본적인 구조가 재편(再編)되었다는 점과 산업화를 통해서 한국사회의 근대화를 추구했다는 점이다.

여기에서 가장 핵심적인 이데올로기로 기능한 것이 발전 이데올로기였다.[2] 발전 이데올로기는 '경제제일', '수출입국' 등의 기치를 걸고, '하면 된다'는 식의 고지점령식으로 성장 정책을 밀어붙였다. 이 같은 성장 일변도의 정책은 '잘 살아보세 잘 살아보세 우리도 한번 잘 살아보세'라는 구호로 대변되었고, 그 과정 속에서의 비참한 노동 현실과 종속적 경제 발전의 본질은 은폐되었다. 발전 이데올로기가 막연한 형태로 제시했던 성장의 결과는 모든 사람들의 풍요라는 것이었다. 때문에 성장의 혜택이 특정한 개인이나 집단에 한정된 것이 아니고 모든 국민들에게 보편적으로 주어지게 되기 때문에 성장에 반대하거나 혹은 성장을 저해하는 요구나 행동은 '특수한' 집단의 이기적인 행위[3]로 다루어졌다.

군부독재정권은 경제개발정책을 군부독재의 자기 정당화를 위한 유일하고도 또한 최선의 정책으로 인식했기 때문에 경제발전정책은 한국사회의 사회 구조뿐만 아니라 의식구조 자체를 질적으로 변질시키는 결정

2) 신광영, 「경제와 노동 이데올로기」, 한국산업사회연구회 편, 『한국사회와 지배이데올로기』, 녹두, 1991, 97면.
3) 같은 글, 97~98면 참조.

적인 계기로 작동했다. 이를 위해 군부독재정권은 교육과 대중매체를 이용하여 이데올로기적으로 정책에 대한 자발적인 지지를 호소하는 대대적인 홍보와 동시에 강압적인 수단을 동원하여 경제개발 이데올로기를 새롭게 지배 이데올로기화하였다.4)

1970년대에 들어와 군부독재정권은 한편에서는 사회 전체의 안정을 해칠 만큼 심각한 수위에 도달한 농촌 문제를 완화하고, 다른 한편에서는 10월 유신과 영구집권에 필요한 대중동원을 위해 새마을 운동을 전개했다.5) 유신체제는 "10월 유신이라고 하는 것은 곧 새마을 운동이다. 새마을 운동이라고 하는 것은 곧 10월 유신이다."고 하면서 "새마을 운동을 국가시책의 최우선 과업으로 추진한다."6)고 역설했다. 결국 새마을 운동은 '유신 이념과 연결된 정치적 국민운동'7)이었다. 또한 새마을 운동의 여러 경제 사업은 독점기업의 장단기적 시장 확대와 국내자본조달 등과 관련이 있었고, 환경개선사업은 1960년대 말의 건설업 불황과 직접적인 관계가 있었다.8) 결국 그것은 대가 없는 농민노동을 강제로 동원하여 농촌의 사회간접자본을 건설하고, 그와 동시에 과잉 생산된 건축자재를 대량으로 소모하는 것을 목적으로 독점기업의 이익을 창출하는 것이 새마을 운동의 주요 사업 내용이었던 것이다. 더하여 새마을 운동은 근면·자조·협동이란 허구적인 이념을 내세워 농민의 빈곤과 농촌의 낙후가 바로 농민의 태만과 자립심·협동심의 부족 때문이라 선전하여 농정의 실패를 교묘히 은폐하였다.

---

4) 같은 글, 91면.
5) 박진도, 「현대사 다시 쓴다·이농과 도시화 : 급격한 산업화…남부여대(男負女戴) 무작정 서울로」, 『한국일보』, 1999. 8. 3. 14면.
6) 박진도·한도현, 「새마을운동과 유신체제 : 박정희 정권의 농촌 새마을운동을 중심으로」, 『당대비평』(통권47호), 1999, 49면, 65면.
7) 같은 글, 65면.
8) 한도현, 「국가권력의 농민통제와 동원정책─새마을운동을 중심으로」, 『한국농업·농민문제연구』2, 1989, 139~140면.

1970년대 말의 한국 자본주의는 심각한 위기 국면을 맞고 있었다. 즉 임금 상승과 중화학공업에의 집중 투자는 제2차 석유파동과 맞물려 심각한 위기를 초래했던 것이다. 이에 정부는 저임금구조를 회복하여 자본 축적기반을 안정화시키기 위해 중화학공업의 투자조정과 임금·농산물 가격의 강력한 통제에 기초한 경제안정화정책에 주력하였다. 이를 위해 '이중곡가제'가 폐기되고 추곡수매가 인상이 물가 인상의 주범이라는 인식 아래 동결되었으며, 조금이라도 부족한 기미가 보이는 농산물은 즉각 해외에서 수입해 들이는 정책을 실시하게 되었다. 외국 농산물의 대규모 수입은 저임금구조를 조장하여 노동운동을 고양시키는 결과뿐 아니라, 양파·마늘·돼지·소 등 거의 대부분의 농축산물 가격을 주기적으로 폭락시키는 원인이 되었다. 이 같은 저곡가 정책은 공장 노동자들의 생계비 압박을 덜어 저임금의 바탕이 되었을 뿐만 아니라, 농민들은 식량과 공업원료의 공급자라는 당연한 역할조차도 부정당하였다. 결과적으로 근대화가 진행된 후 60년대 후반부터 도시·농촌 간의 격차로 농촌에서 견디지 못한 농민들은 도시로 떠나 도시 빈민촌을 형성하였고, 오로지 공업 부분에 값싼 노동력의 공급자로서 순응하기만을 강요받았다.

이에 송기숙은 1970년대 농촌에서 도시로 '돈'을 벌기 위해 떠난 여성들을 주인공으로 그들의 삶을 통해 '여성'이 물신화9)되고 있는 원인을 근대화 이데올로기의 모순에서 찾고 이를 작품으로 구체화했다.

송기숙이 근대화 이데올로기를 소재로 쓴 작품을 시대 순으로 살펴보면 「영감은 불속으로」(1971), 「불패자」(1976), 「재수없는 금의환향」(1976), 「귀향하는 여인들」(1976), 『자랏골의 비가』(1977), 「가남약전」(1977. 9~11),

---

9) 물신화는 자본주의 사회에 있어서 모든 물품이 매매 대상이 되고 인간의 노동력과 그 외 여타의 능력도 상품화 되어져서 물건인 상품과 같은 성격을 가지게 됨에 따라 인간 간의 관계도 물(物)과 물(物)의 관계처럼 보이게 되는 경향을 말한다. 이 글에서는 물상화(物象化), 물화(物化)와 같은 의미로 본다.

「칠일야화」(1977), 「땅꾼의 꼭지」(1978), 「몽기미 풍경」(1978), 「뚱바우 영감」(1978), 「청개구리」(1979), 「낙화」(1979), 「당제」(1983), 「신농가월령가」(1985), 「고향 사람들」(1996), 「가라앉는 땅」(1996), 「꿈의 궁전」(2002) 등이 있다. 여기에 직접적으로 근대화 문제를 소재로 하지 않았을지라도 소작 쟁의를 소재로 지주와 소작인의 사회 구조적 문제를 고발하고 어촌의 실상을 보여주고 있는『암태도』(1981), 새마을 운동의 시범부락으로 선정되어, 이장이 담벼락에 미색의 페인트로 도색하려고 하자 매실 영감이 곡괭이로 담장을 헐어버렸던 「제7공화국」(1988), 권력에 의해 수탈당하고 있는 농민들의 삶이 여전히 변함없음을 형상화하고 있는『녹두장군』(1981. 8~1994. 1), 새마을 운동으로 농민에게 돌아온 혜택은 없고 모든 것을 법이라는 올가미로 묶어 감시하는『은내골 기행』(1996) 등이 있다.

송기숙은 유신체제가 주도했던 새마을 운동을 국가주의 정책의 표본으로 보았다.10) 그래서 근대화 이데올로기의 부정성을 드러내기 위한 서사화 전략으로 서사 공간을 농촌의 깊은 산골이나 '섬'으로 형상화하고 있다. 그는 '섬'이 산업화와 가장 먼 거리에 있는 공간이지만, 어촌에서도 전래적인 건전한 민중문화가 급격히 쇠퇴하고 그 자리에 소비적인 통속문화가 침투되고 있는 현실을 보여주고자 했다. 그러나 근대화 이데올로기의 모순과 폭력성을 비판하는 방식에는 차이가 있다. 즉 1970년대에 발표된 작품에서는 새마을 운동과 경제개발 5개년 계획이 실행되고 있는 현실을 묘사한 반면, 1980년 중반에 펴낸 작품에서는 새마을 운동으로 인하여 농어민들이 어떤 피해를 당하였는가에 초점을 맞추고 있다. 또한 1990년대와 2000년대에 쓰인 작품에서는 농민들이 고향을 상실하게 되는 양상을 '수몰지구'와 '골프장'을 소재로 하여 구체적으로 보여주고 있다. 이상의 작품에서 작가는 근대화 이데올로기의 문제를 농어민들

10) 송기숙, 「붉은악마와 국가주의 시비」, 『마을, 그 아름다운 공화국』, 화남, 2005, 61~62면.

의 삶을 구체적으로 묘사하여 보여줌으로써 그들이 지배 권력과 독점자본의 희생양이 되고 있음을 비판하고 있다.

송기숙의 근대화 이데올로기의 인식 양상과 이에 대한 형상화는 크게 두 가지로 나타난다. 첫째는 근대화 이데올로기의 추진에 따른 도시 변두리의 개발과 그 과정에서의 윤리의식의 부재와 '여성'의 물신화 현상을 묘사한 것으로「영감은 불속으로」,「불패자」,「귀향하는 여인들」,「몽기미 풍경」등이 있다. 둘째는 전도된 새마을 운동의 결과로 말미암아 농어촌 공동체가 붕괴되고, 오히려 고향을 상실하게 되는 현실을 비판하고 있는 작품으로「재수없는 금의환향」,「칠일야화」,「신농가월령가」,「가라앉는 땅」,「꿈의 궁전」등이 이에 해당된다.

2. 성장 이데올로기의 기만성

1) 부의 양극화 양상

오늘날 한국사회의 이데올로기들을 형성시키는 가장 중요한 물적 기반은 자본주의적 생산관계이다. 자본주의적 관계에서 형성되는 주요한 이데올로기들은 자본주의적 경제 질서를 가장 발달한 최후의 질서인 것으로 당연시하거나 정당화하고 있다. 즉 어느 특정 사회의 이데올로기에는 그 사회의 시대적 특성이 반영되고 있을 뿐만 아니라, 거기에는 그 사회의 발전과정과 수준에 따른 특성들을 반영11)한다는 점이다. 이에 따르면 유신체제는 반공주의 · 권위주의 · 성장주의라는 세 가지 이데올로기로 특징지을 수 있으며, 이에 의해 정권을 유지 · 지탱하였다고 볼 수

---

11) 한국산업사회연구회 편,『한국사회와 지배이데올로기』, 녹두, 1991, 34면.

있다. 이 세 가지의 이데올로기는 결국 냉전적 분단 상태를 구실로 한 폭력적이고 억압적인 권위주의 통치를 통해 자본주의적 근대화를 밀어 붙이려는 지배 블록의 의도된 표현이기도 하였다.[12]

그런 점에서 70년대 사회의 자본주의적 근대화는 분단을 이용한 혹은 분단과 유기적으로 결합된 자본주의적 근대화였다. 또한 '한강의 기적'이라는 말을 들을 정도로 고도의 성장을 이루었지만, 다른 한편으로는 윤리의식의 부재와 사물화의 진전에 따르는 자본주의적 근대화의 역기능을 더욱 극대화시켰다. 이에 대해 송기숙은 「영감은 불속으로」와 「불패자」를 통해서 근대화의 역기능인 맹목적 사물화와 '부의 양극화'된 모습을 형상화하고 이에 의한 공동체의 붕괴를 고발하고 비판한다.

「영감은 불속으로」[13]는 고등학교 선생인 나의 시선으로 K대학교 부지 분규사건의 희생자인 영감의 삶을 묘사하고 있다. 나의 관찰자적 시점에서 보면 영감과 윤 총장은 이분법적 선과 악의 전형적인 인물이다. 중도적 인물인 나는 윤 총장이 운영하는 재단의 고등학교 선생으로 월급도 제때에 받지 못하며, 대학교 부지분규사건에 강제로 동원되는 피해자이다. 또한 영감에게는 같은 고향으로 학창시절 그에게 두 번의 빚이 있다. 하나는 6·25전쟁 때 함께 야경을 서면서 영감의 고구마를 훔쳐 먹었던 일이며, 다른 하나는 영감의 닭을 친구들과 서리했던 일이다. 그리고 부지분규사건으로 영감에게 세 번째 빚을 지게 되어 '나'는 가해자의 모습으로 영감 앞에 나타나게 된다. 하지만 영감은 내가 가해자인 것을 모른다.

나는 등·하교 때마다 자신의 부지를 빼앗기지 않으려고 처절한 싸움

---

12) 임현진·송호근, 「박정희 체제의 지배이데올로기」, 『한국정치의 지배이데올로기와 대항이데올로기』, 역사비평사, 1994 참조.
13) 「영감은 불속으로」는 『월간문학』(1971. 3, 통권4권 3호)에 처음 「영감님 빠이빠이」로 발표했다가, 작품집 『백의민족』(1972)에 수록할 때 결말 부분을 수정하여 제목을 바꾸었다.

을 하고 있는 영감을 보면서 자꾸 눈길을 피하게 된다. 영감은 마치 "그의 인생이 폭삭 한 무더기 원한으로 잦아들어, 그 원한을 내쏘는 것 같은 독기어린 눈초리"로 나를 보고 있다. 나는 내가 훔쳐 먹은 군고구마 두 개 때문에 영감이 추운 밤에 더욱 초췌해 보였던 모습과 닭 두 마리를 서리 맞은 후 짐승처럼 절망적으로 울부짖었던 옛날을 회상한다. 그렇게 자신이 가지고 있는 것들을 하나 둘씩 잃었던 영감은 도시에 나와서도 자신의 보금자리인 집을 윤 총장에게 빼앗길 처지에 놓여있는 것이다.

　그는 무슨 일에나 이렇게 <국가백년대계>니, <신성한 육영사업> 따위 그럴사한 언어들을 친위대처럼 거느리고 다니면서, 나 아니고 애국하는 놈 누가 있느냐는 위세로 설쳤다.
　그런 배짱이 부지 분규 사건에도 제대로 나타났다. 어린애들 땅뺏기 놀이에도 규칙이 있는 법인데, 이건 처음부터 어거지였다. 여기서 여기까지라고 남의 땅에다 꽝꽝 말둑을 박아 놓고 땅 임자들에게 예의 국가백년대계의 몽둥이를 들이댄 것이다. 땅 임자들이 콧방귀를 뀐 것은 두말 할 것도 없다.
　「그래, 어디 이게 말 사촌이나 되는 소리여? 육 이오 직후에 놓았던 값이 십년후에도 그대로니, 이건 숫제 그냥 뺏자는 배짱이 아니고 뭐야. 제나 내나 맨× 찼던 놈이 오년만에 오층, 육층 건물 올린 걸 빤히 눈 뜨고 보고 있는데, 신성한 육영사업? 흥, 열녀전 끼고 서방질도 유분수지, 누굴 그냥 핫바지로 아나?」
　그러나 총장은, 되려 자기쪽에서 팔테면 팔고 말테면 말라는 배짱으로 나왔다. 십여 대의 불도저를, 땅 임자들의 시퍼런 서슬 앞에 들이대고 논둑 밭둑을 툭툭 깔아 뭉갠 것이다. 땅임자들은 발을 구르며, 날 죽이라고 불도저 앞에 벌렁 나자빠져 딩굴기까지 했지만 총장은 왼눈 하나 깜짝하지 않았다.
　「여기 대학이 서니까, 땅 몇 뙈기 가지고 한 몫 보겠다는 네놈들 배짱에 넘어 갈 이 윤××이가 아니다. 전에는 여기가 개가 똥도 안 누던

비럭박토가 아니냐? 국가 백년 대계를 위한 신성한 육영사업을 기화로
돈벌이 하려드는 놈들은 빨갱이 보다 더 악질이다. 어디 한번 나서 봐
라. 이 중에는 틀림없이 빨갱이의 사주를 받은 김일성의 간첩이 있다.
내 결단코 추려내서 처넣고 말겠다.」

　　이렇게 얼러대면서, 불도저 앞에 딩구는 사람들의 멱살을 잡아 팽개
치고, 기어이 다 뭉개버렸다.

―「영감은 불속으로」, 『백의민족』, 120∼121면

　　서술자인 나의 시선에 비친 윤 총장14)은 재단을 통해 대학교와 고등
학교 등을 합쳐 아홉 개의 학교를 거느리고 있으면서도 교사들의 봉급을
여덟 달째 주지 않고 있다. 그러면서 그는 그 중 한 달 치의 봉급을 주면
서 "국가 백년대계, 민족중흥, 역사적인 사명"을 위해 이 정도의 고생은
감수해야 한다고 말한다. 또한 총장의 독재와 횡포를 규탄하는 교수와
학생들을 빨갱이로 몰아 파면·제적 시키는 행위는 당시 권력의 전형적
인 모습이다. 윤 총장은 돈을 풀어 체육과 학생들을 비롯한 시내 깡패들
을 매수하여 민의대를 결성한다. 그리고 그는 이들과 고등학교 학생들까
지 동원하여 저항하는 토지 소유자들에게 폭력을 행사하는 행위까지도
"국가 백년대계를 위한 신성한 육영사업을 기회로 돈벌이 하려드는 빨갱
이"로부터 나라를 지키는 애국적인 행위라는 명분을 내세워 정당화한다.

　　그는 영감과 같은 토지 소유자들의 분규 행위를 "소유권을 보장한 민
주국가의 신성한 법률을 악용해서 치부를 하려 드는 빨갱이보다 더 악
질"이라면서 자신의 권력을 신성한 것의 기반 위에 올려놓는다. 이는
"권력의 담화"15)로, 작가는 권력자인 윤 총장의 담화를 통해 군부독재정

---

14) 초간본인 「영감님 빠이빠이」에서는 사학재단의 총장이 '박 총장'이었으나, 작품집 『백
　의민족』에서는 '윤 총장'으로 바뀌었다.

15) 올리비에 르불은 "권력이 '신성한 것'의 물리적 양상이라면, 이데올로기는 그것의
　규범적 양상"으로 권력과 이데올로기가 별개의 것이 아니라 동일한 하나라고 말한
　다. 그래서 권력의 담화가 이데올로기이며, 담화의 차원에서 포착된 권력의 양상이

권의 국민교육헌장의 문제점을 제기하고, 교육 이데올로기를 비판한다. 이처럼 70년대 성장 이데올로기는 "그럴싸한 언어들을 친위대처럼 거느리고 다니며" 민주적인 절차를 무시한 '어거지'였다.

작가는 윤 총장과 영감의 관계를 통해서 자본주의적 착취의 '구조적' 성격에 대한 예리한 통찰력을 보여준다. 그는 윤 총장이 부서진 집에 휘발유를 끼얹어 불을 지르자 영감이 짐승 같은 비명을 지르며 불속으로 뛰어들게 함으로써, 계급적 적대 관계의 화해 불가능성을 날카롭게 지적한다. 또한 결말 부분에 차용한 '소크라테스의 닭 이야기'모티프를 통해 윤리적인 삶을 추구했던 영감과 소크라테스의 죽음을 동일시하여 비윤리적인 사회 구조를 비판한다. 위와 같이 송기숙 작품의 주인공들은 어려운 상대와 대항에서 무조건 불복하거나 피하기보다는 맞서 싸운다. 외적 상황을 자신의 힘으로 돌파할 수 없을 때에는 영감처럼 스스로 목숨을 끊는 자기 파괴의 극단성을 보일지라도 그들은 패배의 수락을 표명하지 않는다.

「불패자」는 머슈룸 연구소에 다니는 광호의 시선으로 도시 변두리가 개발되면서 나타나는 문제점을 지적하고 있다. 소설은 광호의 시선에 의해 악발 영감과 장 사장이라는 선악의 선명한 이분법적 대립을 기본 구도로 하고 있다. 가해자의 편에 선 장 사장은 악이고 피해자의 편에 선 악발 영감은 선이라는 윤리적 판단이 작품 전체를 지배하고 있는 것이다. 악발 영감은 원칙을 지키며 살아가는 사람으로 불의를 보면 참지 못하는 인물이다. 그는 '꼬장꼬장한 성깔로 눙치고 꿍기는 일이라고는 없이 그냥 까놓고 대쪽같이 따지는' 악발을 가진 영감이다. 이런 이유로 자신은 절대 패하지 않을 '불패자'라고 생각한다. 불패자인 그는 '불꽃표' 연탄 공장의 장 사장이 땅을 사서 어마어마한 저택을 신축하며 자신과

이데올로기이다.
올리비에 르불, 앞의 책, 280면.

광호의 집에 피해를 주자 자신이 나서서 광호에게 한 가지 제안을 한다.

> 「임박사, 이제 저 자식을 도저이 가만둘 수가 없소. 사람을 사람으로 보지 않는 놈을 그냥 둬야 되겠소? 어떻소? 임박사! 저 자식 저기다 집을 못 짓게 할 방도가 하나 있는데 임박사도 한몫 거들지 않겠소?」
> 영감은 광호의 의견을 묻는다기보다, 무엇을 어떻게 거들라는지는 모르지만, 거들지 않으면 광호부터 가만두지 않겠다는 서슬이었다.
>
> ― 「불패자」, 『도깨비 잔치』, 226면

「불패자」는 1970년대 도시 변두리에서 근대화로 인하여 발생하고 있는 천민자본주의의 전형을 보여주는 작품이다. 장 사장은 자본 축적의 욕망에 사로잡힌 전형적인 인물로 1970년대 도시 변두리의 성장 이데올로기의 허구와 실상을 적나라하게 보여준다. 그는 어린 시절 자전거 '빵꾸 나오시'를 하며 어렵게 살았으나, 재산 축적을 위해서라면 온갖 부당한 수단과 방법을 가리지 않으며 연탄공장 사장이 되었다. 장 사장은 자기 때문에 다른 사람들이 피해를 보는 일에는 전혀 관심이나 죄책감도 없으며, 오로지 자기 이익만을 추구하고 악발 영감이 사정을 해도 들어주지 않는다. 그래서 악발 영감은 장 사장에게 계약상의 잘못을 들어 위약금을 물어주고 계약을 해지하려 한다.

> 「돈만 내면 일은 내가 책임지고 하리라. 만약에 그렇게 높이 땅을 돋운 위에 이층이 올라앉아 보시오. 집값이 오만원이 아니라 오십만원은 떨어집니다. 하여간, 저 작자 하는 소알탱이 보면 오기로라도 그쯤 못하겠소?」
> 광호는 고개를 끄덕였으나, 악발 영감은 침을 튀기며 계속했다.
> 「임박사! 내가 하자는 일이 경우에 한치라도 틀린 일입니까? 내가 복덕방을 해먹고 살긴 합니다만 그래도 경우 하나 가지고 세상을 사는 사

람이요. 그 똥돼지 같은 놈 하는 짓에 대면 우리가 하는 일은 경오에
백번 옳고, 법률적으로도 걸릴 데가 없는 일이요. 임박사! 언제 내가 경
오에 틀린 짓 하는 것 보았소?」

—「불패자」, 『도깨비 잔치』, 227면

악발 영감은 성장 이데올로기가 잠식해 오는 도시 변두리에서 사라져
가는 '공동체 의식'과 '윤리의식'을 지키기 위해 안간힘을 쓴다. 그는 장
사장처럼 사람으로서 마땅히 지켜야 할 도리를 행하지 않는 '경오' 없는
인물을 싫어한다. 그래서 악발 영감은 장 사장에게 위약금을 물어주고
계약을 해지한 후 다른 사람에게 더 좋은 조건으로 땅을 팔았다. 하지만
작가는 건전한 도덕성을 지니고 살아가는 사람들이 성장 이데올로기로
점철된 개발독재시대에 살아가기 어려움을 보여주기 위해 반전의 상황
을 연출한다. 그것은 악발 영감 덕분에 변두리 마을에 쨍하고 볕이 들게
되었다며 주민들이 모여 술잔을 들고 즐거워하는 상황에, 장 사장의 집
을 공사하는 감독과 공사 차량이 등장하는 아이러니컬한 상황이 전개되
는 것이다. 작가는 '불패자'라는 제목과 달리 악발 영감이 패하는 상황을
형상화하여 '그렇게 살면 안 되는데!' 하는 안타까움과, 정직하게 살려고
하는 선량한 사람이 자본 앞에서 늘 패배하게 되는 자본주의적 속성을
동시에 보여주고 있다.

이상에서 살펴 본 바와 같이 「영감은 불속으로」에서는 K대학교 부지
분규사건의 희생자인 영감의 삶을 통해 맹목적 사물화를 지향하는 자본
주의적 착취의 구조적 성격을 보여주고 있다. 그리고 「불패자」에서는 건
전한 사고와 행위를 중시하는 악발 영감이 자본 축적의 욕망에 사로잡힌
천민자본주의의 전형인 장 사장에게 패하는 과정을 통해서 도시 변두리
가 개발되면서 나타나는 문제점을 구체화했다. 송기숙은 「영감은 불속으
로」에서 고등학교 선생인 나의 시선을 통해 영감과 윤 총장의 대립을 보

여줌으로써 부의 양극화 양상을 극명하게 보여준다. 그는 성장의 혜택이 모든 국민에게 보편적으로 주어지지 않고 특정 집단의 폭력적이고 이기적인 행위로 말미암아 부가 집중되고 있음을 윤 총장의 모습을 통해서 사실적으로 묘사했다. 또한 결말에서 윤 총장이 부서진 집에 휘발유를 끼얹어 불을 지르자 영감이 스스로 목숨을 끊는 자기 파괴의 극단성을 보일지라도 패배를 수락하지 않음으로써 성장 이데올로기의 기만성을 폭로하고 있다.

송기숙은 「영감은 불속으로」에서와 마찬가지로 「불패자」에서 서술자의 관찰자적 시점으로 악발 영감과 장 사장의 대립을 보여줌으로써 공동체 의식과 윤리의식이 부재한 성장 이데올로기의 역기능을 비판한다. 동시에 재산 축적을 위해서라면 수단과 방법을 가리지 않는 장 사장과 원칙을 지키며 불의를 보면 참지 못하는 대쪽 같은 악발 영감의 대결에서 장 사장이 승리하게 함으로써 자본주의의 속성인 맹목적인 사물화 현상과 이에 의한 부의 양극화 양상을 극명하게 보여주고 있다.

2) 여성의 물신화

송기숙이 「영감은 불속으로」와 「불패자」에서 윤리의식이 부재한 현실과 부의 양극화를 통해 성장 이데올로기의 폭력성을 비판했다면, 「귀향하는 여인들」과 「몽기미 풍경」을 통해서는 사회의 구조적 모순과 윤리의식의 결함으로 여성이 물신화되는 상황을 형상화했다.

「귀향하는 여인들」에서 여인들은 제목과 달리 '귀향'하지 못하는 아이러니적 국면이 전개된다. 새마을 운동이 본격적으로 진행되는 과정에서 매매춘은 외화벌이를 위한 국책 사업으로 진행되었다. 유신체제는 1973년부터 관광 기생들에게 허가증을 주어 호텔 출입을 자유롭게 했고, 통행금지에 관계없이 영업을 할 수 있도록 한 것이다. 또한 유신체제는 여행사들로 하여금 '기생 관광'을 해외에 선전하게 했을 뿐만 아니라, 문교부 장관은 1973년 6월 매매춘을 여성들의 애국적 행위로 장려하는 발언까지 하였다.16) 그는 매매춘을 하는 여성들을 '외화를 버는 애국자들' 또는 '민간 외교관'17)이라고 칭송했던 것이다.

송기숙은 새마을 운동 과정에서 가장 피해를 보는 인물로 '이촌향도'한 여성들을 형상화하고 있다. 그녀들은 『자랏골의 비가』의 '춘자', 「몽기미 풍경」의 '남분', 「귀향하는 여인들」의 '정호영씨 딸'처럼 자본주의적 근대화로 피폐해진 농어촌을 떠나 돈을 벌기 위해 도시로 나갔지만, 마땅한 일자리가 없어 개인적으로는 '가장 더러운' 그러나 국가를 위해서는 '애국자'가 되는 아이러니컬한 삶을 살게 된다.

> 「환향(還鄕)이란 물론 고향에 돌아온다는 말인데, 이런 경우의 환향이 누구에게나 금의환향(錦衣還鄕)이 될 수는 없었겠지만, 그 여자들은 그냥 단순한 환향이 아니라 바로 돌아오는 그 자체가 죄가 되어 버리는 <환향년>이었던 거야. 왜놈들한테 짓밟혀 험하게 더럽혀진 몸뚱이를 이끌고 돌아오는 화냥년의 기막힌 환향이었어.」
> 「아 그렇군!」
> 성호는 길게 탄성을 지르며 아가씨 쪽으로 눈이 갔다.
> 아가씨는 아까부터 이야기에 귀를 기울이고 있었고 방금 그 말에도 상당히 충격을 받은 눈치였다.
> 그러나 성호의 눈이 자기쪽으로 가는 것을 의식하자 좀 방심했던 자기 표정을 얼른 도사리는 것이었다.
> 어디 부끄러운 데라도 잘못 내 보였다가 찔끔하는 표정이었다.
>
> ―「귀향하는 여인들」, 『재수없는 금의환향』, 130면

16) 이효재, 『한국의 여성운동 : 어제와 오늘』, 정우사, 1996, 182면, 251면 참조.
17) 정희진, 「죽어야 사는 여성들의 인권 : 한국 기지촌 여성운동사, 1986~1998」, 한국여성의전화연합 엮음, 『한국여성인권운동사』, 한울아카데미, 1999, 307~308면.

「귀향하는 여인들」은 신문사 기자인 성호의 시점으로 유신체제의 현대판 '환향녀'들의 문제점을 지적하고 있다. 여기서 '환향'이란 고향에 돌아온다는 뜻으로 '환향녀'라는 하나의 기표를 외재적 의미로 해석했을 때는 '귀향하는 여인'이 된다. 하지만 임진왜란과 병자호란이라는 역사적 사건을 차용하면 '환향녀'라는 기표는 아이러니컬하게도 '고향에 돌아오지 못하는 여인'의 기의를 내포한다. 성호 일행이 발화한 '환향녀'라는 기표가 '정호영씨 딸'에게 전달되는 순간 두 개의 기의가 된다. 하나는 성호 일행이 이야기하고 있듯이 과거 역사 속의 '환향녀'가 되지만, 또 다른 하나는 주민등록증을 갱신하기 위해 현재 '환향'하고 있는 '정호영씨 딸'을 의미할 수 있다. 결국 '정호영씨 딸'도 고향에 돌아가고 싶지만 돌아갈 수 없는 현대판 '환향녀'였던 것이다. 이처럼 작가는 성호 일행의 대화를 매개로 '정호영씨 딸'이 '기막힌 환향'을 하고 있음을 보여주고 있다.

임진왜란과 병자호란 등의 전란에서는 물론 산업화 과정의 한 단면인 새마을 운동으로 가장 피해를 당한 계층이 사회적 약자인 여성이었다. 임진왜란과 병자호란은 여성의 정조 문제를 심각한 사회 문제로 대두시켰다. 이른바 환향녀(還鄕女)는 국가가 그녀들을 지키지 못해 발생한 시대의 희생자였음에도 불구하고 왕조와 집권 사대부는 그녀들에게 사죄하기는커녕 모든 책임을 그들에게 떠넘겨 자살을 강요했던 것이다. 물론 지배계층의 안전과 이익을 지키기 위해서였다.18) 과거 어느 시대에나 사회가 불안할수록 사회적 약자였던 여성들의 자결은 그녀들의 주체적인 행동이기보다는 권력을 가진 자들이 조장한 '정절 이데올로기'에 의한 타살이었다. 하지만 국가 권력은 가족의 안위와 남편의 명예를 위해 타향에서 귀향하지도 못하고 불귀의 객이 된 여인들에게 '열녀'라는 이데

---

18) 최문정, 『임진록 연구 : 한일역사군담소설연구 1』, 박이정, 2001, 141~143면.

올로기로 포장해 버린다.

　정호영은 4년 전에 돈을 벌기 위해 도시로 나간 딸이 보내 준 돈으로 생활하던 중에 염전 소유권 관계로 재판이 있어 광주에 증인으로 오게 된다. 정호영과 함께 온 섬사람들은 염전 주인 조카가 이끄는 대로 기생 집에 오게 되었고, 이곳에서 정호영과 그의 딸은 대면하게 된다.

　　　그때 진양이 왔다. 아까처럼 문턱 밖에서 안에다 나풋이 고개를 숙였다.
　　　「진양아, 어서 온나. 너 때문에 몸 다는 양반이 한분 계신다. 궁합까지 색골로 천생연분이란다.」
　　　섬사람들이 술이 거나해서 낯짝통에 있는 구멍새라고는 있는대로 다 열어놓고 절하는 진양을 건너다 보고 있었다. 진양이 뭐라 쫑알거리며 고개를 드는 순간이었다.
　　　「어머!」
　　　진양은 주발같은 눈으로 정 호영씨를 건너다 보다가 그대로 그 자리에 픽 주저 앉았다. 보리자루처럼 무너져 앉았다가 얼굴을 싸쥐고 흐느끼며 달아났다. 사람들은 고장난 영화장면처럼 한참 굳어있었다.

　　　　　　　　　　　─「귀향하는 여인들」, 『재수없는 금의환향』, 143~144면

　정호영은 기생집에서 여인을 품고자 생각했으나 막상 자신의 상대가 친 딸이었기 때문에 충격을 받았고, 딸이 고향으로 돌아오지 못하도록 '곡괭이'를 들고 지키고 있다. 송기숙이 정호영과 그의 딸의 극단적인 상봉을 통해서 드러내고자 하는 것은 바로 이런 '내 마누라만 말고 세상 여자들이 몽땅 바람이 나 주었으면'하는 이중적인 남성들의 고약한 에고이즘에 대한 반성이며, 성장 이데올로기에 사로 잡혀 매매춘을 여성들의 애국적 행위로 장려하고 있는 국가 정책에 대한 날카로운 비판이었다. 이데올로그들은 권력에서 비롯되는 모든 사회 문제를 개인의 잘못으로

원인지우며 교묘하게 교화시키는 역할을 한다. 또한 이데올로그들은 지배 구조의 이데올로기의 내적 속성은 은폐하고 그들의 현 상황을 스스로 선택한 사적인 비윤리적인 성품 탓으로 돌려버린다.

그러나 송기숙은 '정절 이데올로기'가 고려 시대나 조선 시대에만 존재했던 것이 아니라 '지금 여기'에서도 존재하고 있음을 보여주고, '정호영씨 딸'이 창녀가 될 수밖에 없는 원인을 사회 구조에서 찾고 있다. 즉 송기숙은 '정호영씨 딸'을 그의 현실 인식을 담아낸 문제적 인물로 묘사하고, 이를 통해 국가 차원에서 여성의 성을 상품화하고 있는 당대 사회의 실상을 고발하고 있는 것이다.

작가는 비참한 시대를 살아가고 있는『자랏골의 비가』의 '춘자'와「귀향하는 여인들」의 '정호영씨 딸'을 통해 비극적 사건의 원인이 사회의 구조적 모순에 있음을 비판하면서, 동시에「몽기미 풍경」에서는 남분이의 비윤리적인 모습을 묘사하여 자본주의적 근대화로 말미암아 빚어진 물신화 양상을 형상화했다.

「어이구. 칵 막혔구만. 서울 헛 살았어. 깔깔.」
「아니, 무슨 소리를 하고 있는 거야?」
「손에다 쥐어 모셔야 알겠구만. 술주전자 운전이란 말이야. 술주전자! 깔깔.」
「그러니까…….」
순자는 그제야 웃물이 도는 표정으로 눈을 거슴츠레 하게 떴다.
「어때? 서울서야 돈만 벌면 그만이지 지금 서울에 술 따르는 여자가 몇 만명인 줄 알아? 그것도 당당한 직업이야. 그 사이에 식순이 공순이 다 겪어 봤는데 그게 다 남의 종살이 밖에 안되더라구. 몸뚱이 도사리고 더런 새끼들 밑에 구박 받으며 붙박혀 하루 종일 뼛물 짜내 봐야 하루벌이가 그게 얼마야? 아랫도리 잘 건사했다구 서울시장이 무슨 품행 표창하는 것도 아니고 서울서 사람값은 그저 돈으로 쳐지고 있더라구.

국장이 과장보다 월급이 많고 급사보다 서기가 월급이 많은 것은 그만
치 층하 가려 사람 대접을 달리 하는게 아니고 뭐야?」
　　남분이는 조금도 스스럼이 없었다.

—「몽기미 풍경」, 『재수없는 금의환향』, 57면

　순자는 구정을 맞이해 귀향하는 기차에서 고향 후배인 남분이를 만난
다. 남분이는 상경 초기에는 식모살이와 공장 생활을 했으나 정당한 대
우를 받지 못하는 환경이 '종살이'같이 느껴져 지금은 '술주전자 운전'을
하고 있다. 그녀의 월수입은 고향 몽기미 한 가구의 연 수입과 맞먹는
'십이만 원'이며, 그녀는 고향의 부모와 동생들을 위해 돈을 보내주고 옷
도 사서 보내주며, 여름에는 바캉스도 간다. 그녀는 순결을 지킨다고 해
서 '품행 표창'을 받는 것도 아니며, 오히려 술 따르는 행위도 "당당한
직업"이라고 말한다. 그리고 "서울서 사람값은 그저 돈으로 처지고 있
다."고 물신화된 현실을 구체적으로 밝히고 있다. 남분이는 자본주의 체
제로 변화하는 과정에서 여성의 삶의 질곡과 성을 상품화하는 여성상을
보여주는 전형적인 인물이다. 그녀는 윤리적 가치관을 상실한 채 물질적
가치관에 의해 지배되는 사회현실의 상황을 반영하고 있으며, 이러한 부
정적 사회현실로 인하여 자아 정체성을 상실하게 된 것이다.
　그런데 작가는 시대적 의미를 함축하기 위한 서사전략으로 사회의 부
정적 현실에 대한 비판의식과 사회개혁 의지를 지닌 긍정적 인물인 순자
의 시선을 통해 남분이가 도시에서 물신화되는 과정을 보여줌으로써, 남
분이가 그렇게 살 수밖에 없는 책임이 사회에 있음을 비판한다. 그는 비
윤리적이고 부정적 가치를 지닌 인물인 남분이를 통해서 근대화와 더불
어 도래한 자본주의 사회가 극도의 물신 숭배적 가치관과 논리를 강조하
여, 내면의 진실함과 순수함을 잃게 하는 인간성 상실의 시대라고 진단
하고 있다.

 이상에서 살펴본 바와 같이 「귀향하는 여인들」에서는 기생집에서 아버지와 딸이 대면하는 장면을 묘사하여 성장 이데올로기에 사로 잡혀 매매춘을 여성들의 애국적 행위로 장려하고 있는 국가 정책에 대한 신랄한 비판을 했다면, 「몽기미 풍경」에서는 '이촌향도'한 남분이를 통해서 여성들이 물신화될 수밖에 없는 현실을 구체적으로 형상화한다. 송기숙은 「귀향하는 여인들」에서 '정호영씨 딸'이 주민등록증을 갱신하기 위해 고향에 갈 수밖에 없었고, 결말에 죽게 된 것도 주민등록증 제도라는 통제적 국가정책에 있음을 보여주고 있다. 그녀가 고향에 가서 아버지와 대면하는 행위는 죽음보다 싫지만, 기생으로 살아가기 위해서는 주민등록증이 필요했기 때문에 그녀는 귀향을 선택했던 것이다. 결국 그녀는 고향으로 가는 징검다리를 건너다가 돈이 든 핸드백을 손에 움켜쥔 채 죽음으로써 '귀향하지 못하는 여인'이 된다.

 송기숙은 「몽기미 풍경」에서 남분이가 당당하게 자신의 직업이 '술주전자 운전'이라고 밝히는 행위를 통해서 윤리적 가치관의 변화를 그려내고 있다. 남분이는 도시로 상경한 여성들이 식모살이, 공장 생활 등을 겪은 후 물신화되는 과정을 보여주는 전형적인 인물로 작가는 그녀를 통해서 성장 이데올로기의 그늘진 부분을 사실적으로 표현했다. 남분이가 식모살이와 공장 생활을 하면서 정당한 대우를 받지 못함을 기술하여 고용주에게 착취당하고 있는 독점적 자본주의의 현실과, '술주전자 운전'을 하면서 버는 월수입과 고향 몽기미의 한 가구 연수입이 동일함을 묘사함으로써 성장 이데올로기의 기만성을 폭로했다. 이렇듯 송기숙은 「귀향하는 여인들」에서 '정호영씨 딸'과 「몽기미 풍경」에서 남분이를 통해 여성의 물신화를 요구하는 사회·경제적 구조를 비판하고 있다.

3. 농촌 근대화의 허구성

1) 전도된 새마을 운동

송기숙의 문학적 관심은 거의 언제나 농촌[19] 현실과 그 속에서 힘겹게 살아가는 농민들의 절박한 삶과 연결되어 있다. 그에게 농촌의 가난은 가슴을 저미는 고통으로 다가오지만 그가 그려내는 농민들은 건강성을 잃지 않고 있다. 그들은 '생판 무식한 시골 무지렁이 농투산이'들이지만 천도(天道)를 믿고 있으며, 땅에 뿌리를 둔 농민계층의 잠재된 힘과 올곧은 의식을 간직하고 있는 동학의 후예요, 의병의 후손들이다. 이에 송기숙은 그의 작품을 통해 동학농민운동과 의병운동에서 휘황하게 빛났던 농민계층의 힘과 올곧은 의식이 지난 역사의 과정 속에서 어떻게 계승되고 발현되었던가를 점검하여 당대 농촌 현실의 타개 방향을 제시[20]하고자 했다.

「재수없는 금의환향」은 자본주의 근대화의 전형적인 인물인 복만이의 귀향을 형상화해서, 군인 이순신의 동상을 세우는 대신 오히려 시골 무지렁이 농투산이들이 맨손으로 나라를 위해 싸우다 죽어간 화약골 의병들을 위한 의병비[21]를 세움으로써, 유신체제가 만든 국가주의 잔재가 여러 가지 모습으로 우리 사회의 뿌리 깊은 곳까지 깊숙이 침투해 있음을 폭로하고 있다. 「재수없는 금의환향」은 작품의 제목부터 말의 아이러니를 보여준다. '금의환향'의 사전적인 뜻은 '비단옷을 입고 고향에 돌아온

---

19) 송기숙은 어촌과 농촌을 구별하지 않고 사용하고 있다. 이는 우리나라 어촌의 특성상 농업과 어업을 함께하는 주민이 다수였기 때문이다. 이 글에서도 농민과 어민, 농협과 수협을 같은 개념으로 보기로 한다.
20) 김윤식·정호웅, 『한국소설사』, 문학동네, 2000, 425면.
21) 송기숙은 「어느 여름날」(1973)에서 수중구조요원인 원계장을 통해서 의병(굴) 모티프를 삽입한다. 이후 「재수없는 금의환향」, 「당제」에서 의병굴, 의병비, 「귀향하는 여인들」, 「몽기미 풍경」, 「뚱바우 영감」, 『오월의 미소』에서 의병비로 나타난다.

다.'이며, 출세를 하여 고향에 돌아옴을 비유적으로 이르는 말인데, 이러한 금의환향이 재수 없다고 함으로써 복만이의 금의환향이 물거품이 되는 아이러니컬한 상황을 보여준다. 복만이는 금의환향을 꿈꾸며 자가용을 타고 고향에 오는데, 하필이면 마을 입구에서 차가 고장 나서 오히려 친구들의 놀림을 받는다.

> 「복만이, 이 싹퉁머리 쪼그라진 놈 듣거라. 그래 한 병에 이 만원이나 하는 양주는 촌놈 쐬주 마시대끼 퍼마시는 놈이 새말회관 하고 의병비 세우는디 기부금 허란께는 양주 반 병 값을 돈이라고 내 놨다냐? 이 죽일놈아 이놈아, 니놈 양주 한 병이 촌놈덜 쐬주 한병하고 그대로 맞먹을 것이니 그 계산으로 치면 단돈 오십원이다. 이놈아, 요새 시골 여편네들이 사돈네 집에 부조가는데도 오백원짜리 한 장 안내놓고는 얼굴 뜨거 하는디, 그래 단돈 오십 원을 기부라고 내논단 말이냐?」
> 라디오에서 들었음직한 사극 가락으로 닥달하는 본새가 제법이었다.
> 「아이고, 창자가 기어 나와.」
> 복만이는 요동을 치면서 악을 썼으나 이미 달아맨 돼지였다.
>
> — 「재수없는 금의환향」, 『재수없는 금의환향』, 94면

복만이는 국민학교만 졸업하고 도시로 나가 사업을 하여 수백 명의 직원을 거느린 기업체의 사장이 되었다. 그는 기업체를 두 개나 운영하고 있으며, 공장 준공 축하문이 새겨진 수건을 마을 사람들에게 돌리는 등 허식적인 모습을 지니고 있다. 복만이는 '화려한 금의환향'을 꿈꾸며 고향에서 자신의 가치를 상승시켜 줄 '마법의 열쇠'[22]를 돈이라고 생각한

---

22) 게오르그 짐멜은 "여러 계급들과 개인들이 지니는 현대적인 '탐욕성'은 그 자체 내에 모든 바람직한 것을 농축시킨 슬로건이 존재하기 때문에 발전할 수 있었다고 보고, 이것은 마치 동화 속에 나오는 마법의 열쇠와 같이 손에 넣기만 하면 삶의 모든 기쁨을 얻을 수 있는 그러한 중심점이다."고 말한다.
게오르그 짐멜, 김덕영·윤미애 역, 『짐멜의 모더니티 읽기』, 새물결, 2005, 26~27면.

다. 작가는 이 '마법의 열쇠'를 사용하는 방법을 제시하기 위해 전통적인 놀이인 '댕기풀이'를 서사전략으로 사용한다. '댕기풀이'는 복만이나 그의 친구들이 함께 공유했던 문화로 지금은 거의 없어졌으나, 과거에 그같은 관습이 존재했던 공간에서 행하던 놀이였다.

고향 친구들은 복만이가 한 병에 이만 원이나 하는 양주를 마시면서도 마을에 기부금으로 '만 원'만 냈다는 사실을 알게 된다. 이에 그의 이름을 '복 많이' 받는다는 의미의 '복만'이에서, 미국식 호칭의 '폭만 킴'으로 변용하여 '폭 망하는 김'이 될 수 있음을 암시하며 기부를 강요한다. 그들은 '돈'으로 인하여 멀어졌던 서로의 거리를 좁히기 위해서 복만이를 들보에다 달아매고 '불두덩에 웃거름하기'라는 놀이를 한다. 그들의 놀이에는 웃음이 있고 해학이 있으며, 함께 자라 온 추억이 공존한다. 그래서 그들은 너와 내가 아닌 '우리'가 되어 삶의 근원이 되어 준 고향에 이순신 동상 대신에 의병비를 세우기로 합의한다. 이것은 자신들의 뿌리에 대한 탐색이며, 더 이상 이데올로기에 잠식당하지 않겠다는 의지의 소산이다. 송기숙은 유신체제가 추진하고 있는 '이순신 성웅화 작업'에 대해 비판을 가하기 위해서 복만이의 '마법의 열쇠'를 의병비 세우는 데 기부하게 한다.

「요새 라디오에서 걸핏하면 나라사랑이 어떻고 아갈대 쌓는디 그때 마둥 씨가 쪼깐 맥혀드는 소리를 하는가 하고 귀를 종가 보면 모두가 보리 풋대죽에 냉수 탄 것 같은 소리나 씨부렁대고 앉아서 맨날 이순신 장군이나 불러 대고 있는디, 내 사견적인 견지로 봐서는 저 아래 화약골 의병덜이 정신적인 견지로는 외려 이순신 장군보다 더 훌륭하게 생각되더라 이검다. 그건 왜냐? 이순신 장군은 애초부터 군인이었으니께 군인이 나라 위해 싸우는 것은 군인의 의무적인 견지에서 볼 때 이것은 농삿군이 농사짓는 것보다 당연한 일이지만, 생판 우리 같이 무식한 시골 무지렁이 농투산이들이 맨손으로 나라를 위해 싸우다 죽은 것은 몇

배 더 장한 일이더라 이겁다. 더구나 우리같은 농민덜이 볼때는 더욱
그렇다 이겁다. 그전 의병들의 혼이 화약골 잡초에 묻혀 있는 것을 여
적지 보고만 있었다는 것은 반성적인 견지에서 볼 때 우리덜을 쓸개 가
진 후손이라 할 수 있겠냐 이겁다.」

— 「재수없는 금의환향」, 『재수없는 금의환향』, 99∼100면

이장은 스피커를 통해서 마을 주민들에게 복만이의 기부 소식을 전하
면서 진정으로 '나라 사랑'하는 길이 무엇인지 묻고 있다. 그는 이순신과
의병의 대조를 통해서 유신체제의 불합리한 속성에 대해 비판하고 있는
것이다. 이순신이 군인으로서 나라를 위해 싸우는 것은 당연한 일이지만,
"생판 무식한 시골 무지렁이 농투산이들이 맨손으로 나라를 위해 싸우다
죽은 것"은 민중 주체로서 행동이기 때문에 우리가 '쓸개 가진 후손'이
되려면 의롭게 싸우다 죽어간 민중의 비를 먼저 세워야 한다는 것이다.
하지만 세상은 1968년 서울 세종로 한복판에 애국선열조상건립위원회가
전신 17.49미터의 이순신 동상을 세웠고, 1975∼1977년에는 이순신이
삼도의 수군을 통제했던 충무에 제승당을 신축하고 유허비 등을 보수했
으며, 경역을 정화하고, 한산대첩 기념비를 건립했다.[23] 유신정권이 이토
록 이순신 숭배에 공을 들였던 이유는 "충무공으로 상징되는 호국정신을
북한의 주체사상을 압도하는 하나의 이데올로기로까지 생각"[24]했기 때
문이다. "성웅은 머릿속에 '나'는 없고 오직 '국가'만 있는 인간상"[25]이
기 때문에, 절대적인 순응을 중시하였던 새마을 운동의 지배 이데올로기
에 가장 부합한 인물로 그들은 이순신을 선택했던 것이다. 송기숙은 복
만이의 기부를 통하여 화약골에 '의병비'를 세움으로써 이러한 '개인'을
인정하지 않은 유신정권의 국가주의에 저항하고, 진정한 민주주의란 무

23) 전재호, 『반동적 근대주의자 박정희』, 책세상, 2000, 96∼97면.
24) 중앙일보 특별취재팀, 『실록 박정희』, 중앙M&B, 1998, 303면.
25) 최상천, 『알몸 박정희』, 사람나라, 2001, 72∼75면.

엇인가를 반문한다.

송기숙은 새마을 운동의 전도된 상황이 가장 아이러니컬하게 드러나는 공간을 어촌으로 그리고 있다. 어촌은 농촌보다 더 폐쇄적 공간으로 수협이나 객주의 횡포뿐만 아니라, 극심한 자연재해까지 감당해야 하는 근대화 과정에서 가장 소외된 공간이었다. 「칠일야화」는 '제1야'에서부터 '제7야'에 이르는 7일 동안 주인공 김진수가 섬에 구전되고 있는 설화(說話)를 채록하러 가서, 새마을 운동으로 인해 어촌 경제가 몰락해 가는 실화(實話)를 듣게 되는 상황을 에피소드 형식으로 구성한 작품이다. 그들이 들려주었던 실화는 옛이야기만큼이나 황당무계하고 어처구니없는 '음지 속에 가리워진 사실들'이었기에 김진수에게 생생한 감동으로 다가온다.

송기숙은 어촌의 문제점을 누가 이야기하는지 그리고 누가 듣고 있는지 구체적으로 설정하지 않고 익명으로 녹음기 속의 어민들의 대화를 통해 들려준다. 화자는 정치·경제·사회적으로 소외받는 계층이지만 현상을 비판하여 개선하려는 낙관적인 사관을 지닌 민중의 전형인 어민들이고, 청자는 일차적으로 김진수를 포함한 학술조사단이며, 이차적으로는 독자를 포함한 우리 모두이다. 원래 귀를 통한 전달은 일종의 모순을 내포한다. 왜냐하면 이것은 그 자체로, 그리고 감각적으로 무한정한 참석자들을 지향하는 형식으로 하여금 실제로 이들 모두를 완전히 배제하는 내용에 이바지하도록 강요하기 때문이다.[26] 그들은 대상 없는 대상을 향하여 지배 이데올로기의 폭력성을 들려준다. 유신체제의 지도이념이었던 새마을 운동은 '우리 모두'를 위한 잔치가 아니라 '그들만의' 축제였다. 70년대의 근대화 개발 정책은 농어촌 사회를 일방적으로 희생시켰고, 공업화라고 하는 도시 중심의 정책에 대한 불신을 키우는 결과를 가져왔다.

---

26) 게오르그 짐멜, 앞의 책, 167면.

「하여간 때리는 서방보담 말리는 씨엄씨가 더 밉더라고 이럴 때 보
면 업자덜 보담 넝협 것덜이 쥑일 것덜이라고.」 「잣것덜, 업자덜 업고
그로크롬 농민덜 농간질 해처묵을라면 넝협창고 옆댕이에 써논 글씨나
쬐깐 지워번지고 농간을 해도 하라고 혀. 넝협은 넝민의 것이라고 글씨
나 적게 써 놨음사. 열녀전 끼고 서방질도 유분수여.」

「허허, 아직까지도 관에서 써논 그런 글씨 한나 새겨서 읽을 줄 모름
쟈? 그런 것은 꺼꾸로만 새기면 틀림 없어람쟈. 넝협이 넝민의 것이라
고 써붙여 논 것도 그것을 꺼꾸로 새기면 넝협은 넝민의 것이 아니다.
이로크롬 되는디 생각해 봅씨다. 원래 임자가 확실한 것은 이것이 뉘
것이라고 말할 것이 없거던이라우. 우리가 논밭귀퉁이에 이름표 붙혀놓
고 이녁 마누라한테. 이것은 아무개 마누라고 써붙혀놈쟈? 집에 문패는
우체부 편지 전하기 편리하게 붙여논 것이고. 하하.」 「허긴 그려. 하여
간 넝협이 진짜 농민의 것이 될라면 말이여, 팔모로 생각해 봐도 길은
딱 한가지 뿐이더라고 젤 꼭대기 조합장부터 젤 밑바닥 급사 새끼덜까
지 말짱 선거로 뽑는 재주 뿐이다, 이거여.」

— 「칠일야화」, 『재수없는 금의환향』, 184~185면

　농민들은 새마을 운동의 허와 실을 정확하게 알고 있으며, 그것을 해결
할 방법까지 제시한다. 농민들은 새마을 운동의 기본 취지대로 농촌이 잘
살기 위해서는 새마을 운동의 주체가 농민이 되어야 하고, 농협은 농민의
권익을 보호하기 위해 존재해야 한다고 주장한다. 그러기 위해서는 먼저
5·16쿠데타 후 중앙에서 임명하였던 조합장을 선거를 통해서 농민들이
직접 뽑아야 하고, 조합장은 '정부의 시녀' 노릇이 아니라 농민의 '대변
인'이 되어 농민의 권익을 보호하는데 앞장서야 한다. 그래서 농협 본래
의 취지대로 농기구나 농약, 비료 등을 싼 값에 공동구매하여 농민들의
부담을 덜어주고, 농산물을 공동 판매할 수 있는 판로를 열어주어 수익을
창출하게 하여야 한다는 것이다. 이것은 농협의 민주화와 민주농정을 실
현하기 위한 염원이며 농민 스스로 주체성을 회복하겠다는 의지의 표출

이다. '농협은 농민의 것'이라는 말에 담긴 이데올로기는 그 동안 농협이
농민의 것이 아니었다는 의미이며, 지금에 와서 농협이 농민의 것이 된다
는 뜻이다. 그 동안 농협은 농민을 위해 존재한 것이 아니라 농협을 위한
농협으로 또는 농협의 직원을 위한 농협으로 존재했던 것이다.

　작가는 여기서 멈추지 않고 근대화 논리를 맹목적으로 추수(追隨)하는
모든 세력들을 향해 쓴 소리를 하고 있다. 이들은 농촌 실상을 제대로
파악하지도 못한 채 '불도저로 밀어 붙이는 식'의 강압적인 근대화를 추
진했다. 그 결과 심층적인 기저에 깔려 있는 농민들의 삶을 보지 못하고,
표피적인 부분만 보고서 농촌 문제의 원인을 농민들의 게으름 탓으로 돌
리고 있었다.

　　「그런께, 되아지 키워서 부자되는 것은 맘 한나 묵기에 달린 것인디,
　　촌놈덜이 게을러 빠져서 그런 맘을 안 묵은께 사는 것이 이 꼴이다, 시
　　방. 이 소리네 그랴. 허허. 씨 받아서 가꿀 소리네. 그런께 되아지가 썩
　　은 것이고 곯은 것이고 걸퍽지게 후덩거려 퍼 묵은께 풀도 묵기로 하면
　　솔잎이고 갈잎이고 아무것이나 걸터듬을 것이다 이러고 허시는 호령이
　　그마.」「허허. 그런 소리는 해도 쪼깐 펑펑히 해. 이집 되아지가 들으면
　　웃다가 사레 들려.」「하여간, 어떤 놈은 되아지 사료에다 모새 섞어서
　　폴아 묵는 놈이 있등마는 이참에는 되아지한테 풀 안먹인다고 호령하
　　는 놈이 있다니, 그러고 보면 멍청한 것은 촌놈덜 뿐이여.」「그래 놓고
　　도 돌아가서는 촌놈덜 정신이 화끈하게 정신핵맹 이르켜 놓고 왔다고
　　큰 소리칠거 아녀.」「대학생이고 괴수고 넝촌사정에는 그 꼴로 담싼 작
　　자덜이라 오늘같은 날도 넝민덜이 뙤약볕에서 몸뚱아리 곰고다가 이렇
　　게 점심 묵고 한참씩 그늘에 들았은 짬이 그냥 할 일 없어 노는 것인
　　줄만 안다, 이말이어.」「장근 그늘에서만 삼시롱도 덥네 뜨겁네 피서다
　　바캉스다 헐떡거리고 댕기는 잭인덜이라 잠민덜이 그늘에 이로크롬 잠
　　깐 들어와 있는 짬이 바로 피서고 바캉슨줄 알간디?」
　　　「정말 유구무언이그마.」

「가만, 더 들어 봐.」

— 「칠일야화」, 『재수없는 금의환향』, 186~187면

송기숙은 매개하는 서술자를 두지 않고, 녹음기 속의 농민들의 대화만 연결해서 들려준다. 이는 마치 많은 군중이 모여 자신의 의견을 토해 내듯이 그들의 저항이 뭉쳐 한 목소리를 내는듯한 효과가 있다. 농민들은 돼지 사료에 모래를 넣어서 파는 업자나 풀을 먹여서 돼지를 키우면 된다고 믿는 대학생이나, 농촌 사정을 모르는 교수 등을 동일시한다. 그들은 모두 농민들에게 도움을 주기 보다는 피해를 주거나 무엇이든 빼앗아 가려고만 하는 권력층이다.

작가는 합리적이고 논리적인 표준어를 정확하게 구사하는 교수와 사투리나 토속어를 충실하게 재현하고 있는 농민의 대화를 통해서 농민들이 실제 직면하고 있는 현장의 목소리를 부각하고 있다. 이와 같이 새마을 운동은 유신체제가 사회 전체의 안정을 해칠 만큼 심각한 수위에 도달한 농촌 문제를 완화시키려는 목적과, 10월 유신과 영구 집권에 필요한 대중동원운동의 성격을 동시에 내포하고 있었기 때문에 농민들의 자조성·주체성·창의성의 신장을 오히려 저해했다. 또한 소득증대에는 거의 기여하지 못하고 겉치장에 주력하여 과중한 농민 부담과 소비 조장으로 농가 경제를 더욱 압박하는 외화내빈(外華內貧)을 초래하게 된다.27)

결국 새마을 운동은 일제 강점기의 농촌진흥운동과 유사하게 농촌 문제를 사회구조적인 이유에서 찾지 않고 농민의 나태, 농민 정신의 결여에서 찾았다는 데서 처음부터 기본적인 한계를 가지고 있었다. 즉 새마을 운동은 정신 계발을 가장 중요한 목표로 삼았으며, 운동의 최종 목표가 경제적 성과가 아닌 정신 계발로 나아가야 한다는 것을 강조해왔던

---

27) 이봉범, 「농민문제에 대한 문학적 주체성의 회복－1970년대 농민문학론과 농민소설」, 『1970년대 문학연구』, 소명출판, 2000, 178~179면.

것이다.28) 그래서 농업과 농촌에 대한 투자보다는 농민의 정신 자세를 바꿈으로써 농촌 문제를 해결하려 하였다. 하지만 송기숙은 농민들의 대화를 통해서 농촌의 문제는 철저하게 농민의 관점에서 바라보아야 해결할 수 있고, 농촌 현실에 맞게 이루어져야 하는데 관 중심의 잣대로 획일화하여 책임을 농민들에게 전가하고 있다고 지적한다.

또한 송기숙은 70년대 한국적 농촌 근대화의 전형인 새마을 운동의 전도된 모습을 보여주기 위해 설화보다 더 생생한 감동으로 느껴지는 어촌의 실상을 토대로 한 문병란의 시집『竹筍밭에서』에 실려 있는「法聖浦 夜話」를 '제6야'로 차용한다. 여기서 그는 '지금 여기'에서 벌어지고 있는, 언젠가 후손들에게 설화로 전해질 현대판 '실화'를 이야기한다. "흑산도 뱃놈의 손바닥 위에 / 따라지가 되어 놓인 / 만선의 꿈"은 "깃발을 골백번 나부껴 보아도 / 남의 풍년 속에 살아온 인생"이 되고, 30년 기관사로 일을 해도 월수입이 4만원인 어부들의 슬픈 인생에 비해 "어촌 새마을사업"은 "어협 직원의 빛나는 뱃지 속에서" 가치를 인정받게 된다. 새마을 사업으로 수협 직원들은 '빛나는 뱃지'를 달고 살아가지만 이제 "어부는 있어도 / 어업이 없는 浦口가 술에 취한다." 그래서 "칠산 바다 젊은 사공은 / 마이가리에 묶여 돌아오지 못하고 / 3, 7제 설운 사연 / 바다의 소작어업 풀릴 길 없어 / 죄없는 젓가락만 밤새도록 두드린다."29)「몽기미 풍경」에서 명식이는 '어촌 새마을사업'으로 '바다'를 잃었고, 결국 자신의 목숨마저 버리는 어촌 근대화의 희생양이 된다. 유신체제의 새마을 운동은 국민을 살리는 정책이 아닌, 오히려 죽이는 정책이었고 그 죽음마저도 그들 스스로 감당해야만 하는 것이었다.

---

28) 박진도·한도현, 앞의 책, 76~79면.
29) 송기숙, 「몽기미 풍경」, 『재수없는 금의환향』, 시인사, 1979, 196~197면.

「명식이가 죽어?」

순자는 눈이 둥그래지며 말꼬리를 길게 끌었다. 순자한테 혼담을 넣어왔던 청년이다.

「나도 지난 추석에 가서야 알았는데 자살 했대.」

「자살?」

「빚 때문에 그랬대.」

「무슨 빚을 얼마나 졌길래.」

순자는 멍청하게 묻고만 있었다.

「자기 동생만은 이런 섬 구석에서 살게 하지 않겠다고 목포로 중학교를 보냄서 그 학비를 벌려고 목포 상회(商會 : 客主)에서 빚을 얻어다가 섬을 하나 샀더래. 그게 삼십만 원인데 그 해사 말고 갯것이 씻어낸 것 같이 안질어서 본전은 고사하고 이자턱도 안나왔다잖아. 이자는 다 친 데 붓드키 질어나고 노린 동전 한푼 나올 데는 없고, 그 꼼꼼한 성격에 고민 고민 하다가 일을 저지른 모양이야.」

순자는 멍청하게 남분이 말을 듣고 있었다. 가난하고 배우지 못한 것을 유독 한탄하던 젊은이였다.

— 「몽기미 풍경」, 『재수없는 금의환향』, 55면

명식이는 새마을 운동의 논리를 철저하게 이행했던 모범적인 젊은이였다. '가난하고 배우지 못했지만' 누구나 노력하면 잘 살 수 있다는 믿음으로 '객주'에서 빚을 얻어다가 '섬'을 샀지만, '본전은 고사하고 이자턱도' 나오지 않아 결국 자살하고 만다. 송기숙은 어촌 경제의 급격한 몰락의 원인을 70년대 시작되었던 독특한 한국적 근대화 모형인 '농공병진'에서 찾는다. 새마을 운동의 근본적인 취지는 농촌과 도시를 함께 발전시켜 경제적으로 자립한 선진국 대열에 진입한다는 것이 목표였다. 그러나 이 같은 '성장' 이데올로기는 농촌 젊은이들을 모두 도시로 내몰고, 농촌은 노인들만 사는 그야말로 새로운 마을인 '새마을'이 형성되는 결과만 가져왔다. 정부의 새마을 운동으로 부자 마을을 만들겠다는 계획은 오히려 농가 부채로 인하여 청년들의 목숨을 앗아갔고, 자본주의적 근대화로 농어민들이 겪는 상대적 박탈감과 절망감, 그리고 이로 인한 소외감과 자기 상실은 갈수록 심해졌다. 즉 '꿈의 포구'인 몽기미는 강압적 근대화로 말미암아 피폐해진 우리 농촌 현실의 증언이자, 사회적 억압과 역사적 소외의 생생한 현장이다.

이와 같이 송기숙은 현실의 문제를 제도적인 차원에서 실생활의 차원으로 끌어내려, 농업 근대화 정책이 농촌의 실상과 동떨어져 진행되어 왔음을 비판하고 있다. 그들은 농촌의 실상에 대해 제대로 조사도 하지 않았고, 농촌 고유의 생활 방식도 고려하지 않은 채 허황된 구호만으로 농촌 근대화를 추진했다. 따라서 근대화에 대한 국가의 정책은 농민들에게 행복을 선사할 수 없었고, 새마을 운동이라는 그 이데올로기 속에는 이미 처음부터 부정성이 내재되어 있었다. 그것은 자연의 순리는 자본의 논리로 대신할 수 없는 것과 같은 이치로, 자본의 논리에 의한 해초 채취는 "갯것이 씻어낸 것 같이 안질으면 빚더미"에 나앉을 수밖에 없다. 무인도는 어민들의 생활의 공간이요, 삶의 터전이었기에 누구나 마음대로 고기를 잡고 해초를 채취할 수 있었다. 하지만 정부는 자본의 논리로 '일종어업공동권'을 만들어 개인화하여 수협의 비대화를 가져왔고, 칙량비와 어업권행사료를 매년 부담해야 하는 어민들은 수협의 비싼 이자를 목숨으로 대신 갚았던 것이다.

이상에서 고찰한 바와 같이 「재수없는 금의환향」과 「몽기미 풍경」이 추석을 맞이해서 귀향하는 젊은이들이 바라보는 고향의 문제점을 제시하고 있다면, 「칠일야화」는 설화를 채록하러 온 외부인 김진수의 눈으로 어촌의 실상을 생생하게 묘사하고 있다. 송기숙은 「재수없는 금의환향」을 발표하여 70년대 시작되었던 독특한 한국적 근대화 모형인 새마을 운동으로 젊은이들이 도시로 나간 후 명절에 귀향하는 모습을 형상화했다. 여기서 그는 귀향하는 젊은이들의 기부금을 의병비를 세우는데 쓰게 하여 유신체제가 추진하고 있는 '이순신 성웅화 작업'에 비판을 가하고 있다. 「몽기미 풍경」에서는 단순히 귀향하는 모습뿐만 아니라 남분이와 순자의 대화를 통해서 전도된 새마을 운동의 문제점을 지적한다. 새마을 운동으로 어촌의 젊은이들 대부분이 도시로 떠났고, 어촌에 남아 있는 젊은이들도 농가 부채로 실의에 빠져있다. 작가는 명식이처럼 '섬'을 샀지만 본전은 고사하고 이자도 나오지 않아 자살하는 젊은이를 형상화하여, 어민을 위한다는 새마을 운동으로 오히려 어민들이 죽어가는 전도된 현실을 비판한다. 이렇듯 70년대 고도의 경제 성장은 농어민들의 절대적인 희생과 고통을 담보로 가능했다. 이에 송기숙은 고도성장의 그늘에 가려진 가장 소외된 공간인 농촌과 어촌을 배경으로 전도된 새마을 운동의 문제점과 근대화 이데올로기의 폭력성을 고발하고 비판했다.

송기숙은 「칠일야화」에서 새마을 운동의 전도된 상황을 농민들의 대화를 통해서 구체적으로 묘사한다. 농민들은 돼지 사료에 모래를 넣어서 파는 업자와 풀을 먹여서 돼지를 키우면 된다고 믿는 대학생, 농촌 사정을 모르는 교수들을 동일시하여 새마을 운동이 농촌의 실정에 맞게 추진되는 것이 아니라 일방적이었음을 비판한다. 농민들은 새마을 운동의 허와 실을 구체적으로 밝히고 그것을 해결할 방법으로 농협 조합장의 직선제와 농협의 본래적 기능을 주장한다. 즉 농협은 농민의 것이기 때문에 조합장은 농민의 대변인이 되어야 하며, 농협이 농민을 위해 공산품을 공동구매하여 싼 가격에 판매하고, 농산품을 공동 판매할 수 있는 판로를 열어주어야 한다는 것이다. 송기숙은 농촌 새마을 운동이 철저하게 농민의 관점에서 농촌 상황에 맞게 추진되어야 하는데, 관 중심의 잣대로 획일화를 초래하여 농촌을 황폐화시키고 있음을 고발했다.

2) 고향 상실

송기숙이 『자랏골의 비가』, 「재수없는 금의환향」, 「몽기미 풍경」 등을 통해 자본주의적 근대화의 새로운 풍속인 명절에 귀향하는 젊은이들의 모습을 그리고 있다면, 1980년대 이후 씌어진 「신농가월령가」, 「당제」, 「가라앉은 땅」, 「꿈의 궁전」에서는 가족이 모두 고향을 떠남으로써 '고향을 상실하는 이들의 삶'을 형상화했다.

「신농가월령가」는 이문구·최일남·송기숙 3인 연작 소설집 『기타 그리고 여러분』(1985)에 실린 작품으로 열두 편의 단편이 연작으로 구성되어 있다. 제목이 '신농가월령가'이듯 80년대 농촌의 일 년 농사짓는 일상이 작품 전체에 담겨있다. 하지만 이 작품은 권농(勸農)의 의미보다는 "촌구석에서 아무리 뼛골 빠지게 땅 뒤지고, 씀씀이에 손톱 여물을 썰어봤자, 뛰어야 벼룩이지 별 조화 없다."[30]는 방촌 영감 며느리의 말처럼 "웅덩이에 자가사리 헐떡거리듯" 빚에 쪼들려 고향을 상실하는 이들의 삶을 묘사하고 있다.

작가는 열두 편의 연작을 통해서 당대의 농촌사회가 산업화, 도시화의 변동 구조 속에서 전통적인 공동체가 허물어지고, 저임금·저곡가 정책의 피해자로서 도시 노동자보다 더 열악한 생활을 하고 있는 농촌을 그리고 있다. 즉 당대의 농촌 현실의 문제점을 총체적으로 보여주기 위해 작가는 연작의 형식을 취했던 것이고, 80년대 들어서서 70년대보다 더 다양한 방식으로 농촌 문제가 발생하고 있음을 사실적으로 보여주고 있다.

「신농가월령가」는 방촌 영감을 주인공으로 농촌의 총체적인 모습을 형상화했다. 방촌 영감은 아침 일찍 일어나 기침 소리로 동네 사람들을

---

30) 송기숙, 「신농가월령가」, 이문구·최일남·송기숙, 『기타 그리고 여러분』, 사회발전연구소, 1985, 208면.

깨운다. 그는 온 동네를 돌며 집집마다 안부를 묻거나 해야 할 일을 알려준 후 집에 와서 세수를 한다. 그리고 저녁나절이 되면 무슨 볼 일이나 있는 사람처럼 또 동네를 한 바퀴 돈다. 방촌 영감은 진밭실 동네의 정자나무와 같은 정신적인 지주 역할을 하는 인물이다. 진밭실 동네는 방촌 영감과 도래실 영감을 중심으로 땅이 식물을 길러내는 자연의 큰 이치를 좇아 그 이치대로 씨를 뿌리고 김을 매고, 그리하여 가을이면 곡식을 거둬 그것을 자기가 먹을 만큼만 남기고, 나머지는 농사를 짓지 않는 사람들한테 나눠줄 만큼 '경이로운 사람'들이 살고 있는 곳이다.

그러나 농촌 근대화가 농민의 삶과 질을 높이기 위한 정책임에도 불구하고, 오히려 농민들은 근대화로 인해 희생을 당한다. 농촌 근대화의 주체이자 목표여야 할 농민이 수단과 객체로 전락한 것이다. 대용이는 딸기 온상 재배를 위해 자기 전답을 전부 저당 잡히고 빚을 낸다. 그는 평소에도 꼼꼼하고 부지런한 성격으로 밤낮을 가리지 않고 일을 하면 돈을 벌어 장가도 가고 살림도 늘릴 수 있을 것으로 생각한다. 초봄 꽃샘바람으로 비닐하우스가 부서져 곤란을 겪지만 도래실 영감의 보증으로 수리를 하여 딸기 출하를 할 수 있었다. 하지만 출하 때 딸기 값이 폭락하자 본전은커녕 도래실 영감의 빚도 갚지 못한다. 도래실 영감에게 1년 간의 빚보증 연기를 부탁하고 이번에는 돼지를 키웠지만, 출하시기에 또 돼지 값이 폭락해 도래실 영감의 논 일곱 마지기가 날아가게 되고, 결국 도래실 영감은 장 사장의 소작농으로 전락하고 만다.

"지금도 염소 새끼 값이 그렇게 존가요?"
"요사이는 또 그 반값으로 드잡이를 하기는 했소마는 논 한 마지기에서 석 섬 나온다고 해봤자, 농비는 놔두구도 그걸 몽땅 팔아야 염소 새끼 네 마리 값이 못 됐으니 천하지대본이라던 농사가 이게 뭐요?"
"허허. 농사가 이렇게 허망한 줄은 나도 이제야 알았소"

"정부에서는 새마을이니 헌마을이니 떠들어대면서 자기들이 농촌 사람들 살림까지 떠맡아 해주는 것 같이 야단법석인데, 등 어르고 간을 내도 유분수지 정치한다는 작자들 쌀값 매기는 것 보면 이것이 정친지 말이 삼은 소 신인지 모르겠읍디다."

"나도 이제 농토를 가졌으니 농민이 된 셈이나 마찬가집니다마는."

"뭣이요, 농토를 가졌은께 농민이요?"

방촌 영감이 장 사장 말을 채뜨리며 허옇게 노려봤다.

"여보시요. 말을 해도 이치를 방불하게 발라가면서 말을 하시요. 농토를 가졌으니 농민이라니 그것이 어떻게 말이 되는 소리요. 제 몸뚱이 부려서 농사를 지어사 그것이 농민이제, 논 사놓고 자가용 타고 댕김시롱 소작인 구하는 사람이 농민이란 말이요?"

방촌 영감이 안정머리없이 내쏘았다.

— 「신농가월령가」, 『그리고 기타 여러분』, 201면

장 사장은 대용이가 빌려 쓴 사채로 인해 도래실 영감의 논을 차지한 사람이다. 장 사장은 논을 팔려고 했으나 팔리지 않자 자기 앞으로 이전을 한 후 동네 사람들에게 소작을 놓으려 한다. 하지만 동네 사람들은 방촌 영감과 도래실 영감의 눈치를 보며 아무도 소작을 부치려 하지 않는다. 방촌 영감은 도래실 영감과 장 사장 중간에서 소작료를 낮추어 도래실 영감이 소작할 수 있도록 역할을 한다. 그는 정부의 잘못된 새마을 정책으로 '헌마을'이 되어가는 현실을 비판하면서, 장 사장이 "농토를 가졌은께 농민"이란 소리에 분노한다. 방촌 영감에게 농민은 "제 몸뚱이 부려서 농사를 지을 수 있어야 하며, 남 앞에 큰 감부터 놀 줄"아는 두레 정신을 간직한 사람이다. 그래서 방촌 영감은 "농사꾼들은 이치에 닿지 않는 일은 좀체 안 하는 사람들"[31]이라고 말한다. 이러한 이유로 장 사장은 농민이 아니다.

---

31) 같은 소설, 203면.

작가는 방촌 영감을 통해서 전통적인 농촌 공동체를 추구하는 것이 아니라 자본주의의 본질에 대한 인식과 농민의 처지에 대한 자각에 바탕을 둔 새로운 공동체를 염원하고 있다. 방촌 영감은 "사람이 마을을 지어 사는 것이 호랭이 무서워 그런 것"이 아니고 "서로 돕고 살자는 것"[32]이라면서 칠성이 아내 수술비를 일만이에게 빌려줄 것을 부탁한다. 칠성이는 논 일곱 마지기와 소 한 마리를 가지고서 제금을 났었다. 그 당시 소 한 마리의 가격은 3백만 원이었고, 3년 후에는 어미와 새끼를 합쳐 다섯 마리가 되었다. 그러나 소 값이 폭락하여, 칠성이는 소를 모두 처분하고 현대식 돼지우리를 짓고 새끼 돼지 백 마리를 들였다. 마찬가지로 이후 돼지 값은 내리막길이었고, 게다가 사료상의 사기로 남은 것은 3백만 원 빚과 3백만 원짜리 빈 우리뿐이었다. 그나마 마음 부여잡고 농협 대출과 마지막 남은 논문서를 저당 잡히고 사채로 빌린 돈을 합쳐 외국소 한 마리를 구입한다. 이 또한 열 달을 키웠으나 소 값은 반값으로 폭락하고 만다. 이런 상황에 부인의 늑막염 수술비 50만원이 필요하지만 빚이 너무 많아 빌릴 곳이 없다. 다행히 일만이의 도움으로 아내는 수술을 하게 되고 추곡을 수매한 돈으로 일만이의 돈을 갚는다. 그러나 칠성이에게는 아직 돼지 사육과 소 사육으로 진 빚이 고스란히 남아 있고, 빚을 갚을 길 없는 답답함으로 술에 곤드레가 되어서 "나의 살던 고향은 꽃피는 산꼴 / 미국쌀과 일본쌀 수입 등쌀에 / 매상 가격 시장 가격 똥값된 동네 / 그 속에서 사는 농민 행복합니다."[33]라고 고래고래 소리를 지르며 노래를 부른다.

칠성이는 정부의 정책만 믿고 소 사육, 돼지 사육을 했지만 잘못된 일기예보처럼 출하시기에 맞춰 소 값과 돼지 값이 폭락하여 빚만 늘어나고, 농사를 지어서 쌀값이 오르면 정부는 저임금·저곡가 정책을 위해

---

32) 같은 소설, 240면.
33) 같은 소설, 252면.

'미국쌀'과 '일본쌀'을 수입하여 그는 통로가 막힌 삶을 살아야 할 운명
이다. 작가는 농민들이 양파 농사를 지으면 '양파값이 똥값'이 되고, 딸
기 농사를 지으면 '딸기값이 똥값'이 되는 현상을 "콤퓨타까지 있는 세
상에 정부가 맘만 묵으면 그런 것 하나 지대로 조절을 못 하겠어?"[34]라
는 농민의 말을 통해 매판자본과 권력 간의 유착으로 인해 농민들이 이
용당하는 희생양이 될 수밖에 없는 구조적 모순을 지적한다. 즉 매판자
본이 80년대 들어서서 외국에서 싼 값에 농수산물을 들여와서 가공식품
을 만들어 국내 농산물의 가격을 폭락하게 하는 원인을 제공하고 있음을
비판하고 있다.

작가는 칠성이의 "그 속에서 사는 농민 행복"하다는 말의 아이러니를
통해서 '꽃이 피는 고향'은 사라지고, 농민이 계속 불행할 것임을 암시
하고 있다. 그래서 진밭실 동네 농민들은 하나 둘씩 고향을 떠나간다.
1970년대 젊은이들의 탈향은 귀향을 전제로 할 수 있었지만, 「신농가월
령가」에서는 일만이 가족이 전부 이사를 감으로써 고향은 다시 돌아올
수 없는 곳이 된다. 「몽기미 풍경」에서 순자가 설 명절에 고향을 향하지
만 반겨줄 사람이 없어 발길을 돌리듯, 일만이도 고향을 상실하게 되는
것이다.

여인네들이 눈물을 찔끔거리고 있었다. 방촌 영감이 일만이 앞으로
갔다.
"잘 가거라. 가는디, 가서 살다가 뭐시기 하거던, 그냥 뭣하게 생각
말고 다시 이리 온나. 여기서사 우리 처지에 너 밥 굶는 꼴 보고 있겠
냐? 살아보다가 정 뭐시기 하거던 조금차라도 뭣하게 생각 말고 도로
이리 와!"
방촌 영감은 일만이 손을 잡아 흔들며 몇 번이고 당부를 했다. 곁에

---

34) 같은 소설, 254면.

서 일만이 어머니가 눈물을 짜고 있었다.

　차가 동구 밖을 빠져나가는 것을 동네 사람들과 함께 보고 섰던 방촌 영감은 골목으로 들어왔다.

　횡하게 빈 일만이 집 마당을 한바퀴 돌아보고 다시 뒷산으로 올라갔다.

신고산이 우르르 화물차 떠난 소리에
고무 공장 큰애기들이 벤또밥을 싸누나

　　　　　　　　　　　　　— 「신농가월령가」, 『그리고 기타 여러분』, 277면

　방촌 영감은 일만이 식구들이 서울로 이사 가는 날 계속 '신고산 타령'이 입속에서 맴돌고 있다. 일만이는 방촌 영감의 중매로 결혼을 했으나, 3일 만에 신부가 패물과 돈 등을 가지고 도망가 사기 결혼이었음이 드러난다. 사기 결혼을 당한 후 그가 고향에 정을 붙이지 못하고 서울로 일자리를 찾아 떠나려 하자, 방촌 영감은 다시 술집 아가씨를 소개시켜 주려다가 오히려 망신만 당한다. 방촌 영감은 일만이 외할아버지인 진골 양반을 생각하며, 일만이 가족이 떠난다고 생각하니 '신고산이 무너지듯이 무엇이 와르르 무너진 것' 같다. 마을 사람들이 모여 '얼럴렁 상사로다'를 합창하며 흥겹게 모내기를 하던 고향 풍경은 사라지고, 이제는 빈집만 늘어날 뿐이다. 예전에는 진밭실 동네도 삼십 여 호쯤 되었으나 지금은 십여 호 밖에 남지 않아, 고향을 떠나가는 사람이나 고향에 남은 사람 모두 근대화의 희생양[35]이 되고 있는 것이다.

　「가라앉은 땅」[36]에서 작가는 장진호와 김선숙[37]의 대화를 통해 수몰

---

35) 농어민층이 1955년 70.7%, 1960년 65.2%, 1970년 51.1%, 1980년 33.5%로 점차 줄어들었는데, 송기숙이 「신농가월령가」를 쓴 1985년에는 23.9%로 줄어들었다. 임영일, 앞의 책, 55면, [표 2-2] 참조.

36) 송기숙은 「가라앉은 땅」을 『실천문학』(1996. 11)에 연재했을 때와 『들국화 송이송이』(2002) 작품집에 실었을 때 주제에는 변화가 없으나, 내용을 많이 생략했다. 초간본은 전체 구성이 5장으로 이루어졌으나, 작품집에는 4장으로 수정되면서 이 글의 인

지구의 문제점을 구체화한다.

> 고향이 없어져버리면 어떻게 되지요? 첩첩산중 산골짜기가 고향이거
> 나 바다 한가운데 외딴 섬이 고향이거나, 고향은 언제나 제 모양대로
> 제자리에 있으니까 고향이고, 그렇게 있어야 봄이면 봄대로 가을이면
> 가을대로 고향의 모습을 상상하다가, 도시에서 지치고 짜증나고 한숨
> 나올 때는 횅하니 한번 다녀올 수도 있을 곳이 고향인데, 그 고향이 물
> 속에 잠겨버리면, 흔적도 자취도 없어져버리면 어떻게 되는 거지요. 휴
> 전선 북쪽에 고향을 둔 북한 사람들도 당장은 갈 수가 없지만 고향이
> 옛날 그 자리에 제 모습대로 있는 것만은 확실하므로 그래서 언젠가는
> 갈 수 있으리라 생각하고 그리워하며 그날을 기다리는 것인데, 고향의
> 집이며 논밭이며 냇가며 길이며 정자나무가 몽땅 물속에 잠겨버리고,
> 고향이 있던 자리가 산중턱까지 물이 차서 질펀한 호수의 퍼런 수면만
> 햇볕을 반짝이고 있다면 그런 모습은 생각하기만 해도 끔찍하고 황당
> 하잖아요.
>
> —「가라앉은 땅」, 179면

인용문은 장진호가 주간지에 실린 편지 형식의 글을 김선숙에게 보여
준 부분이다. 수몰지구 사람들은 보상금을 수령해봐야 농협 빚 갚고 나
면 남는 게 없기 때문에 다시 농사지을 땅을 사거나 집을 지을 수도 없
다. 특히 사회적 약자인 아이나 노인들은 인간관계로 단단하게 얽혀 온
마을 공동체 속에서 이웃 사람들의 도움으로 살아 갈 수 있었으나, 동네
가 물에 잠기면 이러한 공동체는 소멸되고 만다. 따라서 그들에게 "집이
며, 논밭이며, 냇가며, 정자나무가 몽땅 물속으로 잠겨버리면" 고향을 상
실할 뿐만 아니라 생활이 파괴되어 생존의 기틀이 사라져 존재 가치마저
상실하게 된다. 이들은 간접적으로 이미 고향을 상실했을 뿐 아니라 여

용 부분이 생략되었다. 따라서 이 글에서는 초간본을 기준으로 분석했다.
37) 김선숙은 『들국화 송이송이』 작품집에서는 이름이 채숙희로 바뀌었다.

전히 돌아갈 고향도 없는 사람들로 "공간적이고 지정학적인 고향, 즉 근원적 삶의 공간으로서의 고향만 잃어버리는 것이 아니라 감정적인 유대와 공동체 의식, 그리고 자기 동일성, 존재와 삶의 근원까지도 망각 내지 상실할 위기"[38]에 직면한다. 여기서 작가는 '보상금'만으로 해결할 수 없는 정신적인 외상까지 수몰지구의 문제를 확장하여, 이들의 정체성 상실의 위기와 가능성을 근저에서부터 제기한다.

이상에서 살펴본 바와 같이 송기숙은 「신농가월령가」에서 농민들이 농가 부채로 고향에서 더 이상 살 수 없는 현실과 이로 말미암아 가족 모두가 자의로 고향을 떠나는 상황을 서사화했다. 반면 「당제」와 「가라앉은 땅」, 「꿈의 궁전」에서는 마을 사람 전체가 타의에 의해 고향을 떠나야 하는 상황을 보여주고 있다. 1970년대 중반에 발표된 「귀향하는 여인들」이나 「몽기미 풍경」에서는 명절에나마 귀향할 수 있었기에 '탈향'의 의미를 지녔지만, 1980년대에 발표된 작품에서는 온 가족이 떠나거나 마을 전체가 수몰지구가 되어 '탈향'이 아니라 완전히 '고향을 상실'한다는 심각성을 제기한다.

---

38) 전광식, 『고향』, 문학과 지성사, 1999, 19면.

제 5 장

민중 이데올로기의 주체성

1. 민중 이데올로기의 인식 양상[1]

송기숙이 그의 문학 세계 전반에 걸쳐 담고자 했던 인물은 '민중'이었다. 그에게 민중은 정치·경제·사회적으로 소외되고 억압받는 계층이지만, 이 같은 상황에 무기력하기보다는 오히려 적극적으로 현상을 비판하고 변혁하려는 의식을 지닌 역사의 주체이다. 그 결과 그의 문학은 역사의 주체로서 민중의식이 성장해 가는 과정을 동학농민운동에서 5·18광주민주화운동에 이르기까지 역사적인 맥락을 이어 가며 이를 형상화하고 있다.

민중이라는 개념은 정확하게 주어진 개념이 아니다. 그것은 살아있는 실체로서 역사적으로 변화하는 개념이며 각각의 입장에 따라 상이한 내

---

[1] 본 절은 아래의 글을 참고하였다.
　송건호·안병직·한완상 좌담, 「민중의 개념과 그 실체」, 유재천 엮음, 『민중』, 문학과지성사, 1984, 18~40면 참조.
　박현채, 「민중과 역사」, 유재천 엮음, 같은 책, 131~151면 참조.

용을 갖는 것으로 이해된다. 갈브레이드는 『풍요한 사회 *The Affluent Society*』(1958)에서 민중을 "공업에 종사하건 농업에 종사하건 생활을 위해 무엇인가 노동하는 사람들"이라 정의한다. 맥퍼슨은 『민주주의의 실재 세계 *The Real World of Democracy*』(1966)에서 인민이라는 이름으로 "평민, 서민, 억압받고 있는 계급, 하층 계급, 가난에 억압받고 있는 사람들"이라고 한정짓고 있다.[2] 박현채는 민중을 다음과 같이 정의한다. 첫째는 보다 나은 자기 생활에 대한 욕구의 충족을 위한 역사적 지향에서 진보의 편에 서고 사회변혁(역사 발전)의 기초이면서 때로는 능동적 주체자로 변화하는 계급·계층·사람들이다. 둘째는 역사적으로 볼 때 사회적 재생산에서 기본적으로 자연과 인간을 매개하는 직접적 생산자로서의 성격과 위치를 갖는 계층 그리고 사람들이다. 셋째는 인간간의 사회적 관계에서 한 사회 안에서 대다수를 차지하는 피억압자나 사회적으로 생산된 경제 잉여에의 참가에서 소외된 계급 또는 계층 그리고 사람들이다. 따라서 민중은 역사에서 직접 생산자이면서 자기 노동의 결과에서 소외된 피억압자로서 항상 한 사회 구성에서 다수인 것이다.

근대 자본주의 사회에서의 민중은 노동자 계급을 기본으로 하여 근로자 범주의 농민, 소상공업자, 도시 빈민, 일부 지식인 등으로 구성된다. 근대 자본주의 사회의 독점 자본과 정치권력의 결합은 독점 이윤의 실현을 위한 막강한 힘으로 작용하고, 이들과 억압받고 소외된 민중들 간의 모순을 첨예하게 하는 결과를 가져온다. 그리고 그 모순은 이것을 매개로 광범한 민중 구성을 하나로 묶어세우는 역할을 하게 된다. 이에 민중들은 모순된 억압으로부터의 해방과 보다 나은 생활을 요구하는 등 스스로 민중 주체성을 자각하고, 이를 사회적 실천으로 구체화함에 따라 역사 변혁을 수반하는 거대한 힘으로 등장하게 된다.

---

2) 박현채, 『민족경제론』, 한길사, 1978, 16~17면에서 재인용.

우리 역사에서 민중의 역사는 가난과 피억압의 역사였다. 민중의 저항은 유랑, 도망 그리고 도적화 등과 같이 소극적인 형태로 진행되었다. 그러던 것이 1812년의 홍경래의 난, 1862년 진주민란, 1894년 동학농민운동 등에서 민중의 저항이 봉기의 형태로 발현되기 시작했다. 여기서 1894년의 동학농민운동은 민중 주체성의 자각이라는 측면에서 중요한 의미를 지닌다. 즉 동학농민운동의 민중 주체성은 3·1운동, 4·19혁명, 5·18광주민주화운동, 6·10민주화운동 등으로 면면히 이어져 민중이 역사 발전의 주체임을 자각하는 계기를 제공했다.

이에 송기숙은 지배체제 유지의 핵심적 이데올로기인 분단 이데올로기와 근대화 이데올로기의 문제점을 비판한 후, 대항 이데올로기로서 민중의 주체성 자각과 이를 구체적으로 실천하고자 하는 민중 이데올로기의 주체성 구현에 심혈을 기울였다. 지배 권력이 권력에 대항하는 민중운동을 저지하고 탄압하기 위한 장치로 이데올로기적 통제를 강화한 것에 대해, 그는 이것을 비판하고 대항하는 도구로 민중 이데올로기와 민중들의 '혼'이 담겨있는 민중 언어와 민중 문화를 활용했다. 지배 권력이 분단 이데올로기와 성장 이데올로기로 민중을 통제하지 못하자 '의식혁명, 정신교육'이라는 이데올로기적 통제를 이용하여 정치적·경제적·문화적으로 통어하고 있음을 민중 문화를 활용하여 저항했던 것이다.

송기숙이 민중 이데올로기를 소재로 쓴 작품에는 「영감은 불속으로」(1971), 「테러리스트」(1972), 「어느 여름날」(1973), 「추적」(1975), 「불패자」(1976), 「귀향하는 여인들」(1976), 「가남약전」(1977. 9~11), 「칠일야화」(1977), 『자랏골의 비가』(상, 하)(1977), 「도깨비 잔치」(1978), 「몽기미 풍경」(1978), 『암태도』(1981), 「개는 왜 짖는가」(1983), 「부르는 소리」(1987), 「우투리─산자여 따르라1」(1988), 「제7공화국」(1988), 『녹두장군』(1994), 『오월의 미소』(2000) 등이 있다.

송기숙은 아직 민중 개념이 형성되지 않은 1970년대 초반부터 강인한 민중적 인간상을 형상화하여 민중들의 삶에 강한 애정을 갖고 있었다. 그가 추구하는 민중상은 윤리의식과 해학성을 지닌 인물로 요약할 수 있다. 그는 이러한 전형적인 인물로 '영감'을 여러 작품에서 형상화하고 있는데, 이는 그가 생각하는 마을 공동체의 형성 조건과 관련이 있어 보인다. 그는 동네를 형성하기 위해서 다섯 가지의 구색이 갖춰져야 한다고 보았다. 그 첫째는 동네 사람들의 존경을 받는 동네 어른이고, 둘째는 늘 말썽만 부리거나 버릇없는 후레자식이며, 셋째는 일삼아서 이 집 저 집으로 말을 물어 나르는 입이 잰 여자이고, 넷째는 틈만 있으면 우스갯소리로 사람들을 웃기는 익살꾼이며, 다섯째는 좀 모자란 반편(半偏)이나 몸이 불편한 장애인들이다.[3] 그의 장편 소설 중에서 농촌을 공간적 배경으로 하고 있는『자랏골의 비가』,『녹두장군』에는 다섯 가지 요소가 다 갖추어져 있고,『암태도』,「신농가월령가」에는 둘째와 다섯째 요소가 없다.

그리고 장편소설뿐만 아니라 그의 단편 소설 대부분에서 첫째와 넷째 요소는 기본적으로 갖추어져 있는 것으로 파악된다. 첫째 요소를 통해서 송기숙이 추구하는 민중상은 불의와 싸워 자신의 의견을 끝까지 관철할 수 있는 '불복성'과 사리에 맞지 않는 경우에 어긋나는 일을 끝까지 거부할 수 있는 '불패자의 의지'를 지닌 인물이다. 그는 구체적인 역사적 상황 속에서 이러한 인물이 어떻게 존재해 왔는가를 형상화하기 위한 서사화 전략으로 나이 많은 '영감'을 등장시키고 있다. 동네 어른인 '영감'은 동네 사람들이 존경하면서도 항상 두려워하는 존재로 의식이 깨어 있는 인물이다. 그들은 학식이나 인격으로 동네 사람들의 위에 존재하며 어지간한 일은 '어흠'하는 기침소리 하나로 다스리기도 한다. 또한 동네 사람들 사이에 심한 갈등이 있을 때는 불러다 훈계를 하거나 조정하는 역할을 한다. 그리고 동네 사람들이 개인적으로 어려운 일이 있을 때는

---

3) 송기숙,『마을, 그 아름다운 공화국』, 화남, 2005, 15면.

그를 찾아가서 상담을 하기도 하는[4] 등 마을공동체를 유지하는 사회적 기능을 하고 있다.[5] 넷째 요소인 해학적인 인물은 대부분 민요나 판소리를 잘 하거나, 설화를 구수하게 풀어내어 좌중을 휘어잡을 수 있는 재치가 있다. 송기숙의 작품에서 민중은 '한결같이 황소처럼 고집이 세고 타협이란 것을 모르며', '망치가 가벼워 못이 솟는다고 생각하여' 테러를 통한 저항도 불사하지만 악한 인물은 없다. 이것은 송기숙 문학의 특징으로 민중의 형상화가 다양한 자료와 현장 조사에 바탕을 둔 우리 민족의 민중 문화와 민중적 세계관에 기인하기 때문이다. 그는 한국 민담의 특징이 죽은 이의 혼을 불러 원한을 풀어주고 저승으로 인도해 주며, 잔인한 보복보다는 혼을 내어 개심을 목표로 하고 있어 해학성을 담고 있다[6]고 본다.

또한 송기숙이 많은 작품에서 민중의 전형을 농민으로 형상화하고, 농촌과 어촌을 서사 공간으로 묘사하고 있는 점에 주목할 필요가 있다. 이는 작가의 유년시절의 삶과 무관하지 않을 수도 있겠지만, 그것은 지배 이데올로기에 의해 가장 심하게 피해를 입은 곳이 농촌과 어촌이었기 때문이다. 그리고 '이촌향도'한 농민들이 도시 노동자나 빈민으로 전락하는 사회 구조적인 맥락에서 민중을 형상화하고자 했기 때문이다.

송기숙이 민중 이데올로기의 주체성을 인식하는 양상은 크게 두 가지로 나타난다. 첫째는 지배 이데올로기가 민중을 억압하는 정치의 도구임을 민중이 자각하고 구체적인 행동으로 저항하는 모습이다. 이러한 저항을 문학적으로 형상화한 작품으로는 「테러리스트」, 「추적」, 『자랏골의

---

4) 같은 책, 15~16면.
5) 송기숙의 작품에서 「불패자」의 악발 영감, 『자랏골의 비가』의 곰 영감, 「가남약전」의 가남 영감, 『녹두장군』의 조망태, 「당제」의 한몰 영감, 자리실 영감, 「개는 왜 짖는가」의 민 영감, 좁쌀 영감, 털보 영감, 굴때 장군, 호적계장, 「신농가월령가」와 「고향 사람들」의 방촌 영감, 「제7공화국」의 매실 영감, 『은내골 기행』의 절곡 영감, 「북소리 둥둥」의 상쇠 영감 등이 있다.
6) 송기숙, 「韓國民譚에서 본 來世觀」, 『생활성서』(통권15권), 23~24면.

비가』, 『암태도』, 『녹두장군』, 『오월의 미소』 등이 있다. 둘째는 지배 이데올로기의 폐단을 지적하고 민중 설화의 정서인 변혁을 염원하는 역동성을 강조하고, 민중적 운명 공동체를 낙관적으로 상정(想定)하는 양상이다. 이에 해당하는 작품으로는 「귀향하는 여인들」, 「몽기미 풍경」, 「부르는 소리」, 『자랏골의 비가』, 「우투리－산자여 따르라1」, 『녹두장군』 등이 있다.

2. 민중의 정체성

1) 민중의식의 발현

송기숙 문학의 진정한 출발은 『자랏골의 비가』로부터[7]라고 했던 염무웅의 말처럼, 송기숙은 『자랏골의 비가』에서 '질펀한 익살에 투영된 민중적 삶의 모습'을 그리고자 했다. 『자랏골의 비가』는 모두 19장으로 구성되어 있는 장편소설이다. 이 작품은 시간적으로 3·1운동이 일어나기 전 해인 1918년부터 4·19혁명이 일어나고 이승만 대통령이 하야하기까지를 배경으로 하고 있다. 공간적으로는 전라도 벽지의 한 마을인 자랏골에서 묘지를 둘러싸고 벌어진 3대에 걸친 비극적인 이야기이다. 이 작품은 농민들의 문제이기 이전에 양문이와 자랏골 사람들의 지배와 피지배 문제로 '묏등'이라는 지배 이데올로기에 저항하는 민중의식의 발현 과정을 3대에 걸쳐 뚜렷이 드러내고 있다. 즉 이 소설은 '묏등'이라는 이데올로기의 실체를 다이너마이트로 폭파함으로써 지배 권력의 통제에서

---

7) 염무웅, 「농민소설의 민중문학적 맥락－김정한과 송기숙의 소설사적 위치에 관한 메모」, 『문예미학』(제9호), 150면.

벗어나는 서사구조를 보여 준다.

첫 번째 저항은 3·1운동이 일어나기 전인 1918년에 용골 영감에 의해 음성적으로 이루어진다. 자랏골의 우환은 고당 영감이 일본에서 대학에 다니던 큰 아들의 독립자금을 마련하기 위하여 전답을 양문이에게 팔고 양도함으로써 시작된다.

> 명물이 있다면, 마을 한가운데 왕릉처럼 덩실하게 버티고 있는, 읍내 양문이 묏등이었다. 자랏골에 처음 들어오는 사람이면 누구나 그 묏등을 보고 놀라는데, 그 묏등의 봉분이 엄청나게 큰 것에도 놀라지만, 그보다도 묏등이 동네 한복판에 버티고 있다는 사실에 더 놀란다.
> 낮은 산줄기 하나가 마을 한가운데로 흘러 내려오다가 자라 대가리처럼 고개를 쳐든 바로 그 대가리 부분에, 양문이 묏등이 논 두어 마지기 요량의 널찍한 묏벌을 꽃방석처럼 깔고 덩실하게 솟아 있는 것이다. 그 묏등의 양쪽과 앞뒤에는 사람 사는 집들이, 임금 주변에 국궁한 신하들의 조심스런 몸가짐으로 숨을 죽이고 엎드려 양문이 묏등의 위세를 돋구고 있었다.

— 『자랏골의 비가』 상, 11~12면

양문이 묏등은 '타고난 분수대로 그 분수만큼의 세상'을 살고 있는 자랏골 사람들에게 보이지 않는 권력의 탄압으로 다가온다. 양문이가 동네 한가운데다 묘를 쓰는 행위부터가 자랏골 사람들을 탄압하는 한 양상이며, 이는 풍수지리설에 근거한 허망한 지배 이데올로기의 구체적인 표상이기도 하다. '양문이 묏등'은 자랏골에 40여 년이나 우환을 몰고 와서 "그 싸가리에 목숨 잃은 사람만도 칠팔 명에, 얻어맞아 텃골 양반처럼 다리가 부러져 병신이 되거나 겉으로는 병신이 되지 않았더라도 속으로 골병이 든 사람, 징역살이를 한 사람" 등 다치지 않은 사람이 자랏골에 하나도 없을 지경이다. 자랏골 사람들은 마치 "임금 주변에 국궁한 신하들의 조심스런 몸가짐으로 숨을 죽이고 양문이 묏등의 위세를 돋구고"8) 있어야 하는 무지한 존재와 다를 바 없었다. 이처럼 지배 이데올로기는 자랏골 사람들처럼 그 작동에 무지할 때 가장 강력하게 억압하는 도구가 된다.

자랏골 사람들은 판돌이처럼 대부분이 여기저기 떠돌다가 발길이 닿아 머문 사람들이었다. 때문에 그들은 유유상종으로 족보는 고사하고 가승(家乘)하나 알뜰하게 갖춘 집이 없다 보니 통성명을 할 때에도 '곤쇠 아비 아들'일 수밖에 없었다. 하지만 아무리 '황토밭의 다복솔처럼 용렬하고 바람닫이 탱자처럼 얼뜬 인생들'이라 하더라도 마을 한 가운데에 묘를 쓰는 행위는 용납할 수 없어, 양문이 어머니 묏등 면례날에 관이 들어앉을 자리에 똥을 퍼 넣는다. 그것은 마을 한 가운데에 묘를 쓸 수 없다는 저항의 표시이며, '묏등'에 똥을 부어 권력을 저지하겠다는 의지의 표출이기도 했다. 이 사건으로 자랏골 남자들은 노소를 불문하고 모두 헌병대 분견소로 마소처럼 끌려가 '쇠좆몽둥이'로 맞았다.

> 용골 영감은 그 무지한 쇠좆몽둥이에도 그냥 돌부처였다. 물까지 축여 묵직한 쇠좆몽둥이가 벗은 등짝을 휘감아 살이 묻어나게 몸뚱이를 훑어가도 영감은 꿈쩍도 안했다. 두 대, 세 대, 영감의 퉁방울 눈에 핏발이 설 뿐이었다. 쇠좆몽둥이가 몸뚱이를 훑칠 때마다, 훑친 데만 살이 움적움적 움직일 뿐, 포청 장비(張飛)의 일그러진 상으로 터질 듯한 노기만 삼키고 있었다. 아픈 표정이 아니고 노기였다.
>
> ─『자랏골의 비가』 상, 107~108면

용골 영감은 묵묵히 '쇠좆몽둥이'를 맞는다. 그는 돌부처처럼 꿈쩍도 하지 않으며, '터질 듯한 노기만 삼키고' 있었다. 결국 양문이가 와서 자

---

8) 송기숙, 『자랏골의 비가』 상, 창작과비평사, 1977, 13면.

랏골 사람들을 풀어주고, 용골 영감과 아들 형제도 집으로 돌아오게 된다. 하지만 마을 사람들이 잡혀갔다는 소식에 충격을 받은 고당 영감이 급사하게 되고, 용골 영감의 딸 '옥분이'가 양문이네 일을 하는 장정들에게 강간을 당하고 자결하게 되면서 '자랏골의 비가'는 본격적으로 시작된다. 용골 영감은 딸을 욕보인 장정들을 죽이고, 뒷산 중턱 큰 바위에 스스로 머리를 찧고 낭자하게 피를 흘리며 목숨을 끊는다. 그들의 죽음은 억압받고 착취당하는 자랏골 민중들에게 각성의 계기가 되었다. 이로써 자랏골의 첫 번째 저항은 동학농민군이었던 고당 영감과 용골 영감의 죽음으로 마무리된다.

두 번째 저항은 1919년 3·1운동 이후에 일어났으며, 누군가가 묘에 똥을 퍼붓고 봉분 꼭대기에 태극기를 꽂아 두었다. 마을 사람들의 이러한 행동은 친일파이자 지주인 양문이 일가에 대한 뿌리 깊은 증오에서 유발되었으며, 3·1운동으로 인한 민중의식이 고취되었음을 보여준다. 그들은 3·1운동을 통하여 자신들이 억압받고 착취당하며 짓눌려 살고 있음을 알게 되고, "모구도 여럿이 모이면 천둥소리를 내는"[9] 민중의 저력을 인식한다. 하지만 작가는 자랏골 사람들이 3·1운동에 직접 참여하지 않고 구경꾼으로 머물고 있듯이, 그들이 아직 투쟁의 방법을 구체적으로 자각하지 못하고 있다고 보았다.

이 사건으로 마을 사람들은 헌병대 분견소에 끌려가서 '피나무 껍질 벗겨지듯' 가혹한 고문을 당한다. 그럼에도 범인이 나오지 않자, 헌병들은 용골 영감의 두 아들 병열, 병만과 덕재 영감의 아들 중구가 했다고 거짓 자백을 하게 한 후 마을 사람들에게 '억지 도장'을 찍게 한다. 자랏골 사람들은 더 이상 무지막지한 매를 견뎌 낼 힘이 없어 조작된 권력에 굴복하고 만다. 이 사건으로 용골 영감의 두 아들은 징역 2년을 선고받

---

9) 같은 책, 133면.

게 되고, 마을 사람들은 풀려 난 후 어혈을 풀기 위해 똥물을 마신다. 그
들은 "개똥에 미끄러져 쇠똥에 입맞추듯, 똥일로 얻어맞고 또 이번에는
그 똥물로 어혈을 풀어야 할" 운명이니, "똥같은 인생이라 똥같은 일만
장마에 개똥참외 열리듯 줄레줄레 뒤"10)를 잇는다고 한탄한다. 즉 지배
권력이 민중의 단결을 체제에 저항하는 행위로 보고, 마을 사람들을 분
열시켜 이들을 개인화함으로써 더 이상 항거하지 못한다. 이렇듯 작가는
민중들이 똥물을 마실 수밖에 없는 운명을 구체적이고 사실적인 모습으
로 묘사하고 있다.

　세 번째 저항은 1944년 추석에 일어난 도장(盜葬)사건으로 자랏골 사람
들과는 무관한 양문이의 산지기 춘영이가 저지른 행위였지만 피해는 자
랏골 사람들이 당하게 된다. 이 사건으로 자랏골의 2세대인 선찬이 아버
지는 양문이 막내아들 외출이가 데리고 온 장정의 삽에 맞아 죽게 되고,
선찬이 작은 아버지인 텃골 양반은 다리병신이 되었고, 종수 아버지, 치
곤이 아버지, 득철이 아버지는 북해도 탄광으로 징용을 가게 된다.

　　읍내 사람들은 일본놈 재산을 나눠 갖기에 눈들이 벌개졌는데, 일본
　놈이 경영하던 양조장을 양문이가 차지했다는 것이다.
　　「그것이 먼 소리어? 아니, 양문이가 그것을 차지해? 애끼, 이 사람,
　자네가 말을 들어도 총찮은 소리를 어디 듣고 왔네. 시방 이 세상이 어
　뜬 세상이간디, 다른 사람도 아닌 양문이가 그런 것을 차지한단 말이
　여?」
　　「그런께, 읍내 사람들이 하느니 그 말이데.」
　　「그런께, 자네가 시방 제대로 듣고 왔다는 소린가?」
　　「몇 사람한테 들은 소리라고 그래?」
　　「허허. 해방이 되면 일본 놈 밑에서 춤추던 양문이 같은 놈은 죽음도
　초죽음 자릴 줄 알았등마는, 그런께, 이로크롬 해방이 되아도 그놈 상

---

10) 같은 책, 141면.

에는 항상 이밥에 잣죽이란 소리여?」

「읍내서도 하는 소리가 말짱 그 소린디, 그런 것을 차지해도 전부텀
일본놈하고 고개 깐닥거리던 놈들이 다 차지한다능마.」

「해방이 되었다고 덩덩하글래, 그래도 이참에는 총한 정신 가진 놈덜
세상이 될 줄 알았등마는 이것이 먼 짓거리여?」

「그런께 해방이 되나 따나 웃물 먹던 놈이 항상 웃물 묵그마.」

「아무리 공작은 날거미만 묵고 살고, 수달피는 발바닥만 핥고 산다고
하제마는, 그래도 세상이 법도란 것이 있는 것인디 이것이 말짱 먼 짓
거리들이여.」

—『자랏골의 비가』 상, 205~206면

인용문은 자랏골 사람들이 해방이 되자 양문이 묏등으로 인한 저주와
통분의 세월이 끝난 줄 알았는데, 친일파 양문이가 일본인이 경영했던
양조장을 차지하여 권력을 잡게 되는 과정을 보여준다. 양문이가 일본인
이 경영하던 술도가를 차지한 것은 해방 후 우리나라 자본 형성의 전형
인 귀속재산 처리의 한 양상을 묘사한 것이다. 해방과 함께 일제가 소유
하고 있던 식민지자본은 귀속재산의 형태로 남았고, 그것은 미군정의 소
유권 하에서 일부가 주로 미군정과 관련을 맺고 있던 사람들에게 넘겨지
고, 나머지는 1948년 정부수립 이후 한국정부에 이관되었다.[11] 당시 정
부는 한국경제의 자본 부분에서 압도적 비중을 차지하고 있던 귀속사업
체를 일제하에 민중을 수탈했던 양문이와 같은 지배계급에게 다시 넘김
으로써 식민지적 생산관계를 청산하는 데 실패했다.

작가는 세 번째 저항을 통해서 해방 전과 후의 민중의 모습을 형상화
한다. 양문이 '묏등'이라는 지배 이데올로기에 의해 조각나고 찢겨지고
왜곡된 채 살아가고 있는 자랏골 민중들에게 8·15해방은 아무런 의미

---

11) 장하진, 「이승만정권기 매판지배집단의 구성과 성격」, 『역사비평』(제6호), 1989, 74~
75면.

가 없었다. 이는 "미운놈 볼라먼 질 나는 밭 사라고 하등마는, 좋다 만
꼴 볼라먼 이로크롬 자꼬 해방이 되아사 쓰겠그마"[12]라고 한 자랏골 농
민의 독백처럼 8·15는 진정한 해방이 아니었다. 그것은 친일 잔재 세력
에 의한 새로운 지배의 시작[13]이었다. 작가가 귀속 재산 처리의 문제점
을 지적한 것은 일제 잔재에 대한 올바른 척결 없이는 민족의 정체성을
찾지 못할 것이며 불행한 역사는 지속된다는 인식 때문이었다. 그러나
이 같은 민중의 염원과는 반대로 양문이는 김태율의 독립운동을 악용하
여 가짜 독립투사로 변신하여 광복회 회장이 되고, 자랏골 사람들을 탄
압함에 있어서 양문이의 하수인 노릇을 하던 일본 경찰의 경부였던 양문
이 조카는 경찰서장이 된다. 그리고 양문이 아들은 국회의원이 되는 등
여전히 떵떵거리며 살게 된다.

네 번째 저항에서는 6·25전쟁 때 종수 아버지가 자라 형국인 양문이
묏등의 혈이 자신의 논에 있는 바위에 뻗쳐 있다는 말을 듣고 그 바위를
폭파하려다가 의문의 죽음을 당하게 된다. 그는 아버지가 양문이한테 묏
자리를 팔고부터 자랏골에 재앙이 시작되었다고 보고, 재앙의 근원지인
'묏등'을 파 버릴 생각을 한다. 그래서 곰 영감을 찾아가서 함께 할 것을
제안하지만 오히려 그를 만류한다. 종수 아버지는 "우리 새끼덜 가운데

---

12) 송기숙, 앞의 책, 206~207면.
13) 이 글은 송기숙과 박현채가 『실천문학』 주최로 7시간 동안 대담했던 내용이다. 박현
  채는 광주서중 3학년(16살) 때 담임선생님을 따라 화순군 백아산으로 입산했다. 백
  아산은 당시 장흥 유치지구, 무등산 지구, 백운산 지구, 노고단 지구와 함께 전남의
  빨치산 5개 지구 가운데 한 곳이었다. 송기숙은 조정래, 박현채와 함께 빨치산의 활
  동무대인 전남 화순군 백아산 일대를 답사하며 박현채를 통해 당시의 상황을 들으
  며 심한 열등감을 느꼈다고 한다. 송기숙은 동네 개울에서 물고기를 잡고 놀고 있
  을 때 박현채는 이미 『자본론』을 읽었고, 민중의 고통에 대해 고민하며 세상과 치
  열하게 살았기 때문이었다. 송기숙과 박현채의 교우관계는 박현채가 1995년 8월 17
  일 사망하기 전까지 이어졌다.
  송기숙, 인터뷰, 2008. 4. 2.
  박현채·송기숙 대담, 「80년대의 민족사적 의의」, 『실천문학』(통권8호), 1987, 21면.

주먹에 핏사발이라도 담고 나온 놈이 한나나 있어 보씨요. 우리맨키로 이로크롬 못 당할 꼴을 당하고 가만히 있겠소?"라고 말하며 "애비 애미가 못나서 새끼덜한테 논밭물림은 못 해준다하더라도, 이런 앙화 끝이나 물려준다면 그것이 애비 된 도리도 아니고 지혜도 아닐 것 같다."[14]며 혼자 감행하기로 한다. 그는 양문이 묏등을 산지기인 텃골 양반이 지키고 있어 묏자리의 혈이 뭉쳐있다는 자기 논의 바위를 깸으로써 적극적인 저항을 한다. 이제 저항의 양상은 2세대에 와서 적극적으로 바뀌었고, 3세대인 종수에게 이어져 양문이와 대결 양상으로 바뀐다.

마지막 저항은 4·19혁명이 일어나기 한 해 전 1959년 추석에 일어난다. 지금까지 음성적이며 개인적인 저항과 다르게 마지막 사건은 '지남회'를 중심으로 한 자랏골의 3세대가 중심이 되어 일어나 집단적인 저항의 양상을 띤다. 양문이 묏등에 다이너마이트를 설치한 주체는 선찬이지만, 종수, 문길, 평식 등도 공모자다. 그들은 할아버지, 아버지를 거쳐서 '묏등'으로 인해 40년의 한을 간직하고 있는 공동 운명체로 선찬이가 일을 성공할 수 있도록 지지를 보낸다.

> 「오는 방망이, 가는 홍두깨라는 말이 있지? 남의 눈에 피를 내면 제 눈에서는 고름이 나는 것이다. 양문이 같은 놈은 한번 그래봐야 세상 사람들이 사람 무서운 줄도 알 것 아니냐? 사람이 죽고 살기는 시왕전에 매인 것이고, 그래도 이왕에 손에 묻혀서 일을 할라면 제대로 한 것 같이 하고 죽어도 죽어야 한다.」
> 선찬이는 단호하게 말을 맺었다.
>
> —『자랏골의 비가』하, 229면

자랏골에서만 살았던 1, 2세대에 비해 3세대는 해방 후 근대화 과정을

---

14) 송기숙, 『자랏골의 비가』하, 창작과비평사, 1977, 142면.

겪으면서 객체에서 주체로 자신을 변화시킬 수 있다는 자각을 한다. 그들은 위토 관계의 사회조사를 나왔던 교수가 들돌을 보면서 시지포스와 용골 영감의 운명을 동일시하는 내용을 듣는다. 이것은 곧 자랏골 사람들의 운명이 시지포스의 운명과 같다는 뜻이다. 왜냐하면 자랏골 사람이면 누구나 자기 성장을 가늠해 볼 수 있는 '들돌'들기는 그들에게 성인으로 가는 통과 의례였기 때문이다. 여기서 그들은 자랏골 사람들에게 가해졌던 한의 질곡이 사회적 구조에서 기인함을 '시지포스 신화'를 통해서 깨닫는다. 즉 그들은 양문이 '묏등'이라는 이데올로기에 묶여 살고 있는 마을 사람들의 운명을 바꿀 수 있는 방법으로 '묏등'을 폭파하거나 묏자리의 혈이 뭉쳐있다는 바위를 깨는 길임을 자각하게 된다.

그래서 종수는 양문 일가와 마을 주민들의 반대에도 불구하고 아버지가 못한 바위 깨는 일을 진행하며, 선찬이는 묏등을 폭파하기 위해 공병대에 지원하여 기술을 배우는 등 적극적인 저항을 한다. 여기서 작가는 회고적인 서술구조를 빌려 현재와 과거를 필연적인 끈으로 연결하여 설득력 있게 묘사하여 이들의 행위가 작위적이지 않고, 구체적인 정당성을 획득할 수 있도록 했다. 선찬과 종수의 양문 일가와의 싸움은 양문의 묏등이 다이너마이트에 의해 폭파되어 끝이 나고, 양문 일가도 자신들의 과거행적이 밝혀질까 두려워 묘지를 이장한다. 이와 같이 자랏골의 3세대는 '한'에 지배당하지 않고 "남의 눈에 피를 내면 제 눈에서는 고름이 난다."는 민중의 저항의지가 사회 변혁의 원동력으로 작용할 수 있음을 보여주고 있다.

송기숙은 자랏골에서 3대에 걸친 '40년' 한의 상징이었던 '묏등'을 4 · 19혁명 직전에 폭파하여 친일 세력의 척결이라는 민족의 비극적인 과거의 청산을 주장한다. 그는 덮어 두자는 것은 역사를 암장하자는 말밖에 되지 않으므로, 모순과 비리의 척결은 민족적 자존의 증명이요, 회복이며, 새로운 도약을 위한 최소한의 전제 조건[15]이라고 생각했다.

　이상에서 살펴본 바와 같이 송기숙은 『자랏골의 비가』에서 민중의식의 발현 과정을 모두 역사적인 사건과의 맥락 속에서 다섯 번의 저항으로 형상화했다. 첫 번째 저항의 주체였던 고당 영감과 용골 영감을 과거 동학농민군이었던 전력과 연결하여 민중의식이 발현되는 지점을 동학농민운동으로 상정했고, 두 번째 저항에서 자랏골 사람들의 대화를 인용하여 3·1운동을 객관화하여 민중이 민족운동의 주체로 자리매김하고 있음을 구체화했다. 하지만 작가는 자랏골 사람들이 3·1운동에 직접 참여하지 않고 구경꾼으로 머물고 있듯이, 그들이 아직 투쟁의 방법을 구체적으로 자각하지 못하고 있음을 말한다. 이러한 구경꾼으로서의 민중의 모습은 세 번째 저항이 있었던 8·15해방 전·후에 서서히 변화되기 시작하여, 네 번째 저항인 6·25전쟁 때 자랏골의 2세대인 종수 아버지에 의해 적극적인 양상으로 바뀌었다.

　결국은 종수 아버지가 의문의 죽음을 당하여 바위를 폭파하지 못했지만, 불굴의 저항의지는 자랏골 3세대에게 영향을 준다. 작가는 마지막 저항을 4·19혁명에 초점을 맞추어 3세대의 저항이 적극적으로 일어날 것임을 암시한다. 이후 3세대를 대표하는 선찬이가 다이너마이트로 묏등을 폭파하고 양문 일가가 묘지를 이장하여 자랏골의 비극적인 과거사는 청산된다. 이와 같이 『자랏골의 비가』에서 시작된 민중의식의 서사화는 이후에 발표된 많은 중·단편[16])에서도 그대로 이어졌다. 따라서 『자랏골의 비가』는 송기숙에게 역사소설의 출발점인 동시에 민중의식의 발현과 민중 주체성의 자각을 형상화한 첫 작품이라는 점에서 큰 의미가 있다.

---

15) 임종국, 『친일논설선집』, 실천문학사, 1987, 머리말.
16) 송기숙의 작품 중에서 과거사 청산의 문제를 고발하며 해결 가능성을 제시한 작품으로는 「추적」(1975), 「불패자」(1976), 「가남약전」(1977), 「도깨비 잔치」(1978), 「만복이」(1978), 「땅꾼의 꼭지」(1978), 「살구꽃이 필 때까지」(1980), 「개는 왜 짖는가」(1983), 「부르는 소리」(1987) 등이 있다.

2) 민중의식의 성장

『암태도』는 『창작과비평』(1979. 12~1980. 6)에 연재된 장편 소설로, 박순동의 논픽션 「암태도 소작쟁의」(신동아, 1969. 9)와 현장 답사를 바탕으로 당시의 역사적 사실을 충실히 반영하고 있는 작품이다. 작가는 문제적 인물인 서태석을 통해서 권력과 유착하여 지배 이데올로기를 양산하였던 개량주의적 지식인들을 비판하고 있다.[17]

송기숙의 작품에는 민중운동에 있어서 지식인의 위치와 역할에 대한 고뇌를 다룬 소설이 많다. 예를 들면 「백의민족·1968년」의 중학교 선생, 「영감은 불속으로」의 고등학교 선생, 「낙제한 교수」의 교수, 「전우」의 고등학교 선생, 「지리산의 총각샘」의 유박사, 「어느 여름날」의 교수, 「추적」의 정년퇴임한 교장, 「귀향하는 여인들」의 기자, 「칠일야화」의 교수, 「청개구리」의 국민학교 선생, 「개는 왜 짖는가」의 기자, 『은내골 기행』의 기자 등 작품 속의 서술자는 대부분 학교 선생이나 기자들로 일반인보다는 지식을 갖춘 인물을 선택하고 있다. 그러나 이들은 대부분 작품의 전면에 적극적으로 나서기보다는, 사회현실의 구조적 모순에 의해 희생당하는 민중을 따뜻한 애정으로 관찰하는 입장에 머물고 있다.

작가가 지식인을 주인공으로 한 작품은 아니지만, 지식인의 역할에 대해서 구체적으로 형상화한 작품이 「도깨비 잔치」이다. 성호 할아버지는 교육감을 찾아가서 성호의 중학교 교장인 김학모의 아버지가 일제 때 항일 학생을 여러 명 죽였음을 들어 교육자로서 자질이 없음을 주장한다.

---

17) 지배체제는 '계급적인 것', '민족적인 것', '민중적인 것'들보다 '국가적인 것'을 상위에 위치 지움으로써 전국적, 전국민적 통합 체제인 '국민총화 이데올로기'를 구축한다. 지식인은 이러한 이데올로기의 이론적 토대를 형성하며, 민중의 요구를 왜곡시키고, 민중 내부 구성 사이의 의식의 괴리를 조장한다. 이는 결과적으로 민중의 의식적·정치적·조직적 결집을 방해하는 역할을 하게 된다.
백욱인, 「과학적 민중론의 정립을 위하여」, 『역사비평』(통권7호), 역사비평사, 1998, 125~131면 참조.

그는 친일했던 사람들은 학생들에게 일본 침략과 민족 항쟁을 제대로 가르칠 수 없으며, 김학모처럼 친일파였던 아버지의 그늘에서 호의호식하며 자란 인물들은 일제 삼십육 년의 통분을 되새길 수 없음을 들어 윤리 문제를 제기한다. 그는 "무엇보담도 교육이 우선 백성들의 혼을 일깨워야" 하며 "그런 혼백을 심어주지 못하는 교육이라면 그런 교육은 말짱 등신을 가르치는 것"이라고 강변한다. 또한 "왜놈덜한테 빌붙어 그 앞에 알랑거리고 제 백성을 팔아먹은 놈덜은 모두가 배웠다는 놈덜이었소. 혼백이 없는 등신덜한테다 지식을 실어놓았으니 그 꼴이 되었다."고 주장하며, 언성을 높여서 "그런 놈덜한테 다른 것은 몰라도 교육자를 시켜서는 안된다, 이 말이요. 교육이 뭣이요, 교육이?"[18) 하고 외친다. 작가는 성호 할아버지의 말을 빌려 교육의 순기능과 역기능을 이야기함으로써 현실 인식에 대한 지식인의 자세에 대해서 문제를 제기한다. 이러한 작가의 문제의식은 『암태도』에서 지식인이 민중운동의 주체에서 점차 조력자로 변모해 가는 과정을 통해서 구체화[19)된다.

　『암태도』는 모두 12장으로 구성된 장편소설이다. 이 작품은 시간적으로 1923년 8월 소작회 조직부터 1924년 8월 30일 소작료 조정 약정서가 교환되기까지 약 1년간을 배경으로 한다. 이 작품은 지주와 소작인이라는 지배와 피지배의 문제가 발생하게 된 원인이 토지조사사업에 기인함을 농민들이 인식하고, 지식인들을 매개로 하여 민중이 주체로 성장하는 과정을 보여준다.

　　삼일운동의 결과, 일제의 그 무자비한 총칼의 힘이 누그러져 헌병통치가 경찰통치로 바뀌고, 무단정치가 문화정치로 바뀌어졌다 하여 세상

---

18) 송기숙, 「도깨비 잔치」, 『도깨비 잔치』, 백제, 1978, 22면.
19) 특히 송기숙이 중심이 되었던 '교육지표사건'의 핵심이 교육자로서의 양심선언과 같은 것이라면, 청주교도소에서 집필하기 시작했던 『암태도』는 실천하는 지식인으로서 그의 교육관이 형상화된 작품으로 볼 수 있다.

이 크게 달라지기라도 한 것같이 떠들어댔으나, 농민들에게 구체적인 이익으로 돌아온 것은 아무것도 없었다. 만세를 가장 격렬하게 부른 것도 농민들이었고, 가장 처참하게 피를 흘린 것도 농민들이었으나, 세상이 달라졌다는데도 일본 지주와 한국 지주들의 그 탐욕스런 걸태질은 조금도 누그러지지 않았고, 그 무지한 수탈을 어디 호소할 곳이 생긴 것도 아니었다. 이렇게 되고 보니 삼일운동 때 자기들이 나라의 독립을 외친 것은 구체적인 자기들의 적을 향해서가 아니고, 남대문 입납으로 공중에다 대고 주먹질을 한 것이나 마찬가지였다. 농민들은 이제 그들이 싸워야 할 구체적인 대상이 누구인가를 알게 된 것이다.

…(중략)…

더구나 칠 년 동안이나 이곳 면장을 지내 면민들의 신망이 이만저만 두텁지 않은 서태석이가 앞장을 서자 소작인들은 전봉준이 뒤에 동학군 모이듯 일어서고 말았다.

소작인들은 서태석이가 나서고부터 자신이 넘쳤다. 제아무리 문재철이라 하더라도 시국이 이미 소작인 편으로 기운데다, 서태석이가 선봉에 선다면 이 싸움은 이미 이겨놓은 싸움이라고 그 기세가 산이라도 무너뜨릴 것 같았다.

— 『암태도』, 6~7면

암태도 민중들에게 3·1운동은 농민운동으로서 의미를 지니지 못했다. 3·1운동 때 "만세를 가장 격렬하게 부른 것도 농민들이었고, 가장 처참하게 피를 흘린 것도 농민들"이었으나, 농민들의 삶에 구체적인 변화는 없었기 때문이다. 따라서 3·1운동은 민중들에게 일본제국주의에 대항하여 투쟁을 할 수 있다는 자신감을 얻은 정도의 성과밖에 지니지 못했다. 하지만 3·1운동으로 말미암아 민족적 각성을 한 서태석, 박복영, 고백화, 서동오 등의 지도자들이 매개 역할을 자처했고, 이를 계기로 암태도 주민들은 지주와 대항할 수 있는 자신감을 얻게 되어, 민중의식이 성장하게 되었다.

서태석은 7년 동안 면장을 지낸 인물로서 3·1운동을 목격하고 나서, 그 동안 자신의 행위가 '도둑놈의 심부름'이었고 민족을 배반하는 '역적질'이었음을 자각하게 된다. 이것은 1970년대 중반 이후 지식인들이 권력과 유착하거나 독점자본에 의해 포섭되어 체제동조세력으로 변모하여 '역적'이 되거나, 민중을 위한다는 명목 아래 교묘하게 이들의 일상적 삶을 지배하는 이데올로기를 만들어 지배체제를 돕는 것을 비판하는 의미도 있다. 서태석이 일제 강점기에 면장을 지낸 것은 정당화될 수 없으며 친일 행위가 된다. 서태석은 이를 깨닫고 3·1운동 때 태극기를 들고 시위를 한 후 감옥살이를 함으로써, 지배세력에 기생하는 지식인이 아니라 민중 곁으로 돌아온다. 그는 과거의 죄를 씻으려는 생각에서 소작회장을 맡으며, 민중들이 자연스럽게 소작쟁의 정당성을 주장할 수 있도록 매개 역할을 한다.

또한 박복영은 목포에서 성경학교를 다녔고 3·1운동 때는 6개월간 감옥살이를 했다. 이후 중국 상해로 건너가 독립운동을 하다가, 독립자금을 마련하기 위해 국내에 들어와 체포되어 두 번이나 6개월간의 옥고를 치른 인물이다. 그는 암태도 청년회장으로 농민들이 문 지주에게 대항하는 것을 독립운동과 같다고 보고 소작쟁의 초기에는 중재자 역할을 하나, 서태석이 구속된 이후부터 소작쟁의를 이끌어간다. 그리고 고백화는 암태도 부인회를 조직하여 부녀자들의 단결을 도모하고, 동수와 만수가 문씨 일가라는 이유로 부인을 수곡리 친정에 보내자, 다시 이들을 데려오는데 주도적으로 관여하여 두 마을의 화해에 핵심적 역할을 한다. 마지막으로 서동오는 목포 영흥학교 고등과를 거쳐 전주 신흥고등보통학교를 나온 청년이며, 암태도에서 근대교육을 가장 많이 받은 보통학교 선생이다. 그는 소작쟁의에서 "모기도 천이 모이면 천둥소리를 낸다."면서 고백화와 함께 특히 여성 개화에 앞장선다.

이들은 모두 매개적 인물로 민중 속에 잠재해 있는 욕구를 구체적으로 드러내고 확산시켜 나가거나, 지주 문재철과 소작인의 요구 조건을 조정하여 연결하는 통로 역할을 한다. 이들은 소작인들이 스스로 문제점을 자각하고 주체로 일어설 수 있도록 문제의식을 일깨워 주어 구조적 사고력[20]을 길러 주는 데 도움을 주었고, 동시에 기존 지배질서의 정당성에 의문을 제기하고 이를 날카롭게 지적한다. 또한 '토지조사사업' 속에 은폐된 이데올로기를 예리하게 들추어내는 역할을 하여 민중과 연대하는 지식인의 실천적인 모습을 제시한다.

암태도 주민들은 소작쟁의를 성공하기 위한 전제조건으로 민중의 단결이 가장 중요함을 인식하고, 이것의 실천 방법으로 벼를 수확하지 않기로 한다. 그들은 자신들이 착취와 소외의 대상이자 무력한 피해자라는 의식을 스스로 갖게 되면서, 이것을 극복하려는 대안을 찾게 되었고, 그 과정에서 벼를 수확하지 않기로 하는 구체적 행동으로 나타난 것이다. 이처럼 농민들은 생존 문제를 투쟁목표로 구체화시키고 소작쟁의 단계에 들어서면서 비로소 적극적이고 실질적인 자신들의 이익과 결부된 반봉건·반제국주의 운동으로 들어간다. 여기서 문재철에 대한 민중의 저항은 지주가 일본제국주의 정치권력의 강력한 비호 밑에 있었기 때문에 반제국주의 운동을 겸하게 된다. 작가는 "민중의식의 형성기반은 현실 속에서의 투쟁, 투쟁을 매개로 한 계급적 결집, 운동을 중심으로 한 조직적 결집을 통하여 마련되는 것"[21]임을 암태도 소작쟁의의 과정을 형상화하여 보여주고 있다.

그러나 암태도 농민들은 싸워야 할 대상이 누구인지 알고 있지만, 아

---

20) 한완상은 의식과 행동은 의식화된 민중의 삶 속에서 자연스럽게 이어진다고 보며, 의식화를 통해 얻은 비판적 사고와 구조적 사고는 반드시 행동으로 이어진다고 보고 있다. 즉 행동을 통해 새롭게 상황의 뜻을 파악하게 되고, 행동의 결과를 평가하면서 지배구조를 새로운 시각에서 재조명하게 된다는 것이다.
한완상, 『民衆社會學』, 종로서적, 1984, 36면.
21) 백욱인, 앞의 책, 142~143면.

직은 소극적 태도로 관망하는 입장으로 '고스라져 가는 나락을 보고' 소작인들 사이에 동요가 일어난다. 이에 대해 서태석은 운동이라는 것이 많은 사람들을 당위의 방향으로 이끌어 나가야 성공한다고 생각하고, 소작인들의 의견에 따라 나락을 베어 들여 놓은 후에 저항하는 쪽으로 투쟁의 방향을 전환한다. 이는 역사적 실체로서의 민중은 직접생산자의 범주여야 하며, 민중운동이 민중의 생활상의 요구[22]이어야 한다는 것과 그 맥을 같이한다.

> "소작인들 전부의 의사가 그렇다면 거기 따르는 것이 옳을 것 같소. 싸움을 하는 것은 작인들이니까 그들의 의사를 존중하는 것이 순리지요."
>
> …(중략)…
>
> "이 일은 처음부터 우리들 생각이 너무 짧았읍니다. 농사짓는 사람들 곡식에 대한 애착이라는 것이 자식 죽는 것은 봐도 곡식 타는 것은 못 본다는 것 아닙니까? 그래서 지금 논바닥에다 고개를 처박고 고스라져 가는 것을 못 봐 발싸심입니다. 나락이 저렇게 고스라져 가는 것에 애닯은 심정은 직접 손에 흙을 묻혀 농사짓지 않는 우리는 모릅니다. 봄부터 논 갈고 씨 뿌리고 자기들 손으로 매만져 온 곡식이 고스라져 가는 꼴을 보는 저 사람들의 심정은 꼭 병난 자식을 보고 있는 심정일 것입니다. 그에 비하면 지금 우리는 남의 자식 앓는 것을 구경하는 꼴이라 할까요?
>
> —『암태도』, 65~66면

서태석은 민중들의 자발적인 합의보다 지식인들이 이끄는 대로 따라오는 소극적인 태도가 자신들 때문임을 인식하고, 민중 스스로 주체성을 가지고 스스로 가려운 곳을 긁도록 해야 함을 강조한다. 서태석은 '솔로

---

22) 박현채·송기숙 대담, 앞의 글, 35면.

몬의 지혜'를 인용하여 지식인들의 계몽이 '민중 속으로' 들어가지 못하고 겉으로 드러난 부분만 보고 결정하는 우를 범하여 또 다른 압제자가 될 수 있음을 경고한다. 이는 민중을 의식화함에 있어 지식인이 빠지기 쉬운 오만함이나 전문성으로 민중의 의식을 흐려놓을 수 있음을 말한다.23) 따라서 지도자는 위로부터 명령된 질서를 요구하지 말아야 하며, 민중 스스로 문제점을 해결해 나갈 수 있는 힘을 갖도록 돕는 조력자의 역할에 그쳐야 한다는 것이다. 즉 민중운동의 주체는 민중이며, 지식인은 '불쏘시개' 역할에 그쳐야 하고 '후견인' 이상이 되어서는 안 된다는 뜻이다.

서태석은 부당한 억눌림의 한계상황을 극복할 수 있는 힘이 민중들에게 있음에도 불구하고, 지식인에게 의존하다 보면 교육을 하는 사람과 교육을 받는 민중 사이에 또 다른 지배와 종속의 관계가 생기는 것을 우려했다. 이런 이유로 소작회에서 발생한 문제의 결정권을 가지고 있는 소작회의 회장을 민중 속에서 선출하도록 하여, 민중을 의존적 존재로 묶어두지 않고 참다운 주체가 되도록 했다. 이것은 민중운동의 결과인 쟁의행위의 성과가 한 순간의 승리가 아닌 미래로 계속되기를 소망한 것이었다. 또한 "민중의 현재에 대한 인식이 미래의 의지와 결합될 때 민중의 주체적 성격은 보다 강화된다."24)는 것과 상통한다. 여기서 작가는 서태석과 박복영으로 하여금 계몽이라는 미명하에 '자발적으로 싸울 수 있는 기회까지 박탈'해서 민중을 우민화시켰던 근대 지식인의 문제점을 지적하게 하고, 이를 우회적으로 비판하고 있다.

---

23) 한완상은 지식인이 즉자적 민중을 의식화 시킬 때 빠지기 쉬운 문제점을 두 가지로 보고 있다. 첫째로 의식화시키는 지식인이 의식화되어야 할 민중에 대해서 갖기 쉬운 오만함의 문제이며, 둘째로 지식인, 특히 사회과학자의 지식이 그 전문성 때문에 민중의 의식을 오히려 흐려놓는 결과에 대한 문제이다.
    한완상, 앞의 책, 42면.
24) 박현채, 「민중과 역사」, 『한국자본주의와 민족운동』, 한길사, 1984, 19면.

"저놈들 말에 많이 속아 왔소. 우리는 말로 살아온 사람들이 아니고 몸뚱이로 살아온 사람들이오. 제 몸뚱이 끙끙 부려 땅 파먹고 살아온 사람들이라 이런 일도 몸뚱이를 던져 해결하는 것밖에 길이 없어요. 말? 여태 촌놈들 속여온 것은 그 말이요. 말!"

춘보였다.

"옳소."

"모두 가서 형무소 담벼락에다 대가리를 처박고 죽읍시다."

"왜 그냥 죽어? 한 놈씩 죽이고 죽어."

"이러면 안됩니다."

박복영이가 다시 무슨 말을 하려는 순간이었다. 만석이가 토방으로 뛰어올랐다.

"그런 한가한 소리나 하려면 이제 당신도 더 나서지 마시오. 당신은 배가 안 고파본 사람이라 소작인들 속 몰라요."

만석이는 박복영이를 한쪽으로 밀어붙여 놓고 군중을 향했다.

"갑시다. 내가 앞에 나서겠소. 가서 우리 8백 명 중에서 8십 명만 죽읍시다. 내가 맨 먼저 죽겠소. 죽을 각오를 한 사람만 나를 따라 나서시오."

"와아."

"나도 죽겠다."

"만석이가 인물이다."

새 지도자가 탄생하는 순간이었다.

—『암태도』, 273면

작품의 결말 부분에 오면 지주의 공덕비 해체를 둘러싼 난투극을 빌미로 소작회 간부 13명이 구속되자, 소작인들은 자발적이고 적극적으로 2차에 거친 목포 원정 투쟁에 참여하게 되고, 이를 계기로 투쟁의 주도적 역할이 지식인에서 민중의 전형인 춘보와 만석이로 바뀐다. 이들은 역사의 주체로서 민중의 투쟁에 대한 의지와 실천적 투쟁의 모습, 그리고 소작쟁의의 역사적 의미를 구체적이고 사실적으로 보여주는 인물이다. 춘보는 아버지와 동생 춘만이와 함께 동학농민운동에 참가했다가 아버지는 죽었으며, 동생은 순천 낙안면으로 피신했고, 자신은 암태도로 숨어들었다. 만석이는 남사당패 소리꾼으로 의병 투쟁에 참여했다가 춘만이를 만나 암태도로 함께 들어왔다. 춘보는 동학농민군으로서의 면모를, 만석이는 한말의병의 면모를 지님으로써 소작쟁의를 이끌어갈 주체로서 정당성을 갖게 된다.

춘보는 재판소에서 판사가 '법'에 근거해서 결정을 내리겠다고 하자, 공식영역에서 모든 이데올로기적 정책행위의 직접적인 준거[25]가 '법'이었음을 근거로 제시하며, 이러한 이데올로기적 통제에 '몸'으로 저항하겠다는 강한 의지를 보여준다. 또한 만석이는 흥분한 소작인들을 설득하려는 박복영을 "배가 안 고파본 사람이라 소작인들 속"을 모른다고 민중의 중심에 나섬으로써 '새 지도자'가 된다. 그는 "서태석이에 방불한 위엄이 풍겨나고 있었"고 "전혀 새로운 만석이의 면모"[26]를 보이며 소작쟁의를 성공으로 이끈다. 이들은 지식인의 매개적 역할에 도움을 받지만 점차 소작쟁의를 주도하는 인물이 됨으로서 민중의식이 성장하는 모습을 보여준다. 이것은 『자랏골의 비가』에서 동학농민운동에 참여했던 용골 영감이 '자랏골'의 집단적 저항을 이끌어내지 못하고 자살한 것과는 대조를 이루며, 민중 주체성의 인식이 강화되고 있음을 강조한다. 이렇게 작가의 시선은 현재에서 출발하여 과거를 탐험하고 미래를 지향하여 민중 이데올로기의 주체성을 역사적인 맥락에서 구체화한다.

이상에서 살펴본 바와 같이 송기숙은 『암태도』에서 소작쟁의의 전개 과정을 통해 민중 운동의 방향이 지식인에서 민중 주체로 변모하는 과정을 형상화했다. 그는 『자랏골의 비가』에서와는 달리 『암태도』에서 쟁의

---

25) 임영일, 앞의 책, 73면.
26) 송기숙, 『암태도』, 창작과비평사, 1981, 274면.

행위를 통해 민중의 미래에 대한 전망과 지식인의 실천적 참여를 낙관적 시선으로 바라보는 작가 의식의 변모를 보인다. 즉『자랏골의 비가』에서 는 자랏골의 유일한 대학생이었던 김태율이 독립운동을 하다가 전사하 여 애초부터 민중투쟁을 위한 의식화의 매개역이 존재하지 않았고, 결과 적으로 비극이 계속되었다. 반면『암태도』에서는 서태석, 박복영, 고백 화, 서동오 등 매개적 인물이 등장하며 민중들 또한 스스로 민중 주체성 을 자각하는 계기가 되었고, 이것은 결국 민중 투쟁의 성공적 결과의 바 탕이 되었던 것이다. 그는『암태도』에서 처음에는 민중운동의 중심인물 로 서태석과 박복영을 전면에 내세우나, 결말에서 동학농민운동과 의병 투쟁에 참가했던 춘보와 만석이를 민중 주체로 형상화하여 변혁을 지향 하는 낙관적인 민중적 세계관을 전망한다. 또한 서태석을 영웅화하지 않 고 소작인을 도와주는 조력자 역할에 그치게 하여, '이론'을 내세워 다양 한 이데올로기적 유제들로 민중을 억압하는 지식인을 우회적으로 비판 하고 있다.

3) 민중의식의 확산

『녹두장군』[27]은 총 5부 12권으로 구성되어 있으며 13년에 걸쳐 현장 답사와 방대하면서도 실증적인 자료를 바탕으로 저술한 대하역사소설이

---

27) '녹두장군'은 민중들이 만들어서 불렀던 전봉준에 대한 호칭이다. 따라서 '녹두장군' 이라는 호칭은 민중들의 정치의식을 담고 있음을 알 수 있다. 민중들은 전봉준이 제대로 된 지도자임을 알아보고, 그를 '동학농민전쟁'에 앞장서게 하기 위해서 참요 나 태몽 이야기 등을 만들어 구전시켰다. 이는 훌륭한 지도자를 알아보았던 민중들 의 혜안과 이러한 민중들의 뜻에 따라준 전봉준의 됨됨이를 통해서, 제대로 된 사 회란 민중과 지도자가 한 뜻으로 서로를 이해할 수 있어야 하며, 이럴 때에야 비로 소 역사의 수레바퀴는 한 쪽으로 기울지 않고 제대로 제 갈 길을 가게 된다는 것이 다. 여기서 작품명을 '동학농민전쟁'이나 '전봉준'으로 하지 않고『녹두장군』으로 함으로써, 동학농민운동 속에 담긴 의미를 제대로 살렸다고 볼 수 있다.

다. 이 작품은 1894년의 동학농민운동을 그린 것으로, 19세기 말 봉건적 지배체제의 가렴주구와 학정에 맞서 분연히 떨쳐 일어났던 농민들의 반봉건적·반외세적 운동을 내용으로 한다. 또한 이 같은 혁명적 농민운동을 민중들의 시각에서 민중의 언어로 역사를 재해석하고 형상화했다. 『녹두장군』에서 전반부를 차지하고 있는 '고부민란'28)은 전봉준을 중심으로 한 동학농민군 지도자들의 활약과 매개 역할로 말미암아 민중이 역사의 주체로 성장해 가는 과정을 보여준다. 그러나 후반부에서는 안핵사 이용태와 그 역졸들의 만행으로 '동학농민전쟁'이 가시화되자, 『암태도』에서 마치 춘보와 만석이처럼 팔 병신 설만두나 농민 출신 오기창이 중심에 서서 민중을 '민족의 실체이며 역사발전의 주체'로 이끌어 나간다.

　설만두는 장흥 역졸들에 의해 불타는 하학골을 떠나면서 월공29)과 나누었던 대화를 상기하고 '테러를 통한 저항'을 주장하는 인물이다. 월공은 장흥 역졸과 개를 동일시하며 "백성을 물라고 개를 푼 놈"을 처단해야 함을 강조한다. 또한 그는 "임금이 제 나라 백성을 치라고 외국 군대를 불러"온 것에 대해서도 "그 군대는 임금한테서 이 나라 백성을 도륙하라는 허락을 받은 군대"라고 언급하고, "백성들을 파리 목숨보다 더 험하게 짓밟"(10권, 86면)30)게 된 상황임을 역설함으로써 민중과 동학농민군 지도자들을 단합하게 한다. 이에 대해 조심스럽기는 하지만, 작가는 민비가 권력을 유지할 목적으로 청나라 군대를 끌어들인 행위와 신군부

28) 이 글에서는 고부 농민들만이 중심이 되어 일어났던 1893년 11월 30일부터~1894년 3월 2일까지는 '고부민란'으로, 안핵사 이용태와 그 역졸들의 만행이 원인이 되어 전국적으로 봉기를 한 1894년 3월 초 1차 봉기부터 '동학농민전쟁'으로 본다. 또한 이 사건은 동학농민운동으로 통일하여 부르기로 한다.
29) 『녹두장군』에서 월공의 실제 모델은 남명 스님이다. 송기숙은 남명 스님과 1970년대 초반에 인연을 맺었고, 나중에 선암사에서 『녹두장군』을 쓰게 된 계기가 된다. 『녹두장군』 이외에도 콩트 「약탈하는 풍경」은 남명 스님의 실화를 소재로 쓴 것이다. 송기숙, 인터뷰, 2008. 4. 2.
30) 이 글은 『녹두장군』에 한해서 권수와 면수를 본문 안에 ( )를 넣어 표기하기로 한다.

가 당시 5·18광주민주화운동을 진압하기 위해 자국의 군대를 파견한 사실을 견주어 이를 폭로하고 비판하는 의미가 있는 것으로 여겨진다.[31] 즉 이용태가 역졸들을 시켜 백성들을 유린하였듯이, 신군부도 5·18광주민주화운동 당시 민중을 폭도로 규정하고 공수부대를 투입하여 잔인하게 진압했기 때문이다.

> "다시 잡을 날이 있을 것이오. 이용태는 절대로 살려둬서는 안되요. 기어코 죽여사 쓰요. 그놈을 꼭 죽여야 다른 놈들도 백성 무서운 줄을 알고 그런 놈이 더 안 나오요. 그놈을 안 죽이고 놔두면 다른 이용태가 늘 나오요. 나는 저 새끼를 이승에서 못 죽이면 저승에까지 따라가서 죽일라요."
>
> 여태 말이 없던 설만두가 이를 악물며 씹어뱉듯 말을 했다. 설만두 말에 모두 눈이 둥그레졌다. 꼴로 볼 게 아니라는 표정들이었다.
>
> "이번에 이용태를 죽이면 열 명 나올 이용태가 다섯 명만 나오제마는, 안 죽이면 열 명 나올 이용태가 스무 명 서른 명 나오요. 우리 후손

---

31) 송기숙은 교육지표사건과 5·18광주민주화운동으로 두 번 옥고를 치른 후 1981년 8월부터 『현대문학』에 『녹두장군』을 연재하기 시작한다. 그리고 1994년 1월에 창작과비평사에서 『녹두장군』을 12권의 책으로 완간한다. 따라서 『녹두장군』 곳곳에서 5·18광주민주화운동에 대한 작가의 심중이 녹아들었다고 볼 수 있다. 특히 7권과 8권은 당시 고부와 광주를, 그리고 이용태와 신군부의 책임자를 동일시하여 두 사건을 바라보는 작가의 역사의식이 드러난다고 볼 수 있다.
"군대가 강해지면 강해질수록 그 군대를 손에 쥔 놈들은 야심이 생기기 마련이네. 이번 이용태 같은 놈이 나라의 병권을 손에 쥐었다고 생각해 보게. 제 야심을 채우려고 고부 같은 한 고을이 아니라 온 나라 백성 전부를 향해 총부리를 들이댈 걸세. 그것을 막는 길이 무엇이겠는가? 역시 백성들이 그런 놈들을 죽여서 본을 보이는 길밖에 없네. 죽여도 처참하게 죽여야 하네. 그놈을 지금 못 죽이면 10년이나 20년 뒤에라도 죽여야 하고, 그놈이 늙어서 운신을 못할 때라도 기어코 죽여야 하네. 그때도 못 죽이면 묏등이라도 파서 그 뼈를 갈아 날려야 하네. 이것이 이 다음에 그런 놈이 또 나타나서 더 많은 백성을 죽이는 것을 방지하는 유일한 길일세. 십 년 전에 이용태 같은 놈을 죽였다고 생각해 보게. 이용태가 지금 저 짓을 하겠는가? 똑같은 이치로 앞으로 10년, 50년, 100년을 생각해 보게. 이제부터는 열녀비가 아니라, 저런 놈을 죽이고 그 징계비를 세워 자손 만대로 본을 보여야 하네."
송기숙, 『녹두장군』 7권, 창작과비평사, 1994, 314~315면.

들이 또 저런 놈한테 안 당하고 살게 할라면 저런 놈은 꼭 죽여사 쓰
요. 다른 놈은 몰라도 이용태는 기어코 죽여사제라우. 나는 이참에 따
라나설 때 이용태를 기어코 죽이겠다고 천지신명께 맹세를 했소. 나는
내 목숨이 붙어 있는 도막에는 나 혼자래도 기어코 죽일라요."

— 『녹두장군』 10권, 204면

설만두는 육체적 불구이지만, 월공의 가르침과 도움으로 사회구조의
모순을 인식하게 되고, 동학농민군을 단결시키는데 중요한 역할을 한다.
설만두는 이용태를 처단해야만 하는 이유에 대해 "그놈을 꼭 죽여야 다
른 놈들도 백성 무서운 줄을 알고 그런 놈이 더 안 나오며, 그놈을 안 죽
이고 놔두면 다른 이용태가 늘 나온다."고 주장한다. 나아가 이승에서 죽
이지 못하면 저승에까지 따라가서 죽인다는 단호한 의지를 보인다. 이에
오기창은 백성들을 병신으로 만들고 있는 실체가 있음에도 불구하고 봉
기하지 않는 행위는 '두 벌로 병신'이 되는 행위임을 들어 백성들을 향
해 '본'을 보이자고 역설한다. 또한 그는 '동학농민전쟁'에서 패배하자
"깊이 숨어서 제일 못되게 구는 양반이나 부자놈들을 하나씩 처치하겠
다."(12권, 279면)는 의지를 다진다.

이와 같은 인물들의 행동주의적 태도는 「테러리스트」, 「추적」, 『오월
의 미소』 등에서도 나타난다. 작가는 「테러리스트」의 영감과 「추적」의
전직 고등학교 교장인 영감의 '테러를 통한 저항'을 통하여, 유신체제가
국가의 존재와 발전을 위한다는 목적 아래 체제에 반대하거나 저항할 수
있는 모든 단체나 인물을 원천 봉쇄하여 탄압하는 현실을 비판하고 있
다. 특히 「추적」의 영감은 '종이, 펜'을 이용해서 자신이 정신병 환자가
아니라 박가에 의해 강제로 입원하게 된 경위를 알리지만 아무도 도와주
지 않자, 자신의 양말 네 짝을 모두 풀어 올가미를 만든 후 직접 '박가'
의 목을 조여 죽이고 정신병원을 나오게 된다. 이처럼 송기숙의 소설에

서 민중은 불의를 보면 참지 못하고 직접 행동으로 실천하는 모습을 보인다.

이 같은 모습은 『오월의 미소』에서 더 구체화된다. 작중화자인 정찬우는 재수생 신분으로 자신이 사랑하는 미선과 언니인 영선이가 진압군에게 봉변을 당한 것이 계기가 되어 5·18광주민주화운동에 참여한다. '우연찮게 참여'한 그는 시민군으로 무장활동을 하게 되었고, '김중만'과 '세모눈'을 주시하게 된다. 정찬우를 둘러싸고 있는 '세모눈'과 김중만, 유용찬 등의 공통점은 5·18광주민주화운동유공자 보상금을 신청하지 않았다는 점이다. 이것의 상징적 의미는 '오월'이 근본적으로 해결되지 않았다는 정치적 이유와 함께 '오월주체'들의 개량화 과정에 대한 윤리적인 문제를 복합적으로 함의하여 '테러를 통한 저항'을 정당화한다.

정찬우에게 세모눈은 대학생들이 학생수습위원회를 조직하려고 하자 M16 소총을 들고 '폭력에는 폭력'으로 대응할 수밖에 없다며 단호하게 행동했던 모습으로 기억된다. 또한 학살자의 대표적인 인물인 하치호를 쇠파이프로 테러한 김중만에 행위에 대해서도 '약한 놈이 강한 놈한테 결정타를 먹이는' 테러를 통한 저항으로 기억된다. 그리고 유용찬은 자신과 함께 시민군으로 참여했다가 수사 기관에 끌려가 고문을 당한 후 은밀히 학살자들의 테러를 추진하고 있다. 유용찬은 전면에 나서지는 않지만 정찬우가 자연스럽게 총을 소지할 수 있도록 돕는다. 따라서 정찬우가 총을 소지하는 행위는 "미국처럼 법이 엄정한 나라도 주먹이 법보다 가까우니까 주먹을 총으로 강화시켜 자신들을 지키고 있는 것"[32]처럼 더 큰 폭력으로부터 자신을 방어하기 위한 정당한 행위이다. 이들의 이 같은 행위는 "새치기하는 사람은 말로 꾸짖거나 꿀밤을 먹이고 안두희처럼 민족 지도자를 죽인 자나, 국민을 학살하고 정권을 찬탈한 자들

---

32) 같은 책, 169면.

은 총으로 쏴야"33)한다는 논리와 맥을 같이하며, 박기서가 안두희를 테러한 것처럼 민중의 이름으로 학살자들을 테러하는 방법이 가장 정당한 저항의 방식임을 대변하고 있다.

이상에서 살펴본 바와 같이 송기숙은 『녹두장군』에서 민중들이 지배 이데올로기에 저항하기 위해서는 민중의 자각이 중요함을 제시하고, 설만두와 오기창을 통해서는 저항의 방법을 구체화한다. 이들은 민중들의 자각만으로는 지배체제를 변혁할 수 없다고 판단하여, 행동을 통한 저항으로 대동 세상을 실현하려고 한다. 이러한 민중의식의 확산을 보여주는 작품이 『오월의 미소』이다. 작가는 『오월의 미소』를 형상화하여 5·18 광주민주화운동이 은폐된 역사로 봉합되는 것이 아니라, 함께 이해하고 평가해야 할 대상이며 완결되지 않은 사건으로 제시한다. 이것은 과거 사실의 재현 못지않게 과거 사실에 우리의 현재적 요구를 효과적으로 투영하여, 사실 너머의 진실에 접근해 가고자 하는 작가의 의도이다.

이는 작가가 『암태도』의 발문에서 문학의 기능을 "소설은 어떤 의미로건, 인간을 일깨우지는 못한다 하더라도 잠재우는 기능을 해서는 안 된다는 생각이다. 이것은 문학의 예술로서의 존재 방식 이전의 문제다."34)라고 하였듯, 그의 소설 쓰기는 민중을 국가의 주체이자, 역사의 주체로 바로 세우기 위한 작업이었다. 또한 5·18광주민주화운동의 정신을 동학농민운동에서 민중 주체성의 자각과 이에 근거한 저항 정신에서 그 맥을 찾고 있다. 따라서 그의 소설세계는 동학농민운동 → 의병투쟁 → 만주독립군 → 3·1운동 → 광주학생운동 → 4·19혁명 → 5·18광주민주화운동으로 '장강대하'처럼 하나로 엮여 흐르며, 이와 같은 역사적 맥락에서 민중들의 민중의식이 성장하는 과정을 형상화했다.

---

33) 같은 책, 172면.
34) 송기숙, 『암태도』, 창작과 비평사, 1981.

3. 민중 설화의 역동성과 운명 공동체

1) 민중 설화의 수용

송기숙은 지배 이데올로기에 대항하는 방법으로 민중 문화의 결정체라고 할 수 있는 설화를 차용하여, 민중의식이 문화와 의식의 결합에서 창출되고 있음을 보여준다. 설화는 여러 작품에서 상당수 차용되고 있다. 이것은 소재적인 차원에서 머물지 않고, 주제를 드러내는데 중요한 역할을 한다.

또한 그는 단편 「어느 여름날」의 원계장을 통해서 민중의 삶을 표현하는 방식이었던 민요와 민담이, 의병 운동 당시 어떻게 민중의식과 결합하는지를 조명했다. 그리고 이후에 쓰인 『자랏골의 비가』의 아기장수 설화, 「칠일야화」의 도깨비 이야기, 「낙화」의 까치와 구렁이 이야기, 「당제」의 미륵 이야기, 도깨비 이야기, 「어머니의 깃발」의 미륵 이야기, 「파랑새」의 미륵 이야기, 오세암 이야기, 「우투리 – 산자여 따르라1」의 아기장수설화, 『은내골 기행』의 미륵 이야기, 파랑새 이야기 등은 설화의 차용이 송기숙 소설의 특징을 이루고 있음을 보여주고 있다. 특히 『녹두장군』에서는 40여 가지의 설화[35]를 차용하고 있는데, 이 절에서는 민중언

---

35) 설화의 사례는 제1권, 이서구설화(6면), 박문수설화(7면), 선운사 미륵비결설화(5~37면), 고목생화(124~125면), 육족우 이야기(126면), 정감록(127면), 천리연송 비결(128면), 오누이 힘내기전설(230~231면), 계백 이야기(231면), 왕건 꿈 이야기(233~235면), 견훤 이야기(236~237면), 제2권, 곰나루 전설(57~58면), 십승지(175~184면), 제3권, 아기장수설화(164면), 갈희 전설(193~194면), 아기장수설화(221~233면), 좆 이야기(245~246면), 남해진인설(246면), 중장터 이야기(253~254면), 운주사 천불천탑설화(254~261면), 장자못 전설(291~297면), 제4권, 마고할미 전설(40~41면), 제5권, 공중배미 이야기, 삿갓배미 이야기(270~283면), 제6권, 토정비결(150면), 제7권, 진표 이야기(94~101면), 녹두새 이야기(154~155면), 제8권 쑥국새 이야기(5~12면), 최환락 이야기(61~66면), 갑오지미 비결(100면), 무자년 까치소동(118~120면), 천리연송 비결(153면, 168~170면), 궁궁을을 비결, 이재가가 비결(172~173면), 아기장수

어와 민중의식을 담고 있는 '설화'를 활용하여 지배체제의 이데올로기적 통제를 전복시키고자 했던 『녹두장군』을 중심으로 살펴보고자 한다.

설화는 그것을 빚어내고 전승·보유하고 있는 집단의 꿈과 소망 그리고 생활의식을 반영한다. 때문에 설화는 민중들의 민중의식과 함께 그들이 지배 권력에 저항하는 방식을 함축하고 있어 지배 이데올로기의 허구성을 밝히는 주요한 수단이 되기도 한다. 특히 『녹두장군』에서는 설화뿐만 아니라 판소리·민요 등 다양한 구비문학과 두레·사물패·풍물 등 놀이문화를 차용하여 민중들의 의식과 생활 방식을 폭넓게 묘사하여 그 기능을 강화했다.

송기숙은 『녹두장군』에서 '여성 수난'의 모티프를 지닌 설화를 차용하여 가부장적 성차별 이데올로기를 비판했다. 그는 그의 초기소설부터 꾸준히 '여성의 수난사 이야기'를 써서 한국 사회의 국가주의적 조직화와 사회의 파시즘적 재편 과정을 보여주는 지배 이데올로기의 변형된 모습36)을 비판한다. 즉 「귀향하는 여인들」의 '정호영씨 딸'을 형상화하여 군부독재정권과 독점자본이 1960년대 이래의 경제성장 과정에서 봉건적인 신분 위계적 이데올로기들을 반공, 발전, 안정 이데올로기의 하위 이

설화(217~218면), 전봉준 태몽이야기(161~162면), 제10권, 갑사스님 이야기(208~210면), 정전법 비결, 여전법 비결(263~295면), 제11권, 다산 비결(72~76면), 삼부지 비결(103~105면), 49일 참언설(192~195면, 254~257면), 천리연송 비결, 삼부지 비결, 궁궁을을 비결(209면) 등이 있다.

36) 여성 수난사 이야기는 민족적인 것을 순결하고 순수하며 도달하지 못한 이상적 장소로 의미화 하는 동시에 이를 통해 손상된 것의 의미로서 여성적인 것은 (회복되어야 할) 민족적인 것의 타자(바깥)로 추방된다. 여성 수난사 이야기의 구조가 여성을 수난의 역사를 의미화 하는 주된 표상으로 드러내면서 동시에 여성적인 것을 (회복되어야 할) 민족의 바깥으로 규정하는 모순적인 과정은 이러한 이데올로기적 기능의 결과이다. 또한 이러한 과정을 통해 남성적 힘의 논리에 입각하여 (회복되어야 할) 민족적인 것의 순수성을 지향하는 모든 사회적 과정의 정당성이 부가된다. 여성 수난사 이야기의 구조는 소위 전투적 민족주의를 통한 사회의 국가주의적 조직화에 있어서 주요한 정치적·미학적 기능을 수행하고 있는 것이다. 김철·신형기 외 지음, 『문학 속의 파시즘』, 삼인, 2001, 241면.

데올로기로 변형, 포섭[37]하여 여성의 노예상태를 합리화하고 있음을 비판하고 있다. 또한 가부장제적 성차별 이데올로기가 저임금 여성노동력의 동원화와 합리화를 위해 강화되고 있음을 「몽기미 풍경」의 순자와 「부르는 소리」의 명자를 통해서 보여주고 있다. 『녹두장군』에서는 이러한 여성의 수난 이야기를 다양한 각도에서 묘사하고 있고, 대표적 인물들은 월례, 연엽, 길례, 경옥, 예동댁 등이 있다.

이들은 모두 남성들에 의해 성을 유린당한 조선 후기 하위주체를 대표하는 인물이다. 월례는 이주호의 종으로 남편이 있음에도 불구하고, 주인집 아들인 상만에게 성적 능욕을 당하고 호방에게 팔려가는 신분이다. 연엽은 부유한 가문의 딸로 결혼 날짜를 며칠 앞두고 있었지만, 아버지가 '상피(相避)'라는 누명으로 충청감사 조병식에게 잡혀가자 집안은 풍비박산이 났고 그녀는 기생이 되었다. 길례는 박성삼과 약혼했으나 방필만의 농간에 걸려 그의 첩으로 들어가게 되었고, 이후 박성삼의 도움으로 첩에서 벗어났으나 사당패에 들어가 떠돌아다닌다. 경옥은 지방 유지인 이주호의 딸로 달주와 혼인하려고 단식투쟁을 벌이기도 하지만, '고부봉기'를 제압하려는 역졸들에게 겁탈을 당해 아이를 갖게 된다. 예동댁도 역시 남편이 있음에도 불구하고, 소작을 구실로 이주호의 아들 상만에게 성적 능욕을 당한다. 이들은 "여자들 몸뚱이 속에도 조정의 위엄과 관가의 위세를 속속들이 아로새겨질"(11권, 246면) 정도로 남성 권력에 희생되었던 조선 후기 여성들의 전형이었다. 하지만 '동학농민전쟁'이 진행되는 과정에서 그녀들은 자신의 의지와 상관없이 행해진 성적 유린의 상처를 극복하고, "그런 것을 조금도 마음에 안 끼고 살게"(7권, 35면) 된다. 이 글에서는 이 중 월례와 연엽을 중심으로 이들이 어떻게 가부장적 이데올로기를 극복하는지 살펴보기로 한다.

---

37) 임영일, 앞의 책, 81면.

"이 이야기의 깊은 이치는 바로 이 돌아보지 말라는 대목에 숨어 있네. 큰 홍수가 진다는 것은 마치 그렇게 홍수가 진 것같이 세상이 천지개벽이 된다는 소릴세. 그건 하늘이 땅이 되고 땅이 하늘이 된다는 소리가 아니고 그만큼 크게 세상이 뒤바뀐다는 소리지. 동학에서 말하는 후천개벽의 그 개벽하고 같은 소리네. 그럼 이렇게 세상이 크게 뒤바뀌고 나면 그 뒤에 오는 세상은 어떤 세상이냐? 그것이 어떤 세상인가는 그 이야기 속에 답이 나와 있네. 이 이야기에 나오는 시아버지같이 못된 사람은 그 홍수에 떠내려가듯 다 없어져 버리고, 며느리같이 힘없고 착한 사람들이 세상을 주장하고 사는 그런 세상일세."

—『녹두장군』 3권, 293면

월례는 하학동 호방의 집에서 도망쳐 새로운 세상을 찾아가고 있다. 그녀는 가던 길목에 있는 운주사에 들려 지허 스님으로부터 장자못 전설을 듣게 된다. 장자못 전설은 '뒤돌아 보지마라'는 금기(taboo)[38]에 중점을 두고 있다. 이것은 과거의 모든 것과 인연을 끊는다는 상징적 의미이며, 그녀가 종의 신분에서 벗어날 것을 암시한다. 월례에게 하학동에서 종으로서의 삶이 시아버지와 며느리의 봉건적 종속관계가 존재했던 과거의 공간이었다면, 과거를 버리고 뒤돌아보지 않고 혼자 가는 길은 스스로 삶의 주체가 되는 해방의 공간이다. 여기서 장자못 전설의 며느리라는 신분은 남성 대 여성이라는 생물학적 이분법을 기준으로 한 섹슈얼리티의 구분만을 의미하는 것이 아니라, 역사의 주도권을 행사한 지배층에 대칭하는 피지배층 즉 역사적 타자로서 존재한 여성을 가리키는 것[39]이다. 또한 월례가 남편 만득이와 하학동에서 장흥 묵촌으로 가는 소설

---

38) 금기는 인간 위의 신적인 존재능력을 상징하며, 설화에서는 반드시 파괴되고, 그 파괴한 인간은 벌을 받는다. 최래옥, 『한국구비전설의 연구―그 변이와 분석을 중심으로』, 일조각, 1984, 29면.

39) 이정, 「시집살이 노래 구연에 나타난 말하기 방식과 여성의식에 관한 연구」, 이화여자대학교 박사논문, 2005, 84면 참조.

적 구조 속에서 차용된 장자못 전설은, 단지 길례라는 여성뿐만 아니라 그 동안 주도권을 가지고 중심에서 통제하고 지배해 온 지배 계층에게 일상적 삶을 유린당해 온 이름 없는 민중들의 저항으로 의미를 확장할 수 있다.

지허 스님은 월례에게 선천의 세상에서 후천의 새 세상으로 넘어가는 길목에서는 선천의 세상, 즉 그 시아버지가 주장했던 세상에 대한 인연이나 정분 같은 것을 칼로 베듯 끊어버리라고 당부한다. 그렇지 않고 어물어물하다가는 장자못 전설의 며느리처럼 바위가 되어 천추의 한을 남긴다는 것이다. 그는 추쇄(推刷)가 떠서 잡아가려면 '몽둥이로 작살을 내고 도끼가 있으면 도끼로 찍'어서라도 저항해야 한다고 말한다. 이것은 부당한 억압으로 여성들을 비인간화시키는 사회 제도와 남성들의 태도에 전면적인 변혁을 촉구하는 것으로, 더 이상 여성들이 가부장적 이데올로기의 희생양이 될 수 없음을 상기시키는 것이다.

월례는 지허가 들려주는 장자못 전설로 말미암아 자신도 운명과 맞서 싸울 수 있다는 자각을 하고, 세상에 떠돌고 있는 '인내천사상'의 의미를 깨닫게 된다. 또한 그녀는 역사를 통해서 남성들이 여성들에게 만들어놓은 잘못된 제약 때문에 여성들이 열등한 존재가 되었다[40]고 자각하고, 이후부터는 장흥 묵촌에서 '남원댁'으로 당당하게 살아간다. 월례는 새로운 세상을 살아가기 위해서 스스로 언문을 깨치고, 남편에게도 글을 가르치며 달주에게 고마운 마음을 전달하는 편지를 보낸다.

월례는 안핵사 이용태를 맞으러 온 호방에게 발각되어 남편의 자유를 얻는 조건으로 잠시 자신의 삶을 포기하기도 한다. 하지만 안핵사 이용태가 고부로 가는 길에 춘향전 「십벌지목(十伐之木)」을 개작하여 '십벌지목 믿지 마오, 멋은 아니 줄 터이오'라고 하며 노골적으로 성적 추행을

---

40) 리타 펠스키, 김영찬·심진경 역, 『근대성과 페미니즘』, 거름, 1998, 104면.

해도, 자신은 기생이 아니라고 당당히 거절한다. 작가는 장자못 전설의 '뇌성벽력'과 '이용태의 수청'을 등가 시켜 월례가 주자학적 사고에서 벗어나 열린 세계를 지향하고 있음을 보여준다. 때문에 월례는 미륵을 임신한 상태로 전주성 전투에서 부상당한 농민군을 치료하며, '동학농민전쟁'의 주체로 서서히 변모해 나갈 수 있었다.

> 유월례는 지난 9월 장흥 농민군이 봉기할 때부터 곧바로 젊은 여자들을 모아 농민군 밥을 짓고 옷을 마르는 등 농민군을 거들었다. 장흥에는 접이 셋이 있었는데 자기가 속한 어산접뿐만 아니라 용반접·곰재접까지 다니며 여자들을 끌어내는 등 하도 열성이라 어산 여장군이라는 별호가 붙은 것이다. 이방언은 장흥 어산에서 제일 먼저 접을 일으켰는데 수가 많아지자 접을 세 곳으로 나누었던 것이다. 유월례는 산달에도 태산만한 배를 붙안고 이리 뛰고 저리 뛰고 억척으로 뛰었으며 애를 낳은 다음에도 열성이 조금도 식지 않았다. 유월례는 얼굴이 조금 말라 보이기는 했으나 눈에서는 남자들 못지않게 빛이 번득였다. 아까 만득이처럼 유월례도 다른 사람이 되어버린 것 같았다.
>
> —『녹두장군』 12권, 285면

월례는 만득이와 자신이 새로운 삶을 시작했던 장흥에서 '젊은 여자들을 모아 동학농민군 밥을 짓고 옷을 마르는 등' '동학농민전쟁'의 중심에 서서 주체로서의 삶을 살아간다. 눈은 '남자들 못지않게 빛이 번득'였고, 오누이 힘내기전설에서의 여성장사처럼 그녀에게도 '어산 여장군'이라는 별호가 붙는다. 또한 그녀는 과거의 삶에 연연하지 않고 당당하게 자신이 나아가야 할 길을 찾아간다. 이처럼 작가는 월례라는 여성을 형상화하여 그 동안 남성 중심의 서사였던 동학농민운동에 또 다른 주체로서 여성을 구체화[41]했다. 이것은 역사적 사실에 대한 기록이 지배 권력과

---

41) 소설가 김석중은 다음과 같이 장흥 지역에 구전되어 오는 '이소사이야기'를 들려주

남성 중심의 성차별 이데올로기를 조장하고 있었다는 것을 강조한다. 즉 동학농민운동에 참가한 사람은 남성뿐만 아니라 여성도 일정한 역할을 담당했음에도, 기록의 역사에는 여성을 누락시켜 객체로서만 머물게 했던 것이다. 하지만 작가는 구전되어 오는 설화를 차용하여 월례를 중심에 세움으로써 당당하고 다부졌던 여성 주체를 형상화했다.

설화는 과거의 역사적 사실과 의미를 잊지 않고 있기 때문에, 현재 이야기되고 있는 소설의 내적인 의미에 끊임없이 간섭한다. 소설을 읽는 독자도 소설 속의 설화를 통해 일차적으로 설화의 스키마를 인식한 후, 소설 속에서 새로운 해석을 하려고 한다. 이런 이유로 설화가 어떤 소설적 구조 속에서 차용되는가에 따라 소설의 의미 형성은 달라진다.

작가는 오누이 힘내기전설을 황방호의 입을 통해서 공주로 가는 길에 달주와 용배에게 들려준다. 쫓기는 신분인 달주와 용배는 수정옥에서 연엽의 도움을 받는데, 연엽은 부유한 가문 출신이었으나 충청감사 조병식의 농락에 의해 집안이 풍비박산이 나서 수정옥의 기생이 되었다. 오누이 힘내기전설의 '어머니를 거부하지 못하는 여자장수의 죽음'처럼, 그녀가 기생이 된 것은 유교적 질서에서는 '양반집 규수로서의 죽음'과 같은 의미를 지니는 것이었다. 하지만 동학도였던 달주와 용배의 탈출을 돕게 되는 것을 계기로 기생의 신분에서 벗어나게 되고, 연엽의 됨됨이를 알아 본 월공에 의해 그녀는 하학동 달주 집에 머물게 된다. 이로써 연엽은 가부장적 이데올로기를 거부하고 당당한 여성 주체로 일어설 수

었다. "동학농민전쟁 때 장흥 석대들 전투에서 프랑스의 잔다르크처럼 농민군을 이끌었던 '이소사'가 있었다. 그녀는 소복 깃발을 들고 백마를 타고 농민군을 독려했는데 전쟁이 끝나고 나주까지 잡혀가서 고문당한 젊은 여자였다. 당시 전투에는 중인이나 여자들도 많이 참여한 것으로 들었다." 김석중, 인터뷰, 2008. 5. 25.
실제 송기숙은 『녹두장군』을 발로 썼다고 할 정도로 철저하고 성실하게 고증 작업을 했다. 이런 이유로 장흥 지역에서 구전되고 있는 '이소사이야기'를 기초로 월례를 '어산 여장군'으로 형상화했을 가능성이 크다 할 것이다.

있었다. 지허가 '여성 전설' 모티프를 통해 과거 종이었던 월례에게 '남원댁'으로서의 삶을 제시했다면, 월공은 연엽에게 하학동에서 여성을 대상으로 사회운동을 하는 동기를 마련해 준다. 따라서 연엽에게 하학동은 토포필리아로서의 고향이며, 당당한 주체로 살아가는 새로운 인생이 시작되는 곳이기도 하다. 연엽은 장자못 전설의 며느리처럼 과거를 돌아보지 않고, 하학동에서 동네 여인들에게 동학에 대해 강(講)을 하면서 다부지고 당당한 여성으로 살아간다.

연엽은 동네 여인들과 낮에는 밭일을 함께 하고, 밤에는 길쌈을 하면서 동학을 쉽게 풀어서 이야기해준다. 남성들은 오일장이나 다른 고장을 오가면서 주막이나 길에서 다양한 참언과 여론을 통해 세상의 소식을 듣지만, 여성들은 외부와 교류할 기회가 없었기 때문에 폐쇄적인 삶을 살수밖에 없었다. 때문에 여인들의 힘으로는 어떤 것도 변화시킬 수 없으며, 또한 주어진 삶을 수동적으로 살아야 하는 운명으로 여겼던 하학동 여인들에게 연엽은 세상과 소통할 수 있는 매개이자 통로였다. 연엽이 들려주는 "후천개벽의 세상이 되면 양반 상놈이 없고 종도 없고 주인도 없고, 사람이면 다같이 똑같은 사람으로 한울님같이 서로 받들고, 부자도 없고 가난뱅이도 없이 똑같이 잘 사는 그런 시상(3권, 30면)"을 살 수 있다는 동학 이야기는 곧바로 동네에 퍼져 나갔고, 연엽은 이웃 동네까지 다니면서 여인들에게 교육을 하게 된다.

연엽은 '동학 시상이 올라면 여자들도 다 그만치 깨어서 심을 합채야' 한다고 말하며 교육의 중요성을 강조한다. 또한 칠거지악이니 삼종지도 따위의 굴레를 씌워 여자들을 더 서럽게 만들었던 뿌리가 주자학이라고 설명하면서, 자신의 의지와 상관없이 남성들이 만들어낸 부권윤리와 법도를 불에 던져 버리고, 여성들이 새로운 길을 갈 수 있도록 교육하고 격려한다. 그녀는 여성들도 교육을 받음으로써 세상을 '시아버지' 중심이 아니라 '며느리' 중심으로 바꿀 수 있다는 희망을 제시한다. 이는 봉건적 질서가 해체되기 시작했음을 표면적으로 보여주고 있는 것이다.

> "그뿐인 중 아시오. 남정네들 대장님은 접주님이 대장님이제마는 우리 대장님은 이 큰애기가 대장님인디, 우리도 쌈이 붙었다 하면 대창들고 이 큰애기 앞세우고 나설 것인게 그때 션찮게 싸울 사람들은 첨부텀 우리 뒤에 따라와사 쓰거이오."
> 천원댁은 한층 기세가 올랐다.
> "아이고, 인자 일은 참말로 큰일이 나부렀네. 쌈을 하다가 우리가 쌈을 쪼깨 잘못하는 날에는 우리보고 대창 놔두고 밥이나 해다 바치라고 큰기침을 할 판인디, 이 일을 으째사 쓰께라우? 내가 저 큰애기하고 요새 같이 일을 해봤은게 말이제마는, 수제비 잘 하는 솜씨가 국수는 못하겠소? 나는 글안해도 여자라면 그 앞에서 촉을 못쓰는디 오나가나 나는 인자 살았달 것이 없소."
> 조망태였다. 폭소가 터졌다.
> "저 큰애기가 앞장을 서갖고 쌈을 잘해 부는 날에는 우리도 큰일제마는 접주님도 영판 깝깝하게 생겼소."
> 송대화 말에 또 폭소가 터졌다.
> "두 대장님들 앞세우고 누가 잘 헌가 한번 해봅시다."
> 천원댁 익살에 또 폭소가 터졌다. 연엽이를 전봉준과 대비시켜 대장이라 부르는 데서는 묘한 여운이 울렸다. 전봉준도 이 말에는 어느때 없이 크게 웃었다.
>
> ―『녹두장군』 6권, 67～68면

연엽은 '고부봉기'가 일어나자 하학동 여인들을 통솔하여 농민군의 안살림을 책임지고 농민군의 식사와 의복 문제를 해결한다. 그러면서도 시간이 있을 때마다 그녀는 여인들을 상대로 동학을 포교하거나 봉건적 인습의 문제점을 지적하고 여성들의 변화를 독려한다. 천원댁은 연엽의 교육으로 인해 여성들이 '아라사가 먼 나란지 불랑국이 먼 나란지 그런 것도 훤히 다 알'았으니, '우리보고 예팬네들이라고 우리 앞에서 큰소리칠 생각들을 당최 하지 말라'고 하면서 연엽을 '대장님'이라 부른다.

이에 대해 조망태는 여성도 남성들이 잘못 만들어놓은 주자학적 세계를 벗어나서 주체가 될 수 있으며, 이미 여성들이 그 변화의 물결을 타고 있다고 말한다. 이에 더하여 앞으로 여성들이 남성들에게 '대창 놔두고 밥이나 해다 바치라고 큰기침을 할 판'이라고 해학적인 표현으로 응수하여 웃음을 자아내게 한다. 이것은 조선 후기 여성들의 사회생활의 확대를 의미하고, 여성들에 대한 남성의식의 변화를 보여주는 행위이다. 이와 같이 작가는 오누이 힘내기전설을 차용하여 과거의 봉건적 사고방식에서는 여성들이 남성들에게 종속되어 살아왔음을 보여준 후, 연엽이 과거의 불행을 극복하고 당당한 여성 대장으로 거듭나듯이, 남성과 여성의 평등한 세계가 가능함을 보여주고 있다.

이상에서 살펴본 바와 같이 송기숙은 『녹두장군』에서 월례와 연엽이 남성에 의해 성적 유린을 당했으나, '오누이힘내기 전설'의 누이나 '장자못 전설'의 며느리처럼 더 이상 가부장적 이데올로기에 희생되지 않고, 자신의 정체성을 찾아 주체적으로 살아가는 과정을 그렸다. 작가는 월례라는 여성을 형상화하여 그 동안 남성 중심의 서사였던 동학농민운동에 또 다른 주체로서 여성을 구체화했다. 이것은 역사적 사실에 대한 기록이 양반 중심이며, 또한 남성 중심의 성차별 이데올로기를 조장하고 있음을 비판하는 것이다. 즉 동학농민운동에 참가한 사람은 남성뿐만 아니라 여성도 일정한 역할을 담당했으나, 기록의 역사에는 여성을 누락시켜 객체로서만 머물게 했던 것이다. 하지만 작가는 구전되어 오는 설화를 차용하여 월례와 연엽을 중심에 세움으로써, 당당하고 다부진 여성 주체를 형상화했다.

2) 낙관적인 운명 공동체

송기숙은 「우투리ー산자여 따르라1」과 『녹두장군』에서 낙관적인 운명 공동체의 모습을 형상화하기 위해 설화를 차용했다. 민중들은 자신들의 의사를 전달할 수 있는 체계를 갖지 못했기 때문에, 어떤 계기가 생기면 이미 전해 내려오는 설화에 자기들의 꿈과 소망을 담아 널리 유포시킨다. 그래서 설화는 '여러 가지 그럴싸한 모습으로 천방지축 도깨비불처럼 번져' 민중들의 미래에 대한 지향을 드러낸다. 특히 선운사 미륵비결과 아기장수 설화는 공동체의 미래를 낙관적으로 상정하고 있다.

선운사 미륵비결은 『녹두장군』의 서두에 제시되어 주제를 환기시키는 중심 모티프로 작용한다. 이 설화는 변용하여 삽입함으로써 '새로운 의미망'을 구축한다. 즉 1부 1장에서 서술자의 요약적 진술로 선운사의 지리적 배경과 역사적 배경을 요약한 후, 곧바로 선운사 미륵비결이라는 설화를 차용하는 데에는 여러 가지 상징적인 의미를 담고 있다.

> 이 절 서남쪽 5리쯤 되는 곳에 도솔암이라는 암자가 있고, 거기 아득히 쳐다보이는 절벽에 미륵이 하나 새겨 있는데, 이 미륵에는 예로부터 아주 괴이쩍은 전설이 하나 전해 내려오고 있었다.
>
> 이 미륵의 배꼽에는 신비스런 비결이 하나 숨겨져 있다는 것으로, 그 비결이 이 세상에 나오는 날에는 한양이 망한다는 것이다. 한양이 망한다는 것은 조선왕조가 망한다는 것이니, 이것은 나라가 뒤집힌다는 어마어마한 소리였다. 한데, 거기에는 비결과 함께 벼락살(煞)이 함께 봉해져 있어 누가 그 비결을 꺼내려고 거기 손을 대기만 하면 대번에 우광쾅 벼락이 떨어져 그 벼락에 맞아 죽고 만다는 것이다.
>
> 그 벼락살이 봉해져 있다는 것이 사실이라는 것은, 7십여 년 전 전라도 관찰사 이서구(李書九)란 사람이 멋모르고 그 비결을 꺼내려다 하마터면 벼락에 맞아 죽을 뻔했던 것만 보아도 알 수 있다는 것이다.
>
> —『녹두장군』1권, 6~7면

위의 인용문에서 먼저 '선운사'라는 절의 지역성을 눈여겨보아야 한다. 선운사는 미륵불교가 불교의 정통신앙으로 융성했던 백제 시대 호국불교의 거점이기도 했으며, 변란이 일어나거나 먹을 것이 없어 도망쳐온 백성들을 따뜻하게 보호해주는 역할을 했던 절이다. 따라서 선운사라는 서사공간은 호남의 저항 정신을 대표하는 상징적 의미가 있다. 달주가 용배와 함께 경천점으로 가는 도중에, 진산에서 살고 있는 황방호를 통해서 듣게 되는 '계백 이야기'(1권, 231면), '왕건 꿈이야기'(1권, 233~235면), 견훤 이야기(1권, 236~237면)는 이러한 저항 정신을 강화하는 역할을 한다.

황방호는 계백과 왕건에 대해 전해져 내려오는 말을 인용하며, '정감록'의 문제점을 지적한다. 즉 "정감록에 전라도는 산세가 배역하고 강이 역류한께 모반자가 많이 난다고 했는디, 광주천이나 전주천도 역류를 하네마는, 산세가 배역하고 강이 역류한다는 소리는 주로 이 금강을 두고 하는 소리라더만. 사실은 그 7백리가 태반은 충청돈디 그러고 보면 정감록을 쓴 사람은 전라도하고 유감이 있던 사람 같다."(1권, 232면)면서, 정감록에 '역류 7백리'라는 표현은 잘못된 시각이라고 주장한다. 그리고 그러한 전라도 역지설이 형성되게 된 배경을 왕건과 견훤의 닭다리벌 싸움으로 설명한다. 왕건은 견훤에게 혼이 난 후 개태사를 본사로 하여 그 밑에 팔만 구천 개의 암자를 지었는데, 이것이 국토비보가 목적이 아니라 구백제권의 저항 세력을 장악하기 위한 의도였다는 것이다.

작가는 호남의 저항 정신을 보여주는 구체적 예로 '갈희 전설'(3권, 193~194면)을 차용한다. 갈희 전설은 달주와 용배가 민심을 살피기 위해 장성 갈재를 넘어가는 도중에 서술자의 요약적 진술로 이야기된다. 장성 갈재 목란 주막에 갈희라는 기생이 있었는데, 그녀는 마치 노령산맥이 가로누워 남북을 차단하고 있듯, 북쪽에서 넘어오는 첫 번째 마을 주막에서 사또, 한림학사, 과거꾼 등의 왕래를 차단했다. 즉 갈희가 왕래를 막았던 사또들이나 한림학사, 과거꾼은 지배 문화를 상징하는 벼슬아치들이다. 그러니까 갈희는 조정의 권력이 아래로 미치는 것을 막았을 뿐만 아니라 당시의 지배문화가 흘러오는 것까지 차단하였던 것이다. 작가는 호남의 저항 정신이 담긴 설화들을 달주가 다니는 여로를 통해서 차용함으로써, 달주가 종결서사에서 살아남아 민중 주체로서 당당하게 살아갈 것임을 암시한다. 여기서 작가는 선운사 미륵비결, 계백 이야기, 왕건 꿈이야기, 견훤 이야기, 정감록, 갈희 전설을 작품 전반부에 배치하여 지역 지배 이데올로기의 폐단을 지적한다. 지역감정은 그 자체로서 독립적으로 논의될 수 있는 것이라기보다는, 어디까지나 한국사회의 자본주의적 발전이라는 측면을 배경으로 한 지역문제의 전개와 연관되어 검토되어야 할 필요가 있으며, 국가의 지역에 대한 지배 이데올로기와 불가분의 관계가 있다는 것이다.[42]

작가는 종이었던 만득이가 자신의 정체성을 자각하면서 역사의 객체에서 주체로 전환되는 과정을 묘사하여 공동체의 미래를 고정시키지 않고 무한한 가능성으로 열어놓고 있다. 다시 말하면 '선운사 미륵비결', '아기장수 설화', '운주사 천불천탑 설화' 라는 민중의 서사 양식에 변혁을 도모하는 새로운 의미망을 구축하여 보다 나은 세계에 대한 비전을 제시하고 있는 것이다. '선운사 미륵비결 설화'는 2부 5장 <갈재의 산채(山砦)>에서 '아기장수 이야기'를 형상화하여 '미륵'의 의미를 구체화 한다. 작가는 만득이가 하학동을 떠난 후 장춘동의 회상을 인용하여 만득

---

42) 지배 이데올로기로 기능해 온 반공 이데올로기는 냉전체제 약화에 의해, 성장 이데올로기는 계급적 분화와 갈등의 심화에 따라 그 이데올로기적 효과가 반감되었다. 그래서 지배집단은 이러한 위기에 봉착하여 자신들의 정치권력을 유지하기 위해 효과적인 무기로서 지역 간 분할지배전략을 구사하였는데, 그 이데올로기의 핵심은 지역 간 경쟁을 통한 분할이었고, 그 내용은 모든 지역에 적용되는 '지역개발' 논리였다.
최장집, 「지역의식-무엇이 문제인가」, 한국사회연구소 편, 『동향과 전망』, 1988 참조.

이가 앞으로 '아기장수'처럼 살아갈 것을 암시한다. 만득은 열세 살에 들돌을 들었고 호방이 아내를 강제로 첩으로 들이기 전까지는 종의 신분으로 순종적인 삶을 살았던 인물이었다.

> 만득이가 허리를 하자 동네 사람들은 모두 혀를 내두르며 설레설레 고개를 저었다. 장사 났다고 수군거리며 겁먹은 표정을 짓는 사람도 있었다. 그가 종이었기 때문에 그게 더 예사롭지 않게 보인 것 같았다. 천하를 차지할 장수는 가난한 집이나 종 가운데서 나온다는 옛날이야기 때문이었다. 옛날 이야기에 어깨 밑에 날개가 난 아기장수는 한결같이 가난한 집이나 불우한 집에서 나왔다. 그러나 그런 이야기는 말 좋아하는 사람들 사이에서 한때 숙덕이다 말았으나, 그 뒤부터 동네 사람들은 만득이를 종이라고 만만하게는 보지 않았다.
>
> ─『녹두장군』 3권, 164면

만득은 『자랏골의 비가』에서 용골 영감처럼 '들돌'을 듦으로써 마을 사람들에게 아기장수로 인정받게 된다. 하지만 아기장수가 불행한 운명을 지녔다는 설화의 내용을 알기 때문에 하학동 주민들은 '겁먹은 표정'을 짓는다. 그들은 "현실 속에서는 언제 어디서나 그들의 삶이 한계지어지"며 "그것이 바로 그들의 삶의 과정이라는 것을 깨닫고 있었던 것"[43] 이다. 그래서 민중들은 만득이라는 새로운 영웅의 탄생으로 현실 질서를 파괴하려는 강한 열망을 가지고 있으면서도, 아직은 영웅을 지켜내지 못하고 호방이라는 지배 권력에 의해 종으로 팔려간다. 마치 아기장수가 집을 떠나 바위 밑에 변혁의 공간을 만들듯이, 만득이도 동학도였던 달주와 용배의 매개로 호방의 간계를 파악한 후 아내를 되찾아 장흥으로 가서 새로운 사회를 꿈꾸게 된다.

---

43) 김열규, 『신화 / 설화』, 한국일보사, 1975, 141면.

"옛날에 비결이 하나 났는데, 여기다 하룻낮 하룻밤 사이에 석불 천 좌하고 탑 천 기를 세우면 서울이 이리 옮겨온다는 것이었네. 그래서 여기 모여 살던 중들은 항상 그 궁리뿐이었네. 수백년 동안 어뜨코 했으면 여기다 하룻낮 하룻밤 사이에 천불 천탑을 세울 수 있을까 맨날 그 궁리였어. 무장 선운사 미륵보살님 배꼽에 들어 있는 비결이 세상에 나오면 한양이 망한다는 소리에 이 근방 사람들이 맨날 그 비결을 꺼낼 궁리를 했던 것하고 꼭 같지. 지난번에 동학도들이 무장 선운사 배꼽에서 비결을 꺼내자고 결정을 하듯 여기서도 어느날 여기다 천불 천탑을 세우기로 작정을 했네. 이 운주사에 있던 중들이 앞장을 서서 이 근동 백성들하고 힘을 합쳐서 천불 천탑을 세우기로 한걸세."

—『녹두장군』 3권, 254면

만득은 장흥으로 가는 길목인 갈재 산채에서 김확실을 만나게 되어 동학의 '후천개벽'사상을 깨닫게 된다. 그리고 운주사에서 지허 스님을 만나 주체성을 자각하게 된다. 만득은 하학골에서는 종으로 사는 삶을 당연하게 받아들였으며 지배체제에 순응적인 인물이었으나, 달주, 용배, 김확실, 지허 스님의 접촉을 통해서 냉철하게 현실을 인식함으로써 은폐된 이데올로기의 실체를 파악하게 된다. 또한 '아기장수 설화'는 '운주사 천불천탑 설화'와 연결되어 민중적 유토피아를 지향하게 된다.

지허 스님은 자신도 만득과 같이 종의 신분이었는데 운주사로 도망 와서 중이 되었고, 운주사와 중장터에 사는 사람들 대부분이 세상에서 별바르게 살지 못하여 도망쳐 온 사람들이었다는 사실을 말함으로써, 만득에게 변혁의지를 갖게 한다. 지허는 '역성혁명'의 주체를 만득처럼 종으로 살아가면서 이 세상에서 천대받았던 '민중'으로 보고, 그들이 '똘똘 뭉치면 엄청난 힘'을 낼 것이라고 말한다. 그는 만득 내외에게 '운주사 천불천탑 설화'를 들려주며 민중들의 요구로 선운사에서 동학도들이 '미륵비결'을 꺼냈듯이, 민중들이 하나로 뭉치면 운주사의 '와불'도 세울 수 있다는 희망을 제시한다. 이렇게 하여 민중들이 운주사에 천불천탑을 쌓는 설화적 상상력은 역성혁명을 이루려는 민중들의 변혁의지로 구체화된다.

지허는 만득에게 '운주사 천불천탑 설화'를 들려주며, 자연스럽게 역성혁명으로 가는 방법을 알려 준다. 그는 하루에 성을 쌓기 위해서 수많은 사람들이 필요했듯이, 동학농민운동이라는 역성혁명을 위해서도 민중의 대동단결을 강조한다. 그리고 후천개벽의 세상으로 가는 주체는 양반이나 부자가 아니고, 농사짓는 농투산이들로 '위로부터의 혁명'이 아닌 '아래로부터의 혁명'임을 상기시킨다. 이는 운주사의 이름44)이 물위에 배를 운반한다는 의미로 배를 움직이기 위해서는 물이 필요하듯이, 새로운 세상으로 가기 위해서는 민중의 힘이 필요함을 상징한다. 이로써 운주사 천불천탑 설화는 역성혁명의 정당성을 부여하고, 역성혁명의 주체를 민중으로 구체화했으며,45) 역성혁명의 방법을 대동단결로 상정하고 있다. 하지만 운주사 천불천탑 설화에서 '관가 놈들'이 훼방을 놓으려고 닭울음소리를 내어 역성혁명이 좌절되고, 민중들의 '진인출현설'에 대한 열망은 강화된다.

> "애를 낳구만요?"
> 연엽이가 포대기를 젖히고 애 얼굴을 봤다. 아들이라며 두 달 되었다고 했다.
> "이름이 미륵이래요."
> 김승종이가 웃으며 끼어들었다.
> "이놈이 크면 이 세상이 몽땅 용화세계가 될 판이오. 옛날 후백제 견

---

44) 운주사의 절 이름은 雲住寺인데 작가가 차용한 설화에서는 '雲舟寺'로 해석하고 있다.
45) 작가는 세 편의 설화를 차용하여 역성혁명의 주체인 민중의 객관적 상관물로 '선운사 미륵비결설화'의 '배꼽', '아기장수설화'의 '억새', '운주사 천불천탑설화'의 '물'을 들고 있다.

흰 장군도 자기가 미륵이라며 나를 따르라고 군사를 모았다거든요."

김승종이 말에 유월례는 오달진 표정으로 아이를 내려다봤다.

"부모가 아버지는 작두장사에다 어머니는 여장군이라 이놈이 크면 틀림없이 이 세상을 뒤엎을 거요."

김승종이가 거듭 웃으며 말했다.

"저 집은 한 집에서 두 장군이 났소. 남편은 작두장사, 저이는 어산여 장군. 이놈이 커서 또 장군이 되면 한 집에서 세 장군이 날 판이오."

―『녹두장군』 12권, 284면

만득은 장흥 석대들 전투에서 '작두장사'로 전사함으로써 「우투리─산자여 따르라1」의 만수처럼 민중들의 가슴에 살아남게 된다. 그들의 '의로운 죽음'은 고통과 수난 앞에서 자발적이고 주체적인 행위로 죽음을 초월한 용기였다. 「우투리─산자여 따르라1」에서 "억새가 비어분다고 안 돋아날 것이냐? 해마둥 또 돋아나고 또 돋아나고 매년 돋아나고 있다."[46]는 할아버지의 말처럼, 만득은 선운사 미륵비결에서 시작되었던 미래에 대한 꿈을 이루기 위해 아이의 이름을 '미륵'이라고 짓는다. 김승종은 "이놈이 크면 이 세상이 몽땅 용화세계가 될 판"이라면서 낙관적인 미래의 가능성을 암시한다. 또한 전쟁이 막바지에 이르자 전봉준은 달주를 불러 '귀한 사람들은 살아 씨를 남겨야'하며, '멀지 않아 우리한테는 이보다 더 절급한 때가 온다.'고 말하면서 섬으로 갈 것을 권고한다. 이처럼 달주가 미륵을 데리고 떠남으로써 유토피아적 가능성은 살아나고, '공동체의 운명'은 열려 있게 된다. 작가는 결말에 만득이라는 '사라진 아기장수'를 통해 '진인출현설'과 연결[47]시켜, 민중들의 변혁에 대한 염원을 그대로 반영하고 있는 것이다.

---

46) 송기숙, 「우투리─산자여 따르라1」, 『창작과비평』(통권60호), 1988, 326면.
47) 신동흔, 「아기장수 전설과 진인출현설의 관계」, 『고전문학연구』(제5집), 1990, 114면.

이상에서 살펴 본 바와 같이 송기숙은 『녹두장군』에서 민중이 역사의 주체로 성장하였음을 통해 공동체의 미래를 고정시키지 않고 무한한 가능성으로 열어놓고 있다. 그는 지배계급이 국가 권력에 대항하는 민중운동을 탄압하기 위해 이데올로기를 이용하였다고 보고, 이데올로기적 통제를 비판하는 의미에서 민중들의 '혼'이 담겨있는 민중 언어와 민중 문화를 활용하여 민중의 역동성을 보여주고 있다. 『녹두장군』은 1부 1장에서부터 선운사 미륵비결 설화를 차용하여 대동 세상을 향한 희원을 제시했다면, '아기장수 설화'와 '운주사 천불천탑 설화'를 통해서 역성혁명의 정당성을 부여하고, 역성혁명의 주체를 민중으로 구체화했으며, 역성혁명의 방법을 대동단결로 상정한다. 만득은 종이었던 신분에서 벗어나 동학농민운동의 주체로 성장했으며, 선운사 미륵비결에서 시작되었던 낙관적인 미래의 가능성을 보여주기 위해 아이의 이름을 미래의 부처인 '미륵'이라고 짓는다. 만득은 죽었지만 농학농민운동의 주체였던 달주와 연엽이 미륵을 데리고 떠남으로써, 작가는 민중공동체의 미래와 운명을 긍정적으로 보고 민중이 주인 되는 세상을 염원하고 있다.

제 6 장
송기숙의 문학적 실천과 그 의미

    송기숙은 문단에 데뷔한 이래 40여 년간 소설이라는 장르를 도구로 한국 사회의 모순된 현실을 비판하고 개선하고자 하는 정치의식을 문학적으로 실천해 온 작가이다. 이것은 보다 나은 사회를 염원하는 실천적 지식인으로서의 삶의 표현이자, 문학을 통한 정치적 실천이었다. 이런 이유로 송기숙은 1970~80년대를 가장 치열하게 역사의 한복판에 서서 살아 온 '정신'으로, 잘못된 시대와 싸우는 '지식인'으로, 그러면서도 펜을 놓지 않은 '작가'[1]로 규정되며, '저항 문학의 기수', '민중 소설가', '행동하는 지식인' 등으로 평가되고 있다.

    송기숙의 문학적 실천 양상은 당대의 사회적 모순과 병행하며, 변화하는 작가 의식의 발전 과정과 맥을 같이 하고 있다. 때문에 그의 작품을 살펴보면 당대의 사회현실과 그가 살아온 삶이 길항 관계를 이루며, 장력(張力)을 형성하고 있음을 알 수 있다. 즉 그의 시선은 언제나 사회현실의 구조적 모순을 직시했고, 이러한 현실을 개선하고 변혁하기 위한 방

---

1) 서경석, 「투철한 역사의식과 농민적 언어의 가능성」, 앞의 글, 489면.

법으로 작품을 역사적 맥락에서 구체화했던 것이다. 그의 생애와 작품을 시대와 연계하여 살펴보면 이러한 문학적 실천 양상은 계몽적 실천, 민중적 실천 그리고 화해와 상생의 추구라는 세 단계로 변모했음을 알 수 있다.

1970년대에 발표된 소설은 계몽적 성격이 강하게 나타난다. 그에게 글쓰기는 '우리가 처한 역사적 현실 속에서 자기 존재를 확인하고 그러한 존재의 가장 적극적인 발현이며, 도깨비가 도깨비인 줄 모르고 살아가는 것을 도깨비의 삶이라고 깨우쳐 주고 서로가 도깨비가 아닌 사람으로 살아가게 하'[2]는 계몽적 도구였다. 때문에 「백의민족 · 1968년」의 중학교 선생, 「영감은 불속으로」의 고등학교 선생, 「낙제한 교수」의 교수, 「전우」의 고등학교 선생, 「지리산의 총각샘」의 유 박사, 「어느 여름날」의 교수, 「추적」의 정년퇴임한 교장, 「귀향하는 여인들」의 기자, 「칠일야화」의 교수, 「청개구리」의 국민학교 선생, 「개는 왜 짖는가」의 기자, 『은내골 기행』의 기자 등 작품 속의 주인공이나 서술자는 대부분 학교 선생이나 지식인으로, 이들은 인습에 매몰되거나 지식수준이 낮은 계층을 일깨워주고 열린 생각과 사고를 갖도록 하는 역할을 한다.

이때에 송기숙은 문학을 독자들에 대한 계몽을 극대화하는 방향으로 전개했다. 따라서 그의 작품은 독자의 기대 지평을 주시하면서도 서사적 내용보다는 계몽적 성격에 더 비중을 두었다. 교수로서 학생들에게 현실의 문제를 해결할 때 지금 여기에 머무르지 말고 역사적 맥락에서 살펴볼 것을 강조했듯, 소설가로서 독자에게도 당대 현실의 구조적 모순의 기원을 역사적 맥락에서 역사의식을 갖고 찾아볼 것을 소망했던 것이다. 그 같은 모순 해결의 방편으로 그는 역사적 사건을 작품 속에 끌어 들여 계몽적 의미를 부각시켰다.

---

2) 송기숙, 『도깨비 잔치』, 앞의 책, 작가 후기.

예컨대 「어떤 완충지대」, 「백의민족·1968년」, 「휴전선 소식」, 「지리산의 총각샘」, 「갈머리 방울새」, 「전설의 시대」, 「흰구름 저 멀리」 등에서는 6·25전쟁을, 「테러리스트」, 「추적」은 일제강점기 항일 운동을, 「어느 여름날」, 「재수없는 금의환향」 등에서는 의병 투쟁을, 『자랏골의 비가』에서는 동학농민운동, 3·1운동, 6·25전쟁, 4·19혁명을, 「몽기미 풍경」에서는 동학농민운동이라는 역사적 사건을 배경으로 하여 당대 현실의 모순에 대한 건실한 비판을 하도록 독자들에게 요구했던 것이다. 또한 그는 일제 식민지시대의 모순과 해방 후의 왜곡된 현실 사이에 중대한 역사적 연속성이 내재한다고 보고, 이 같은 현실을 바로잡고자 그의 시선은 현재에서 출발하여 과거를 탐험하고 다시 미래를 지향했다.

그는 첫 소설 작품인 「대리복무」에서부터 민중을 억압하는 절대적 권력에 대한 비판과 저항 의지를 표출하고 동시에 사회 부조리를 고발한다. 이후 70년대 초반까지 계속해서 분단 이데올로기의 허위성을 비판하는 작품을 발표한다. 이와 같이 그의 작품 속에 동시대적 삶의 진실과 고뇌가 짙게 배여 있는 이유는 당대의 문제를 그냥 지나치지 않는 작가정신과 민중들에게 이 같은 모순을 인식시켜야 한다는 작가 의식에 있었다. 이러한 문학적 실천은 1960년대 말과 70년대 초에 반공 이데올로기가 사회 전반의 무소불위의 힘을 행사하던 시대에 금기에 가까웠던 분단의 현실을 소설의 소재로 삼았다는 점에서 큰 의의를 지닌다. 이것은 「영감은 불속으로」라는 그의 소설 제목처럼 스스로 불구덩이에 뛰어드는 행위로 약자에 대해 부당하게 가해지는 제도적 폭력 앞에서 결연하게 저항하는 작가정신이었다.

송기숙은 1970년대 중반부터 80년대 초반까지 근대화 이데올로기의 모순으로 말미암아 피해를 당하고 있는 도시 변두리 사람들의 삶을 형상화하고, 직접 현장을 답사하여 농어촌의 문제점에 대해 사실적으로 묘사하여 민중들이 이 같은 상황을 인식하고 변혁을 모색하기를 소망했다.

그는 『자랏골의 비가』나 「칠일야화」에서 서술자가 아닌 농민들의 대화를 통해 농촌의 현실을 적나라하게 드러내어 독자들로 하여금 자신의 문제로 공감하게 만든다. 이처럼 지식인 서술자는 관찰자적 입장을 취하고 등장인물로 하여금 현실의 모순을 말하게 한다. 이러한 서술방식은 독자와의 거리는 좁혀지고 작품은 더욱 설득력을 얻게 되는 효과를 지닌다.

> 「짜부라졌건 쪼그라졌건 그 늘대가리 없는 새끼가 꼴값을 해도 유분수제 아니, 사료에 모새(모래)가 몇 빠센토 섞였다고 아가리를 놀리더라고?」「그렇게 지가 실지로 현장에 나와서 사실을 조사해 본 칙면에서는 사료에 모새가 섞인 것은 사실이기는 허되, 그것이 오십 빠센토라는 것은 너무 부락적인 칙면에서만 말하는 것이고 정당한 칙면에서 볼 것 같으면 십 빠센토라고 보는 것이 공정하다, 이것이지라우.」「위매, 그 누깔을 뽑아다가 동태 알창젖에다 질러놔도 션찮을 놈의 새끼 말하는 것 봐. 뭣이, 십 빠센토? 그 새끼 우리하고 같이 있던 자리에서는 사료공장 놈덜을 죽일 놈덜, 발길 놈덜하고 기버큼을 물던 새끼가 한발 법 더선께 이참에는 그따위 가락으로 아갈창을 놀려? 생각을 해 보란 말이여. 곡식이고 사료고, 근으로 달아서 따질 때가 있고 되로 되서 따질 때가 있는 것인디, 근으로 달아온 사료를 가지고 뭣을 보고 가서 십 빠센토가 으짜고 오십 빠센토가 으짜고 째고 있냐 말이여. 그 잡을 놈의 새끼가.」

— 「칠일야화」, 『재수없는 금의환향』, 183~184면

송기숙은 농촌의 실상을 제대로 파악하기 위해 직접 취재를 다녔다. 그 결과 유신체제의 새마을 운동이 '풍요'라는 허구적 이데올로기로 농촌을 황폐화시키고, 오히려 농민을 '빈농화'하여 고향을 떠나게 하는 현실을 문학이라는 도구를 활용하여 사실적으로 형상화했다. 여기서 농민들은 농민의 언어로 농촌의 구체적 실상을 파악하여 새마을 운동의 허구성을 인식하게 되고, 현실을 개선하기 위해 변화하고 노력하게 된다. 따

라서 그에게 소설이라는 장르는 유신체제를 비판하고 민중을 계몽하기 위한 가장 유용한 수단이자 도구였다. 이처럼 송기숙의 문학적 상상력은 자신의 삶 속에서의 체험을 역사의식과 사회의식의 토대 위에 접목하여 집요하게 탐색하는데 있었다. 이를 바탕으로 한 그의 문학적 실천은 보다 나은 삶에 대한 염원이었다. 이런 이유로 그의 작품들은 역사적이고 현실 참여적이며 정치 지향적이다.

이와 같이 송기숙은 삶과 문학을 통해 억압받고 소외되고 착취당하는 사람들의 이야기를 쓰면서 '더불어 잘 사는 사회'를 이루고자 했다. 그리고 이러한 사회를 앞당기기 위해서는 사회현실의 모순을 지각한 지식인들이 민중의 편에 서서 그들의 아픔과 소외를 대변하며 이를 해소하기 위해 적극적으로 노력해야 한다고 보았다. 아울러 '평화로운 시대에 시인이란 문화의 꽃이지만, 어려운 시기에는 예언자'3) 역할을 해야 하는 것처럼, 분단 현실에서 소설가는 현실에 대한 관심과 함께 역사의식을 갖고 민중이 가야 할 방향을 잡아주는 사람이 되어야 한다고 믿었다.

그의 소설 창작 활동은 당대 현실이 안고 있는 구조적 모순이나 지배 이데올로기를 고발하고 비판하여 민중의식이 성장하도록 하는 투철한 목적의식이 있었다. 그의 소설이 계몽성을 담고 있으면서도 이광수의 『흙』이나 심훈의 『상록수』처럼 지식인의 관념 속에 비추어진 농촌 현실만을 그리지 않고, 농민의 비참한 삶을 리얼리즘적 시각에서 형상화할 수 있었던 점은 학창시절의 농사 경험과 농민들의 시선으로 현실을 직시했기 때문이다.

송기숙은 계몽적 효과를 극대화하기 위해서 「영감은 불속으로」에서 영감, 「불패자」의 악발 영감, 『자랏골의 비가』의 곰 영감, 「가남약전」의 가남 영감, 「도깨비 잔치」의 성호 할아버지, 「땅꾼의 꼭지」의 영감, 「몽

---

3) 홍성식, 「2001년 소설가 송기숙을 만나다」, 『오마이뉴스』, 2001. 12. 4.

기미 풍경」의 순자 할아버지, 「뚱바우 영감」의 뚱바우 영감, 「청개구리」
의 삼밭 영감, 「당제」의 한몰 영감, 「개는 왜 짖는가」의 털보 영감・좁
쌀 영감・민 영감・굴때 장군, 「살구꽃이 필 때까지」의 방호 영감 등 도
덕적 우월감과 정직성을 겸비한 인물을 주인공으로 하고 있다. 독자가
송기숙의 작품을 읽고 설득이 되는 이유는 텍스트 내적으로 주인공인 영
감들이 모두 지혜와 윤리의식을 겸비한 바르고 강직한 인물이기 때문이
며, 텍스트 외적으로 작가가 실제로 이들과 같은 실천적 삶을 살았다는
것에 있다.

  이와 같이 송기숙은 자신의 삶과 문학 속의 인물을 통해서 윤리의식을
겸비한 강직성과 실천을 강조했다. 이것은 긴급조치 9호 선포 이후 학생
들을 감시하는 교수의 모습이 죄수와 같아서 유신체제의 교육 정책을 정
면으로 비판하는 실천으로 나타났다. 또한 5・18광주민주화운동 당시
서울에서 사지(死地)와 마찬가지였던 광주로 다시 돌아왔던 이유도 '남은
시간이 부끄러울까봐서'라고 할 정도로 삶을 부끄러움 없이 정직하고 강
직하게 살려고 노력했다. 그리고 이것은 그가 해직 후 다시 대학에 돌아
와서 석・박사 제자를 받지 않은 이유가 되기도 했다. 대학이란 새로운
학문을 가르치는 곳으로 교수는 늘 연구하며 학생들에게 부끄러움이 없
어야 하는데, 스스로 해직 상태에서 대학을 떠나 있었던 시간이 많았고,
『녹두장군』을 집필하면서 학생들을 제대로 지도할 수 없다는 생각 때문
이었다. 이처럼 송기숙이 문학을 통해 독자를 설득할 수 있었던 힘은 그
의 삶이 문학 내적 실천과 외적 실천으로 분리되지 않고 일치했기 때문
일 것이다.

  송기숙은 언제나 '험난한 시대에 지식인의 역할은 무엇인가?'라는 질
문을 스스로에게 던지고 이에 대한 답을 문학을 통해 제시했다. 그는 소
설이 어떤 식으로든 현실의 사회적・정치적 과제와 분리될 수 없다고 생
각했다. 또한 현실 도피적 창작 행위는 그것이 어떤 성격의 것이든 당대

의 지배 권력의 모순을 도와주는 결과를 가져온다고 믿었다. 그에게 문학은 계몽의 도구이면서 동시에 지배 계급에 대해서는 도전의 무기였던 것이다.

그러던 송기숙이 1980년대 이후 문학을 투쟁의 도구로 인식하면서 계몽성에서 탈피하여 민중성을 중시하게 된다. 이때부터 송기숙의 소설 쓰기는 '민중의 주체성 구현'이라는 목표로 민중에 대한 신뢰와 함께 직접 '민중 속으로' 뛰어들어 실천하는 '민주 투사'로서의 면모를 보이게 된다. 그가 민중을 각성시켜야 하는 대상에서 민중이 역사의 실체로서 낙관적인 의식을 지니고 있다고 생각하게 된 배경에는 체험을 통한 이해에 있었다. 1970년대 민중들에 대한 관심의 고조와 함께 송기숙도 『자랏골의 비가』를 통해서 민중의 언어로 민중의 정서를 표현하려고 했다. 하지만 그에게 민중은 아직 계몽의 대상이었기에, 그가 생각하는 민중은 스스로 주체로서 성장하지 못했고 다만 자각하는 정도에 머물게 된다. 그러나 교육지표사건과 5·18광주민주화운동을 겪으면서 그의 삶에 일대 변혁이 있었고, 이를 계기로 그의 문학적 실천 양상도 크게 바뀌게 되었다. 그는 『암태도』와 『녹두장군』을 집필하기 위해 현장답사와 취재를 하는 동안, 민중의 역사를 통해 그들의 주체성 구현의 가능성에 대해 구체적인 확신을 가질 수 있었다. 그리고 5·18광주민주화운동을 직접 겪으며 민중들의 죽음을 초월한 용기와, 그 같은 혼란스런 상황에서도 약탈이나 방화 등이 없이 질서를 지키는 모습을 통해, 낙관적 민중사관을 지니게 된 것이다. 그가 『녹두장군』에서 민중을 역사의 실체로서 형상화할 수 있었던 이유는 5·18광주민주화운동에 기인한다고 볼 수 있을 것이다. 그는 우리 역사에서 민중이 역사의 주체가 된 첫 번째 사건으로 동학농민운동을 꼽고 있으며, 동학농민운동과 5·18광주민주화운동을 통해서 민중이 역사의 전면에 설 수 있다는 가능성을 확인했다.

송기숙은 많은 작품에서 민중의 전형을 농민으로 형상화하고 있으며,

농촌과 어촌을 서사 공간으로 하고 있다. 그가 생각하는 민중은 민족 역사의 골격이며 구조의 중핵이면서도, 언제나 제 값을 받지 못하고 역사의 기록에서조차 버림받은 소외된 자들이었다. 그들은 역사의 질곡을 온몸으로 받아들이며 가장 큰 고통과 희생을 치러 왔으며, 당대에도 위정자들의 정치적 수단으로 이용되고 있었다. 그래서 그는 문학을 통해 민중의 수모와 핍박, 궁기와 곤비를 적나라하게 조명[4]하고 건강한 민중상을 보여주고자 하였다.

송기숙이 추구하는 민중상은 불의와 싸워 자신의 의견을 끝까지 관철할 수 있는 '불복성'과 사리에 맞지 않고 경우에 어긋나는 일을 끝까지 거부할 수 있는 '불패자의 의지'를 지닌 행동적 저항 인물이다. 이러한 저항 인물로 그는 윤리의식과 해학성을 지닌 노인 인물상을 제시한다. 여기서 1970년대 작품의 노인들은 계몽적 경향이 강했던 반면, 1980년대 이후에 씌어진 『암태도』의 만석이와 춘보, 『녹두장군』의 조망태와 장일만은 직접 행동으로 저항하는 실천적인 모습에서 차이를 보인다. 그들은 현실의 모순을 온몸으로 체험한 지혜로운 노인들로, 당대의 모순과 민중의 삶에 대한 역사적 성찰을 통해 인간다운 삶이 어떠해야 하는지를 알고 있다. 때문에 그들은 결코 체념하거나 포기하지 않고 오히려 남다른 의지로 모순된 현실을 변혁하기 위해 저항한다.

또한 민중의 객관적 현실에 대한 구조적 성찰과 그 극복을 위해 노인들은 한결같이 황소처럼 고집이 세고 타협이란 것을 모른다. 그리고 '망치가 가벼워 못이 솟는다고 생각하여' 테러를 통한 저항도 불사하지만 악한 인물은 없다. 이것은 송기숙 문학의 특징이다. 작가는 우리 민족의 민중적 세계관을 윤리의식을 갖춘 '노인'과 '잔인한 보복보다는 혼을 내어 개심을 목표'로 하는 민담의 해학성에서 찾고 있다. 이처럼 송기숙이

---

4) 김병걸, 「민중소설」, 『오늘의 한국문학 33인선(송기숙 편)』 32, 양우당, 1987, 432면.

노인을 민중의 전형으로 형상화했던 까닭은 구체적인 역사적 상황에서 민중이 어떻게 존재해 왔는가를 드러내기 위한 서사전략으로 볼 수 있으며, 또한 미래의 민중적 진보에 대한 믿음의 표출로도 볼 수 있다.

송기숙은 민중성을 효과적으로 드러내기 위해서 민중 언어를 사용했다. 즉 토속 세계와 밀착되어 있는 생생한 구어 구사, 육담적인 표현, 민중들의 생생한 생활상이 드러나는 속담 사용 등 그들의 일상어를 문학어나 문체 기법의 일환으로 적극 활용하고 있다. 따라서 인물의 대화 장면, 풍경 묘사뿐만 아니라 특정 상황에 대한 작가적 개입이 이루어지는 부분에서도 관념어를 찾아보기 힘들 정도로 민중들이 일상생활에서 사용하는 사투리를 활용한다.

> 「즉어멈 떡을 치다가 꼬꾸라질 놈덜, 코빼기가 어디에 붙었는지 제대로 구경도 못한 자석, 송별금이 뭣 몰라 삐틀어진 송별금이여?」
> 「상놈의 종자덜, 촌놈덜 뜯어갈 속으로는 통 뚫애져서 모구다리에 골 내네, 시방.」
> 「연주창 앓는 놈 갓끈을 핥아 처묵든지, 당창쟁이 콧구녁에서 마늘씨를 빼묵고 말제, 글안해도 비패런 땅나구 귀 비어가고 ×비어 가고, 시방 눈썹만 건드려도 똥이 나오게 생겼는디, 송별금이 뭔 개빽다구 몰라진 송별금이여. 아무리 상놈의 살림은 양반의 양석이라고 하제마는, 개새끼들이 해도 너무 하네.」
> 「건너다보니 절터요, 찌그르 하니 입맛이제.」
>
> ─『자랏골의 비가』 상, 38면

이와 같은 민중 언어의 사용은 농민들 특유의 삶과 정서를 적나라하게 드러내 주는 효과를 지니는 동시에 그의 작품을 읽는 독자에게 정서적 감동을 가져다주는 주된 요인5)이기도 하다. 또한 민중의 생활 방식과 정

---

5) 이봉범, 앞의 글, 269면.

신적 근원을 유감없이 드러내줌으로써, 가히 '민중 문학의 모범적 사례'
가 될 뿐만 아니라 민중성을 제시하는 효과 또한 크다 할 것이다.

이 같은 송기숙 문체의 특징인 방언, 속어, 구어, 속담 등이 본격적으
로 활용된 시기는 『자랏골의 비가』부터이다. 『자랏골의 비가』에서 속담
을 많이 사용하게 된 이유는 세르반테스의 『돈키호테』에서 산초 판사가
절묘한 입담으로 제 주인을 꼼짝 못하게 하는 것을 보고, 일반 민중의
삶에서 과불급(過不及)이 없는 생활의 지혜를 배우고 의식을 형성하는 데
가장 유익한 수단이 속담이라고 생각했기 때문이다. 이처럼 민중들의 대
화 속에 속담을 적절히 활용하여 그들의 생활 감정과 심리 상태를 절묘
하게 표현할 수 있었으며, 앞으로 일어날 사건을 암시하는 역할을 했다.
특히 『자랏골의 비가』를 집필할 때는 대부분 현재 쓰이고 있는 속담을
많이 활용하였으나, 『녹두장군』에서는 각각의 상황에 맞는 속담을 만들
어서 사용하기도 하는 등 그의 소설에서 적절한 속담 사용은 소설의 묘
미를 더해주며, 그만의 고유한 미감을 형성하는 기능을 했다.

송기숙은 『자랏골의 비가』를 쓴 이후, 민중들의 집단적 저항에 대한
소재를 찾던 중 박순동의 논픽션 「암태도 소작쟁의」를 읽고 『암태도』
집필을 계획한다. 당시 그는 유신정권의 이념적 심장이라 할 국민교육헌
장을 정면에서 반박하면서 긴급조치 9호 위반이라는 죄명으로 투옥되었
다. 이를 계기로 문학을 반독재 투쟁의 도구로 삼아 실천적 지신인의 면
모와 함께 민중문학의 역할을 강조하게 된다. 이때 집필한 『암태도』는
송기숙이 민중을 계몽해야 한다는 입장에서 벗어나 민중과 함께 더불어
가야 한다는 작가 의식의 변화가 잘 드러난 작품이다.

  "그런 점은 앞으로 우리가 고쳐 나가면 되겠지요."
  "내 생각은 이때 소작회장을 아주 김용학이 같은 사람한테 넘기는
  것이 어떨까 싶습니다. 그리고 우리는 뒤로 한걸음 물러서서 곁에서 돕

는 것이 어떨까 싶어요. 나는 그 동안 농촌에서 살아왔지만 면장을 하
는 동안은 농민 속에서 살아왔다기보다 농민들의 테 밖에서 그들을 내
려다보면서 이래라저래라 위세만 부려왔기 때문에 어느새 그런 버릇이
내 몸에 배어 있습니다. 이런 사람이 회장 자리에 더 버티고 있으면 그
만큼 일이 더 위각만 날 것 같아요."

　서태석의 거쿨진 목소리가 어느때 없이 진지했다.

— 『암태도』, 68면

　송기숙은 교육지표사건으로 복역하는 동안 민청학련사건과 동아투위
사건 관련자들을 하나로 묶는 역할을 했다. 5·18광주민주화운동 때에
는 시민수습위원회와 학생수습위원회를 조직하여 민주화 운동에 직접
참여하게 된다. 송기숙에게 교육지표사건과 5·18광주민주화운동으로
겪은 두 번의 투옥 경험은 삶의 방향을 전환하는 분수령이 되었다. 그의
문학적 실천은 비판적 계몽 수준에서 벗어나 비판과 투쟁을 병행하여 정
치적 지향성이 더 강해지는 계기가 되었다. 이를 계기로 그는 철저하게
민중들 편에 서서 문학을 변혁의 도구로 활용했다. 다시 말하면 1970년
대 유신체제에서 풍자적 수법을 사용하여 사회현실을 우회적으로 비판
한 반면, 1980년대 신군부체제에서는 이를 직접화법으로 전환하여 현실
의 모순을 직설적으로 비판했던 것이다. 이와 더불어 사회현실에 대해
침묵하고 있는 언론과 대학을 대신해서 문학이 그 기능을 맡아야 한다고
주장하면서 작가들의 사회 참여를 이끌어 냈다.

　이와 같이 송기숙은 그가 그토록 복원하고자 했던 '녹두장군'처럼 사
회적 모순을 개선하고 변혁하기 위해 당대를 온몸으로 맞서 온 실천적
작가였다. 그는 '해직교수아카데미'에 참여하여 전국을 순회하며 강연하
였고, 다양한 계층의 사람들과 접촉하며 민주화 운동에 적극적으로 동참
했다. 또한 역사를 사실에 입각하여 제대로 쓰지 못한다면 그 자체가 역

사의 왜곡이며, 그것은 '또 다른 범죄'라고 생각했다. 이런 이유로 소설을 쓸 때도 관변 자료보다는 민담이나 민요, 참언, 전설 등 민중들의 삶과 밀착된 구비문학 자료에 관심을 갖게 되었고 자료 수집과 정리에 정성을 기울었다. 고은이 「만인보」에서 '그는 손으로 쓰다가 발로 쓴다.'고 언급했듯, 송기숙은 『녹두장군』을 『정경문화』(1984. 3~1987. 1)에 연재하던 중 관변 기록만으로는 신빙성이 부족하여 자료 정리와 현지 조사를 위해 연재를 잠시 중단하기도 했다.

그는 『녹두장군』을 집필하는 과정에서 전봉준의 아버지가 곤장을 맞아 장독으로 죽은 시기를 2월 설과 6월 설 중에서 현지 조사를 통해 '파한 다발'을 단서로 2월 설이 근거가 있다고 추론해 냈다. 또한 개개의 사건이 일어났던 시기에 현장을 답사하여 백산 대회와 황룡강 전투 때의 농민군 숫자의 차이는 '보릿고개인 농한기'와 '보리를 추수해야 하는 농번기'인 농사에서 비롯되었다고 추정했다. 그리고 전주화약을 맺은 원인과 2차 봉기가 늦어진 까닭도 농민군의 본업인 '농사' 때문으로 보고 있다. 즉 모내기철과 추수철에는 농민군들이 봉기보다는 본업인 '농사'에 몸과 마음을 빼앗기고 있었던 것이다. 이는 그가 『녹두장군』을 집필하면서 관의 기록에 의지하지 않고, 민담 등 디테일한 부분에서 그 같은 원인의 실마리와 맥을 찾은 결과이고, 현장을 직접 뛰어다니며 철저한 고증을 거쳐 연구한 결과이기도 하다.

송기숙은 『녹두장군』에서 민중의 투쟁 도구로 민중 문화를 활용하고 있다. 그는 민중 문화를 구전되어진 역사의 또 다른 결과물로, 지배자들에 의한 기록이 아니라 피지배자들의 입말에 의한 기록으로 보고 있다. 이는 역사란 강자들만의 기록이 아니라 약자들의 말이기도 하다는 작가의식의 소산이며, 이름 없는 민중에게서 사람됨의 바탕을 찾아 그것에서 민족적 전통성과 주체성을 이어가고자 하는 소망의 표현이었다. 이전에 저술된 『자랏골의 비가』나 『암태도』에서도 민중 문화를 삽입하였으나,

『녹두장군』에서는 설화 등을 변혁의 도구로 활용하고 있는 것에 차이가 있다.

송기숙이 『녹두장군』에서 40여 가지의 설화를 차용한 이유는 설화가 그것을 빚어내고 전승·보유하고 있는 민중적 염원과 생활방식을 반영하고 있기 때문이었다. 또한 이 같은 민중의식이 반영된 설화는 당시의 사회 상황과 저항의지를 함축적으로 표현하고 있어 당대의 사회적 모순을 밝힐 수 있는 유용한 도구라고 생각했기 때문이다. 여기서 더 나아가 판소리, 민요 등 다양한 구비 문학과 두레, 사물패, 풍물 등 놀이 문화를 차용하여 민중들의 저항하는 방식을 폭넓게 묘사하여 그들의 일상생활과 함께 투쟁사를 복원하고자 하였다.

이처럼 송기숙이 『자랏골의 비가』, 『암태도』, 『녹두장군』, 『오월의 미소』 등의 작품을 통해서 민중의 문제를 일관되게 다루면서 추구했던 것은 민중 주체성의 성장과 이에 대한 구현 과정을 근현대사의 역사적 맥락에서 조망하여, 민중 운동사를 소설적 상상력으로 복원하고자 하는 희망이었다. 이와 같이 그의 글쓰기 행위는 "농민을 위시한 민중 집단을 역사의 주체로 세우기 위한 예술적 실천"6)이었다. 이러한 문학적 실천은 동학농민운동과 5·18광주민주화운동의 정신을 하나의 민족사적 이정표로 세웠고, 이 같은 민중의식의 형상화를 통해 한국 근현대의 민중사를 하나로 꿰는 계기를 마련하였다고 볼 수 있다.

송기숙에게 문학이 70년대에 계몽의 도구였다면, 80년대에는 투쟁의 도구였고, 90년대 이후에는 화해와 상생의 도구였다. 그는 13년 동안 『녹두장군』을 집필하면서도 8편의 중·단편, 1편의 연작 소설, 1편의 장편 소설을 쓸 정도로 현실을 치열하게 반영하여 소설이 사회 변혁의 힘으로 작용할 수 있다는 것을 보여주었다. 또한 6·10민주화운동이 민중의 승

---

6) 진정석, 앞의 글, 임환모 엮음, 앞의 책, 45면.

리로 끝났지만, 아직 우리 사회가 개인의 고뇌만을 얘기할 만큼 문학적 투쟁의 목표가 소멸된 것은 아니라고 보고 있다. 민중 주체의 성장에 대해서는 낙관적인 전망을 보여주고 있지만, 분단된 민족의 현실과 청산되지 않은 과거사로 인해 우리 사회가 진정한 민주주의에 이르지 못했다고 보았던 것이다. 분단 이데올로기는 언제든지 민중을 옭아매는 사슬이 될 수 있으며, 5·18광주민주화운동은 가해자에 대한 처벌과 반성이 없고서는 용서할 수 없기 때문에 제대로 된 청산이라고 할 수 없다. 그래서 작가는『은내골 기행』, 「보리피리」, 「성묘」 등을 통해서 '화해와 상생으로서 통일'을 지향하나,『오월의 미소』, 「북소리 둥둥」 등에서는 화해와 상생의 전제 조건으로 과거사 청산을 제시하고 있는 것이다.

송기숙은 화해와 상생을 이끌어낼 수 있는 주체로서 여성을 형상화하고 있다. 특히 분단을 소재로 한 작품에서는 시간의 경과를 보여주기 위해 주인공이 1990년대에 저술된『은내골 기행』에서는 중년 여성으로, 이후에 발표된 「보리피리」와 「성묘」에서는 할머니로 묘사하고 있다. 이 여인들은 공통적으로 분단 이후 현재까지 진행되고 있는 반공 이데올로기에 의해 가슴 졸이는 고통을 겪고 있다. 작가는 이러한 고통을 치유할 수 있는 대안으로『은내골 기행』의 들몰 댁과 한몰 댁의 우애를 제시하고 있으며, 그들의 우애는 화해와 상생의 가능성을 보여주고 있다. 6·25전쟁 당시 경찰 간부의 아내였던 들몰 댁과 인민위원장의 부인이었던 한몰 댁은 남편들의 적대적 이념과 무관하게 동고동락하며 지내고 있다. 특히 들몰 댁은 병원에서 행려병자 취급을 받아 거의 죽게 된 한몰 댁을 데려다 치료해 주고, 남의 집에 식모로 살고 있는 한몰 댁의 딸도 데려다가 가족처럼 보살폈다. 이처럼 들몰 댁과 한몰 댁은 서로 우애 있게 지내며 마을에 선돌을 다시 세우는 일이나, 당산제를 부활시키는 일에 앞장서서 민족의 동질성을 회복하는 역할을 하고 있다.

이어 저술된 「보리피리」에서는 그가『은내골 기행』 후기에서 말한 바와 같이 "이런저런 것 다 접어두고 주린 동포들부터 살펴놓고 보자고 일 년치 식량쯤 듬뿍 실어 보내는 그런 정치"에 대한 염원과 "기왕 역사를 말하고 있는 대통령은 분단 50년사의 대단원을 그렇게 극적으로 한번 전환해보려는 큰 욕심"을 가졌으면 하는 희망을 구체화하고 있다. 작가는 『은내골 기행』에서 화해와 상생의 방법으로 민족의 동질성 회복을 이야기했고, 「보리피리」에서는 북한 주민의 굶주림을 젖이 나오지 않아 갓난 아이에게 젖을 먹이지 못하는 '피가 마르는 에미'의 심정으로 묘사한 후일 년 치 식량쯤 듬뿍 실어 보내는 그런 정치를 염원하고 있다. 이는 화해와 상생의 방법으로 모성을 통한 인간의 근원성에 호소하고 있는 것이다. 모성은 생명에 대한 경외심을 온전하게 지닌 이상적 존재로 분단 문제를 이데올로기를 넘어선 휴머니즘에 기댐으로써, 남북 화해의 방법으로 북한 주민에게 식량보내기를 제안하고 있는 것이다.

이러한 소망은 「성묘」에서 윤주 할머니가 한때 빨치산으로 활동했던 시누이와 묘를 나란히 함으로써 민족의 화해를 추구하는 양상으로 구체화된다. 할머니는 "대통령까지 북한을 다녀오고 이산가족도 만나고 이만치라도 시국이 풀리길래 이 일부터 했다."면서 이제 반공 이데올로기는 더 이상 무가치한 것이므로 '화해와 상생'으로 가는 길을 제안한다. 작가는 결말에 윤주와 동생이 할머니와 고모할머니께 성묘를 하는 행위를 통해서 분단 극복의 가능성을 지식이나 이념을 넘어서서 양심이라는 윤리적 문제를 통해 해결하고자 했다.

송기숙이 1990년대에 남북의 화해와 함께 중요하게 생각하였던 문제가 제대로 된 과거사 청산, 특히 5·18광주민주화운동에 대한 역사적 진실이었다. 즉 「우투리―산자여 따르라1」과 「제7공화국」에서는 광주시민을 학살한 책임자 규명을 요구한 반면, 『오월의 미소』와 「북소리 둥둥」에 와서는 화해와 상생을 위한 전제 조건으로 과거사 청산을 기대한다. 그가 역설하는 제대로 된 과거사 청산이란 과거의 잘못에 대해 용서를 구하는 주체가 존재해야 하며, 그 주체를 용서함으로써 진정한 화해와 상생이 이루어진다는 것이다.

그는 '화해와 상생'을 효과적으로 드러내기 위해서 『오월의 미소』에서는 굿을, 「북소리 둥둥」에서는 풍물 소리를 활용한다.

> 피리젓대와 장구소리가 낮게 흐르고 당골 넋두리도 가벼운 징소리와 함께 바닥에 깔렸다.
>
> "신부님께도 인사드립니다. 저는 오일팔 때 출동했던 공수단 장교 가운데 한사람입니다. 신부님께 진심으로 사과드리며 용서를 빕니다. 우리도 나중에야 진상을 알았습니다. 신랑은 특히 고민이 많았습니다. 그 세상은 싸우는 일도 없고 죄 없는 사람 해치는 일도 없는 세상일 테니 이세상 일은 모두 잊으시고 행복하게 사십시오. 거듭 사과드리며 용서를 빕니다. 성보, 이런 혼사나마 치러 어머님 한을 풀어드렸으니 자네도 이세상 일은 다 잊어버리고 행복하게 살게나. 행복하게 살아."
>
> —『오월의 미소』, 311면

> ─겐지겐 겐지겐 겐지겐 깽깽 겐지겐 겐지겐 겐지겐 깽깽.
>
> 동네를 다 돈 풍물패가 유상수 집으로 들어왔다. 집 안을 구석구석 돌고 마당으로 나왔다. 걸궁패는 수도 열댓 명이나 되고, 포수에 조리중에 날라리며 잡색패까지 구색이 두루 방불했다. 쇠잡이 셋은 부포상모를 단 전립에 더그레를 걸치고 색띠를 띠어 구색이 제대로였고, 징잡이 장구재비 두 사람과 북재비 다섯은 흰 바지저고리에 색띠만 띠고 모두 고깔을 썼다. 나이는 거의 육십을 넘은 것 같았으나 북재비 다섯 가운데서 수북하고 부북 말고 종북은 오십대, 사북하고 끝북은 사십대로 보였다.
>
> ─겐지겐지겐지 딱.
>
> —「북소리 둥둥」, 『들국화 송이송이』, 88면

위의 작품에서 굿은 죽은 영혼을 저승으로 천도하는 의식으로 억울하게 죽은 한 맺힌 귀신이 적대 세력일지라도, 달래고 섬겨서 맺힌 것을 풀고 화해에 이르게 한다. 풍물도 또한 사람들을 결집시켜 모두가 즐기고 참여하는 축제의 기능을 가지고 있다. 여기서 굿은 근본적으로 화해의 정신을 깔고 있으며, 풍물도 함께 더불어 살아가는 상생의 의미를 담고 있다. 따라서 작가가 분단된 현실의 질곡과 5·18광주민주화운동을 소재로 한 작품에서 굿과 풍물을 차용하는 의미는 남북의 화해와 5·18광주민주화운동의 가해자와 피해자의 화해를 통한, 대동 세상을 희원하는 것으로 볼 수 있다.

이와 같이 송기숙 소설의 문학적 실천은 계몽성, 민중성, 화해와 상생으로 변모되었다고 볼 수 있다. 그가 계몽적 실천과 민중적 실천을 뛰어넘어 궁극적으로 추구한 것은 화해와 상생의 세계이다. 결국 화해와 상생의 전제 조건으로 민중을 억압하는 당대 사회의 모순을 해결하고자 하는 실천적 의지를 소설 속에 함축하고 있었던 것이다. 이 같은 이유로 그의 작품은 화해와 상생을 추구하는 정치지향적인 소설일 수도 있을 것이다. 그는 인간은 누구나 한 시대의 정치상황 속에 규정되어 살아가기 때문에 정치와 무관한 삶을 살 수 없으며 '정치 밖'에 서 있을 수 없다고 본다. 이것은 민주석인 정치와 제도의 확립 없이는 인간다운 삶을 보장받을 수 없으며, '정치'가 인간을 위해 존재한다면, '문학' 역시 인간을 위해 존재할 수밖에 없다는 것[7]이다.

송기숙의 문학적 실천이 지니는 의미는 한국 사회의 모순과 역사적 진실을 문학이라는 틀을 통해 민중과 공유하기 위해 평생을 바쳤을 뿐만 아니라, 그 같은 모순과 진실을 밝히고 개선하기 위해 직접 현실에 참여하는 실천적 지식인의 삶을 살았다는 것이다. 그는 모순과 억압의 현실

7) 남정현 외 9명, 『92년·한국·겨울 그리고 대권』, 황토, 1990, 8~9면.

속에서 민중의 수난과 저항을 온전히 자신의 것으로 받아들였으며, 탄압과 억압에 굴복하지 않는 행동하는 지식인으로서의 면모를 보여주었다. 그가 추구했던 계몽적 실천도 보다 나은 자기 생활에 대한 욕구를 충족할 수 있는 정치를 앞당기고자 하는 열망이었다. 또한 민중적 실천도 지배계급에 의한 소외와 억압이 없는 진정한 민주주의가 실현된 화해와 상생의 세계, 즉 대동 세계를 이루고자 하는 염원이었다.

제 7 장

선행후작(先行後作)과 선작후행(先作後行)의 정신

회산(會山)[1] 송기숙은 삶과 문학이 일치하는 대표적인 실천적 작가이다. 그의 문학적 지향은 한국 사회의 모순과 부조리를 근저에서부터 비판하고 고발하여, 이를 개선하고 변혁시키는 데 있었다. 이것은 보다 나은 사회를 염원하는 실천적 지식인으로서의 삶의 표현이자, 문학을 매개로 하는 정치적 요구이기도 했다. 이런 이유로 그의 작품들은 철저하게 현실적이며 역사적이고 또한 정치 지향적이었다.

송기숙은 1935년 7월 4일 전라남도 완도군 금일면 육산리 산9번지에서 아버지 송복도와 어머니 박본단의 장남으로 태어났다. 이후 진도, 전주를 거쳐 장흥군 용산면 포곡리로 이사했다. 이곳에서 일제 강점기에 국민학교를 다녔고 해방을 맞았으며, 6·25전쟁을 겪으며 중학 시절을 보냈고, 고등학교를 마쳤다. 이러한 경험들은 동학의 후예였던 외할아버지와 고등학교 때의 은사 김용술의 영향과 함께 송기숙 문학의 모태가되었다. 그가 군복무를 마치고 전남대학교 3학년에 복학한 1959년『국

---

1) 호는 시인 고은이 지었으며, '곧바로 산에 부딪치지 말고 돌아가라'는 의미였다.

문학보』에 발표한 「진공지대」는 군복무 시절에 경험한 군대의 부조리를 고발하고 비판한 작품이다. 그는 부조리를 드러내어 세상을 바꾸는 것이 문학의 역할이라고 생각했고, 이때부터 송기숙에게 문학은 계몽의 도구이면서 동시에 지배 계급에 대한 도전의 무기가 되었다.

그는 조연현의 추천으로 1964년 『현대문학』 9월호에 평론 「창작과정을 통해 본 손창섭」을 발표했으며, 이듬해 「이상서설」로 추천 완료되었으나, 1966년 『현대문학』에 단편 「대리복무」를 발표하면서 본격적인 소설 활동을 시작한다. 그의 문학에서 처음부터 끝까지 한결같은 주제는 지배 계급에 의해 억압받고 소외된 민중이라는 개념이었다. 이것은 그의 문학 전반을 통해 당대 사회의 반민중적 지배 이데올로기를 비판하고 개선하려는 노력과 함께 작품으로 형상화되었다. 그는 1960년대 후반부터 1970년 초기까지는 주로 분단 이데올로기의 허위성을 고발하는 작품을 썼다. 대표적인 작품으로는 「어떤 완충지대」, 「백의민족·1968년」, 「휴전선 소식」, 「지리산의 총각샘」, 「갈머리 방울새」, 「전설의 시대」 등으로, 6·25전쟁 당시의 상황을 묘사하기보다는 분단 이데올로기의 지속적 현재화로 말미암아 일상적 삶이 왜곡되는 현상을 구체적으로 형상화하고 비판했으며, 이를 극복할 수 있는 방법을 제시했다.

송기숙은 문학의 기교와 문장에 신경을 쓰며 실존적 개인의 일상과 정서를 다루었던 1970년대 초반까지와 다르게, 「어느 여름날」(1973)에서부터 문학이 사회나 역사의 발전에 참여해야 한다는 참여적 태도가 나타나기 시작했다. 특히 『자랏골의 비가』(1974. 2~1975. 6)에서는 민중 언어로 민중의 정서를 탁월하게 재현하여 민중문학의 가능성을 제시했고, 민중의식을 형상화하여 이후 한국 근현대의 민중사를 하나로 꿰는 계기를 마련했다.

이러한 작가 의식이 성장하여 본격적으로 형상화된 작품들이 1970년대 중반부터 1980년대 초반에 발표된 「영감은 불속으로」, 「불패자」, 「재수없는 금의환향」, 「몽기미 풍경」, 「칠일야화」, 「신농가월령가」 등이다. 이들 작품들은 근대화 이데올로기의 허위성을 농어촌과 도시 변두리를 공간적 배경으로 구체적으로 그려내고 있다. 1970년대에 발표한 「칠일 야화」에서는 새마을 운동이 농어민들에게 실제로 도움을 주었는가에 초 점을 맞추고, 1980년 중반에 저술한 「신농가월령가」에서는 새마을 운동 으로 농어민들이 어떤 피해를 당했는가에 시선을 두고 있는데, 이러한 서사화 전략은 농어민과 도시 빈민들이 권력과 독점자본의 희생양이 되 고 있는 현실을 고발함으로써 그들이 스스로 사회적 모순을 자각할 수 있도록 하는 목적의식 때문이었다.

1978년의 교육지표사건과 1980년의 5·18광주민주화운동으로 겪은 두 번의 투옥 경험은 송기숙의 삶의 방향을 전환하는 일대 분수령이 되 었다. 이때부터 그는 문학을 반독재 투쟁의 도구로 삼아, 실천적 지식인 의 면모와 함께 민중문학의 역할을 강조했다. 특히 광주교도소에서 집필 을 시작하여 1981년 8월부터 연재를 시작했던 『녹두장군』(1981. 8~1994. 1) 12권은 민중 이데올로기의 주체성을 구현하고자 하는 작가정신이 그 대로 형상화되어 있다. 이처럼 그의 문학적 실천은 당대 사회현실의 상 황 변화와 이에 따른 작가 의식의 발전 과정과 맥락을 같이 하고 있다.

그는 당시 역사를 사실에 입각하여 제대로 쓰지 못한다면 그 자체가 역사의 왜곡이며, 또 다른 범죄라고 생각했기 때문에 '한국현대사사료연 구소'를 설립(1987)하고 소장직을 맡아 5·18광주민주화운동에 관한 자 료를 수집, 정리하여 『광주오월 민중항쟁 사료전집』(1990)을 발행했고, '민주화를 위한 전국교수협의회'를 창립(1987)하여 초대 공동의장, '균형 사회를 여는 모임'(1993)의 공동대표, '민족문학작가회의'(1994)의 회장 등 을 역임하면서 지식인으로서 사회적 책임을 다하는 모습을 보여 주었다.

송기숙에게 있어서 문학이 1970년대에는 계몽, 80년대에는 투쟁을 위 한 도구였다면, 90년대부터는 『은내골 기행』에서 보듯이 화해와 상생을 위한 소통의 수단이 된다. 이때부터 그는 분단된 현실의 질곡과 5・18광주민주화운동을 모티프로 한 작품에서 굿과 풍물을 차용하여 남북의 화해와 5・18광주민주화운동의 가해자와 피해자의 화해를 통한 대동 세상을 희원한다. 그러나 그것은 무조건적인 화해와 상생이 아니었고,『오월의 미소』에서 보는 것처럼 그 전제조건으로 과거사 청산을 들고 있다. 그의 문학적 실천의 궤적은 민중을 위한 계몽적 실천에서, 민중을 위한 투쟁적 실천으로, 궁극적으로 화해와 상생의 세계 추구로 변모해 왔다고 할 수 있을 것이다.

　송기숙은 문단에 데뷔한 지 40여 년 동안 6편의 장편, 8편의 중편, 43편의 단편소설을 발표했다. 그 외에도 1권의 연작소설집, 3권의 산문집, 1권의 민담집, 6권의 설화집을 내는 등 서사와 산문의 장르에서 왕성한 작품 활동을 했다. 그의 소설 쓰기는 민중을 국가의 주체이며, 역사의 주체로 바로 세우기 위한 작업이었다고 하겠다. 그는 호남 지방을 중심으로 일어난 ‘동학농민운동과 의병투쟁’에서 발현된 민중의식이 ‘5・18광주민주화운동’을 통해서 확산되었음을 작품으로 형상화했고, 이를 계기로 민중의 문제를 역사적인 맥락에서 파악하고 그 의미와 가치를 재조명했다. 이것은 ‘중심주의’를 강요하는 지배 이데올로기에 대한 저항으로, 그가 평생 동안 추구했던 민중의 보다 나은 삶에 대한 욕구를 충족할 수 있는 참된 정치를 위한 행보였다고 할 수 있다. 그의 삶과 문학이 높이 평가되어야 하는 이유는 시류에 편승하지 않고, 평생에 걸쳐 당대의 모순을 직시했던 날카로운 작가정신을 문학적 실천으로 승화했다는 데 있다.

참고문헌

1. 기본 자료

■ 단편소설집

『白衣民族』, 형설출판사, 1972.

『도깨비 잔치』, 백제출판사, 1978.

『재수없는 錦衣還鄕』, 시인사, 1979.

『개는 왜 짖는가』, 한진출판사, 1984.

『테러리스트』, 혼겨레 출판사, 1986.

『어머니의 깃발』, 심지, 1988.

『파랑새』, 전예원, 1988.

『들국화 송이송이』, 문학과 경계, 2003.

■ 장편소설

『자랏골의 悲歌』(上, 下), 창작과비평사, 1977.

『岩泰島』, 창작과비평사, 1981.

『이야기 동학농민전쟁』, 창작과비평사, 1992.

『녹두장군』(전12권), 창작과비평사, 1994.

『은내골 기행』, 창작과비평사, 1996.

『오월의 미소』, 창작과비평사, 2000.

■ 연작소설집

(이문구 · 최일남 · 송기숙 3인)

「신농가월령가」, 『그리고 기타 여러분』, 사회발전연구소, 1985.

■ 산문집

『녹두꽃이 떨어지면』, 한길사, 1985.

『교수와 죄수사이』, 심지, 1988.

『마을, 그 아름다운 공화국』, 화남, 2005.

■ 민담집

『보쌈』, 실천문학사, 1989.

■ 설화집(전6권, 총 53편)

『거짓말 잘 하는 사윗감 구함』, 창작과비평사, 2007.

『제 불알 물어 버린 호랑이』, 창작과비평사, 2007.

『모주꾼이 조카 혼사에 옷을 홀랑 벗고』, 창작과비평사, 2007.

『정승 장인과 건달 사위』, 창작과비평사, 2007.

『보쌈 당해서 장가간 홀아비』, 창작과비평사, 2007.

『아전들 골탕 먹인 나졸 최환락』, 창작과비평사, 2007.

■ 기타 자료

「진공지대」, 『국문학보』(창간호), 1959.

「백포동자」, 『지 알고 내 알고 하늘이 알건만』, 창작과비평사, 1984.

「우투리-산자여 따르라1」, 『창작과비평』(통권60호), 1988.

「제7공화국」, 『한국문학』(통권16권12호), 1988.

2. 국내 논문 및 평론

공종구, 「송기숙의 소설에 나타난 분단의식의 실체와 그 의미」, 『현대문학이론연구』(제16집), 2001.

_____, 「송기숙의 분단소설에 나타난 화해」, 『한국문학이론과 비평』(제30집), 2006.

곽광주, 「소설의 구조발생론적 분석」, 『세계의 문학』(통권2권2호), 1977.

김미정, 「동학·천도교의 여성관에 변화」, 『한국사학보』(통권25호), 2006.

김병욱, 「『자랏골의 悲歌』의 크로노토프와 담론」, 『한국문학이론과비평』(제11권), 2001.

김승종, 「소설의 리얼리티와 방언의 효과-『녹두장군』 중심으로」, 『현대소설연구』(제8호), 1997.

_____, 「『녹두장군』과 『갑오농민전쟁』의 비교연구」, 『현대소설연구』(제2호), 1995.

김열규, 「Topophilia : 토포스를 위한 새로운 토폴로지와 시학을 위해서」, 『한국문학이론과 비평』(제20집, 7권 3호), 2003.

김옥경, 「현대소설의 민속 수용 양상과 의미 : 호남지역 배경의 작품을 중심으로」, 전남대학교 석사학위논문, 2008.

김정하, 「현대소설에 형상화된 '도깨비' 고찰」, 『한국학논집』(제30집), 명지대학교 한국학연구원, 2003.

김춘섭, 「소설가 송기숙, 그 '영혼과 형식'-내가 본 송기숙 교수의 옆모습」, 임환모 엮음, 『송기숙의 소설세계』, 태학사, 2001.

_____, 「문학의 지방화와 탈식민주의」, 『현대소설연구』(제19호), 2003.

나경수, 「문학민속학적 비평방법을 통한 송기숙 소설 읽기-『오월의 미소』를 중심으로」, 『한국문학이론과 비평』(제9호), 2000.

박병오, 「『갑오농민전쟁』과 『녹두장군』의 비교 연구－역사적 환경과 작중 인물의 분석을 통하여」, 공주대학교 석사학위논문, 1997.

박진도・한도현, 「새마을운동과 유신체제 : 박정희 정권의 농촌 새마을운동을 중심으로」, 『당대비평』(통권47호), 1999.

백낙청, 「지구시대의 민족문학」, 『창작과 비평』(통권81호), 1993.

백욱인, 「과학적 민중론의 정립을 위하여」, 『역사비평』(통권7호), 역사비평사, 1988.

서경석, 「비극적 혁명과 개벽사상의 현재성－송기숙의 『녹두장군』을 중심으로」, 『소설과 사상』(제3권 4호), 1994.

신언관, 「농산물 수입의 현황과 수입저지 농민운동의 전개」, 『농어촌사회』 9, 1990.

신동흔, 「아기장수 전설과 진인출현설의 관계」, 『고전문학연구』(제5집), 1990.

심영의, 「5・18민중항쟁 소설 연구」, 전남대학교 박사학위논문, 2008.

송기섭, 「재현의 진실과 미적 성실성－『암태도』론」, 임환모 엮음, 『송기숙의 소설세계』, 태학사, 2001.

송명희, 「탈식민주의와 지역문학 연구－김정한, 송기숙을 중심으로」, 『현대소설 연구』(제19집), 2003.

송지현・최현주, 「'5월 정신'의 문학적 형상화 과정 연구－송기숙의 1980년대 이후 소설을 중심으로」, 임환모 엮음, 『송기숙의 소설세계』, 태학사, 2001.

송현호, 「송기숙 문학의 세 갈래와 저항문학적 성격」, 임환모 엮음, 『송기숙의 소설세계』, 태학사, 2001.

안혜련, 「여성 민중공동체에 의한 대안적 양성성의 구현」, 임환모 엮음, 『송기숙의 소설세계』, 태학사, 2001.

＿＿＿, 「5・18문학의 대안적 여성성 구현 양상 연구」, 『민주주의와 인권』(제2권 1호), 2002.

염무웅, 「농민소설의 민중문학적 맥락－김정한과 송기숙의 소설사적 위치에 관한 메모」, 『문예미학』(제9집), 2002.

오충건, 「송기숙 소설 『암태도』연구」, 순천대학교 석사학위논문, 2007.

이기인, 「송기숙의 『녹두장군』 연구」, 『어문논집』(제52집), 민족어문학회, 2005.

이동순, 「조태일 시 연구」, 전남대학교 박사학위논문, 2008.

이동연, 「역사소설의 현실주의적 성취의 가능성－송기숙의 『녹두장군』론」, 『실천문학』(통권34호), 1994.

이미란, 「무심필(無心筆)의 산실을 찾아」, 『소설시대』(통권4호), 평민사, 2002.

이문구, 「인간천연기념물」, 『이문구의 문인기행』, 열린세상, 1994.

이봉범, 「1970년대 농민소설의 한 수준－송기숙의 『자랏골의 悲歌』론」, 『반교어문학회지』, 2000.

이상경, 「농민의 시각으로 그려낸 농민전쟁」, 『창작과 비평』(통권83호), 1994.

_____, 「역사 소설의 주인공과 성격화 문제」, 『민족예술』(통권3호), 1994.

이영호, 「1894년 농민전쟁의 역사적 성격과 역사소설-『갑오농민전쟁』과 『녹두장군』을 중심으로」, 『창작과 비평』(통권69호), 1990.

_____, 「1894년 농민전쟁 연구의 방향모색」, 『창작과 비평』(통권83호), 1994.

이의로, 「남·북한 역사소설의 리얼리즘과 민중성 비교 연구-『녹두장군』과 『갑오농민전쟁』을 통하여」, 경북대학교 석사학위논문, 2001.

이이화, 「역사소설의 반역사성」, 『역사비평』(제1집), 1987.

이 정, 「시집살이 노래 구연에 나타난 말하기 방식과 여성의식에 관한 연구」, 이화여자대학교 박사학위논문, 2005.

임규찬, 「전투적 민중성과 '오월'의 정치학」, 임환모 엮음, 『송기숙의 소설세계』, 태학사, 2001.

_____, 「시간의 태풍 너머, 기억의 깊은 항구-송기숙론」, 『문학들』(제1권), 2005.

임동확, 「송기숙 : 내적 자각과 세대적 책임감」, 『동서문학』(통권213호), 1994.

임환모, 「송기숙 소설의 서사 전략」, 임환모 엮음, 『송기숙의 소설세계』, 태학사, 2001.

장하진, 「이승만정권기 매판지배집단의 구성과 성격」, 『역사비평』(제6호), 1989.

정경운, 「한국소설에 나타난 테러리즘 고찰」, 『현대문학이론연구』(제16집), 2001.

정명중, 「5월 항쟁의 문학적 재현 양상」, 『민주주의와 인권』(제3권 2호), 2002.

_____, 「'5월'의 재구성과 의미화 방식에 대한 연구」, 『민주주의와 인권』(제5권 1호), 2003.

조은숙, 「이문구 소설의 토포필리아 연구-연작소설을 중심으로」, 전남대학교 석사학위논문, 2005.

진정석, 「민중적 주체성의 복원을 위한 도정-송기숙론」, 『창작과비평』(통권89호), 1995.

채호석, 「역사와 소설이 만나는 네 가지 방식-최근 발간된 동학관련 대하소설을 읽고」, 『문학동네』(창간호), 1994.

최종우, 「1970년대 농민소설에 나타난 현실 인식 : 송기숙의 『자랏골의 비가』를 중심으로」, 중앙대학교 석사학위논문, 2006.

최현주, 「『녹두장군』의 탈식민주의 페미니즘 연구」, 『배달말』(통권40), 2007.

_____, 「송기숙 소설의 탈식민성 고찰-『녹두장군』을 중심으로」, 『현대문학이론연구』(제22집), 2004.

_____, 「민중적 생명력과 역사의식의 형상화」, 『한국언어문학』, 2003.

한도현, 「국가권력의 농민통제와 동원정책-새마을운동을 중심으로」, 『한국농업·농민문제연구』 2, 1989.

한명환, 「분단 비극과 이념 갈등의 해소와 전망−송기숙의 『은내골 기행』의 구성과 문체를 중심으로」, 임환모 엮음, 『송기숙의 소설세계』, 태학사, 2001.

한승옥, 「『녹두장군』의 갈등 양상과 다성적 특질」, 『현대소설연구』(제2호), 1995.

한순미, 「송기숙 소설의 민중문화적 상상력」, 임환모 엮음, 『송기숙의 소설세계』, 태학사, 2001.

홍성호, 「루시앵 골드만의 소설론」, 『소설과 사상』(8권3호), 1999.

황석영, 「항쟁 이후의 문학」, 『창작과비평』(통권62호), 1988 겨울.

3. 국내 단행본

강만길, 『한국사 이야기 : 자주·민주·통일을 향하여1』 19, 한길사, 1995.

_____, 『한국사 이야기 : 자주·민주·통일을 향하여2』 20, 한길사, 1995.

고명철, 『1970년대의 유신체제를 넘는 민족문학론』, 보고사, 2002.

고은 외, 『강좌, 민족문학』, 정민, 1990.

고 은, 『한용운 평전』, 고려원, 2000.

구중서, 『한국문학과 역사의식』, 창작과비평사, 1988.

권영민, 『한국현대문학작품연표』(상, 하), 서울대출판부, 1998.

_____, 『한국현대문학사』(전2권), 민음사, 2006.

김병걸, 『실천시대의 문학』, 실천문학사, 1988.

김붕구, 『작가와 사회』, 일조각, 1982.

김상욱, 『현대소설의 수사학적 담론분석』, 푸른 사상, 2005.

김상태, 『한국현대작가연구』, 푸른 사상, 2002.

김성철 편, 『내일을 위한 어제와 오늘 : 한국의 양심수, 오늘의 얼굴들』, 두르가, 2005.

김영민, 『한국현대문학비평사』, 소명출판, 2006.

김용성·우한용, 『한국근대작가연구』, 삼지원, 2001.

김윤식, 『한국현대문학연표』, 문학사상사, 1988.

_____, 『김동리와 그의 시대』전3권, 민음사, 1997.

_____, 『이광수와 그의 시대』전3권, 솔, 1998.

김윤식·정호웅, 『한국소설사』, 문학동네, 2000.

김지하, 『미륵사상과 민중사상』, 한진출판사, 1988.

김철·신형기 외 지음, 『문학 속의 파시즘』, 삼인, 2001.

김치수, 『문학사회학을 위하여』, 문학과지성사, 1998.

김 현, 『문학사회학』, 민음사, 1998.

나병철, 『소설의 이해』, 문예출판사, 1998.

노병철·변종헌·임상수 공저,『현대 사회와 이데올로기』, 인간사랑, 2002.

다홀편집실 편,『한국사 연표』, 다홀미디어, 2002.

동학농민혁명기념사업회 편,『동학농민혁명과 사회변동』, 한울, 1993.

리영희,『대화』, 한길사, 2005.

문학사와 비평 연구회 편,『1970년대 문학연구』, 예하, 1994.

문순태,『동학기행』, 어문각, 1986.

민족문학사연구소 현대문학분과,『1970년대 문학연구』, 소명출판, 2000.

민충환 편저,『송기숙 소설어 사전』, 보고사, 2002.

민형기 외,『남북한 역사소설 비교 연구』, 계명대학교출판부, 2006.

박세길,『다시 쓰는 한국현대사』(전3권), 돌베개, 1989.

박인기 편역,『작가란 무엇인가』, 지식산업사, 1997.

박진도,『한국농업·농민문제연구』, 연구사, 1988.

박종석,『작가연구방법론』, 역락, 2007.

박현채,『한국자본주의와 민족운동』, 한길사, 1984.

변형윤 외,『분단시대와 한국사회』, 까치, 1985.

백낙청 엮음,『민족주의란 무엇인가』, 창작과비평사, 1981.

_____,『민족문학과 세계문학Ⅰ,Ⅱ』, 창작과비평사, 1992.

_____,『리얼리즘과 모더니즘』, 창작과비평사, 1993.

_____,『백낙청 회화록』(전5권), 창작과비평사, 2007.

백낙청·염무웅,『한국문학의 현단계』, 창작과비평사, 1983.

송기숙 외,『한국의 서민 철학』, 사회발전연구소, 1984.

송우혜,『윤동주 평전』, 푸른 역사, 2004.

신경림,『농민문학론』, 온누리, 1992.

신동욱,『문예비평론』, 고려원, 1985.

신덕룡,『문학과 진실의 아름다움』, 새미, 1998.

신용하,『동학과 갑오농민전쟁연구』, 일조각, 1993.

실천문학 편집위원회,『다시 문제는 리얼리즘이다』, 실천문학사, 1993.

우한용,『한국근대작가연구』, 삼지원, 1985.

유임하,『분단현실과 서사적 상상력』, 태학사, 1998.

유재천,『民衆』, 문학과지성사, 1984.

윤지관,『민족현실과 문학비평』, 실천문학사, 1990.

이기철,『작가 연구의 실천』, 영남대학교출판부, 1986.

이문구,『이문구의 문학동네 사람들』, 랜덤하우스중앙, 2004.

이상섭,『문학연구의 방법』, 탐구당, 1980.

이상식, 『역사의 증언』, 전남대출판부, 2001.

이성광, 『민중의 역사』 2, 열사람, 1989.

이영희, 『우상과 이성』, 한길사, 1988.

이정석, 『전후소설 담론의 이데올로기와 유토피아』, 새미, 2005.

이재선, 『문학주제학이란 무엇인가』, 민음사, 1996.

_____, 『한국소설사』, 민음사, 2000.

이현희, 『동학혁명과 민중』, 대광서림, 1993.

이효재, 『한국의 여성운동 : 어제와 오늘』, 정우사, 1996.

염무웅, 『민중시대의 문학』, 창작과비평사, 1991.

_____, 『모래 위의 시간』, 작가, 2002.

임규찬, 『비평의 창 : 임규찬 평론집』, 강, 2006.

_____, 『작품과 시간』, 소명출판, 2001.

임종국, 『친일논설선집』, 실천문학사, 1987.

임환모 엮음, 『송기숙의 소설세계』, 태학사, 2001.

임헌영 편, 『변혁주체와 한국문학』, 역사비평사, 1990.

장선희·정경운, 『(고전에서 현대까지) 호남문학기행』, 박이정, 2000.

장을병 외, 『민족운동의 과제』, 한길사, 1986.

전광식, 『고향』, 문학과지성사, 1999.

전재호, 『반동적 근대주의자 박정희』, 책세상, 2000.

정희진, 「죽어야 사는 여성들의 인권 : 한국 기지촌 여성운동사, 1986~1998」, 한국여
        성의전화연합엮음, 『한국여성인권운동사』, 한울아카데미, 1999.

정현기, 『소설로 열리는 사람들』, 국학자료원, 1994.

정호웅, 『한국의 역사소설』, 역락, 2006.

조남현, 『한국현대소설의 해부』, 문예출판사, 1993.

조동일, 『동학성립과 이야기』, 홍성사, 1981.

중앙일보 특별취재팀, 『실록 박정희』, 중앙M&B, 1998.

최래옥, 『한국구비전설의 연구-그 변이와 분석을 중심으로』, 일조각, 1984.

최문정, 『임진록 연구 : 한일역사군담소설연구 1』, 박이정, 2001.

최유찬·오성호, 『문학과 사회』, 실천문학사, 1994.

최원식·임홍배, 『황석영 문학의 세계』, 창작과비평사, 2003.

최장집 외, 『해방전후사의 인식』, 한길사, 1997.

천이두, 『문학과 시대』, 문학과지성사, 1982.

한명환, 『한국 현대소설의 서사 지평』, 푸른 사상, 2004.

한완상, 『민중사회학』, 종로서적, 1984.

한국민중사연구회 편, 『한국민중사Ⅱ』, 풀빛, 1986.
한국산업사회연구회 편, 『한국사회와 지배이데올로기』, 녹두, 1991.
한국현대사료연구소, 『광주여 말하라』, 실천문학사, 1990.
_____, 『광주오월 민중항쟁 사료전집』, 풀빛, 1990.
한국현대사연구회 엮음, 『알기 쉬운 한국현대정치사』, 공동체, 1988.
현길언 외, 『문학과 정치 이데올로기』, 한양대학교 출판부, 2005.
홍성호, 『문학사회학, 골드만과 그 이후』, 문학과지성사, 1995.
황광수, 『소설과 진실』, 해냄출판사, 2000.

4. 외서 및 번역서

가라타니 고진, 박유하 옮김, 『일본 근대문학의 기원』, 민음사, 2002.
가스통 바슐라르, 곽광수 옮김, 『공간의 시학』, 민음사, 1990.
게오르그 루카치, 반성완 옮김, 『소설의 이론』, 심설당, 1985.
_____, 이영욱 옮김, 『역사소설론』, 거름, 1987.
게오르그 루카치 외, 홍승용 옮김, 『문제는 리얼리즘이다』, 실천문학사, 1994.
게오르그 짐멜, 안준섭 외 옮김, 『돈의 철학』, 한길사, 1993.
_____, 김덕영 · 윤미애 옮김, 『짐멜의 모더니티 읽기』, 새물결, 2005.
다이안 맥도넬, 임상훈 옮김, 『담론이란 무엇인가』, 한울, 1992.
D.C. 뮤크, 문상득 옮김, 『아이러니』, 서울대학교 출판부, 1986.
레온 에델, 김윤식 옮김, 『작가론의 방법』, 삼영사, 1983.
루시앙 골드만, 조경숙 옮김, 『小說社會學을 위하여』, 청하, 1982.
루이 알튀세르, 김웅권 옮김, 『재생산에 대하여』, 동문선, 2007.
리타 펠스키, 김영찬 · 심진경 옮김, 『근대성과 페미니즘』, 거름, 1998.
마르크스 · 엥겔스, 김영기 옮김, 『마르크스 · 엥겔스의 문학예술론』, 논장, 1989.
미셸 제라파, 이동열 옮김, 『소설과 사회』, 문학과지성사, 1977.
미셸 푸코, 이규현 옮김, 『광기의 역사』, 나남출판, 2006.
_____, 이규현 외 옮김, 『성(性)의 역사』(전3권), 나남출판, 2006.
_____, 이정우 옮김, 『지식의 고고학』, 민음사, 2007.
_____, 이정우 옮김, 『담론의 질서』, 서강대학교 출판부, 2007.
미케 발, 한용환 옮김, 『서사란 무엇인가』, 문예출판사, 1996.
미하일 바흐찐, 이득재 옮김, 『문예학의 형식적 방법』, 문예출판사, 1992.
_____, 전승희 외 옮김, 『장편소설과 민중언어』, 창작과비평사, 1988.
빌헬름 딜타이, 한일섭 옮김, 『체험과 문학』, 중앙일보, 1979.

_____, 이한우 옮김, 『체험·표현·이해』, 책세상, 2002.

V.N.볼로쉬노프, 송기한 옮김, 『언어와 이데올로기』, 푸른 사상, 2005.

S.리몬-케넌, 최상규 옮김, 『소설의 시학』, 문학과지성사, 1994.

앤 제퍼슨·데이비드 로비, 김정신 옮김, 『현대문학이론』, 문예출판사, 1991.

에드워드 렐프, 김덕현·김현주·심승희 옮김, 『장소와 장소상실』, 논형, 2003.

에리히 아우얼바하, 김우창·유종호 옮김, 『미메시스』, 민음사, 1979.

올리비에 르불, 홍재성·권오룡 옮김, 『언어와 이데올로기』, 역사비평사, 1988.

웨인 부스, 최상규 옮김, 『소설의 수사학』, 예림기획, 1999.

이토우 츠토무, 서은혜 옮김, 『리얼리즘이란 무엇인가』, 세계, 1990.

이-푸 투안, 구동희·심승희 옮김, 『공간과 장소』, 대윤, 1999.

제레미 탬블링, 이 호 옮김, 『서사학과 이데올로기』, 예림기획, 2000.

존 플라메나쯔, 진덕규 옮김, 『이데올로기란 무엇인가』, 까치, 1977.

페터 지마, 서영상·김창주 옮김, 『소설과 이데올로기』, 문예출판사, 1997.

_____, 허창운·김태환 옮김, 『이데올로기와 이론』, 문학과지성사, 1996.

_____, 허창운·김태환 옮김, 『텍스트사회학이란 무엇인가』, 아르케, 2001.

페트릭 오닐, 이 호 옮김, 『담화의 허구』, 예림기획, 2004.

프란츠 파농, 이석호 옮김, 『검은 피부 하얀 가면』, 인간사랑, 1998.

제2부
송기숙 삶과 문학의 흔적

서울에 가서 김준철 사장이 잡아 준 어느 여관에서 광주 상황을 서울에 알리는 글을 쓰려고, 그때는 일체 신문보도통제가 되어 있기 때문에 내가 그걸 써야겠다고 생각했어. 그래서 여관에 숨어서 그 내용을 쭉 쓰고 있는디. 오후 5시든가 7시든가 뉴스 시간에 아, 어마어마한 소리가 나와. 그때 이희성 육군참모총장인가 그가 계엄군 사령관이 발표를 하는디. 인자, 광주를 '초토화'시켜 분다는 것이여. 그라면 우리는 뭣이여. 도망자가 되는 것인디. 우리가 나중에 광주 시민 얼굴을 어떻게 보느냐 그래갖고 김 사장한테 연락했어. 광주 가야겄다고. 괜찮겄냐고 걱정하면서도 자기 차로 서울역까지 바래다주었어. 이미 호남선 열차가 끊겼다고 했는디. 아직 전라선이 출발 5분 전이었어. 곡성까지 표를 끊어서 곡성역에 내린께 새벽 4시 경이던가. 택시 한 대가 불을 켜고 있든만, 안 간다고 하는디 사정해서 담양까지만, 그 식영정 있는디 까지만 해서 왔어. 아는 사람 집에 들어가서 물어본께 난리가 나 버렸다고 하든만.

— 대담 中 작가의 말

▲ 사진설명　① 5세 때 모습
　　　　　　② 1980년대 해직교수들과 함께 무등산 원효사 근처에서
　　　　　　③ 전주 MBC 초청으로 동학농민전쟁 강연
　　　　　　④ 화순읍의 무등산 자락에 마련한 집필실 앞에서

송기숙 삶과 문학의 흔적

　이 책의 대담 내용은 음성자료들을 문자로 풀어낸 채록문이다. 작가의 증언을 보존하고, 향후 이를 연구에 활용할 수 있도록 하는 취지에서 사투리나 개인적인 말버릇 등 원래의 음가나 상태를 가장 가깝게 반영할 수 있도록 했다. 이는 작가의 삶의 흔적들이 망각의 강으로 사라지기 전에 구술채록작업에 의해 보존함으로써 자료적 가치와 활용 가치가 높다고 판단되기 때문이다.

　직접 만나서 이루어진 대담은 2008년 4월 2일에 시작해서 2009년 10월 1일까지 10회에 거쳐 이루어졌으며, 이외에 전화를 통한 인터뷰도 3회에 거쳐 이루어졌다. 필자는 대담과 전화 인터뷰 내용을 따로 분류하기보다는 작가의 생애에 맞게 재구성했다. 또한 자료 접근성을 높이기 위해 내용에 따라 각 장의 제목을 달고, 대화의 세부 내용에 따라 소제목을 붙였다.

　송기숙과 첫 만남은 아이스크림이 녹듯이 편안했다. 이미란 교수의 매개로 물 흐르듯이 자연스럽게 이루어졌다. 긴장한 나의 마음을 알고 있다는 듯, 송기숙은 대담이 진행되는 동안 시종일관 웃으며 성실하게 답변

해 주었다. 1회 대담은 A4용지 55쪽 분량의 질문 자료를 중심으로 이루어졌다. 자료는 작가가 신문이나 잡지에 투고한 글, 소설뿐만 아니라 작가의 모든 작품, 지금까지 연구된 자료 등을 중심으로 필자가 2년 넘게 만든 질문지였다. 작가와의 첫 만남이었음에도 불구하고 대담은 6시간 이상 이루어졌다. 1회 대담을 마친 후 지금까지 논문이라는 집을 과연 지을 수 있을까 하는 불안감에서, 기초공사를 마무리한 편안함을 느낄 수 있었다. 이어서 2회, 3회 대담을 통해 생애사 부분의 미흡한 내용을 보강했다.

4회부터 7회까지 대담은 작가의 제안으로 작품 배경지를 답사하며 작품과 관련된 내용을 중심으로 진행했다. 작품을 낳은 모태 속으로 들어가니 그 원풍경이 그대로 전달되었다. 한 예로 『녹두장군』을 집필하였던 선암사는 단편 「길 아래서」의 실제 공간적 배경이기도 하다. 송기숙은 선암사 곳곳을 함께 다니며, 작품에 대해 설명해 주었다. 가장 기억에 남는 공간은 남자 화장실이다. 태어나서 처음으로 남자화장실 안을 당당하게 구경했다. 그 입구에는 '짠뒤'라고 써져 있었다. '짠뒤'가 화장실 앞이기 때문에 더 외설스럽게 느껴진다나! 하여튼 '짠뒤'는 '뒤짠'을 의미한다. 8회, 9회의 대담은 현재 작가의 삶과 현 시대 전반적인 상황에 대한 작가의 생각을 들을 수 있었고, 10회는 『암태도』, 『녹두장군』 등을 집필하면서 있었던 다양한 에피소드를 들려주었다.

일러두기

( )　　지문, 기타 참석자의 말 등

" "　　대화 중 타인의 말을 인용한 구절

「 」　　작품 제목, 논문 혹은 간행물 속에 포함된 소품 저작물명

『 』　　단행본, 일간지, 월간지, 동인지 등 일련의 간행물명

조은숙 : 필자

송기숙 : 작가

김영애 : 작가의 부인

이미란 : 전남대학교 국어국문학과 교수이자 필자의 지도교수

토포필리아로서의 '자랏골'

조은숙 먼저 녹음을 허락해 주셔서 고맙습니다. 선생님의 삶과 문학을
아울러 작가론으로 박사 논문을 처음 쓰려고 하니 마치 눈길 위
에 발자국을 남기며 걷는 느낌입니다. 작가 연구는 작가의 일대
기와 특정 작품과의 관련성을 분석, 비판하여 구성하는 것을 말
합니다. 그래서 가장 중요한 일은 제대로 확인한 작가의 일대기
입니다. 기존의 작가 연구는 대부분 작가가 작고한 후에 연구가
진행되다 보니 소중한 자료가 소실되거나, 잘못 전달된 경우가
많습니다.

송기숙 그럴 수밖에 없지. 아직 작가가 작품 활동을 계속하고 있을 경우
에도 작가론을 쓰기가 어려울 것이여.

조은숙 지금도 작품 활동을 계속하시고 계시나요? 단편을 쓰신다든
지…….

송기숙 아니여, 지금은 몸이 아픈께. 그냥 정리하고 있어. 내가 그 동안
쓴 것들을.

조은숙 제가 생각하기에는 작품 활동을 더 이상 하시지 않은 경우에 작
가와 인터뷰를 통해 다양한 정보를 기록할 수 있다면 좋을 것 같

습니다. 또한 그 동안 선생님의 실천적 지식인의 면모는 다양한 지면에서 접할 수 있었지만, 가족사나 전체적인 삶과 문학을 함께 조망한 예가 없기에 가치 있을 것으로 사료됩니다.

고향 이야기

조은숙 본래 고향이 장흥이 아니고 완도군 금일면, 지금의 금당이잖아요? 가족사를 들려주실 수 있을까요? 실례가 안 된다면 족보를 보거나 호적등본을 볼 수 있을까요?

송기숙 (족보를 두 개 가지고 나와 찾아보면서) 어, 가만있어. 소윤공파에서 이것이, 어이, 내가 이런 걸 물어보는 사람 제일 머시기한다. 나는 이런 디 관심이 없어. 아버님이 해 왔던 건디. 내가 으하하하. 이런 걸 해가지고 말이야, 파벌 형성해 가지고 말이지. 그런 짓거리 한다고. 이것이 문제가 많아. 으하하하. 이건데, 가만 있어봐, 이것이, 무슨 파냐면, 소윤공파, 지평공파 속에 소윤공파, 여산송씨, 소윤공파여. 그랑께. 우리 선조가 단종의 장인이었어. 송현수라고, 시국이 그랑께. 그 자식 중 한 분을 남해안으로 보냈어. 아무한테도 말하지 말라고 했어. 그라다가 그 후손 중 한 분이 임진왜란 때 금당도에 입도조 한 거여. 내가 14대인가, 15대 후손일거여.

동학의 후예

조은숙 외할아버지께서도 섬에서 동학농민운동에 참여하셨잖아요? 외할아버지에 대해 어떤 기억이 있으신지요? 선생님 작품 곳곳에 외할아버지 같은 분들이 많이 나오는데요.

송기숙 외할아버지. 그분이 확실한 것은 농민전쟁에 참여했어. 그래가지고 저그, 저 그래 거시기 평일도라고 하는 곳으로 몇 사람이 도망쳐부렀어. 거기까지 도망쳤어. 어릴 때 내가 어떻게 알게됐냐면 어머니 형제간들이 여자들 넷이었는디. 그때 이야기가 기억에 있는 것인디. 한 다섯 살인가? 내가 기억에 있는 것인데 아따, 그 징게맹게들 김제만 호남평야를 시골 사람들은 그렇게 말해. 징게맹게들 김제만경들인디. 징게맹게가서 으하하하, 긍께 이 이야기가 농민전쟁 이야기야. 그 양반이 완도에서 거그를 갔어. 거그가 어디라고, 7백리 길인디. 이야그를 하니까. 이모님들이 뭐 그 무서운 디를 갔소. 하니께, 아 그 흉년들어서 쌀 팔러 갔다는 거야. 그란디 그것은 변명하는 것이고. 그때까지 딸들한테도 농민전쟁이라고 하면 큰 일 나니까 쌀 팔러 갔다고 한 거지. 내중에 내가 본께 전혀 흉년이 아니었어. 그때가. 그래갖고 농민군으로 갔던 거예요. 그러면 그때 장흥 이방언 장군 같은 사람이 모집해서 갔는데, 그런디서, 섬에서는 몇 사람들이 갔던 거여. 그러니까 의기가 대단했던거지. 어, 그 양반이 그런디를 갔나 그 정도로 알았어. 그 당시만 해도 쌀팔러 갔어라고 해서 알게 되었어.

조은숙 어머니가 입담이 좋으시고, 대단하신 분이라고 하신던데요?

송기숙 어디서 그랬지? 그런 내용이 책에 있어? 으하하하.

김영애 아버님이 그러셨다고 하셨어. 어머니한테 "저 변호사!" 그랬다고.

송기숙 그때 그러셨을 거야. 우리 어머니가 굉장히 머리가 좋아. 동네 여자들을 전부 다 손아귀에 놓고 지냈어. 어흐, 하하하하.(굉장히 밝게 웃으심)

김영애 노인당에서도 총무를 맡았어요.

송기숙 동네에서도 뭐 조끔만 잘못한 것 있으면 사정없이 한께. 너 이래

　　　　　갖고 이래되겠냐하면 꼼짝을 못해. 으하하하.

조은숙　선생님께서 어머님 영향을 많이 받으신 거 아녜요? 동학농민운동
　　　　에 참여하신 외할아버지의 기질과 불의를 보면 참지 못하시는 어
　　　　머니의 영향으로 동학의 후예로서의 모습을 그대로 지니신 듯 한
　　　　데요.

송기숙　보면 말이야. 아주 사람이 전혀 우리들이 못된 짓거리를 못해. 으
　　　　하하하, 이를테면 저그 저, 우리나라에서 처음으로 국회의원 투표
　　　　를 할 때야. 학교에서 했는데. 거기서 저 집이 그라닌까 우리 어
　　　　머니가 그런디를 알어. 동네서 그런지를. 한 가닥 한께. 그란디
　　　　포장 속에서 도장 찍을랑께 이상해서 본께 누가 봤던 모양이라.
　　　　어머니가 도장 찍은디를 그랑께 포장을 딱 잡아갖고 확 채 분께
　　　　포장이 날아가 버렸어. 그래갖고 "당신들 볼라면 뭐할라고 포장
　　　　을 하고 그냐고. 이 뭣 같은 이 나쁜 놈들아". 으하하하. 그래갖
　　　　고 난리가 나 갖고, 시골 할머니가 그 정도면 알겠지.

조은숙　그러니까 선거 때 선거위원이 기표 용지를 엿보자 기표소 포장을
　　　　벗겨버렸다는 거죠? 선생님의 작품 「성묘」에서 신흥댁이 꼭 어머
　　　　니와 같으신데요?

송기숙　응, 그럴거야. 내가 어디에다 썼어.

조은숙　그런데, 작품집에서는 이 부분을 빼셨던데요. 선생님의 작품 중에
　　　　서 강인한 여성상의 모델이 어머니일 수도 있겠네요.

송기숙　하여튼, 어머니가 보통 분은 아니었어. 또 남새밭에 꽃이 자라면
　　　　채소가 자라지 못한다고 확 뽑아버렸어. 채소는 먹을 수 있잖어.

조은숙　권력을 가진 사람들한테는 그렇게 큰 소리를 치면서도 굶고 지내
　　　　는 동네 분들께는 밥을 나눠주기도 했다면서요?

송기숙　우리 집에 꼭 밥 먹을 때만 오는 여자가 있었어. 어릴 때인디. 내
　　　　중에 알었어. 꼭 뭘 빌리러 와. 그때마다. 우리 네 식구가 밥을 먹

는디. 아따, 그때는 싫든만. 으하하하. 그란디 엄마가 가서 밥을 믹여 보내.

조은숙 부엌으로 가서요?

송기숙 응, 참. 그것이 보릿고개였든가부여. 이맘때쯤이지. 아 그거, 보릿 고개. 그때는 먹는 것이 중했어. 우리 집은 그라지는 않았는디.

조은숙 저도 어릴 때 아버지 밥은 쌀을 넣어서 고봉으로 담아주시는데, 우리 밥은 쌀을 적게 넣어 보리가 훨씬 더 많은 거예요. 그래서 밥 먹으면서 아버지 입만 쳐다봤어요.

송기숙 그랬는가. 그때는 다 그랬어. 으하하하.

조은숙 그러면 아버지께서 엄마가 부엌에 갈 때 몰래 저희 밥그릇에 쌀 밥을 주셨어요. 나중에 엄마가 아시고 혼내셨지만 아버지는 계속 그렇게 하셨어요. 그게 사랑인줄 이제 알겠네요. 그런데 선생님 아버님은 어떤 분이셨어요?

송기숙 아버지는 백구두를 신고 중절모를 쓰고 다녔어. 창을 기막히게 잘했어.

조은숙 『암태도』에서 만석과 『오월의 미소』에서 백동 영감, 그리고 『녹 두장군』에서 정판쇠도 판소리를 잘 하는 인물인데요.

완도, 진도, 전주 그리고 장흥으로

송기숙 우리 아버지가 장사를 하다가 그 당시 곳배라고 하는 창고만한 밴디 짐만 싣고 다니는 배를 곳배라고 했어. 완도에서 해초를 가 지고 여수까지 한나(가득) 싣고 가면 엄청나게 돈을 받았어. 해초 를 일본에 수출하는 일인디, 진도에도 가고 했다고. 그러다가 진 도로 이사했어. 그란디 섬놈섬놈하니까 듣기 싫거든. 자식들을 섬놈으로 안 키울라고 다시 전주로 이사를 했어. 전주에 우리 집안 사람이 장학사로 있었어. 그랑께 전주서 논하고 집을 샀어. 논 열 몇 마지기인가 스무 마지기인가, 굉장히 부자였다고. 집도 동네서 제일 큰 집을 샀어. 전주 변두리인데, 농사를 짓고 했는디, 그 양반이 머리는 굉장히 좋은데 그래 갖고, 그것이 몇 년 굉장히 머시기 했는데, 그때는 국민학교가 없응께. 아, 학교라는 것이 없었어. 부자들은 한문을 가르치는 곳에서 배웠지만, 어디 아무나 글자를 배웠다고. 그란디, 이 양반이 어떻게 한글을 배웠어. 그란디 암만 생각해도 한글을 어떻게 배웠는지 모르겠어.

아, 그란디 이 양반이 또 사업을 한거여. 전주에서 진도로 내려와서 곳배를 타고 해초 장사를 하드만 쫄딱 망해버렸다고. 으하하하, 그랑께 그때가 해방이 될 때였는디, 해방이 되면서 조건이 달라져버려. 일본 사람들이 가 버링께 농촌에는 돈이 안 풀어. 돈이 없어. 그 전에는 해초 사고 그랬는디 이제 안 되니까. 뭐라고 할까 머시기 장흥으로 이사를 한 거지.

아마, 그래갖고 장흥으로 가서도 보니까, 그때도 왕창 망해 가지고 8·15가 되니까 에이 창피하니까 돈도 없고, 장사고 뭐도 안 되어버리니까 완전히 돈이 말라버려서 챙피하니까 포곡이라는 완전 산골짜기로 이사를 온 거야. 이 양반이 농사를 몇 년 짓고 있다가 그때만 해도 점차 시골이 차츰차츰 나아질 때야. 그래갖고 완도 같은데서 해태를 할 때는 대로 했어. 그래갖고 이 양반이 그때 장흥에서 대, 해태발 하는 대를 한 번 해 갖고 왕창 돈을 벌어. 그래갖고 논 일곱 마지기인가를 샀어. 그 다음에 또 해 갖고 논을 몇 마지기인가 샀어. 시골에서 일곱 마지기인가 하면 컸어. 다 해서 열서너 마지기인가 돼. 그때 그 정도면 중학교 고등학교 가고 그랬어. 그래갖고, 그때도 장흥 같은 곳에서 장흥고나 광주일고 간다고 하는 것은 그때만 하더라도 상당히 하숙비가 비싸고 그랬어. 그래서 내가 장흥고를 갔지.

조은숙 사모님과 결혼은 언제 하셨어요?

김영애 겨울 방학 끝나고 3월 3일에 결혼했어요. 그때 대학원에 들어 가셨구먼 그 해에. 그때 나는 저그 시골에서 양호교사하고 있 었어요.

조은숙 아, 네. (웃음)

조은숙 그러면 시골 어디에 계셨어요?

김영애 장흥, 포곡이 있는 용산면 용산 국민학교. 뭐냐, 아, 장학사. 고모 할머니 아들이 장학사로 계시니까 나를 그리 보냈어. 우리 외가 도 거기 있어. 그래서 그리 보내 부랬어. 그래갖고 거기 있다가 결혼을 했지.

이미란 그러면 사모님은 결혼할 당시에는 용산 국민학교 양호 교사였어 요?

김영애 예, 용산 국민학교 양호교사.

이미란 결혼하시고도 계속 주말 부부로 계셨어요?

김영애 1년 하다가 그만 됐어요. 결혼하고 6개월 더 떨어져 지내다가 그 만 와 부렀지요.

조은숙 그럼 두 분이 신혼부터 떨어져 지내셨겠네요?

김영애 네, 그랬죠? 주말에는 나만 시가에 가고. 다, 옛날이야기네요.

조은숙 두 분이 만나게 된 계기가 사모님이 전남대학교 병원에 간호사로 근무하고 계실 때 선생님이 문학 강의를 하게 된 것이 계기가 되 었다고 알고 있는데요?

송기숙 그 병원에 있는 어떤 의사가 우리 둘이 같은 고향인지 알고 중간 에 섰어. 여그는 평화(리)였고, 나는 포곡(리)이었응게.

조은숙 자녀분이 몇 명인가요? 권일송 시인이 『현대문학』에 기고한 글에서 '딸부자집'이라고 하던데요?

송기숙 아들 하나에 딸이 넷인가. 그란디 큰 애, 석희가 서울에 있는디, 첫째가 송석희, 거기가 굉장히 유명했어. 전국에서 거 머시기 했었지. 옛날에 거, 거 뭐라고 하지. 예비고사, 몇 등 했지? 전남에서 1등 했지?

김영애 아니. 여자, 여자 중에서 1점 차이로 2등 했어.

송기숙 그리고 전국에서.

김영애 전국에서 여자로 해서 18등 했어.

송기숙 여자 중에서 그랬든가. 응, 그래갖고 그 뭐랄까. 으하하하, 내가 감옥에 있을 때인데 그때 모두 송아무개 딸이라고 해. 으하하하. 그래서 야단났었지. 저그 누구냐면 조태일씨랑 산에 가는데 백낙청씨가 "에이 송기숙 보다는 훨씬 못하구만." 했당께. 어이, 참.

글쓰기 경시대회에서 1등

조은숙 선생님 국민학교* 시절 이야기 좀 해 주세요.

송기숙 진도로 전주로 다니다가 또 진도로 왔던가 하면서 학교를 2년이나 쉬어버렸어. 그랑께 2년이 늦은 것이제. 내가 포곡에서 왕복 8km를 걸어 다녔어. 아, 그 째끄마한 것이 그 먼 길을 머할라고, 참, 걸어 다녔는지.

조은숙 그럼, 계산국민학교에 전학 온 시기가 국민학교 4학년이 맞을까요?

송기숙 그럴 것이여, 아마 그때 쯤 일 것이여.

---

* 초등학교를 작가가 다녔던 시기의 명칭인 국민학교로 한다.

조은숙 국민학교 때 글쓰기를 잘해서 칭찬 받았다고 했는데 그때부터 글
쓰기에 두각을 나타냈던 건가요?

송기숙 그때 장흥군 국민 학생을 대상으로 하는 작문 대회가 있었어. 경
시 대회가, 거기서 1등을 했어. 장흥군 전체에서 내가.

조은숙 「휴전선 소식」이라는 작품도 국민 학생의 작문을 기반으로 쓰셨
잖아요. 그 작품에서 보면 선생님이 평식이에게 훌륭한 사람이
될 거라고 했는데, 선생님도 국민학교 때 훌륭한 작가가 될 거라
는 이야기를 들었나요?

송기숙 그런 것은 모르겠는디. 야, 내가 글을 쓰면 잘 썼다고 했당께. 칭
찬을 받았어. 그때는.

조은숙 유년의 기억 중에 냇가에서 고동을 잡거나 가재를 잡았던 기억이
있으신지요?

송기숙 그렇지. 학교 갔다 오다가 동네 들어오기 전에 개울에서 친구들
이랑 놀았어. 그때는 다 그랬어.

조은숙 저도 냇가에서 고동을 잡거나 먹을 감았는데요.

송기숙 자네도 그랬는가. 그란디 요즘은 힘들 것이여. 거기가 저수지가
생겼어. 동네에. 그 밑에 개울이 있었네. 그때는.

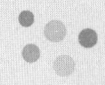

전쟁, 빨치산 선생님과의 조우

야경의 경험

조은숙 선생님은 6·25가 일어났던 1950년 6월 3일 장흥중학교에 입학
  하셨는데 전쟁과 관련된 원형적 체험 같은 것 없으셨어요?

송기숙 특별한 원체험이랄 것 까지는 모르겠고, 하여튼, 우리 동네는 큰
  피해가 없었어.

조은숙 야경을 했다면서요. 당시에 학생들이 밤에 경비를 담당했었나요?

송기숙 아니여, 그건 아니고.

조은숙 중학교를 1950년에 들어가서 1953년에 졸업했던데요. 전쟁 중에
  도 수업을 했나요?

송기숙 응, 학교가 그냥 수업이 안 되어 부러. 그러니 학교 안 갔지. 그냥
  놀았지. 으하하하. 그리고 그때는 우리 동네까지 안 내려왔어, 그
  랑께 우리 동네는 육이오 피해가 거의 없었지. 하하하하. 그란디
  우리 동네는 죽고 죽일 만큼 그런 일이 없었어. 한 30가구 되는
  데, 부자들이 거난꾼들에게 못되게 굴었다거나 그랬으면 하는디
  우리 동네는 그런 일이 없었어. 인민재판 때 장흥읍내에서 하는

걸 가 봤어. 그래서 인민재판을 내가 봤다고. 왜 사상 이전에 뒤집어지니까. 하하하. 대부분 생각 있는 사람들이 입산을 해서 빨갱이가 되어 부러. 그래 가지고 6·25 때 거의 고향을 떠 버려. 그래갖고 농촌이 해체되어 부러. 사람이 없잖어. 하하. 그란디 우리 동네는 안 그래. 그런 사람이 없어.

조은숙 그러니까 농촌 근대화로 농민들의 수가 도시로 간 것 이전에 6·25로 인해서 많은 사람들이 떠돌이가 되어버리네요.

송기숙 그러지. 쬐끔이라도 그쪽에 뭐했다 하면 고향에 못 오니까 그냥 떠버렸지. 하하하. 내가 살던 동네는 깊은 산골이었기 땜에 특별한 사건을 가질 만큼 척진 사람이 없었어. 어, 뭐 특별하게 잘난 사람도 못난 사람도 없었지. 그랑께 개인적인 원한이나 그런 걸 질 그런 동네가 아니여. 다행히 나도 나이가 어려서 군대는 안 갔어. 그란디 '야경'이란 것을 섰어.

조은숙 그러면 선생님 고등학교 때 잡지에 냈다는 「야경」은 선생님 경험이세요?

송기숙 글쎄, 하도 오래되서 모르겠는디.

조은숙 그런데 선생님 작품 중 「영감님 빠이빠이」에서 대울타리, 군고구마 이야기가 나오는데, 야경 서는 내용이잖아요.

송기숙 어, 했어(갑자기 표정이 바뀌면서). 그때, 어, 밤에 뭐할라고 지랄 맞을 것들이! 그 추운 디서, 하 참.

조은숙 그때가 중학교 2, 3학년 쯤 되겠네요?

송기숙 그럴 거여. 중학교 2학년. 그때 학도군 이라는 것이 있었어. 면사무소에서, 그라고 지서에서, 지서를 중심으로 해서 대울타리, 아마 그것이 지서를 중심으로 하는 것이 지서가 중심이잖어. 그래갖고. 그것이 아마 2km 쭉 둘러쌌어. 그 큰 대 있잖어. 나무를 이렇게 박고, 여기하고 여기하고 이렇게 박고 그랑께 이렇게 서서

(대나무로 대울타리 치는 형태를 직접 손으로 시범을 보이시며) 쭉 서서, 내가 야경을 했어. 집에서 아버님이 무슨 일로 갔다가 그 뒤로 내가 대리로 많이 다녔어. 아버님이 아팠던가, 그랬을 것이여.

조은숙 야경은 어른들이 하는 일이었나요? 그러면 중학생들은 어떤 일을 했나요?

송기숙 중학생들은 따로 있고, 밤에 하는 것이 야경이여. 응, 어른들이 했어. 그때가 열다섯 그랬던 것 같애. 으하하하. 그때, 지서에 있는 놈이. 야, 하하하(얼굴이 빨갛게 변하면서) 뭐라고 얘기해. 1번이 말하면 2번이 쪼르르 그대로 말하고, 2번, 이렇게 불러. 으하하하. "잠자지 말라고 전달."이래. 그란디 한참 있다가 "가운뎃다리 잘 있다고 전달"하는 거여. 아, 내 옆에는 노인이 있는디, 그 영 성가시드랑께. 그 노인한테 가운뎃다리 잘 있다고 전달할랑께 어쩌겄어. 참말로, 노인들이 있응께 가운뎃다리 그라면 받아갖고 전달하면 으하하하 으하하하 어쩔 것이여. 그란디 내가 한께 그 노인이 속도 없이 또 그대로 전달해. 그래 지서에 있는 놈이 가운뎃다리하고는, 그 개새끼가 그 나쁜 놈 새끼들이 그랬다고. 저녁 내내, 아이고, 참말로.

조은숙 그 내용이 그대로 「영감님 빠이빠이」에 나오던데요.

송기숙 그라든가, 아, 진짜 그랬다고. 잡것들이. 아하. 참.

조은숙 잠이 들면 안 되니까 야한 말도 하고 그랬나봐요?

송기숙 아, 그리고. 우리가 자는 방이 있었다고. 열 몇 명씩 잤어. 우리 방에 있으면 깨거든. 추워서. 이만한 고구마가 있어. 그걸 가져와서 내가 먹어부렀지. 그냥 그래갖고 내중에 보니까 고구마 주인이 영감이여. 그 내 옆에서 가운뎃다리 했던 으하하하. 하하. 하나 먹었든가 다 먹었든가 했는데. 하하하. 굉장히 추우니까 노인들이 더 추울 것 아니여. 으하하.

조은숙 찾으러 가서 없으니 얼마나 허무했을까요. 또, 그때 먹는 군고구
마가 맛있잖아요?

송기숙 고구마는 애기들만 먹는 줄 알았지. 노인이 주인일지는 생각도
못했다고. 으하하하. 아이고.

조은숙 어린 시절이 생각나시죠? 저도 작품을 읽으면서 야경했던 기억이
있을 거야. 분명히 있을 거야. 이건 너무 실감이 나는 부분이야.
특히 얘기 나누는 부분이랑, 군고구마 이야기가 머릿속에서 떠나
지 않는 거예요.

송기숙 아이고, 그 영감, 참.

조은숙 그런데 선생님 작품 중에서 「전설의 시대」처럼 6·25 때 다른
성씨끼리 싸우는 이야기는 정말 선생님 동네에서 있었던 이야기
인가요? 저희 동네에서는 실제 그런 일이 있었다고 하더라고요.

송기숙 아니여. 서로 죽고 죽이는 것이 지주나 소작 관계여야 하잖어. 그
때는 다 땅 때문에 싸웠응께. 그란디 우리 동네는 그런 관계가 아
니었어. 다 그냥 성씨도 다르고 또 특별하게 땅이 소작 관계로 엮
인 것도 아니었어. 특출하게 잘 사는 사람도 없었고, 못 사는 사
람도 없었응께. 보릿고개에는 한 다섯 집 빼놓고는 굶은 사람이
많았어. 우리 집은 그래도 안 굶었는디. 그때야 사는 것이 다 그
렇고 그랬제. 그란디 우리 동네서는 큰 피해가 없었어.

6·25와 사냥이야기

조은숙 그런데 『자랏골의 비가』에 보면 해룡이 아버지가 사냥을 6·25
때 한 후, 그 다음부터는 못했다고 하던데 고향에서 실제로 있었
던 경험인가요?

송기숙 응, 그 해룡이라고 나오지? 이라고 다리 이런 사람?

조은숙 예, 동네 꼬마들이 해룡이가 비럭질하고 오면 계속 따라다니면서
       놀리잖아요. 그러면 그 해룡이도 실존 인물이에요?

송기숙 잉, 실제로 있었어. 으, 다리가 이러고 이러고(직접 흉내를 내시며)
       다녔어. 하하, 그 내가 어디에 썼을 거야. 발목에 스프링이 있는
       것 맹키로, 이리이리 몸을 휘청휘청했어. 그러면 동네 애들이
       놀려.

조은숙 엄마 뱃속에 있을 때 아이가 거꾸로 있었나 봐요. 그러니까.

송기숙 아부지가 마지막 사냥꾼이었어. 그 으하하하, 멧돼지 이야기 있
       지. 그 이야기가 사실이여. 사냥을 해야 먹고 사는 양반인디, 6·
       25 땜시 산에를 못 가. 그랑께 해룡이가 거지로 동냥해서 먹어.
       그 집이 가난했어. 내중에 우리가 그 집을 샀어. 그라고 그 집 사
       람들이 서울인가 어디로 갔어. 그 멧돼지, 으하하하 멧돼지가 동
       네 앞에 떡 나타났다고.

조은숙 그거 『은내골 기행』에 나오는데요?

송기숙 그러든가, 그 멧돼지를 잡아서 약신 먹었어. 동네 사람들이, 하하,
       그것이 마지막 사냥질이었제.

조은숙 그리고 또 선생님 작품에 무서운 개들이 많이 나오는데요?

송기숙 그거, 진짜여. 일본 놈들이 가면서 놔두고 갔어. 아니면 공짜나
       다름없이 주고 갔어. 그래서 해룡이 아버지가 열여덟 마리인가,
       하여튼 그 개들을 끌고 사냥을 다녔어. 그란디 6·25로 산에 못
       들어가게 한께. 어떡하겠어. 개가 많은께 사람 먹기도 힘든디. 개
       밥까지 줄라니까. 허.

조은숙 또 소설 속에서 해룡이 여동생이 '끝내'라고 되어 있던데요?

송기숙 응, 실제 동생이 있었어. 여동생, 이름은 달러, 거 뭐였더라, 그,
       모르겠네.

조은숙 『은내골 기행』에서 보면 인민재판 하는 이야기가 나오는데요?

송기숙 이, 그건 봤어. 내가 장에 가다가.

조은숙 어, 『은내골 기행』에서도 장에 가다가, 고무신 사러가면서 봤는데요?

송기숙 그러든가, 내가 읍내서 봤어. 인민 재판하는 광경을.

운동화와 배움에 대한 열정

조은숙 여기서도 신발 이야기가 나왔는데, 선생님 작품 중 유독 신발을 잃어버리는 꿈을 꾸거나 신발을 잃어버려서 혼난 이야기가 많이 나오는데요? 어린 시절 체험과 연관되시나요?

송기숙 그때는 신발이 귀했어. 돈 있어도 못 샀어. 아, 그라것는가. 공산품 생산이 중단되니 돈이 있어도 못 샀당께. 아이고, 비가 와 봐 땅이 미끄러운께 발이 이렇게 될 것 아니라고(발이 미끄러지는 모습을 흉내내며), 그랑께 고무신 앞구멍이 뺑 뚫려. 허 참.

조은숙 산문 「입 벌린 운동화」에서 밤에 여우에게 쫓기면서도 운동화가 입 벌리지 않기를 바랬던 이야기가 있어 재미있었는데요.

송기숙 하도 많이 걸어당긴께, 거기가 어디여. 그 재(자포지재)를 넘어서 가도 읍내 중학교가 십 오리였당께. 신발이 없으면 어떻게 그 산길을 걸어댕길것이여. 그때 시국에는 좋은 선생이 많았어. 학교에, 다 밑으로 내려왔으니.

조은숙 그때 선생님 중 어떤 수학 선생님의 영향으로 수학을 좋아하게 되었으며, 그 영향으로 「이상론」도 수학으로 분석한 걸로 아는데요?

송기숙 추천 완료가 '이상론'인데, 내가 수학을 잘 했거든. 어느 정도 잘

했냐면, 기하학 선생이 나를 그렇게 이뻐했어. 중학교 2학년 때던
가. 요렇게 요렇게 하면 이것하고 저것하고 대변 각이지. 이것 이
것하고, 대변 각은 같다라고 하면서 이것을 증명해야 하는디. 야,
이것하고 이것하고 180도, 이것 이것 하고 180도 대변 각, 이것
에서 빼버리면 되는 거야. 야, 도통한 것만큼 내가 놀래 버린거
야. 내가 그냥 으아하고 놀래는 표정을 하니까, 그 선생이 기하학
선생인데 내가 그 부분에 질문도 하고, 선생님이 막 칭찬을 많이
하니까, 그래갖고 내가 공부를 한 거야. 재미가 있으니까. 그래갖
고 이상을 가지고 평론을 하게 된 거야.

조은숙 여자 선생님 이예요, 남자 선생님 이예요?

송기숙 남자 선생님.

조은숙 『오월의 미소』에서 주인공이 재수하고 있을 때 서울에서 수학 가
르쳐 준 선생님이 나오잖아요. 혹시 중학교 때 수학 선생님을 모
델로 한 건가요?

송기숙 꼭 그랬다고 볼 수는 없겠지.

김용술 선생님과의 운명적 만남

조은숙 또 다른 선생님 중 기억에 남는 분이 계시나요?

송기숙 장흥 고등학교 다닐 때 훌륭한 선생님이 생각나. 그때 빨치산으
로 입산했는데, 완전히 인생을 던져버린 사람인디. 빨치산 하면서
입산을 했거든. 제자들이 살려줬어. 입산했어도, 장흥 고등학교
학생들이 서명 운동해서 제자들이 선생님을 살려준거여.

이미란 성함이 기억나십니까?

송기숙 응, 김용술씨라고. 아주 대단한 분이었는데 빨치산 해 갖고 나와

가지고, 그냥 장흥 고등학교 학생들이 전부 거그 가서 서명 운동 해 가지고 선생님을 살려줬다고. 그래갖고 그분이 문학에 대해서 알기 때문에 장흥고 교지를 만드는데 많은 영향을 줬어.

이미란 국어 선생님이셨어요?

송기숙 응, 국어 선생님셨어, 그 양반이, 아주 인품이 대단한 분이셨어. 내가 그분을 도와 줄 수도 있었을 텐데, 그러지 못하고 돌아가셔 가지고 안타까워. 내가 전남대 교수가 되고 나서 후배들하고 찾아뵈었지.

조은숙 김용술 선생님도 피난 오신 거예요?

송기숙 아니여. 거기는 여기 있었어. 빨치산이었어. 잡히면 다 죽여 부렀어. 그란디 학도대 학도병들이 살려줬어. 우익 학생들이, 그 학생들이 이 사람은 죽어서 안 돼. 그래갖고 모셔온 거야. 학교 선생이었는데, 빨치산이었다니까, 그래갖고 학생들이 모셔온 거야. 그만큼 인정받았다는 뜻이지. 그래서 그 선생님을 내가 존경했지.

조은숙 그럼 그분은 지리산 같은 데 있었어요?

송기숙 어, 아니, 장흥 유치에 있었어. 빨치산이 다섯 군데가 있었어. 영광 넘어가는 거기가 있었어. 그라고, 화순, 그래갖고 학도대라고 하는 디는 우익이야. 유치라고 하는 디가 다섯 군데 중에 하나였거든. 무등산 지구, 무등산 뒤에 거가 어디냐?

조은숙 백아산 아녜요?

송기숙 응, 으하하하하, 백아산한께 박현채가 생각나구면. 어허, 그 인간 대단한 사람이야. 중학교 3학년 때 그랑께, 열여섯 살에 즈그 담임 선생님 따라 입산을 해 부렀어. 나는 그때 물고기 잡고 놀았는디. 내가 박현채한테 열등감을 느꼈당께. 그 이야그 듣고, 박현채가 빨치산 백아산 지구에 있었어. 빨치산이 당시에는 장흥 유치 지구, 무등산 지구, 그라고 백운산지구, 노고단 지구, 응 백아산

지구 이렇게 다섯 개가 있었어.

조은숙 그러면 선생님, 그 김용술 선생님은 장흥 유치지구였겠네요.

송기숙 아마 그랬을 거여. 그런디, 박현채가 조정래 씨랑 그렇게 빨치산 무대 답사를 갔는디, 그때 조정래 씨가 『태백산맥』을 쓸 때여. 그 이야기도 나올 거구만, 그게 박현채여. 5권인가 어디에, 박현채가 도랑가 바위 밑을 보여주는 거여. 그람시로 지가 거기 숨어 있었대. 거그가 쬐끔한디 어떻게 숨었는지 몰라. 참. 그때 박현채는 『자본론』도 읽고 집도 부자였어. 그란디 다 같이 밥 묵고 살아야 한다. 그랑께 좌익이고 뭐고 그런 것이 아니라 다 같이 굶지 않는 것이 중요했어. 참, 내가 기죽더라니까.

조은숙 선생님 작품에도 빨치산 이야기가 나오는데 혹시 박현채와 연관 되나요?

송기숙 아니여, 내가 박현채를 만난 것이 언제더라. 한길 역사기행도 같 이 했고, 하여튼 같이 잘 어울렸는디.

조은숙 『실천문학』에서 대담도 했잖아요? 1987년 1월호에 있던데요?

송기숙 응, 그때, 그랬을 거야. 긴 시간 했던 것 같은디.

장흥고 교지를 만들다

이미란 그런데 선생님이 한승원 선생님 학교로도 선배시지만 실제 나이 로도 선배십니까?

송기숙 물론 그렇지. 내가 두 살인가 세 살인가 많어. 즈그 형하고 나하 고 동기지. 한승원을 이해하면 그 당시의 6·25 전후 이쪽 현실 이 어땠는지 알 수 있어요. 장흥 중학교, 지금은 대덕 중학교, 대 덕 고등학교 뭐 다른 중학교가 있는데 그때는 장흥 중학교 뿐이여. 그러면서 참말로 장흥읍에서 대덕 회진, 거그가 60리야. 또 덕도라는 데를 가려면, 지금은 연결이 되었는데, 그때는 배를 타고 가야 돼. 그러면 이제 저 한승원이가 학교를, 여기 있을 때는 여그 어디서 자취를 할 거야. 그러면 토요일 날 청소를 해 놓고 거그까지 걸어가. 그때는 차가 없어. 거그까지 갈라면, 그라면 즈그 집에 밤중에 들어가. 으하하하. 그라고 한승원이가 굉장히 머시기 했다고, 그라고 즈그 형도 있었어. 그랬다고. 형이 나하고 동기고, 한승원 이가 나한테 후배인데, 대체 참말로 한승원이가 입지전적인 인물인데, 그래갖고 인제 서라벌예대를 갔어. 으하하하. 참 심성이 그렇게 그 뭐랄까. 내강외유, 그런 재능이야. 한승원이가. 지금 조대 강의 나가지. 그 친구, 그 친구 작품, 문장이, 나는 옛날 문장 그대로인데, 한승원이 문장은 젊은 문장 그대로 나간다고. 야, 놀랬구만. 지금 스물 몇 권이나 썼잖아. 야. 이 자식아 뭔 책을 그렇게 나부렁이치냐 하고 했더니. 읽어 보도 안 하고 있었는디, 이번에 보니 대단하더라고. 지금도 그렇게 『추사』 같은 경우 말이야. 대단하더라고. 그 한승원이 같은 사람한테 크게 영향을 주었다고 할까 그 선생님. 장흥 고등학교에서 문학했다고 하면 그 선생님 영향이 크다고 할 수 있지.

조은숙 한승원의 글을 보니까 선생님께서 장흥 고등학교 교지 『억불』을 만들 때 문예부장을 하셨던데요?

송기숙 내가 처음으로 장흥 고등학교 교지를 만들었어. 그때 광주 고등학교 교지가 전라남도에서 유일하게 있었는디.

조은숙 저도 학교 다닐 때 '돌문학회'라고 문학동아리 활동을 했는데요. 저희 학교에서 보이는 달마산이 돌로 이루어져 있었거든요. 『억불』이라는 교지명도 장흥에 있는 억불산에서 따오신 거네요?

송기숙 그런 셈이지. 억불, 억불산이거든. 학교 있는데 산이. 그래갖고 교지 이름이 『억불』이야. 그때는 교지가 있는 곳이 별로 없었어.

조은숙   장흥에 소설가랑 문인이 많은 이유가 김용술 선생님이나 장흥 고
        등학교 교지인 『억불』의 영향이라고 볼 수도 있겠네요?

송기숙   그란디 우리 뒤로, 그 뒤로 흐지부지했어.

조은숙   제가 교지를 구해보려고 해도 학교에도 없고, 구할 수가 없던데
        요. 그렇게 문학적 산실이었으며, 중요한 자료인데 학교에 보관이
        되어 있지 않았어요.
        그런데 교지를 만들기 전에 고등학교 2학년 때 단편 「야경」이 당
        선된 거죠?

송기숙   어, 그란가. 언채 오래되서 모르겄어. 고등학교 때는 맞을 거고.
        모르겄는디.

「야경」이 『학생계』에 당선

조은숙   중학교 생활기록부에 취미가 소설 쓰기이며, 문학에 흥미를 가지
        고 있다고 되어 있던데요. 고등학교 때 『학원』에 실렸던 작품이
        소설인가요? 수필인가요?

송기숙   수필이 아니고 콩트와 비슷한디.

조은숙   콩트요?

송기숙   거 최정희 씨가 심사를 했는데, 『학원』이 아니고 『학생계』이었
        을 것인디. 심사평으로 "송기숙 양의 작품은 감상적인 부분이
        없어서 좋아요." 하고 딱 평을 한 후, 여학생을 그린 삽화가 같
        이 실려 있어서 남고생들한테 여학생인지 알고 펜팔이 오고 그
        랬어. 그 다음부터 어디 투고할 때는 반드시 '남' 이렇게 썼어.
        으하하하.

이미란   심사, 최정희.

조은숙   네.

송기숙   나중에 최정희씨 만나 가지고 "선생님 내가 그때 얼마나 챙피했
는지 아세요?" 하니까 죽는다고 웃더라고.

조은숙   아, 『학생계』이었구나. 저는 『학원』에서만 찾았어요. 그런데 고등
학교 시절 시골 정서가 싫어서 김소월 시를 좋아하지 않았다고
하셨는데, 그만큼 시골은 벗어나고 싶은 공간이었나요?

송기숙   시골 촌놈, 촌놈하잖어. 내 고향이 상당히 산골이여. 학교가 멀고
하니까.

조은숙   농촌에서 살기 때문에 농촌 소설은 뭔가 뒤떨어진 문학 같아서
이광수의 『흙』을 통독한 것 말고는 모두 읽다가 말았다고 되어
있던데요?

송기숙   농촌이 상당히 뒤쳐졌다고. 아, 도시에서 온 선생님이, 그 기하학
선생도 그렇고. 공부해서 서울대 독문과를 갈라고 했는디. 참. 그
원서 때문에.

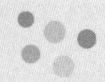

탈향, 작가로 입문하기까지

실종된 서울대 입학 원서

김영애 으하하하, 하이, 참. 그러셨어.

조은숙 그런데 왜 사모님이 먼저 웃으세요? 다른 자료에 보니까 서울대학교를 진학하려고 했는데, 여러 가지 사정으로 진학하지 못했다고 했는데요?

송기숙 아, 그것이. 근데 그것이 참말로, 내 참. 서울대학교 말이야. 그게 참. 내가 서울대학교를 들어갈 수 있는 확실한 근거가 있는 것이, 나도 가난하고 거그(위자영)도 가난해. 그래서 광주 고등학교에서 모의고사를 치레. 그래 장흥 중학교를 같이 보냈던 애가 즈그 아버지가 변호사인가 그래. 그래서 거그서 매 주 모의고사 본 것을 우리한테 보내줘. 토요일에. 고등학교 3학년 후학기 때는 큰 재를 넘어서 다니기 때문에 너무 피곤해서 안 돼. 큰 볼일도 없고. 그래서 그냥 선생님한테 "나 서울대학교 갈라는데 집에서 공부할라요." 하고 말하고 집에서 공부했어. 학교 안 가고. 내 친구가 토요일이면 광고에서 저 모의고사 한 시험지를 갖고 와. 우리 집으

로. 그래서 말하자면 시험을 봐. 그래서 그 친구 위자영이라는 그
친구가 공과대학 교수였던 위상규(우리나라 항공공학박사 제1호)씨라
는 분하고 사촌이여. 내 친구가. 위 누구지. 골프선수.

이미란   골프선수 위성미요?

조은숙   미셸 위?

송기숙   응, 그 할아버지여. 위성미 할아버지, 그가 장흥 출신이여. 그가
공과대학 교수인데 그분이 이제. 거그, 나 하고 둘이 공부 잘 하
는, 거기서 서울대학교 점수 나오잖아. 본고사 보면 그라면 채점
을 해 봐. 정직하게 해 봐. 그라면 내가 그 친구보다 3점에서 5점
앞서. 그라면 위 씨보다 점수가 높아. 그라면 혜엄치지. 거그서.
저 정도면. 그란디 말이지. 서울대학교 간다고 입학 원서를 주문
했단 말이야. 일찍 보냈어. 아, 그란디, 이놈의 입학 원서가 안 와.
야, 이거. 그래 가지고 토요일이 되어갖고. 이놈의 입학 원서를
말이야. 우리 동네로 하면 안 될 것 같아. 포곡하면 워낙 오지 잉
께. 안 오면 어쩔 것이여. 인제 학교로 해 놨단 말이다. 토요일이
마지막인데, 그날 가지고 가야 하는데, 아니 그날 가지고 가도 안
돼. 서울까지 가려면 끝나버려. 근데 말이여. 안 와 부러. 입학 원
서가 그러면 뭐가 되어 버리것어. 그래갖고 우체부 오면 볼라고
학교에 있는디. 서무과장이 "뭐할라고 있는가?" 그래. 으하하하.
그래서 "아, 네. 제가 서울대학교 원서 샀는데 안 온다 말입니다."
긍께. "어, 내가 원서 봤는디. 내가 그래갖고 집에 서랍에 뒀는
디." 아니 원서를 즈그 집 서랍에 놔 둬 버렸어. 야, 그러니 이게
뭔 꼴이야. 그날이 토요일이니까. 월요일까지 마감이지. 야아. 그
런데 어떻게 해. 그래갖고 그러면 전남대도 못가. 서울대하고 같
으니까 마감일이. 그란디 일이 묘하게 될라고. 그 사람이 서무과
장이 안영두인데 내 친구 이름이 안종두야. 그래서 이렇게 힘이

빠져서 나오는데, 친구가 "왜 그리 힘이 빠졌냐?" 그래. 그래서야, 이래갖고 느그 형이 그래서 힘이 빠졌다. 하니까 어 그랬냐. 전남대학교는 어쩌냐하고 어, 가만 있어봐야. 함시로,(호주머니에서 꺼내는 흉내를 내며) 여기 있어야. 하고 턱 내주는데 안종두 한자가 요렇게 갓머리잖아. 내 송자 하고 위가 똑 같잖아. 그래갖고 관머리 변 아래 계집녀를 지우고 그 다음에 송 해가지고, 그때는 다 한자로 쓰니까, 이래가지고 접수가 이틀 뒤라서 아슬아슬하게 원서를 냈어. 그래가지고 내가 전남대를 가 갖고 전체 2등을 해 버렸어. 의과대학까지 합쳐서.

이미란 차석?

조은숙 그러니까 전체에서 차석이고, 인문대에서 수석이고요?

송기숙 인문대는 두말할 것도 없고. 의예과가 1등이고, 전체 2등이라니까.

김영애 그래갖고 독일어도 100점 맞으셨다면서요?

송기숙 잉, 그것이 내가 서울대 독문과를 보려고 했는디. 그래갖고 제2외국어를 독일어를 했어요. 수학 공부도 잘했어. 그 전 해에 서울대에서 처음으로 입체기하가 나왔다고. 그랑께 그 공부를 했었제. 그때는 수학 시험 문제가 딱 다섯 문제 나와. 아, 나는 연습을 했다고. 서울대 문제로. 그란디 전남대에서 입체기하가 나온 것이여. 아. 그랑께 모두 다 풀었제.

조은숙 그럼 제2외국어로 독일어를 보셨어요?

송기숙 그래갖고는 광주에 와 갖고 보니까 헌 책방이 있더라고. 거그가 독일어를 번역한 책을 대여하는 곳이 하나 있어. 그래갖고 보니까 말이야. 「한스의 행운」이라고 하는 콩트, 짧은 소설이 있었어. 독일 설화를 대역해 놓은 책이었을 것이여. 그래 그 소설을 재미있게 읽었는데 그 다음날 시험에 말이야, 그 지문이 처음에 번역한 것, 그것이 그대로 앞에 나온 거야. 하하하. 내가 2등으로 합격했다는 것은 국문과 교수가 아니라 독일어 교수가 기분이 좋아서 말했겠당께. 독일어 첫 시간에. "어, 송기숙이 누구야?", "아, 전데요", "어 그래 자네는 말이야. 여, 여그 강의 안 들어도 돼. 왜냐면 여그 애들은 바닥에서부터 해야 하잖아." 나는 이미 되어부렀는게. 나는 독문과 가려고 했으니까 다 읽었으니 안 해도 된다 해서 안했어. 그란디, 나중에 대학원 갈 때 후회되든만. 그때는 필요했어.

고시 공부와 「대리복무」

조은숙   비록 서울대학교는 못 갔지만 전남대학교 입학 할 때 운도 따랐다고 볼 수 있겠네요? 수학 문제랑 독일어 문제가 다 아는 문제여서. 그런데 왜 독문과가 아니고 국문과를 지원하셨어요?

송기숙   국민학교나 중학교 때 선생님들이 글재주가 있다고 칭찬을 해준 것이 계기가 되었던 같애. 소설을 쓸라고 갔는디. 대학에 들어가보니까 소설에 관한 과목은 없고 고전문학이나 어학에 관계된 것만 있응께 화가 나잖아. 그래갖고 고시 공부나 준비해야겠다고 전남대학교 캠퍼스 당산나무 뒤 동네 자취방에서 안 나왔어. 고등고시 준비하느라고. 아버지도 문학보다는 고시하라고 하고. 전과하려고 고시 공부를 하고 있는 거야. 그래서 법과 대학에 가서 강의를 들어봐. 고시 그것이 그때는 두 명이나 세 명 합격하기가 어려웠어. 지금은 많잖아. 그렇게 어려웠어. 그러면 엄청나게 힘든데. 어이, 전남대학교에서 한 명이나 두 명, 서울 전체로 해서 몇 명 안 돼, 하여간. 으하하하. 그란디 이게 하여간. 고시 공부를 하고 있는디 정익섭 교수라고 있어. 동국대학교 나왔는데 전대 국문과 창설 멤버였어. 이거 "자네가 여기 있으면 편안하게 스텝

멤버로 남을 것 아닌가?" 하면서 전과를 못하게 해. 학점 그대로 유지하면서 하고 있는데 영장이 나온 거야. 군대 가면, 그때 군대는 일반 사람은 3년인데 학적보유. 대학생들은 1년 반 혜택을 주었어요. 1년 반에 안 가면 나중에 3년 가야되잖아. 그 전에 고시 합격하면 군법무관으로 가는데, 그것은 투기란 말이야. 그래갖고 1년 6개월 군대 생활해 보니까.

이미란   그때는 군대를 학보병이라고 했습니까?

송기숙   응, 학적보유자.

이미란   학적보유자!

조은숙   선생님이 문학을 한다니까 별로라고 생각하셨던 아버님이 고시 공부한다고 하니까 돈을 엄청나게 보내주셨다고 하던데요?

송기숙   잉. 아부지가 고시해서 출세하라고, 문학하니까 '에이' 하시던 양반이 "고시 공부 할랍니다." 하니까 "어, 그래." 하고 돈을 줬어.

조은숙   선생님 작품 중 「대리복무」에서 아버지가 고시 공부 한다고 하니까 닭을 고아 주는 이야기와 비슷하네요?

송기숙   그때는 그랬다고, 고시가 그것이 힘든 것이었어. 그란디 한다고 한께. 어짜겠어.

조은숙   이때 얻은 법률 지식이 선생님이 현실을 법률적 시각에서도 볼 수 있는 현실 인식의 중요한 바탕이 되었다고 볼 수 있겠네요? 특히 『암태도』나 『은내골 기행』에서.

송기숙   그랬든가, 하였든 고시가 쉬운 것은 아니었는디.

군대 이야기와 「진공지대」, 「대리복무」, 「사모곡 A단조」, 「전우」

조은숙   선생님 작품 중에 초기 소설은 군대 이야기가 많아요. 「진공지대」, 「대리복무」, 「사모곡 A단조」, 「전우」 등 군대 이야기 좀 해 주세요?

송기숙   어, 그러니까 그, 뭐야, 딱 들어가서 중대가 일개 중대가, 이 나쁜 놈들이, 장병들이 숯을 굽게 해서 즈그가 착복을 해.

조은숙   아, 그러니까 군대에 나온 음식을 착복했다고요?

송기숙   아니여, 음식 아니고, 산에 가서 숯을 구우려면 어떻게 하나면 옛날에는 연탄이 없을 때 소나무로 숯을 만들어야 해. 그럴라면 그것이 엄청나게 작업량이 많잖아. 그라면 사병들에게 숯을 굽는 작업을 시킨다고. 그라고 사단장이 그것을 팔아서 지가 먹어. 그 나쁜 놈들이. 그란디 눈 겁나게 오면 산에 가 갖고 나무 잘라 갖고 와서, 그 참 고약해. 으하하. 그런 작업이니까 우리는 괜찮은데, 그럴 때 사단장이 다 착복을 했다고.

조은숙   아, 네, 선생님 작품을 읽어보면 군대로 오는 고기를 장교들이 다 먹어 버리고 사병들에게는 비계국물만 줘서 '육즙이 나는 돼지고기 살점을 먹고 싶다'는 이야기가 나오는데요?

송기숙   그것이 뭣이냐 하면 부대에 쌀이나 부식 그런 돼지괴기 그런 것이 오면. 으하하. 사병들 국은 돼지비계 기름만 둥둥 떠 있어. 으하하하. 그래갖고 우리가 황우도강탕 그래. 거시기 기름으로 해서 이런 것이 나왔다는 소식만 전해지고, 으하하하, 내중에는 배가 고프니까 말이야. 한고 아냐? 이렇게 물 뜨고 밥 담는 이렇게 두 개 있는 것.

조은숙   밥, 국 그리고 반찬 이렇게 세 가지 놓고 먹는 것이요?

송기숙   아니여. 요롷게 해서 요롷게 된 것(손으로 한고 모양을 만들면서) 있어. 한고, 거그다가 국을 줘. 밥을 딱까리 뚜껑, 거그다가 일곱 명이 앉아 있으면 밥 타오는 당번이 있어. 거그다가 다 담은 디, 한고에다 밥을 퍼주는디 살살 이라고 털어서 위를 깎아서 주는디, 우리가 밥 푸는 것을 보고 있다가, 하나가 좀 많은 것 같은가 요래 고개를 내밀고 말이여. 어하하하하. 어떤 게 많은가 봐 나.

조은숙 모두 앉아서 밥만 쳐다봐요?

송기숙 잉, 으하하하. 그러면 요라고 보면 보여. "먹어!" 그러면 모두 집중해 버려. 일곱 명이면 일곱 명이 모두가. 아하하하. 하하. 내가 대학 2학년 때 갔는데 그런 새끼들이 그랬다고. 내가 뭐 말이야 나오면 이런 개새끼들 말이야 어떻게 말해 버리려고 했는데 못했다고, 그때 말이야.

조은숙 그래서 말로 못하고 글로 쓰신 거네요?

송기숙 아마, 전쟁이 일어났다면 절대로 적을 위해 총구가 가지 않았을 거여.

조은숙 총구가 아군에게로?

송기숙 이, 저 새끼들 전쟁만 일어나봐라. 이 새끼들. 그렇게 살아왔어. 하하하. 그란디 배고픈 서러움이라고 하잖아. 하하하.

조은숙 정치만 문제가 있는 게 아니라 군은 더 했네요?

송기숙 더 심했어. 그때는. 나라 지키려고 갔더니 군대 윗놈들 돈벌어주는 막노동꾼이었당께. 이놈들이 위에서부터 쌀도 빼돌리고 그랑께 묵을 것이 없어서 얼은 콩나물도 주워 먹고 그랬어.

이미란 선생님, 대학 다닐 때 특별히 친한 교우 관계는요?

송기숙 별로 없었어. 지금 학생들처럼. 그때 우리들이 다닐 때는 특별히 몰려다닌다거나, 가서 술 마신다거나 그런 게 없었어. 그때 보면 말이지, 그때만 하더라도. 참 삭막하다 할까? 처음으로 그때 여학생들이. 우리들이 갈 때 그때 처음으로 전남대학교에 여학생들이 들어왔다고 할까. 그랬기 때문에 뭐랄까. 그런 낭만이 없었어.

조은숙 사모님이 계셔서 그러는데, 대학교 때 사귀는 여자 친구 없었어요?

송기숙 사귀거나 그런 것도 없고, 낭만이나 이런 게 그때는 없었어.

조은숙 그때 미팅이나 그런 거 없었어요?

송기숙 없었어. 그런 거에 아주, 거기에 조금 나은 사람들은 서울대나 고려대 이런 쪽에 갔고, 여기에 남은 사람들은 실력은 조금 있지마는 대부분 논밭 팔아가지고 왔고, 그러니까 우선 거의가 다 자취생들. 그라고 그 경제적으로 찌들었기 때문에 어디 가서 같이 술 한 번 먹는다거나, 하는 것이 그렇게 어려웠던 것이어.

조은숙 특별하게 아르바이트를 했다거나, 돈을 번다거나?

송기숙 아르바이트를 할 데도 없고. 아르바이트 할 거시기가 없어.

조은숙 그러면 오직 공부만?

송기숙 아르바이트라고 하는 말이 한참 뒤에 생겼을 거야. 지금 오십 몇 년도 이기 때문에 그때 경제적 조건이라고 하는 것이. 참, 그것이, 지금 와서 외국인이나 경제학자들이 한국에서 경제 발전이 기적이라고 하는 것은 말이야. 그 말하자면 경제 발전할 수 있었던 것은 한국 사람들의 근면성 그라고 두뇌. 두뇌가 아이큐로 하면 우리가 거시기하고 같잖아. 유태인. 우리가 조금 떨어져. 그란디 어째서 그런지 설명은 못하는데 어디 가든지 그 둘레에서는 두각을 나타내고 있다고. 저그 우즈베키스탄에서도 상당히 큰 중요한 그런 곳은 한국 사람들이 싹 잡고 있잖아. 소련이 이주시켜 버렸던 사람들이야. 거기서 한국 사람들이 중심이 되어 가지고 아, 대단한 사람들이야.

4·19와 「전설의 시대」

조은숙 교수님. 그리고 4·19혁명이요.

이미란 선생님 4·19에 대한 기억 있으세요?

송기숙 어, 4·19. 그래 전남대학교에서 나가갖고 시내로 진출해 갖고.

저그 저. 충장로 그리로 진출해 갖고. 양쪽에서 군인들이 오니까 그냥, 지금 삼복 서점일까, 그 어디냐 그 아래 어디인가에 숨어 있었던 기억이 있어.

이미란 그때가 선생님께서 복학하셔서 대학교 3학년 때였나요?

송기숙 그래, 복학한 후였지. 학보병으로 갔다 와서. 충장로 파출소에서 우체국 쪽 앞으로 가. 그때 내가 복학해서 얼마 안 되어서. 그때 는 내가 잘 몰랐을 거야. 아마, 그때 전남대 학생들은 교복을 입 었다고. 참말로 그때까지도 교복을 입었어. 사각모는 안 썼는데 교복은 입었어. 그때 우체국 있는데 오니까 군인들이 남쪽 어디, 충장로 누구 집에 들어가서 2층에 있다가, 어디로 나왔는지. 그 기억이 있어.

조은숙 선생님 작품 「전설의 시대」에서 '윤수와 나는 대학을 다니다 또 나란히 입대를 했었는데 군대 복무를 마치고 나서 대학에 막 복 학하자 4·19가 터졌다.'는 내용이 나오거든요. 익살꾼 친구 이 야기랑.

송기숙 응, 그런가, 복학하고 4·19가 있었어.

카뮈와 손창섭, 그리고 평론가의 길

이미란 대학 때는 카뮈에 특별히 심취했다고 하셨는데요?

송기숙 응, 카뮈의 『페스트』.

조은숙 카뮈의 『페스트』요?

송기숙 카뮈의 『페스트』. 카뮈를 통해서 실존주의를 배웠어. 문학이라고 하는 것이 그렇기는 하지만 카뮈의 『페스트』에서 굉장히 충격을 받았어. 실존주의라고 하는 것이 제대로 대개 다 몰라. 그때 학생들이, 실존주의가 굉장히 유행하고 있었는데. 이론적으로 말하자면 제대로 이해 한 사람이 거의 없었어. 그런데 나는 작품으로 이해를 했기 때문에, 누구보다도 실존주의를 구체적인 작품 속에서 알았기 때문에, 말하자면 평론을 하면서도 다른 사람들이 나한테 꼼짝을 못했지. 카뮈하고 사르트르는 또 달라.

조은숙 또 외국 작가로 좋아했던 사람은 누구였나요?

송기숙 앙드레 말로의 『인간의 조건』이 좋았지.

조은숙 대학 때 국내 작가로는 손창섭을 좋아했는데, 그의 작품이 나오면 흥분할 정도였다고 하셨는데요?

송기숙 외국 작가로는 카뮈나 앙드레 말로 같은 작가를 좋아했죠. 국내 작가 가운데 손창섭 씨나 황순원 씨 작품을 좋아했어. 아, 그 문장이 좋더라고. 문장에 매료되었다고나 할까.

조은숙 그래서 「창작과정을 통해 본 손창섭」으로 등단하신 거네요?

송기숙 그 전에 그것이 어떻게 된 거냐면, 내가 손창섭 문장을 좋아했어. 그러다가 유종호 씨가 「손창섭론」을 쓴 것을 보고 탄복을 했는데, 나대로 다른 의견이 있어 그것을 정리해서 리포트로 낸 거여. 그것을 과에서 내는 회지에 발표했더니 주변에서 그 정도면 평론 추천을 받을 수 있겠다 해서 그걸 다시 정리해 『자유문학』지에 보냈지.

조은숙 『국문학보』에 냈다는 「손창섭론」을 보낸 거지요?

송기숙 그렇지. 그란디. 그때 그것이 조판까지 됐었는데, 그 잡지가 폐간된 바람에 1년 가까이 기다리다가 다시 고쳐서 조연현선생한테 보냈는디 『현대문학』 1회 추천을 받았어.

조은숙 그렇다면 그때 수정해서 보낸 평론이 「창작과정을 통해 본 손창섭」이네요?

송기숙 그럴 것이여. 그라고 내친 김에 두 번째 추천 작품은 이상을 썼는디. 그건 내가 특별히 이상을 좋아해서가 아니라 문학을 하는 사람이면 이상 같은 시인은 뛰어넘어야 할 산맥이라 생각해서 한번 맞닥뜨려 본 것이여. 내가 그것으로 대학원 학위논문까지 썼응게.

이미란   선생님 대학원 학위논문이?

송기숙   「이상서설」.

이미란   「이상서설」 그렇게 논문 제목으로 쓸 수 있었나요? '이상 연구'라거나 '이상론'이 아닌가요?

조은숙   「이상서설」은 『현대문학』에 실은 거고요. 제가 찾아봤는데 「이상론서설」로 되어 있어요. 학위 논문을 압축해서 서론 부분만 추려서 『현대문학』에 평론으로 투고 했어요.

송기숙   어, 『현대문학』에 발표할 때 「이상서설」이라고 했구나? 어, 그래. 그랑께 그때 왜 그랬냐 하면 말이야. 임헌영, 유종호 등이 평론하면서 그냥 이상 가지고 야단법석을 떨 때야. 그란디 숫자 있잖아. 그, 그 숫자 그것을 제대로 해석해야 한다고. 그란디 이 뭐랄까. 그 숫자 있잖아. 글자 뒤집어 진거. 야, 노일형 교수라고 수학 교수인데 내중에 미국 가서 교수한 사람이야. 노일형 교수 그 양반한테 가서 보여준께, "어, 이 사람이 그때 추상 수학을 했네." 하고 깜짝 놀라더라고, 그란디 이 노일형 교수도 추상 수학을 한 사람이야. 그래갖고 그 사람이 굉장히 관심을 갖더라고. 내가 그 사람한테 강의를 받은 거야. 한 이틀 동안 집중적으로 설명을 해 주더라고. 그래갖고 내가 쭉 써가지고 보니까. 야. 이거 논문 되겠네. 그래가지고 내가 『현대문학』에 보내가지고 실었던 거야. 조연현 씨가 깜짝 놀라버렸지. 뭐 이런 것이. 으하하하. 그 전에 쓴 「손창섭론」은 심리학적인 거시기로 썼고, 그래갖고 보통하면 소설 쓰다 안 되면 시 쓰고, 시 쓰다 안 되면 평론하는디, 나는 거꾸로 했다고. 그랑께 작가들은 내 작품은 어허, 아예 찬성도 안

해 주고 아해 거시기를 안 해 줘. 아, 이상이 추상 수학을 했다고, 그 당시에. 그것을 써분께 아, 안 놀래겠어. 그란디 손창섭이나 이상은 내가 학위논문을 쓸 만큼 깊이 경도했어.

드디어, 소설가의 길을 걷다

조은숙   『현대문학』에서 「이상서설」로 추천 완료가 되면서 평론가의 길을 걷게 되었네요? 그런데 왜 계속 평론을 하지 않고 소설을 쓰게 되셨나요?

송기숙   아, 내가 처음에 소설을 쓰려고 국문과에 들어왔는디. 그 소설 공부하는 것이 없었어. 맨 어학하고 고전문학뿐이었어. 신춘문예 한두 번 떨어진 다음에, 대학신문사에서 서동익, 양병우, 김진모 이런 교수들이 자꾸 대학원을 가라고 해서. 그때 서동익 박사라고 있어. 또 양병우 교수라고 역사하는 사람이 있었는데 이런 분들이 아주 몇 사람 안 되어. 내가 대학 신문사에 있기 때문에. 대학 신문사 주간 교수들은 고재규 교수 같은 분, 전남대학교에서 제일 나은 교수들이었기 때문에, 저, 편집실에 모여 있었고, 거그서 신문이 나오면 모두 같이 가서, 나는 저 전임이니까 빨리 가서 하는데, 나는 그 저 그 교수들한테 영향을 받았어. 그란디 거그서 특히 거 양병우 교수 같은 분은 말이지. 서울대학교에 가서 서양 사학과를 창설한 분이여. 그라고 동경에서 경도대학을 다닐 때 아주 어렵게 다녔는데. 제주도 사람인데 제주도 양씨여. 굉장히 실력 있는 분이었어. 그래가지고 이제 저 그 내가 이분 강의도 듣고 하니까. 굉장히 머시기 했다고. 또 김진모총장이라고 그분이 굉장히 실력이 있는 분이었는데, 서울 농대 출신이었는데 대단한 분이었어. 이, 그란디 김진모라는 분이 굉장히 수학을 잘한 분이야. 경제학자인디. 그란디 그분 논문들을 읽어보면 참 아주 성실한 분이야. 그래갖고 내가 그분 논문 「농업 경제학 서설」이라고 부친 것부터가 이 다음에 많이 쓰겠다하는 것이 되고 보니까 야, 그라고 보니까 역시 이 사람은 공부한 사람이구나 생각했어. 그때 그라고 있다가 내가 목포대에 갈 때 그분들이 나한테 영향을 줬어. 어하하하.

조은숙 그러니까 대학 3학년 때 쓰신 단편 소설 「대리복무」 이외에 전대신문사나 대학원 시절에는 소설보다는 문학 이론 공부를 많이 했다고 볼 수 있겠네요? 주로 평론을 쓰면서. 그리고 다시 소설을 쓰시게 된 것은 목포대학교로 발령 난 이후 즉 '목포시대'부터였지요?

송기숙 목포 가면 일이 없어서 글을 많이 쓸 줄 알았어. 그란디 일이 더 많어. 사범대학이 없어지고, 그 2년제 교육대학으로 바뀐께 원체 일이 많았어. 맞아. 그때 새로 목포교대로 승격된 거야.

김영애 목포사범이 없어지면서.

조은숙 그래도 목포로 1965년에 이사한 후 1966년부터 「대리복무」, 「어떤 완충지대」, 「백의민족·1968년」 등을 발표하시잖아요. 평론으로 추천 완료가 되었기 때문에 소설로 다시 추천을 받을 필요는 없으셨지요?

송기숙 아, 그렇지. 내침 김에 소설을 발표했어. 그리고 『백의민족』으로 현대문학상을 받았어. 평론은 아마 김윤식 교수였을 것이여. 내가 소설이고.

『백의민족』으로 현대문학상 수상

이미란   선생님 문학상 탄 것은 기록에 없는 것 같은데?

조은숙   아니 뒤에 있어요. 1973년 3월 16일이에요. 『백의민족』으로 제18
        회 현대문학 소설부분 신인문학상 수상 이렇게 정리했는데요?

이미란   『백의민족』으로 여기 있네요?

조은숙   그때 이미 단편을 11편 정도 쓰셨고, 단편집 이름이 『백의민족』
        이었어요. 첫 번째 단편집이지요?

김영애   그란디 73년에 광주로 오셔버렸는데, 내가 기억하기는 목포 있었
        을 때 탄 것 같은디.

조은숙   아마 그럴 거예요. 선생님은 6월 1일자로 전남대학교로 발령이
        났고, 상은 3월 16일에 수상했잖아요? 또 사모님이 이사를 8월에
        하셨으니까 당연히 목포에 계실 때일 거예요.

김영애   그때 그 옆에 분은 사진을 같이 찍었어. 그란디 그때 당신은 혼자
        갔거든.

이미란   사모님 그때 목포대학에서 이사를 오실 때 선생님은 3월에 오시

고 사모님은 8월에 오시고?

김영애 예.

송기숙 잠깐만, 지금 우리가 어디 하고 있어?

이미란 예, 지금 목포교육대학으로 발령 받으시고 난 후 소설을 쓰게 된 부분인데요.

송기숙 몇 쪽?

이미란 26쪽이요.

조은숙 이문구의 글에 보면 목포에 계실 때 목포에만 묻혀 있었고, 외출 마저도 낙도 탐방이나 해남 대흥사 경내에서 집필을 하셨다고 하 던데요?

김영애 대흥사는 방학 때만 가셨지.

조은숙 작품도 보면 「휴전선 소식」, 「갈머리 방울새」 등 목포에서 쓰신 글 중에는 낙도라든지 어민들의 삶을 형상화 한 작품이 많았고, 또 섬에서 나타나는 분단의 문제를 많이 다루셨더라고요. 이게 목포에서 선생님의 삶과 어떤 연관이 있으신지요?

송기숙 목포, 어, 내가 섬 취재를 많이 했어. 이것 말이야. 으응, 이것이 뭐냐면? '40 평생의 희극이라 할 3개월간의 여난'

40 평생의 희극, 3개월간의 여난

조은숙 그게 이문구의 글에 있던데요. 선생님이 '40 평생의 희극이라 할 3개월간의 여난'이 있었다고요.

송기숙 그것인데. 그거 말이야. 으하하하. 나는 말이야. 방학 때만 되면 말이야. 거그 뭐냐. 저 뭐, 목포에 있을 때 저그 해남 대흥사에 갔 는데.

김영애 어헤헤헤. 그리 가셨어. 글 쓰러.

송기숙 해남 대흥사에서도 대흥사 절 아니고 진불암이라고 한참 올라간 디가 있어. 그람 거기에 스님이 하나 있거나, 어짤 때는 있거나 말거나 한다. 거그서 뒷방이 대웅전이 있고, 요쪽에가 내 방이 있어. 스님이 맨날 바뀌거나 하면, 내가 “아, 나는 목포대학에 있는 아무개인데 여그 와서 맨날 쓰니까 나 주라.”고 그라면 그때는 스님들이 얼마 없으니까 나 줘. 그래 갖고 있을 때인데, 여난이라고 하면 뭐냔 말이야. 거그 가기 전에 해남에 말이야. 본 절. 거그서 그 해남 대웅전을 기준으로 하면 인자 그 왼쪽 거가 그 객사가 있어. 일반 사람들이 자는 곳. 인자, 그란디. 그때는 그 목포가 있으면서 방학만 되면 맨 술이나 먹고 그랑께 절로 간다 말이야. 방을 하나 스님이 주글래. 거그 있었는디. 그 옆방에 어떤 여자가 이렇게 방이 여가 있고, 저그가 있는디. 여그는 여쪽 마당, 저그는 저쪽 마당 그래. 내중에 어디서 여자 소리가 나더라고. 그래서 어디 여자가 있는가 했어. 으하하하. (모두 웃음) 그란디 그 여자가 그 시기에 뭐랄까 문을 열어본께 문이 열어져. 고 이 여자가 나를 목표로 해서, 말하자면 돈 뜯어 먹으려고 했던 거야. 젊은 남자가 와 있기 땀에. 아 그래 갖고 나는 처음에는 절에 와서 뭐 그런 여자가 먼 이를테면 아주 참 고민이 많은 이런 사연이 있어 가지고 참 슬프게 봤었는디. 으하하하. “어, 여그가 문이 열어지네요?” 그래, 자기가 문을 열고 말이야. 으하하하. 이 뭐랄까. 여기서 나한테 이상한 뭐, 그, 결론적으로 이야기하면, 하여간 그런디 다니는 여자라 하면, 절에 와 있는 그런 사람들, 절에 다니는 그런 사람들 있잖아. 쉬러 오는 그런 사람들.

이미란 네.

송기숙 참 동정을 했는디. 어쨌든가, 하루는. 아, 뭘 해갖고는 그 문을 한

번 말소리가 나글래 열었거든. 말소리가 나고 그랑께. "오매 그
문이 열어지네!" 하더라고 뻔히 알면서, 그 여자가 그런 여자야.
아 그란디. 가만 보니까. 나한테 이상한 추파를 던지고. 아, 뭐라
고 하면서, 여름밤이니까 치마를 착, 이렇게 여름에 모기가 있으
니까. 이놈의 모기가 아하하하. 함시로 탁 치는 거야. 그래도 그
때만 하더라도 나는 절에 와서 그때 내가 삼십 때니까 그래도 순
진성이 남아 있었지. 절에 와서 설마 그런 일을 할까 하면서. 그
래갖고 또 와서 선생님 해 쌓고 그래, 아 그래갖고 내가 다른 디
로 가든지, 저리 올라갈까 하다가 더 있다가는 곤란할 것 같어.
그래갖고 목포로 와 버리면서 내가 집안에 일도 있고 그라니까
내가 간다고. 그라고 거그다가 머시기 메모를 쓰고 왔는데, 그란
디 머시기에서 우리 집으로 전화가 왔어.

이미란 과에 조사해 가지고?

송기숙 아니여. 스님들이 "송 교수님, 송 교수님" 그러기 때문에 목포대
학하고 안 거예요.

이미란 아, 네?

송기숙 아, 그래갖고 세상에 막 무식하게 갈 수가 있느냐고?

이미란 매정하게 갈 수가 있냐고요?

송기숙 그렇다고 뭐라고 할 수 없잖아. 으하하하, 아 그래갖고 말이야.
요 얘기를 내가 살을 붙여가지고 이문구 이런 사람들한테 하니까
이 사람들이 여그 저그 얘기 해 갖고 여난 어쩌고 하하하하. 그
얘기가 있구만. 지금 보면 말이야. 그 40 평생에 3개월간의 여난,
으하하하. 그래갖고 계속해서 학교에 전화 오니까 죽을 일이지?

김영애 다른 교수도 한 명 걸려들어서 그때 그 안그려셨소. 남자들이 어
른 되는 과정이라고. (모두 웃음)

평생의 벗, 이문구와의 만남

이미란 선생님, 그 이문구 선생님하고는 서로 좋아하시는 사이인데 처음 어떻게 만나셨어요?

송기숙 이문구는 참 대단한 사람이었어. 문학을 타고난 사람이야. 처음 어떻게 만났는지는 모르겠는데, 서로 작품을 말하자면 공감을 했을 거예요.

조은숙 이문구가 쓴 글에 보면 1965년 『현대문학』 9월호에 난 글을 보면서 먼저 글로 교감을 했고, 첫 만남은 1969년 7월 목포에서 이루어진 것 같은데요?

송기숙 어, 그래. 같이 글을 썼어. 『현대문학』에 그리고, 목포에 와서 같이 술 마셨어. 그 이문구 보면 사투리 쓰는 것이 말이야. 아따 당신 보면 말이야 너무 촌사람 같고 그라요. 으하하하. 좀, 하하하. 내가 굉장히 친했어. 아따, 그란디 이문구하고 나하고 둘이 그리 친하고 하니까 문단에서 후배들이 굉장히 부러워했어. 그란디 망할 놈 새끼가 먼저 가(죽어) 부러 갖고. 아따. 정말 허망하더라고. 그래서 그란디 이문구는 보면 말이야 사람이 참 맑은 사람이야. 그란디 하도 가난하게 살았고. 그리고 또 6·25 때 즈그 아버지가 인민위원장, 보령인민위원장을 해 가지고 그래갖고 집이 풍비박산이 됐지. 즈그 할아버지는 정좌관을 쓰고 다니는 양반이었어. 보령 그쪽 그런 집안이었다고. 집안이 그래갖고 보니까. 야, 정말로 허망하더만, 그래갖고 장례식이라도 제대로 하자고 했지만 장례식이랄 게 뭐 있어. 그 뒤로는 그래갖고 역시 남자가 죽어버리니까 없어 부니까 부인 찾아가서 도와주겠다는 게 못하겠든만, 되지도 않고. 실제로 또 그만큼 큰 도울 수 있는 재산이 있다거나. 또는 작가회의에서 모금을 하면 되기는 되겠는데 가서 요것이다 하고 내 놀 수 있는 액수가 안 되겠더라고. 그래서 아이고 여기서 끝내버리자 하고 그래서 안 해 버렸지.

조은숙 이문구 선생님은 송기숙 선생님을 '보리숭늉'과 같은 사람으로 천 연기념물 법을 보호해서 천연기념물로 보호해야 한다고 하던데요.

송기숙 하하하. 실은 그것 지한테나 할 소리여. 이문구가 자기를 이야기 해 놨다고 내가 거꾸로 했다고 말이야. 이문구야 말로 그런 사람 이여.

조은숙 제가 석사 논문을 이문구로 썼거든요. 그때 선생님이 이문구에 대해서 '맑은 사람'이라고 해서 선생님의 마음이 참 따뜻하다고 느꼈는데, 이번에는 선생님에 대해서 논문을 쓰면서 이문구가 선 생님을 천연기념물로 보호해야 한다 하니까 두 분의 우정이 어느 만큼인지 가늠하기가 힘드네요.

송기숙 그 일한 거 적어놓은 거 있지. 맷둥판 거.

조은숙 아, 예예.

송기숙 그때 묘 그거를 서울 시내에서 다른 데로 이장을 해야 한다 말이 야. 묘하나 옮기는 데 얼마 받고 그 이장을 했어. 그 안 나오든 작품에서, 어디 나올 것인디?

조은숙 아니 나와요? 작품에서.

송기숙 그 사실이여.

조은숙 아, 그러면 이문구가 직접 경험한 이야기네요?

송기숙 응, 그랑께 돈이 없으니까, 아르바이트라면, 대학생이면 학생이라 도 가르칠 것인디 그것도 아니고, 그라니 어디 가서 할 수 있는 거 라곤 노동 밖에 없어. 육체노동. 그라니까 그것이 조금 더 비싸. 그 거, 그 이장. 그래갖고 거그서 나온 거야. 그란디 그것을 부끄러 움 없이 잘 썼잖아. 그만큼 말하자면 문장이나 삶에 대해 자신 있 기 때문이야. 으하하하. 그란디. 이문구는 정말로 문장이 좋아.

남명 스님과 콩트 「약탈하는 풍경」

조은숙 그렇다면 선생님 남명 스님이라고 기억나세요? 70년대 초에 남명 스님을 알게 되셨다고 했는데, 그래서 선암사에서 『녹두장군』을 쓰게 되셨고요?

송기숙 선암사에서 남명 스님?

조은숙 혹시 남명 스님이 작품과 연관이 있으신가 해서요?

송기숙 내가 선암사에서 남명 스님을 만났을까?

조은숙 아니요? 꼭 선암사에서가 아니라 제가 읽은 내용에서 70년대 초에 알게 되셔서 나중에 『녹두장군』을 집필하실 때 선암사에 가서 쓰시게 되었다라고 해서요?

송기숙 그렇게 되었던가?

조은숙 네, 선암사에서 오랫동안 집필할 수 있었던 까닭을 물으니, 남명 스님을 알게 되어 거기서 방 한 칸을 아예 전세 내 놓고 고기도 구워 먹고 힘들 때는 그랬었다라고 하셨잖아요?

송기숙 어, 그 사람이 남명이었던가? 그랬구나. 생각해보니 그랬는가 보네.

김영애 그분을 목포에서 알으셨소? 내가 알기로는 광주 와서 안 것 같은디.

송기숙 남명이라.

조은숙 아니 꼭 71년이 아니라 제가 읽은 내용에서 70년대 초라고만 나와 있어서 정확하게 언제 정도인지, 아니면 작품에 어떤 연관이 있는지. 『녹두장군』에서 나온 월공 스님과 자꾸 연관이 되고, 「약탈하는 풍경」이라는 콩트도 생각나서요.

송기숙 그래 남명 스님을 목포에서였나. 하여튼 내가 어떻게 만났는지 모르겠구만, 오래되어서.

김영애 누가 소개했어. 누구였을까? 광주에서 아닐까?

송기숙 그래, 윤광옥이.

김영애 관광호텔. 거그서 만난 것 같은디.

송기숙 윤광옥이가 소개했을 거야? 그래갖고 선암사에서 만났을 거여. 목포가 아니여. 선암사, 선암사 맞어.

김영애 그러지요. 목포에서는 대흥사 간 것 밖에 기억이 안 나?

송기숙 그래 선암사여. 선암사에서 남명 스님을 만났구만. 남명 스님이 어떤 사람이냐 하면 말이야. 재미있는 사람이여. 일본서 거시기 와세다를 중퇴하고 어, 관동군 거시기 저, 사령부에서 머시냐, 경리를 봤어. 그랑께 관동군이면 어마어마하게 말하자면 일본군, 그라니까 군 편제가 소대, 중대, 대대, 연대, 그래갖고 사단. 그래갖고 그 다음에 일군, 이군 하지. 일테면 일군사령부, 이군사령부 그러잖아. 그라면 왜정 시대에 일본에 가서 만주에 있는 것도 한 군이여. 군. 그래 우리나라의 경우에 지금 한국에서도 일군, 이군 하잖아. 지금도 일군은 일선이고, 이군은 후방일거여. 말하자면. 그라면 그 군, 일본군이 만주를 점령하고 있을 때 중국을 점령하고 있을 때는 어마어마하게 큰 것인디. 그 거그 경리를 봤어. 남명이라는 사람이. 그란디 일본이 갑자기 항복을 해 버린다 말이여. 그라니 어쩌것어. 거기에 경리를 봤으니, 그 어마어마한 돈이 있을 거 아니여. 으하하하. (모두 웃음)

그라니 그 돈을 둘이 나눴다고. 사령관하고. 다른 사람들은 다 도망가느라고 전부 정신이 없으니까. 그래갖고. 그 돈을 갖고 평양으로 왔어. 그란디 그 돈 있는 것을 알고 다른 놈이 "요놈이 친일파다." 그래갖고 평양서 가지고 있는 돈을 다 뺏겨부렀어. 그랑께 남쪽으로 내려왔어. 그란디 와세다대학교 나왔는디. 내려오면서 6·25 때 미국인들이 우리나라 고아들을 이렇게 모아서 그랬잖어. 여기서 본께 남명이 영어도 잘하고 일본어도 잘한께 우리나라 고아들 한 80여 명을 이렇게 모아가지고 미군한테 가서 돈을 탔어. 그 돈으로 아이들 옷도 사 입히고 학교도 보내고, 이렇게 고향도 찾아주고 했단 말이야. 그런 사람이었어. 그란디 뭐라고 할까. 그 뭐라고 최소한 한 단계 초월해 버렸어. 우리 보통 인간들하고 달라. 그란디 그때 전쟁 중이라 불국사 스님들이 쫙 도망쳐버리고 없었어. 그랑께 자기가 불국사에 앉아 가지고, 으하하하. (모두 웃음)

그래갖고 주지를 했다고. 그랬는디 전쟁이 끝나고 스님들이 모두 와서 나가라고 한께 말이야. "야, 이 나쁜 놈들아, 스님이 부처님을 놔두고 어디를 도망쳐 부렀냐?" 하니까 아주 꼼짝 못하래. 아하하하 하하. 진짜 스님들이 잔뜩 많이 들어온께 남명은 진짜 중도 아니고 가짜 중인께 으하하하 그래가지고 거그서 인자 쫓겨났어. 쫓겨나서 지리산 어디냐 하면 거가 어디냐 지리산 청학동에서 바로 내려오면 거가 어디냐면 칠성계곡, 어, 칠성계곡 그 쪽에 와 가지고. 그러니까 처음부터 초탈한 사람이어. 현실을. 하하하. 그래서 어이 제대로 중이나 한다고 토굴 파 놓고 거기서 참선을 하고 있는데, 그때만 하더라도 빨치산이 없어질 때인데. 이제 그라고 나니까 빨치산이 있을 때는 못 들어갔던 심마니들이 산삼 캐는 사람들이 빨치산이 다 나가 버린께 심마니들이 온 거야. 하하하. 산삼을 캤어. 으하하하. 하아, (너무 우스운지 눈가에 물기를 보일 정도로 웃음) 산삼을 오래 안 캐서 존 놈을 캤던 모양이어. 그래갖고. 하하. 그란디 스님이 거기 있었거든. 그래서 "아, 스님 내가 이 기가 막힌 것을 캤습니다." 이러거든. 그랑께 헤헤. "어디 잔 보자." 이래놓고 남명이 그냥 먹어부렀어. 하하하. (모두 웃음)

그랑께 사람들이 물어주라고 해. 그랑께. 에끼, 중이 돈이 어딨냐 이래. 또. 하하하. 그랑께 중놈이 어짜고 저짜고 죽인다고 경찰서로 내려가서 인자 순경을 데려와. 가도 가도 안 된께. 순경이 인자 어디냐 그랑께 조금만 더 가자고 항께 순경이 그냥 가 버렸어. 인자. 하하하. 그라고 심마니들이 온께 스님이 "야, 이놈아, 그 놈 의 삼이 임자를 제대로 찾아 온 거야. 이놈아." 아하하하. 아이고, 참. (모두 웃음)

그래가지고. 그래서 이제 불국사에서 그렇게 하다가 내중에 선암 사에 있었다고 아주 힘도 장사고. 나는 『녹두장군』 쓴다고 그때 해천당이라고 방 하나 있어. 그라면 어디로 가부러 맨날 돌아다녀. 그라고 와서는 획 하고 문을 딱 열어 부러. "열심히 하시오. 생명 을 걸어놓고 하시오." 하고 우렁찬 목소리로 말하고는 또 어디로 가 부러. 아하하하. (모두 웃음) 그라고 또 가 부러 내중에 한참 있 다가 몇 달 동안 안 오대. 그러든만 해군 본부 있는데 그 어디냐?

이미란 　진해요?

송기숙 　이. 진해. 진해 그 쪽에가 절이 하나 있는데 거기 있는 신도들이 남명 스님 그러고본께 쫙 얘기 들어보니까. 그냥 와세다를 다녔 으니까 중이 현대적인 말을 쓰고 하니까 그 신도들이 해 갖고 주 지로 해 줬어. 그란디 또 며칠 동안 어디 가 불고 와서. 막상 와 서 "카, 우리 아들 좀 고등고시 하도록 좀 해주시오. 빌어주시오." 그렇게 하면. "거기 뭐 그런다고 되냐. 공부 열심히 하면 되지." 하하하. 그라면 뭐가 되겠어. 하하하. 그래도 솔찬히 많은 사람들 이 인정을 해 줬다고. 그래 늘 나하고는 가깝게 지냈어. 윤광옥 씨 라고 있어. 느닥없이 몇 달 동안 있다가는 와서는 윤광옥 씨라 고 들어본께 저 어디 강원도 절에 가서 이미 이제는 건강이 말하 자면, 다 되어 부렀어. 객승이란 말이야. 그 절 스님도 아니고. 돌 아가실 때는 모르고 한참 뒤에 내가 소식을 들었구만.

이미란 　선생님, 그러면 남명 스님이 정식으로 계를 받으신 건 아니었어요?

송기숙 　그러니까 그것이 계를 받았다고 할 수도 없고, 안 받았다고 할 수도 없고. 어떻게 보면 그야말로 한 단계를 딱 벗어난 말하자면 어느 중보다도 어, 말하자면.

이미란 스님다운 스님.

송기숙 어, 어느 스님보다 스님다운 스님 이라고 할 수도 있고, 어떤 부분은 같이 산에 가는데 우리는 달려가야 돼. 그건 그래. 그렇게 힘이 좋아.

조은숙 『녹두장군』에서 월공 스님이 그러잖아요. 그분도 산에서 막 걸어 다니는데 다른 사람보다 늘 앞에 가 버리거든요?

송기숙 어, 그 이야기 나오든가. 거그서. 그렇게 다 읽었는가. 으하하하. 그래갖고 하여간 뭐야. 어쩔 때는 내가 학교에 출근할 것 아니야. 출근하면 전화가 왔어. 본께. 어, 어디요? 하면. 어, 나 호텔이여. 하면 안 갈 수도 없고, 할 수 없이. 으하하하. 그랑께 그 사람은 초탈해. 한 단계를 딱 벗어난 사람이야. 그래서 아아, 역시 머리도 있고 그래서 뭣이냐 스님으로서 돈이나 재물에 집착하지 않고 말하자면 한 모습을 어허, 아아, 제대로 스님이 되면 저런 상태가 훨씬 더 말하자면 한 단계 위로 가는구나 하고 생각했어.

조은숙 그러면 『녹두장군』에서 월공 스님의 모델이라고 할 수 있겠네요?

송기숙 꼭 다 그런 것은 아닌디. 부분, 부분은 맞다고 할 수 있겠지.

조은숙 『녹두장군』에서도 월공 스님이 못 되게 구는 지주들한테 돈 뜯으러 다니거나 이들을 두들겨 패는데 앞장서거든요?

송기숙 그러든가. 그러니까 남명 스님이 그런 부분이 있어.

이미란 선생님, 『녹두장군』 집필 기간이 얼마나 걸렸을까요?

송기숙 『녹두장군』이. 그러니까. 내가 손보려다가, 이번에 출판사에서 나올 것인디. 그랑께. '시대의 창'이라는 곳에서. 상당히 오래 됐지. 선암사에서 매주 4일씩 쓴 것은 한 6년은 넘을 것이여.

이미란 그러니까 시작해서 가지고 『녹두장군』 출판까지 걸린 기간이 얼

　　　마나 될까요?

조은숙　제가 조사한 바에 의하면 전체 기간은 13년 정도 걸렸어요.

송기숙　그랬어?

조은숙　네, 자료 조사하고 돌아다니시고 그러시는데 한 13년이 걸렸다. 그렇게 나오더라고요.

송기숙　내가 그랬는가?

조은숙　네, 그런데 집필하신 기간은 조금 더 짧고요.

송기숙　그래. 그럴 거야.

조은숙　집중적으로 쓰실 때는 8개월 정도 쓰시고, 선암사에 들어가셔서. 전반부 쓰시고, 또 자료 조사 다니고 그러셨더라고요.

송기숙　요번에 '시대의 창'에서 하고 있거든. 전부 다 하기로 했는데. 내가 앞에 처음 부분은 손을 대려고 했는데, 그러면 일이 너무 커. 그래서 에이 그냥 해부라고 했구만. 가만있어. 지금 몇 월이지. 5월. 그래 5월 말일 경에 나올 거야.

조은숙　『녹두장군』 보면 처음 부분에서는 독자들이 특별하게 말이 없는데, 뒷부분 이제 8권, 9권, 10권 이렇듯이 뒷부분 가다보면 너무 사건 중심으로만 기록식으로 간다고, 남녀 간의 사랑이라든지, 주인공 달주, 연엽이라든지, 만득이라든지 그런 인물들에 대한 것들이 좀 중간 중간에 더 나오면 훨씬 작품이 생동감 있지 않을까 하던데, 지금 작업하기에는 너무 힘드시겠네요?

송기숙　으하하하. 그래 주제에 몰려 있을 거야.

도스토예프스키형과 톨스토이형

조은숙　선생님 평소에 글 쓰는 스타일은 어떤가요? '죽어라고 고치는 톨스토이형'이라고 하셨던데요?

송기숙 나는, 그러니까 글 쓰는 데는 두 가지 형이 있어요. 머릿속에서 말하자면 구상해 가지고 그냥 사사삭 이렇게 써 분 사람. 그리고 나처럼 여러 번 바꿔 쓴 사람. 세계적인 작가들을 보면 도스토예프스키는 그 노름쟁이 아녀. 차암. 『가난한 사람들』 쓸 때. 그때는 머릿속에 글을 써야 하는 강박 때문에 그때는 노름쟁이였잖아. 그래 가불해 갖고 쓸 때는 맨날 노름해 갖고, 긍께는 그 출판사에서는 이 다음에 얼마만큼 안 쓰면 당신 이 다음에 쓰는 모든 저술에 대해서 우리들이 압수한다는 것을, 그래갖고 도장을 찍었단 말이야. 어, 그랬으니까 어쩌었어. 노름하다 보니까 쓸 수가 없어. 그래서 『가난한 사람들』 할 때는 어쩌었어. 입으로 그냥 불러 부렀어. 그래갖고 속기사가 할 정도로 그랬다고. 그래 두 가지 형이 있어. 막 많이 고친 사람. 이것이 톨스토이 형이고. 그래서 톨스토이 부인이 악처로 소문났잖아. 그란디 그 긴 『전쟁과 평화』를 즈그 부인밖에 몰라 부러. 톨스토이 글씨를. 그란디 해 놓으면 또 새까맣게 고쳐 놔. 하하하. 그래갖고 그것을 여섯 번인가 고쳤다고 그래. 그랑께. 도스토예프스키는 머릿속에서 완전히 완결해서 거시기 구상이 된 사람이고. 막 바로 써 버린 사람이 있고, 계속 고친 사람이 있고. 두 가지 형이 있어. 나 같은 형은 맨날 고쳐 쓴 형이거든. 그러니 그것이 학생들 할 때도 말이야. 잘 해줘야지 말이야. '나는 글을 못 쓰는 사람이구나.' 하고 말이야. 자칫 오해를 하기 쉽다고. 자기 실력에 대해서. 그런 두 경우가 러시아에 있었어. 그때 러시아가 재정러시아 전 아니야. 톨스토이 있을 때가. 그때가 러시아다울 때야. 그때 훌륭한 작가가 탄생한 거야. 톨스토이 같은 사람들.

세속적인 지혜의 보고(寶庫), 속담에 빠지다

조은숙 선생님 문체의 특징을 "전라도 방언의 능란한 사용, 속담과 격언의 다채로운 인용, 호흡이 긴 만연체 문장, 대화체의 다양한 구사"라고 하는데, 선생님께서 속담을 많이 사용하게 된 이유가 있나요? 특히 『자랏골의 비가』에 와서 그 사용빈도수가 많던데요?

송기숙 민중의 생활 감각과 정서가 그대로 반영되어 있어 그들의 생활을 표현하는 데 속담만큼 효과적인 게 없다고 생각했지. 내가 농촌에서 살 때 우리 부모나 동네 사람들이 썼던 말들, 그것을 쓰면 문장이 단번에 살아난다고. 그래서 문장에 긴장이 조금 풀린 것 같다하면 일부러 넣었어. 속담을, 그라면 그 광경이 생생해. 사실 내가 속담에 관심을 가졌던 것은 세르반테스가 쓴 그 뭣이더냐?

조은숙 『돈키호테』요?

송기숙 그래, 그 『돈키호테』를 읽을 때 힌트를 얻은 것인데, 그 작품에서 산초 판사가 자꾸 속담을 사용하면 돈키호테는 무식한 놈이라 기껏 속담밖에 모른다고 편잔을 주지만, 사실 산초 판사의 말은 그 속담 때문에 설득력이 있었고, 그만큼 돈키호테를 희화화시키는 데 효과가 있었다고 볼 수 있지. 그랑께 그 작품이 생명이 긴 이유가 바로 이 속담 때문이 아닌가 하는 생각을 했던 것이여. 나도 『자랏골의 비가』에서 그것을 실천해 본 것인디.

조은숙 저는 우리 농촌 현실의 증언이며 사회적 억압과 역사적 소외를 뚫고 일어서는 농민적 주체, 이를 민중 주체라고 생각하는데요. 선생님의 작품 대부분을 민중성의 복원, 민중 주체 이렇게 이야기를 하더라고요. 저는 민중 주체 선언의 첫 시작을 『자랏골의 비가』로 봤거든요. 분단을 소재로 하고 있는 그 전 단편 소설들보다는 다른 뭔가가 있다고 생각했어요?

송기숙 그래, 거기서부터는 그 전의 작품하고는 달리 뭔가 있지? 어, 맞어. 내가 장편으로는 이것이 제일 먼저 나왔는디. 그 뒤로는 두 가지여. 하나는 농촌의 문제하고, 그 다음에 나머지는 정치적인 문제거든. 더러는 실존주의적인 것이 있어. 그란디 그것은 내가 의도했던 것만큼은 말하자면 안 되어. 그라고 굳이 규정하는 것에 대해서 별로 맞지 않겠다 하는 작품이 많아요. 그랑께 여기에도 속하지도 않고, 저기에도 속하지도 않은 작품. 그라고 여기에도 속하는디, 저기에도 속하는 작품들. 그란디 여기에서도 보면 농촌현실은 항상 바닥에 깔려있어.

조은숙 그 다음에 염무웅 선생님을 구례 쌍계사에서 처음 만나셨지요?

송기숙 어, 그 얘기 엊그저께도 어디서 나왔는디.

카프의 이기영과 한설야, 그리고 김정한

조은숙 염무웅 선생님이 수련회 갔었는데 거기서 만났다고 되어 있어요. 저는 이 부분이 계속 기억에 남았거든요. 선생님께서 말씀하시기를 "지난 시대의 작가로서는 오직 요산 김정한 선생님만을 문학적 선배로 두고 있다."고 하셨는데요?

송기숙 어어.

이미란 그러면 선생님은 한국 작가 중에서 김정한을 제일 좋아하세요?

송기숙 김정한, 왜 내가 좋아하냐면, 작품도 좋은 편이고, 그리고 의리가 있는 사람이 몇 안 돼.

이미란 네. 삶이요?

송기숙 잉. 김정한 씨는 삶이 아주 정말로 대쪽 같은 사람이야. 그런 사람 그렇게 왜정시대에 딱 글 안 써버리고, 아예, 느그들하고는 내가 써 봤자 하니까. 그러니까 그런 단기가 있는 것이여. 그라고 내가 김정한 선생 때문에 부산에 가니까 부산 사람들이 그걸로 해서 말하자면 김정한 선생을 더 하게 되었어요. 하하하.

조은숙 네.

송기숙 그래서 묘에도 가고 내가 가면 "어이 자네들 뭣 하러 다닌가. 내가 말이야 김정한 선생님 묘소에 가니까 같이 갈 사람 없어?" 그러고 같이 가고 그래. 소설가 조갑상씨라고 거가 내가 가면 같이 갔다고. 그분 같이 왜정시대에 굽히지 않은 사람 몇 안 돼.

조은숙 김정한 선생님이 「사하촌」을 쓴 후 절필을 하고 나서, 해방 된 후에야 「모래톱 이야기」를 쓰시면서 농민소설을 쓰잖아요?

송기숙 그렇지.

조은숙 그러면 염무웅 선생님도 그렇고, 통시적으로 보아 '송기숙은 카프(KAPF)의 이기영과 한설야, 그리고 김정한 등으로 이어져 온 민중문학 계보의 투철한 현실 인식과 리얼리즘적 작품을 계승한 작가'라고 하는데 이렇게 보는 관점에 대해서 어떻게 생각하세요?

송기숙 염무웅씨가 가끔 그런 소리를 하지. 하하하.

조은숙 그렇다면 민중문학적인 관점에서 이렇게 볼 수 있다는 말씀이지요?

송기숙 그게 요즘 그, 그렇게 가질라면, 경상도 쪽에서 이런 민족적 부분들이 있으면 뚜렷하게 나은데, 아예 없어. 그런 말하자면. 김정한씨가 있었고, 문인들이 또, 경북 큰 동네 아니야. 그런 작가들이 없어.

이미란 민중 작가들이 없다는 말씀이지요?

송기숙 응, 그런 작가들이. 생각해 봐. 저그 저, 대구에 누가 있는가 봐봐. 지역으로 한번 봐봐. 대구 부산 봐, 없어. 큰 도시 아니야. 그것들이. 묘하게 전라북도 별로 없고, 전라남도 이쪽이 있고, 그라니까 전라남도가, 저 사람들이 하는 것이 말이야. 민족적인 것이. 의식도, 전라남도가 광주학생운동뿐만 아니라 소작쟁이 같은 것, 모두 이런 것들에서 살펴보면 말이야. 전라남도가 말이야. 한국의 왜정시대부터 정신적, 말하자면 바로 광주학생운동이라고 하는 것은 전국에서 안 일어난 학교가 거의 없었어요. 전국에, 그리고 그것이 얼마나 큰 사건이여. 그러니 광주에 따라올 수가 없었지.

조은숙   그러니까 김정한 선생님을 문학적 선배로 생각한 이유는 이러한 투철한 현실 인식을 한 민중 작가이기 때문이다 이 말씀이시죠? 그렇다면, 선생님 작품 속에 노인들이 아주 많이 나오는데요. 그런 강인한 노인상이 김정한 선생님이시거나 아니면 선생님 부친 또는 외할아버지 등 주위에서 모델적인 분이 계시는지요?

아름다운 마을 공동체의 복원

송기숙   어, 그건. 모델이라기보다는 그 옛날에 시골에서 있었던 그 일테면 뭐랄까, 그 예로부터 식자가 있는 노인들, 어지간히 생활수준도 있어서 그 동네 사람들한테 영향을 주기도 하면서 그럴 때는 상당히 재산이 있고, 거그서 말하자면 그 동네에서도 가난해서는 큰 소리 못 쳐. 존중을 받아서 훈장 정도는 되지만 말이야. 그런 사람들이 있었어. 말하자면 동네에서 '커엄' 하면 말이지 그 기침 하나로 다스리는, 말하자면 마을 공동체, 마을 공동체의 수장이라고 할 수 있는 거지. 그런 사람들이 동네마다 사실상 다 있었어요. 항상 뭔 일을 할라다가도 못된 짓 하면 아무개 영감이 으하하하. 눈에 떠오른다 말이지. 그것이 우리 농촌 구조의 가장 기본이 되는 말하자면 그, 내가 그것을 다른 데도 썼을 거야.

조은숙 마을에서 반드시 필요한 다섯 가지가 『마을, 그 아름다운 공화국』
에서 나와요. 동네 사람들의 존경을 받는 동네 어른, 늘 말썽만
부리거나 버릇없는 후레자식, 일삼아서 이 집 저 집으로 말을 물
어 나르는 입이 잰 여자, 틈만 있으면 우스갯소리로 사람들을 웃
기는 익살꾼, 좀 모자란 반편이나 몸이 부실한 장애인들이었어요.

송기숙 어, 그래 거기서 그래갖고, 그것이 사회학적으로 폭넓게 좀 우리
사회 전체를 봐서 사회학자들이 그것을 해야 하는디. 참, 강만길
씨 같은 사람들이 저 좀 할 법도 한데 말이야. 저것도 있어요. 마
을 공동체 이야기를 할 것 같은데. 그 저 제대로 안 나와. 그거
저그 할 수 있는 사람들이 신용하, 몇 사람들이 있어. 그란디 그
것이 내가 생각하고 하는 것 하고는 대개 우리 정도 나이 정도면
말이야 대개 농촌에서 살았거든. 농촌에서 살아서 서울로 갔거든.
도시로 말이야. 그런 점에서 보면 말이야. 그 내가 보는 마을 구
조를 제대로 못 인식하고 있는 것 같애. 그런 것을 딱 보면서 말
이야. 그런 것을 그래도 쓸 수 있는 사람이 이문구 같은 사람이었
는데.

조은숙 『마을, 그 아름다운 공화국』을 읽어보고 마을 노인들 열 분 정도
모셔놓고 여쭤봤거든요. 마을에 들돌이 있었는지? 언제까지 들돌
드는 행사를 했었는지? 그랬더니 들돌 들었던 추억을 이야기 하
시면서 새마을 운동 때문에 거의 사라졌다고 하더라고요. 지금도
서낭당이나 당산나무에서 마을의 기원을 비는 의식은 있다고 하
고요.

송기숙 그러니까 들돌 그것은 굉장히 실용적인 거야. 똑 같이 저것 나이
먹었다고 두레 안 들여 줘. 열여섯 살 먹었다고. 이게 두레에 들
어가는 나이거든. 그란디 저 머시기 두레에서는 들어가서는 논매
기 이런디서 똑 같은 한 사람으로 칠해주거든. 열여섯 살, 그라자

면 그만큼 힘을 쓸 수 있으니까 그러니 굉장히 합리적이었다고. 그러니까 들돌이라고 하는 것이 굉장히 힘자랑 하는 것이 아니여. 그것을 들어야 해. 그것이 언제냐 하면 말이야. 칠월 백중, 칠월 백중이 추석하고 그 앞 달에 있는 그것이 유일하게 백중이라고 하는 것이 다른 때는 다들 유두라든가 있는데 칠월 달만 유독 거시기가 없어. 그래서 그것이 백중이여. 그때가 시골에서는 굉장히 바쁠 때야. 그때는 논매기 하고 그런께. 그라고 정자나무 같은 디 와서 보면, 우리 동네도 그러는디. 봄이 되면 모두 거기 나와서 앉아 있어. 그라고 어린애들이 그것을 막 그것을 들라고 애쓰고 그란다고. 옛날 사람들은 그것이 유일한 자기 성장이지. 그런 것이여. 그게 농촌의 아주 실용적인 것이지.

조은숙 『녹두장군』에서 그 부분이 상당히 와 닿고 기억에 남더라고요.

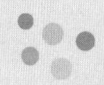

교육지표사건과 투사의 길

교양학부에서 작문 교과서를 만들다

조은숙   목포에서 1973년 6월 1일 모교인 전남대로 오시게 되셨는데, 문리과대학 국문학과가 아니라 교양학부로 오게 된 연유가 있으셨나요?

송기숙   내가 대학신문사 주간으로 있었잖아. 전대신문 편집하고. 그러다가 대학원 졸업하고 소설론 강의도 하고. 그때 교수 후보 였는디. 목포교대가 생기면서 교대로 가 본게, 거그가 교사를 양성하는 곳이었어. 2년제. 아, 졸업 후 국민학생들 작품을 지도해야 하는디, 교과과정에 작문 수업도 없고 교재도 없었어. 그래서 내가 이렇게 만들어서 쫙 찢어서 쓰게 프린트해서 수업했어. 거. 참.

조은숙   선생님이 교재를 만들어서 복사본을 학생들이 사용했다는 얘기지요. 작문 실습한 것을 찢어서 제출했고요?

송기숙   아, 내가 그렇게 수업한다고, 작문을 한다고, 고재규 교수한테 얘기했어. 그때 존경했기 때문에. 당시 전남대 교무 처장이었거든 신상순이라고 영문과 교수가 미국에서 작문을 중시해서 작문을 교양과목으로 가르치는 것을 보고 아, 우리나라가 큰 문제구나 생각하고 있었는디. 우리 실정에 맞게 가르쳐야 한다고, 고재규 교수가 그 신상순 교수한테 나를 추천한 거여. 목포에서 이라고 이라고 하는 사람이 있는디, 하고 말이여. 그란디 국문과에서 거부해서 그때 교양학부가 따로 있어서 거기로 발령이 났어.

조은숙 그리고 나서 교양학부가 없어지면서 76년 2월 29일자로 문리과 대학으로 오셨잖아요?

송기숙 전대에 와서 작문 교과서를 만들었어. 여름에 쌍계사에 가서. 정재완 교수하고 나하고 둘이서.

조은숙 아, 그때 염무웅 선생님을 만났을 때가 그러니까 작문 교과서를 집필하고 있을 때였군요.

송기숙 당시 작문 교과서는 획기적인 일이었어. 국내에서 선도적인 작업이었지. 책을 철해서 강의를 하고 학생들한테 숙제를 찢어서 제출하도록 했어.

조은숙 임환모 교수님이 농업에 관련된 작문 주제가 나오기도 했다고 하시던데요.

송기숙 삶과 관련된 소재가 많았을 거야.

조은숙 1985년에는 김영무 교수님과 『논술문작법』이라는 책도 내셨던데요. 동광출판사에서.

송기숙 내가 그 전에 법대 교양과목으로 논술 훈련을 시켰다고. 내가 고시 공부했던 경험도 있고. 아, 이놈들이 법률적 지식은 있는데 논리적으로 정리를 못해. 그래서 내가 답안지 작성할 때 글씨부터 고쳐라. 아, 그라고. 아하하하. 답안지 작성하는 법을 가르쳐줬어요. 그런 일이 있었구만.

교수와 죄수 사이

조은숙 그때의 경험으로 그러면 이 책을 집필하셨다고 볼 수 있겠네요. 다음에는 선생님의 삶에서 어쩌면 가장 중요한 사건이라고 할 수 있 는 '우리의 교육지표 사건'에 대해서 이야기를 나누고 싶은데요.

송기숙 국민교육헌장에 대한 비판으로 말이지. 응. 그때가 박정희가 말이 지. 유신 바로 그 다음에 민청학련 사건이 터지고 시국이 막 시끄 러워. 그랑께 차분하게 작품 쓰고, 강의 하고 그럴 분위기가 아니 었어. 아, 요놈들이 교수들한테 학생 감시를 시켰어. 그라니 학생 들이 교수를 좋아하겠어. 어이, 참. 그때는 그랬어. 소위 학생지도 보고서를 제출하라는 거여.

조은숙 선생님의 작품 중에서 「가남약전」에 보면 '광산' 노조 문제로 노 조원들의 동태를 일일이 보고하라는 이야기가 나오는데요. 만약 보고를 제대로 하지 않으면 귀신도 모르게 없애버리거나 그대로 껍데기를 벗겨 버리겠다고 으름장을 놓는다고요.

송기숙 유신 시대가 그랬어. 아, 교수하고 학생이 그런 사이야. 이것이 교수가 할 일이냐고.

조은숙 선생님 '교육민주화선언'이라고 하는 교육지표사건에 대한 이야 기를 좀 해 주세요.

송기숙 그때 대학에 논문지도교수라라고 하는 것이 있지. 아, 학교 담임 같은 것. 그래갖고 학생들을 감시하고 뭘 써내라고 해. 그라면 어 쩐 교수들은 으하하하. 이상 없음. 이상 없음이라고 쓰느니 나는 그것도 안 썼어. 그라니 선생하고 학생들이 좋겄어. 학생들이 인 문대 벤치 등나무 밑에서 시위를 하고 했다고. 그라고 교수들한 테 감시하라고 하고. 한번 가봤더니 농대생이 잡혀갔어. 또 학생 들이 정학, 퇴학, 무기정학을 당하니 어쩌겄어. 그때 나는 연구실이 인문대에 있었는디 그 연구실 놔둬버리고 도서관에 방 하나 얻어 그 방에서 글 쓰고 살았어. 그란디 강의가 있어 인문대로 가는디 앞에 가던 학생이 "저 교수들 감시하러 간다." 아, 이라고 말하드랑께. 그때 알았어. 학생들이 교수들한테 저런 감정이 있구나 하고. 그때 더 이상 이라고는 안 되겠다. 이런 생각이 들었어. 굉장히 모멸감을 느꼈다고. 서울에 가서 본께 이대에서도 학생들이 데모를 했는디 교수가 말리러 나온께 학생들이 혐오스런 눈초리로 쳐다봤다고 하고 서울대 교수들도 밖에 못나왔다고 했어.

조은숙 예, 그러니까 교육지표사건이 시작된 계기는 교수들이 학생들을 감시하는 체제와 학생들이 교수에 대한 불신을 알게 되면서 시작되었네요?

송기숙 그래갖고 내가 이제 그때는 『창작과비평』이었지. 출판사에 간께 백낙청 씨가 해직 상태로 있었어. 그래 서울 형편은 어쩐가 했더니 서울은 더 형편없더라고. 서울 교수 웬만한 사람 소개해 달라고 했더니 백낙청 이가 안병직 교수를 소개했어. 그 경제학과. 그래 안병직 씨를 만났어. 어, 그래갖고 우리 교수들이 말이야. 학생들이 저렇게 잡혀 들어가는데 이 교수라는 작자들이 뭐하고 있느냐 말이야. 이제 둘이, 안병직 그 사람은 서울서 하기로 하고, 나는 이제 전남대학교 교수들을 모으기로 하고 내려왔어. 그래갖고 한 50명쯤 모아갖고 딱 하고 말이야. 아하하하. 성명서를 내 버리면 이것이 국제적인 여론을 타 갖고 그란다고 내가 "한바탕 일어나자?" 하고 명노근 선생한테 얘기했더니 두말도 없이 "잉" 그런디, 이홍길 교수는 바로 대답을 안 해. "이 시대가 지나고 나면 우리가 뭐라고 얘기되겠냐." 하고 말한께 그도 한다고 했어. 아, 그래갖고 10명을 모았다고, 나까지 11명. 그래갖고는 서울은 어떤지 볼라고 갔더니. 이 서울것들이. 서울에서는 안병직, 변형윤이 모이고 그랬는디 하도 무시무시한 시절이라 잘 안 모여. 교육부 장관했던 한완상 씨하고, 이명현 이라고 모였는디, 서로 명단을 얘기하지 말기로 했다고. 중간에 탄로나부면 어쩔 것이여. 그 반공법 무섭잖아. 그것으로 몰아분께. 서울 사람들이 나서기를 무서워해. 교수들은 교수직을 떠날 각오를 해야했응께 아무나 안 된다 말이야.

조은숙 그런데 서울에 있는 교수들과 전남대 교수들만 시작했어요?

송기숙 처음에는 그랬지. 그렇게 하다가 더 퍼지면 될거라고, 원체 무서운 시절이라 조심하느라고. 그랬다고.

조은숙 그런데 왜 서울에서 성명서 발표를 안 하고, 전남대 교수들만 하게 되셨어요?

송기숙 아, 그것이 서울에 있는 교수들이 느그적느그적 미뤄. 그라고 누가 앞에 나설라고 안 해. 그래 이제 서울놈들하고는 상종도 안할란다 하고 내려와서 나도 이제 글이나 써야겠다고 하고 있는디, 그 성내운 선생이 내려온 거야. 성내운 그 사람 내중에 광주교육대학 총장을 했지. 아마, 백낙청 씨하고 3·1구국선언해서 도장 찍어갖고 해직교수가 되았는디. 그 사람 성격이 아주 곧은 사람이여. 영어도 잘 했다고. 그란디 사모님하고 같이 온 거여.

조은숙 아무 연락도 없이요?

송기숙 어, 광주에 내려와서 전화를 했어. 빨리 나오라고. 그랑께 나갔는디. 고속버스터미널로 나가닌께 "송 선생, 내가 그 선언문 줘 부렀소." 아, 그랑께 "뭘 줬다는 것이요?" 그랑께. 그 선언문을 일본 조일신문하고 AP통신에 줘서 지금 전파가 날아가고 있다는 것이여. 아, 얼마나 황당하겠어! "내가 당신들 교수 열 하나한테 맞어 죽을 각오를 하고 왔으니까 다 모여 주시오." 하는데, 내가 전남대 교수들한테 꼭 배신자가 되는 것 같더랑께. 그래 그날 저녁 우체국 부근 '청명여관'에서 모여 다음날 발표하기로 했지.

조은숙   모두 다른 의견 없이 찬성했나요?

송기숙   처음에는 화를 내고 무서워했지만 어쩌겠어. 이미 엎질러진 물인
         께. 다들 동의를 했지만 모두 겁이 나서 말이 없었어. 참, 그때는
         그랬어.

조은숙   그런데 선생님이 모든 책임을 지기로 하고 성내운 교수도 피신을
         시켰잖아요.

송기숙   성내운 교수는 서울 명단을 다 가지고 있었어. 둘 다 잡히면 앞으
         로 모든 일을 그르치게 되거든. 가만두었어. 그래서 당신하고 나
         하고 창비에서 만난 이야기를 빼고, 그 교보빌딩 유성 다방이라
         고 있어. 거그서 만났다고 합시다 하고 미리서 입을 맞췄어.

조은숙   선생님께서도 가족이 있으셨잖아요? 특히 딸들이 중학생이었잖아
         요. 반공법으로 몰리면?

송기숙   사건을 반공법으로 몰 경우 빠져나올 수가 없어. 수사를 받는 사
         이 엉뚱하게 반공법으로 몰려는 수작이 보이더만. 그때 아뜩한
         절망감이 느껴졌어. 그때 큰아이가 중학교 3학년, 둘째가 중학교
         1학년이라, 당시 연좌제라는 거 아나? 아버지가 반공법으로 감옥
         살이를 하면 그 집안은 풍비박산이 나니까. 아이들이 정상적으로
         학교생활이 어려워. 하여튼 즈그 의도대로 안 된께 집안 내력이
         고 뭐고 다 조사했는디, 우리 집안은 출세한 사람도 척진 사람도
         없어. 그랑께 사상 문제로 걸려든 사람이 없응께 괜찮았어.

조은숙   다음날 선생님이 출근하자마자 안기부에 잡혀갔나요?

송기숙   그랬어. 오전에 성교수 만나고 학교로 갔더니 도서관 앞에서 딱
         기다리고 있어. 그랑께. "알았소. 선언문은 가져가야 할 거 아니
         오." 하고 방에 가 보니 이미 안기부가 다 뒤졌더라고, 그란디 요
         것들이 선언문 숨겨둔 디를 몰랐어.

조은숙   아, 그러면 안기부 직원들이 방을 뒤졌는데도 못 찾았단 말예요?

송기숙 그 펜던트라고 상패 거기다 숨겨뒀거든. 으하하하 하하하. 그래
       "그래도 내가 대표자인데 총장한테 얘기하고 가야지?" 하고 말했
       어. 나는 들어가면 병신 될 줄 알았어. 그때 김형욱 이가 그랬다
       고. 그란디 최종길 서울대 교수 사건으로 시국이 시끄러웠다고,
       그래서 김재규로 바뀌어서 나는 그렇게 혼 안 났어. 또 내가 잡혀
       가고 나서 학생들이 이틀 뒤엔가 막 엄청나게 들고 일어났잖아.

국어사전에 쓴 『암태도』

조은숙 보니까, 교도소에서 『암태도』 3회 분을 쓰셨더라고요. 그런데 처
       음 집필 허가가 나지 않았을 때, 광주교도소에서 나무젓가락 사
       이에 샤프심을 끼워 실로 묶어서 고정한 후, 국어사전에 내용을
       썼다고 하던데요.

송기숙 응, 집사람이 샤프심을 책갈피 사이에다 넣어서 책을 넣어줬어.
       그래서 국어사전 제일 아래 있더라고. 제일 끝 한 줄 씩 거그다가
       『암태도』 초고를 썼어. 거그다 거의 다 썼다고.

조은숙 선생님의 작품은 현실을 많이 반영하고 있는데요. 교육지표사건
       은 「가남약전」, 「칠일야화」, 「도깨비 잔치」 등을 통해서 드러나
       고 있다면, 교도소에서의 체험이 『암태도』에 드러난다고 볼 수
       있겠네요?

송기숙 일부분에서 그럴 수도 있겠지.

조은숙 목포교도소나 광주교도소에서 자신의 의견을 피력하는 사람들이
       꼭 선생님 같다는 생각이 들기도 했는데(웃음), 그런데 청주교도소
       에서 집필 허가가 나서 3회 분을 거의 다 써서 마음잡고 글을 써
       보려고 했는데 나가라고 했다고, 황석영씨 한테 자료까지 부탁했

는데 나가라고 해서 그러셨다면서요?

송기숙   거그 으, 교도소장이 상당히 인텔리였어.

조은숙   청주교도소장이요?

송기숙   어, 청주교도소 소장이. 나는 글 쓰는 사람인데 여기서 내가 그냥 앉아있는 것보다는 글을 쓰면 나한테는 도움이 되겠으니까 당신 들이 노트에다가 도장을 찍어주면, 이것이 제일 중요한 것이 비 둘기 날린다고 하잖아. 말하자면 바깥으로 머시기한다고. 그랑께 노트에다 도장을 찍어가지고 남바(넘버)를 해 주면 내가 글을 쓰 면 좋겠다고 하니까, 아 이 사람이 잘 거시기 한 사람이여. 아 이 사람이 두말없이 허락을 해 주더라고. 그랬는데 그때 민청학련인 가 관계로 대학생들이 말하자면 각 대학 대표들이 여섯인가가 거 그에 수감되어 있더라고.

그란디 그래갖고 거그 가서 있으니까 그런 애들이 있는디 몰랐 어. 그런디 내중에 이놈들이 막 송아무개 교수가 여그 왔다든게, 그랑께 각 대학 대표들이 만나게 해주라고 하니까 본래 만나면 안 되거든. 말하자면 대학생들이니까 교도소에서도 신경을 쓰이 지. 그래갖고. 이 사람이 만나게 해 줬다고. 그란디 그때 본께 이 미 시국이 달라지고 있었던 거야. 내가 보니까 그런디 있으면 그 런 것이 굉장히 애민해 지거든. 마침 그 무렵에 카터 대통령이 한 국에 오고 있었어. 그란디 카터 대통령이 오는데 지식인들이 감 옥에 있으면 미국에서는.

이미란   예, 인권이.

송기숙   그때 들어갈 때 아주 김형욱이 그 작자가 할 때는 안기부에 잡혀 가면 모두 병신 된다고 그랬거든. 갈 때 말이야 그때 병신 될 각 오하고 갔더니 안 때려. 하하하. (모두 웃음)

송기숙   참말로, 아하하하. 그래 갖고 알고 보니까 김재규로 바뀌었어. 거

　　　시기가, 저그가.

이미란　안기부장이요?

송기숙　우리는 몰랐었는디. 석 달 되었다고 하더라고. 그래갖고 안 때리
　　　더라고. 내중에 왜 안 때렸냐고 해 본께. 거기 있는 안기부 요원
　　　들이 전부 고등고시 퇴물들이야. 퇴물. 고시 해갖고 안 된 사람들
　　　이야. 그랑께 벌써 거시기는 안기부 요원들이 이미 알았던 거야.
　　　시국이 이래가지고는 안 되겠다. 그래갖고 그때부터 내부에서는
　　　굉장히 민중의식이 강화되고 막 학생들 이렇게 나오고. 나는 감
　　　옥에 들어가서 모르는데, 전남대 학생들이 막 일어나니까 안기부
　　　원들이 얼굴이 새파래지더만. 그랑께 금방 교수들 11명 잽혀가
　　　가지고 10명 내 보내고 나만 할 수 없이 했는데 야, 이 자식들이
　　　이렇게 겁을 먹구나. 아하하 하하. (모두 웃음)

송기숙　아이고, 그라고 오면 이, 무단히 와서 뭐라고, 소이 수사를 한다
　　　고 이 수사한다고 해 놓고, 담배 피십시오. 또 그래놓고 다른 사
　　　람이 또 와, 자기가 해 놓고는 내 중에 슬쩍 와서는 담배 한 갑씩
　　　넣어주고, 그랑께 내가 안기부에서 일주일 동안 받고는 교도소로
　　　넘어가는데 담배가 여섯 갑인가 있더라고 서랍에. 아하하 하하.
　　　(모두 웃음)

송기숙　그걸 보고, 아아, 이미 이건, 정권이 넘어가구나. 그렇구나. 그럴
　　　때 보면 말이지 민심이 천심이라거나 말이지. 민심이 정책의 흐
　　　름이 그렇구나. 그 다음에 그 당시에 이미 이들은 이 정권이 다
　　　되어 가는 것을 알고 있었던 거야. 자기들이 누구보다도 더 잘 알
　　　거든. 지금 중들이 들고 일어나잖어. 다 이유가 있어. 그 사람들
　　　이 그냥 저러는 것 아니여. 이 정부가 너무 한다고. 이런 걸 보면
　　　말이야. 그때 일이 생각이 나 하하하.

조은숙　일간에는 교육지표사건으로 선생님이 광주의 운동하는 사람들,

즉 민주화운동하는 사람들을 하나로 뭉치는 계기를 만들었다고 하던데요?

송기숙   내가 그랬다기보다는 이제 교수들이 들고 일어난 예가 세계적으로 없어요. 독일 나치 시대 말고는. 그렇게 김상윤이나 윤한봉씨는 민청학련 사건 아니야. 학생들이랑 명노근 선생 등 교육지표 관련 교수들, 가톨릭, 신교 이런 것들이 공동 목표가 생긴 거야. 그니까 광주가 똘똘 뭉친 거야. 거그다 동아투위 그 쫓겨난 기자들이 내 재판이 있으면 서울서 다 내려왔어. 그 사람들이 해직된 상태라 할 일도 없어. 그렇게 법정 방청석이 가득 찼어. 들어오지 못한 사람들도 많았다고 하더라고.

조은숙   그때 백낙청 교수가 녹음기를 가져와서 최후진술을 녹음했다고 하던데요?

송기숙   재판받을 때까지 한 달 동안 최후진술을 준비했어.

조은숙   선생님께서 '학생들에게 진실을 가르쳐야 할 교수가 진실을 가르치지 않는 것은, 아이에게 젖을 먹여야 할 어미가 젖을 주지 않는 것과 똑 같다.', '민주주의는 개인을 중시하는 사상이지 개인보다 국가를 중시하는 제도가 아니다.' 이렇게 말씀하셨는데, 저는 개인적으로 '이민족 지배 아래서 독립운동이란 내란에 준한 행위에 1, 2년 징역을 선고했던 사실을 상기할 때 교육자가 왜곡된 교육현실을 놓고 교육적 소신을 밝힌 사실에 7년 구형이란 검찰관의 기본적인 성실성이 결여된 구형이라 하지 않을 수 없다.'는 부분이 마음에 와 닿았어요. 그러면서 살짝 협박을 하셨던데요. '본인은 소설가로서 오늘의 현실을 충실하게 기록할 의무를 지니고 있기 때문에 요사이는 무슨 일이나 한층 더 면밀히 되새기며 기억하고 있다.'고, 나중에 나가서 너희들의 이 행동을 소설화하겠다. 어떻게 보면 『암태도』에서 그리고 『은내골 기행』에서 그대로 행하셨다고 볼 수 있겠는데요?

송기숙 아, 내가 나가가지고 말이야. 아하하, 하하하. 다 밝히겠다 그랬지.

조은숙 그래서 징역4년, 자격정지 4년 했는데 1년 1개월간 복역하고 다음 해 제헌절 특별사면으로 형집행정지로 나오시잖아요?

송기숙 어, 그랬어.

조은숙 광주 교도소에 계시다가 청주 교도소에 이렇게 옮기셨다고 그러는데, 광주교도소에 얼마나 오래 있었는지요?

송기숙 어, 내가 그때 두 번 감옥을 살았는데, 이, 처음에는 교육지표 사건으로 살았고, 그때 이감되었을 거야. 그 다음에 광주항쟁 때는 그냥 광주교도소에만 있었고.

조은숙 예, 광주항쟁 때는 이감이 없더라고요.

송기숙 없을 거야. 광주항쟁 때는 광주에 계속 있으면서 출감했으니까. 교육지표 사건, 그때가 언제지. 모르겠는데, 거그서(광주교도소) 6개월인가 살았던 것 같애. 6개월. 그래갔고 청주교도소로 갔어.

조은숙 그 이전의 『자랏골의 비가』에서는 전체적인 민중성이 드러나지 못했는데, 『암태도』에서는 암태도 주민들 전체의 소작쟁의를 통해 민중성을 형상화했잖아요? 그러면 청주교도소에서 다른 소설도 아니고 『암태도』를 집필한 구체적인 이유가 있었나요?

송기숙 『자랏골의 비가』를 쓰고 나서 시골이기 때문에, 아, 지도자가 없어. 그랑께. 작위적으로 어떻게 할 수가 없었는디. 박순동의 논픽션 「암태도 소작쟁의」(신동아, 1969. 9)를 보니까 암태도에는 지도자가 있었고, 소작쟁의가 성공했잖아. 그라고 그 이전에 내가 섬을 많이 돌아다녔다고. 암태도 가서 현장 답사도 하고, 주민들 만나서 인터뷰도 했고, 한께 시작했던 것이지.

조은숙 암태도 소작쟁의 운동을 통해 70년대 여기저기서 일어나기 시작한 민중 운동의 답을 찾고 싶으셨던 건 아닐까요?

송기숙 아마, 그랬다고도 볼 수 있겠지. 그 당시 대부분 주민이 농민이었 잖어. 그라고 섬에서 어떻게 그렇게 성공할 수 있었을까?

조은숙 『암태도』의 서태석은 당시 지식인의 위치에 대한 고민이면서 선 생님 자신의 분신 같다는 생각이 들었는데요. 다음에 쓰셨던 『녹 두장군』의 전봉준과 같이.

송기숙 꼭 그런 것은 아니고, 서태석이나 전봉준은 실재 인물인디.

조은숙 선생님의 작품의 커다란 맥이 '민중 주체성'의 복원이라고 할 수 있는데요. 선생님이 고향에 바치는 소설이라고 했던 『자랏골의 비가』는 민중 주체로 아직 성장하지 못했다면, 교도소에서 한 땀 한 땀 심혈을 기울여 쓴 『암태도』는 민중 주체를 성공적으로 형 상화하고 있는데요. 『암태도』를 쓰시면서 이미 『녹두장군』을 쓰 실 생각을 하고 계셨나요?

송기숙 그렇다고 볼 수 있지. 『녹두장군』도 교도소에서 자료 정리하고 그랬다고. 『암태도』는 한 사건만 가지고 쓰고, 여그서는 전국적 으로 확산을 해서 봤다고 할까? 그 동안의 농민들의 의식이 상당 히 그런 의식이 있었는데, 말하자면 저항 이런 부분까지 구체적 으로 해서 투쟁을 했다고. 이렇게 본께 상당히 커.

조은숙 그런데 『암태도』에서도 보면 그 인물들이 동학농민운동에 참여 했다가 패해서 지리산에 숨어 살거나 아니면 암태도까지 도망 왔 거든요. 그래서 동학 농민운동의 후예들이 암태도에 왔다고 하면 서 그들에 대한 이야기가 나오고 있거든요. 그런데 교육지표사건 으로 교도소에 있을 때 『암태도』를 창작하셨다면, 5·18광주민 주화운동으로 교도소에 있으면서 또 『녹두장군』에 관련된 자료 를 구하고 집필 계획을 세우셨네요?

송기숙 그때 동학에 관련된 자료나 우리 근세사에 대해서 공부를 많이 했지.

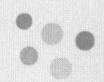

광주민주화운동과 불패자의 의지

회초리 맞은 개구리와 「우투리 - 산자여 따르라1」

조은숙 선생님의 삶에서 또 한 번의 고비라고 할 수 있는 5·18광주민주
화운동에 대해서 이야기해 주세요.

송기숙 지금도 내가 어깨에 통증이 심하다고. 그래, 지금도 그래. 여기 봐
요, 지금도 요것 안 차면 안 돼. 안 그러면 여그가 아프니까.(옷을
걷어 왼쪽 어깨를 보여주시며, 왼쪽 어깨에 팩이 보였다.) 요것 요, 양쪽에
차. 지금. 여여, 여가 맞은 거야. 집중적으로. 매잡이가, 헌병대에
탈영한 놈들 잡아다가 패는 그 매잡이한테 잡혀가 집중적으로 두
들겨 맞은 거야. 여기는 어혈이 들어 가지고 그래가지고 내가.

이미란 찜질팩이시죠?

송기숙 음, 양쪽에 했는데. 그래 이렇게 해 놓으면 여그서 뜨끈뜨끈 여기
서 열이 나. 그거여. 일제인데. 이게 친구가 일본에서, 우리나라도
이제 개발 되었다고 하던데. 이거 하면 조금 더 나아. 어쩐 날은
찌뿌둥 해 가지고 어쩐 때는 날씨가 조금만 그러면. 한방치료하
고 그란다고. 그래. 응.

조은숙　고문 휴우증이 심하시나봐요? 교육지표사건 때는 심한 고문을 당
　　　　하지 않으셨는데, 이때 심하게 고문을 당하신 거죠? 선생님은
　　　　5·18광주민주화운동 때에 복직이 되지 않은 상태셨죠?

송기숙　그때가 교육지표사건으로 모두 열한 명인가 해직이 되었다가 나
　　　　머지는 다 복직됐고, 나만 형을 살았기 때문에 3년 안에는 안 된
　　　　다는 거 뭐가 있어. 그래 사면을 하면 되는디. 그래서 김옥길 교
　　　　육부 장관이 시끄러운께 학생들이 알면 그럴 것 아니라고. 그래
　　　　서 나같이 해직 상태였다가 복직한 이문명 교수가 김옥길 교육부
　　　　장관하고 가까운 사이여서 복직하기로 얘기를 한 상태였어. 안
　　　　그라면 학생들이 그때 어용교수 축출하면서 시끄러울 때라 학생
　　　　들한테 이슈가 될 것 같았거든. 그렇게 애매한께 나는 안 나서고,
　　　　앞장서기도 그렇고. 나 아니어도 있겠지 하고 밀린 공부도 하고
　　　　글 쓸라고 공식적으로는 참여 안 했지. 그러니까 비공식적으로
　　　　논의에 응해주는 정도였달까. 그래갖고 14일 날 학생들이 전투경
　　　　찰과 충돌해서 저지선을 뚫고 시내로 나갔어.
　　　　그래 나도 법과대학 앞에서 구경하고 있다가 몇몇 교수들과 함께
　　　　시내로 나갔어. 그란디 시내 간께 학생들은 김밥이라도 먹는디.
　　　　아, 전경들이 쫄쫄 굶고 있어. 그래서 교수들이 인제 "야, 전경들
　　　　이 뭔 죄냐, 밥 좀 사주자." 해 갖고 누군가 돈을 거뒀어. 그때 해
　　　　질 무렵 비가 내리기 시작했는디. 학생들이 학교로 들어간다 하
　　　　면 시민들이 합세할 것 같으니 막으라고 한거야. 학교 학생처에
　　　　서 교수들한테. 그래 옆에서 막으라고 한께. 대형태극기 봤는가.
　　　　그 태극기를 요렇게 여학생 여섯 명이, 여기 셋, 여기 셋. 이렇게
　　　　해서 들고 그 뒤로 80여 명의 교수가 따라가고 학생들이 열을 지
　　　　어서 따라왔어. 그때는 시민들이, 계엄이잖아. 뭔 학생들이랑 교
　　　　수들이 저런디. 그랬어. 그래도 괜찮을까 공포에 싸인 거지. 지금

5·18연구소 있는디가 본부였는디 거기 와서 보니까 완전히 신발에 물이 차 있더라고. 14일은 그랬어. 15, 16일도 이렇게 했었는디, 시민들이 합세하고, 학생들을 잡아가고 그란께. 아, 그라고 있다가 해직교수였던 사람들한테 지명수배령이 내렸다는 것이여.

조은숙 누가 선생님께 말을 해 주었어요?

송기숙 그게 아마, 전남매일 신문기자였던 것 같은데, 이라고 있다간 큰일 난다고 말이지.

조은숙 선생님께서 시민들이 공수단에게 당하는 장면을 목격하신 경험이 있으시나요?

송기숙 19일 날이었을 것이여. 총장 집에서 나와 명교수하고 나 등 일부가 시내로 나와 점심을 먹었어. 시위대가 엄청나게 불어났어. 나는 화니백화점 옥상으로 올라가 거기 군중들 틈에 끼어 금남로에서 벌어지고 있는 시위 광경을 지켜봤어. 야, 공수단이 곤봉을 때린께 젊은이가 픽 하고 쓰러졌는디. 회초리 맞은 개구리맨키로 네 발을 파르르 떨어.

조은숙 선생님 작품 「우투리 − 산자여 따르라1」에서 그런 장면이 자세히 묘사되어 있는데, 그럼 선생님이 서울로 피신하신 게 20일 오전이었지요?

송기숙 해직교수였던 사람들한테 지명 수배령이 내려졌다고 한께 노희관 교수 집에서 우리 8명이 잤어. 19일 날. 그리고 20일 아침에 차 3대인가 4대에 나눠 타고 정읍에 가서 점심 먹고 기차를 탔지. 가다가 광주 형편이 어쩔지 몰라서 대전에서 하룻밤 새기로 했지.

조은숙 대전에서는 충남대 김병욱 교수님 댁에서 하룻밤 지내시고, 21일 서울에 도착했지요?

송기숙 서울에 가서 김준철 사장이 잡아 준 어느 여관에서 광주 상황을 서울에 알리는 글을 쓰려고, 그때는 일체 신문보도통제가 되어 있기 때문에 내가 그걸 써야겠다고 생각했어. 그래서 여관에 숨어서 그 내용을 쭉 쓰고 있는디. 오후 5시든가 7시든가 뉴스 시간에 아, 어마어마한 소리가 나와. 그때 이희성 육군참모총장인가 그가 계엄군 사령관이 발표를 하는디. 인자, 광주를 '초토화'시켜 분다는 것이여. 그라면 우리는 뭣이여. 도망자가 되는 것인디. 우리가 나중에 광주 시민 얼굴을 어떻게 보느냐 그래갖고 김 사장한테 연락했어. 광주 가야겠다고. 괜찮겠냐고 걱정하면서도 자기 차로 서울역까지 바래다주었어. 이미 호남선 열차가 끊겼다고 했는디. 아직 전라선이 출발 5분 전이었어. 곡성까지 표를 끊어서 곡성역에 내린께 새벽 4시 경이던가. 택시 한 대가 불을 켜고 있든만, 안 간다고 하는디 사정해서 담양까지만, 그 식영정 있는디까지만 해서 왔어. 아는 사람 집에 들어가서 물어본께 난리가 나버렸다고 하든만.

학생수습위원회와 『오월의 미소』

조은숙 선생님께서 쓰신 「아직도 문학작품은 엄두가 안나」에서 보면 도청으로 가서 명노근 교수님은 부지사를 만나러 가고, 선생님은 학생수습위원회를 결성했잖아요?

송기숙 그때 가장 중요한 것이 학생수습위원회예요. 나는 그 해직교수여서. 하여간 학생들한테 그라지. 교육지표사건도 있고. 학생들이 지금 도청 왼쪽에 서무과 큰 방이 있어. 거그서 회의를 하다가 잘 안 돼. 그랑께 선생님이 좀 도와 달라 그라드라고.

조은숙 선생님 작품 『오월의 미소』를 보면 도청에서 학생수습위원회 결성에 반대하며 수류탄을 들이대며 위협했던 재수생과 M16 소총을 자신의 목에 겨누었던 눈이 충혈 된 젊은이가 나오던데요?

송기숙 그 이야그가 뭐냐하면. 내가 서무과로 간께 서무과 안은 아수라
장이었어. 숫자는 많은디 우왕좌왕이고. 여기저기 고래고래 소리
지르고. 그래서 수류탄을 모두 회수하고 총 파지 법을 가르치려
고 하는디, 그야말로 오합지졸이었어. 어떤 젊은이가 학생수습위
원회를 결성한다고 한께 아, 정면으로 반대하드랑께. 수류탄을 칵
하면서. 그 학생이 재수생이었어.

조은숙 그래서 어떻게 했어요?

송기숙 내가 막 설득했당께. 그란디 이번에는 눈이 잔뜩 충혈되고 어깨
에 붕대를 맨 젊은이가 M16을 들고 나타나서 뭔 수습을 하냐고
죽을 때까지 싸워야 한다고 느닥없이 내 목, 여그다 총을 들이댔
어. 긍께, 수습이라는 소리에 비위가 잔뜩 상했든지. 그래서 내가
"야. 이 새끼야, 총 안 비켜! 이천 명이면 많이 죽었어. 이 새끼
야." 그랬지.

조은숙 어, 『녹두장군』에서도 『오월의 미소』에서도 '이천 명이면 많이
죽었어.'가 나오는데요?

송기숙 아, 그래갖고. 내가 악을 딱 썼지. 옆에 있던 학생 대표 하나가 전
남대 교수여, 교육지표사건으로 감옥에도 갔고, 막 이러면서 내
이야기 하니까, 총을 거두든만. 그란디 나중에 찾아봤는디 그 젊
은이는 안 보이든만. 진짜 아까운 인재들이제.

부러진 어깨는 자연 치유되고

조은숙 26일 사태가 이미 기울어진 같아 다시 서울로 피신했다가 백낙청
선생님이 한 명쯤은 어떻게 해 줄 수 있다는 제안도 거절하고 다

시 자진출두 형식으로 자수했는데 체포로 처리되었다고요?

송기숙 아, 이것들이 현상금을 따먹기 위한 조치였을 거여. 그라고 한 계급 특진이 있었어. 그라니 물불 안 가리고 보안대 지하실로 끌고 가서 수양버드나무 몽둥이로 때린 것이여. 그라드란께, "야, 이 새끼 맷집 좋네."

조은숙 『은내골 기행』에 보면 고문에 대한 이야기가 20~30페이지 나오잖아요. 그게 아마 이때 감옥에서 겪었던 경험이 많이 형상화 되지 않았을까 하는데요?

송기숙 아, 그것이, 요렇게 끝까지 쫙 하고 내려온단께.

조은숙 뭐가 내려와요?

송기숙 응, 피멍이. 한 20여 일 만에 헌병대 영창으로 옮겨졌는디. 거기 있는 사이 피멍이 양쪽 어깨로까지 번져 내려왔어. 내려오는디 한 일주일이 걸려요. 쭉, 여기까지가 새카매. 여기가. 아, 등짝만 맞았는데 얼마나 피멍이 깊게 들었으면, 그것이 양쪽 어깨로 내려오더니, 내중에는 손끝에까지 내려가더니 이것이 다시 내려갔던 속도로 서서히 걷혀 올라가. 그것이 한 보름 걸렸을 것이여. 하, 참. 상무대에서 내가 어깨가 부러졌다고 치료해야 된다고 해도 요지부동이여. 번번이 거절하는 것이여. 엑스레이도 못 찍어. 그라다가 지가 자연 치료가 되어분거여. 저절로 깁스를 해서 지가 낫은 거여. 그러더니 나를 싣고 비행장으로 가더라고.

조은숙 바로 광주교도소로 안 가고요?

송기숙 아, 이놈들이 다시 공군 영창으로 갔다가 대여섯 군데 옮겨 다닌 후 광주교도소로 갔어.

조은숙 그때 10년 구형에 5년 확정이었나요?

송기숙 그것이, 나하고 홍남순 변호사, 조비오 신부, 김성룡 신부, 명노근 교수, 이기홍 변호사. 또, 그라고. 그때 검사가 말이야 황석영이 친구였어. 나한테 "선생님 소설 많이 읽고 있습니다." 이러드랑께. 내중에 알고본께 그 친구 덕분에 내가 명노근 선생이나 홍남순 변호사보다 한 3개월 먼저 나왔당께.

『녹두장군』을 쓰기 위해 피아골에 칩거

조은숙 81년 4월 출소 이후에 『녹두장군』을 쓰기 위해 피아골에 칩거하잖아요?

송기숙 아, 피아골, 피아골에서 내가 2년 동안 글 썼잖아. 거그보면 말이야. 거그에 삼 형제가 사는데, 지금도 그런디. 피아골 평도리라고. 그라면 거슬러 올라가면 저 사람들 선조가 누구겠다 상상이 가능해요. 그란디 내가 피아골에 가서 재미있는 것을 많이 봤는디. 거그 가서 이제 그 잘잘한 논이 있는데 내가 논을 가만히 보니 이렇게 경사 진 데가 논으로 보면 논두렁을 등고선이라고 해. 지도에서도 등고선이라고 하는데 논두렁 보고도 등고선이라고 해. 둘 같은 의미인데 말이야. 이것이 피아골에 가면 말이야. 이 저 여그 냇가로 해서 저 위 산골짜기까지 해서 이것이 130개까지 있어. 와, 자잘한. 삿갓배미라고 있지? 말 들어봤지?

조은숙 선생님 작품 『녹두장군』에서 삿갓배미, 공중배미가 나오는데요?

송기숙 맞어. 그럴 것이여. 거그서. 농부들이 일을 끝내고 집에 가면서 논두렁을 새워봐. 세상에 논두렁을 뭐라 뭐라 센단 말이여. 누가 그걸 돌라갈(훔쳐갈) 것이여. 아, 그런디 그것을 세. 아이고, 참. 아하하, 하하. 그게 바로 사랑이여. 농부가 자기가 한 자자한 전부 자기 손으로 저기 한 것이라. 얼마나 마음이 쓰이겠어. 그란디 암만 세도 부족해. 저그 없어. 하나가. 참말로. 하하하. 그게 말이야. 이상해서 봤더니 삿갓에서 나오드라 그런 말이여.

조은숙 농부들이 가렴주구 때문에 그런 깊은 산골에 숨어살게 된 거잖아요?

송기숙 바로 피아골이 전형적인 그런 곳일 거야. 들에서는 가렴주구가 하도 심하니까 꼴도 보기 싫고. 그러니 다 그냥 들어와 가지고 살았던 거야. 피아골같이 가렴주구가 없는 곳으로 들어왔던 거야.

조은숙 『녹두장군』에서 칠성이가 세금 때문에 너무 힘들어 야밤에 도주해서 피아골로 들어오잖아요?

송기숙 그때는 그런 사람이 많았어. 얼마나 고통이 심했으면 이 깊은 산골로 들어왔겠어. 요꼴저꼴 보기 싫은께. 그래갖고 내가 『녹두장군』을 쓰고 있을 때 『창작과비평』에서 그룹들이 일 년에 한 번씩 어디를 다니는디, 그 해에는 피아골에 있는 호텔로. 궁께 그리 정해가지고 왔더라고. 그래서 내가 그랬어. 이 피아골은 논이 많은데 이 논이 말이지. 논이 전부 돌로 시골에 대부분 웬만하면 돌을 안 쌓는데 여기는 돌로 쌓은 데가 많아. 그런디 여그서 쌀라면 반드시 이렇게 싸면 자빠지니까 이렇게 쌓아. (돌로 논둑을 쌓는 흉내를 내시며) 그러지 않겠어. 그리고 여그서 말이야 되도록이면 논두렁을 요렇게 해서 물이 잠겨야 안전할 거 아니야. 그란디 여그서는 무엇인지는 내가 모르겠는데 여그서는 "안쪽으로 90도보다 1도만 기울어진 거 있으면 찾아봐라. 내가 오늘 저녁술을 다 산다." 이렇게 내기를 해도 아무도 못 찾았어. 하나도 없어. 내중에 내가 설명을 해 줬지. 요만큼이라도 넓혀 놓으면 이만큼 이라도 더 내 것이 된다 말이야. 그 논이 공중 배미라는 것이여. 이렇게 공중에 싸 놓고. 그런디 지금은 없어져 버렸대. 그래서 내가 피아골 거시기를 그 거시기에다가, 유홍준이 하고 있는 거 있잖아.

조은숙 문화유산으로 지정하는 것이요?

송기숙　대전에 거 있는 뭐냐. 그 피아골의 전체의 논두렁, 여기를 말하자
　　　　면 과거의 우리 선조들의 삶으로 지정을 해라. 그랬더니 마침 저
　　　　그 저 남해에서 그런 곳이 있었대. 그래서 내가 말했어. 지정해주
　　　　라. 거기를 지정했대. 그래서 여그도 해주라 해서 여기도 그렇게
　　　　했어. 여기서 말이야 우리가 역사를 이야기 할 때 이런 것을 가르
　　　　쳐야 한다. 이 사람들이 어째서 여기 와서 사는지 이런 것을 가르
　　　　쳐야 한다 말이야. 그런데 이 글레에 여기 사람들, 참 문화재청.
　　　　응, 그 사람들이랑 가 봤더니 저쪽에 올라가서 보니까 근처에 대
　　　　밭이 보이더라고. 대를 심어놨더라고. 그러면 대가 있으면 거가
　　　　집이 있었다는 이야기야. 그렇다면 피아골에 와서 또 자기를 쫓
　　　　아오는 사람이 있을지 모르니까 또 저 깊은 산인데, 대 이것을 갖
　　　　다 심은 거야. 대 이것은 절대 자생 안 해. 반드시 저 근처가 집
　　　　이 있었거나, 하는 흔적이더라고. 여기 피아골에 도망 와 가지고,
　　　　어디서 못된 놈 패 주고 도망 왔을 터인데. 그 중에서도 여기까지
　　　　도망 와가지고. 아하, 참, 본께 저런 곳에도 도망 와 갖고. 저 대
　　　　있는 것은 전부 집 자리란 말이야. 나는 그런 것을 알거든. 그런
　　　　것을 내가 말했더니 문화재청에서 일부만 논두렁만 남해하고 여
　　　　기하고 문화재로. 하하하.

조은숙　선생님께 피아골은 정신적 안식처와 같겠네요?

송기숙　내 고향 같은 곳이여.

조은숙　선생님께서 피아골에 사시면서 직접 꿀을 분양 받으셨어요?

송기숙　아, 내가 연곡사 옆에서 양봉을 했는디, 밀원이 좋았어. 한 2~3
　　　　년 했는디. 점심 먹고 한번 돌아보고, 글 쓰다가 또 돌아보고. 그
　　　　란디 이 염병할 놈의 사람들이 서울서 놀러 온 사람들한테 내가
　　　　만든 꿀이라고 팔았어.

조은숙　자신들의 꿀을 선생님 꿀이라고 속여서요?

송기숙 아, 이 작자들이 그랬다고. 전혀 몰랐는데 내중에 이 사람도 사고 저 사람도 샀다고 하더라고. 이 나쁜 놈의 새끼들이. 으하하하.

조은숙 선생님 소설 중에 「당제」에 양봉과 한봉 이야기, 벌이야기가 많이 나오거든요. 1983년 6월에 발표한 작품이니 피아골에서 체험이 녹아 있다고 볼 수 있겠네요?

송기숙 그렇다고 볼 수 있겠지.

조은숙 그때 돈 많이 버셨어요? (웃음)

송기숙 그때 꿀판 돈은 작가회의 기금으로 냈어.

조은숙 그때는 복직이 되지 않아 생활비도 부족했을 터인데요?

송기숙 작가회의에 일이 있어서. 당시 생활비는 집사람이. 그리고 삼성출판사 책 인세로 했지.

5·18광주민주화운동과 『녹두장군』

조은숙 다시 『녹두장군』으로 돌아가면 전반부를 81년 8월부터 82년 10월까지 쓰셨거든요. 그러면 5·18광주민주화운동 이후에 쓰신 거잖아요. 물론 자료 준비랑 집필 계획은 5·18 이전에 다 세우신거지만. 『녹두장군』의 집필 의도가 동학농민전쟁의 역사소설화인데, 몇 분은 이 소설 속에 광주 오월의 문제가 깊숙이 개입되어 있을 것이다. 그러니까 선생님의 작품의 특징이 뭐냐면, 제가 읽어보니까 어떤 역사적인 사건이 분명히 있는데 딱 겉으로 드러나지 않거든요. 그런데 또 읽다보면 자꾸 그런 쪽으로 끌려가거든요.

송기숙 어, 그래.

조은숙 그런데 『녹두장군』에서도 혹시 그 오월의 문제를 내포하고 있는

건 아닐까요?

송기숙   글쎄, 내가 어떻게 했는지 모르겠네. 그 속에 『녹두장군』 쓸 때 광주항쟁 뒤에 썼기 때문에 그런 것들이 이 사건 안에 담기기는 했겠지. 구체적인 사건이 아니라, 부분 부분에.

조은숙   죽창을 들고 나가는 농민들과 죽창 들고 나가는 광주시민과 연관이 있다고 생각하세요?

송기숙   음. 그렇게 유사한 것들이 있었을 거야. 영향은 있었을 거야.

조은숙   권력층이 하는 말이 꼭 그 시대 군부 독재와 연관이 되는 듯 합니다. 특히 『녹두장군』 7권과 8권을 보면 "이용태 같은 놈이 나라의 병권을 손에 쥐었다고 생각해 보게. 제 야심을 채우려고 고부 같은 한 고을이 아니라 온 나라 백성 전부를 향해 총부리를 들이댈 걸세."에서 처럼 당시 고부에다 광주를, 그리고 이용태에다 신군부의 책임자를 대입해보면 선생님의 의중을 읽을 수 있거든요. 그러니 『녹두장군』은 농민소설이면서도 정치소설로 읽혀질 수 있다는 거지요.

송기숙   그렇지. 음. 농민들이 정치적인 행위를 하잖아. 그러면 그것을 농민소설이라고만 할 수는 없지? 농민들이 하는 정치적인 행위이니까. 상인들이 해도 정치행위는 정치행위이고.

조은숙   집강소 설치도 마찬가지로 5·18과 연관이 된다고 하면. 그 전에는 『녹두장군』을 농민소설로만 연관을 지었더라고요. 그래서 저는 농민소설보다는 정치소설로 보고 싶은데요?

송기숙   그렇게 도식화 시켜 버리면?

조은숙   도식화다 그러면?

이미란   아니, 농민소설로 도식화 시킨다 이런 의미지?

송기숙   어, 농민소설이라고 할 때 농민의 문제만 가지고 이야기하잖아. 그러면 정확한 것이 안 되겠지?

조은숙 네. 기존에 그렇게 많이 되어 있더라고요? 그래서 저는.

이미란 농민소설 보다 정치와 연관시켜서 보겠다?

조은숙 네. 정치와 연관시켜서 쓰고 싶어요.

송기숙 음, 그래.

조은숙 제가 계속 고민했던 것이 『자랏골의 비가』, 『암태도』, 『녹두장군』 까지 연결 짓는 부분에서 보면 시간적으로, 공간적으로 역행하고 있거든요. 역행하고 있는데 이것이 꼭 민중의 뿌리 찾기를 하는 듯한 느낌이 들었어요.

송기숙 나는 별로 그런 것은 없었고. 하하하. 『자랏골의 비가』도 자랏골 의 사람들, 거그도 역사성이 있는 얘기거든. 그 당시로. 그 당시 의 현실. 그 다음의 『암태도』는 두말할 것도 없이 그 당시로 되 어 있고. 『녹두장군』도 역시 그 당시 농민들의 분노 그런 중에 일본군하고 관계, 그 당시의 정치 현실, 『자랏골의 비가』도 그 정 치적인 뭐랄까?

이미란 정치적인 시각?

송기숙 정치적인 시각으로 그러니까 이것은 굳이 말하자면 이것이 정치 적이다 이러지 않아도 이런 부분에 대해서는 어, 말하자면 그런 역사적인 현실에서 보면 보통 사람들보다도 조금 한 단계 더 높 게, 조금 나아서 삶을 객관적으로 보는 단계, 그랗게 객관적으로 보면 당연히 이런 단계에서 정치적 뭐랄까, 정치적인 안목으로 느낄 수밖에 없는 것이겠지.

조은숙 그러면 『녹두장군』도 마찬가지로 외세에 의해서 실패했잖아요. 강대국에 의한 외세에 의해서. 그 다음에 『자랏골의 비가』도 마 찬가지고, 6・25전쟁도 미국이라는 외세에 의한 거잖아요? 그리 고 박정희가 추진한 근대화도 우리의 자발적인 태도 보다는 외세 의 힘을 빌린 거잖아요? 그렇다고 봤을 때 어떤 역사적인 것이

외세에 의한 새로운 제국주의에 의한 그러한 전체적인 흐름으로
연결시킬 수 있을까요?

송기숙 그래, 그것을 글쎄, 하여간 이 소설들은 어차피 정치적 현실. 그
것을 크게 보면 역사적, 당시의 말하자면 어느 시대의 정치 현실.
이렇게 볼 때 결국 굳이 정치적이다 안 해도 말이지 그게 정치
현실을 반사하고 있는 것은 틀림없단 말이야. 내 소설을 하나 떼
어가지고 보면, 내 소설은 거의가 다 바닥에 정치성이 깔려 있고,
『자랏골의 비가』에서 동네 사람들이 하는 얘기가 자기들 현실을
얘기하고 있지만, 바로 이 현실에 정치 행위가 깔려 있단 말이야.
그걸 어떻게 해서 말하자면.

이미란 그러니까 정치현실에 대한 비판과 민중의 각성.

송기숙 그러니까 그런 것들이 우리가 개념화하면 그렇지. 그렇게 얘기
할 수 있겠지.

오일장과 주막

조은숙 선생님 옛날에는요 주막이 마을마다 있었나요? 산 넘고 그러면
꼭 주막이 있더라고요. 『녹두장군』에서도 그렇고. 그리고 주막이
민중들에게 중요한 역할을 했고요.

송기숙 일테면 말이야. 광주에서 해남을 간다 해봐. 해남을 가면 대충 요
즘같이 큰 자동차 다니는 길 말고 큰 길, 삼남대도하면 서울서 대
전으로 해 갖고 전주로 해 가지고 목포, 이렇게 광주로 해 가지
고. 삼남대로야. 그리로 다니는 길이여. 그것이. (손으로 길의 모양을
만들며) 그랑께 그리로 댕긴께 가다보면 동네가 여기가 있고, 여그
가 길이여. 그러면 여기가 삼거리 아니겠어. 여가 저그 서울서 내

려오는 사람, 광주에서 내려오는 사람, 그 사람들이 만나서 술을 마셔. 그래갖고 들어와 갖고 정자나무 있지. 거그서 얘기해. 그것을 듣고 남편이 저녁에 마누라한테 얘기해. 마누라는 한 밤 자고 샘에 가서 거그 가서 얘기해 갖고는 하루 사이에 쫙 퍼져 정보가 하하하하. 그랬던 거야. 옛날에는 주막이라고 하는 것이 굉장히 중요한 역할을 했어. 여론 형성이 되었어. 정보를 단순하게 전달만 하는 것이 아니라 자기들 생각을 섞어서 말한다고.

조은숙 그런데 장이 있었잖아요? 오일장이요?

송기숙 그래, 장.

조은숙 저도 어릴 적 오일장에 대한 추억이 있는데요? 아버님이 특별한 일이 없는데도 꼭 장에 가셨거든요.

송기숙 응, 그래 볼 일 없어도 갔다고. 어허. 옛날 사람들 장에 가면, 할 일 없이 볼일 보러 간다고. 할 일이 없이 볼일 본다고. 으하하. 할 일 없다고 한 것이 가서 다니면서 이 일 저 일 보는 거여. 집에만 있다가 그 날이 하루라도 쉬는 날이여. 토요일 저기 뭐야. 엿새 동안 일하고 일요일 쉬듯이, 장 구조가 닷새라고 하는 것이 아까 일주일하고 똑 같은 기능이 있어. 그러기 때문에 볼일 없이 장에 간다고 하는데, 그것은 그냥 장에 갔다 온 거여. 그냥.

조은숙 정보 교환도 하고요? 『녹두장군』에서는 장을 이용해서 농민들이 전쟁에 참여하잖아요?

송기숙 어, 그런데 동네 구성이 참 재미있어. 동네가 아주 잘 되어 있거나, 어이, 옛날에 구성을 보면 말이야, 동네 사람들이 만날 디가 있어. 가면서 올 때 어디서 만나자고 하는디. 말하자면 말이야 사둔 네가 있단 말이시. 동네 사람들한테 친정 소식 듣고 어이 우리 동네 아무개가 거 열여섯인디 자네 집 동네 말이야 존 큰애기 없는가 그래갖고 그러니까 다른 지역하고 혼권이 형성돼. 혼권이라고 해. 그라고 이제 면 단위로 옛날에는 머시기 했다고 장이. 장이 섰다고. 그라고 그 다음에는 읍 단위로 되면 버스를 타고 다녀야 되잖아. 그라고 면단위에서 말하자면 혼담이 이루어져. 혼권 그라면 그것이 혼담이야. 그라면 상민들은 그 정도가 혼권이고 양반들은 양반이 적기 때문에 안 돼. 양반들은 혼권이 굉장히 괴로워. 그라면 군 단위가 되아부러. 그냥, 일테면 여기 저, 읍이라고 하면 말이야. 면 단위가 아니고 군 단위가 되어버리지. 혼권 형성이라고 하는 것이 말이지 양반들은 넓고 상민들은 좁고 이런 사회적 구조. 그라고 말이야. 이제 상사가 나잖아. 그라면 양반들은 칠일장인 이유가 있어. 그라면 저기 타군으로 갔단 말이야.그라면 그때 버스가 어딨고 전화가 어딨어. 그라면 종놈이 바뻐. 종들이 뛰어가 부고를 가지고, 하하하, 으하하하. 그래갖고 가만있자. 저쪽에서도 사돈이 와야 되고 며느리도 와야 되잖아. 그지 그라니까 이틀에서 사흘 걸리고 칠일장이 되는 거야. 며느리가 와야지, 그 딸이. 그러기 때문에 옛날에는 삼일장은 보통사람들이 하고 오일장 칠일장이 그래서 있었던 거야. 으, 그거. 그러므로 왜 칠일장일까 그 깊은 뜻이 있다고. 그라면 경비가 얼마나 많이 나갈까? 굉장히 경비가 많이 들어.

김영애 사람들을 그렇게 메겨야제. 고생한디.

송기숙 그때는 말이야. 농민들한테는 그때가 말이야. 잉, 잔치여.

죽음을 넘어선 피의 기록 – 『광주오월 민중항쟁 자료전집』

조은숙 그렇다면 선생님, 5·18광주민주화운동과 관련해서 처음으로 쓰신 작품이 「우투리–산자여 따르라1」이잖아요? 이때 밝히시기를

광주 항쟁에 대해 연작으로 쓰시겠다고 했는데, 「우투리—산자여
따르라1」을 쓰고 나서는 더 이상 쓸 엄두가 나지 않는다고 하셨
거든요?

송기숙 글이라는 것이 시간이 지나야 하는디, 나는 바로 쓸라고 했어. 그
란디 『창작과비평사』에서 낼라고 했는디 우투리가 그리됐어. 그
기억이, 너무 힘들어. 시는 그래도 괜찮은디. 아, 그 안하드라고.
시가 먼저 나왔제?

조은숙 네. 선생님께서는 그 바쁜 와중에 그래도 광주 항쟁에 대해서 문
제가 불거질 때마다 작품으로 화답하셨어요. 1988년 4월 1일 정
부가 5·18광주민주화운동 치유방안을 발표하자 보상으로 해결
되는 문제가 아님을 드러내기 위해 「제7공화국」에서 정신병을
앓고 있는 윤만이를 형상화했잖아요. 또 「북소리 둥둥」은 오월을
어떻게 기억할 것인가에 대해 문제 제기를 하셨고요.

송기숙 그 나쁜 놈들이 보상이면 다 되는 줄 알어. 보상? 뭔 보상이여.
돈을 준다고 했당께. 교수들이 받을라는디 내 눈치가 보여. 그랑
께. 나 때문에 다른 사람도 그란다고 집에서도 자꾸 뭐라고 해.

조은숙 『오월의 미소』에서도 보상 문제를 다루는데, 이것 때문에 아직도
시끄러운 것 같던데요?

송기숙 제대로 된 역사적 평가가 있어야지, 보상이 중요한 것이 아니고.

조은숙 그래서 『녹두장군』을 쓰시면서 '역사의 기록이 강자의 기록이며,
승자의 기록'이다. 진짜 역사의 주역이었던 민중의 기록이 없다.
다 죽고 나면 진짜 역사도 죽어 버리고 없어져서 왜곡되어 버린
다. 그런 생각에 5·18광주민주화운동에 참여한 사람 중 5백여
명의 증언을 채록하여 책으로 출간하셨잖아요? 지금 5·18연구
소는 선생님의 노력이 없었다면 과연 존재할까요? 다들 '죽음을
넘어선 피의 기록'이라고 하는데, 그 시절에 어떻게 그러한 증언

을 기록할 생각을 하셨나요?

송기숙 『녹두장군』을 쓸라고 본께 농민군이 어떻게 싸웠는지 뭐로 싸웠
는지 기록이 없어. 일본에서 기록한 것은 더 자세한디. 그라고 싸
울 때 장군들만 싸웠간디. 아, 다 농민들 아니었다고. 그란디 내
가 강진, 장흥 이런디 취재를 했는디 아무도 말을 안 해. 원체 당
해 부러서 말하면 어떻게 된다고 해서. 우리 외할아버지도 그랬
당게. 쌀 팔러 갔다고.

사람 사는 세상을 꿈꾸며

해직교수 아카데미 조직, 저항문학의 기수

송기숙 그때 내가 말이야. 광주 항쟁을 시리즈로 써 보려고 하다가 또 다른 일이 생겨서 못 써 버리고. 여기 저기 일 보다가 2000년이 넘어 버리니까 일반 사람들도 뭐랄까 저기 저 관심이 덜 쓰이고. 나도 이 뭐일까 잘 안 되고. 다른 작품도 많이 썼냐하면 다른 작품도 잘 안 썼어. 그리고 그때 사회가 굉장히 복잡해 불잖아. 광주 항쟁 뒤로. 그래가지고 내가 '민주화를 위한 전국 교수협의회'를 말하자면 창립을 했어. 초대 회장을. 어, 그라고 그 다음에 부산, 대구 이렇게 강연을 하러 다니고 하는 사이에 그러다보니 작품은 거의 못 쓴 거야. 그때 강연했던 내용을 제대로 메모하고 정리했으면 할 텐데, 몇 개 있긴 있는데, 그때는 아주 팍팍할 때였기 때문에 그 뭐 대구 같은데 딱 캄캄한 동네에 가서 내가 사정없이 해 버린단 말이야. 일주일 뒤에는 강당이 미어터지고 그랬다고. 그런데 그런 것이 말이야.

이미란 강연 원고 같은 것이요?

송기숙 그냥 놓고 오고, 메모를 상당히 자세히 했을 터인데 그것이 없어. 대구 이놈의 곳은 그때 험한 곳 아니야? 그때 대구대학. 아니 경북대학 이런 디서 오고. 내중에 본께 누구더라. 도지사, 시장, 뭐 다섯 이가 송기숙 뭐라고 만들어서, 공개적으로 배척, 뭐 말이야.

조은숙 선생님께서 계명대학교 교환 교수로 가신 적이 있던데요?

송기숙 어, 있었지.

조은숙 이문열하고 대담. 뭐, 지역감정을 넘어서, 거기에서 보니까 계명대학교 교환 교수로 가셨다고 나왔던데 얼마 정도 있으셨어요?

송기숙 일 년. 계명대학, 그래가지고. 이문열이 하고 나하고 굉장히 친했다고. 이문열 이가 광주까지 찾아오고 그랬는디.

조은숙 1987년 12월 20일 '해직교수 아카데미'를 조직하여 전국적으로 돌아다니면서 강연을 하셨잖아요? 사회현실에 대해 침묵하고 있는 언론과 대학을 대신해서 문학이 그 기능을 맡아야 하며, 작가들은 이러한 사회현실에 관심을 가져야 한다면서, 그야말로 '저항문학의 기수'요, 행동하는 지식인으로도 활발히 활동하셨는데 같이 했던 멤버가 기억나세요?

송기숙 그때는 이 멤버가 창창했어. 이만열, 한완상, 그리고 그 변형윤, 안병직 막 그랬다고, 장을병 이도 있었고.

조은숙 아카데미라고 이름을 붙인 연유가 있었을까요?

송기숙 그란디, 잘 모르겠든디. 그때 우리가 이름을 쪼끔 말하자면 우리 입장에서 쓰기에는 아카데미라는 말이 쪼끔 거부감이 있는데. 저그 저기 관료에 있는 사람들한테는 겁을 준다고, 그래서 어떻게 하면 좋을까. 거기하고 신경전이 있었기 때문에 해직교수 아카데미라고 했어. 아마 내가 제일 앞에 가고 변형윤 그때 해직교수들이 저어, 경제학과 안병직 서울대학교 교수들이 여섯 명, 열 몇 명 되어. 아카데미 회원들이. 그러면 강연을 하러 다니면 제일 먼저 내가 앞장서. 그 다음에 내 뒤에 이만열 교수, 그 다음에 장을병씨, 그란디 내가 제일 먼저 인천서 했다고 야, 그랬더니 그때부터 정부에서 굉장히 긴장을 해 버렸어. 아이고, 얼마나 선전을 해 버렸든지.

인천이 처음이거든, 그래갖고 YMCA인데, 길이 막혀부러. 뭣 하러, 왜 길이 막히지? 하고 사람들한테 물어본께 우리 해직 교수가 와서 강연을 한다고 하니까 인천에 여성노동자들이 많잖어. 우리가 온다니까 거그를 온 거지. 그러니까 정부에서 깜짝 놀라버렸지. 내가 들어가서 기분이 좋아갖고, 거그가 큰 강당이어갖고 2층이여. 이렇게 강당이 있잖아. 밑에서도 보이고, 위에도 있어. 위에서도 보이고. 아따. 그란디 강사라고 하는 것은 기분이 있잖아. 사람들이 많이 모이고, 그란디 싹 앞줄에는 사십 대야. 2층은 위에 있는데 전부 이십 대, 삼십 대인데 여기는 사십 대라니까. 그라면 그 사람들은 전부 기관원들이야. 그래서 내가 딱 걸어가 가지고 말이야, "야, 여기 앞줄에 있는 사람들은 모두 다 기관원인가 보네요? 여기서 강의 듣고 잘 전하세요." 이라고 칵 기죽여 놓고 시작했어. 나는 이제 와서 하나도 무서울 것 없어. 이 정부가 잘못한 것 때문에 하는 얘기고, 그래도 오늘은 내가 이 정부를 체면 생각해서 이 정도 적게 하는 줄 알고 그러나 내용을 자세히 전달하라고 작살을 내 버렸지. 야, 그래갖고 계속해서 전주, 마산, 부산, 경주 그래갖고. 그때 우리가 굉장히 강했네. 논리 구성을 해갖고 내가 선동적으로 앞장서고 나갈 테니까 이만열이 논리적으로 해 갖고 나가고 그 다음에 장을병 씨가 이렇게 다 짰어. 하하하. 장을병 씨가 목소리가 커. 그란께 사람들이 놀라. 사람들이 아주 뭐, 굉장히 많이 왔지.

조은숙　그러니까 1년 정도 돌아다니시고 나서 그 다음에 학교에 복직 되신 거죠?

송기숙   그렇지. 그러니까 그때 우리는 복직, 이 정도를 의미하는 것이 아니라 우리가 이미 국민들의 지지를 얻었다고 하는 점에서 이 군발이들을 이렇게 눌러버려야 한다. 그란디 그렇게 할 수 있는 사람이 두세 명 밖에 안 돼, 하하하. 장을병 씨하고 여그서 해갖고 우리가 군발이들을 눌러버려야지. 여그서 느그들이 무너지면 문하고 무하고, 그래갖고 우리는 정말 사명감을 가지고 했어.

조은숙   혹시 그때 사모님께 협박은 없었는지요?

송기숙   집에는 없었을 거야. 겁은 그래도 좀, 뭐라고 할까? 광주는 굉장히 긴장하고 있으니까? 움직임이 그러는데, 집에다가는 그러지 않은 것 같애. 으하하하.

김영애   5·18광주민주화운동 때는 날마다 그 사 형사, 그 사람이 와.

송기숙   으하하하하. (계속 웃으심)

김영애   와도 사람이 밉거나 그러지 않아. 그 사람 참 잘 대해줬어. 임무이기 때문에 자기 소신껏 자기 일을 해야지.

송기숙   나한테도 잘해 줬어.

김영애   집에 와서 차도 마시고 그랬어.

송기숙   그 우리나라 안기부 직원들은 굉장히 지적인 예의라고 할까 그때는, 그런 점에 아주 조심했어. 지금도 만나면 아, 으하하하. 뭐.

유럽에서 본 인권

조은숙   그렇다면 이제 복직되셨는데요? 『마을, 그 아름다운 공화국』에서 황석영이 독일에 갔던 이야기, 북한에 갔던 이야기를 하면서 선생님께서 독일에 한 3개월 여행한 경험이 있다고 하셨잖아요? 독일에 갔던 경험으로 인해 선생님 문학에 어떤 변화가 있었나요?

송기숙 나는 그때 독일에서 이 유럽, 유럽에 대해 저는 알고 싶었어요. 아주 추상적으로 사르트르나 카뮈 작품으로 알지만, 유럽이라고 하는 것이 말이야. 유럽을 구체적으로 몰라. 그라고 있는디 독일에서 말하자만 이 독일에서 누구냐 요하르트 누구냐 이름도 잊어버리네. 으하하. 디아데(DAAD, 독일학술재단). 독일에서 대외교류처라고 할까. 3세계. 거그서 3개월 동안 유럽을 여행할 수 있는 말하자면 거그, 디아데에 있는 사람이. 한국 여자를 부인으로 뒀어. 요헨 힐트만이라고 하는 독일에서 그냥 교수야. 그래가지고 그 3개월 유럽을 볼 수 있었어. 그래갖고 독일을 가게 됐제.

조은숙 독일에서 특별히 관심을 가지고 보고 싶었던 것이 있었나요?

송기숙 어, 독일 밑바닥을 보고 싶었어. 한국 사회야 다 아는 거 아니여. 그래갖고 아주 밑바닥에서 제일 밑바닥을 보려고 했던 게 독일 죄수, 독일 교도소. 내가 교도소를 두 군데 다녔잖아? 그래서 내가 교도소를 잘 알거든. 그라면 교도소가 인권의 사각지대야. 내가 생각하기에는 분명히 인권이라고 하는 개념으로 볼 때 교도소가 제일 잘 보일 것 같더란 말이야. 그쪽에서 말이야. 내가 아주 고약한데라고 해도 어디든지 요구하라고 하더라고. 그래갖고 내가 아, 역시 독일은 우리같이 두들겨 패고 그런 것이 아니고, 교도행정을 보면 그 나라 말하자면 나름대로. 개념이 아니라 그 나라 문명도를 알 수 있겠구나. 그래갖고 그것을 채택하고 갔더니 독일에서 제일 먼저 머시기 개방 교도소를 갔어. 거기는 담도 없고, 뭣도 없고 다 징역살던 놈들이 마지막 거 머시기 하는 데야. 야, 가서 보니까. 제일 먼저 작업장을 들어갔어. 야, 제일 앞에 낙서가 무지막지 되어 있어. 뻘건데. 저그 하나가 말이야. 즈그들이 그려놓은 그림이여. 교도관을 어, 아니 개가 교도관의 모자를 쓰고 으하하하. 붙어 있어. 잡아 가면 어쩔라고 나중에 나와서 왜

안 지우고 놔 두냐고 하니까 지어버리면 또 그리니까 귀찮아서 그냥 놔 둬 버린데. 하. 참. 강력범들 말하자면 여러 사람들이 가니까 막 소리 지르더라고. 거기 있는 사람들이 거의 강압적으로 하지 않고 느그는 해라 나는 논다. 그라고 한 쪽에는 가니까 범칙 물건들 뺀치 같은 것, 칼 같은 것, 뺏어 놓은 것 전시 싹 해 놨더라고. 이런 것을. 그라고 보니까 여그는 개방 교도소 나갈 사람들인데 여그는 상당히 자유롭기는 해. 그라면서도 나는 한국에서 징역 산 사람의 경험으로 보면 역시 인권에 대한 수준이 한국에 비하면 수치로는 말하자면 말할 수 없지만 우리보다는 훨씬 문명이구나. 여그서 갈 때 그때가 한겨레신문 창간할 때야. 으하하하. 여그 이부영이 창간할 때 내가 거그 가서 해주기로 했거든. 그래 내가 십 몇 회 초기에 썼어. 그라고 특히 교도소 부분, 그라고 본께 우리나라 교도소 그때보다 많이 좋아졌네.

조은숙 교도소 다음으로 기억나는 일이 있으시다면요?

송기숙 그라고 저그 가서 그 입양 고아. 야, 내가 가 본께. 이, 저그, 저, 덴마크 여자가 우리나라 그때 그 뭐 입양 고아가 많이 구라파로 많이 갈 때야. 그란디 그때 그것이 입양한 여자 집에 갔어. 거그에 막 들어갔더니 조그마한 아이가 동양 여자 아이던데, 여기 얼굴 전체가 홍반이라고 있제. 이만한 것이 아니라 눈만 빼 놓고 이만하더라고. 그 여자 아이가 그 덴마크 여자한테 기대면서 어리광을 부리대. 이 여자는 계속 이런 일을 했어. 그 당시 구라파로 굉장히 많이 왔대. 그란디 지금은 그만뒀는디. 그란디 이 애를 데려갈 사람이 없다고 그래서 데려왔대. 야, 그말 듣고 정말 부끄럽더라고 와아, 그런데 그 어머니한테 어리광 부리는 모습이 말이야. 내가 구라파 제국주의에 대한 저항이 있었는데, 야, 그 분위기를 보고 말야 정말 부끄럽더라고. 그래서 역시 선진국이라고 하는 것이 바로 이런 모습이이구나. 그러면서 야, 우리들이 유럽하고 뭐 경제적인 지표로 볼 것이 아니고 바로 이런 부분이 인간적이고 비인간적이구나. 그래, 내가 한겨레신문에 그 내용을 썼다고.

이미란 그러면 선생님께서 유럽에서 경험한 내용을 모두 한겨레신문에 실었나요?

송기숙 초기 한겨레신문사에 내가 구라파 갈 때 15회 약속하고 갔거든. 그래갖고 내가 교도소 거그 얘기만 썼을 거야.

조은숙 독일 말고 다른 나라는 안 가셨어요?

송기숙 영국. 영국 경찰 놈들 말이야. 경찰들이 가지고 다니는 요만하게 긴 것이 있어. 그걸 가지고 다녀. 그 정도. 아이들이 즈그 엄마가 때리면 경찰에 머시기 해 버려. 뭐가 제일 싫으냐고 물어본께. 즈그 엄마가 때려 가지고 고발하면 그것이 제일 고약하더라고 하든만. 그러면 즈그 엄마를 불러 가지고 말이야. 으하하하. 아이를 하나의 개체로 보는 거야. 자식으로 보는 것이 아니라. 그러면 역시 인권의 기준으로 볼 때 어디 우리는 상상도 못하잖아. 야, 우리가 여기 수준에 따르려면 얼마나 해야 하나 하고 거기서 유학생들하고 캠브리지 둘러보고, 불란서 쭉 돌아봤는데.

조은숙 불란서에서는 기억나는 일 없으세요?

송기숙 그란디 불란서 거지들. 독일에서 기차 타고 와 가지고 저 나오는데, 그 저 2층으로 나오면 저 파리의 기차 거시기. 아, 그놈이 요만(손을 크게 벌리시며) 할까. 복도 통로가. 이불이 말이야. 여기도 한 채, 저기도 한 채. 거지들이 자고 있고 통로가 이만큼 밖에(손을 오므리시며) 안 남았어. 그란디 그 통로에다 이리고 있고. 그란디 또 2층으로 된 통로에가 "개는 배가 고프다." 하하. 이렇게 써져 있어. 개는 배가 고프다. 그러니까 개한테 주면 지가 먹을 생각이여. 그래갖고 내가 사진을 찍을란디. 나를 마중 나왔던 전남대 교수들이 깜짝 놀라더라고. 그러면 큰일 난다고 말이야. 뭣이 큰일인디 하니께. 초상권 침해라고. 만약에 해부렀다면 큰일 난다고. 으하하하. 참말로 그런디 그런 것 보니까. 야, 역시 인권이라고 하는 것이 관념으로가 아니라 구체적인 말하자면 생활에서 이렇게 살아있는 나라구나 하고. 아아, 그래서 내가 구라파에 갔던 경험이라고 하는 것은 정말로 큰 의미였어. 그래서 한겨레에 쓰면서 다 못 쓰고 일부분만 썼어. 내가 거지 부분만 썼던가. 그것도 여러 개 있었는데. 그 비슷한 것. 그런디 그 덴마크라는 나라가 말이야. 보통 나라가 아니데. 우리 교포가 하나 살아. 김민식인가! 내가 들어오다가 주소를 전부 버렸어. 여기 오니까 내 뒤를 전부 조사한단 말이야. 안기부놈 새끼들이 전부 나를 이상하게 보고 그러면 성가시게 전부 물어보고 귀찮게 할 거 아니냐 말이야. 그러니 얼마나 겁이 나. 안기부 놈들이 말이야. 그래서 그거 다 없애버렸어. 그래갖고 주소가 다 없어져버렸단 말이야. 그냥. 그 뒤로 와서 거시기 해 부렀구만.

이미란 고맙다고 연락도 못하고요?

송기숙 잉, 그런디 내가 구라파 유럽 가서 본 것은 그 당시, 내가 다시 한 번 구라파 여행을 가야겠다 했는디 내가 잘난 체 할 것도 없고 그래서 놔뒀지. 하하하.

김영애 그라다 오늘 이야기 다 못 끝내겠소. (모두 웃음)

노무현과 사람 사는 세상을 꿈꾸며

조은숙 '균형 사회를 여는 모임 공동대표'와 '민족문학작가회의 회장'을 하시더니 드디어 '문화수도 중심도시 조성위원회 위원장'을 하셨잖아요?

송기숙 어, 그래.

조은숙 국무총리급이라고 하시던데요?

송기숙 어, 대우가 국무총리급. 그란디 그것이 어떤 때 중요하냐하면 행
사 때 대통령 다음이라고. 그라면 그것이 국무총리가 대통령이
요쪽에 앉으면 국무총리가 요쪽(오른쪽)에 앉아. 그런 급이었어.
광주의 사업을 노무현 대통령이 그만큼 격을 올려놓은 거야. 그
라고 요것이 왜 중요하냐하면 밑에 실무진이 있어. 그랄 때 말하
자면 정책. 전체 장관회의가 있어. 그럴 때 국무총리 발언권이 그
만큼 세. 그러니까 그만큼 예우한 거지. 어.

조은숙 그 이전 정부에서도 고위관료직, 즉 교육부장관 추천이 있었던
걸로 아는데요? 그때는 안 하셨으면서 참여정부에 맡으신 이유가
있으신지요?

송기숙 먼저 문화수도 중심도시 조성위원회 위원장으로서 내가 할 일이
있다고 생각했기 때문이었지. 내가 임기를 다 하기로 한 것이 아
니고, 처음에 이렇게 이렇게 딱 해 놔야 할 것 같아서.

조은숙 노무현 전 대통령과 인연이 깊으신가요?

송기숙 나하고 통하는 것이 많아. 내가 이야기하고 있으면 다른 사람들은
이해를 못해. 그랑께 다른 이야기를 하거나 그란다고 그라면 노무현
은 단호하게 딱 정리해부러. "그게 아니에요" 이래, 그래서 내가 일
하기가 참 편했어. 통추(민족통일 추진위원회) 때 보면 노무현 씨는 아
주 천재여. 몇 번 이야기하면 통하잖아. 속물인지 아닌지. 하나도 숨
김이 없어. 사람이. 연설할 때 보면 하나도 빈말이 없어. 그게 그것
이 그렇게 보통 되는 것이 아니거든. 그 노무현 씨가 진짜 인간이여.

조은숙 시대의 아픔이 느껴지는데요. 또 역사의 평가가 있겠지요. 그런
데, 마음이 급하다 보니 그냥 넘어간 것이 있어서요. 선생님께서

광주항쟁이 있고 20년이란 시간이 흐른 후에 『오월의 미소』를
쓰시게 되잖아요? 2000년에.

송기숙 어, 그랬어.

조은숙 그런데 『오월의 미소』를 쓰신 동기로 박기서라는 운전기사가 김
구 선생을 죽였던 안두희를 죽인 사건을 통해서 였다고 하셨는
데요?

학살자들에 대한 사면의 반역사성

송기숙 어, 내가 한겨레신문에도 썼다고. 김구 같은 사람이 있어야 민족
이 사는데 김구 같은 사람은 한 사람 밖에 없어. 그란디 말이야.
김대중은 노벨상 타려고 사면 도장 찍었어. 그래갖고 내가 그랬
다고. 당신은 광주를 팔아서 노벨상 탔다고. 그란디 한겨레신문
이 나쁜 놈들이 뺐어. 지조 있는 사람이 그렇게 상에 팔려버렸어.
지금까지 투쟁을 다 팔아 먹은 거야. 내가 한겨레신문에 당신은
광주를 팔아서 노벨상 탄 소인이다고 했다고.

조은숙 그렇다면 선생님께서 말씀하신 한국정치의 모순을 집약적으로 보
여주는 행위로서 '학살자들에 대한 사면은 반역사성'을 담고 있
다고 할 수 있겠네요?

송기숙 어느 시기든지 역사는 제대로 써져야 한다고.

설화는 민중의 삶

조은숙 그렇다면 역사 속의 민중. 선생님 모든 글에서 가장 중심에 있는

민중으로 넘어가서요. 민중의 기록은 민중의 언어로 해야 한다. 그래서 선생님께서는 『자랏골의 비가』 이후부터 속담과 설화 사용이 빈번하기는 하지만 『녹두장군』 이후에는 아주 즐기시는 것 같아요. 그 다음에 2006년 11월 30일에 순천대학교에서 「변혁기에 빛나는 민중의 지혜」라는 주제로 강의를 하셨던데, 혹시 속담이나 설화와 연관 있나요?

송기숙 그렇지. 속담은 아, 민중문화의 지혜야. 세속 지혜지. 그거 있나. 그 책. 그 뭐냐?

조은숙 아, 선생님 『송기숙 소설어 사전』이요.

송기숙 어.

조은숙 그런데 선생님께서는 속담은 있는 것만 사용한 것이 아니라 만들기도 하셨던데요?

송기숙 어, 그랬어. 하하하. 속담은 맛깔스런 느낌이 있어. 속담은 세속 지혜의 진수야. 민담은 문학적인 보고지. 판소리 가사나 이만한 민중의 예술적 표현은 없어.

조은숙 이번에 설화집 5권에 총 53편의 설화를 담으셨던데요?

송기숙 53편이든가?

조은숙 네. 그런데 선생님께서 전에 설화집으로 내신 『보쌈』의 내용과 조금 다른 점이 있는데요. 저는 이번 논문에서 이 부분에 관심이 많거든요. 선생님 다른 작품에도 설화가 많이 나오고 특히 「우투리와 마고할미」에서는 그 전 작품과 달라요. 우투리는 죽는데 마고할미와 함께 엮어서 마고할미를 통해 민중의 가슴속에 영원히 살아있게 하거든요. 일부러 이렇게 하신 의도가 있으신가요?

송기숙 마고할미는 말이지. 지리산 노고단 이야기여. 그 긴 48km가 쭉. 삼도에 걸쳐있어. 설화는 민중의 삶이지. 그래. 그렇게 볼 수도 있겠네. 나는 그렇게 생각 안 하고 썼는디.

고은과 금주목걸이

조은숙   선생님, 그런데 호가 회산인데 누가 지어주셨어요?

송기숙   고은이 지어줬어.

조은숙   그렇다면 의미가요?

송기숙   의미가. 이름을 부를 때, 친구들이 부를 때 송기숙아, 또 기숙아 하고 부를 수가 없거든. 그라면 회산 이렇게 불러. 내가 성질이 막 가서 부딪치고 그랬게. 인자는 좀 돌아가라고. 그래서 회산이라고 했어.

조은숙   저번에 고은 선생님을 만났어요. 광주공항에서. 선생님과 특별한 인연에 대해서 이야기 해 달라고 하니까 대뜸 "지금 전화되나?" 그러셨어요. 그래서 제가 그때 전화했잖아요. 두 분의 대화가 그냥 웃음과 "그래", "응"밖에 없으시던데, 그렇게 마음이 통하세요?

송기숙   고은은. 그 대단한 사람이야. 그 시 있다고 몇 권 썼지?

조은숙   만인보요? 올해 완간한다고 고은 선생님이 그러시던데요.

송기숙   그, 그래. 노벨문학상 후보에도 오르고 했는디.

조은숙   서울 강의 끝나고 내려오시느라 식사도 안하셔서 많은 인터뷰는 못했고요. 무등산에 관련된 감회를 이야기하고. 광주 용봉동이 기억난다고 했어요. 특히 전남대도요. 그리고 선생님을 한 마디로 '인간' 그 자체라고 하시더라고요. "빼지도 말고 더하지도 말고, 참 좋은. 그래 인간이야. 요즘 그런 인간 보기 힘들어." 하시면서 웃으시던데요.

송기숙   응, 그랬어. 아이고, 고은이가 술을 잘 묵어. 나도 그라고.

조은숙   그, 금주 목걸이 사건이요?

송기숙   음, 그 이야기 읽어봤어? 인자 그때가 김중배씨 하고 광주 요쪽에 한길사에서 어, 다닌다 말이야. 그란디 그때 단순히 가는 것이 아니라 우리 국토에 대한 안 가 본 곳이 많잖아. 한 50여 명 오면 단골 뭐야 강사가 으하하하. 고은 씨하고 나야. 그렇게 할 사람이 많이 없어. 민중문화라고 하거나 민중문학할 때 그 민중에 대해서 아는 사람이 별로 없어. 민중의 삶에 대해 구체적으로. 그때 고은씨 못 온다고 해. 그래, 내가 "나오시오 해." 그래 어디 안 좋나. 하고 내가 갔어. 거그가 어디냐 하면 광주 충효사 있는 디로 갔단 말이야.

우리가 얘기 하는 시간이 밤 10시인가 돼. 그래 고 선생보고 술 마시자고 했어. 그랬더니 (몸으로 흉내를 내며) 가만히 있어봐. 아주 표정을 이렇게 하고 여기서 뭣을 꺼내더라고. 바느질이 된 실로 묶여 있어. 이제 결혼해 갖고 얼마 안 되었어. "어이, 우리 마누라가 말이야 술을 마시지 말라고 이걸 걸어줬어." 금주라고 쓰여 있다. 아, 그래. 실을 꺼내고 그래 나는 말이여. "그래, 많이 하지 말고 딱 한잔만." 아하하하, 그란디 그날 저녁에 광주가 어떻고 하다가 나하고 고은 씨하고 저만큼 가서 딱 한잔씩 했는디 또 한 잔 먹고 또 한 잔 먹고. 으하하하. 그라다가 여기는 술 그만 판다고 하니까 또 저그로 딴 데로 갔다고. 그랑께 도대체 말이여. 거기서 자 버렸지 말이여. 그래갖고 그것이 금주 목걸이, 금주 목걸이, 소문났어. 나는 저그 말이야 천불천탑가서 말이여. 내가 한턱 낼 테니까 마시자 해 갖고 해남까지 가 가지고 재미있었어. 그때가. 그런 때가 으하하하 있었다고. 그때 참말로. 으하하하.

김영애 (조용히 혼자 말로) 당신 옛날 얘기 듣다가 한이 없겠소. 빨리 저거 하시오. (인터뷰 자료를 가리키시며)

송기숙 아이고, 어디여. 어, 고은 씨가 요새 아주 폼 재고 있어. 이제 나이 먹었으니까. 술 조심 해야지.

소설 속의 여성 형상화

조은숙 그리고 조금 넘어가서요.『녹두장군』집필하는 것은 일주일에 네
　　　 번 가서 가지고 7년 간 집필하셨더라고요? 그런데, 제가 보니까
　　　 『녹두장군』이후로 가서 선생님 작품에 여성 주체가 나타나는데,
　　　 70년대 근대화에서는 하위주체로서 술집이나 공장노동자로 살아
　　　 가는 이촌향도한 젊은 여성들의 삶이 주축이라면,『녹두장군』이
　　　 후에는 여성들이 스스로 일어서면서 여성 주체가 되고,『은내골
　　　 기행』이나『오월의 미소』에서 여성들은 화해의 주체가 되기도 하
　　　 는데 즉 여성을 보는 시각이 조금 변한 것 같은데요?

송기숙 내가 말이야. 여성 독자들. 여성 작가들이 계속 압력을 가한 거
　　　 야. 내가 여성을 잘 모르잖아. 유시춘이 '뭐 말이야 작품이 여자
　　　 들은 말이야 시원찮게 해 놓고 말이야. 야, 말이야. 조금 뭐,
　　　 머' 하고 압력을 주는데. 그것이 잘 안 되더라고. 그라면 남자들
　　　 잘 묘사한 것 봐. 그라면 즈그들은 그만큼 못해. 하하하하. 그
　　　 래 싸면, 나 그렇게 안 되는디 어짜란 말이여. 하하하.

김영애 딸들도 그러잖아요?

송기숙 응, 딸들도 그래. 나한테 불만이 많애. 어째 여자들을 좀 그라라
　　　 고. 그란디 다른 사람도 본께 말이야. 이문구도 여자들 쓴 것 하
　　　 나도 없고 말이야. 거기 거 누구야. 여류 작가.

조은숙 박완서요?

송기숙 박완서 말고, 젊은 작가.

조은숙 공지영이요?

송기숙 공지영. 응, 공지영이 한 번 그런 소리하길래. 어, 나는 도저히 그
　　　 게 안 돼. 하하하. "선생님 그라면 작품 안 팔려요." 그러더라고.
　　　 그란디 안 되디 어쩔 거여. (모두 웃음)

김영애   여자가 나와야 잘 팔리는디.

이미란   사랑이야기 그런 것도 없고요?

송기숙   그런디 그런 가벼운 그런 터치도 하고, 그런 것이 안 돼. 맨날 싸우고 말이야.

조은숙   강인한 할아버지라든지 그런 인물에 대해서만 잘 그리는데, 여성 인물에 대해서는 좀.

송기숙   나는 모르고 한참 쓰다가, 그 유시춘 작가가 좀 그렇게 쓰지 말고 이렇게 쓰라고 그렇게 말하는 디도 안 돼. 그란디 그게 말이야 생활하고 관련 있는 것 같애.

문학은 포괄적인 현실 접근

조은숙   그러면, 선생님께서 "제3세계적 상황에서는 문학이 언론과 대학의 기능도 맡아야 한다."고 하셨는데요. 작가들은 민중의 질곡, 사회현실에 관심을 가져야 한다고 말씀 하셨잖아요. 그러시면서 선생님 문학을 '너무 정치적이다'라고 순수문학을 하는 사람들이 비난하니까, 선생님께서 일제 강점기에 순수문학을 했던 사람들도 그런 순수문학을 함으로써 일본제국주의에 순응했다고 볼 수 있다. 즉 일본제국주의가 민중의식을 잠재우려고 했듯이, 그들이 순수문학을 함으로써 오히려 정치적 음모에 동조하는 것이 되므로 이러한 순수문학 또한 정치적이라고 말씀하셨는데요. 그렇다면 선생님께서 생각하시는 문학 또는 소설의 역할이란 무엇이라고 생각하시나요?

송기숙   문학이라고 하는 게 이 거그에서 표현자체가 어떤 사실을 딱, 한 부분만을 대상으로 하는 것이 아니고 포괄적이에요. 문학적 용어라고 할까 가능하면 그 시대의 커다란 흐름, 이 흐름을 얼마만큼 반영하는가? 굉장히 좁은 의미의 투쟁을 하면서도 보다 더 포괄적인 현실적인 접근, 그러니까, 작가가 문학에서 투쟁이라고 하는 것은 말이야. 잘 맞지 않는 것이 그것 때문에 그러지. 문학에서도 투쟁이라고 쓸 수 있는데 여기에서는 대상에 대해서 접근하는 방식이 전투적이라고 하거나, 그것이 아니라고 하는 점이 문학이 가지고 있는 성격, 본질이랄까. 그러기 때문에 일반 사람들한테 먹혀 들어가는 그런 것.

조은숙 너무 오랜 시간 이야기 하시느라. 힘드실 텐데요. 그럼 마지막 질문으로 선암사에서 임홍배와 대담 중에 앞으로 역사 소설 중에 꼭 다뤄보고 싶은 것은 일제하의 만주독립운동이라고 하셨는데 앞으로의 계획이 있으신지요?

송기숙 사실 만주독립 운동은 중요하다고. 이런 것은 역사학자들이 해야 하는디. 이것들이 모든 역사를 3·1운동에서 끝내부렀어. 일본인들이 기록한 것을. 그래도 역사학자 중에 강만길씨 그 사람은 괜찮해. 군대를 보면 말이야. 으, 연대, 소대, 군에서 2군은 후방이고, 1군은 일선인디, 일본군인 사단과 같은 군이 만주 북부에 있었어. 그때 상황이 동아시아에서 일본 작자들이 얼마나 악랄하게 꼼짝 못하게 했는지 알 수 있는디, 그랄라면 만주에 가서 적어도 몇 년은 지내야 하는디, 지금 내 나이에. 고생하고, 또 요즘 그런 책 안 읽어. 사람들이.

조은숙 써도 안 팔린다고요? (모두 웃음) 시간이 너무 오래 된 것 같아 죄송스럽습니다. 그리고 진심으로 인터뷰에 응해 주서서 고맙습니다.

송기숙 아니여, 나도 모처럼 즐거웠구만. 으하하하. 하하.

부록

『자랏골의 비가』__3 · 1운동이 일어나기 전 해부터 4 · 19혁명까지
3대에 걸쳐 한 촌락이 겪은 수난과 항거를 기록한 민중문학.
송기숙 문학의 진정한 출발점인 동시에 민중의식의 발현과 민중
주체성의 자각을 형상화한 첫 작품으로 볼 수 있다.

『녹두장군』__무려 13년에 걸쳐 현장답사와 방대하면서도 실증적인
자료를 바탕으로 저술한 원고지 1만 8천 매 분량의 대하역사소설.
동학농민전쟁이라는 역사적 사실을 통해 민중들의 삶을 생동감
있게 형상화함으로써 '민중의 소망을 읽어내는 소설'이다.

『교수와 죄수사이』__작가가 교육지표사건으로 교수와 죄수
사이에서 갈등해야 했던 마음이 고스란히 담겨 있는
시대비평집

『암태도』__1923년 8월부터 이듬해 10월까지 1년 남짓 동안
벌어졌던 '암태도 소작쟁의'를 수용하여 소작제도라고 하는
농촌의 문제, 즉 봉건적 유제에 대한 투쟁을 민족운동
혹은 민중운동의 시각에서 바라보고 있다.

[부록 1] 송기숙 연표

연도	작가 생애	시대상황		작품
		국내	국제	작품명, 게재지, 발표 시기 / 비고
1935 (1세)	•7월 4일(음력) 전남 완도군 금일면 육산리 산9번지에서 부 송복도 씨와 모 박본단 씨 사이에서 출생	•5월 28일 카프 해체 •7월 5일 한국독립당 등 독립운동단, 남경에서 민족혁명당 조직	•10월 3일 이탈리아, 이디오피아 침략(이디오피아전쟁)	
1936 (2세)		•12월 12일 조선사상범 보호 관찰령 공포(12월 21일 시행)	•7월 17일 스페인 군부 반란, 스페인 내란 시작(~1939. 3. 28)	
1937 (3세)		•7월 중일 전쟁을 계기로 임정 외곽단체 한국광복전선 조직	•7월 7일 노구교에서 중일 양군 충돌(중일전쟁 발발) •9월 22일 국민정부국공합작 선언발표(제2차 국공합작)	
1938 (4세)	•남동생 송근수 출생	•2월 흥업구락부 사건(신흥우·안재홍·최두선 등 YMCA를 중심으로 하는 민족주의자 다수 검거)	•3월 11일 독일 육·공군오스트리아 진주	
1939 (5세)	•외할아버지가 동학농민운동에 참가했다는 소식을 들음	•2월 문예지 『문장』 창간(~1942. 2) •10월 1일 국민징용 실시(1945년 45만 명 동원)	•9월 1일 독일군 폴란드에 진격(제2차 세계대전 시작)	
1940 (6세)		•2월 11일 창씨개명 실시 •8월 10일 조선일보, 동아일보 폐간 •9월 17일 중경으로 이전한 임정, 중경에 한국광복군 총사령부 설치(총사령 이청천, 참모장 이범석)	•6월 14일 독일군 파리에 무혈입성	
1941 (7세)		•4월 『문장』, 『인문평론』 강제 폐간 •11월 28일 임정, 대한민국 건국강령 발표 •12월 9일 임정, 대일 선전 포고	•12월 8일 일군, 진주만 기습(태평양 전쟁 개시), 미·영, 일에 선전 포고	

연도	작가 생애	시대상황		작품
		국내	국제	작품명, 게재지, 발표 시기 / 비고
1942 (8세)	• 외할아버지 사망 • 국민학교 입학	• 10월 1일 일경, 독립운동 혐의로 조선어학회 회원에 대한 대검거 시작(조선어학회 사건, 1943년 3월까지 33명 검거, 29명 구속)	• 8월 31일 독일군 스탈린그라드에 돌입	
1943 (9세)		• 3월 1일 징병제 공포(8월 1일 시행) • 10월 20일 일육군성, 한국학생의 징병유예를 폐지함(학병제 실시)	• 9월 8일 이탈리아, 무조건 항복 • 11월 27일 카이로 선언	
1944 (10세)		• 2월 8일 총동원법에 의하여 전면징용 실시(광산과 국수공장에 동원)	• 6월 6일 연합군, 노르망디 상륙작전 개시	
1945 (11세)		• 8월 15일 히로히토 항복 방송, 조선건국준비위원회 발족 • 9월 2일 맥아더 사령관, 북위 38선 경계로 미소 양군 조선 분담점령책 발표 • 9월 7일 미극동 사령부, 남한에 군정 선포 • 9월 상순 김일성(김성주), 김책, 김일 등 소련군과 함께 입북 • 군정청 문교부 교과서 발행	• 2월 4~11일 얄타 협정 • 5월 7일 독, 무조건 항복 • 8월 8일 소, 대일 참전 • 8월 15일 일본, 포츠담 선언 수락하고 무조건 항복 • 12월 27일 모스크바 3상회의의 한국 5개년 신탁통치 결정 발표	
1946 (12세)		• 2월 8일 대한독립촉성국민회의 결성(총재 이승만, 부총재 김구), 평양에서 북조선 임시인민위발족(위원장 김일성, 부위원장 김두봉)		
1947 (13세)	• 계산초등학교로 전학 • 글쓰기를 잘 해서 선생님께 칭찬받고서 소설가의 꿈을 키움	• 7월 19일 여운형 피살 • 14일 유엔총회 한국 총선안, 유엔 한국임시위원단 설치안, 정부수립 후 양군 철퇴안 가결	• 6월 12일 마셜 미국무장관, 구주부흥 원조계획 제언(마셜 플랜) • 10월 5일 코민포름(공산당 정보국) 결성	
1948 (14세)		• 4월 29일 김구, 김규식 향북, 남북 대표자 연석회의 참석 • 5월 10일 첫 국회의원 선거 • 5월 31일 재헌 국회의원 개원 • 8월 15일 대한민국 수립 선포(상오 0시)	• 4월 1일 소, 베를린 육상 수송차단(베를린 봉쇄 개시)	

연도	작가 생애	시대상황		작품
		국내	국제	작품명, 게재지, 발표 시기 / 비고
1948 (14세)		• 9월 7일 국회 반민족행위처벌 법 통과(22일 공포) • 9월 9일 북한, 조선인민민주 공화국 선포	• 4월 1일 소, 베를린 육 상 수송차단(베를린 봉 쇄 개시)	
1949 (15세)		•『문예』 창간(~1950) • 1월 4일 주일대표부 설치 • 6월 29일 김구 피살	• 4월 4일 NATO조약 조인 • 10월 1일 중화 인민공 화국 정부 수립 선언	
1950 (16세)	• 5월 4일 장흥 용산 계산국민학교 졸업 (10회) • 1950년 6월 3일 장흥 중학교 입학	• 4월 10일 농지개혁 실시 • 6월 25일 한국전쟁 • 각 시, 도민증 발급	• 1월 14일 호지명, 월맹 공화국 독립 선언	
1951 (17세)	• 개명 : 송귀식(宋貴 植) → 송기숙(宋基 琡) • 아버지 병환으로 '야 경' 대리 함	• 1월 4일 1·4 후퇴 • 2월 18일 부산에서 전시연합 대학 개강 • 문교부, 6·3·3·4 신학제 실시 • 간행물의 사전검열제 실시		
1952 (18세)	• 중학교 생활기록부에 취미가 소설쓰기, 문 학에 흥미 있음 기재	• 2월 거제도 포로수용소 좌익 계 폭동 • 5월 7일 거제도 공산 포로 폭동 • 5월 26일 부산 정치파동	• 유럽방위공동체조약 조인(EDC)	
1953 (19세)	• 3월 31일 장흥중학교 졸업 • 4월 10일 장흥고등학 교 입학	• 2월 15일 긴급통화조치 • 3월 용초도 포로수용소 폭동 • 5월 10일 근로기준법 공표 • 6월 18일 반공포로 석방 • 7월 27일 휴전협정 조인 • 8월 박헌영 등 남로당계 숙청 • 미군사령부 용산 이전	• 미국 매카시 선풍 • 이집트 공화국 선언	
1954 (20세)	• 단편소설「야경」『학 생』에 실림(심사 최 정희)	• 5월 13일 이승만 대통령 불교 정화 유시 • 11월 미8군 사령부 일본 이동 발표 • 11월 29일 사사오입 개헌	• 동남아시아집단방위조 약기구(SEATO) 결성 • 8월 중화인민공화국헌 법 공포	•「야경」,『학생』
1955 (21세)	• 문예부 활동, 고 3때 문예부장, 교지『억불』 창간, 단편소설「물쌈」 과 장흥 보림사 사찰 에 대한 글을 게재	• 1월『현대문학』 창간 • 5월 31일 한·미 잉여농산물 원조 협정 조인	• 오스트리아 중립법 제 정 • 월남공화국 발족	•「물쌈」,『억불』/ 단편(발 굴)

연도	작가 생애	시대상황		작품
		국내	국제	작품명, 게재지, 발표 시기 / 비고
1956 (22세)	• 3월 10일 장흥고등학교 졸업 • 4월 8일 전남대학교 문리대학 국문학과 입학(전체 차석, 인문대 수석) • 고시 공부 시작 , 정익섭 교수의 설득으로 문학에 전념	• 5월 5일 신익희 급서	• 4월 수에즈 운하 국유화 선언 • 10월 부다페스트 참사	
1957 (23세)	• 8월 22일 휴학 • 8월 29일 학보병(학적보유병) 육군 입대	• 『우리말 큰사전』 발간	• 유럽경제공동체(EFC) 조인 • 11월 제1차 아시아 아프리카 국제회의	
1958 (24세)		• 조봉암 구속 • 1월 29일 주한미군 핵무기 도입 정식 발표 • 5월 4일 국가보안법 파동	• 미국 인공위성 발사 성공 • 7월 이라크 혁명 • 8월 중공군 금문도 공격 • 프랑스 제5공화국 헌법 제정	
1959 (25세)	• 4월 30일 복학 • 1959년도 전학기 성적우수생 학비 감면	• 진단학회 『한국사』 간행(~1968) 6권 완성 • 1월 반공청년단 결성 • 4월 30일 경향신문 폐간 처분 • 7월 31일 조봉암 사형 집행 • 12월 14일 북송교포 1진 북행	• 1월 쿠바 혁명	• 「진공지대」, 『국문학보』, 창간호 / 단편(발굴)
1960 (26세)	• 4 · 19혁명 시위참가 • 국내 작가는 손창섭, 황순원, 국외 작가는 앙드레 말로, 카뮈를 좋아함	• 2월 15일 조병옥 사망 • 4월 19일 4 · 19혁명 • 5월 22일 교원노조 결성 • 5월 29일 이승만 미국 망명 • 6월 15일 내각책임제 개헌안 국회통과	• 12월 베트남 민족 해방전선 성립	
1961 (27세)	• 5월 10일 전남대학교 대학신문사 입사, 전임기자, 편집업무 종사(~65. 3. 31) • 8월 30일 전남대학교 졸업(제97회) • 전남대학교병원 축농증 수술	• 5 · 16군사 쿠데타 • 12월 '한국문인협회' 결성	• 1월 미국 · 쿠바 단교	

연도	작가 생애	시대상황		작품
		국내	국제	작품명, 게재지, 발표 시기 / 비고
1962 (28세)	• 2월 8일 전남대학교 국문학과 대학원 입학(현대문학 전공) • 3월 3일 결혼 김영애(金永愛, 1939, 장흥읍 평화리 출신)	• 1월 '한국예술문화단체총연합회' 결성 • 1월 13일 제1차 경제개발 5개년 계획성안 • 주민등록법 제정 • 6월 10일 제2차 통화개혁 • 11월 12일 김종필, 오히라 메모 합의	• 7월 알제리 독립 • 중・인도 분쟁 • 중・소 대립 표면화	
1963 (29세)	• 7월 16일 장녀 송석희(宋晳姬) 출생	• 1월 부산시, 직할시로 승격 • 2월 26일 민주공화당 창당 • 10월 15일 박정희, 대통령 당선	• 11월 케네디 암살	
1964 (30세)	• 2월 26일 전남대학교 대학원 졸업(석사논문 「李箱論序說」, 지도교수 정익섭) • 9월 1일 전남대학교 문리대학 국문과 시간 강사('소설론' 강의) • 9월 「창작과정을 통해 본 손창섭」, 『현대문학』, 조연현 추천	• 3월 9일 대일 굴욕외교 반대 범국민투위 결성 • 6월 3일 비상계엄령 선포(6・3사태) • 9월 『신동아』 복간(1936년 9월에 폐간되었음) • 베트남 파병 시작	• 4월 동경올림픽 개회 • 8월 월남 통킹만 사건	• 「창작과정을 통해 본 손창섭」, 『現代文學』, 9월(통권117호) / 평론
1965 (31세)	• 3월 목포 이사 • 3월 15일 목포교육대학 시간강사 • 4월 9일 목포교육대학 전임강사 발령 • 5월 20일 차녀 송강희(宋康姬) 출생 • 석사학위 논문 수정한 「이상서설」, 『현대문학』에 추천완료	• 7월 구로동 수출산업공단기공 • 6월 22일 한일협정 정식 조인 • 7월 1일 남정현 반공법 위반으로 구속, 『분지』 사건 • 10월 9일 한국군 월남 파병	• 2월 미공군 북베트남 폭격 시작 • 마르코스, 필리핀 대통령 당선	• 「李箱序說」, 『現代文學』, 9월(통권129호) / 평론
1966 (32세)	• 7월 1일 조교수 승진	• 1월 『창작과비평』 창간 • 7월 9일 한미 행정협정 조인	• 4월 북경에 홍위병 선풍	• 「代理服務」, 『現代文學』, 11월(통권143호) / 단편
1967 (33세)	• 학생과장(3. 1~12. 31) • 10월 29일 삼녀 송원(宋嫄) 출생	• 7월 8일 동백림 사건	• 6월 제3차 중동전 발발 • 동남아시아국가연합(ASEAN) 결성	
1968 (34세)		• 1월 21일 1・21사태 • 4월 1일 향토예비군 창설식	• 4월 킹 목사 암살 • 5월 프랑스 학생 데모	• 「어떤 緩衝地帶」, 『現代文學』, 12월(통권168호) / 단편

연도	작가 생애	시대상황		작품
		국내	국제	작품명, 게재지, 발표 시기 / 비고
1968 (34세)		• 11월 1일 『월간문학』 창간 • 11월 21일 주민등록증 발급 • 12월 5일 국민교육헌장 선포 • 3선 개헌 반대 등 반독재 투쟁	• 6월 체코 지식인 2천 어선언	
1969 (35세)	• 8월 1일 부교수 승진 • 7월 이문구 만남(목포) • 11월 24일 장남 송승렬(宋昇烈) 출생	• 3월 3일 가정의례준칙 공포 • 6월 12일 삼선개헌 반대운동 • 9월 14일 삼선개헌 날치기 통과	• 4월 드골 퇴진 • 6월 호지명 사망 • 7월 아폴로 11호 달 착륙 • 7월 25일 '닉슨 독트린' 발표	• 「白衣民族・1968年」, 『現代文學』, 7월(통권175호) / 단편
1970 (36세)		• 3월 17일 정인숙 피살 사건 • 4월 8일 와우아파트 붕괴 사고 • 5월 김지하 「오적」, 『사상계』 발표 • 4월 22일 새마을운동 시작 • 6월 22일 국군묘지 현충문 폭발 사건 • 7월 7일 경부고속도로 개통 • 8월 『문학과지성』 창간 • 9월 26일 『사상계』 등록 취소 • 11월 13일 전태일 분신자살		• 「이상(오감도)」, 『月刊文學』, 6월(통권3권6호) / 평론
1971 (37세)	• 5월 12일 사녀 송송희(宋松姬) 출생	• 4월 27일 박정희 대통령 당선 • 8월 10일 광주대단지 사건 • 10월 15일 위수령 발동 • 12월 파월 국군 철수 시작	• 4월 미국 탁구단 중공 방문 • 10월 중공 UN 가입	• 「영감님 빠이빠이」, 『月刊文學』, 3월(통권4권3호) / 단편 • 「思母曲 A短調」, 『現代文學』, 4월(통권196호) / 단편 • 「休戰線 消息」, 『現代文學』, 8월(통권200호) / 단편
1972 (38세)	• 권일송 시인과 교류 • 4월 6일 교수 승진	• 4월 김지하 '비어(蜚語)' 사건 • 7월 4일 남북 공동성명 발표 • 10월 『문학사상』 창간 • 10월 17일 10월 유신 • 비상계엄령과 유신헌법 제정	• 닉슨 중공 방문 • 9월 베트남 평화회담	• 「어느해 봄」, 『現代文學』, 1월(통권205호) / 단편 • 「낙제한 교수」, 『月刊文學』, 8월(통권5권8호) / 단편 • 「戰友」, 『現代文學』, 10월(통권214호) / 단편 • 「테러리스트」, 『月刊文學』, 10월(통권5권10호) / 단편 • 「재수없는 同行者」, 『백의민족』, 10월 / 단편 • 『白衣民族』, 형설출판사, 10월 / 첫 번째 단편집

연도	작가 생애	시대상황		작품
		국내	국제	작품명, 게재지, 발표 시기 / 비고
1973 (39세)	• 3월 16일 단편집 『白衣民族』으로 제18회 현대문학 소설 부분 신인문학상 수상 • 6월 1일 전남대학교 교양학부 조교수 전보 발령 • 8월 광주 이사	• 3월 3일 한국방송공사 발족 • 6월 23일 평화통일외교정책 발표 • 8월 8일 김대중 피납 사건 • 10월 19일 최종길 교수 의문사 • 헌법개정 백만인 청원운동	• 1월 베트남 평화협정 조인 • 인민일보 공자 비판 • 10월 제4차 중동전쟁 발발	• 「智異山의 총각샘」, 『現代文學』, 1월(통권217호) / 단편 • 「갈머리 방울새」, 『現代文學』, 5월(통권221호) / 단편 • 「흰구름 저 멀리」, ? / 단편 • 「傳說의 時代」, 『文學思想』, 9월(통권12호) / 단편 • 「어느 여름날」, 『月刊文學』, 9월(통권6권6호) / 단편
1974 (40세)	• 소설론과 작문을 가르쳤고, 법대 교양과목으로 2차 논술 지도. 전대 교양학부 교수 시절에는 형법을 도강함(대학시절 고시 공부와 강사시절 법률 공부는 『암태도』와 『녹두장군』 등 그의 작품 활동에 많은 영향을 줌)	• 1월 26일 문인간첩단 사건 • 4월 3일 대통령 긴급조치 발효(1~4호 선포) • 4월 25일 인혁당 사건 • 4월 29 전국민주청년학생총연맹(민청학련) • 7·4남북 공동성명 • 10월 24일 동아일보 기자들 자유언론실천 선언 • 12월 26일 동아일보 광고 탄압 • 자유실천문인협의회 – 진보적 문학운동	• 2월 솔제니친 추방	• 「자랏골의 悲歌」, 『現代文學』, 74. 2.~75. 6.(통권 제230~246호) / 장편
1975 (41세)	• 구례 쌍계사 염무웅 만남 • 정재완교수와 『대학작문』 집필 • 전남대학교 교육방송국 주간(1975년 11월 7일~77년 2월 28일)	• 2월 12일 유신헌법 찬반 국민투표 • 4월 10일 서울 농대 김상진군 할복자살 • 5월 13일 긴급조치 9호 선포	• 4월 베트남 전쟁 종전	• 「追跡」, 『창작과비평』, 가을(통권37호) / 단편
1976 (42세)	• 2월 29일 전남대학교 문리과대학 조교수 • 4월 22일 차남 송승훈(宋昇勳) 출생 • 전남대학교 산악반 지도교수 • 5월 이영희, 이호철, 김주영, 이문구와 지리산 등반 • 11월 10일 전라남도 광주시 동구 중흥동 366–23번지로 이사	• 3월 1일 민주구국선언(3·1명동 사건) • 8월 18일 판문점 도끼 만행 사건	• 주은래, 모택동 사망	• 「小說에 있어서의 觀點(point of view)의 問題」, 『용봉논총』 6집, 1976. 6. / 논문 • 「不敗者」, 『문학사상』, 9월(통권48호) / 단편 • 「재수없는 錦衣還鄕」, 『現代文學』, 9월(통권261호) / 단편 • 「歸鄕하는 女人들」, 『月刊中央』, 10월(통권103호) / 단편

연도	작가 생애	시대상황		작품
		국내	국제	작품명, 게재지, 발표 시기 / 비고
1977 (43세)	• 민담 관심	• 6월 13일 양성우 '긴급조치 9호 위반 및 국가 모독죄'로 구속 수감됨 • 12월 수출 목표 100억불 달성 • 12월 민주교육선언 발표	• 1월 체코 자유인 77헌장 선언	• 「가남략傳」, 『月刊文學』, 9월~11월(통권10권9호~10권11호) / 중편 • 「日帝下 英國文學理論의 受容態度」(공저), 『용봉논총』 7집, 1977 / 논문 • 『자랏골의 悲歌』(상, 하), 창작과비평사, 9월 / 장편 • 「七日夜話」, 『現代文學』, 10월(통권274호) / 단편
1978 (44세)	• 백낙청과 '교육지표사건' 관련 만남 • 3월 11일부터 6월 24일까지 4개월간 『전남일보』 13편의 콩트 집필 • 5월 1일 자유실천문인협의회의 단식 농성 참가 상경 시도 경찰 방해로 참석하지 못함 • 5월 중순 '우리의 교육지표' 초안 백낙청 작성 • 5월 16일 광주 관광호텔에서 연세대 교수 성내운과 교육 개선을 위한 '우리의 교육지표' 서명을 전국 교수들에게 받을 것을 결의 • 6월 12일 전남대 교수 10여 명에게 서명 받음 • 6월 27일 전남대 교수 10명 포함 교육민주화 선언 문인 '우리의 교육지표'를 발표	• 국사편찬위 『한국사』 완간 • 6월 27일 '우리의 교육지표' 선언 • 7월 5일 민주주의 국민연합결성 • 12월 박정희 대통령 취임 • 김대중 형집행정지로 석방됨	• 중공 신헌법 공포 • 바오로 2세 교황 취임 • 이란 혁명(~79)	• 「萬福이」, 『文藝中央』, 봄(통권120호) / 단편 • 「도깨비 잔치」, 『現代文學』, 6월(통권282호) / 단편 • 「땅꾼의 꼭지」, 『전남일보』, 6월 / 단편 • 「몽기미 風景」, 『韓國文學』, 7월(통권6권7호) / 단편 • 「물 품는 영감」, 『月刊文學』 8월(통권11권8호) / 단편 • 『도깨비 잔치』, 백제출판사, 9월 / 두 번째 단편집

연도	작가 생애	시대상황		작품
		국내	국제	작품명, 게재지, 발표 시기 / 비고
1978 (44세)	• '대통령 긴급조치 제9호' 위반 혐의 체포, 중앙정보부 압송 • 7월 4일 〈국민교육헌장〉 비판, 긴급조치 9호 위반 혐의, 구속 기소 • 8월 12일 광주지법 첫 공판 열림 • 8월 17일 '교육공무원법 55조'의 규정 위반 혐의 교수직 해직, 파면 • 8월 28일 선거공판 징역4년, 자격정지 4년 선고			
1979 (45세)	• 7월 17일 제헌절특별 사면 • 『소설문학』 동인 활동, 『소설문학』은 한승원을 주축으로 광주에 있는 소설가 9명이 활동하였음(1972~1979) • 교육지표사건 관련 파면 후 복직되지 않아 농과대학 시간 강사로 교양국어 강의 • 장편 『암태도』를 『창작과비평』(1979 겨울~1980 여름) 3회 분재, 작품 전반부 청주교도소 수감시 집필함 • 12월 지리산 화엄사 1980년 2월까지 3개월 기거	• 4월 3일 율산 도산 사건 • 8월 11일 YH여성 노동자 농성 사건 • 10월 4일 김영삼 총재 국회 제명됨 • 10월 9일 남조선 민족해방전선 검거 • 10월 16일 부마 민주항쟁 • 10월 26일 박정희 대통령 피살 • 12월 12일 전두환 등 신군부 쿠데타	• 2월 17일 중공, 베트남 침공 • 10월 17일 중공·소련, 모스크바에서 정상회담	• 「청개구리」, 『小說文學』, 2월(통권3호) / 단편 • 「유채꽃 피는 동네」, 『재수없는 錦衣還鄉』, 9월 / 단편 • 『재수없는 錦衣還鄉』, 시인사, 9월 / 세 번째 단편집 • 「洛花」, 『現代文學』, 12월(통권300호) / 단편 • 「암태도」, 『창작과비평』, 1979 겨울~1980 여름(통권54~56호) / 장편, 3회 분재
1980 (46세)	• 4월 26일 광주시 북구 증흥동 237–1번지로 이사	• 3월 3일 학원자율화 추진운동 • 4월 21일 정선 사북사태 • 5월 10일 전국 대학 총학생회장들, 비상계엄령 해제 요구	• 9월 22일 이란, 이라크 전면전 시작	• 「死刑場 부근」, 『실천문학』, 봄(제1호) / 단편

연도	작가 생애	시대상황		작품
		국내	국제	작품명, 게재지, 발표 시기 / 비고
1980 (46세)	• 학생수습위원회조직 (5월) • 5·18광주민주화운동 기간 동안 시민수습위원회 참여 • 6월 27일 '수습을 빙자한 폭동지휘자' 누명, 형법 87조 '내란 중요임무종사 위반'죄명, 2심 징역 10년 구형, 5년형 확정, 광주교도소 복역	• 5월 15일 전국 대학생 10만여 명, 서울 광화문에서 시위 • 5월 17일 정부, 전국에 비상계엄 확대 • 5월 18일 광주민주화운동시작, 전국 대학에 휴교령 내림 • 5월 24일 김재규 등 10·26사태 관련자 5명 사형 집행 • 5월 27일 광주에 계엄군 진입 • 10월 22일 국민투표 제5공화국헌법 확정 • 11월 14일 신문협회·방송협회, 언론기관 통폐합 결정		• 「살구꽃이 필 때까지」, 『한국문학』, 6월(통권8권6호) / 단편
1981 (47세)	• 1월 12일 개명(基垠→基淑) • 4월 3일 대법원 확정 판결 후 관할권 확인 과정에서 형집행 정지 출감 • 8월 『현대문학』에 『녹두장군』 연재 시작 • 교지 편찬 업무 종사	• 1월 24일 정부, 비상계엄령 전면 해제 • 3월 3일 전두환 대통령 취임 • 8월 1일 해외여행 자유화 조치 발표 • 8월 15일 정부, 광주사태와 김대중사건 관련자 등 1,061명에 특별사면 • 8월 21일 경제기획원, 제5차 경제사회발전 5개년 계획 발표 • 9월 4일 부마고속도로 개통 • 9월 29일 반제·반파쇼 민족해방 투쟁 선언	• 4월 23일 북아일랜드, 신·구 교간 종교분쟁 재연 • 5월 14일 교황 요한 바오로 2세, 피격·부상 • 6월 29일 중공, 공산당 주석에 후야오방, 당군사위원회 주석에 덩샤오핑 임명 • 6월 30일 중공, 실용주의 지도체제 선언 • 12월 11일 동·서독, 동베를린에서 정상회담	• 「녹두장군」, 『現代文學』, 1981. 8. ~1982. 10.(통권320호~334호) / 장편, 제1부 전반부 • 『岩泰島』, 창작과비평사, 11월 / 장편
1982 (48세)	• 3월 민중 문화운동협의회 상임고문으로 재야와 연계하여 반정부 활동 • 6월 1일 전라남도 광주시 북구 중흥동 283-1번지로 이사 • 박석무, 고은, 황석영, 박현채, 김지하 등과 교류 • 10월 『현대문학』(통권334호)에 『녹두장군』 전반부 1부 연재 완료	• 3월 18일 부산 미문화원 방화 사건 발생 • 3월 27일 프로야구 출범 • 4월 15일 북한, 주체사상탑 건립 • 7월 27일 정부, 일본 역사교과서 왜곡 기술 시정을 일본정부에 요구 • 9월 24일 서울국제무역박람회 개막	• 4월 2일 영국·아르헨티나, 포클랜드 전쟁(~6월 15일, 영국승리) • 6월 6일 이스라엘, 레바논 전면침공 • 6월 10일 이라크, 대이란전에서 일방적 휴전 선언 • 7월 6일 중공, 일본정부에 역사교과서 왜곡 항의	

연도	작가 생애	시대상황		작품
		국내	국제	작품명, 게재지, 발표 시기 / 비고
1982 (48세)	• 12월부터 『녹두장군』 집필 위해 지리산 피 아골(구례군 토지면 평도리) 들어가 이듬 해 8월까지 칩거	• 3월 18일 부산 미문화원 방화 사건 발생 • 3월 27일 프로야구 출범 • 4월 15일 북한, 주체사상탑 건 립 • 7월 27일 정부, 일본 역사교과 서 왜곡 기술 시정을 일본정부 에 요구 • 9월 24일 서울국제무역박람회 개막	• 4월 2일 영국·아르헨 티나, 포클랜드 전쟁 (~6월 15일, 영국승리) • 6월 6일 이스라엘, 레 바논 전면침공 • 6월 10일 이라크, 대이 란전에서 일방적 휴전 선언 • 7월 6일 중공, 일본정부 에 역사교과서 왜곡 항의	
1983 (49세)	• 8월 15일 내란죄 등 의 선고 효과에 대한 복권 • 노겸(勞謙) 김지하와 동학농민운동 배경지 탐방, 숙식 함께 함 • 12월 20일 해직교수 아카데미 조직, 전국 강연 • 「오늘의 시각으로 고 쳐 쓴 옛 이야기」, 『마 당』 연재(1983. 1.~ 1984. 7.)	• 1월 1일 공직자윤리집 발표 • 2월 25일 정부, 정치활동 규제 자 250명 1단계 해제 • 6월 13일 KBC TV 이산가족찾 기 생방송 시작 • 9월 1일 대한항공 여객기 피격 참사 • 9월 30일 민주운동청년연합 (민청련)결성 • 10월 9일 아웅산사건 발생 • 12월 20일 해직교수협의회 결성	• 1월 29일 미국·일본, 일본 사세보항을 동해 와 태평양의 대 소련 전략전진기지로 삼기 로 합의 • 4월 18일 레바논 주재 미국 대사관에 폭발사 고 발생(63명 사망, 130명 부상)	• 「당제」, 『공동체문화』 1, 6월 / 중편 • 「개는 왜 짖는가」, 『現代 文學』, 7월(통권343호) / 중편
1984 (50세)	• 3월부터 『정경문화』 에 『녹두장군』재연재 시작 • 8월 17일 전남대학교 에 특별 신규임용(조 교수) 해직 7년 만에 복직 • 김병걸과 홍도 기행 함	• 5월 18일 민주화추진협의회 (민추협) 발족 • 6월 27일 88올림픽고속도로 (광주~대구) 개통 • 6월 30일 일본정부, 일본역사 교과서 8개 항목을 추가로 시 정했다고 통보 • 11월 20일 7년 만에 남북적십 자회담 개최	• 10월 31일 인도 간디 총리, 시크교도 경호원 에게 피살	• 「어머니의 갯밭」, 『한국문학』, 1월(통권2권호) / 중편 • 「녹두장군」, 『정경문화』, 3월 / 장편, 재연재 시작 • 『개는 왜 짖는가』, 한진출 판사, 5월 / 네 번째 단편집 • 「白袍童子」, 창작과비평 사(84년 신작소설집), 9 월 / 염무웅·최원식 외 엮음, 『지 알고 내 알고 하 늘이 알건만』
1985 (51세)	• 복직 후 삼성출판사 '제3세대 문학전집' 출판 부록의 작품 배 경지 사진촬영 목적, 한승원과 장흥군 용 산면 포곡리 방문	• 3월 29일 민주통일민중운동연 합 결성 • 5월 23일 5개 대학 대학생 76 명, 서울 미문화원 점거	• 3월 3일 영국, 탄광노 조파업 1년 만에 종식 • 3월 10일 소련, 체르넨 코 서기장 죽음	• 「신농가월령가」, 사회발 전연구소, 11월 / 이문 구·최일남·송기숙 3인 연작소설집, 『그리고 기 타 여러분』

연도	작가 생애	시대상황		작품
		국내	국제	작품명, 게재지, 발표 시기 / 비고
1985 (51세)	• 8월 9일 부산 카톨릭 센타에서 '민중문학'에 대한 강의 • 8월 17일 학원 안정법 제정 반대 투쟁	• 5월 30일 신민당, 국회에 광주사태진상조사 위한 국정조사결의안 제출 • 7월 농민들의 소몰이 시위 발생, 미국 소의 과잉 도입으로 인한 소 값 폭락에 항의하여 8월까지 시위 계속 • 8월 17일 민중교육지사건 발생, 초·중·고 교사 15명, 『민중교육』지에 실은 글로 권고사직당하고 3명은 구속됨 • 8월 25일 서울노동운동연합(서노련) 결성 • 9월 20일 남북고향방문단, 서울과 평양 상호 방문 • 12월 12일 민주화실천가족운동협의회(민가협) 결성	• 3월 11일 후임에 고르바초프 선출	• 『녹두꽃이 떨어지면』, 한길사, 11월 / 수필집 • 『(秘法)論述文作法』(공저), 東光
1986 (52세)	• 3월 3일 부 송복도 사망 • 4월 18일 시국선언 서명에 적극 참여 • 노희관, 김동원 교수 등과 고향에서 중·고등학교 동창회 이사회 참석, 동창들과 해후 • 11월 13일 광주직할시 서구 월산동 912-10번지로 이사	• 5월 3일 재야와 학생 5,000여 명, 현 정권과 보수야당 비판하며 개헌 서명 위한 신민당 인천·경기 집회에서 격렬 시위(5·3사태) • 5월 10일 서울·부산·광주·춘천 지역 YMCA 중등교육자협의회 소속 교사 546명, 교육의 정치적 중립, 교사의 교육권, 자주권 교원단체 설립 등 주장, 교육민주화선언 • 5월 23일 서울시경, 문익환 목사를 집시법 위반 혐의로 구속 • 7월 3일 부천경찰서 성고문사건 폭로 • 7월 19일 경찰, 신민당 등 33개 재야단체의 부천서사건 등 폭로대회 저지 • 9월 10일 전국 26개 대학생 2,000여 명, 건국대학교에서 4일간 철야농성	• 1월 28일 미국 우주왕복선 챌린저호, 발사 후 공중 폭발(승무원 7명 전원 사망) • 4월 26일 소련, 체르노빌 핵발전소 원자로 화재로 3,000여 명 사망 • 12월 9일 중공, 안후이성 대학생 3,000여 명, 민주화 요구 시위	• 『테러리스트』, 호겨레 출판사, 11월 / 다섯 번째 단편집

연도	작가 생애	시대상황		작품
		국내	국제	작품명, 게재지, 발표 시기 / 비고
1987 (53세)	• 1월 『정경문화』에 연재 중인 『녹두장군』 집필을 잠시 쉬려고 했으나, 1989년 2월 통권288호로 종간되어 연재 중단 • 5월 23일 '한국현대사사료연구소' 설립, 초대 소장 역임 • 5·18광주민주화운동에 대한 본격적인 자료조사와 연구 시작, 리영희, 강만길, 백낙청, 김진균, 이수인 등 이사로 참여 • 6월 18일 한국 인권문제 연구소 위원 자격으로 '현 시국에 대한 우리의 견해' 시국선언문 발표 • 7월 23일 '민주화를 위한전국교수협의회' 창립, 초대공동의장(87~89) • 전남 승주군 선암사 해천당에 집필실을 마련해 놓고 매주 4일씩 7년 간 『녹두장군』 집필 • 10월 1일 부교수 승진 • 12월 30일 독일 학술재단(DAAD)의 초청으로 3개월 간 유럽 체류(~88. 3. 5)	• 1월 14일 박종철 고문치사 사건 • 2월 28일 평화의 댐 착공 • 4월 13일 전두환 대통령, '4·3호헌조치' 발표 • 4월 29일 시화지구 간척사업 착공 • 5월 18일 천주교 정의구현사제단, 박종철 고문치사사건 축소조작 폭로 • 6월 9일 연세대학교 학생 이한열, 시위 중 경찰 최루탄 맞고 부상(7월 5일 사망) • 6월 10일 '6월민중항쟁' • 6월 29일 6·29민주화선언 • 7월 9일 정부, 김대중 등 내란음모사건 및 광주 사태 관련자 2,355명 사면·복권 단행 • 교수평의회 출범 • 9월 17일 자유실천문인협의회가 민족문학작가회의(작가회의)로 재출범 • 11월 26일 광주학살원흉 처단 및 민주정부수립 특별위원회 결성 • 11월 29일 대한항공 858기, 타이에서 폭파 추락	• 1월 15일 중공, 첫 국산 핵잠수함 배치 • 5월 27일 미국·베트남, 관계정상화 협의에 합의 • 11월 27일 방글라데시, 전국에 비상사태 선포	• 「부르는 소리」, 창작과비평사(87년 신작 소설집), 2월 / 염무웅·최원식 외 엮음, 『매운 바람 부는 날에』 • 「파랑새」, 『한국문학』, 9월(통권15권9호) / 중편
1988 (54세)	• 인문과학대학 국어국문학과 학과장(1988. 3. 1~89. 2. 28) • 교양과목 운영위원회 국문학분야 주임교수(19 88. 5. 6~1989. 11. 28)	• 1월 14일 문교부, 새 맞춤법·표준어규정 확정 • 2월 22일 노태우 대통령 취임 • 5월 15일 『한겨레신문』 창간 • 6월 27일 국회, 광주진상조사 특별위원회 등 7개 특위 구성 결의안 통과	• 3월 5일 티베트, 독립 요구하는 반중국 시위로 유혈폭동 • 6월 8일 중국, 베이징의 대학생들 민주화 시위가 경찰 저지로 좌절	• 『어머니의 깃발』, 심지출판사, 5월 / 여섯 번째 단편집 • 「우투리-산자여 따르라」, 『창작과비평』, 여름 / 단편 • 『교수와 좌수 사이』, 도서출판 심지, 12월 / 산문집

연도	작가 생애	시대상황		작품
		국내	국제	작품명, 게재지, 발표 시기 / 비고
1988 (54세)	• 「우투리 – 산자여 따르라1」로 5·18광주민주화운동에 대한 연작을 시작하였으나, 쓸 엄두가 나지 않아 더 이상 집필 못함 • 한국방송통신대학교재 『소설창작론』 집필	• 7월 8일 정부, 중공을 중국으로 공식 호칭하기로 결정 • 7월 19일 정부, 월북작가 100여 명의 해방 전 문학작품에 대한 출판 허용 • 9월 17일 제24회 서울올림픽대회 개막 • 11월 17일 5공 청문회 시작 • 11월 23일 전두환 전 백담사 은둔생활 시작		• 「제7공화국」, 『한국문학』, 12월(통권16권12호) / 중편 • 『파랑새』, 전예원, 12월 / 일곱 번째 단편집
1989 (55세)	• 3월 15일 '현대 노동자들의 생존권 확보 투쟁을 지지하며' 제하 성명서 발표 주도 • 4월 30일 전남대학교에서 한국현대사사료연구소, 4월혁명연구소, 전남사회문제연구소 공동 주관 '5·18민중항쟁 9주년 학술토론회' 개최 • 1989년 7월 25일 광주직할시 동구 산수동 12 동산로얄맨션 11–708로 이사	• 1월 21일 전국민족민주운동연합(전민련) 발족, 정주영 현대그룹명예회장, 한국기업인 최초로 북한 방문 • 2월 13일 여의도 농민시위(고추 수매 및 수세 폐지 요구) • 3월 26일 문익환 목사, 베이징 경유 평양 도착(김일성과 회담) • 5월 3일 부산 동의대학교 학생들, 학교 건물에 방화(경찰 7명 사망) • 5월 28일 전국교직원노동조합(전교조) 결성(이후 85명 구속, 1,527명 파면·해임·직권 면직 등 중징계 받음) • 6월 30일 전대협 대표 임수경, 세계청년학생축전 참석차 평양 도착(8월 15일 귀환, 구속됨)	• 1월 7일 일본, 히로히토 국왕 사망(아키히토 새 국왕 취임) • 4월 27일 중국, 50만 군중이 천안문 점거·시위 • 5월 20일 중국, 천안문 사태로 베이징에 계엄령 선포(6월 4일 시위대 진압) • 11월 9일 베를린장벽 붕괴	• 『보쌈』, 실천문학사, 1월 / 민담집
1990 (56세)	• 5월 광주 5월 민중항쟁 10주년 기념 전국학술대회 개최 • 한국현대사사료연구소, 『광주오월 민중항쟁 사료전집』 발간, 풀빛	• 5월 15일 감사원의 비리 폭로한 이문옥 감사관 구속 • 8월 8일 북한, 범민족대회 남측 추진본부 대표 자격으로 작가 황석영의 입북 사실 보도 • 10월 4일 국군보안사령부 윤석양 이병, 보안사의 민간인 사찰 폭로	• 2월 2일 남아공, 26년간 복역한 흑인민족지도자 만델라 석방 • 10월 3일 독일 통일	
1991 (57세)	• 민족문학작가 회의 부회장(~94년까지)	• 3월 26일 지방의회의원선거 실시	• 1월 17일 걸프전쟁 발발(미군, 바그다드 공습)	

연도	작가 생애	시대상황		작품
		국내	국제	작품명, 게재지, 발표 시기 / 비고
1991 (57세)		• 4월 19일 소련 고르바초프 대통령, 소련 국가원수로는 처음으로 한국(제주도)방문 • 4월 26일 명지대학교 학생 강경대, 시위 중 경찰에 맞아 사망 • 7월 27일 한국 선박, 쌀 5,000t 싣고 북한 나진항 향해 목포항 출발 • 9월 18일 남북한 동시 유엔 가입 • 12월 28일 북한, 나진·선봉 자유경제 무역지대 창설 • 12월 30일 한국정신문화연구원, 『한국민족문화대백과사전』(전27권) 완간 • 12월 31일 남북한, 한반도 비핵지대화에 관한 공동선언문 발표	• 7월 10일 러시아, 대통령에 옐친 취임 • 8월 23일 소련 고르바초프 대통령, 옐친 러시아 대통령과 연립정부 구성에 합의 • 12월 25일 소련 고르바초프 대통령, 대통령직 사임	
1992 (58세)	• 10월 1일 교수 승진	• 4월 3일 북한, 사회주의헌법 대폭 개정 • 8월 11일 과학위성 우리별 1호 발사에 성공 • 12월 18일 제14대 대통령선거 실시, 민자당 김영삼 후보 당선	• 4월 29일 미국, 로스앤젤레스에서 대규모 흑인 폭동 발생 • 7월 20일 유고 내전 • 11월 4일 미국, 대통령 선거에서 민주당 클린턴 당선	• 『이야기 동학농민전쟁』, 창작과비평사, 2월 / 소년역사소설
1993 (59세)	• 6월 12일 균형 사회를 여는 모임 공동대표(93~95년) • 7월 8일 평통자문위 원위촉	• 2월 25일 김영삼 대통령 취임 • 3월 10일 미전향 장기수 이인모 북송 결정(19일 판문점 통해 송환) • 3월 12일 북한, 핵확산금지조약(NPT) 탈퇴 • 4월 15일 국무회의, 소말리아 유엔평화유지단에 공병부대 파견하는 PKO 참여안 의결 • 4월 27일 밀입북한 황석영 구속 • 10월 15일 옛 조선총독부 건물 철거 시작	• 6월 27일 미국, 이라크 전격 공습 • 9월 10일 이스라엘·팔레스타인 상호 공식 인정 문서에 서명 • 12월 15일 우루과이 라운드 타결	
1994 (60세)	• 1월 『녹두장군』(12권) 완간	• 3월 2일 전교조 교사 1,000여명, 4년 만에 복직 • 7월 8일 북한, 김일성 주석 사망	• 1월 1일 북미자유무역협정(NAFTA) 공식 출범	• 『녹두장군』(전12권), 창작과비평사, 1월 / 장편

연도	작가 생애	시대상황		작품
		국내	국제	작품명, 게재지, 발표 시기 / 비고
1994 (60세)	• 3월 민족문학작가회 의회장(94~96년) • 10월 25일 제9회 만 해 문학상 수상	• 7월 18일 주사파 파동(서강대 학교 박홍 총장, 학생운동이 북한 측 사주받고 있다고 발언)	• 5월 2일 남아프리카 공화국, 총선에서 대 통령에 만델라 선출 (300여 년의 백인통 치 종식)	
1995 (61세)	• 교수 연구년(1995. 9. 1~96. 8. 31) • 제12회 금호예술상 수상	• 6월 29일 서울 삼풍백화점 붕 괴사고 • 7월 13일 서울지검, 5 · 17사 건과 관련 피고소인 전두환 · 노태우 전 대통령에게 공소권 없음 처분 • 7월 18일 검찰, 전두환 전 대 통령 등 5 · 18고소 고발사건 관련자 58명을 불기소처분 • 11월 30일 검찰, 12 · 12사건 및 5 · 18관련자 처벌 위한 특 별법 제정을 민자당에 지시 • 12월 3일 검찰, 검찰 소환 거 부한 전두환 전 대통령 구속 • 5 · 18특별법 제정	• 1월 1일 세계무역기구 (WTO) 체제 출범	
1996 (62세)	• 민족문학작가회의 의 장직 사임 • 제13회 요산문학상 수상 • 문학의 해 조직위원 회 위원 • '한국현대사사료연구 소' 해체, 전남대학교 에 5 · 18연구소 설립 주도, 자료 및 재산 이양 • 5 · 18연구소 초대 소 장(1996. 12. 10~ 1998. 5. 31)	• 1월 1일 국민학교 명칭을 초등 학교로 변경 • 6월 22일 민족문학작가회의 사단법인 등록 • 9월 18일 강릉 앞바다에 좌초 된 북한 잠수정 발견(11명 자 폭, 1명 생포) • 10월 11일 경제협력개발기구, 한국 가입 승인 • 10월 21일 버스 운전기사 박기 서씨에 의해 김구 암살범 안두 희 피살 • 11월 13일 옛 조선총독부 건물 철거 • 12월 16일 서울 고법, 12 · 12 및 5 · 18사건 항소심에서 전 두환 · 노태우 전 대통령에게 각각 무기징역과 징역 17년 선고	• 1월 28일 프랑스, 남태 평양에서 핵실험 실시 • 6월 22일 민족문학작 가회의 사단법인 등록 • 11월 7일 국제축구연맹 (FIFA), 2002년 월드 컵대회 한국과 일본 공 동 개최(한국은 개막 식 · 개막전, 일본은 결 승전)	• 「고향 사람들」, 창작과비 평사(창간 30주년기념 신 작소설집), 2월 / 중편, 송기숙 외, 『작은 이야기 큰 세상』 • 『은내골 기행』, 창작과비 평사, 8월 / 장편 • 「산새들의 합창」, 『내일 을 여는 작가』, 9월(통권3 호) / 단편 • 「가라앉는 땅」, 『실천문 학』, 가을(통권43호) / 중 편

연도	작가 생애	시대상황		작품
		국내	국제	작품명, 게재지, 발표 시기 / 비고
1997 (63세)	• 4월 이수성 전 국무 총리와 다음 대통령 선거를 앞두고 특별 대담 • 8월 20일 전라남도 화순군 화순읍 대리 산 18-2번지로 이사 • 12월 22일 전·노씨 사면, 역사의 후퇴라 생각, 한겨레신문 특 별기고	• 2월 12일 황장엽 전 북한 노동 당 비서, 베이징 주재 한국 대 사관에 망명 요청(4월 20일 서울 도착) • 10월 31일 국민회의·자민련, 대통령후보 단일화협상 타결, 단일후보로 김대중 국민회의 총재로 결정하고 내각책임제 개헌에 합의 • 12월 3일 정부, 외환위기 타개 위해 국제통화기금(IMF)과 긴 급 자금지원에 합의 • 12월 18일 제15대 대통령선거 실시, 국민회의 김대중 후보 당선 • 12월 20일 김영삼 대통령, 김 대중 대통령 당선자와 회담(전 두환·노태우 전직 대통령 사 면복권과 순조로운 정권이양 에 합의) • 12월 22일 정부, 전두환·노 태우 전직 대통령 등 19명 사 면 석방	• 2월 19일 중국, 덩샤오 핑 사망	
1998 (64세)	• 민족문학작가회 의 상임고문	• 1월 2일 재정경제원, 작년 11 월말 현재 우리나라 총외채 규모가 1,569억 달러라고 발표 • 2월 25일 김대중 대통령 취임 • 6월 16일 현대그룹 정주영 명 예회장, 소 55마리 실은 트럭 과 함께 판문점 통해 방북 • 6월 17일 북한, 8·15 판문점 통일대축제 개최 제안 서한을 김대중 대통령 등 여·야 정 치지도자와 사회단체 대표 등 85명에게 송부 • 8월 4일 현대그룹, 북한과 금 강산유람선 관광사업 위한 합 영회사 설립계약 체결	• 1월 14일 남극대륙 보 호 위한 국제조약 발효 • 1월 23일 인도네시아 야당지지자들, 32년간 통치해온 수하르토 대 통령 사임촉구 시위 • 5월 21일 인도네시아 수하르토 대통령, 시민 시위에 굴복하여 대통 령직 사임(하비비 부통 령에게 권한 위임) • 11월 27일 러시아 시민 들, 볼셰비키혁명 81주 년 맞아 옐친 대통령 사임 촉구하며 시위	

연도	작가 생애	시대상황		작품
		국내	국제	작품명, 게재지, 발표 시기 / 비고
1998 (64세)		• 9월 5일 북한 최고인민회의, 김정일을 국가 수반으로 격상된 국방위원장에게 재추대 • 암태도 '소작인항쟁기념탑' 세워짐		
1999 (65세)	• 5월 8일 교수 41명 시국선언. 민자해체·공개념 촉구	• 2월 24일 사할린 거주동포 60명, 영구 국내 거주 위해 입국 • 6월 15일 서해상에서 남북함정 교전(서해해전) • 8월 12일 평양에서 남북노동자축구대회 개최 • 9월 29일 미국 AP통신, 6·25 당시 미군의 노근리 양민학살사건 보도 • 10월 2일 김대중 대통령, 진실규명 지시 • 10월 4일 동티모르 파견 상록수부대 1진 출국	• 1월 1일 유럽연합(EU), 단일통화 유로 도입 • 1월 7일 미국 상원, 클린턴 대통령에 대한 탄핵재판 개시 • 12월 20일 포르투갈, 중국에 마카오 반환(442년 간의 통치 종식)	
2000 (66세)	• 총선연대에 관여 • 8월 31일 전남대학교 정년퇴임	• 3월 31일 아시아·태평양 경제협력체 서울포럼 개막 • 5월 24일 북한 학생소년예술단, 서울에 도착 • 6월 영월 동강댐 건설계획 백지화 발표 • 6월 13일 김대중 대통령, 북한 방문차 평양 순안공항 도착 • 6월 15일 김정일 국방위원장과 6개항의 공동선언문 발표 • 7월 13일 녹색연합, 미군부대의 한강 독극물 방류사건 폭로 • 8월 9일 현대 정몽헌 회장 방북(개성을 공단부지 및 관광지로 하는 데 합의) • 8월 15일 1차 남북이산가족 상봉(서울과 평양에 각 100명씩 방문) • 9월 2일 미전향 장기수 63명 판문점 통해 북한으로 송환 • 12월 10일 김대중 대통령, 노벨평화상 수상	• 1월 29일 비정부기구(NGO), 스위스 다보스에서 열린 세계경제포럼 대회장에서 시위 • 12월 28일 주한미군지위협상(SOFA) 개정협상 타결	• 『오월의 미소』, 창작과비평사, 2월 / 장편

연도	작가 생애	시대상황		작품
		국내	국제	작품명, 게재지, 발표 시기 / 비고
2001 (67세)		• 1월 17일 서울지법, 친일행각 반민족 행위자 재산은 보호하지 못한다고 판결 • 2월 16일 대우자동차, 1,750명 정리해고 • 3월 15일 사상 첫 남북 이산가족 서신 교환(각 300명씩 판문점 통해 교환) • 11월 25일 국가 인권위원회 출범 • 12월 10일 의문사진상규명위원회, 1973년 사망한 전 서울대 법대 최종길 교수는 중앙정보부 수사관에 의해 타살되었다는 진술 확보했다고 발표	• 1월 21일 미국, 조지 w 부시 대통령 취임식 거행 • 9월 11일 테러사건 발생 • 10월 7일 미국, 테러 보복으로 아프가니스탄 공습 개시 • 11월 11일 중국, 세계무역기구(WTO)에 가입 • 11월 14일 세계무역기구, 뉴라운드 선언(다자간 무역규범 공식 출범)	• 「길 아래서」, 『창작과비평』, 가을(통권113호) • 「들국화 송이 송이」, 『실천문학』, 여름(통권62호)
2002 (68세)		• 6월 13일 주한 미군 장갑차에 의해 여중생사망, 전국서 반미 촛불 시위 • 6월 한국 월드컵 4강 신화 • 6월 29일 북한 서해도발 남북관계급속 냉각 • 12월 19일 16대 대통령선거, 노무현 대통령 당선 • 12월 북한 핵시설동결해제 전격선언	• 1월 1일 유럽 12개국 유로화 공식 통용시작 • 1월 미국 악의 축 발표, 이라크, 이란, 북한 등, 이라크 무기 사찰 • 10월 전 세계 테러공포 확산, 인도네시아 발리 테러로 수백 명 사망 • 11월 중국 공산당 제16차 전국대표대회 후진타오 총서기 선출	• 「북소리 둥둥」, 『문학동네』, 봄(통권30호) • 「성묘」, 『문학과 경계』, 여름(통권5호) • 「꿈의 궁전」, 『실천문학』, 가을(통권67호) / 단편 • 「돗돔이 오는 계절」, 『현대문학』, 11월(통권575호), 단편
2003 (69세)		• 2월 18일 대구 지하철 방화 참사 • 2월 25일 제16대 노무현 대통령 취임 • 8월 4일 대북송금 특검관련 현대 정몽헌 회장 자살 • 10월 22일 송두율 교수 구속 • 10월 29일 부동산 가격 폭등에 따른 부동산 대책 발표(주택거래신고제, 재산세 중과 등) • 12월 17일 이라크 파병 확정	• 1월 북한 핵확산 금지조약(NPT) 탈퇴 선언 • 3월 20일 미국, 이라크 침공, 이라크 후세인시대 종말 • 7월 5일 중국 사스 종료 선언, 30여 개국 8400여 명 감염, 812명 사망 • 9월 멕시코 칸로 WTO 결렬, 선진국과 개도국 간 농업부문 충돌, 한국농민 이경해 자살	• 『들국화 송이 송이』, 『문학과 경계』, 5월 / 여덟 번째 단편집

연도	작가 생애	시대상황		작품
		국내	국제	작품명, 게재지, 발표 시기 / 비고
2004 (70세)	•2월 문화중심도시조 성위원회 위원장(총 리급)	•3월 12일 대통령탄핵안 국회 가결 •4월 15일 제17대 국회의원 선 거, 열린우리당 과반의석 확보 •4월 22일 북한 용천역 대폭발 참사 •8월 군, 자이툰부대 이라크 파병 •9월 23일 성매매특별법 시행 •10월 21일 신행정수도건설법 위헌 결정 •12월 뉴라이트 태동 및 각계 확 산으로 수구보수 결집	•1월 11일 아라파트 팔 정부수반 사망, 이스라 엘과 관계 악화 •5월 1일 슈퍼 EU 출범, 15개국에서 25개국으 로 확대 •11월 2일 미국 부시재 선 성공 •11월 러시아 교토의정 서 비준, 지구온난화 방지 위한 온실가스감 축 2005년 발효, 최대 배출국 미국은 반대	
2005 (71세)	•5월 23일 어머니 박 본단 사망	•7월 불법도청 'X파일' 파문 •8월 31일 부동산종합대책 및 증시활성화 대책 발표 •9월 19일 6자회담 및 한반도 비핵화 원칙 등 공동성명 채택 •11월 16일 부산 APEC정상회 담 성공 개최 •11월 23일 쌀시장 개방안 국회 비준 •11월 24일 황우석 교수 줄기세 포 배아 '의혹' 논란	•4월 2일 교황 요한 바 오로 2세 선종(84세) •7월 7일 영, 런던 지하 철 연쇄테러 발생(56명 사망, 700여 명 부상) •8월 8일 일본 고이즈 미 총선 압승 •8월 29일 미국 뉴올리 언스, 카트리나 피해 1 만여 명 사망, 실종 •10월 8일 파키스탄 7. 6 강진발생 8만 7000 여 명 사망 •10월 파리 이민자폭동 발생, 차량 1만 대 방 화, 3000여 명 체포	•『마을, 그 아름다운 공화 국』, 화남, 3월 / 산문집
2006 (72세)	•11월 30일 순천대학 교 학술문학상 시상 식 초청강연회 강의	•2월 한미 자유무역협정(FTA) 협상 시작 •3월 전시작전통제권 논란 •5월 51일 통합 지방선거 한나 라당 압승 •8월 18일 전효숙 헌법소장 인 준 파문 •8월 바다 이야기 등 사행성게 임 비리 수사 •10월 9일 북한 핵실험	•1월 이란 핵시설 봉인 제거 •7월 12일 레바논 전쟁 발발, 이스라엘과 헤즈 볼라 무력 충돌 •9월 20일 일본 아베 총리시대 개막 •9월 대테러전쟁 인권 침해 논란, 부시 CIA의 비밀 감옥 인정	

연도	작가 생애	시대상황		작품
		국내	국제	작품명, 게재지, 발표 시기 / 비고
2006 (72세)		• 10월 14일 반기문 유엔총장 당선 • 11월 27일 전효숙 헌법재판소 재판관 후보자 지명 철회	• 12일 14일 반기문 유엔 사무총장 취임	
2007 (73세)	• 6월 용봉인 명예대상 수상 • 8월 남북 정상회담 자문위원단 • 9월 설화집 6권(총53편) 『창작과비평사』에서 출간	• 6월 29일 한미 자유무역협정(FTA)타결로 제2의 개항 논란 • 7월 19일 아프카니스탄에서 한국인 23명 피랍(2명 피살, 21명 석방) • 10월 2차 평양 남북정상 회담(평화체제구축, 서해평화협력 특별지대 설치 등 합의) • 10월 30일 김용철 변호사 삼성자금 의혹 폭로 • 12월 7일 태안 유조선 기름 유출 사상 최악의 오염 • 12월 19일 제17대 대통령선거 • 이명박 한나라당 후보당선	• 4월 16일 미, 버지니아 공대 총기난사 사건, 33명 사망 • 4월 미, 서브프라임 모기지 업체, 파산 신청 충격 금융시장 강타 • 9월 미안마 민주화운동, 군부 무력 진압	• 『거짓말 잘하는 사윗감 구함』, 창작과 비평사, 9월 / 설화집 • 『제 불알 물어 버린 호랑이』, 창작과 비평사, 9월 / 설화집 • 『모주꾼이 조카 혼사에 옷을 홀랑 벗고』, 창작과 비평사, 9월 / 설화집 • 『정승 장인과 건달 사위』, 창작과 비평사, 9월 / 설화집 • 『보쌈 당해서 장가간 홀아비』, 창작과 비평사, 9월 / 설화집 • 『아전들 골탕 먹인 나졸 최 환락』, 창작과 비평사, 9월 / 설화집
2008 (74세)	• 7월 『녹두장군』(전12권), 시대의창에서 재출간	• 2월 10일 국보 1호 숭례문 방화 및 전소 • 2월 25일 제17대 대통령 이명박 정부 출범 • 4월 9일 제 18대 국회의원 선거 한나라당 과반 의석 확보 • 4월 18일 한미 쇠고기 수입협상 타결 • 5월 2일 쇠고기 수입반대 촛불집회 시작, 이후 106일간 지속 • 7월 11일 금강산 관광객 피살, 개성관광 중단 및 남북관계 급랭 • 9월 16일 미국 리먼브라더스 파산, 국내 증시 폭락 및 환률 폭등	• 1월 2일 유가 100달러 돌파, 이후 147달러까지 치솟은 후 30달러대로 폭락 • 5월 12일 중국 쓰촨성 강진(사망, 실종 7만여명, 부상 35만여 명) • 7월 29일 G8정상회담 식량위기를 주요 의제로 채택(아시아, 아프리카 곡물가격 폭등으로 폭동사태 발생) • 8월 8일 중국 베이징 올림픽 개막 • 9월 16일 미국발 금융위기 전 세계 경제 강타(리먼 등 투자은행 파산)	• 『녹두장군』(전12권), 시대의창, 7월 / 장편소설

연도	작가 생애	시대상황		작품
		국내	국제	작품명, 게재지, 발표 시기 / 비고
2008 (74세)		• 12월 4일 노무현 전 대통령 형 노건평 씨 세종증권 인수 개입 혐의로 구속	• 11월 4일 미국 제44대 대통령 선거(미국 첫 흑인 대통령 오바마 당선)	
2009 (75세)	• 5월 중·단편소설 정리, 실천문학사로 보냄 • 5월 29일 고 노무현 대통령 광주·전남 추모위원회 위원장 • 6월 9일 한국작가회의 "독재 회귀 우려" 시국 선언에 참여 • 9월 18일 제1회 전국 문학인대회 대회장 • 12월 3일 광주시교육감 시민추대위 활동	• 1월 20일 용산4구역 철거현장 화재 사건 발생(농성자 5명, 경찰관 1명 사망) • 5월 23일 노무현 전 대통령 서거 • 8월 18일 김대중 전 대통령 서거 • 9월 3일 정운찬 총리(당시 내정자) 세종시 수정 가능성 언급(11월 공식화) • 11월 10일 4대강 정비사업, 본격 착공	• 1월 20일 미국 제44대 대통령 오바마 취임 • 2월 17일 북한 김정은 후계자 내정 (일본 마이니치 신문 보도) • 7월 5일 중국 신장 위구르 차치지구 유혈 사태(140여 명 사망) • 8월 30일 일본 민주당 중의원 선거 압승(54년 만에 정권 교체, 미일관계 악화)	

[부록 2] 송기숙 소설 목록

연번	작품명	게재지	발표 시기	작품집	개작 정도
1	야경	학생			
2	진공지대	국문학보	1959.(창간호)		
3	대리복무	현대문학	1966.11.(통권143호)		상
		어문각	1970.	중·단편선집 7	
		형설출판사	1972.10.	백의민족	
		을유문화사	1976.7.	한국작가출세작품전집	
		한겨레출판사	1986.11.	테러리스트	
		눈	1990.11.	서빙고에 핀 꽃	
		도서출판 삼우	1994.1.	다시 읽고 싶은 소설 2	
4	어떤 완충지대	현대문학	1968.12.(통권168호)		상
		형설출판사	1972.10.	백의민족	
		정한출판사	1975.1.	한국대표단편문학전집	
		문성당	1975.	불의	
		한진출판사	1984.5.	개는 왜 짖는가	
		계몽사	1986.9.	(우리 시대의) 한국문학12	
		한겨레출판사	1986.11.	테러리스트	
		전예원	1988.12.	파랑새	
		청사	1990.3.	민족소설선·5	
		계몽사	1991.9.	(우리시대의) 한국문학13	
5	백의민족·1968년	현대문학	1969.7.(통권175호)		하
		형설출판사	1972.10.	백의민족	
		어문각	1975.1.	중·단편선집 7	
		동화출판공사	1976.	만고강산	
		갑인출판사	1978.2.	70년대 현대문학상수상작품집	
		한진출판사	1984.5.	개는 왜 짖는가	
		한겨레출판사	1986.11.	테러리스트	
		전예원	1988.12.	파랑새	
		청사	1990.3.	민족소설선·5	
		가람기획	1998.6.	한국 3대 문학상 수상소설집·3	

연번	작품명	게재지	발표 시기	작품집	개작 정도
6	영감님 빠이빠이	월간문학	1971.3.(통권4권3호)		상 '영감은 불 속으로' 로 작품명 변경
		형설출판사	1972.10.	백의민족	
		훈겨레 출판사	1986.11.	테러리스트	
7	사모곡 A단조	현대문학	1971.4.(통권196호)		하
		형설출판사	1972.10.	백의민족	
		어문각	1975.1.	중·단편선집 7	
		을유문화사	1976.7.	한국작가출세작품전집	
		도서출판 심지	1988.5.	어머니의 깃발	
8	휴전선 소식	현대문학	1971.8.(통권200호)		하
		형설출판사	1972.10.	백의민족	
		한진출판사	1984.5.	개는 왜 짖는가	
		훈겨레 출판사	1986.11.	테러리스트	
		실천문학사	1987.7.	누이를 위하여	
		전예원	1988.12.	파랑새	
9	어느 해 봄	현대문학	1972.1.(통권205호)		하
		형설출판사	1972.10.	백의민족	
		어문각	1975.1.	중·단편선집 7	
		훈겨레 출판사	1986.11.	테러리스트	
10	낙제한 교수	월간문학	1972.8.(통권5권8호)		하
		형설출판사	1972.10.	백의민족	
		예술문화사	1976.	어리석은 농부 인생을 도둑맞아	
		미문화사	1979.	유다행전	
11	전우	현대문학	1972.10.(통권214호)		하
		형설출판사	1972.10.	백의민족	
		도서출판 심지	1988.5.	어머니의 깃발	
12	테러리스트	월간문학	1972.10.(통권5권10호)		하
		형설출판사	1972.10.	백의민족	
		문성당	1975.	불의	
		동화출판공사	1976.	만고강산	
		훈겨레 출판사	1986.11.	테러리스트	
13	재수없는 동행자	형설출판사	1972.10.	백의민족	
14	지리산의 총각샘	현대문학	1973.1.(통권217호)		하
		형설출판사	1972.10.	백의민족	
		훈겨레 출판사	1986.11.	테러리스트	

연번	작품명	게재지	발표 시기	작품집	개작 정도
15	갈머리 방울새	현대문학	1973.5.(통권221호)		하
		도서출판 심지	1988.5.	어머니의 깃발	
		전예원	1988.12.	파랑새	
16	전설의 시대	문학사상	1973.9.(통권12호)		중
		백제출판사	1978.9.	도깨비 잔치	
		한진출판사	1984.5.	개는 왜 짖는가	
		전예원	1988.12.	파랑새	
17	어느 여름날	월간문학	1973.9.(통권6권6호)		하
		시인사	1979.9.	재수없는 錦衣還鄕	
		효겨레 출판사	1986.11.	테러리스트	
18	흰구름 저 멀리	?	1973.		하
		한진출판사	1984.5.	개는 왜 짖는가	
		전예원	1988.12.	파랑새	
19	자랏골의 비가	현대문학	1974.2~1975.6.(통권 230호~246호)		상
		창작과 비평사	1977.9.		
		삼성출판사	1984.10.	3세대 한국문학전집 24인선·8	
		범한출판사	1984.10.	현대의 한국문학·19	
		동아출판사	1995.5.10.	한국소설문학대계·56	
20	추적	창작과 비평	1975 가을.(통권37호)		하
		백제 출판사	1978.9.	도깨비 잔치	
		대방출판사	1982.	한국단편문학의 이해와 감상·3	
		범한출판사	1984.10.	현대의 한국문학·19	
		양우당	1987.7.	오늘의 한국문학 33인선·32	
		도서출판 심지	1988.5.	어머니의 깃발	
21	불패자	문학사상	1976.9.(통권48호)		하
		백제출판사	1978.9.	도깨비 잔치	
		양우당	1987.7.	오늘의 한국문학 33인선·32	
		도서출판 심지	1988.5.	어머니의 깃발	
22	재수없는 금의환향	현대문학	1976.9.(통권261호)		상
		시인사	1979.9.	재수없는 錦衣還鄕	
		효겨레 출판사	1986.11.	테러리스트	
		양우당	1987.7.	오늘의 한국문학 33인선·32	
		동아출판사	1995.5.10.	한국소설문학대계·56	

연번	작품명	게재지	발표 시기	작품집	개작 정도
23	귀향하는 여인들	월간중앙	1976.10.(통권103호)		하
		시인사	1979.9.	재수없는 錦衣還鄕	
		호겨레 출판사	1986.11.	테러리스트	
24	가남약전	월간문학	1977.9~11.(통권10권9호~10권11호)		중
		백제출판사	1978.9.	도깨비 잔치	
		도서출판 심지	1988.5.	어머니의 깃발	
25	칠일야화	현대문학	1977.10.(통권274호)		상
		시인사	1979.9.	재수없는 錦衣還鄕	
		호겨레 출판사	1986.11.	테러리스트	
		전남대학교출판부	1999.	한국의 언어와 문학	
26	만복이	문예중앙	1978.3.		하
		백제출판사	1978.9.	도깨비 잔치	
		한진출판사	1979.5.	(78年)問題作品 20選集	
		범한출판사	1984.10.	현대의 한국문학 · 19	
		양우당	1987.7.	오늘의 한국문학 33인선 · 32	
		도서출판 심지	1988.5.	어머니의 깃발	
27	도깨비 잔치	현대문학	1978.6.(통권282호)		하
		백제출판사	1978.9.	도깨비 잔치	
		실천문학사	1982.6.	現代作家 問題小說選	
		범한출판사	1984.10.	현대의 한국문학 · 19	
		양우당	1987.7.	오늘의 한국문학 33인선 · 32	
		도서출판 심지	1988.5.	어머니의 깃발	
28	땅꾼의 꼭지	전남일보	1978.6.		하
		백제출판사	1978.9.	도깨비 잔치	
		양우당	1987.7.	오늘의 한국문학 33인선 · 32	
29	몽기미 풍경	한국문학	1978.7.(통권6권7호)		중
		시인사	1979.9.	재수없는 錦衣還鄕	
		호겨레 출판사	1986.11.	테러리스트	
		동아출판사	1995.5.10.	한국소설문학대계 · 56	
		창비	2005.11.25.	20세기 한국소설 · 23	
		푸른 사상	2007.1.	한국소설의 얼굴 · 10	
30	물 품는 영감	월간문학	1978.8.(통권11권8호)		중
		시인사	1979.9.	재수없는 錦衣還鄕	

연번	작품명	게재지	발표 시기	작품집	개작 정도
30	물 품는 영감	금성출판사	1984.8.	한국현대단편문학 · 65	'뚱바우 영감'으로 작품명 변경
		호겨레 출판사	1986.11.	테러리스트	
31	청개구리	소설문학	1979.2.(통권3호)		하
		시인사	1979.9.	재수없는 錦衣還鄕	
32	유채꽃 피는 동네	시인사	1979.9.	재수없는 금의환향	하
		금성출판사	1984.8.	한국현대단편문학 · 65	
		금성출판사	1987.9.	한국단편문학 · 31	
33	낙화	현대문학	1979.12.(통권300호)		하
		한진 출판사	1980.5.	79年 問題作品 20選集	
		양우당	1987.7.	오늘의 한국문학 33인선 · 32	
		도서출판 심지	1988.5.	어머니의 깃발	
34	암태도	창작과 비평	1979 겨울~1980 여름.(통권54~56호)		상
		창작과 비평사	1981.11.	암태도	
		범한출판사	1984.10.	현대의 한국문학 · 19	
		양우당	1987.7.	오늘의 한국문학 33인선 · 32	
35	사형장 부근	실천문학	1980.3.(통권1호)		하
		도서출판 심지	1988.5.	어머니의 깃발	
36	살구꽃이 필 때까지	한국문학	1980.6.(통권8권6호)		중
		도서출판 심지	1988.5.	어머니의 깃발	
		전예원	1988.12.	파랑새	
37	녹두장군	현대문학	1981.8~1982.10.(통권 322호~334호)		상
		정경문화(월간 경향)	1984.3~1987.1		
		창작과비평사	1994.1.		
		시대의 창	2008.7.		
38	당제	공동체문화	1983.6.	더불어 사는 삶의 터전 · 1	하
		한진 출판사	1984.5.	개는 왜 짖는가	
		금성출판사	1984.8.	한국현대단편문학 · 65	
		범한출판사	1984.10.	현대의 한국문학 · 19	
		지양사	1985.5.	우리들의 공동체 하나됨을 위하여	
		호겨레 출판사	1986.11.	테러리스트	
		금성출판사	1987.9.	한국단편문학 · 31	
		전예원	1988.12.	파랑새	

연번	작품명	게재지	발표 시기	작품집	개작 정도
38	당제	청사	1990.3.	민족소설선 · 5	하
		나남출판	1995.6.	堂祭 外	
		창비	2005.11.25.	20세기 한국소설 · 23	
39	개는 왜 짖는가	현대문학	1983.7.(통권343호)		하
		한진 출판사	1984.5.	개는 왜 짖는가	
		범한출판사	1984.10.	현대의 한국문학 · 19	
		계몽사	1986.9.	(우리 시대의) 한국문학 · 12	
		도서출판 심지	1988.5.	어머니의 깃발	
		계몽사	1991.9.	(우리 시대의) 한국문학 · 13	
		동아출판사	1995.5.10.	한국소설문학대계 · 56	
		창비	2005.11.25.	20세기 한국소설 · 23	
40	어머니의 깃발	한국문학	1984.1.(통권12권1호)		하
		한진 출판사	1984.5.	개는 왜 짖는가	
		지양사	1985.5.	밥과 희망과 우리들의 공동체	
		도서출판 심지	1988.5.	어머니의 깃발	
		전예원	1988.12.	파랑새	
41	백포동자	창작과 비평사	1984.9.	지 알고 내 알고 하늘이 알건만	
42	신농가월령가	사회발전연구소	1985.4.	기타 그리고 여러분	
43	부르는 소리	창작과 비평사	1987.2.	매운 바람 부는 날에	하
		도서출판 심지	1988.5.	어머니의 깃발	
44	파랑새	한국문학	1987.9.(통권15권9호)		하
		도서출판 심지	1988.5.	어머니의 깃발	
		전예원	1988.12.	파랑새	
45	우투리-산자여 따르라1	창작과 비평	1988 여름.(통권60호)		
46	제7공화국	한국문학	1988.12.(통권16권12호)		하
		황토	1990.6.	92년 · 한국 · 겨울 그리고 대권	
47	이야기 동학농민전쟁	창작과 비평사	1992.2.		
48	고향 사람들	창작과 비평사	1996.2.	작은 이야기, 큰 세상	하
		문학과 경계	2003.5.	들국화 송이송이	
49	은내골 기행	(월간)예향	1995.7~1995.12		
		창작과 비평사	1996.8.		

연번	작품명	게재지	발표 시기	작품집	개작 정도
50	산새들의 합창	내일을 여는 작가	1996.9.(통권3호)		상 '보리피리'로 작품명 변경
		문학과 경계	2003.5.	들국화 송이송이	
51	가라앉는 땅	실천문학	1996.11.(통권43호)		중
		문학과 경계	2003.5.	들국화 송이송이	
52	오월의 미소	창작과 비평사	2000.2.		
53	길 아래서	창작과 비평	2001 가을.(통권113호)		하
		문학과 경계	2003.5.	들국화 송이송이	
54	들국화 송이송이	실천문학	2001 여름.(통권62호)		하
		문학과 경계	2003.5.	들국화 송이송이	
55	북소리 둥둥	문학동네	2002 봄.(통권30호)		상
		문학과 경계	2003.5.	들국화 송이송이	
56	성묘	문학과 경계	2002 여름.(통권5호)		하
		문학과 경계	2003.5.	들국화 송이송이	
57	꿈의 궁전	실천문학	2002 가을.(통권67호)		하
		문학과 경계	2003.5.	들국화 송이송이	
58	둣돔이 오는 계절	현대문학	2002.11.(통권575호)		중
		문학과 경계	2003.5.	들국화 송이송이	

[부록 3] 송기숙 산문 목록

연번	작품명	게재지	발표 시기	작품집	비고
1	창작과정을 통해 본 손창섭	현대문학	1964.9.(통권117호)		평론
		어문각	1974.	신한국문학전집	
		국학자료원	1994.	한국현대소설이론 자료집 69권	
		새미	2003.3.	손창섭	
2	하나의 제의	현대문학	1965.9.(통권129호)		천료 소감
3	이상서설	현대문학	1965.9.(통권129호)		평론
4	破紙와 담배꽁초 속에서	월간문학	1969.7.(통권2권7호)		
5	득의보다는 두려움이	현대문학	1970.1.(통권181호)		
6	이상(오감도)	월간문학	1970.6.(통권3권6호)		평론
7	스승과 제자	송림	1972.12.(통권3호)		수필
8	또 다른 孤獨	현대문학	1973.4.(통권220호)		현대문학상 수상 소감
9	깔끔한 술꾼–권일송	현대문학	1973.6.(통권222호)		
10	폐가 될까봐서	현대문학	1975.1.(통권241호)		
11	故鄕타령	신동아	1975.12.(통권136호)		
12	小說에 있어서의 觀點(point of view)의 問題	용봉논총	1976.6.		평론
		새밭출판사	1980.	다시하는 강의	
13	日帝下 英國文學理論의 受容態度	용봉논총	1977.		평론
14	꾀 많은 하인	까치	1977.8.5.	우리들의 문학 교실	민담
15	농촌소설과 농민 생활	창작과 비평	1977 겨울(통권46호)		좌담
		온누리	1983.4.	농민문학론	
16	싸구려 행운	전남일보	1978.3.4.		콩트
		시인사	1979.9.	재수없는 錦衣還鄕	
17	끼리끼리 世上	전남일보	1978.3.11.		콩트
		시인사	1979.9.	재수없는 錦衣還鄕	
18	어떤 三代	전남일보	1978.3.18.		콩트
		시인사	1979.9.	재수없는 錦衣還鄕	
19	商道	전남일보	1978.3.25.		콩트
		시인사	1979.9.	재수없는 錦衣還鄕	

연번	작품명	게재지	발표 시기	작품집	비고
20	딸 찾으세요	전남일보	1978.4.1		콩트
		시인사	1979.9.	재수없는 錦衣還鄕	
21	바람불고 비오고	전남일보	1978.4.15.		콩트
22	버림받는 사람들	전남일보	1978.4.29.		콩트
		시인사	1979.9.	재수없는 錦衣還鄕	
23	돈 놓고 돈 먹기	전남일보	1978.5.6.		콩트
24	약탈하는 풍경	전남일보	1978.5.20.		콩트
		시인사	1979.9.	재수없는 錦衣還鄕	
25	자갈밭에 모심기	전남일보	1978.5.27.		콩트
		시인사	1979.9.	재수없는 錦衣還鄕	
26	고향 풍경	전남일보	1978.6.3.		콩트
		시인사	1979.9.	재수없는 錦衣還鄕	
27	優等生들의 族譜	전남일보	1978.6.10.		콩트
		시인사	1979.9.	재수없는 錦衣還鄕	
28	일주 할아버지	전남일보	1978.6.24.		콩트
		시인사	1979.9.	재수없는 錦衣還鄕	
29	견고한 의식과 뜨거운 애정	창작과 비평	1978 여름(통권48호)		서평
30	초봄에 쓰는 편지	신동아	1980.4.(통권188호)		
31	농부 조규현	마당	1982.8.(통권12호)		
		한길사	1985.11.	녹두꽃이 떨어지면	
32	학의 왼눈썹	마당	1983.1.(통권17호)		민담
		실천문학사	1989.9.	보쌈	
33	외동딸과 건달	마당	1983.1.(통권17호)		민담
		샘터	1983.5.(통권14권5호)		
		실천문학사	1989.9.	보쌈	
34	정승 장인과 능청 사위	마당	1983.2.(통권18호)		민담
		실천문학사	1989.9.	보쌈	
35	거짓말 잘하는 사윗감	마당	1983.4.(통권20호)		민담
		실천문학사	1989.9.	보쌈	
36	훈장 장가보낸 꼬마 제자	마당	1983.5.(통권21호)		민담
		실천문학사	1989.9.	보쌈	
37	東學農民戰爭의 발자취	한길사	1983.6.	한국사회연구 제1집	역사기행
		도서출판 심지	1988.12.	교수와 죄수 사이	

연번	작품명	게재지	발표 시기	작품집	비고
38	저승 다녀온 머슴	마당	1983.7.(통권23호)		민담
		실천문학사	1989.9.	보쌈	
39	우렁 속에서 나온 미녀	마당	1983.8.(통권24호)		민담
		실천문학사	1989.9.	보쌈	
40	돼지값·보리값에 우는 농민들	한국인	1983.9.(통권2권9호)	(한국의)서민철학	
		사회발전연구소	1984.12.		
		한길사	1985.11.	녹두꽃이 떨어지면	
41	에비와 곶감	마당	1983.11.(통권27호)		민담
		실천문학사	1989.9.	보쌈	
42	애먼 유기장수	마당	1983.12.1.(통권28호)		민담
		실천문학사	1989.9.	보쌈	
43	건달 과객과 코맹년이 주인	마당	1983.12.(통권29호)		민담
		실천문학사	1989.9.	보쌈	
44	나의 文學, 나의 小說作法	현대문학	1983.12.(통권348호)		대담
		도서출판 정민	1994.11.	창작이란 무엇인가	
45	가야마 미쓰로의 거짓 증언	경향잡지	1983.12.(통권1389호)		
		한길사	1985.11.	녹두꽃이 떨어지면	
		푸른나무	1992.2.	꽃이 사람보다 따뜻할 때	
46	은혜 갚은 자라	마당	1984.1.(통권30호)		민담
		실천문학사	1989.9.	보쌈	
47	제 복으로 사는 젊은이	마당	1984.2.(통권31호)		민담
		실천문학사	1989.9.	보쌈	
48	호랑이 잡는 매	마당	1984.3.(통권32호)		민담
		실천문학사	1989.9.	보쌈	
49	오봉산의 버드나무	마당	1984.4.(통권33호)		민담
		실천문학사	1989.9.	보쌈	
50	굴비짐을 삼킨 절구통	마당	1984.5.(통권34호)		민담
		실천문학사	1989.9.	보쌈	
51	한국 최초의 양공주 최옥향	마당	1984.6.(통권35호)		민담
		실천문학사	1989.9.	보쌈	
52	거제도 건달 옥범 좌수	마당	1984.7.(통권36호)		민담
		실천문학사	1989.9.	보쌈	

연번	작품명	게재지	발표 시기	작품집	비고
53	김병걸 선생의 홍도기행	실천문학사	1984.8.	실천시대의 문학	발문
		도서출판 심지	1988.12.	교수와 죄수 사이	
54	宋基淑 교수 어떻게 지냈소	(월간)예향	1984.10.(통권1호)		인터뷰
55	공동체적 존재로서의 민중 : 작가가 본 전봉준과 동학	신인간	1984.11.(통권423호)		
56	韓國民譚에서 본 來世觀	생활성서	1984.11.(통권15호)		
57	그래도 쓰레기통에서 장미는 핀다	마당	1985.5.(통권46호)		
58	뼈대 없이 자기 내세우고 옛것만 신주 모시 듯 해서야	마당	1985.10.(통권51호)		
59	광주학생운동의 재조명	생활성서	1985.11.(통권27호)		
60	대인 홍남순	한길사	1985.11.	녹두꽃이 떨어지면	
61	교과서가 살벌하다	한길사	1985.11.	녹두꽃이 떨어지면	
62	이 아이들을 어찌할 것인가	한길사	1985.11.	녹두꽃이 떨어지면	
63	역사가 지워준 짐	한길사	1985.11.	녹두꽃이 떨어지면	
64	우리의 교육지표	한길사	1985.11.	녹두꽃이 떨어지면	
65	무서운 것	한길사	1985.11.	녹두꽃이 떨어지면	
66	미감아의 근대화	한길사	1985.11.	녹두꽃이 떨어지면	
67	조종의 돌멩이	한길사	1985.11.	녹두꽃이 떨어지면	
68	육지 콤플렉스	한길사	1985.11.	녹두꽃이 떨어지면	
69	임신한 죄인들	한길사	1985.11.	녹두꽃이 떨어지면	
70	천사와 선녀	한길사	1985.11.	녹두꽃이 떨어지면	
71	잭 앤더슨의 감각	한길사	1985.11.	녹두꽃이 떨어지면	
72	호랑이 안부	한길사	1985.11.	녹두꽃이 떨어지면	
73	대학은 열외	한길사	1985.11.	녹두꽃이 떨어지면	
74	4퍼센트의 엘리트	한길사	1985.11.	녹두꽃이 떨어지면	
75	연산군 소동	한길사	1985.11.	녹두꽃이 떨어지면	
76	바보 박사님	한길사	1985.11.	녹두꽃이 떨어지면	
		현대문학사	1987.	행복의 이웃에 산다	
77	교육정책의 이념적 왜곡	한길사	1985.11.	녹두꽃이 떨어지면	
78	(秘法)論述文作法	東光	1985.		
79	갈재 길섶에 묻혀 있는 한 많은 역사	한국인	1986.2.(통권5권2호)		
80	한국설화에 나타난 민중혁명사상	한길사	1986.11.	우리시대 民族運動의 과제	
		실천문학사	1989.1.	보쌈	

연번	작품명	게재지	발표 시기	작품집	비고
81	80년대의 민족사적 의의	실천문학	1987.1.(통권8호)		박현채 와 대담
		도서출판 심지	1988.12.	교수와 죄수 사이	
82	일제와 지주들에 맞서 소작 쟁의를 벌인 암태도	한국인	1987.7.		
		도서출판 심지	1988.12.	교수와 죄수 사이	
83	달음질쳐 간 고향의 세월	조선일보사	1987.	(작가가 쓴)作家의 고향	
		도서출판 심지	1988.12.	교수와 죄수 사이	
84	질펀한 익살에 투영된 민중적 삶의 모습	금호문화	1987.8~10.(통권29호)		
		도서출판 심지	1988.12.	교수와 죄수 사이	
85	地域감정, 그 뿌리와 惡弊	신동아	1987.11.(통권30권11호)		이문열 과 대담
		도서출판 심지	1988.12.	교수와 죄수 사이	
86	교수와 죄수 사이	샘터	1987.11.(통권18권11호)		
		도서출판 심지	1988.12.	교수와 죄수 사이	
87	「광주치유방안」을 본 광주 지식인의 소리	주간조선	1988.4.17.(통권994호)		특별기고
88	『녹두장군』연재를 잠시 쉬면서	월간 경향	1988.5.		
89	작품 주변	양우당	1988.9.	오늘의 한국문학 33 인선(별권)	
90	민담의 기원과 이야기 방식	독어교육	1988.11.(제6호)		
91	한국설화에 나타난 미륵사상	한진출판사	1988.	미륵 사상과 민중사상	평론
92	(한국방송통신대학교재)소설창작론	한국방송통신대학	1988.		소설창작론
93	湖南평야와 東學農民戰爭	도서출판 심지	1988.12.	교수와 죄수 사이	
94	동학농민전쟁의 발자취	도서출판 심지	1988.12.	교수와 죄수 사이	
95	꺼지지 않는 抵抗과 救國의 햇불	도서출판 심지	1988.12.	교수와 죄수 사이	
96	죽음으로 종을 친 종철이	도서출판 심지	1988.12.	교수와 죄수 사이	
97	한국 설화에 나타난 변혁사상	도서출판 심지	1988.12.	교수와 죄수 사이	『보쌈』에서 '한국설화 에 나타난 민중혁명사 상'으로 제 목 변경
98	다시 강단에 서서	도서출판 심지	1988.12.	교수와 죄수 사이	
99	詩로 생각하고, 詩로 실천하고	도서출판 심지	1988.12.	교수와 죄수 사이	
100	우화 한 토막	도서출판 심지	1988.12.	교수와 죄수 사이	
		화남	2005.3.	마을, 그 아름다운 공화국	

연번	작품명	게재지	발표 시기	작품집	비고
101	소흑산도	도서출판 심지	1988.12.	교수와 죄수 사이	
102	신랑감 고르러 나선 처녀	실천문학사	1989.9.	보쌈	민담
103	보쌈	실천문학사	1989.9.	보쌈	민담
104	독장사 경륜	실천문학사	1989.9.	보쌈	민담
105	어느 스님의 꿈	실천문학사	1989.9.	보쌈	민담
106	저승 빚과 이승 빚	실천문학사	1989.9.	보쌈	민담
107	주먹 맞은 대감	실천문학사	1989.9.	보쌈	민담
108	천 냥짜리 주지	실천문학사	1989.9.	보쌈	민담
109	사또의 명재판	실천문학사	1989.9.	보쌈	민담
110	만병통치약	실천문학사	1989.9.	보쌈	민담
111	대감의 점괘	실천문학사	1989.9.	보쌈	민담
112	별난 과거	실천문학사	1989.9.	보쌈	민담
113	개미의 보은	실천문학사	1989.9.	보쌈	민담
114	동자삼	실천문학사	1989.9.	보쌈	민담
115	의원 형제	실천문학사	1989.9.	보쌈	민담
116	지렁이탕과 못된 며느리	실천문학사	1989.9.	보쌈	민담
117	고약한 시어머니	실천문학사	1989.9.	보쌈	민담
118	목탁	실천문학사	1989.9.	보쌈	민담
119	모주꾼과 학질	실천문학사	1989.9.	보쌈	민담
120	먹으면 죽는 곶감	실천문학사	1989.9.	보쌈	민담
121	장기	실천문학사	1989.9.	보쌈	민담
122	구두쇠 동네	실천문학사	1989.9.	보쌈	민담
123	아기장수 우투리	실천문학사	1989.9.	보쌈	민담
124	아기장수	실천문학사	1989.9.	보쌈	민담
125	운주사 와불	실천문학사	1989.9.	보쌈	민담
126	견훤의 출생	실천문학사	1989.9.	보쌈	민담
127	임란을 앞둔 천상 회의	실천문학사	1989.9.	보쌈	민담
128	남산골 샌님의 백비탕	실천문학사	1989.9.	보쌈	민담
129	학의 치료법	실천문학사	1989.9.	보쌈	민담
130	족제비와 산초나무	실천문학사	1989.9.	보쌈	민담
131	광주민중항쟁을 우리 역사에서 어떻게 계승할 것인가	사회와 사상	1989.5.		대담
132	"선생님 공부합시다"	한겨레신문	1989.8.10.		시론
133	문교부는 누구의 문교부인가?	한겨레신문	1989.8.24.		시론

연번	작품명	게재지	발표 시기	작품집	비고
134	시골밭둑의 싱싱한 수풀-산 너머 남촌	창작과비평사	1990.		
135	소설과 이야기	정민	1990.	강좌, 민족문학	
136	5월의 꿈 오월의 분노	실천문학사	1990.	광주여 말하라	광주민중항쟁 증언록
137	항쟁정신의 역사적 계승	풀빛	1990.	광주오월 민중항쟁 사료전집	간행사
138	녹두장군 전봉준	민족정신	1990.3.(창간호)		
139	나와 5·18	월간 예향	1990.5.	5월의 꿈, 5월의 분노	자필수기
140	아직도 문학작품은 엄두가 안나	실천문학	1990.6.(통권18호)		
141	꿈틀거리는 거인의 땅 중국	사상문예운동	1990.9.(제5호)		
142	동학농민전쟁의 문학적 과제들-이영호의 「1894년 농민전쟁의 역사적 성격과 역사소설」을 비판한다.	한길문학	1990.10.(통권6호)		
143	언론과 총장들이 할 일	한겨레신문	1991.5.7.		시론
144	5월의 아이들	동아일보	1991.5.17.		시론
145	운주사 천불천탑설화와 변혁사상	실천문학	1991 여름(통권22호)		비평
146	갑오동학농민전쟁 이후의 이야기	문화저널	1991.10.(통권41호)		
147	고은, 그 속수무책의 사나이	창작과 비평사	1992.4.	내일의 노래	발문
		화남	2005.3.	마을, 그 아름다운 공화국	
148	과감한 개혁으로 민족화합 이루자/ 새 정부에 거는 기대	한겨레신문	1993.1.1.		
149	광주특별법	조선일보	1993.5.18.		시론
150	5·18피해당사자	주간 조선	1993.5.20.(통권1254호)		인터뷰
151	역사와 문학-송기숙 선생을 찾아서	실천문학	1993.7.4.(통권31호)		대담
152	작가와 역사가와의 만남 송기숙VS 우윤의 '동학'논쟁	(월간)예향	1994.1.1.(통권112호)		
153	빛고을	다담	1994.1.		찻집 소개글
154	농민군, 우리 민족의 표상-장편역사소설 『녹두장군』	민족예술	1994.4.(통권2호)		
155	농민전쟁 지명 잘못 쓰고 있다	한겨레신문	1994.5.5.		
156	역사적 사실과 소설적 형상화	민족문학사연구	1994.		
157	작가에게 지워진 역사의 짐	창작과 비평	1994 겨울.(통권86호)		수상 소감

연번	작품명	게재지	발표 시기	작품집	비고
158	만년 아인, 박현채씨	창작과비평사	1995.6.	민족경제론과 한국경제	『마을, 그 아름다운 공화국』에서 '만년아인 박현채'로 제목 변경
		화남	2005.3.	마을, 그 아름다운 공화국	
159	떡값과 고둥값	현대문학	1995.12.(통권492호)		신년에세이
160	5백 년 거목인 듯 든든하다	현대문학	1996.8.(통권500호)		축사
161	갈라진 민심 法治만으론 모을 수 없다	신동아	1997.4.(통권40권4호)		대담
162	5·18과 김영삼 대통령	한국일보	1997.5.17.		시론
163	전통문화와 민중의 문학적 상상력	용봉논총	1997.5.29.(제26집)		전남대학교 개교 45주년 인문학 심포지움 발표문
			2005.11.	문화로 읽는 삶의 풍경	
164	전·노씨 사면은 역사의 후퇴	한겨레신문	1997.12.22.		특별기고문
165	지역감정을 넘어 정치개혁으로	창작과비평	2000 봄.(통권107호)		
166	풍수사상과 전라도 역지설	전남대학교 박물관	2000.3.24.	뒤돌아보는 20세기 문화와 예술	
167	귀한 기회 도공이 자기 다루듯	한겨레신문	2000.6.17.		특별기고문
168	통일시대 이렇게 준비하자	서울신문	2000.7.18.		시론
169	박정희 교육정책의 反面개혁	경향신문	2000.8.11.		시론
170	농민사에 대한 애정	박이정	2000.10.	고전에서 현대까지 호남문학기행	
171	이수인 교수의 정치적 순발력	실천문학	2001.	이수인, 신의와 헌신으로 살다	
172	작품 쓰기와 현장 답사	창작과 비평사	2001.5.	민족의 길, 예술의 길	
173	문화정책의 문제점과 지역문화의 진작	한국지역사회학회	2001.6.(9권제1호)	지역사회연구	
174	시문화발전과 지역문화 – 문화발전과 지역문화 진작을 중심으로	분권과 혁신	2001.10.(통권12호)		
175	있어야 할 곳에 있는 시인	시와 사람	2002.2.	문병란 시 연구	
176	마을, 그 아름다운 공화국	녹색평론	2002.9.(통권66호)		연재 산문
		내일을 여는 작가	2002 여름.(통권27호)		
		화남	2005.3.	마을, 그 아름다운 공화국	
177	우리 시대의 작가들은 무엇을 생각하는가	실천문학	2002 여름.		조정래·현기영과 좌담

연번	작품명	게재지	발표 시기	작품집	비고
178	붉은 악마와 국가주의 시비	내일을 여는 작가	2002 가을.(통권28호)		
		화남	2005.3.	마을, 그 아름다운 공화국	
179	나의 삶, 나의 문학-녹두장군을 찾아서	정신과 표현	2002.11.(통권33호)		
180	나의 소설 나의 소설론-역사로서 현실보기	정신과 표현	2002.12.(통권34호)		
181	독일의 죄수와 프랑스의 걸인	내일을 여는 작가	2002 겨울호.(통권29호)		
		화남	2005.3.	마을, 그 아름다운 공화국	
182	내가 본 황석영	창비	2003.11.	황석영 문학의 세계	
		화남	2005.3.	마을, 그 아름다운 공화국	
183	입 벌린 운동화	화남	2005.3.	마을, 그 아름다운 공화국	
184	섬, 섬사람들	화남	2005.3.	마을, 그 아름다운 공화국	
185	최전방, 그 천국과 지옥	화남	2005.3.	마을, 그 아름다운공화국	
186	치매환자와 히틀러	화남	2005.3.	마을, 그 아름다운 공화국	
187	병역시비가 남긴 것	화남	2005.3.	마을, 그 아름다운 공화국	
188	모란과 배추와 나비와	화남	2005.3.	마을, 그 아름다운 공화국	
189	공안정국의 칼날	화남	2005.3.	마을, 그 아름다운 공화국	
190	비내리는 호남평야-호남평야와 동학농민전쟁	화남	2005.3.	마을, 그 아름다운 공화국	
191	풍수와 참언과 설화와-풍수사상과 전라도 역지설	화남	2005.3.	마을, 그 아름다운 공화국	
192	옛날 사람들의 선전술-농민전쟁과 민중의식의 성장	화남	2005.3.	마을, 그 아름다운 공화국	
193	책방이 수령의 뺨을 갈겨 놓고-압제자와 비폭력	화남	2005.3.	마을, 그 아름다운 공화국	
194	통일될 때까지 '민족의식' 버려서는 안 돼	CBS시사자키	2005.5.2.		
195	민주화에 교수들도 큰 역할을 했지	5·18기념재단	2006.	구술생애사를 통해 본 5·18의 기억과 역사 1	

[부록 4] 송기숙 관련 연구 목록

고　은, 『만인보』 12, 창작과비평사, 1996.

공광규, 「참으로 거대하게 아름다운 불꽃자리에 서다, 송기숙과 『녹두장군』」, 『한길문
　　　학』, 1990. 10.

공종구, 「송기숙의 소설에 나타난 분단의식의 실체와 그 의미」, 『현대문학이론연구』
　　　(제16집), 2001.

＿＿＿, 「송기숙의 분단소설에 나타난 화해」, 『한국문학이론과 비평』(제30집), 2006.

구중서, 「이달의 소설－송기숙의 ‘제7공화국’」, 『동아일보』, 1988. 12. 14.

곽광주, 「소설의 구조발생론적 분석」, 『세계의 문학』(통권2권2호), 1977.

권영민, 「송기숙의 『어머니의 깃발』 기타」, 『한국문학』 12권 2호, 1984. 2.

권일송, 「원색의 사나이와 그 멋」, 『현대문학』(통권222호), 1973.

김도연, 「진실을 밝히는 힘」, 『테러리스트』, 도서출판 혼겨레, 1986.

김병걸, 「『자랏골의 비가』 해설」, 『현대문학』(통권247호), 1975. 7.

＿＿＿, 「역사를 보는 탄탄한 시각」, 『세계의 문학』 4권 1호, 1979. 3.

＿＿＿, 「민중소설」, 『오늘의 한국문학 33인선(송기숙 편)』 32, 양우당, 1987.

＿＿＿, 「農民과 現場小說」, 『한국문학의 현단계 I』, 창작과비평사, 1988.

＿＿＿, 「反日的 政治小說」, 『실천시대의 문학』, 실천문학사, 1988.

＿＿＿, 「민중소설」, 『오늘의 한국문학 33인선 작품세계』, 양우당, 1988.

김병욱, 「『자랏골의 悲歌』의 크로노토프와 담론」, 『한국문학이론과비평』(제11권), 2001.

김사인, 「우리 시대의 소금」, 『우리시대의 한국문학(송기숙 편)』, 계몽사, 1986.

김승종, 「『녹두장군』과 『갑오농민전쟁』의 비교연구」, 『현대소설연구』(제2호), 1995.

＿＿＿, 「소설의 리얼리티와 방언의 효과－『녹두장군』 중심으로」, 『현대소설연구』(제8
　　　호), 1997.

김열규, 「Topophilia : 토포스를 위한 새로운 토폴로지와 시학을 위해서」, 『한국문학이
　　　론과 비평』(제20집, 7권 3호), 2003.

김영기, 「우리 시대의 소금」, 『우리시대의 한국문학(송기숙 편)』, 계몽사, 1986.

김옥경, 「현대소설의 민속 수용 양상과 의미 : 호남지역 배경의 작품을 중심으로」, 전
　　　남대학교 석사학위논문, 2008.

김윤규, 「일어난 일과 쓰고 싶은 일들」, 『한국소설의 풍경』, 새미, 2005.

김윤식 · 권영민, 「송기숙씨의 「당제」」, 『중앙일보』, 1983. 7. 20.

김윤식·정호웅, 『한국소설사』, 문학동네, 2000.

김인환, 「解放의 言語」, 『창작과비평』(통권50호), 1978 겨울.

김정하, 「현대소설에 형상화된 '도깨비' 고찰」, 『한국학논집』(제30집), 명지대학교 한국학연구원, 2003.

김종철, 「통일과 문학」, 『오늘의 책』, 1984. 9.

김종출, 「7월의 작단―주목할 만한 신작품 2편(오인문 <진공계>, 송기숙 <백의민족·1968년>)」, 『국제신문』, 1969. 7. 17.

김춘섭, 「소설가 송기숙, 그 '영혼과 형식'―내가 본 송기숙 교수의 옆모습」, 임환모 엮음, 『송기숙의 소설세계』, 태학사, 2001.

_____, 「문학의 지방화와 탈식민주의」, 『현대소설연구』(제19호), 2003.

나경수, 「문학민속학적 비평방법을 통한 송기숙 소설 읽기―『오월의 미소』를 중심으로」, 『한국문학이론과 비평』(제9호), 2000.

박병오, 「『갑오농민전쟁』과 『녹두장군』의 비교 연구―역사적 환경과 작중 인물의 분석을 통하여」, 공주대학교 석사학위논문, 1997.

박상준, 「이념의 구현과 역사 구성의 변주」, 민형기 엮음, 『남북한 역사소설 비교 연구』, 계명대학교출판부, 2006.

박석무, 「아름다운 기인이 쓴 마을 이야기」, 『창작과비평』(통권128호), 2005.

박진도·한도현, 「새마을운동과 유신체제 : 박정희 정권의 농촌 새마을운동을 중심으로」, 『당대비평』(통권47호), 1999.

박태순, 「동학 100, 분단50년의 사회사」, 『사회평론』, 1992.

박현채·송기숙 대담, 「80년대의 민족사적 의의」, 『실천문학』(통권8호), 1987.

박혜강, 「청송녹죽의 꿈, 황토의 땅―송기숙의 '자랏골의 비가'와 장흥」, 『금호문화』(제66호), 1990. 12.

백낙청, 「80년대 소설의 분단극복의식―송기숙 소설집 『개는 왜 짖는가』를 중심으로」, 『분단시대와 한국사회』, 까치, 1985.

_____, 「지구시대의 민족문학」, 『창작과 비평』(통권81호), 1993.

서경석, 「비극적 혁명과 개벽사상의 현재성―송기숙의 『녹두장군』을 중심으로」, 『소설과 사상』(제3권 4호), 1994.

_____, 「투철한 역사의식과 농민적 언어의 가능성」, 『한국소설문학대계』 56, 동아출판사, 1995.

_____, 「투철한 역사의식과 비극적 근대의 탐구―송기숙의 역사소설을 중심으로」, 임환모 엮음, 『송기숙의 소설세계』, 태학사, 2001.

송기섭, 「재현의 진실과 미적 성실성―『암태도』론」, 임환모 엮음, 『송기숙의 소설세계』, 태학사, 2001.

송기숙·박양호 대담, 「나의 文學, 나의 小說作法」, 『현대문학』(통권348호), 1983.

송명희, 「탈식민주의와 지역문학 연구-김정한, 송기숙을 중심으로」, 『현대소설 연구』(제19집), 2003.

＿＿＿, 『타자의 서사학』, 푸른사상사, 2004.

송재영, 「小說의 두 次元」, 『현대문학의 擁護』, 문학과 지성사, 1979.

송지현·최현주, 「'5월 정신'의 문학적 형상화 과정 연구-송기숙의 1980년대 이후 소설을 중심으로」, 임환모 엮음, 『송기숙의 소설세계』, 태학사, 2001.

송현호, 「송기숙 문학의 세 갈래와 저항문학적 성격」, 임환모 엮음, 『송기숙의 소설세계』, 태학사, 2001.

＿＿＿, 『문학이 있는 풍경』, 새미, 2004.

안남일, 「현대소설에 나타난 분단콤플렉스 연구」, 고려대학교 박사학위논문, 2002.

안혜련, 「여성 민중공동체에 의한 대안적 양성성의 구현」, 임환모 엮음, 『송기숙의 소설세계』, 태학사, 2001.

＿＿＿, 「5·18문학의 대안적 여성성 구현 양상 연구」, 『민주주의와 인권』(제2권1호), 2002.

＿＿＿, 『페미니즘의 거울』, 인간사랑, 2001.

염무웅, 「민중적 인간상의 작가 송기숙」, 『도깨비 잔치』, 백제, 1978.

＿＿＿, 「농민소설의 민중문학적 맥락-김정한과 송기숙의 소설사적 위치에 관한 메모」, 『문예미학』(제9집), 2002.

＿＿＿, 『모래 위의 시간』, 작가, 2002.

오충건, 「송기숙 소설 『암태도』연구」, 순천대학교 석사학위논문, 2007.

유희락, 「되돌아오는 동학농민전쟁」, 『한겨레신문』, 1994. 3. 11.

이기인, 「송기숙의 『녹두장군』 연구」, 『어문논집』(제52집), 민족어문학회, 2005.

이동연, 「역사소설의 현실주의적 성취의 가능성-송기숙의 『녹두장군』론」, 『실천 문학』(통권34호), 1994.

이명재, 「농촌소설의 맛」, 『어머니의 깃발』, 도서출판 심지, 1988.

이미란, 「무심필(無心筆)의 산실을 찾아」, 『소설시대』(통권4호), 평민사, 2002.

이문구, 「송기숙-그는 어떤 사람인가」, 『재수없는 錦衣還鄕』, 시인사, 1979.

＿＿＿, 「보리숭늉」, 『현대의 한국문학 19(송기숙 편)』, 범한출판사, 1984.

＿＿＿, 「인간천연기념물」, 『이문구의 문인기행』, 열린세상, 1994.

＿＿＿, 『이문구의 문학동네 사람들』, 랜덤하우스중앙, 2004.

이봉범, 「1970년대 농민소설의 한 수준-송기숙의 『자랏골의 悲歌』론」, 『반교어문학회지』, 2000.

이상경, 「농민의 시각으로 그려낸 농민전쟁」, 『창작과 비평』(통권83호), 1994.

_____, 「역사 소설의 주인공과 성격화 문제」, 『민족예술』(통권3호), 1994.

이상식, 『역사의 증언』, 전남대출판부, 2001.

이영호, 「1894년 농민전쟁의 역사적 성격과 역사소설－『갑오농민전쟁』과 『녹두장군』을 중심으로」, 『창작과 비평』(통권69호), 1990.

_____, 「1894년 농민전쟁 연구의 방향모색」, 『창작과 비평』(통권83호), 1994.

이의로, 「남·북한 역사소설의 리얼리즘과 민중성 비교 연구－『녹두장군』과 『갑오농민전쟁』을 통하여」, 경북대학교 석사학위논문, 2001.

이홍재, 「宋基淑교수 어떻게 지냈소」, 『(월간)예향』(통권1호), 1984.

이 훈, 「한국 지성인 가장 비판받아야 할 때」, 『(월간)예향』(통권48호), 1988.

임규찬, 「전투적 민중성과 '오월'의 정치학」, 임환모 엮음, 『송기숙의 소설세계』, 태학사, 2001.

_____, 「시간의 태풍 너머, 기억의 깊은 항구－송기숙론」, 『문학들』(제1권), 2005.

_____, 『작품과 시간』, 소명출판, 2001.

_____, 『비평의 창』, 강, 2006.

임동확, 「송기숙 : 내적 자각과 세대적 책임감」, 『동서문학』(통권213호), 1994.

임홍배, 「역사와 문학－송기숙 선생을 찾아서」, 『실천문학』(통권31호), 1993.

임환모, 「송기숙 소설의 서사 전략」, 임환모 엮음, 『송기숙의 소설세계』, 태학사, 2001.

장백일, 「인생추구에의 미학－송기숙 소설의 의의」, 『시문학』, 1978. 7.

전영태, 「좌절하지 않는 불패자의 의지」, 『현대한국단편문학』 65, 금성출판사, 1984.

_____, 「평범한 형식, 비범한 내용」, 『어머니의 깃발』, 도서출판 심지, 1988.

정경운·정명중·박찬모, 「송기숙의 삶, 그리고 문학」, 임환모 엮음, 『송기숙의 소설세계』, 태학사, 2001.

정경운, 「한국소설에 나타난 테러리즘 고찰」, 『현대문학이론연구』(제16집), 2001.

정명중, 「5월 항쟁의 문학적 재현 양상」, 『민주주의와 인권』(제3권 2호), 2002.

_____, 「'5월'의 재구성과 의미화 방식에 대한 연구」, 『민주주의와 인권』(제5권 1호), 2003.

정현기, 「무당굿과 소설가」, 『창작과비평』(통권54호), 1972.

정호웅, 「송기숙론－70년대 농민문학의 한 수준」, 『현대작가연구』, 1989. 6.

_____, 「혁명성의 서사－『녹두장군』론」, 임환모 엮음, 『송기숙의 소설세계』, 태학사, 2001.

정창범, 「이달의 소설－「영감님 빠이빠이」」, 『중앙일보』, 1971. 4. 19.

조광현, 「문학지를 통해 본 문단 비사」, 『중앙일보』, 1978. 7. 26.

진정석, 「민중적 주체로서의 복원을 위한 도정－송기숙론」, 『창작과 비평』(통권89호), 1995 가을.

_____, 「민중 문학의 새로운 전개를 위하여−송기숙론」, 임환모 엮음, 『송기숙의 소설세계』, 태학사, 2001.

채광석, 「삶의 중심에 살아 있는 총체성을」, 『어머니의 깃발』, 도서출판 심지, 1988.

채길순, 「동학혁명의 소설화 과정 연구」, 청주대학교 박사학위논문, 1999. 8.

_____, 「동학혁명의 소설화 과정과 과제」, 『한국문예비평연구』 제6집, 2000. 6.

채호석, 「역사와 소설이 만나는 네 가지 방식−최근 발간된 동학관련 대하소설을 읽고」, 『문학동네』(창간호), 1994.

최원식, 「토지와 평화와 빵」, 『민족문학의 논리』, 창작과비평사, 1982.

_____, 「民衆性의 恢復」, 『현대의 한국문학 19(송기숙 편)』, 범한출판사, 1984.

최종우, 「1970년대 농민소설에 나타난 현실 인식 : 송기숙의 『자랏골의 비가』를 중심으로」, 중앙대학교 석사학위논문, 2006.

최현주, 「『녹두장군』의 탈식민주의 페미니즘 연구」, 『배달말』(통권40), 2007.

_____, 「송기숙 소설의 탈식민성 고찰 『녹두장군』을 중심으로」, 『현대문학이론연구』(제22집), 2004.

_____, 「민중적 생명력과 역사의식의 형상화」, 『한국언어문학』, 2003.

하정일, 「다시 일어서야 하는 땅, 광주−광주문학 20년을 되돌아보며」, 『실천문학』(58호), 2000 여름.

한국현대사료연구소, 『광주여 말하라 : 광주민중항쟁 증언록』, 실천문학사, 1990.

_____, 『광주오월 민중항쟁 사료전집』, 풀빛, 1990.

한명환, 「분단 비극과 이념 갈등의 해소와 전망−송기숙의 『은내골 기행』의 구성과 문체를 중심으로」, 임환모 엮음, 『송기숙의 소설세계』, 태학사, 2001.

한승원, 「'자랏골'을 찾아서」, 『우리시대의 한국문학(송기숙 편)』, 계몽사, 1986.

한승옥, 「『녹두장군』의 갈등 양상과 다성적 특질」, 『현대소설연구』(제2호), 1995.

한순미, 「송기숙 소설의 민중문화적 상상력−작가의 시선과 인물의 변증법」, 임환모 엮음, 『송기숙의 소설세계』, 태학사, 2001.

황광수, 「공유적 삶의 세계와 분단시대」, 송기숙, 『은내골 기행』, 창작과 비평사, 1996.

홍성식, 『한국문학을 인터뷰하다』, 당그레출판사, 2007.

홍정선, 「삶과 역사를 향해 열린 공간−송기숙의 소설세계」, 『어머니의 깃발』, 도서출판 심지, 1988.

작품 찾아보기

인명 찾아보기

찾아보기

저자 소개

조은숙(曺銀淑)

1968년 전남 해남 출생
전남대 국어국문학과 대학원 졸업(문학박사)
현재 전남대, 광주대에서 강의

주요 논문
「『녹두장군』과 설화의 상호텍스트성」
「송기숙 오월 소설에 나타난 작가의식」
「송기숙 소설에 나타나는 근대성 – 1970년대 단편소설을 중심으로」

저서
『호남문학과 근대성 연구1』(공저)

송기숙의 삶과 문학

인 쇄 2009년 12월 24일
발 행 2009년 12월 31일
지은이 조은숙
펴낸이 이대현
편 집 권분옥
펴낸곳 도서출판 역락
　　　　서울 서초구 반포4동 577-25 문창빌딩 2층
　　　　전화 02-3409-2060(편집부), 2058(영업부)
　　　　팩시밀리 02-3409-2059
　　　　이메일 youkrack@hanmail.net
　　　　등록 1999년 4월 19일 제303-2002-000014호

ISBN 978-89-5556-744-1 93810
정 가 28,000원

* 잘못된 책은 교환해 드립니다.